BASTEI
LÜBBE

Von Wolfgang Lohmeyer sind bisher in unserem Verlag erschienen:

10398 Der Hexenanwalt
10412 Das Kölner Tribunal
10783 Die Hexe

Wolfgang Lohmeyer

Nie kehrst du wieder, gold'ne Zeit

BASTEI
LÜBBE

BASTEI-LÜBBE-TASCHENBUCH
Band 11279

Die Handlung dieses Romans ist frei erfunden. Eine Ähnlichkeit mit lebenden oder toten Personen wäre rein zufällig.

Lizenzausgabe: Gustav Lübbe Verlag GmbH, Bergisch Gladbach
Printed Dezember 1988
Einbandgestaltung: Graupner & Partner, München
Satz: Fotosatz Böhm GmbH, Köln
ISBN 3-404-11279-2

I. BUCH

Angelica
1869

Das Schmiedehaus lag in der Södeiker Straße, am westlichen Ausgang der Stadt Gumbinnen. Ein hölzernes Vortreppchen, flankiert von zwei jungen Linden, führte durch den Windfang ins Entree, wie der fast quadratische Flur genannt wurde. Er war Empfangshalle, Wohn- und Wärmestube zugleich, ein riesiger Kachelofen heizte ihn, und in der Mitte stand ein großer weißgescheuerter Eichentisch. Vom Entrée führte, unterhalb der Treppe zum Oberstock, eine Tür in den Hof und zur Werkstatt.
Nachbarn erinnerten sich, wie eines Vormittags, vor mehr als zehn Jahren, der Huf- und Waffenschmied Ludwig Matureit und seine Ehefrau Johanne dem Hausbesitzer einen schweren, randvoll mit Talern und Silbergroschen gefüllten Marktkorb übergeben hatten. Das war der Kaufpreis gewesen.
Jahrelang hatte Johanne Matureit für diesen Sparkorb bei fremden Leuten genäht und gewaschen und im Sommer auch noch gekocht, zuweilen für mehr als fünfzig Erntehelfer, deutsche und polnische. Trotzdem mußten die Matureits, als es zum Hauskauf kam, einen Kredit aufnehmen. »Wir hatten Schulden wie ein Major«, sagte Johanne.
Wann ihr der Einfall gekommen war, Albert, ihr Erstgeborener, solle studieren, ist nicht mehr festzustellen. War es allein der Ehrgeiz der »Salzburgerin« gewesen? Johanne Matureit, geborene Marold, stammte von jenen

wegen ihres Glaubens vom Salzburger Erzbischof Firmian im Jahre 1732 aus dem Lande gejagten Protestanten ab, denen König Friedrich Wilhelm I. von Preußen in den Ostprovinzen seines Staates eine neue Heimat zugewiesen hatte. Das lag nun bald einhundertvierzig Jahre zurück, aber in Gumbinnen wurde die Tradition noch hochgehalten. Es gab ein Salzburger Stift und eine Salzburger Kirche, und wenn die Nachkommen der glaubensstarken Exulanten sich auch gewiß nicht als »Elite« fühlten: so ein bißchen was Besseres als die übrigen Gumbinner dünkte sich der eine oder der andere doch. Die Salzburger hatten auch, einige Generationen lang, untereinander geheiratet; von den Marolds war Johanne die erste, die sich mit einem alteingesessenen Ostpreußen verband. Jedoch legte sie ihre Eigenart deshalb nicht ab, und so kam sie manchem seltsam vor, und dieser oder jener mochte sie zuweilen sogar für ein wenig »meschugge« halten.

Auch in der nächsten Verwandtschaft gab es einige, die diese Ansicht teilten. Fritz Marold, Johannes einziger Bruder, machte keinen Hehl daraus, als er an einem sonnigen Nachmittag, kurz nach Ostern, das Haus in der Södeiker Straße betrat.

Zu seinem Erstaunen fand er die Pforte mit Tannengrün und bunten Bändern umkränzt.

»Ihr habt doch nicht schon wieder Nachwuchs bekommen?« frotzelte er, statt einer Begrüßung. Überrascht blickte seine Schwester von ihrer Handarbeit auf. Fritz kam nur selten nach Gumbinnen, und auch diesmal hatte er sich nicht angemeldet.

Er war ein strammer Vierziger mit fast kugelförmigem Kopf auf wulstigem Nacken, auch Brust und Bauch hatten schon kräftig Fett angesetzt.

Er legte Stock und Hut ab, ging zum Fenster und gab seiner Schwester einen schmatzenden Kuß auf die Stirn.

»Du meinst die Dekoration an der Haustür«, sagte Johanne.
»Das haben meine Pensionärsschüler getan, Albertchen zu Ehren! Weil er sein Abitur bestanden hat. Mit Auszeichnung, stell dir vor!«
»Alle Wetter«, rief Marold. »Also deshalb ist es so still hier im Haus: weil die Krawallmacher in den Ferien sind!«
»Warst du nicht auch mal jung? — Aber schön, daß du bei uns hereinschaust«, sagte Johanne. Sie hatte vergeblich auf einen Glückwunsch gewartet. »Wie ich dich kenne, mußt du bald wieder fort. Nimmst du den Spätzug nach Königsberg?«
Marold nickte. »Wird voll sein am letzten Ferientag. Macht nichts, kann mir auch zweiter Klasse leisten.«
»Hast also gute Geschäfte gemacht. Magst eine Tasse Tee?«
Marold griff in die Rocktasche und drückte Johanne ein Päckchen in die Hand.
»Mal was Neues in meiner Branche. Tee aus Paraguay. — Wo steckt Ludwig?«
»In der Schmiede. Albert wird auch bald kommen. Er muß ja morgen in aller Frühe aus dem Haus. Ich setz' das Teewasser auf.«
Sie hatte kaum das Zimmer verlassen, da trat, vom Hof her, der Hausherr ein.
Obwohl Ludwig Matureit einen verschmutzten Arbeitskittel trug, hätte man eher einen kleinen Beamten, Postmeister oder Kontorschreiber in ihm vermutet als einen Handwerker, ganz sicher aber keinen Schmied. Keineswegs athletisch, eher zierlich gebaut, mit hoher, stark durchfurchter Stirn über wasserblauen, stets wie fragend blickenden Augen, mochte Matureit, solange er nicht den Mund auftat, sogar für einen Gelehrten gelten.
Als Frau Johanne wieder ins Zimmer kam, waren die Schwäger schon mitten im Gespräch. Es ging um Alberts

weiteren Lebensweg, für den sich auch Fritz Marold, als Taufpate, verantwortlich fühlte.
»Ich hoffe nur«, sagte er mit erhobenen Brauen, »ihr habt euch die Sache gründlich überlegt. Mir ist es, ehrlich gesagt, noch immer unbegreiflich, daß ihr den Jungen aufs Gymnasium geschickt habt. Abitur! Wozu? Ich weiß, Ludwig, du bist ein bißchen schwach auf der Brust. Aber Albert? Das ist doch ein stauter, kräftiger Bursche. Der wäre ein musterhafter Schmied geworden!«
Ludwig Matureit ließ es auf sich beruhen, wenn der Schwager auf seine empfindliche Konstitution anspielte. Anders Johanne.
»Auch Ludwig ist ein musterhafter Schmied«, stellte sie fest.
»Versteht sich«, beschwichtigte Marold. »Ich meine ja nur:
Wer soll dein Lebenswerk fortführen, wenn du — entschuldige schon! — deinem Sohn so dicke Rosinen in den Kopf setzt?«
»Wie steht's denn mit deinem Richard?« fragte Johanne spitz.
»Wird er vielleicht Teehändler — wie du?«
»Richard? Das ist etwas ganz anderes, das weißt du doch, Hannchen! Mein Sohn ist von Natur aus so begabt, daß er auf eine kostspielige Ausbildung verzichten kann. Bei einer Naturbegabung liegt eben alles anders.«
Die Matureits schwiegen. Johanne ging in die Küche, um den Tee aufzugießen. Sie bereute, daß sie ihren Bruder nach Richard gefragt hatte. Er regte sich immer auf, wenn die Rede auf seinen Sohn kam, und er hatte Grund dazu. Sie wußte, wie es in Wahrheit um Richard stand.
»Ich habe keine Ahnung«, sagte Ludwig Matureit nach einigem Grübeln, »ob auch Albert eine — wie sagtest du? — Naturbegabung hat. Aber Begabung für die Natur, die hat er jedenfalls.«

Er lächelte über das Wortspiel, das ihm da unversehens gelungen war.

»Begabung für die Natur?« Marold dachte nach. »Gärtner!

Wie wär's denn damit?«

Der Schmied schüttelte den Kopf.

»Student, Schwager! Student der Naturwissenschaften an der Albertus-Universität zu Königsberg!«

»Das Albertchen!« Marold mochte es nicht begreifen. »Student unter Studenten. Seht sie euch doch an, seine künftigen Kommilitonen! Sind das Söhne von kleinen Handwerkern wie ihr? Von Maurern, Schneidern, Schmiedemeistern? Sind das nicht junge Herrchen aus Schlössern und Gütern? Aus reichen Kaufmannshäusern? Reeder-, Beamten-, Offizierssöhne?! Mit einem Wechsel, von dem du drei Monate lang deine ganze große Familie ernähren könntest. Und stellt euch mal Albertchen vor in vollem Wichs! Auf dem Paukboden! Wird er unter all den feinen Herrchen nicht immer der Knote bleiben?«

»Er wird in keine Verbindung gehen«, sagte der Schmied.

»Das käme uns freilich zu teuer.«

»Na Mahlzeit!« rief Marold. »Dann ist es ganz aus. Uncorporiert? Ein ›Urkamel‹, wie diese Unglücklichen bei den feinen Herren heißen? Verachtet wird er sein. Todunglücklich wird er sich fühlen. An seiner Einsamkeit wird er zugrundegehen. Ludwig, Ludwig, Hochmut kommt vor dem Fall!«

Johanne kam mit dem Teetablett. Marold fing einen Blick auf, der ihn einlenken ließ: »Und wenn er nun wirklich mit dem Studium beginnt? Wo soll er denn wohnen in der großen Stadt?«

»Bei Grübners in der Koggenstraße«, sagte Ludwig.

»Beim Schuster?«

»Bei unserer Schwester Dorchen und ihrem Mann«,

betonte Johanne. »Beim Schuhmachermeister Joachim Grübner.«

Sieh an, dachte Marold, das hat mir Dorchen, als ich sie neulich besuchte, gar nicht erzählt. Aber die Gumbinner und sie halten ja zusammen wie Pech und Schwefel.

»Stimmt«, sagte er. »In Königsberg gibt es genug Verwandte, die sich um Albert kümmern können. Zum Beispiel mich. Wird auch nötig sein. Schließlich ist er noch nicht erwachsen und deshalb in hohem Maße gefährdet. — Der Tee aus Paraguay ist nicht übel, was meint ihr?«

Man stimmte ihm zu.

Marold zog die Repetieruhr aus der Weste; es wurde Zeit für ihn. Aber nun hörte sich's an, als schleudere einer auf dem Flur die Stiefel ab, und schon kam Albert herein, auf Socken.

»Ach, Onkel Fritz!« rief der junge Mann, ohne daß ihm ein Händedruck gelang; erst mußte er sich von der umgehängten Botanisiertrommel befreien. »Stellt euch vor, was ich gefunden habe!« Er klappte den Deckel der grünen Blechbüchse auf.

»Die Blasenbinse, unten am Fluß! Kommt sonst nur in Hochmooren vor. Und hier« — er reichte ein winziges Pflänzchen herum — »das Hungerblümchen, wächst ausschließlich auf Sandboden. Und das hier, das ist etwas ganz Seltenes: *Anemone hepatica*, das Leberblümchen.«

»Anemonen gibt's doch genug«, wandte Johanne ein. »Nur blühen sie meistens blau.«

»Eben das ist es! Eine rotblühende Abart. Auf die Variationen kommt es nämlich an!«

Albert war, wie Marold gesagt hatte, mit seinen knapp achtzehn Jahren schon »staut und kräftig«, wenngleich an Körpergröße etwas unter dem Mittelmaß der jungen Burschen seines Alters. Zudem war er, das lag in der Familie der Marolds, so kurzsichtig, daß er eine Brille tragen mußte. Sie verlieh dem noch kindlichen Gesicht mit seinem rosigen Teint schon jetzt den Anschein einer

gewissen Gelehrsamkeit. In Gang und Gebärde manchmal etwas unbeholfen, konnte Albert doch höchst beweglich sein, wenn er auf seinen Exkursionen über Gräben springen, Bäume erklettern, Sümpfe durchstampfen mußte.
Und breitete er seine Beute aus, um sie gestenreich und wortgewandt zu erläutern, konnte er's mit jedem Handlungsreisenden aufnehmen.
Auch jetzt wußte er sich vor Begeisterung kaum zu lassen, wühlte in seiner Trommel und achtete nicht auf die Erdkrumen, die auf die Tischdecke fielen.
»Ihr glaubt nicht, was alles schon kreucht und fleugt, so früh im Jahr!« Ein Marienkäferchen krabbelte um die Kuppe seines Mittelfingers; er hielt es der Mutter unter die Nase. »Auch Hummeln gibt's schon, Erdbienen, Mistkäfer, Maiwurmkäfer...«
»Die schlepp uns aber nicht ins Haus!« warnte Johanne.
Fritz Marold schien ganz verstört von so viel Enthusiasmus.
»Und dergleichen *studiert* man?« fragte er sinnend. »Na ja, wie sagt man hierzulande? Helpt et nich, so schad't et och nich. Laßt's euch gutgehen! Und du, Albert« — er griff nach Stock und Hut —, »besuch mich bald mal in der Französischen Straße. Auch Richard wird sich freuen.«
Als Marold gegangen war, sammelte Albert seine Pflanzen ein, und der Schmied ging in die Werkstatt. Johanne sagte, während sie die Decke zum Fenster ausschüttelte: »Nun heißt's aber sich sputen, Albertchen. Ruf deine Geschwister nach Hause, sie sind beim Nachbarn im Garten.«
Als Albert draußen in die Stiefel schlüpfte, mußte Johanne sich setzen. Was ihr Bruder in seiner besserwisserischen Art von sich gegeben hatte, seine Warnung vor unstandesgemäßem Dünkel und die erbarmungslose Beschreibung der Leiden, denen ihr Sohn in der Stadt

ausgeliefert sein mußte — es schien ihr mit einem Mal, obwohl sie doch alles seit Jahr und Tag mit ihrem Mann erwogen hatte, bittere Wahrheit zu sein.

Sie war nicht übermäßig fromm, glaubte aber doch, daß Hoffart eine Sünde sei.

Seit langem hatte sie mehr geschuftet als jede andere Hausfrau in Gumbinnen. Acht bis zwölf Pensionäre nahm sie Jahr für Jahr ins Haus, Zehn- bis Sechzehnjährige, die von entfernten Dörfern und Gutshäusern aus dem ganzen Regierungsbezirk kamen, um in Gumbinnen die Realschule zu besuchen. Sie zu beherbergen und zu verpflegen, ihre Zimmer sauberzuhalten, die Arroganz so mancher Herrensöhnchen ertragen, hin und wieder ein heimwehkrankes Kind trösten zu müssen, oft genug auch ihrem kränkelnden Mann eine Stütze zu sein, und bei all dem die eigenen vier nicht zu vernachlässigen: das hatte ihre Kraft bis zur Erschöpfung gefordert. Aber sie war eine »Salzburgerin«, das verpflichtete.

»Komm, Jungchen«, sagte sie, als Albert mit den kleinen Mädchen, der zehnjährigen Luise Marie und der sechsjährigen Ida Johanne, in die Stube kam. »Setz dich ein bißchen zu mir. Und ihr geht und wascht euch von Kopf bis Fuß!«

Albert hockte sich auf den Boden und lehnte den Kopf an ihre Knie. Er hatte die beste, gütigste Mama und den verständnisvollsten Vater, er war ein verwöhntes, glückliches Kind. Und obwohl ihm der Wind der Freiheit bereits die Nase kitzelte — eins wußte er: so anheimelnd schön wie im Elternhaus würde er's nie wieder haben.

»Es wird ja nun ernst«, sagte Johanne. »Und von uns aus haben wir, glaube ich, alles getan, damit es dir nicht zu schlecht ergeht in Königsberg. Bei Tante und Onkel Grübner ist das Quartier bestellt, du wirst sicher eine hübsche Stube bekommen, wir müssen natürlich dafür zahlen, aber etwas günstiger als bei fremden Leuten kommt es uns doch. Und dann sind ja auch Rhans noch da, die darfst du freilich nicht belästigen, wenn's auch verlockend sein mag, weil die auf großem Fuße leben; sind aber trotzdem nette Leute. Onkel Eduard ist ein Glückspilz und ein guter Mann dazu, das weiß ich von meiner Schwester Luise. Ja, mach bald deinen Besuch bei Rhans, das gehört sich so. Und grüße sie von uns. Wenn du einen guten Eindruck machst und sie dich öfter sehen wollen, werden sie dir's schon sagen.«

»Und Onkel Fritz ist ja auch nicht aus der Welt«, sagte Albert.

Er fand, es gab ein bißchen zu viele Onkel und Tanten in Königsberg — wo blieb da die ersehnte Freiheit? Aber das behielt er für sich.

»Ja, ja, gewiß, Onkel Fritz wird dir auch behilflich sein. Aber bei dem sei ein bißchen vorsichtig. Nicht daß er dich nicht mag, das darfst du nicht denken. Aber wenn solch einem Mann der eigene Sohn nicht gerät, und das muß ich leider von Richard sagen, dann mag er sich leicht etwas einreden, um nicht gar zu unglücklich zu werden — vor allem, wenn er andere in diesem Alter sieht, die es schon zu etwas gebracht haben.«

In diesem Moment tanzten die Mädchen in frischen Kittelchen herein, und nun wurde es wirklich Zeit zum Pakken.

Früh um acht erreichte der Zug den Ostbahnhof. Erschöpft nach vierstündigem Gerüttel in der Armeleuteklasse, wuchtete Albert Matureit sein Gepäck aus dem Waggon. Eine Bauersfrau reichte ihm das Terrarium heraus.

Da stand er nun auf dem Bahnsteig, sah sich nach allen Seiten um, aber weder Tante noch Onkel Grübner waren zur Stelle.

Endlich blieb ihm nichts übrig, als einen Dienstmann zu rufen.

Der Alte lud Koffer, Seesack, Terrarium und Botanisiertrommel auf ein Leiterwägelchen, und so machten sie sich auf den Weg in die Koggenstraße. Albert hielt sich dicht hinter dem ratternden Karren und sorgte dafür, daß der Glasbehälter und die dicke Herbarmappe nicht auf die Straße rutschten.
Unter der Grünen Brücke, die zur Kneiphofinsel führte, schleppte sich, vorbei an der alten Festung Friedrichsburg, der braune Pregelstrom zum Frischen Haff. Ein gewaltiges Gitterwerk aus Masten und Takelagen wuchs in den noch farblosen Himmel, und auch weiter flußabwärts ankerten viele seetüchtige Schiffe vor schmalbrüstigen Speichern, flatterten Flaggen aus Holland, Skandinavien und dem Zarenreich. Ein kräftiger Westwind trug die Rufe der Kornmesser und Sackträger herüber, die am Hundegatt die Ladung der Frachter löschten:
Getreide, Flachs und Hanf in dicken Ballen, Tran, Kaffee, Zuckerhüte und Textilien, Tee, Tabak, Öle und Gewürze aus aller Welt. An der östlichen Flanke der Kneiphofinsel hob sich der ziegelrote Domturm über das graue Gemäuer der Alten Universität, in der einst Simon Dach und Immanuel Kant gelehrt hatten.
Königsberg! Der junge Mann holte tief Luft. Endlich durfte er sich den Quellgründen der Wissenschaft nähern, und jeden Schritt zu diesem lang erstrebten Ziel wollte er in dem Bewußtsein tun, daß ihm, dem Sohn armer Leute, eine unverdiente Gnade widerfahren war. Mit einer zärtlichen Aufwallung dachte er an die Eltern, vor allem an seine Mutter, die alles so gewollt und dafür gesorgt hatte, daß es nach ihrem Wunsch auch geschah.
Vor drei Jahren war er zum letzten Male hiergewesen, nur kurz auf Verwandtenbesuch; man konnte es sich nicht leisten, viel im Lande herumzureisen. Auch die Vierte Klasse kostete gutes Geld, und das konnten die Matureits nur selten aufbringen.
Damals, Ostern 1866, hatte Albert einen ganzen Tag bei

Onkel Fritz Marold verschwätzen müssen, während draußen, auf der Französischen Straße, das Leben vorüberbrauste. Jetzt aber sollte die Stadt *ihm* gehören, jetzt würde Albert — welch günstiges Omen war sein Name! — bald den *Silbernen Albertus*, das Abzeichen aller Studenten der ehrwürdigen *Albertina*, an seiner Mütze tragen. Weit hinter ihm lag nun Gumbinnen, die allzu schlichte Beamtenstadt, mit ihren rechtwinkligen Straßenzügen und den vielen braven Bürgern mit nicht minder rechtwinkligen Gemütern, bieder, redlich und langweilig.

Hier nun jedoch: mit hohen schlanken Häusern unter stolzen, mit Gesims und Voluten geschmückten Giebeln, welch verschwenderisch breite Straße tat sich da auf! Viel zu bescheiden, nannte sie sich Gasse, Kneiphöfsche Langgasse, und war doch das Herzstück der Handelsmetropole: Residenz reicher Kaufleute, Bankiers und Börsenspekulanten, zu deren herrschaftlichen Portalen der Besucher nur über wappengeschmückte Treppen und Terrassen gelangte. Auch Onkel Eduard Rhan mußte hier wohnen.

Noch schien der Kneiphof nicht zu vollem Leben erwacht. Zwar waren viele der weißen Sprossenfenster schon ausgeschwenkt, doch lüftete man nur erst die Schlafzimmer aus, während im Erdgeschoß die hölzernen Läden vor den Kontoren noch geschlossen blieben. Über die Kramerbrücke, den alles überragenden Schloßturm vor Augen, verließ Albert mit seiner Fuhre die Kneiphofinsel. Am Kai, im brackigen Wasser, dümpelten Käse- und Butterkähne. Unter bunten Sonnendächern hatten Fischweiber ihre Stände aufgeschlagen und riefen in urwüchsigem Platt Heringe, Stinte, geräucherte Flundern aus.

Das Haus Nummer 23 der Koggenstraße stand an der Ecke zur Altstädtischen Langgasse. Der Dienstmann ließ ein Weilchen mit sich handeln, doch kam Albert mit zehn

Silbergroschen noch glimpflich davon. Sie luden das Gepäck vom Karren, der Alte trollte sich, und Albert stellte erst einmal alles im Hausflur ab. Nur die kostbare Löschblattmappe mit den gepreßten Pflanzen klemmte er sich unter den Arm.
Auf dem ersten Treppenabsatz kam ihm ein Mann entgegen, und das war Onkel Joachim Grübner. Albert hatte ihn zum letzten Mal vor zwei Jahren gesehen, als die Grübners zu Pfingsten für ein paar Tage zu Besuch in Gumbinnen gewesen waren.
Der Schuhmachermeister sah aus wie das tapfere Schneiderlein, spillrig und zerknittert, ein früh gealtertes Männchen.
Sofort erkannte er den Besucher, und als er das Gepäck im Hausgang sah, faßte er zu und ging mit Albert die Treppe hinauf.
Die Wohnung lag im dritten, dem obersten Stockwerk des alten Hauses. Sie setzten die Koffer ab, Grübner rief nach seiner Frau. Da sie nicht antwortete, öffnete er die nächstgelegene Tür.
»Bitte den Herrn Studiosus gehorsamst, eintreten zu wollen!« scherzte er mit devoter Verbeugung.
Ein schönes Zimmer. Es hatte zwei große Fenster, ein stabiles Bett, Kleiderschrank, Tisch und Stühle und eine Kommode mit Marmorplatte, Steingutschüssel und -krug. Der Onkel brachte bereits das Terrarium herein, als eine Tür am Ende des Flurs sich öffnete und Tante Dorchen erschien. Während sie eine Haarsträhne zu befestigen suchte, rief sie überlaut: »Bist du närrisch, Achim? Doch nicht *das!*« Sie entriß ihm das Terrarium so ungestüm, daß die Scheiben in den Blechrahmen klirrten, und mit der anderen Hand zog sie Albert energisch aus dem Zimmer. Der Onkel flüchtete auf den Gang.
»Dieser Mann macht alles falsch!« schimpfte die Tante. »Aber dir geht's gut, das sieht man. Meine Schwester hat mir ja das Nötige geschrieben. Ich denke, es wird dir bei

uns gefallen. Schließlich bist du mein Neffe, da soll's dir an nichts fehlen.
Komm!« Sie ging voraus und sagte zu ihrem Mann: »Und du? Mußt du heute nicht in die Werkstatt?«
Der Schuhmacher antwortete nicht. Er duckte sich nur ein wenig, murmelte »Bis dann, Albert!« und schlich ins Treppenhaus.
»So, jetzt zeig ich dir dein Zimmer!« sagte die Tante. Von draußen war ein dicker grauer Kater hereingekommen und rieb sich schnurrend an ihren Füßen. Sie öffnete eine Tür auf der linken Seite des düsteren Ganges. Was er sah, war kein Zimmer, allenfalls eine Abstellkammer. Für ein Bett wäre Platz gewesen, aber es war kein Bett, nur ein Matratzenlager.
Unter dem schmalen, lichtarmen Fenster zum Hof stand ein Tisch, kaum breiter als das Fensterbrett. Ein Schrank fehlte, an der Wand hingen lediglich drei Kleiderbügel. Zwei Hocker, ein windschiefes kleines Regal, auf dem eine Petroleumlampe stand, und an der Wand ein Stahlstich — Martin Luther, wie er die Thesen anschlägt —, das war die Einrichtung.
»Gefällt's dir?«
»Es ist — durchaus genügend«, stammelte Albert. »Obwohl ein bißchen eng. Ich meine: für meine Sachen.«
Jetzt erst schien die Tante zu bemerken, was alles auf dem Flur stand.
»Das willst du doch wohl nicht ins Zimmer nehmen?«
»Ich benötige diese Sachen zum Studium«, sagte Albert steif.
»Das gehört auf den Hängeboden«, entschied Tante Dorchen.
»Und wenn du dann wirklich was brauchst, sag es mir, ich hol' es dir runter — nein, nein, das kannst du nicht selber, da ginge mir nur was kaputt. Dein Waschzeug und deine Kleidung kannst du natürlich behalten. Wasser gibt's aus der Pumpe im Hof. Bring immer zwei Eimer

'rauf, dann hab' ich gleich was für die Küche. Und vergiß nicht, die Pede mitzunehmen!« Sie deutete auf das hölzerne Tragejoch, das auf dem Flur bereitlag. »Was soll der Glaskasten?«

»Das ist mein Terrarium.«

»Wozu denn das?«

»Du siehst ja, es sind Pflanzen darin.« Von der Schildkröte oder gar von der Ringelnatter wollte er lieber schweigen.

»Und das Bettgestell? Hast du's nicht mitgebracht?«

»Mein Bett? Mitgebracht? Mutter hat gesagt, ich kriege ein Zimmer bei dir. Gehört in ein Zimmer nicht auch ein Bett?«

»Für drei Taler im Monat? Ich glaub', meine Schwester ist meschugge. Es ist üblich, daß man sein Bett mitbringt. Schreib deiner Mutter, daß sie's dir nachschickt. Nun hol dir das Nötigste herein, das andere laß auf dem Flur, ich schaff' es dann weg. Jetzt koch ich dir erstmal einen Kaffee. Geknausert wird bei Grübners nicht.«

Während Albert herauszufinden suchte, was das »Nötigste« sei, hörte er die Tante in der Küche hantieren. Nach der langen Fahrt im zugigen Vierter-Klasse-Abteil freute er sich auf den heißen Kaffee, doch machte schon der Zorn ihm warm. Er war, weiß Gott, nicht anspruchsvoll, aber solch ein Loch...

Mürrisch verstaute er seinen Seesack unter dem Tischchen an der Wand. Der Verputz bröckelte, über der Fußleiste waren zwei Löcher; wer weiß, welcher Besuch ihm da blühte. Ja, zum Teufel, was war mit dem anderen Zimmer, das der Onkel ihm gezeigt hatte?

In der Küche beim dünnen Plurksch-Kaffee fragte er danach.

Tante Dorchen, jetzt mit säuberlich geknotetem Haar, machte keine Ausflüchte.

»Das ist vergeben. Student Düformantel aus Angerburg wird dort einziehen. Er hat wohlhabende Eltern und kann acht Taler zahlen. Deins würde ich leicht für fünf Taler vermieten können; in unserer Stadt fehlt es an Studentenzimmern. Aber ich hab's deinen Eltern nun mal für drei Taler gelassen, und dabei hätten wir's bitter nötig.«

Albert sah sich die Tante näher an. Kater Hinze saß auf ihrem Schoß. Sie war ihm nie fremd gewesen. Die Züge der Marolds waren unverkennbar; natürlich erinnerte Dorchen an ihre Schwester Johanne, Alberts Mutter. Doch alles war ein wenig gröber geraten, von Alter und Sorgen gezeichnet. Dorchen war auch fast sechs Jahre älter als Johanne, also vierundvierzig.

Etwas, das allen Marold-Mädchen gemeinsam war, besaß sie in hohem Grade: Energie. Das tapfere Schusterlein hatte es sicher nicht leicht mit ihr.

Es klopfte. Dorchen öffnete und führte zwei junge Männer herein. Eigentlich sah man zunächst nur einen, so prächtig wie der gekleidet war: Hellblauer, goldbestickter Schnürrock mit Fangschnur und Troddeln, die tschakoartige Mütze an die Brust gedrückt: Vetter Richard Marold in studentischem Wichs. Man kannte sich, hatte sich zuletzt vor drei Jahren gesehen. Nun war der also Student, und sichtlich einer von der besseren Sorte.

Bescheiden hinter ihm, verlegen lächelnd, stand ein junger Mann mit gutmütigen Blauaugen und Bürstenfrisur.

»Das ist Paul Rauschning«, sagte Richard, nachdem er Albert umarmt hatte. »Ein armer Waisenknabe, dem meines Vaters Barmherzigkeit erlaubt, als Lehrling in seinem Teeladen zu malochen. Sein größter Kummer ist, daß er nicht studieren darf. Er hat noch gar nicht kapiert, welche Gnade ihm damit widerfahren ist!«

Albert reichte Paul die Hand. Dorchen ließ sie ins Wohnzimmer. Im helleren Licht bemerkte Albert, daß der vornehme Schnürrock seines Vetters reichlich abgetragen war. Aber der Kerl, der drinsteckte, hatte breite Schultern und schmale Hüften. Während Richard sich in der guten Stube seiner Tante umsah, rümpfte er die Nase, wie angewidert vom Kleineleutemief. Auch Paul Rauschning nahm Platz, nur mit dem halben Hinterteil, die Hände brav auf den Schenkeln. Das Wort führte Richard, gewandt und gestenreich.

»Ich bin gekommen, um dir zu sagen, daß mein alter Herr sich freuen würde, wenn du ihm noch heute deine Aufwartung machtest. Eine Tasse Tee ist dir sicher, und solltest du ihm gefallen, rückt er vielleicht eine Zigarre heraus.«

»Ich muß heute vormittag in die Universität«, sagte Albert. »Meine Anmeldung abgeben, auf der Quästur — so heißt das doch?«

»Erledigen wir unterwegs!« bestimmte Richard. »Klar, daß du zunächst die Stätte deines künftigen Wirkens inspizieren willst. Da erwarte dir nur nicht zu viel. Die alte Uni war so baufällig, daß sie eines Tages Dozenten und Studenten unter sich begraben hätte, was bestimmt kein Verlust gewesen wäre. Nun haben sie eine neue gebaut; sie ist so muffig wie die alte, nur etwas häßlicher.«

»In welchem Semester bist du jetzt?« fragte Albert.

»Spielt das eine Rolle? Den Kalk, der aus all diesen Kathederköppen staubt, hab' ich mir längst ausgebürstet. Nicht mehr lange, dann bin ich ein freier Mann.«

»Und was bedeutet das?«

»Ich schlage die Künstlerlaufbahn ein«, sagte Richard. »Ich werde Schauspieler.«

»Weshalb studierst du dann?«

»Weil's seine Vorteile hat, mein Lieber! Bei den Weibern hast du ganz andere Chancen. Na, das bringen wir ihm alles noch bei, was meinst du, Rauschning?«

Der schmächtige Paul schien beglückt; Richard hatte ihn um seine Meinung gefragt. Vor Stolz brachte er kein Wort heraus.

Sie verließen die Wohnung und traten auf die Straße. Es

war ein frischer, windiger Apriltag. Albert hatte einen Mordshunger. Außer zwei Tassen Kaffee hatte Tante Dorchen ihm nichts vorgesetzt.
»Dörsche, Dörsche, frische Dörsche! Karpe, Karpe, frische goode Karpe, wollfeel!« riefen die Weiber am Fischmarkt. Die jungen Leute kauften Bücklinge und Cranzer Flundern. Genüßlich streiften sie mit den Zähnen das Fleisch von der schwarzgoldenen Haut.
Andächtig betrat Albert wenig später den Prachtbau der neuen Universität. Häßlich? Nein, Richard, dachte er, du irrst!
Das ist kein muffiger Kasten, das ist, weiß Gott, ein würdiger Tempel der Wissenschaft! Und diese weitläufigen Arkaden: wie ließ es sich da wandeln und diskutieren!
Ihm klopfte das Herz, als er das ausgefüllte Meldeformular beim Herrn Universitätssekretär abgab. Der Hüne mit dem feuerroten Bart las es sorgfältig durch.
»Schmied also ist Ihr Vater?« brummte er. »Ob er wohl weiß, was das Studium kostet?«
»Er hat sich genau erkundigt«, sagte Albert. »Und der Antrag ist ja auch schon bewilligt.«
Er hatte plötzlich Angst, daß im letzten Augenblick noch etwas »dazwischenkommen« könnte; der rote Riese schien voller Bedenken zu sein.
»Es kostet immer mehr, als man sich ausgerechnet hat«, sagte der Universitätssekretär. »Und wenn man mitten im Studium aufhören muß, weil man die Vorlesungsgebühren nicht mehr bezahlen kann... Sehr unangenehm kann das werden, sehr unangenehm. Aber das ist Ihre Sache. Donnerstag um zehn ist feierliche Immatriculation in der Aula. Einen Frack werden Sie hoffentlich haben.«
Hinter Albert warteten andere junge Leute, die meisten still und bescheiden. Nur einer platzte, als es um den Frack ging, laut heraus. Es war ein langer Bursche mit blauweißrotem Couleurband auf der Brust. Er grinste mit solcher Impertinenz auf Albert herunter, daß es ihn

kalt überlief. Wenn die alle so sein sollten, seine Kommilitonen... Sein Selbstbewußtsein stellte sich erst wieder ein, als er auf den Vorplatz trat und der kleine Paul Rauschning mit seiner Bürstenfrisur ihn bewundernd ansah, wie einen, der soeben geheime Weihen empfangen hat. Leider mußte sich der Junge verabschieden; sein Prinzipal, Richards Vater, erwartete ihn zur Arbeit im Kontor.

»Der pariert mir wie ein Hündchen«, sagte Richard Marold.

»Leider hat er einen Akademikerfimmel. Dabei hat er als Kaufmannsgehilfe die einzig richtige Karriere eingeschlagen. Hungerjahre wie 66/67 wird es für Ostpreußen nicht mehr geben. Mein Vater sagt, mit Deutschland geht's jetzt bergauf. Handel und Wandel machen uns flott, und was die Industrie betrifft, da haben wir sogar die Engländer bald überholt. Nachdem wir dem Dänen und dem Österreicher das Fürchten beigebracht haben, kann nur noch der Franzmann uns in die Quere kommen. Aber verlaß dich drauf, da hat der Bismarck vorgesorgt. Es kommt die Zeit, sagt mein Alter, da scheißt bei uns jeder Esel goldene Eier.«

In einer Kneipe am Bohlenwerk, beim Löbenichtschen Braunbier, ruhten sie ein wenig aus.

»Weshalb denkst du so schlecht vom Studium?« fragte Albert.

Er trank das wässerige Gesöff mit Widerwillen.

»Weil mir der Sinn nach Höherem steht.«

»Kann es denn Höheres geben als die Wissenschaft?« fragte Albert erstaunt.

»Es kann, mein Freund! Und es gibt! Höher als alle Wissenschaft steht die Kunst.« Er warf den Kopf zurück und rollte die Augen. »So verfluch' ich jeden Tropfen brüderlichen Bluts im Antlitz des offenen Himmels! Höre mich Mond und Gestirne! Höre mich mitternächtlicher Himmel, der du auf die Schandtat herunterblicktest! Höre

mich dreimalschrecklicher Gott, der da oben über dem Monde waltet, und rächt und verdammt über den Sternen und feuerflammt über der Nacht! Hier knie ich — - Na ja, und so weiter...« Er griff zum Glas.
Albert war beeindruckt. Er war noch nie im Theater gewesen, und daß es aus den *Räubern* war, was er gehört hatte, wußte er auch nicht; die waren keine Schullektüre. Gräßlich, und doch so wohltönend hatte Richard geflucht; und im stillen leistete Albert ihm Abbitte. Er hatte seinen Vetter unterschätzt.
»Nächstens les' ich dir aus meinem eigenen Stück vor«, sagte Richard. »Komisch, den Schiller kann ich auswendig, den Marold nicht. Aber wenn er erstmal im Buche steht... Ich will nämlich auch Dichter werden, versteht sich.«
»Ja, kann man denn beides sein?« Albert wunderte sich. »Schauspieler und Dichter?«
»Selbstverständlich! Es gibt große Beispiele. Molière, Shakespeare. Und dieser Wiener, Nestroy, nicht wahr? Ich prophezeie dir: In längstens zwei Jahren wird mein Stück gespielt, hier in Königsberg, in unserem Stadttheater, im Angesicht dieser Scheiß-Uni!«
»Na ja«, sagte Albert, »jetzt versteh' ich auch, weshalb du nicht Kaufmann werden wolltest, obwohl dein Vater das sicher gewünscht hat.«
»Kaufmann! Das ist was für Paul. Oder für dich, kann ja sein. Aber für mich? Ich bin eine sinnliche Natur. Ich muß mich ausleben können. Als Kaufmann mußt du in einer Stadt wie Königsberg eine blitzsaubere Weste haben. Hier kennt jeder jeden, da kannst du dir nicht das kleinste Skandälchen leisten. Aber einem Künstler sieht man's nach. Hier ist der große Hoffmann geboren, der E. T. A. Der ist mein Vorbild, der hatte Genie!«
Albert ersparte sich die Frage, ob auch Richard Genie habe.
Schon wie er das »r« gerollt hatte in »dreimalschreckli-

cher Gott«...! Talentiert war der Vetter gewiß. Richard fuhr fort: »Was die Mädchen betrifft, — ich wollte da vorhin nicht viel sagen, weil der Paul noch Jungfrau ist, verstehst du. Aber wenn's dich mal allzusehr jucken sollte, kann ich dir behilflich sein. Ich weiß, wie's den Muli zumute ist. Ich zeig' dir die Tanzböden, und dann mußt du selber weitersehen.«

»Ich kann nicht tanzen.«

»Wie? Dann wird's aber höchste Zeit, das lernt man doch schon als Primaner. Wenn du willst, geh' ich morgen mit dir zu Stoige. Das ist der einzige standesgemäße Tanzlehrer, Ballettmeister Stoige. Bald fangen nämlich die Frühjahrskurse an. Bis zum Winter mußt du ein perfekter Tänzer sein, im Oktober beginnt die Ballsaison.«

»Das werde ich mir nicht leisten können«, bedauerte Albert.

Aber er hätte doch gern tanzen gelernt; wie sollte man sonst an ein Mädchen herankommen? »Allenfalls müßte ich Nachhilfestunden geben.«

»Fang nicht mit sowas an«, sagte Richard und gab dem Wirt einen Silbergroschen über die Rechnung. »Neben dem Studium noch arbeiten — für Geld? Das ist nicht standesgemäß. Komm jetzt, mein Alter erwartet uns.«

Paul Rauschning stapelte Teeballen auf dem Packtisch, und Fritz Marold, hinter der Waage, prüfte das Gewicht. Die kopfgroßen Päckchen trugen eine spanische Aufschrift: Tee aus Paraguay. »Mal ganz was Neues«, sagte Alberts Onkel zu seinen Kunden. »Gedenke da groß einzusteigen.«

Der winzige Laden in der Französischen Straße sah zwar recht bescheiden aus, doch schien sein Inhaber keinen Mangel zu leiden.

Fritz Marold unterbrach das Wiegen, schickte Paul ins Kontor und begab sich mit Richard und Albert nach hinten ins kleine Wohnzimmer. Er hielt sich nicht mehr mit Vorbehalten auf; über Alberts akademische Laufbahn war längst entschieden worden, gegen Marolds Einrede — aber er wollte sich nicht nachsagen lassen, kleinlich oder nachtragend zu sein. Also gönnte er dem Neffen ein paar aufmunternde Worte; er werde es schon packen, bei seiner Begabung für die Natur. Marold hatte ja nichts gegen die Gumbinner Verwandtschaft, schon gar nichts gegen Johanne. Und Ludwig Matureit, den schwächlichen Schmied mit seinem törichten Ehrgeiz, konnte er nur bedauern. Dafür lästerte er um so mehr über seinen anderen Schwager, Achim Grübner, Alberts Zimmerwirt, und seine Frau Dorothea, die auch eine Marold-Schwester war.

»Ich kenn' mich schon bald nicht mehr aus unter all meinen Onkeln und Tanten«, sagte Albert, als sie um den runden Tisch herum Platz genommen hatten.

»Nicht wahr? Was sich hier in Königsberg versammelt hat! Du kriegst natürlich einen Freitisch bei mir — jeden Donnerstag, wie wär's? Wenn meine Schwestern auch so großzügig sein sollten, hättest du an vier Tagen der Woche ausgesorgt. Bei Dorchen bist du doch schon in Kost?«

Albert verneinte.

»Dacht' ich mir«, sagte Marold. »In der Koggenstraße wird geknausert. Und man kann's Dorchen nicht mal übelnehmen, es sind eben kleine Leute. Sie hätte diesen Schuster nicht heiraten dürfen. Meine anderen Schwestern haben hervorragende Partien gemacht, oder doch, wenn ich an deine Mutter denke, wenigstens passable. Luise hat ihren Eduard Rhan bekommen, einen Weizenkaufmann vom Kneiphof — was kann ein armes Glöcknerkind aus Gumbinnen mehr erreichen? Da herrscht eitel Pracht und Fülle. Ich denke, sie werden dich einmal einladen, sie protzen ja gern. Und Angelica? Gut, sie hat Pech gehabt, daß ihr Otto so früh gestorben ist. Vielleicht auch Glück. Jetzt ist sie eine reizvolle Witwe und reich dazu. Wäre sie nicht meine Schwester, bei der käm'

ich noch einmal in die Balz!« Er lachte und senkte dann mit betrübter Miene den Blick auf seinen Bauch. »Sieh mich an — und Angelica! Du glaubst nicht, daß wir Geschwister sind! Was wollt' ich sagen? Richtig, Dorothea. Alle gut unter die Haube gekommen. Bis auf Dorchen. Bei der hat's nur zum Flickschuster gereicht. Eine *mésalliance.*«
»Mein Vater ist auch nur Schmied«, sagte Albert.
»Ein schlichter, ehrlicher Mann. Ich sagte doch schon: die Ehe deiner Eltern ist passabel.«
Er schwätzte noch eine Weile über dies und jenes, kam aber gern auf die schöne Angelica zurück.
»Sie ist ja noch auf Reisen, aber wir erwarten sie in diesen Tagen, und dann wirst du sie ja auch sehen, Albert. So etwas gibt es in Königsberg nur *einmal.* Die darfst du dir nicht entgehen lassen, schließlich ist sie deine Tante.«

Albert rüstete sich zur feierlichen Immatriculation. Er legte den von der Mutter geschneiderten schwarzen Frack zurecht, dazu ein frisches Hälschen, den weißen, gestärkten Einknöpfkragen. Gestern, am späten Abend, war der Inhaber des schönen Zimmers eingetroffen, um das ihn Albert noch immer beneidete: stud. phil. Eugen Düformantel aus Angerburg, ein langer, feingliedriger Mensch mit in Gold gefaßter Brille vor entzündeten Lidern. Sie hatten sich auf dem Flur nur flüchtig bekanntgemacht, jedoch verabredet, heute gemeinsam zur Feier zu gehen. Als Albert sich ankleidete, klopfte es, und Düformantel steckte den schmalen Kopf herein.
»Du wohnst aber beengt«, sagte er. Und als er eintrat und sich umsah, schien er dem kleinen Naturalienkabinett, das Albert inzwischen, trotz Tante Dorchens Unverstand, eingerichtet hatte, durchaus Interesse abzugewinnen. Herbarium, Vogeleier, Dachs- und Hundeschädel, ausgestopfte Tiere — so viel vital Museales auf

engstem Raum hatte Düformantel noch nie gesehen.
»Du könntest einiges in meinem Zimmer unterbringen«, empfahl er. »Und ein Terrarium hast du auch? Das würde ich gern zu mir nehmen, du kannst mich ja jederzeit besuchen.«
Düformantel – seine Vorfahren waren Hugenotten und nannten sich Dufour-Manteau – beabsichtigte, Philosophie und die alten Sprachen nebst Archäologie zu studieren. Schon jetzt schwärmte er von seinem künftigen Lehrer, dem berühmten Professor Ludwig Friedländer, einem profunden Kenner der Antike. Dennoch hatte es ihm auch die Natur angetan; neugierig beugte er sich über den großen Glaskasten, der am Fenster stand. Blätterpflanzen, Moos und Farn überwucherten einen winzigen Tümpel, in dessen Mitte, auf einem flachen Stein, sich eine schillernde Eidechse sonnte. Die Ringelnatter hatte sich eingerollt und war nur dem geübten Blick erkennbar.
»Sie muß jetzt ganz genau beobachtet werden«, sagte Albert, während er den Hosenträger befestigte. »Ich rechne damit, daß sie in diesen Tagen Eier legt. Solltest du das Terrarium wirklich zu dir nehmen wollen, mußt du darauf gefaßt sein, daß die Tante – Frau Grübner ist meine Tante – uns einen gehörigen Skandal macht, wenn sie die Schlange entdeckt.«
Mit hoher Stimme versicherte Düformantel, er habe nichts zu fürchten; nicht jeder zahle acht Taler für eine Studentenbude.
Sie beschlossen, noch heute Alberts Sammlungen und Präparate auf beide Zimmer zu verteilen.

Ihr erster Weg führte zum Universitäts-Sekretariat, wo ein jeder dem rothaarigen Riesen 7 Taler und 5 Silbergroschen zu erstatten hatte. Dafür erhielten sie, in verschnörkelten Lettern auf pergamentartigem Papier gedruckt, die *Gesetze der Universität*, auf die sie heute vereidigt werden sollten.
Viel Volk war mit ihnen unterwegs, meist junge Leute in

studentischem Habit. Einige kamen mit stolz abweisender Miene daher, auf dem »Mittelstein«, in der Mitte der Straße, die, wie sie meinten, ihnen allein gehörte, und um sich noch mehr Platz zu verschaffen, schwangen sie den Rohrstock oder den Ziegenhainer. Manche qualmten aus ellenlangen Pfeifen; um den Hals baumelte an bunter quastenreicher Schnur der Tabaksbeutel.

Sachverständige Informationen über die studentischen Corps, ihre Traditionen und Bräuche erhielten Albert und sein Zimmernachbar von Richard Marold, der an der Junkerstraße zu ihnen gestoßen war, heute freilich nicht im »Aufputz« mit Schnürrock und Konfederatka, dem polnischen Ulanen-Tschako, sondern ganz bürgerlich; nur den silbernen »Albertus« trug er an der Mütze.

»Deine Immatriculation, lieber Vetter, laß ich mir nicht entgehen«, versicherte Richard Marold. »Es hat immer etwas Erhebendes, mitansehen zu dürfen, wie einer in sein Unglück rennt.«

Albert ließ sich nicht beirren. Wiederum fühlte er sich überwältigt von Ehrfurcht und Andacht. Die Wände des riesigen Saales waren mit Fresken in leuchtenden Farben geziert. Ohne Mühe erkannte er ihren Sinn: eine Apotheose der vier Fakultäten. Da predigte, gleichsam als erster Theologe, Paulus vor den Athenern, beschwor der Senat die Gesetze Solons, beschwichtigte der heilkundige Hippokrates das Weib eines Kranken, und leerte Sokrates, der Märtyrer-Philosoph, den Schierlingsbecher.

»Da siehst du wieder einmal«, ulkte Richard, »wohin die ganze Weisheit führt.«

Albert war froh, als ein Pedell ihn und Düformantel zu den Stühlen vor dem Rednerpult wies. Dorthin durfte Richard ihnen nicht folgen.

Das kleine Orchester auf blumengeschmückter Estrade intonierte einen getragenen Marsch. Durch das Hauptportal zogen, mit schleppenden Schlägern, die Chargierten der Corps und Landsmannschaften ein. Bunt wie die

Papageien waren sie gekleidet: schwarze, rote, grüne Sammetröcke, vielfarbige Barretts, weiße Trikot-Hosen in hochschäftigen Stiefeln und breite Couleur-Schärpen um die stolz gewölbte Brust: das Grünweißrot der Littuania, das Schwarz der Germanen, das Blau der Goten und Balten. Sie stellten sich zu beiden Seiten des Rednerpultes auf, und nach einer Minute erwartungsvoller Stille setzte die Musik aufs neue ein.
Silberne Stäbe vor sich her tragend, führten Pedelle in roten Mänteln den Zug des Lehrkörpers an. Voran schritt der Prorector, denn auf den Rector konnte niemand hoffen; dies Amt bekleidete, als Rector Magnificentissimus, pro forma der Kronprinz von Preußen, der sich nur selten blicken ließ. Dem Prorector vor allen anderen galt Alberts Aufmerksamkeit, denn Robert Kankelwitz war Professor der Botanik. Der kleine Mann wirkte in seinem schwarzen Sammetmantel mit dem roten, goldbestickten Überwurf schreckenerregend gravitätisch, zumal um seinen Hals, bis hinab auf die Knie, auch noch eine schwere goldene Kette hing. Ungeheuer war seine Mütze, ebenfalls golden und rot; sie war ihm über die Augenbrauen gerutscht.
Als Albert sich bewußt machte, wie bald ihn diese Achtung gebietende Autorität in die letzten Geheimnisse des Pflanzenreiches einweihen und was gerade von diesem Mann für ihn zu gewinnen oder auch zu erleiden sein würde, steigerte sich die Anspannung seiner Nerven ins nahezu Unerträgliche und beruhigte sich erst, als er nun die anderen Professoren dem kleinen Mann folgen sah: fast alle in schwarzen, die Dekane jedoch in roten, blauen oder violetten Talaren, und, egal ob kurz oder lang, dick oder hager, einer ernster und würdiger daherschreitend als der andere: eine Prozession grimmiger Feierlichkeit.
Als alle Platz genommen hatten, begann Professor Kankelwitz mit seiner Festrede, die er unter das Thema *Die wahre Freiheit des akademischen Bürgers* gestellt hatte.

Die gewaltige Mütze lag nun vor ihm auf dem Katheder, so daß sie einem Teil des Auditoriums die Sicht auf den nur eben mit dem Haupt über das Pult ragenden Redner nahm.
Auf die weißen Bogen mit dem Hochschulgesetz deutend, die jeder Immatriculant ungefaltet in seinen Händen hielt, faßte der Prorector den Kern seiner Rede zusammen: »Auch im freiheitlichen Raum einer Hohen Schule müssen gewisse Gesetze eingehalten werden, damit ein Mindestmaß an Ordnung gewährleistet ist. Wichtiger aber als die Gesetze ist der Geist der Wahrheit, nach deren Erkenntnis wir alle zu streben haben. Leihen Sie, meine Herren, diesem Geist stets Ihr Ohr und Ihre Sprache, dann können Sie den gedruckten Text getrost vergessen. Ein jeder wird dann so handeln, wie die Gesetze es vorschreiben — jedoch nicht aus Zwang, sondern aus selbst gewonnener Einsicht und Überzeugung.«
Man klatschte, trampelte auch, nach akademischem Brauch, Zustimmung —, trotzdem kam Albert der Beifall etwas dürftig vor, und sogar ein unwilliges Füßescharren hatte er nicht überhören können.
»Wir schreiten jetzt zur Vereidigung der Studienanfänger!« verkündete der Professor. Der Reihe nach wurden die Namen aufgerufen. Jeder trat vor, um sein Anmeldebuch in Empfang zu nehmen und mit Handschlag die Befolgung der Gesetze zu geloben.
Als Albert dem Gelehrten zum ersten Mal in die Augen sah, meinte er ein fast unmerkliches Heben der Brauen wahrzunehmen, und vielleicht hatte ja Professor Kankelwitz noch vor der feierlichen Handlung einen Blick auf die Liste geworfen, die Albert Matureit als künftigen Botaniker und somit als seinen Schüler auswies.
Das Orchester spielte noch eine Komposition von Haydn, dann war die Feier beendet, und viele der akademischen Neubürger wurden von ihren Verwandten beglückwünscht. Für Albert freilich war, trotz der zahl-

reichen in Königsberg wohnhaften Tanten, niemand, nicht einmal die Grübners, zum Gratulieren erschienen. Sie allerdings hätten sich, das empfand er selbst, in dieser illustren Gesellschaft seltsam ausgenommen. Der Handwerkersohn aus Gumbinnen durfte sich nunmehr, dank Handschlag und Urkunde, einer Klasse zugehörig fühlen, deren Repräsentanten ihn, wo immer er ihnen begegnet war, bald mit Ehrfurcht, zuweilen mit Neid, stets aber mit dem Wunsch beseelt hatten, einst einer der Ihren zu werden. Und das war nun erreicht.
Vergebens sah sich Albert nach Richard Marold um. Endlich entdeckte er ihn am Ende der Wandelhalle inmitten einer Gruppe junger Leute, mit denen er offenbar in Streit geraten war.
Ein baumlanger Bursche mit dem blau-weiß-roten Couleurband der Masuren hielt Richards Mütze hoch über seinem Kopf und mühte sich, die angeheftete silberne Albertus-Medaille abzureißen. Richard grapschte nach der Mütze, aber zwei Mordskerle drehten ihm die Arme auf den Rücken. Unterdessen hatte der Lange die Plakette entfernt und rief im Ton eines Straßenhändlers:
»Wag es noch einmal, das Ehrenzeichen der Albertina an deinen schmierigen Deckel zu heften! Dann werden dir Königsbergs akademische Bürger zeigen, wie man mit Leuten verfährt, die eine ehrliche Landsmannschaft *cum infamia* aus ihren Reihen gestoßen hat!«
Damit stülpte er dem Hilflosen die Mütze auf den Schädel, überschaute seine Zuhörerschaft, und als von da nicht allzuviel Beifall kam, machte er sich, von seinen Kumpanen begleitet, aus dem Staube.
Albert hatte ihn erkannt. Es war der Student, der ihn in der Quästur so impertinent angegrinst hatte. Aber was konnte Richard denn nur verbrochen haben, daß er sich so demütigen ließ?
Der Vetter, die Mütze schief auf dem Schädel, schien

leicht zu taumeln. Albert eilte auf ihn zu, faßte ihn an der Schulter.
»Der hat dich bestohlen!« rief er. »Du mußt ihn anzeigen!«
Richard befreite sich von Alberts Hand und wandte sich zum Gehen.
»Laß nur. Sie haben ja recht.«
»Wieso denn?« ereiferte sich Albert. »Jedem Studenten steht der ›Albertus‹ zu!«
»Stimmt«, sagte Richard. »Aber wenn man kein Student mehr ist?« Und als der Vetter noch immer nicht begriff: »Du hättest es ja doch erfahren. Sie haben mich relegiert.«
»Von der Uni verwiesen?« Albert war entsetzt.
»Ich bin mal besoffen zum Examen erschienen. und dann haben mich eben auch die rausgeschmissen, bei denen ich das Saufen gelernt habe. Mit Schande — so heißt das bei den Verbindungen. Aus und vorbei.«
Albert schluckte. Der erfahrene Vetter, als Student schon bald ein »bemoostes Haupt«, — mit Schande ausgestoßen?
»Aber du bist doch neulich sogar in vollem Wichs rumgelaufen!«
»Ich hab's mir eben nochmal geleistet«, sagte Richard. »Frag nicht, wieviel Schiß ich hatte.«
So schwach und mutlos, den Kopf gesenkt, mit schleppendem Schritt... armer Richard! Albert war tief bewegt, der Vetter tat ihm unsäglich leid, angestrengt suchte er nach einem tröstenden Wort.
»Denk an die Kunst!« rief er endlich. »Welch ein Segen, daß dir der Sinn nach Höherem steht!«

Als Albert am späten Nachmittag nach Hause kam, hörte er, noch auf der Schwelle, einen seltsamen Klamauk. Er kam vom Ende des Ganges, vielleicht sogar aus seinem

Zimmer. Ein schwerer Körper plumpste gegen die Tür, und dann fing ein fürchterliches Balgen und Hetzen an, es fauchte, pfiff und schrie. Vorsichtig spähte er hinein. Kater Hinze schlug sich mit einer fetten Ratte herum, hielt sie in den Tatzen, zerrte, schleifte, beutelte sie, und da sie noch nicht tot war, ließ er sie ein paar Schritte laufen, um sie gleich wieder zwischen seine Zähne zu nehmen. Als Albert eintrat, hielt er sie mit den Pranken fest und blickte dem Zimmerherrn mit äußerstem Mißtrauen entgegen.

Albert trat auf den Schwanz der Ratte und erschreckte gleichzeitig den Kater. Der ließ die Beute los und flüchtete sich fauchend in eine Ecke. Die Ratte, schwer verwundet, wehrte sich nicht, als Albert sie auf den Fenstertisch legte. Die Petroleumlampe hatte den Kampf nicht überstanden, der grüne Schirm lag in Scherben. Aus den mitgebrachten Büchern baute Albert ein Verlies. Dann scheuchte er Kater Hinze aus dem Zimmer und holte das Fläschchen mit Blausäure aus seinem Gepäck. Er überlegte noch, wie er der Ratte das Gift zuführen könnte, das er sich für Obduktionszwecke in Gumbinnen beim Apotheker Leichhardt besorgt hatte. Doch als er wieder nach ihr sah, war sie bereits verendet.

Da es schon dämmerte, stellte er die schirmlose Lampe aufs Fensterbrett und entzündete den Docht. Er kramte sein Sezierbesteck aus dem Seesack und machte sich an die Arbeit. Dazu legte er die Ratte auf den Rücken, spannte sie, indem er Stecknadeln durch die fleischfarbenen Füßchen trieb, auf die Tischplatte, notierte zunächst Körpermaße und Länge des Schwanzes und öffnete sodann mit dem Skalpell den Leib vom Halsansatz bis zum Bauch. Während der Sektion vermerkte er schriftlich, was die einzelnen Phasen an Einblick erbrachten. Schon als Junge hatte er Pflanzen gesammelt, gepreßt, nach Gattungen geordnet, hatte Wiesel, Mäuse, Vögel, Kriechtiere, wenn er sie tot fand oder ein Nachbar sie

brachte, zergliedert und ihre Anatomie in einem eigens dafür angelegten Heft beschrieben.
Immer hatte er wissen wollen, wie die Natur sich ihre Kreaturen baut, wie Haut und Knochen, Muskeln, Sehnen, Adern »funktionieren«. Und je mehr Übung er bekam, um so säuberlicher gerieten die Präparate. Er konservierte sie in Spiritus, und von den schönsten trennte er sich nur ungern; selbst nach Königsberg hatte er einige Gläser mitgenommen, doch hielt er sie bislang noch in einer Kiste versteckt.
Gerade zählte er die Schuppenringe des Schwanzes und war bei 213 angelangt, als Tante Dorchen kam. Er ging ihr entgegen und bat gleich um einen neuen Lampenschirm. Sie eilte in Alberts Zimmer, sah die Scherben, sah auch die gekreuzigte Ratte, deren Innereien Albert herausgenommen und auf ein Tellerchen gelegt hatte.
Als sie wieder zu Atem gekommen war, eröffnete sie dem Neffen in stoßweiser Rede, daß solch ekelhafte Manipulationen in ihrem Hause niemals mehr statthaben dürften, er müsse sonst — Neffe hin, Neffe her — mit fristloser Kündigung rechnen.
»Aber solche Arbeiten gehören zu meinem naturwissenschaftlichen Studium!« protestierte Albert.
»Naturwissenschaft?!« rief Dorchen. »Für mich heißt Natur schöne Blumen und mein Schnittlauchtopf. Aber auseinandernehmen, was Gott zusammengefügt hat, das hat nichts mit Natur zu tun. Das ist Sünde!«

Immer wieder mußte Albert an Richard denken. Vor wenigen Tagen hatte er ihn noch in seinem prachtvollen, wenngleich etwas abgenutzten Schnürrock, die ulanenhafte Konfederatka auf dem Kopf, bewundert. Und dann, ausgerechnet am Tage von Alberts feierlicher Immatriculation, war er so schmachvoll entlarvt worden: ein armes, geschundenes Menschenkind, Opfer bornierter Pharisäer, denen die Strafmaßnahmen der Universität zu seiner Demütigung noch nicht genügten. Wenn der Ehrenkodex der neuen Klasse, der Albert sich nun zugehörig fühlen durfte, sich derart manifestierte, dann würde es ihm nicht schwerfallen, auf jene vielgerühmten Landsmannschaften und Corporationen zu verzichten — zumal die Armut der Eltern ihm den Eintritt ohnedies unmöglich machte.

Da Richard schon seit Tagen nicht mehr in der Koggenstraße erschienen war, hoffte Albert ihn am kommenden Donnerstag zu treffen, wenn er zu Onkel Marolds Freitisch ging. Überdies hatte er genug zu tun. Mit sich allein gelassen und so unberaten wie jeder Student im ersten Semester, der nach dem Zwang der Schule die ersehnte akademische Freiheit zunächst eher als Beschwernis denn als Gewinn empfindet, schusterte er sich aus dem Vorlesungsverzeichnis einen Stundenplan zurecht, dessen Ansprüche ihn überfordern mußten. Bei den Professoren Zabrowski, Spirgatis, Müller und Bergmann schrieb er sich ein für »Grundbegriffe der Zoologie«, »Naturgeschichte der Säugetiere«, »Die Entwicklung des Menschen und der Wirbeltiere«, »Theoretische Chemie« und »Philosophische Propädeutik«.

Für die zoologischen Collegien bei Professor Zabrowski mußte er sofort bezahlen: 13 Reichstaler, 5 Silbergroschen. Dafür erhielt er auch die Erlaubnis zur Benutzung der Bibliothek des Zoologischen Instituts.

Am Schwarzen Brett fand Albert einen Zettel, der jeden neu eingeschriebenen Studenten der Botanik aufforderte, sich nach schriftlicher Anmeldung beim Herrn Prorector, Professor Dr. Robert Kankelwitz, persönlich vorzustellen. Das Botanische Institut mit dem Botanischen Garten lag in dem Viertel zwischen Oberlaak und Steindamm, umschlossen von Butterberg- und Besselstraße sowie vom Steindammer Wall. Versehentlich geriet Albert an den falschen Eingang; er führte durch einen Ziergarten zum Wohnhaus des Direktors. Von dort ging Albert über den Kiesweg, bis er die Pforte zum Botanischen Garten fand. Hier tat sich ein weitgehend in seiner Ursprünglichkeit belassenes Wald- und Buschgelände mit bereits üppig sprießender Vegetation auf.

Ringsherum von hohen Mauern geschützt, blühten hier manche Arten, die sich draußen, in der freien Natur Ostpreußens, wo man länger als im übrigen Deutschland auf den Frühling warten mußte, erst in ein, zwei Wochen entfalten würden.

Er hatte noch keine zehn Schritte in diesem wuchernden Paradies getan, da traf ihn ein Pfeil in die Brust. Besser gesagt: auf die Jacke. Aber ein Pfeil war es, unzweifelhaft. Er bückte sich, hob ihn auf, und gleichzeitig brach mit kriegerischem Geheul aus dem Dickicht ein kleines Mädchen hervor, und das war ein Indianer.

»Ich bin Unkas«, sagte das Mädchen. Es war kaum zehn Jahre alt, hatte rabenschwarze Augen und ebensolche Locken, in denen eine Reiherfeder steckte. In der Hand trug es den Flitzbogen und am Band um die Brust einen Köcher mit Pfeilen.

»So, du bist Unkas, der Sohn von Chingachgook«, sagte Albert. »Aber wenn ich richtig sehe, bist du doch ein Mädchen?«

»Das bin ich außerdem«, sagte das Kind. »Ich bin auch Cora.«

Albert hatte den *Lederstrumpf* noch im Kopf.

»So, so, Cora. Warum nicht Alice?«

»Pah! Alice ist doch blond! Und Cora ist viel mutiger. Alice hat immer nur Angst.«

Stimmt. Er hatte die schwarze Cora auch lieber gemocht. Sie hatte sogar ihre zitternde Schwester vom Marterpfahl befreit.

»Aber warum schießt du auf mich?«

»Doch nicht auf dich!« sagte das Mädchen. Es sah wild und drollig aus in seinem gelben Hängerkleidchen mit

den an der Schulter gebauschten Ärmeln, den weißen Strümpfen und den roten Schnallenschuhen. »Unkas tötet nur seine Feinde, die Huronen.«
»Sind die in der Nähe?« Er sah sich angstvoll um.
»Paß auf!« Sie legte einen Pfeil an die Sehne und schlich an einen Blütenstand heran, auf dem sich ein Kohlweißling niedergelassen hatte. Sie spannte den Bogen, und der Pfeil, der nicht zugespitzt, sondern durch einen aufgesetzten Pfropfen aus Weidenholz für Menschen ungefährlich war, traf den Falter und verstümmelte ihn. Die schönen, schwarzweiß gemusterten Flügel, der biegsame Leib, die griffigen Beinchen: aus dem zierlichen Wunderwerk war eine scheußliche Ruine geworden. Die Kleine wischte, was am Pfeil noch haftete, mit dem Handballen ab und behauptete, sie habe soeben den Huronenhäuptling Magua erlegt.
»Warum bringst du die Tiere so grausam um?«
»Das sind Schädlinge. Sie machen die Obstbäume kaputt!«
Es fiel ihr nicht schwer, aus ihrer Phantasiewelt in die Realität zurückzufinden.
»Dann hättet ihr sie in ihren Nestern töten sollen, als sie noch Raupen waren«, sagte er tadelnd. »Als Schmetterlinge sind sie durchaus nicht mehr schädlich. Ganz im Gegenteil: Sie bestäuben die Blüten. Das weiß doch jeder, der einen Obstgarten hat. Wer bist du überhaupt, du kleine Göre? Ist dein Vater hier Gärtner?«
Die Kleine schüttelte die schwarzen Locken. »Mein Vater ist doch kein Gärtner!« sagte sie, offenbar unfähig zu begreifen, wie einer sich so wenig in der Welt auskennen konnte. »Mein Vater ist Professor!«
O weh...
»Herr Professor Dr. Kankelwitz?«
»Ich bin Alwine Kankelwitz«, sagte das Kind und deutete einen Knicks an. »Und wenn mein Papa mal tot ist, gehört der Garten mir. Dann bin ich der Professor.«

»So, so. Aber Mädchen dürfen doch nicht studieren.«
»Bis dahin bin ich längst kein Mädchen mehr!« Sie stieß einen wilden Schlachtruf aus und schrie: »Ich bin Unkas, ich bin Chingachgook, ich bin der letzte Mohikaner!« Und verschwand im Gebüsch.

Professor Kankelwitz saß inmitten seiner Herbarienschätze am Schreibtisch. Der kleine Mann war hinter den zu gewaltigen Gebirgsformationen aufgetürmten Löschblattmappen kaum auszumachen. Nicht allein, daß bis zur Decke reichende Regale an allen vier Wänden und sogar vor den Fenstern standen: den Zugang zu ihnen versperrten andere Regale, und hier wie dort waren zwischen die schmalen Bretter dicke, mit Schildchen versehene Mappen gestopft, und zwar so eng wie möglich, denn je fester gepreßt, um so länger blieb das kostbare Pflanzengut der Wissenschaft erhalten.
Der Professor schob die Brille auf die Stirn und betrachtete den jungen Mann, der sich, fast ohne anzuecken, einen Weg zu ihm gebahnt hatte, nicht ohne Wohlwollen. Schon bald stellte sich heraus, daß er, anders als jener rotbärtige Hüne in der Quästur, keinerlei Bedenken wegen Alberts bescheidener Herkunft hegte; ihn interessierten andere Dinge.
»Was hat Sie denn auf den Einfall gebracht, Botaniker zu werden?«
Auf diese Frage war Albert vorbereitet.
»Mein Vater hat mich schon früh in Wald und Feld geführt und mir die Bäume und Kräuter erklärt.«
»Erklärt? Ein Schmied? Nun ja.« Der Professor nickte dennoch ermunternd.
»Aber so richtig begeistert für die Natur hat mich erst Goethe.«
»Goethe? Eija? Wieso denn der?«
Ja — wieso? dachte Albert. Konnte Goethe einen nicht für *alles* begeistern?

»Eigentlich war es nur ein Gedicht. Als ich es das erste Mal las, hab' ich es gar nicht begriffen. Aber später —«
»Und was war das wohl für ein Gedicht?«
»Die Metamorphose der Pflanzen.« Der Professor schlug mit der flachen Hand auf den Tisch.
Mehrmals. »Hab' ich's mir doch gedacht!« Er stand auf. Es sah aus, als wolle er, um sich die rechten Worte eher einfallen zu lassen, im Zimmer auf und ab gehen. Doch dann, als sähe er ein, daß dies hier unmöglich war, setzte er sich wieder und sah — Albert mit merkwürdig verengtem Blick in die Augen.
»Vergessen Sie Goethe!« sagte er streng. »Er ist unser Dichterfürst, das muß hinreichen. Goethe hat mit eben dieser *Metamorphose der Pflanzen* in den Köpfen junger Naturfreunde wahre Verheerungen angerichtet. Das hat bis in die Reihen der Wissenschaftler hineingewuchert. Ich denke da nur an meinen verehrten Vorgänger, Professor Meyer, der Ihnen durch seine leider nicht fehlerfreie *Geschichte der Botanik* bekannt sein dürfte. Und nun sieht man's ja wieder an Ihnen, junger Freund. Goethe und die Natur — denken Sie nur an die *Farbenlehre!* ›Taten und Leiden des Lichtes‹ —, das ist Mystizismus in Reinkultur! Wir haben's ja alle mal auswendig lernen müssen, das fatale Gedicht. Wohlgeratene Verse, gewiß. Aber welche Gesinnung! Welch eines Wissenschaftlers unwürdige Terminologie! ›Heiliges Rätsel‹ — ›Wundergebild‹ — ich bitte Sie: er spricht von Wunder, wo's um nichts als einen Stengel geht! ›Göttlicher Hauch‹, ›geweihter Altar‹ — ich zitiere doch richtig? ›Immer staunst du aufs neue‹, behauptet der Dichter. Hüten Sie sich davor! Als exakter Wissenschaftler haben Sie nicht zu staunen, Sie haben zu *sehen* und zu *vermerken!* Und nichts als dies!«
Darauf wußte Albert nichts zu erwidern. Er war perplex. In aller Unschuld hatte er Goethe als Erwecker und Mentor seines Interesses für die Naturwissenschaften

genannt — und sah sich nun überschwemmt von einem Sturzbach aus Argumenten und Zitaten, dem er nichts entgegenzusetzen hatte.

»Für Goethe, müssen Sie wissen«, fuhr der Professor, nun etwas weniger erregt, fort, »für Goethe war das Verfahren der exakten Wissenschaft eine Denkweise, die nichts als die tote Materie kennt. Sogar Kant hat er zu Hilfe genommen, um seine Lehre von der ›Urpolarität aller Wesen‹ zu stützen. Die Philosophie jedoch, junger Freund, hat bei uns nichts zu suchen. Da war Schiller ganz anders. Schiller war gewiß ein philosophischer Kopf, aber er hat zu unterscheiden gewußt zwischen empirischer Wissenschaft und unverbindlicher Spekulation. Sonst hätte er Goethe, als der ihm mit seiner ›symbolischen Pflanze‹ kam, nicht eiskalt entgegnet: ›Das ist keine Erfahrung, das ist eine Idee!‹ Stimmt. Stimmt genau! Und überdies eine abwegige Idee, die uns nicht weiterbringt. Fühlen Sie sich nunmehr gegen künftige Versuchungen gewappnet?«

Albert nickte. Er glaubte den Gelehrten verstanden zu haben.

Indes — wenn Goethe so sehr irrte — und der Dichter war es nun einmal gewesen, dem Albert, neben dem Vater, sein Lebensziel verdankte! —, hatte Albert dann die Pflanzenwelt bislang mit getrübtem, mystisch verschleiertem Auge gesehen? Und mußte er sich künftig, wollte er je ein ernstzunehmender Wissenschaftler werden, nicht jeder Bewunderung, allen Staunens, jedweden Glaubens an »der Göttin heilige Lettern«, die Goethe im Bau der Pflanzen erkannt haben wollte, enthalten? Er war entschlossen, es sich so einfach nicht zu machen. Auch der Professor — und fast erschrak er vor der Kühnheit dieses Gedankens —, auch der Professor mußte nicht im Besitz der letztgültigen Wahrheit sein.

Er atmete auf, als Kankelwitz, nachdem »die Begriffe zurechtgerückt waren«, ihm den Unterschied der botanischen Disziplinen erläuterte. Da war zunächst die *Morphologie,* die sich mit Form und äußerem wie innerem Aufbau der Pflanzen befaßt, sodann die *Physiologie,* welche die Lebensvorgänge innerhalb der Pflanze erforscht, und endlich die *Systematik.* Auf sie legte der Professor besonderen Nachdruck.

»Die Systematik ermittelt die Ähnlichkeiten der einzelnen Species untereinander, wie auch ihre Unterschiede. Nach diesen Merkmalen teilt sie das gesamte Pflanzenreich in einzelne Gruppen ein. Somit leisten die beiden anderen Disziplinen gleichsam nur Zuträgerdienste für den Systematiker. Denn die Krönung aller Forschung ist in der Tat das *System.* Ich selbst bin Systematiker. Mein spezielles Gebiet sind die *Hieracien,* die Habichtskräuter — ich nehme an, Sie sind in der Nomenclatur noch nicht so sattelfest?«

»Doch, doch«, erwiderte Albert. »Ich habe lange auf *Die Flora Preußens* von Klinggraeff gespart und mir daraus schon viele wissenschaftliche Namen angeeignet.«

»Auch Klinggraeff ist nicht fehlerfrei«, sagte Kankelwitz. »Doch für den Anfang mag's hingehen. Nun, Sie werden immerhin so viel wissen, daß unter den Gefäßpflanzen die *Hieracien* zur Ordnung der *Campanulales* gehören, hier wiederum zur Familie der *Cichoraceae* - und damit« — den Professor riß die Begeisterung für sein ureigenes Fachgebiet hin — »beginnt das Reich der *Hieracien*-Arten mit seiner *staunenswerten* Vielzahl von einander kaum zu unterscheidender Ausprägungen: ein *Rätsel,* ein *Wunder,* ein wahrhaft *göttlicher* Mikrokosmos! — - «

Er stockte. Und nun sah sich Albert einem Mienenspiel gegenüber, mit dem der Professor, gewiß ohne daß er es ahnte, das Herz seines Schülers für alle Zeit gewann. Nachdem er nämlich seine von anmutig unterstreichenden Handbewegungen begleitete Rede abgebrochen hatte, schoben sich seine Lippen wie schmollend vor, und sein Gesicht nahm einen Ausdruck von Verdutztheit, ja, rührender Hilflosigkeit an, und der währte so lange, bis er sich entschloß, über seinen stürmischen Fehltritt ins goethisch-göttliche Wunderreich laut und anhaltend zu lachen.

Um die Mitte des Monats Mai, als nach zwei grauen Regenwochen Kastanien und Flieder blühten, hatte Albert die studentischen Bräuche und Riten so weit kennengelernt, daß ihm der Umgang mit Kommilitonen und Professoren zur Gewohnheit geworden war. Professor Kankelwitz nahm sich seiner aufmerksam an; nicht allzuviel Studenten hatten Botanik belegt, und außer Wilhelm Delius, einem Oberförstersohn aus Methgeten, zeigte keiner so viel Lernbegierde, daß er sich mit Albert hätte messen können. Das entging natürlich auch Kankelwitz nicht, wenngleich er nur ein nachsichtiges Lächeln aufbrachte, als Albert sich rühmte, er habe schon als Knabe die heimische Flora rings um Pissa und Angerapp aufs gründlichste *erforscht.* »Ei, sieh an! Da hätte ich gleich eine Aufgabe für Sie. In den Sommerferien stellen Sie einmal fest, wie sich's in diesem Jahr an der Angerapp mit den *Scrophulariaceen* verhält, in Sonderheit, ob *Lathraea squamaria* zu finden ist. Auch wie's mit *Dentaria bulbifera* steht, sollte uns interessieren.« Er zögerte einen Moment, blinzelte listig, und ergänzte: »Ach, wissen Sie was? Wenn Sie schon dort zu Hause sind, untersuchen Sie doch gleich den gesamten Aspekt. Bringen Sie mir nach den Ferien eine komplette Übersicht über *sämtliche* Pflanzen, die an der Angerapp gedeihen!«
Eine ebenso ehrenvolle wie umfangreiche Aufgabe. Aus der Erholung vom Studium würde wohl nichts werden. Überdies wußte Albert nicht recht: War, was der Professor ihm da auferlegte, eine Auszeichnung — oder eine Zurechtweisung? Etwa weil er, der kleine Mulus, der von der Wissenschaft noch gar nicht Wahrgenommene, sich

in frecher Selbstüberschätzung bereits als »Forscher« bezeichnet hatte?

Eduard Rhan stand am Bollwerk, seinem Lieblingsplatz. Hinter ihm erstreckte sich die lange Reihe hochgebauter Speicherhäuser aus dem vorigen Jahrhundert, die sich mit den Firmenwappen ihrer Eigentümer auswiesen: Lamm, Walfisch, Palmbaum, Einhorn, Wilder Mann oder Pelikan. Wenn die Frachtschiffe hier anlegten und ihre Ladung löschten, wurden Ballen, Fässer und Säcke am Kai gestapelt und mit dem Flaschenzug durch die Dachluken gehievt. Am Bollwerk sowohl, wie drüben auf der Lastadie, und auch oberhalb der Grünen Brücke, wo der Binnenhafen begann, war zuweilen auf beiden Pregelarmen die Fahrrinne nahezu versperrt — so viele Schiffe kamen sich hier ins Gedränge: dicke Getreidekähne, Fischkutter von der Nehrung, schnittige Jachten und Jollen aus Pillau, Käse-, Butter- und Obstkähne, flotte Küstenfahrer, Passagierboote mit bunt gestreiften Zeltdächern und dazwischen ein majestätischer Dreimaster aus Holland, Frankreich, Rußland oder Skandinavien.
Von hier aus konnte Eduard Rhan auf den »Hundegatt« genannten schmalen Pregelarm, wie auf den Kneiphof und den gegenüberliegenden, noch eingerüsteten Neubau der Börse blicken. Hoch aufgerichtet stand er, hatte, nach seiner Gewohnheit, den Spazierstock zwischen Rücken und Arme geschoben, als bedürfe er einer Stütze, und verfolgte aufmerksam die Schiffe, die pregelauf und -ab vorüberglitten. Doch als das schnelle Dampfboot »Gazelle« aus Pillau in Sicht kam, sah es aus, als drückten sich vor diesem fauchenden, rauchenden Ungetüm mit seinen triefenden Schaufelrädern alle anderen ängstlich an die Ufermauern. Und doch glich die »Gazelle« einem Zwerg, wagte sich einmal ein seetüchtiges Dampfschiff mit seinem hohen Schornstein bis an die Grüne Brücke.

Eduard Rhan war groß, kräftig, ohne überflüssiges Fett, sein Gesicht war ebenmäßig geschnitten und meist tief gebräunt.
Er pflegte sich stundenlang bei Wind und Wetter am Hafenkai aufzuhalten. Im Juni würde er seinen dreiundvierzigsten Geburtstag feiern; ein großes Fest sollte es geben, die Vorbereitungen begannen schon jetzt.
Die Brüder Eduard und Otto Rhan waren vom Schicksal verwöhnt worden. Einige Glücksfälle hatten den Söhnen des Gemischtwarenkrämers Emanuel Rhan die Gründung eines Getreide-Import-Geschäfts in Königsberg ermöglicht, und nach wenigen Jahren waren die jungen Rhans gemachte Leute. Mit nicht zu täuschendem Sinn für günstige Accomodationen erwarb, stapelte und verkaufte Eduard, immer unterwegs zwischen Hafen, Börse und Lagerhaus, russischen Weizen der besten Qualität. Sehr zustatten war den ostpreußischen Kornhändlern in den 50er Jahren der Krimkrieg zwischen England und Frankreich einerseits und dem Zarenreich andererseits gekommen. Rußland konnte sein Getreide nicht mehr, wie gewohnt, übers Schwarze Meer nach dem europäischen Westen exportieren, sondern mußte es über die Ostsee nach Königsberg einführen. Da machte mancher auf dem Kneiphof ein Vermögen.
Als Eduard dreißig war, zählte das Haus bereits zu den ersten Adressen. In dieser Zeit trennten die Brüder sich in beiderseitigem Einvernehmen. Otto zog nach Danzig und verlegte sich dort auf den sehr florierenden Linsenhandel. Jetzt bedurfte es nur noch einer standesgemäßen Heirat, um Eduard auch die alteingesessene Königsberger Gesellschaft gewogen zu machen. Doch Rhan war kein Mitgiftjäger; zudem geschah es, daß er sich in ein Mädchen aus einfachen Kreisen verliebte.
Das war die damals kaum zwanzigjährige bildschöne Angelica Marold, die jüngste Schwester von Alberts Mutter Johanne.

Sie ließ sich von seinem Reichtum nicht verlocken und wies ihn ab — was sie um so leichteren Herzens tun konnte, als Otto, sein Bruder, der ihr viel besser gefiel, ebenfalls um sie warb, und der war auch nicht arm. Eduard war tief getroffen, aber zu anständig, dem Bruder sein Glück lange nachzutragen. Schließlich war da noch Luise, Angelicas ältere Schwester, die zwar nicht so schön, aber schmiegsam und warmherzig war, und so ließ sich's auch bei ihr verschmerzen, daß ihr Vater nur kleiner Kalfaktor und Glöckner am Salzburger Stift zu Gumbinnen gewesen war. Er starb übrigens kurz vor der Doppelhochzeit, was den Rhans und ihrem Anhang manche Peinlichkeit ersparte. Denn gebildet waren sie nicht: weder die Eltern Marold im schlichten Gumbinnen, noch die Töchter Dorothea, Johanne und ihr Bruder Fritz. Doch waren immerhin die beiden jüngsten, Luise und Angelica, in den Genuß des Privatunterrichts gelangt, den ihr Vater, als er unvermutet zu Geld gekommen war, ihnen zwei Jahre lang hatte erteilen lassen. Sogar für Klavierstunden hatte es noch gereicht, und so waren sie denn in der Tat, anders als ihre älteren Geschwister, gesellschaftsfähig geworden.

Otto Rhans Glück mit der schönen Angelica währte nicht lange. Er starb, noch nicht sechsunddreißig, an den Pocken und hinterließ eine wohlhabende Witwe, die schon bald im Hause ihres Schwagers eine neue Heimat fand.

Sie genoß nicht nur Wohnrecht; Eduard ließ ihr auch jede erdenkliche Freiheit. Das verstand sich nicht von selbst.

Natürlich hätte Angelica — sie hatte genug geerbt — sich sonstwo niederlassen, auch eine Villa am Mittelmeer kaufen und ihr Leben einrichten können nach ihrem Stil und den Launen ihres unberechenbaren Temperaments. Aber als sie nach dem Tode ihres Mannes von Danzig nach Königsberg gezogen war, hatte sie es als angenehm empfunden, zunächst einmal im Kreis der Schwagerfamilie zu leben, zumal sie sich mit ihrer Schwester Luise immer gut verstanden hatte. Dennoch — und daß sie es durfte, spricht für Eduards Großzügigkeit — hielt sie sich an keine Hausordnung, erschien einmal zu Tisch und das nächste Mal nicht, blieb an Sonntagen zuweilen unauffindbar oder verschwand mitten in der Woche für ein paar Tage mit einer überraschend vorfahrenden Diligence, was auf eine längere Reise in die Provinz schließen ließ. Zu schweigen von ihren kühneren Unternehmungen, zu denen sie sich immerhin rechtzeitig abmeldete: für zehn Wochen nach Rom und Neapel, zwei Monate an die Riviera, drei Wochen nach Paris, und bei der Rückkehr immer »frisch lackiert«, wie Eduard es, etwas ungalant, nannte. Er meinte nicht nur ihre sehr behutsamen kosmetischen Korrekturen, sondern auch den »rundum neu verpackten Menschen«, und damit hatte er recht.

Heute nun sollte Angelica wieder einmal von einer großen Reise zurückkehren, die sie zehn Wochen lang durch Spanien, Frankreich, die Schweiz und Österreich geführt hatte. Von einer Depesche aus Berlin alarmiert, war Eduard schon gestern auf dem Bahnhof gewesen, leider vergeblich. Da ihm aus verschiedenen Gründen daran lag, seine Schwägerin zunächst unter vier Augen zu sprechen, hatte er sich vorgenommen, auch heute zum Berliner Zug auf den Perron zu gehen. Er hatte sich jedoch schon am frühen Vormittag aufgemacht, um zuvor noch sein Lagerhaus, einen der vielen, schon hundert Jahre alten spitzgiebeligen Fachwerkspeicher an der Lastadie, zu inspizieren.

Vom Wind wie durchgeblasen, und das hieß für ihn nur eben angenehm erfrischt, sah Eduard auf die Uhr. Es wurde Zeit, zum Bahnhof zu gehen. Mit einem Boot ließ er sich zur Kneiphofinsel übersetzen.

Auf der Grünen Brücke kam ihm der Bauunternehmer Lindtner in die Quere. Korpulent, mit gepflegtem Vollbart, war Hugo Lindtner, wie Eduard, Stadtverordneter,

und auch im Königsberger Geschäftsleben ein hochangesehener Mann. Eduard konnte ihm nicht gut ausweichen, so gern er gerade heute diesen geschwätzigen, stets großspurig auftretenden Herrn ignoriert hätte.
»Ich weiß, wohin es Sie treibt, Rhan«, sagte Lindtner mit breitem Lachen. »Keine Ausflüchte! Sie wollen Ihre bezaubernde Schwägerin von der Bahn abholen.«
Lindtner war, soweit es städtische und geschäftliche Angelegenheiten betraf, der bestinformierte Mann in Königsberg.
Zumal sein Gedächtnis für menschliche Schwächen war erstaunlich und gefährlich; eine Andeutung genügte, um jeden seiner Gegner zum Schweigen zu bringen. Daß er aber auch im Hause Rhan nicht übel unterrichtet schien, verblüffte nun doch — wenngleich die beiden Ehefrauen, Luise Rhan und Elise Lindtner, gemeinsam ihre Musikalischen Kränzchen auszurichten pflegten, und dabei ließ sich mancherlei erfahren.
Jedenfalls half hier kein Leugnen, »und« — so dachte Eduard trotzig — »weshalb sollte ich auch?«
»Gut erraten. Sie kommt aus Spanien zurück. Sie hat uns fleißig geschrieben, aus Paris, Barcelona, San Remo. Die letzte Karte kam aus Wien.«
»Eine bewundernswerte Frau!« rief Lindtner. Er wandte sich um und ging nun mit Eduard wieder dorthin, woher er gekommen war, zum Neubau der Börse. Eduard fragte, ob die Arbeit nach Plan vorangehe.
»Alles nach Wunsch«, bestätigte Lindtner. »Wir wenden fortschrittliche Techniken an, von denen wir uns bei der Neuen Universität noch nichts träumen ließen. Und beim Wasserwerk -.«
»*Den* Auftrag haben Sie *auch* bekommen?« Eduard war beeindruckt. Angespannt überlegte er, wie lange Lindtner ihn noch begleiten würde. Etwa bis auf den Bahnsteig? Er sprach gegen das Rattern der Wagen und das Gekreisch der Baumaschinen an. Am Börsenneubau blieb

er stehen, als wolle er dem Unternehmer nahelegen, sich wieder um seine Arbeiter zu kümmern.
»Ich glaube beinahe, lieber Lindtner«, schmeichelte er, »Sie wollen für Königsberg werden, was der Baron Haussmann für Paris ist?«
Lindtner hob abwehrend die Hand.
»Aber nicht mit so viel Schulden, wenn ich bitten darf! Doch Scherz beiseite. Wir haben jetzt über 100000 Einwohner. Statt immer neue Wälle zu bauen, die im Ernstfall doch nichts nützen, sollten wir uns endlich weit übers Glacis ausdehnen und alte, verrottete Stadtviertel abbrechen, wie in Paris.«
Er kommt nicht darüber hinweg, daß er, vor zehn Jahren, bei der Vergabe der Befestigungsbauten, leer ausgegangen ist, dachte Eduard. Lindtner sprach weiter:
»Oder denken Sie an Wien, wo es ja sehr flott vorangehen soll! Sagten Sie nicht, Ihre Schwägerin sei auch in Wien gewesen? Dann können wir ja gleich aus erster Hand erfahren, wie's mit der Ringstraße steht!«
Er faßte Eduard am Arm und machte sich schnurstracks mit ihm zum Bahnhof auf. Dies war einer jener Fälle von Impertinenz, denen Eduards schlicht gefügte, jedoch keineswegs robuste Natur nicht gewachsen war.
Lindtner wußte dennoch, was sich gehörte. Kurz vor dem Bahnhof machte er kehrt, und Eduard blieb nichts übrig, als sich für die unerbetene Begleitung zu bedanken.
Am Bahnhofsplatz, wo die Lohndroschken standen, befahl er einem der Kutscher, auf ihn zu warten. Dann begab er sich in die Halle. Ein Junge bot ihm die Hartung'sche Zeitung an; er kaufte sie und schlenderte lesend über den Perron. Aber er verstand nicht, was er las, er dachte nur an die, auf die er wartete — quälend lange zehn Wochen gewartet hatte.
Wie man's bei ihr schon kannte, hatte Angelica sich auch zu dieser Reise scheinbar ganz plötzlich entschlossen.

Erst später stellte sich heraus, daß sie mit einem Redakteur in Leipzig korrespondiert hatte. Weshalb, wußte man nicht, aber dieser Briefwechsel mußte sie auf die Idee gebracht haben, nach Spanien zu reisen. Ungewöhnlich für eine Frau, nicht jedoch für Angelica, die nach ihres Mannes Tod im leeren Haus zu Danzig eine Art Klausur absolviert haben mußte, aus der sie sich eines Tages, wie der Schmetterling aus der Puppe, befreit und im Hause ihres Schwagers in Königsberg ein neues, geselliges Leben begonnen hatte. Die Einladung war von ihm ausgegangen, und sie hatte akzeptiert. Auch ihre Schwester Luise hatte nichts einzuwenden, im Gegenteil. Sie hatte sich Sorgen um die Vereinsamte gemacht, war wiederholt nach Danzig gefahren, sie »heimzuholen«. Nein: niemand — oder jeder der drei — hätte sich schuldig fühlen müssen, wenn geschehen wäre, was nicht geschah. Doch hatte niemand ein Wort zu viel, keiner einen verwegenen Blick gewagt, weder in Luises Gegenwart, noch gar in einer Minute unverhoffter Zweisamkeit. Mit schwerem Atem und niedergeschlagenen Augen kapitulierte Eduard vor Angelicas Unbefangenheit, die provozierend und demütigend war, weil sie verriet, wie wenig er ihr bedeutete.

Natürlich, das war ihm nicht neu; weshalb hatte sie ihm seinen Bruder vorgezogen? Aber nun, da Otto tot war, seit zwei Jahren schon — hatte Eduard nicht auf gewisse Entwicklungen gehofft? Konnte es nicht späte Einsichten, Wandlungen, Korrekturen geben, da doch der Tod schon auf seine Art korrigiert hatte? Er machte sich keine unsinnigen, schon gar keine unlauteren Hoffnungen. Überkam ihn wirklich einmal der undelikate Gedanke, hier ließe sich eine *Erbschaft* antreten, so rang er ihn mit aller Kraft nieder, und dabei half ihm jedes, auch das albernste Argument: pietätvoller Respekt vor dem Witwenstand, Bewahrung seines väterlichen Ansehens — das Ausgefallenste war ihm recht, wenn es nur geeignet schien, seine Gier nach diesem schönen Leib zu bezähmen. Das mochte hilfreich gewesen sein, solange Angelica noch in Danzig war.

Doch seit sie in der Kneiphöfschen Langgasse wohnte, war Eduard ihr ausgeliefert. Als er sie schweren Herzens auf die Reise entließ, hatte er gehofft, die Trennung werde sich als Wohltat erweisen. Aber ließ sich eine Angelica vergessen?

Als der Zug mit einiger Verspätung einfuhr, erspähte Eduard sie am Türfenster des Erster-Klasse-Waggons. Beim Aussteigen nahm ihr ein Herr, der selbst einen Geigenkasten in grünem Futteral zu tragen hatte, Reisetasche und Hutschachtel ab. Angelica, offenbar nicht überrascht von Eduards Anwesenheit, stellte die Herren einander vor. Es erwies sich, daß ihr Begleiter keine Abteilbekanntschaft war. Sie hatte mit Herrn Marcus Löwenthal in Wien den Berliner Zug bestiegen, einen Ruhetag in der preußischen Hauptstadt verbracht und auch die Weiterreise nach Königsberg in seiner Gesellschaft unternommen.

Als Löwenthal den Hut zog, wirkte sein schwarzes krauses Haar über der zerfurchten Stirn, wie auch das Raubvogelhafte der gebogenen Nase auf Eduard leicht befremdend. Um so eher wandte er seinen Blick wieder der Schwägerin zu, deren Schönheit ihm noch nie so vollkommen erschienen war. Mehr als ein paar höfliche Fragen nach Reisedauer und Wetter brachte er freilich in Gegenwart dieses irritierenden Herrn nicht zustande.

Ehe Löwenthal auf dem Bahnhofsvorplatz eine Droschke bestieg, verabschiedete er sich von Eduard, richtete jedoch kein Wort an Angelica. Eben dies verstärkte Eduards Mißtrauen.

Offenbar hatten beide längst verabredet, wo und wann sie sich wieder treffen würden.

Gegen Ende des Monats erhielt Albert einen Brief. Seine Tante Luise Rhan lud ihn für den kommenden Mittwoch

zu einem »Lese- und Musikkränzchen« ein, und zwar, wie eigens vermerkt wurde, »aus besonderem Anlaß«. Für Albert war es ohnehin etwas Besonderes, von den reichen Verwandten eingeladen zu werden, wenn auch leider erst für neun Uhr, und das hieß: eine Abendmahlzeit wurde nicht geboten. Albert wurde ja nur einmal in der Woche, wenn er bei Marolds essen durfte, rundum satt. An den anderen Tagen hungerte er zwar nicht gerade, aber die studierenden Gutsbesitzersöhne beneidete er trotzdem. Sie bekamen etwa alle zwei Wochen ihre Pakete von daheim, deren Inhalt sie, um keinen Neid zu erwecken, in gespielter Mißachtung »Provinzialfraß« schimpften. Eine Mensa für jedermann, wie an anderen Universitäten, gab es in Königsberg noch nicht; lediglich die beiden »Futterplätze« in der Jubiläumshalle und am Roßgarten, aber die waren den Königlichen Stipendiaten vorbehalten. Um den »Königlichen Freitisch« zu bekommen, mußte einer erst beweisen, daß er fleißig, und somit der freien Speisung würdig war. Diesen Beweis konnte Albert frühestens durch eine im Juni abzulegende Semestralprüfung oder durch den Nachweis besonderer Bedürftigkeit erbringen. So holte er sich zu Mittag oft Fisch, das billige »Dittchenbrot« oder ein Stück Safrankuchen vom Markt. Manchmal mischte er sich auch unter die Arbeiter der Union-Fabrik, um bei der »Fleckkocherin« eine heiße Schale seimig eingekochter, mit Kräutern gewürzter Kutteln zu schlürfen. Abends half er sich mit viel Brot und wenig Speck aus der Boutique um die Ecke.
Am Mittwoch also schlüpfte Albert in den »Frack« und machte sich auf den Weg. Das Haus Nummer 47 in der Kneiphöfchen Langgasse war mit seinen fünf Stockwerken eines der ansehnlichsten in der an repräsentativen Bürgerhäusern nicht armen Straße. Albert sah einige Kutschen vorfahren und wartete, bis sich kein weiterer Besucher dem Hause näherte. Dann schritt er, mit etwas Herzklopfen, über das Freitreppchen auf das beleuchtete Portal zu. Während er die teppichbelegten Stufen zur Bel Etage empor-

stieg, hörte er eine harte, abweisend klingende Stimme. Die Worte waren nicht zu verstehen. Dann sah er, wie ein Herr, der den Zylinderhut noch in der Hand hielt, aus dem rechts vom Treppenaufgang gelegenen Kontor kam, sich noch einmal umwandte und endlich, da keiner ihm folgte, zur Haustür ging. Als Albert unwillentlich ein Geräusch verursachte, blickte der Herr hoch. Es war der Eisen- und Stahlkaufmann Friedrich Dorn aus Gumbinnen.

Dorn war gelegentlich in der Schmiede gewesen; Alberts Vater bezog Material von ihm, und zwischen beiden Männern hatte sich eine angenehme Geschäftsbeziehung entwickelt.

»Ach du bist es, Albert...«, sagte Dorn. Er schien noch immer auf etwas zu warten, vielleicht auf den Bürodiener, der die Besucher hinauszubegleiten pflegte.

Wie er so unschlüssig dastand, sah er ein zweites Mal hoch, und wiederum Albert in die Augen. So qualvoll war dieser Blick, daß Albert ihn nicht ertrug. Er wandte sich ab, nahm zwei Stufen, blieb wieder stehen.

Der Kaufmann öffnete, ohne Albert noch einmal zuzunicken, die Tür und ging.

Ich muß ihm nachlaufen, dachte Albert. Aber dann fand er es unpassend, und schließlich wurde er ja auch erwartet.

Auf der Bel Etage angelangt, hörte er hinter einer geschlossenen Flügeltür Stimmen und lautes Frauenlachen, traute sich aber nicht hinein und versuchte es erst einmal an einer anderen, bescheideneren Tür. Er klopfte, und als er eintrat, sah er sich einer Dame gegenüber, die gerade das Zimmer verlassen wollte. Sie trug — so viel nahm er trotz seiner Verlegenheit wahr — ein eng tailliertes Kleid, das ihn irgendwie exotisch anmutete. Über die Schultern hatte sie einen buntgestickten Schal geworfen, der gewiß nicht aus dem Kaufhaus Köhler um die Ecke stammte. Die Dame war schlank, ihr dunkles Haar trug sie hochgesteckt über dem von südlicher Sonne entgegen dem modischen Trend gebräunten Gesicht mit seinen schwarzen Glutaugen und den leicht gekehlten Wangen, wie sie bei Frauen aus dem Osten nicht selten sind. Sie wäre von untadeliger, vielleicht etwas langweiliger Schönheit gewesen, hätte ihr die eigenwillige Nasenspitze nicht einen Ausdruck von Neugier oder gar Vorwitz verliehen, der dies Gesicht erst lebendig machte.

»Tante — Angelica?« wagte Albert zu fragen.

Die schöne Frau nickte. »Wenn Sie mich Tante nennen, mein Herr, dann darf ich Du sagen. Denn dann bist du ohne Zweifel mein Neffe Albert aus Gumbinnen.« Sie legte den Arm um seinen Nacken, zog ihn zu sich heran und gab ihm auf beide Wangen einen Kuß.

»Komm«, sagte sie, »man wartet schon auf uns.«

Sie ließ ihn vorangehen und die Flügeltür öffnen, dann trat sie als erste ein und zog den Neffen hinter sich her.

Sie befanden sich in einem großartigen, fast prunkvoll anmutenden Saal. Der von duftigen Tüllgardinen und dunkelgrünen, bauschig gerafften Sammetvorhängen verhüllten Fensterfront gegenüber spannte sich, fast über die ganze Wand, ein riesiger Gobelin, der die Ansprache des Generals Yorck an die preußischen Stände im Jahre 1813 darstellte. Damen und Herren in Abendtoilette standen in gedämpftem Gespräch am Flügel oder vor dem gewaltigen Kachelofen; andere saßen auf den grün gepolsterten Fauteuils unter einem Gebinde aus Palmblättern, Binsen und Straußenfedern und ließen sich Champagner reichen. Albert entdeckte Tante Luise Rhan, die Gastgeberin, und seinen Onkel Fritz Marold nebst Vetter Richard. Alle wandten sich Angelica zu, neben der sich Albert peinlich unbeholfen vorkam und am liebsten unter den Flügel gekrochen wäre. Aber man nahm ihn wohl gar nicht wahr; an der Seite der schönen Tante konnte niemand bestehen.

Jetzt trat durch eine Nebentür der Hausherr in den Saal.

Nach allen Seiten grüßend, begab er sich zunächst zu seiner Schwägerin, hieß sie willkommen und geleitete sie zu einem Sessel.
Dann nahm er seine Frau beiseite.
Eduard Rhan hatte die Verstimmung, die er dem überraschenden Besuch des Kaufmanns aus Gumbinnen verdankte, noch nicht überwunden. Es war die Ungehörigkeit des Vorgangs, die ihn empörte. Er versuchte dagegen anzugehen, um seiner Frau die Freude am Fest nicht durch seine saure Miene zu verderben. So teilte er ihr nur eben mit, daß Dorn ihn eines Kredits wegen aufgesucht und somit gezwungen hatte, noch einmal ins Kontor zu gehen, obwohl er bereits im Abendanzug war.
»Ich finde es schon sehr seltsam, um nicht zu sagen indécent, daß er unangemeldet erschien, noch dazu nach Feierabend.«
»Er wird es nötig gehabt haben«, wandte Luise ein.
»Man wartet nicht bis zur allerletzten Minute, wenn man's bereits krachen hört im Gebälk. Ich habe Dorn schon vor Jahr und Tag geraten, sich auf den Export nach Rußland umzustellen. Damals hätten sie ihm seinen Eisenkram aus der Hand gerissen.«
Eduard Rhan pflegte mit seiner Frau nur selten über geschäftliche Angelegenheiten zu sprechen. Doch hatte sich jetzt der Bauunternehmer Hugo Lindtner zu den beiden gesellt, und auch Leutnant d'Heureuse vom 1. Ostpreußischen Grenadier-Regiment »Kronprinz«, ein noch sehr junger, etwas überzüchtet wirkender Herr, machte sich an die Gruppe heran.
»Er muß die Konsequenzen ziehen«, sagte Lindtner.
Und d'Heureuse, dessen Beitrag hier nicht unbedingt erbeten schien, bemerkte: »Jeder Offizier in vergleichbarer Lage wüßte, was zu tun ist.«
Luise Rhan reagierte impulsiv:
»Er hat Frau und vier Kinder!«
Für Hugo Lindtner war das kein Problem.

»Er wird Verwandte haben, die für sie sorgen werden«, sagte er kühl. »Der Mann muß einsehen, daß er andernfalls nur eine Belastung für seine Familie wäre.«
›Andernfalls‹?! Dieses Wort kann ja wohl nichts anderes bedeuten als: wenn er sich erlaubt, am Leben zu bleiben?«
»In der Tat, das sollte er nicht tun, gnädige Frau«, sagte Lindtner ungerührt. »Solange er lebt, wird seiner Familie keiner helfen wollen, das kennt man aus vielen ähnlich gelagerten Fällen.«
Selbst Eduard Rhan ging die Konsequenz, die Lindtner so unbekümmert für einen anderen zog, zu weit, zumal seine Frau sich jetzt abrupt abwandte und ihn mit dem Unternehmer allein ließ.
»Sie haben natürlich recht«, sagte er dennoch. »Ein Kaufmann, der erst abends um sieben erkennt, daß ihm am nächsten Morgen ein Wechsel platzen wird, hätte einen anderen Beruf ergreifen sollen. Wie muß der Mann gewirtschaftet haben, wenn ihm keine Bank mehr, nicht einmal der Creditverein in Gumbinnen, aus der Patsche helfen will. Trotzdem — ich werde mir die Sache noch einmal durch den Kopf gehen lassen.«
Luise Rhan hatte in die Hände geklatscht, die Gespräche verstummten.
»Unser Lese- und Musikkränzchen, liebe Freunde unseres Hauses, liebe Verwandte, hat diesmal eine besondere Note — eben *eine* nur, statt vieler, nach denen wir sonst zu spielen und zu singen pflegen, wenngleich uns auch heute ein Lied zu rechter Stunde nicht verwehrt sein soll. Wir feiern die glückliche Heimkehr meiner lieben Schwester aus dem fernen Spanien.«
Luise und fast alle Anwesenden wandten sich abermals Angelica zu. Einige applaudierten.
Angelica hatte ein paar Worte mit ihrem Neffen Richard Marold gewechselt, der sich an sie herangemacht hatte, um nach dem »spanischen Theaterwesen« zu fragen, frei-

lich ohne die erbetene Auskunft zu bekommen, denn Angelica hatte sich, wie sie sagte, mehr auf dem Lande als in großen Städten aufgehalten. Richard war nicht enttäuscht; er hatte die schöne Tante lediglich auf sich aufmerksam machen wollen. Nun drängten sich, soweit die üppig gebauschten Krinolinen das zuließen, Albert, das Ehepaar Lindtner, Luise Rhan, Leutnant d'Heureuse, ein Medizinalrat namens Ungefug und die Kinder der Rhans, Käthe und Konrad, um ihren Sessel. Mit liebenswürdigem Lächeln beantwortete Angelica die vielen Fragen.

»Wie haben Sie es nur wagen können, eine so gefahrvolle Reise ohne männlichen Schutz anzutreten?« wollte Hugo Lindtner wissen.

»Sie war nicht besonders gefahrvoll«, sagte Angelica. »Und männlicher Schutz? Ein Sohn meines Mentors hat mich begleitet. Bis Barcelona. Danach habe ich mich selbständig gemacht.«

Man fragte nach dem »Mentor«.

»Der vor zwei Jahren verstorbene Dr. Roßmäßler in Leipzig war Naturwissenschaftler. Seine Spezialität war die Schnekkenkunde. Er hat ein ausgezeichnetes Buch über Spanien geschrieben; es ist zum Leitfaden meiner Reise geworden. Er war ein hochgelehrter, liberaler Mann.«

»Sieh an«, sagte d'Heureuse, maliziös lächelnd. »Dann war es, mit diesem Doktor, gewiß auch eine sehr — liberale Reise?«

Niemandem war so recht klar, was der Leutnant mit dieser Bemerkung sagen wollte. *So* anzüglich, wie sie klang, konnte sie unmöglich gemeint sein.

»Sie haben nicht gut zugehört, Herr Leutnant«, sagte Angelica. »Ich bin nicht mit einem noch so liberalen Toten gereist, sondern mit seinem Sohn.«

Der Leutnant bekam einen roten Kopf.

»Und wie sind Sie gerade auf Spanien gekommen?«

fragte Elise Lindtner, die Gattin des Unternehmers. »Ein so katholisches Land!«
»Ich bin nicht zum Beten hingefahren. Die Kunst hat mich interessiert. Und die Natur.«
»Die doch wohl in erster Linie!« rief Doktor Ungefug triumphierend. »Nach allem, was man hört, sind Sie sogar mit reicher Ausbeute heimgekehrt?«
Bei diesen Worten ging es Albert durch und durch. Er hatte die wunderschöne Frau, die seine Tante war, in einer Weise angestarrt, die ihm, als er sich erschrocken seines Verhaltens bewußt wurde, geradezu impertinent schien. Bislang war sie für ihn nur ein Ausbund von Schönheit gewesen, und das war, weiß Gott, genug für einen, der dergleichen in Gumbinnen nie gesehen hatte. Aber daß Tante Angelica nun auch seine Interessen teilte, vielleicht sogar auf seinem Fachgebiet beschlagen war, — daß sie sich (da ja von »Ausbeute« die Rede war) anscheinend nicht mit der Wahrnehmung begnügt, sondern auch noch botanische und zoologische Mitbringsel im Reisegepäck hatte, das war in höchstem Maße aufregend. Er wurde von einer so zehrenden Ungeduld ergriffen, daß er es bei all dieser ungezielten Fragerei nicht länger aushielt. In diesem unwürdigen Rahmen wollte er gar nichts Näheres von der Tante hören, sondern lieber eine günstigere Gelegenheit abwarten, damit sie ihm — ihm allein! — von ihrer Reise erzählen konnte. Sie unterhielt sich ohnedies so intensiv mit diesem Doktor Ungefug, daß nicht an sie heranzukommen war.
Auch der vorwitzige Leutnant zog sich zurück. Während er, wie auch Albert, ein Champagnerglas in Empfang nahm, sagte er, ohne zu wissen, daß er es mit dem Neffen der Heimkehrerin zu tun hatte:
»Bißchen viel Emanzipation, finden Sie nicht? In Königsberg jedenfalls eine Ausnahme. Im großen und ganzen ist es hier, gottlob, noch immer so, daß man sein Herz getrost einer jungen Dame anvertrauen kann, ohne

befürchten zu müssen, daß sie einem durch solche — wie soll ich sagen? — Kulturkapricen lästig wird.«
Albert erwiderte darauf nichts.
Da war dieser Doktor Ungefug aus der Memelniederung doch eine erfreulichere Erscheinung. Kräftig und gedrungen, etwa von Alberts Statur, mit angegrautem, kühn vorwärtsweisendem Kinnbart und hellwach funkelnden Augen, schien er von nur mühsam zu zähmender Energie beseelt: erlebnisfroh, wißbegierig, mitteilsam.
»Reisen, das ist's!« hörte Albert ihn aufmunternd zu den Rhan-Kindern Konrad und Käthe sagen. »Tut euch um auf unserem Planeten! Denn die Weisheit kommt aus der weiten Welt — wenn man nicht gerade ein Kant ist.«
»Ich höre, Sie sind aus Memel übersiedelt«, fragte Hugo Lindtner.
»Aus Ruß an der Ruß im Kreis Heydekrug«, verbesserte der Doktor. »Ich bin auch nicht nach Königsberg verzogen, sondern nur auf zwei Wochen hier. In der Chirurgischen Klinik, zur Weiterbildung.«
»Ein Medizinalrat hat das nötig?«
»In meinem Beruf hört das nicht auf. Ich bin Landarzt.«
»Also kein Spezialist.«
»Im Gegenteil. Unsereiner muß Spezialist auf allen Gebieten sein, oft genug auch mit dem Messer, wenn's einen meiner lieben Litauer an Blinddarm oder Galle zwickt.«
»Ihren Litauern?«
»Ja. Zwanzig Gutsbesitzer und die Orte Heydekrug, Stibben und Ruß sind deutsch. Alle übrigen Dörfer litauisch. Es kommen auch immer mehr Litauer zu uns. Die Russen vergraulen sie aus ihrem Heimatland, verbieten ihre Bücher und Journale, sogar die lateinische Schrift. Sie sind ja Katholiken, und das ist eine Todsünde im orthodoxen Zarenreich. Ich fühl' mich wohl da

oben. Es ist ein trinkfestes, liebebedürftiges, zuweilen etwas versponnenes Volk mit einem erstaunlich vertrauten Verhältnis zum Tod.«

»Was das so überaus praktische ›Altsitzerpülverchen‹ ja immer wieder bestätigt.« Lindtner grinste. Aber es war doch wohl übertrieben, was man sich erzählte: diese Geschichten von alten Leuten, die nicht sterben wollten, so daß man sie mit sanfter Arsenik-Dosierung aus dem Ausgedinge vertreiben mußte — oder: wie man mit einem dicken, langsam niederbrennenden Kirchenlicht die Segnungen der Feuerkasse beschwor, so daß zu rechter Zeit die »litauische Sonne« über dem verschuldeten Hof aufging.

Albert beeindruckten des Doktors Erzählungen von »Ruß an der Ruß«, »Gilge« und »Skirwieth« außerordentlich, und nicht nur dies: auch die imponierende Persönlichkeit des ziegenbärtigen Arztes mit dem nicht minder eindrucksvollen Namen.

In der Sesselecke neben der Jardiniere hatte Luise Rhan neben ihrem Bruder Fritz Platz genommen; sie winkte Albert zu sich.

»Wir haben in all den Jahren nie versäumt, Schwester Dorothea und ihren Mann zu unseren Kränzchen einzuladen«, beteuerte sie. »Aber sie haben uns jedesmal eine Absage erteilt. In letzter Zeit haben wir's dann aufgegeben.«

»Das darf dich nicht wundern, Luise«, sagte Fritz Marold.

»Ich sehe das ganz nüchtern. Meine vier Schwestern kommen mir manchmal vor wie Vögel, die das Schicksal in sehr verschiedenartige Käfige verschlagen hat: Johannes Käfig hat schmiedeeiserne Stäbe, deine, Luise, sind aus Gold — doch, doch, so ist es! — und auch Angelica saß ein paar Jahre im goldenen Käfig, aber seit Ottos Tod ist sie vogelfrei, egal, wie man das auffassen mag. Und Dorchen — nun ja, die kommt aus Achims Schusterstube ihr Leben lang nicht mehr heraus. Es beweist nur, daß sie ein ganz richtiges Gespür für das Standesgemäße hat, wenn sie deine Einladungen ignoriert. Das Schicksal hat ihr nun einmal einen anderen Wirkungskreis zugewiesen als uns. Ich kann mir auch nicht vorstellen, daß deine Eltern, Albert, sich hier sehr wohlfühlen würden.«

Albert mußte ihm zustimmen, obwohl ihn die Selbstgefälligkeit des Onkels verdroß.

»Trotzdem tut es mir weh«, sagte Luise. »Wir Marold-Geschwister sollten zusammenhalten. Ich freue mich, daß Johanne ihren Albert in Dorchens Obhut gegeben hat, das festigt die Familienbande. Obwohl, lieber Albert, — das kannst du deinen Eltern sagen — auch *wir* sicher einen Platz für dich gehabt hätten. Auf jeden Fall kommst du zu uns zum Freitisch. Würde dir Dienstag passen? » Albert bedankte sich freudig.

»Und auch sonst: wir freuen uns immer, wenn du kommst. Die Kinder haben zu wenig Verkehr mit Älteren, von denen sie etwas lernen können.«

»Spielst du Schach?« fragte der zwölfjährige Konrad. Albert nickte.

»Und mit Käthchen kannst du gelegentlich Préférence spielen«, empfahl Luise. »Oder auch Schach, meinetwegen, wenn sie den Kopf dafür hat.«

Der Knall war hart und trocken.

Ein Knall, gefolgt von einem dumpfen Aufschlag.

Unter allen, die im Gespräch verstummten, wußte nur Albert, was geschehen war. Er war überzeugt, daß er's wußte; er sah die anderen, wie sie unwissend, ungläubig die Köpfe drehten und rätselten. Für ihn war nichts zu erraten, es war doch längst ausgemacht: Wer so ausgesehen, wer ihn so angesehen hatte — wie konnte der noch leben?

Ein Diener stand in der Tür, er brauchte nichts mehr zu melden. Man eilte an ihm vorbei, ins Treppenhaus,

die Stiege hinunter. Albert ging nur bis zum Absatz. Dort beugte er sich übers Geländer.
Kaufmann Dorn lag auf dem Rücken, die Augen aufgerissen, der Kopf schwamm im Blut. Jemand hob eine Pistole auf. Ein Stück weit über den Teppich war der Zylinderhut gerollt.
Albert sah Doktor Ungefug neben dem Leichnam knien. Frauen weinten, einige schrien. Wo war der Onkel?
Eduard Rhan stand nicht weit von Albert, auch er war nicht bis ins Parterre gegangen. Seine Miene schien unbewegt. Jetzt hob er beide Hände und ließ sie wieder sinken. Was denkt er? fragte sich Albert. Wenn ich nur wüßte, was er jetzt denkt...
Die Haustür stand weit offen, Leute drängten herein.
Und Angelica?
Angelica war als einzige in der Bel Etage geblieben. Kaum vorgeneigt, mit erhobenem Kopf, stand sie am Geländer und nahm mit gesenkten Augenlidern wahr, was unten geschah.
Albert drehte den Kopf und bekam gerade noch mit, wie sie sich umwandte, den bunten Schal mit einer unwilligen Gebärde über die Schulter warf und hinter der Tür zu ihren Gemächern verschwand.

Einige Tage später, Albert kam vom Botanischen Institut, stürzte Tante Dorchen auf ihn zu.
»Du bist es gewesen!« rief sie in äußerstem Zorn. »Und laß dir ja nicht einfallen, mich anzulügen!«
Entgeistert starrte er sie an.
»Wer so mit Gottes Kreatur umgeht, und wenn's auch nur eine Ratte ist, der kennt keine Rücksicht mehr. Schon gar nicht auf seine alte Tante. Der macht sich auch über das Liebste her, was ihr noch geblieben ist! Schäm dich, du schlechter Kerl! Und pack deine Sachen! Solch einen Mörder will ich nicht im Hause haben!«

Sie ist verrückt geworden, dachte Albert. Wenn sie so weitermacht, trifft sie womöglich noch der Schlag. Ich — ein Mörder?

»Du irrst dich, Tante Dorchen«, sagte er begütigend und machte sich trotzdem auf eine Backpfeife gefaßt. »Nun sag mir doch in aller Ruhe, was überhaupt los ist.«

»In aller Ruhe! Das fehlte noch! Du bringst mir Hinze um, und ich soll dir in aller Ruhe erzählen, was keiner besser weiß als du! Ein Glück nur, daß ich dich mit der Ratte überrascht habe. Wie hätt' ich sonst drauf kommen können, daß der eigene Neffe mir meinen Hinze schlachtet!«

Sie konnte die Zornestränen nicht mehr zurückhalten.

»Zum Teufel noch eins!« rief Albert, »ich habe das Vieh nicht umgebracht! Das ist doch alles Unsinn!«

»Nicht umgebracht? Das Vieh? Da hört man's, wie du von Hinze sprichst! Zerschnippelt hast du ihn! Ermordet und zerschnippelt! Dein Zimmer ist ja schon längst ein Leichenhaus. All die Schädel und Felle. Ich bin nur eine einfache Frau, aber so viel weiß ich, daß ihr dem lieben Gott nicht nur den Tag stehlt mit eurer Studiererei, sondern auch noch seine Geschöpfe umbringt! Gib endlich zu, daß du meinen armen Hinze auf dem Gewissen hast!«

Er sah sie stumm an und ging auf sein Zimmer. Er warf sich bäuchlings auf sein Fußbodenlager, hörte die Tante noch weiter klagen, und nach einer Weile fing er an zu kichern. Es war absurd! Kaufmann Dorn war noch nicht unter der Erde: ein Mensch, Opfer unverzeihlicher Hartherzigkeit, hatte sich versündigt, indem er Hand an sich legte, die ganze Stadt sprach von dem ungeheuren Affront gegen die Familie Rhan, jedermann schüttelte den Kopf über die Taktlosigkeit des Bankrotteurs — doch wie man auch über ihn und seine Tat denken mochte: er war ein Mensch! Und da machte Dorchen Theater um ein unvernünftiges Tier und beschuldigte

ihren Neffen des Mordes! Es war zu absurd!
Dennoch: bei aller Absurdität hatte der Verdacht der Tante eine gewisse Berechtigung, mehr als sie selber ahnen konnte:
Professor Zabrowskis Zoologiestudenten, zu denen auch Albert zählte, pflegten sich streunender Haustiere zu bemächtigen, um sie, nach Chloroformierung, auf dem Sectionstisch der Wissenschaft dienlich zu machen. Der sezierwütige Professor, der Albert stets etwas unheimlich war, belobigte seine Schüler sogar für ihre Findigkeit. Einige zogen sonntags mit dem Terzerol ins Gelände und schossen wahllos auf Eichhörnchen, Marder und Wiesel, auch Raub- und Singvögel wurden nicht verschont. Neulich hatte einer sogar eine Eule mitgebracht, und letzten Freitag mußte, wie schon so oft, eine Katze dran glauben. Nein, *so* abwegig war Dorchens Vermutung nicht.
Aber er! Wie käme er dazu, seiner Tante, die weiß Gott nicht viel Freude am Leben hatte, ihren geliebten Kater, der zudem noch höchst nützlich war, umzubringen!?
Er kicherte nicht mehr. Er war traurig und tief beleidigt. Und gekündigt war er auch.
Wie er seine Misere bedachte, kam wieder hoch, was ihm in den zwei Tagen und Nächten seit der Tragödie im Hause Rhan so zugesetzt hatte: Schon als der Mann vor ihm in seinem Blute lag, war ihm bewußt geworden: Ich bin schuldig! Ich habe gesehen, wie verzweifelt Dorn gewesen ist — ich, ich allein, habe diesen Blick voll ratloser Qual empfangen und habe mich dennoch, statt dem Unglücklichen nachzueilen, in eitler Gesellschaft vergnügt und war noch stolz darauf, des reichen Onkels begünstigter Neffe zu sein: des reichen Onkels, der einen redlichen Kaufmann in sein Verderben rennen ließ!

Am folgenden Tag, als Tante Doi-chen vom Einkauf zurückkam, saß Hinze, um einiges fetter geworden, vor der Wohnungstür und leckte die Pfoten. Aber obwohl die

Tante ihre Kündigung zurücknahm, kam Albert nicht darüber hinweg, daß sie ihm »eine solche Gemeinheit« zugetraut hatte.

Auch aus anderem Grund ärgerte er sich über Dorchen: Sie hatte ihm seinen Besuch bei den Rhans übel genommen. Nicht, daß sie ihm Kaufmann Dorns Schicksal vorgeworfen hätte — sie wußte ja nichts von seinen Schuldgefühlen. Aber natürlich war die »Creditverweigerung«, die er nicht verschwiegen hatte, Wasser auf ihre Mühlen. Albert hatte sie, Tante Luises Bedauern noch im Ohr, gefragt: »Warum geht ihr nicht hin, wenn ihr doch eingeladen seid?« Sie winkte nur ab.

»Aber sie sind wirklich nicht hochmütig!« beharrte Albert.

»Das glaube du nur!« sagte Dorchen. »Sie haben den armen Mann aus dem Hause gejagt, als sei er ein Dieb und Straßenräuber! Und weshalb laden sie uns wohl ein? Damit wir sehen sollen, wie sie's haben! Die wollten uns sogar besuchen kommen! Die — uns! Stell dir mal vor! Wenn das kein Hochmut ist!«

Der Freitisch bei Rhans war kein gewöhnlicher Freitisch. Gutes Essen für Albert gab's auch bei Onkel Fritz Marold, dafür sorgte Frieda Kolleck, die Köchin und Haushälterin, an jedem Donnerstag. Gewiß, bei Rhans servierte man nicht in der Küche, sondern im Speisesaal; es schaufelte sich auch nicht ein jeder den Teller voll, und statt des Löbenichter Braunbiers gab's Rheinwein oder Burgunder. Doch Albert war nicht wählerisch, es schmeckte ihm in der Französischen Straße wie auf dem Kneiphof; überdies mußte er sich bei Rhans feiner Manieren befleißigen, während Onkel Fritz nichts dabei fand, wenn sein Gast schon mal den Ellbogen auf den Tisch stemmte oder gar einen Brocken aus dem Munde verlor. »Man sieht, daß dir's schmeckt«, sagte der Hausherr allenfalls und füllte aus voller Kelle nach.

Was jedoch Rhans zu bieten hatten, und wo Onkel Fritz beim besten Willen nicht mithalten konnte, das war Angelica. Albert saß an reich gedeckter Tafel mit Onkel Eduard, Tante Luise, den Kindern Käthe und Konrad, sowie Mademoiselle Rameau, der Gouvernante. An der Schmalseite des Tisches aber, Eduard gegenüber, saß Tante Angelica und plauderte.

Albert wurde nicht müde, ihr zuzuhören, sie anzusehen, vielleicht auch anzustarren. Natürlich berichtete sie von ihren Reisen — aber wie sie das tat! Mit ihrer Erzählkunst holte sie die weite Welt in die Kneiphöfsche Langgasse, wußte auch, was sie schilderte, mit einer Handbewegung anschaulich darzustellen: eine Blüte, ein laufendes Tier, einen Gebirgszug und mit Recht erinnerte Eduard die Runde an einen Ausspruch des Medizinalrats Doktor Ungefug aus Ruß an der Ruß: »Wenn Ihre Frau Schwester von Spanien erzählt, kann man sich die Reise sparen.«

Sie erzählte nicht allein von Spanien, auch nicht nur von sich selbst. Wer sich für die Welt außerhalb Ostpreußens interessierte, verfolgte in diesen Tagen Zeitungsberichte über die Reisen einer unternehmungslustigen Engländerin namens Alexandrine Tinné, die schon mit siebzehn Jahren ihre Mutter nach Ägypten begleitet hatte, und seither, meist hoch zu Kamel, den schwarzen Kontinent auf den Spuren so berühmter Forscher wie Livingstone und Gustav Nachtigal bis in sein Inneres durchstreifte.

»Sie ist schon wieder unterwegs«, sagte Angelica voll Bewunderung. »Diesmal von Tripolis bis zum Oberen Nil. Was bin ich schon dagegen: ein kreuzbraves Mädchen, das noch keinen Schritt über die Grenzen unserer Zivilisation getan hat.«

»Ich bin froh, daß du nicht solch ein Mannweib bist«, sagte Eduard Rhan.

Angelica lachte — oh, dieses Lachen, so ehrlich, so

melodisch, wer konnte ihm widerstehen? Albert bestimmt nicht. Lachend sagte sie:
»Ich würde zu gerne dein Gesicht sehen, Eduard, wenn du der Alexandrine Tinné begegnetest!« Sie beugte sich vor, griff nach Luises Hand und sagte, noch immer lachend: »Du entschuldigst schon, Schwesterchen: gefährlich würde sie ihm natürlich nicht, das ist ja bei Eduard ganz ausgeschlossen! Aber sie ist in der Tat eine bildschöne Frau, und man erzählt sich, daß sie nur deshalb auf Reisen gegangen ist, weil sie sich leidenschaftlich — und hoffnungslos — verliebt hatte. Auch das spricht nicht gerade dafür, daß sie ein ›Mannweib‹ ist.«
»Wer weiß, was *dich* auf Reisen getrieben hat«, murmelte Eduard. Es hatte ihn verstimmt, daß Angelica ihm nicht zutraute, seiner Frau untreu zu werden. Aber schnell, um den anzüglichen Satz zu verdrängen, rief er den etwas dicklichen Konrad zur Ordnung, der mit der Gabel ungeduldig auf den leergegessenen Teller klopfte.
Eduard führte nun seinerseits das Wort, sprach, da man schon mal beim Reisen war, vom Weiterbau der Südbahn bis Odessa, woraus sich große Vorteile für die Einfuhr ukrainischen Getreides ergeben würden, und vom ständigen Anstieg der Handelsbilanz und hohem Ausfuhrüberschuß. Dann schweifte er ab zur Politik, verriet, daß der König von Preußen im September seine Krönungsstadt Königsberg besuchen werde, und unterbrach sich plötzlich mit gespieltem Schrecken:
»Entschuldigt meinen Redeschwall, Kinder! Wir sind ja nicht in Böttchershöfchen.« Gemeint war ein Dorf vor Königsberg, in welchem, vergleichbar dem Londoner Hyde Park, Volksredner eine gewisse Narrenfreiheit genossen. »Aber eins will ich euch doch noch mitteilen, und ich freue mich, daß auch Albert es hören wird.«
Er winkte dem Mädchen und ließ nachschenken.
Albert blickte stumm aufs Tischtuch, schon die ganze Zeit, seit Angelica nicht mehr redete. Hatte der Onkel

schon vergessen, was vor wenigen Wochen in diesem Hause geschehen war?
Konnte man, seit der blutige Tod über die Schwelle getreten war, überhaupt noch so heiter und unbefangen sein?
Eduard schlug mit dem Messer ans Glas.
»Luise weiß es natürlich schon. Aber für alle anderen wird es eine kleine Sensation sein: Ich habe heute morgen das Gut Luisenthal, eine Meile hinter Juditten, samt Schloß und Park erworben!«
Die Kinder jubelten und klatschten in die Hände. Angelica — Albert nahm es aus den Augenwinkeln wahr — neigte sich dem Schwager zu, bewundernd, wie es schien. Die Gouvernante hauchte ein »Merveilleux!« Und Frau Luise griff nach der Hand ihres Mannes und drückte sie.
Das Gut Luisenthal... Dieser Onkel mußte Millionen besitzen.
Das teure Haus in der Stadt — und nun das Gut Luisenthal. Mit Schloß und Park.
»Nun«, fuhr Eduard fort, »es ist freilich nicht Schlobitten oder Schloß Finckenstein, aber wir sind ja auch keine Finckensteins oder Dohnas, sondern nur schlichte Kornkrämer.« Er lächelte behaglich. »Ich bedauere nur eins: daß Luisenthal schon Luisenthal heißt. Hieße es Friedrichsdorf oder Schönberg — ich hätte es natürlich noch heute umgetauft in Luisenthal!« Er wandte sich seiner Gattin zu und küßte ihr die Hand. »Aber ein ansehnliches Gut ist es, davon werdet ihr euch bald überzeugen können. Ich werde meinen 43. Geburtstag dort feiern, bis dahin ist alles eingerichtet. Es wird ein großes Feuerwerk geben, und alle unsere Verwandten und Freunde werden eingeladen. — Was ist mit dir, Albert? Du machst ein so verdrießliches Gesicht.«
»Ihr müßt entschuldigen«, murmelte er. »Mir geht's nicht so gut.«
»Ist dir der Gänsebraten nicht bekommen? Oder der Rotkohl?« Frau Luise war besorgt. »Du bist auch ganz

blaß! Willst du dich nebenan ein bißchen hinlegen? Oder vielleicht sollte dir Mademoiselle Rameau aus ihrem Schränkchen ein wenig Baldrian geben?«

Albert wehrte ab. »Nein, nein. Ich mußte nur an Kaufmann Dorn denken.«

»Ach ja? Nun, das ist in der Tat eine äußerst traurige Geschichte«, sagte Luise. »Uns hat es sehr betroffen. Aber daß es auch dir so zusetzt... Du bist doch ein junger Mensch. Er war doch nicht etwa verwandt mit euch? Ich meine: mit deinem Vater?«

»Nein.«

»Na also!« Ratlos sah sie auf Albert herunter, der als einziger noch am Tisch saß. »Natürlich, du hast es ja auch gesehen, das Schreckliche, wie wir alle. und es war doch Angelicas Ehrentag!«

Albert hob den Kopf. Die schöne Tante stand am Fenster und richtete ihr Haar.

»Ich zieh' mich ein bißchen zurück«, sagte Angelica. Und zu Albert: »Du kannst, eh du gehst, bei mir hereinschauen. Wenn du magst.«

Er durfte zu ihr. Er ganz allein!

Einen Augenblick lang wußte er nicht mehr, was ihn eben noch gequält hatte. Aber dann sah er, wie Onkel Eduard dem Etui auf dem Rauchtischchen eine Zigarre entnahm und ihr Ende abbiß — und dies mit einer, nun ja, verbissenen Miene, die dem nichtigen Anlaß so wenig entsprach, daß sie nur albern wirkte.

So mag er ausgesehen haben, als er den Scheck für Luisenthal — »samt Schloß und Park« — ausstellte, dachte Albert. Jetzt war er nicht mehr bedrückt. Er war nur noch wütend.

»Wir können in den Salon gehen«, schlug Eduard vor. »Rauchst du eine Importe mit mir?«

»Aber Eduard! Wo ihm schon jetzt nicht wohl ist!« tadelte Luise.

»Ja — ist denn noch was?« Eduard stand bereits in der

Tür zum Rauchsalon, während Mademoiselle Rameau mit den Kindern die hinteren Gemächer aufsuchte. Albert hatte die ganze Zeit auf den Dessertteller gestarrt, bis das Mädchen ihn wegnahm.

»Ich dachte nur daran, wie ich ihn neulich gesehen habe. Wie er aus deinem Comptoir kam, Onkel Eduard.«

»Du hast Dorn gesehen? Ich meine: lebend...? Das wußte ich gar nicht.«

»Ich habe auch einen Brief von meiner Mutter bekommen«, fuhr Albert fort. »Wir kennen die Dorns schon lange, seine Frau und die Töchter. Die Familie ist jetzt in großer Not.« Er verschwieg, was außerdem im Brief der Mutter stand: daß der Vater einen Auftrag des Eisenhändlers Dorn ausgeführt hatte: ein großes, kunstvoll geschmiedetes Gartentor. Das Material kam von Dorn, aber die Arbeit würde nun nicht bezahlt werden. ›Vater ist verzweifelt, er hatte fest mit dem Geld gerechnet. Jetzt sind wir in Schulden geraten. Ich weiß nicht, ob du im nächsten Semester noch weiterstudieren kannst...‹ Nein, das wollte er hier nicht ausplaudern. Er wollte den Onkel beschämen, sonst nichts.

»Die Familie bedauere ich auch«, sagte Eduard, als sie im Rauchsalon saßen. »Ich habe der Frau Dorn depeschiert, daß ich die Bestattungskosten übernehme. Ein Pfarrer wird ja nicht dabei sein dürfen. Bitte — es war eine Geste.«

»Ich habe eine Frage, Onkel Eduard«, sagte Albert.

»Nur zu, mein Junge!«

»Er war doch in größter Not, als er bei dir war. Das mußt du doch gemerkt haben.«

»Er war in Schwierigkeiten, allerdings.«

»Kann man das so ausdrücken? Ich meine, ist das — hinlänglich ausgedrückt? Schwierigkeiten? Er hatte, als ich ihn sah, Tränen in den Augen. Ja, wirklich, er hat geweint!«

Der Onkel mußte doch endlich erschüttert sein. Aber

Eduard sagte nur: »Ach ja?« Und nach einer kleinen Pause: »Du wolltest mich etwas fragen.«
»Ja. Ich wollte wissen, wie man es fertigbringt — ich meine, wenn man doch selber sehr viel Geld hat —, einen Mann in dieser Lage einfach wegzuschicken. Sozusagen direkt in den Tod«
Eduard zündete die Zigarre an.
»Glaubst du wirklich«, sagte er langsam, »daß ich dir darüber Rechenschaft schuldig bin?«
»Nein, bitte, Onkel Eduard, du verstehst mich falsch!« rief Albert leidenschaftlich. »Das soll keine Kritik an deinem Verhalten sein. Du wirst deine Gründe gehabt haben. Ich möchte nur wissen, wie du so etwas fertigbringst. Ich nämlich« — er ließ die Stimme sinken — »ich könnte es nicht.«
Eduard setzte sich im Sessel zurecht. Er warf einen Blick zu den Damen hinüber, als bitte er um Nachsicht.
»Das sind Dinge, die man als Kaufmann — und nicht nur als solcher — Dinge, die man im Leben überhaupt beherrschen muß. Man muß sie lernen, die erforderliche Härte. Ohne Härte erleidest du bald Schiffbruch. Du bist von deinen lieben Eltern christlich erzogen worden, was ja heute nicht mehr selbstverständlich ist. Nächstenliebe, Barmherzigkeit — das ehrt dich. Aber wenn du Leuten wie diesem Dorn gegenüber zu weich, zu nachgiebig bist, balbieren sie dich bald über den Löffel. Das ist nun mal Erfahrungssache, glaub' mir. Kommt noch eins hinzu: Den Betrag, der Herrn Dorn geholfen hätte, habe ich gar nicht flüssig gehabt. Ich bin nicht so liquide, wie er angenommen hatte.«
Albert wußte, was er jetzt hätte sagen müssen: ›Und dein Gut Luisenthal? Warst du da auch nicht liquide?‹ Er sagte es nicht.

Die alten hohen Häuser in der Langgasse konnten sich nach den Seiten nicht entfalten. Um so mehr wuchsen sie sich nach hinten aus: im Erdgeschoß des Hauses Nummer 47 war der ehemalige Hof mit Pack- und Stapelräumen überbaut, und in den höheren Stockwerken des Hinterhauses lagen die Schlafzimmer, Badestube und Küche, durch deren allzu kleine Fenster die Sonne nur selten und spärlich drang.

Angelica bewohnte drei Zimmer: einen Vorraum mit grünen Polsterstühlen, einem runden Tischchen mit grüner Tuchdecke und zwei Schränken, hinter deren Glasscheiben die goldgeprägten Lederrücken deutscher und französischer Klassikerausgaben schimmerten. Ins Boudoir mit seinen Rokokomöbeln und der türkisfarbenen Seidentapete gelangte man durch eine rote Plüschportiere. Dahinter lag das Schlafgemach.

In einer so kostbar eingerichteten Wohnung war Albert noch nie gewesen. Aber sie interessierte ihn gar nicht. Die Tante kam ihm entgegen, in einem violetten, goldbestickten Morgenrock mit fließenden Rüschen.

»Schön, daß du mich besuchst, Albert. Du kommst mir nämlich sehr gelegen; ich habe allerlei Fragen an den Naturwissenschaftler.«

Sie legte ihren Arm um seine Schultern und führte ihn ins Boudoir. Albert sah nur die Pflanzen: eine Agavenstaude, eine Zwergpalme, eine Araucarie und im Topf ein Bäumchen, behangen mit einem halben Dutzend goldener Orangen.

»Aus der Vega von Murcia«, sagte die Tante. »Sie reifen im November, aber wenn man sie unberührt läßt, bleiben sie über viele Monate frisch am Baum.«

»Wie hast du das alles hergeschleppt?«

»Mit Geld schaffst du auch das!«

Im Zimmer lagen noch andere Mitbringsel: eine Gitarre, zwei lederne Weinflaschen, Armbänder, Ketten, farbige Gläser, ein Fernrohr.

Angelica nahm zwei hölzerne Schälchen von der Wand, wickelte das Band, an dem sie gehangen hatten, um den

Daumen, reckte einen Arm über den Kopf und erzeugte, während sie im Takt der Tarantella den Boden stampfte, auf geheimnisvolle Weise ein aufreizendes Klappern. Sie scheute sich nicht, mit der freien Hand den Morgenrock zu raffen, so daß Albert ihre zierlichen Füße sehen konnte. Lachend brach sie den Tanz ab und führte den Neffen zu einer dicken Mappe. Das war ja wohl nicht möglich! Diese überaus wundervolle Tante hatte sich auf der Reise ein Herbarium eingerichtet: Zwischen den Löschpapierseiten lagen viele gepreßte Blätter und Blüten mediterraner Pflanzen. Einige konnte Albert sofort bestimmen, alle anderen gedachte er ausfindig zu machen, sofern sie ihm das Herbarium für ein paar Tage überließ. Er würde es ihr zurückbringen müssen, und das hieß, vielleicht: wieder ein Stündchen bei ihr zu sein.

»Wenn ich's nicht weiß, schlage ich nach.« Vor Begeisterung wußte er nichts mehr zu sagen. Eine Tante, die nicht nur schön war, sondern sich auch für die Natur interessierte! Gern hätte er ihr in wohlgesetzten Worten seine freudige Überraschung gestanden, aber er brachte nichts anderes hervor als »Du bist großartig, Tante!«... Und plötzlich war ihm, als stimme es mit der Anrede nicht mehr.

»Darf ich dich — Angelica nennen?«

Sie hatte sich über die Herbarmappe gebeugt, um sie wieder zu verschnüren. Verwundert wandte sie sich um.

»Nicht Tante? Wieso? Ich bin's doch nun mal.«

»Nein!« protestierte er. »Eine Tante — das ist für mich etwas anderes. Eine Tante — die kennt man schon lange. Die kommt oft zu Besuch, die ist — oder sie kann doch so eine Art Mutter sein, wenigstens aushilfsweise.«

»Und das bin ich nicht?«

»Nein! Außerdem sind Tanten viel älter als ich.«

»Das bin ich doch wohl auch.«

»Aber nicht *so!*«

Er wußte nicht mehr weiter. Seine »Tanten-Definition«

kam ihm kindisch vor. Er nahm die Brille ab und rieb sie an der Joppe.

»Was bin ich also — für dich?«

Nun wurde er auch noch rot.

»Jedenfalls was ganz Neues. Nichts Alltägliches...« Sein Blick fiel auf *Citrus sinensis.* »Man sieht ja auch nicht alle Tage so ein schönes Orangenbäumchen...«

»Das hast du allerdings sehr charmant gesagt, Albert. Gut, ich bin einverstanden. Sag Angelica zu mir. Und weil es nun so ist, als hätten wir uns jetzt erst richtig kennengelernt, kriegst du auch einen Kuß. Oder erlaubst du das nur deinen — Tanten?«

Sie küßte ihn auf den Mund.

Dann saßen sie noch eine gute Stunde beisammen, und Angelica erzählte, wie sie mit vier Männern den Montserrat erstiegen hatte — in leichten, Alpargatas genannten Sandalen, und ganz berauscht von Rosmarin- und Thymianduft-, und wie sie sich eigens für diese Felserklimmung hatte Hosen schneidern lassen und ungefähr so ausgesehen haben mußte wie jene französische Schriftstellerin, die Geliebte des großen Komponisten Chopin. Und wie sie an einer senkrechten Bergwand beinahe abgestürzt wäre von der Strickleiter, und nur weil ein bärenstarker Spanier namens Pedro sie in seinen Armen aufgefangen hatte, war sie dann später noch in der Lage gewesen, von den fleischigen Blättern des *Cotyledon umbilicus* eine Probe fürs Herbarium abzubrechen.

Und so gab's noch vielerlei zu erzählen: vom Besuch des berühmten Palmenwaldes von Elche, vom Radbruch bei aberwitziger Fahrt mit der Tartane hinunter in die prangende Vega von Granada und von der dramatischen Schiffsfahrt von Valencia nach Barcelona, bei der einzig Angelica nicht seekrank geworden war; sturmzerzaust hatte sie neben dem Steuermann ausgeharrt und gelegentlich sogar in die Speichen des Rades gegriffen!

Als auf den Pregelwiesen die Heuernte begann, war das Semester auf dem Höhepunkt. Längst hatte Albert gemerkt, daß er sich mit Vorlesungen und Seminaren übernommen hatte, aber nun mußte durchgehalten werden. Professor Kankelwitz schien voll auf ihn zu setzen. Wer sonst noch Botanik studierte, zeichnete sich kaum durch Fleiß und nennenswerte Leistungen aus, bis auf stud. Wilhelm Delius, dem Förstersohn aus Metgethen, der ein reichhaltiges Herbarium besaß, sich jedoch schon im nächsten Semester überwiegend der Zoologie widmen wollte. Professor Kankelwitz, in lustiger Laune, wie sie ihn manchmal überkam, zog Albert am Jackenknopf zu sich heran:
»Daß Sie mir nur kein Hälmchen übersehen bei Ihrer Erkundung am Angerapp-Ufer! Ich hoffe, Sie wissen noch, was ich Ihnen für die Sommerferien aufgegeben habe? Wenn Sie eine saubere Arbeit liefern, reiche ich Sie fürs Stipendium ein.«
Welch eine Aussicht! Dann wären die Eltern entlastet, und zumindest das Wintersemester war gesichert. Er bemühte sich, den Professor schon jetzt zufriedenzustellen. Der Vortrag über Schachtelhalme, den er vor einem naturwissenschaftlichen Kränzchen in der Wohnung des Gelehrten halten durfte, wurde beifällig aufgenommen. Eine Exkursion, die Kankelwitz mit seinen Botanikern unternahm, führte in die Kapornsche Heide. Mit der Bahn fuhren sie, der Professor und sieben Studenten, nach Fischhausen, einem niedlichen Städtchen am Frischen Haff. Über Bludau wanderten sie durch die wegen ihrer eigenartigen Flora gerühmte Heidelandschaft nach Peyse, einem großen, am Haffufer gelegenen Fischerdorf. Hier mußten sie über einen Graben springen, das gelang auch den meisten, andere benützten ein morsches Brett als Steg. Als es zerbrochen war, standen immer noch vier, darunter der Professor, herum und wußten nicht, wie sie trockenen Fußes über den munter dahinfließenden Bach

gelangen sollten. Der Professor tänzelte dennoch als erster über die glattgeschliffenen Steine und hätte es wohl geschafft, zumal sich am anderen Ufer schon hilfreiche Hände ausstreckten. Da sah er *Ranunculus fluitans!* Und zwar in Form eines wundervoll flutenden Rasens unter der Wasseroberfläche, aus der sich unzählige weiße Blüten erhoben: Flutender Hahnenfuß in reicher Fülle und klassischer Gestalt! Das war für den Botaniker so beglükkend, daß er ausgleiten *mußte*, und noch im Sturz empörte er sich, daß keiner seiner Schüler, die doch vor ihm über den Bach gesprungen waren, dies Pflanzenwunder wahrgenommen hatte. Zum Glück schien die Sonne, so daß der Gelehrte, der den Unfall grimmig lächelnd als »angenehme Durchfeuchtung« herunterspielte, bald wieder trocknete.

Albert hatte einen Kicheranfall bekommen, der aber bei all dem Hallo kaum bemerkt werden konnte. Dabei war ihm wirklich nicht nach Lachen zumute. Er hatte den Eltern geschrieben, daß sie sich seinetwegen nicht sorgen sollten. Im nächsten Semester werde er sich zu helfen wissen: mit Nachhilfestunden und einer noch billigeren Bude, vielleicht auch mit Kopistenarbeit, eine gute Handschrift hatte er ja. Aber er machte sich nichts vor. Wenn die Eltern verschuldet waren, hatten sie womöglich jahrelang abzuzahlen. Und falls es ihm gelingen sollte, sich aus eigener Kraft über das Wintersemester zu retten — wer half ihm dann weiter? Nicht nur die Studiengebühren waren zu begleichen; er brauchte Bücher, benötigte dringend ein Mikroskop... Diese Sorgen suchten ihn in den folgenden Wochen immer wieder heim; am ehesten gelang es ihm, sie abzuschütteln, wenn er, wie heute, mit Kankelwitz unterwegs war.

Sie fanden den schönen Gelbstern und die Pestwurz und allerlei Riedgras mit zierlichen Ährchen, entdeckten viele Misteln auf den Sandbirken am Chausseerand und gelangten schließlich nach Elendskrug, einem in der Tat elenden Nest, wo die Häuser noch nicht einmal Schornsteine hatten; der Rauch quoll aus Fenstern und Türen. Auf dem Heimweg fand Albert einen Igel und nahm ihn mit nach Hause; Tante Dorchen würde auch ihn noch ertragen müssen.

Eine weitere Exkursion führte nach Metgethen, wo sie sich beim Förster Delius, dem Vater des Studenten, mit Milch und Butterbrot erfrischten, und von dort aus ging's abermals durch die Kapornsche Heide. Ein andermal waren sie nur zu fünft, marschierten bei strömendem Regen nach Powayen und fanden am Haff auf den vordersten Dünen Unmengen von Salzkraut.

Diese Exkursionen zählten für Albert zu den glücklichsten Stunden seines Studiums. In Wald und Heide, beim Rauschen des Haffs, im Wehen der Dünengräser vergaß er alle Sorgen, und wenn ihm der Professor gelegentlich auf die Schulter klopfte oder am Joppenknopf drehte, fühlte er sich ausgezeichnet vor den anderen.

Angelica ging ihm in all diesen Wochen nicht mehr aus dem Sinn.

Neulich hatte sie sich's einfallen lassen, Tante Dorchen unangemeldet zu besuchen. Plötzlich erschien sie in der Koggenstraße, stand vor der Tür, und Eugen Düformantel öffnete ihr, worüber sich Albert freute, denn nun hatte auch der sich überzeugen können, wie schön seine Angelica war.

Dorchen schien ebenso verwirrt wie geschmeichelt, die Schwestern zogen sich in die gute Stube zurück, und Angelica hinterließ eine prächtige Mantilla als Mitbringsel aus Spanien. Beiläufig fragte sie nach Albert. Sie konnte sich denken, daß der Neffe in seinem Büdchen auf der Lauer lag. Dorchen versuchte ihn herauszurufen, aber Albert stellte sich taub; er wollte, daß Angelica sah, wie kläglich er untergebracht war. Also wartete er, bis sie klopfte. Beim Eintritt prallte sie fast zurück. Bis an die Decke vollgestopft war die Kammer mit Schädeln, Fellen und präparierten Tieren, mit Alberts Gesteins- und Vogeleiersammlung, getrockneten Pflanzen, gespießten Käfern und Schmetterlingen in Glaskästen: das ganze Zimmer ein Naturalienkabinett! Und dies, obwohl Albert doch schon so viel bei Freund Düformantel untergebracht hatte.

Der eigentümliche Geruch, den all diese erst vor kurzer Zeit abgestorbenen Lebewesen von sich gaben, mochte selbst der forscherfreundlichen Angelica etwas unbehaglich sein. Trotzdem setzte sie sich auf den in Eile freigemachten Hocker, nachdem Dorchen sich schaudernd zurückgezogen hatte. Und als Albert ihr den Igel vorführte, wollte sie ihn gleich mitnehmen.

»Bitte, wenn es dir eine Freude macht, gern!« sagte Albert.

»Du mußt aber bedenken, er ist ein Nachttier, und deshalb mußt du darauf vorbereitet sein, daß er, wenn du schlafen willst, einen wüsten Spektakel macht.«

Angelica meinte, sie werde ihn auf der Dachterrasse unterbringen.

»Was frißt er denn?«

»Junge Mäuse und Frösche.«

»Und wie komm' ich zu Fröschen? Kannst du mir Froschlaich besorgen?«

Albert lachte. »Jetzt? Im Juni? Das ist viel zu spät. Froschlaich muß man sich im April aus den Tümpeln holen.«

Er stellte nun des langen und breiten die Entwicklung vom kugeligen, gallertartigen Eilein über die geschwänzte Kaulquappe bis zum Sprießen ihrer Hinterbeinchen dar, beschrieb anschaulich, wie, zugleich mit deren Wachstum, der Schwanz zum unansehnlichen Stummel wird; wie, zunächst nur spurenhaft, die Vorderbeinchen erscheinen, und wie sich dann an Stelle der Kie-

men, mit denen das Tier bislang atmete, die Lungen ausbilden.
»Und dann ist der Frosch erwachsen?« fragte Angelica.
»Erwachsen ist ein Amphibium niemals«, belehrte sie Albert.
»Diese Tierklasse wächst ihr ganzes Leben hindurch. Nur gut, daß die Viecher nicht sehr alt werden...«
Lachend malten sie sich eine Welt von Riesenfröschen, gigantischen Unken, titanischen Salamandern aus. Ach, diese Angelica! Wer sonst konnte so schön mit ihm lachen?
Ihr Lachen lockte Tante Dorchen herbei. Sie war blaß vor Eifersucht.
»Ich kann diesen Mantel, oder wie das Zeugs heißt, nicht tragen! Dafür müßte ich mir ja eigens ein neues Kleid machen lassen, dazu haben wir kein Geld. Nimm's wieder mit, war gutgemeint. Wir sind nur Schuhmachersleute, weißt du ja wohl.«
Sie drückte der Schwester das Gewebe in die Hand und zog sich wieder zurück.
»Schade«, sagte Angelica. »Aber vielleicht war es wirklich ungeschickt von mir. Ich werde mir etwas anderes ausdenken. Was meinst du?«
Er hob die Schultern. Es war ihm egal, ob Tante Dorchen eine Mantilla besaß.
»Ich trag' dir den Igel natürlich nach Hause.«
»Und die Frösche?«
»Bring' ich dir später.«
»Wart 'mal... Soll ich ihm etwa lebendige Frösche zu fressen geben?«
»Ja, oder ganz junge Mäuse, wenn sie noch nackt und rosig sind. Das hat die Natur so eingerichtet.«
Sie sah es ein, obwohl es ihr nicht behagte.
»Ich fürchte, jetzt bin *ich* es, die ein Geschenk ablehnen muß. Lebendige Frösche – nackte Mäuslein – nein, bitte, das kann ich nicht!«

Erst war Albert ein wenig enttäuscht. Wenn sie, wie er, ein Diener der Wissenschaft wäre, dürfte sie solche Skrupel eigentlich nicht haben. Aber sie war, zum Glück, auch eine zarte, empfindsame Frau.
Sie brachen auf. Dorchen kam aus der Küche, die Schwestern verabschiedeten sich. Als Albert die Wohnungstür öffnete, sagte Angelica:
»Ach, jetzt nehm' ich die Tasche wieder mit — wie dumm von mir! Hier ist etwas für Achim, ich hab ihn im Laden nicht angetroffen. Nichts Besonderes, nur ein paar Zeitungen, die ich von meiner Reise mitgebracht habe.«
Sie händigte Dorchen die Tragetasche aus.
Dann brachte Albert sie nach Hause. Ohne Igel.
Er war glücklich. Seine Freundschaft mit Angelica festigte sich mit jedem Besuch. »Da haben sich zwei gefunden!« spottete Onkel Eduard, der Albert die »vórwitzige Fragerei« nicht übel genommen hatte, dazu ruhte er viel zu bequem auf dem Polster seiner Prinzipien. Und Albert — wie hätte er auf den stets leckeren Freitisch verzichten können — oder wenn selbst auf den, wie auf Angelica?
Dennoch wurde sein Verhältnis zu ihr immer heikler. Neulich hatte er von ihr geträumt, auf eine decouvrierende Art. Gewiß, er war in dem Alter, in dem solche nächtlichen Peinlichkeiten nichts Ungewöhnliches sind. Aber dieser Traum? Jenes betörende, zartgliederige Wesen, das sich in unaussprechlich süßer Weise seiner bemächtigt hatte, war, mochte es sich im Traum noch so unverwandt und feenhaft gebärden, immerhin seine Tante, gewissermaßen sein eigen Fleisch und Blut. Die Natur, seine Natur hatte sich da im Schlaf einen schweren Mißgriff erlaubt.
Und trotzdem: Angelica war eben auch im Traum nicht mit gewöhnlichen Maßstäben zu messen. Sie glich keiner anderen Frau, und schon gar nicht einer ihrer Schwestern.

Hätte Albert vor sechs Wochen, als er sich, Richards Rat folgend, bei Ballettmeister Stoige zum Tanzunterricht angemeldet hatte, auch nur eine Ahnung von den Schwierigkeiten gehabt, in die seine Eltern nach Kaufmann Dorns Tod geraten waren — er hätte selbstverständlich auf die Vervollkommnung seiner gesellschaftlichen Talente verzichtet. Der Kursus von dreimal sechzehn Stunden kostete neun Taler! Überdies mußte er noch ein Paar Gummischuhe zu drei Talern und fünf Silbergroschen kaufen; auch weiße Glacéhandschuhe nebst weißer Frackbinde gehörten zum korrekten Anzug.

Was bin ich nur für ein eitler Fatzke, schalt er sich. Da knapsen sie sich in Gumbinnen den letzten Heller ab, damit ich studieren darf, und ich lasse mir von Richard einreden, daß einer, der nicht tanzen kann, »bei den Weibern nichts gilt«.

Insgeheim war Albert freilich doch ganz froh, weil er's nun einmal riskiert hatte und seine Verpflichtung nach geleistetem Obolus auch gar nicht mehr rückgängig zu machen war. Das gestand er sich spätestens nach der dritten Stunde ein; da wußte er mittlerweile, wie es zuging, wie die Herren und Damen beschaffen waren, und welche Figur er selbst unter ihnen machte — keine allzu schlechte übrigens. Kurzum: er hatte Spaß an der Sache.

Die Herren waren meist Primaner — Albert war ein bißchen spät dran, wie Richard schon gesagt hatte —, und die Damen kamen von der Töchterschule. Ballettmeister Stoige hatte vierundzwanzig Paare zusammengestellt, fast zu viel für seinen nicht allzu großen Tanzsaal. Doch Stoige, ein einfacher Mann, der sich im Umgang mit der akademischen Jugend weit mehr an Schliff und *comment* angeeignet hatte als ein Tanzmeister beherrschen mußte, verstand es, über gewisse Unbequemlichkeiten mit einem Scherzwort hinwegzuhelfen, und da er in den Tanzpausen Tee und süße Kringel reichen ließ, blieb man ihm treu.

Unter den Lyzeumsdamen befand sich gewiß manche ansehnliche, doch was konnten etwa Meta Riegelsberger oder Cäcilia Sikorski, ja, was selbst die wirklich schöne Selma Neskowitz ins Feld führen gegen Angelica?! Es war Albert, als gäbe es ein drittes Geschlecht, dem all diese Tanzpartnerinnen angehören mochten — Damen jedenfalls konnten es nicht, zumindest *noch* nicht sein für einen, der seinen Begriff von kultivierter Weiblichkeit allein von Angelica bezog. Manche waren ihm sogar zuwider, so Minna Bollwerk, die streng roch, oder Eva Johanna Dirk, die in den Achselhöhlen mehr schwitzte als schicklich war. Natürlich war er ungerecht, denn erging es ihm vielleicht anders? Das rote Gesundheits-Unterhemd, das ihm die Mutter besorgt hatte, klebte, nach Polka, Contre, Steyrisch und Rheinländer, auf der Haut, und das »Hälschen«, der kleine weiße Kragen zum Frack, mußte nach jeder Tanzstunde gewaschen werden.
Sogar an Anmut fehlte es vielen Mädchen. Nicht allein, daß sie schlecht tanzten — auch in den Pausen, wenn sie auf der langen plüschbezogenen Bank nebeneinander saßen und tuschelten, mit den weißen, bis zu den Ellbogen reichenden Handschuhen wedelten oder sich mit dem Fächer an der Schläfe kratzten, erschienen sie ihm wenig weiblich und schon gar nicht damenhaft.
Ballettmeister Stoige schlug vor, die Tanzfolge ähnlich ablaufen zu lassen, wie auf den großen Studentenbällen: Eröffnung mit der feierlichen Polonaise, musikalische Überleitung in den Walzer von der blauen Donau, sodann Polka, Contre, Steyrisch, auch Rheinländer oder Tirolienne. Ein Pianist markierte die Kapelle. In der Pause wurde der obligate Tee mit Kringeln gereicht, und während die Herren zwanglos herumstanden, kam ein Geschwätz auf über ein heute nicht anwesendes Fräulein Mathilde Dulitz. Die Dame sollte — das beteuerten einige — nach Schluß der vorigen Stunde ihrem Tanzherrn vorgeschlagen haben, ihn in *ihrem* Wagen, in wel-

chem das Dienstmädchen sie abholte, nach Hause zu fahren! Überdies hatte sie, um den Herrn, der das befremdliche Angebot nicht abgelehnt hatte, neben sich plazieren zu können, das Dienstmädchen zum Kutscher auf den Bock befohlen. Einige Herren fanden das so unschicklich, daß sie Stoige zu bereden suchten, er möge diese »Dame«, die ihren Ruf derart leichtfertig aufs Spiel gesetzt hatte, aus dem Kursus weisen. Andere meinten, man solle eine Unbesonnenheit nicht wie ein Verbrechen behandeln, und Albert, der diese Ete-petete-Herrchen nicht verknusen konnte — sie selbst gefielen sich nur allzu gern in schweinischen Witzen —, sagte laut, ihr Vorschlag sei »schlicht blöd«.
Während die drei, die es anging, empört die Köpfe zusammensteckten, entging Albert nicht, daß eines der Mädchen von der Plüschbank aufgesprungen war und sich leidenschaftlich gegen ihre Nachbarinnen, die sie beschwichtigen wollten, zur Wehr setzte.
Tanzmeister Stoige, dem solche Händel nichts Neues waren, ließ zur Quadrille aufspielen, und der konnte sich keiner entziehen. Dabei ging es zunächst, mit streng geregeltem Hin und Her, mit Verbeugung, Knicks und Partnerwechsel, noch reichlich steif und gravitätisch zu. Dann aber folgten Walzer, Contre und Rheinländer und vor dem abschließenden Cotillon der Galopp. Da waren alle schon erschöpft, und atemlos standen sie dann auch um ein Fräulein herum, das wie entseelt zusammengebrochen war. Weiß wie das Tüllkleid, das sich auf dem Parkett verschwenderisch entfaltet hatte, war ihr Gesicht. Nur gut, daß sie ihrem Tänzer in den Arm gefallen und er geschickt genug gewesen war, sie halbwegs sanft vor seine Füße zu legen. Die Gestürzte war Emma Rübach, das Mädchen, das sich in der Pause so erregt hatte.
Stoige war auch solchen Zwischenfällen gewachsen. Sie ereigneten sich bei diesen oft blutarmen, immer zu fest geschnürten jungen Dingern nicht selten. Er schickte die

Herren auf ihre Bänke und empfahl den Damen, während er selbst sich eilig entfernte, der Mitschülerin das Korsett zu lösen. Schon nach wenigen Sekunden kam sie wieder zu sich. Stoige erschien mit einer Flasche Wein, konnte sie aber, da er sich vor einigen Tagen die Rechte verstaucht hatte, nicht entkorken und bat Albert um Hilfe. Der ging zu dem Mädchen, das sich, gestützt von zwei Damen, bereits wieder halb aufgerichtet hatte. Er schenkte ein und reichte ihr, wobei er sich niederbeugen mußte, das Glas. Dabei tat er einen Blick in das klaffende Korsett, was ihn sehr irritierte — und als er ihr zu trinken gab, war es das Gesicht, das ihn wiederum verwirrte — und gar erst ihr dankbarer Blick, der anhielt bis, leider, die hilfreichen Mädchen dem Fräulein auf die Füße und zurück zur Damenbank halfen.

Emma Rübach war ihm schon früher aufgefallen. Sie gehörte zu den wenigen, denen er »eine gewisse Anmut« nicht absprechen mochte, und selbstverständlich hatte er sie bei all diesen Tänzen mit wechselnden Partnerinnen schon einige Dutzend Male geführt oder im Walzertakt umschlungen. Emma Rübach war ein hübsches Mädchen, die Haare seidig blond, die dicht bewimperten Augen von einem reinen, zuweilen etwas verschwimmenden Blau, und mit einem Ausdruck, für den Albert kein anderes Wort als »schmachtend« fand. Was ihn soeben ganz wundersam berührt hatte, war die Hilflosigkeit, das Hingestrecktsein zunächst, und gar erst die in jeder anderen Situation als schamlos anzusehende Entblößung des Leibes, dessen sie sich natürlich nicht bewußt gewesen war, sie hätte sonst gleich noch einmal in Ohnmacht fallen müssen.

Der Eindruck, daß es sich um ein außerordentliches Geschöpf handelte, verstärkte sich noch, als Albert erfuhr, weshalb Emma Rübach sich so aufgeregt hatte, daß ihr Herz dem wilden Galopp nicht mehr gewachsen war. Mathilde Dulitz, das von einigen Herren so schroff

getadelte Mädchen, war ihre Freundin; Emma Rübach mußte die beleidigenden Vorwürfe gleichsam stellvertretend auf sich bezogen und bei ihren Nachbarinnen dagegen protestiert haben. Diese Solidarisierung mit der Abwesenden imponierte Albert; sowie er sie wieder zur Partnerin hätte, würde er ihr seinen Respekt bekunden.
Heute kam es nicht mehr dazu. Man tanzte zum Abschluß noch den Cotillon, die Damen verteilten an die fleißigsten Tänzer Orden aus Buntpapier, aber die Stimmung war dahin.
Es ging auch schon auf zehn; die zwei Stunden waren herum.
Draußen fuhren Coupés und Landauer vor, um die Mädchen abzuholen, und auch die jungen Männer machten sich auf den Heimweg oder suchten die nächste Kneipe auf.
Albert erkundigte sich: »Wer ist dieses Fräulein Rübach?«
»Eine Gastschülerin«, sagte der Tanzmeister. »Sie ist nur für drei Wochen in Königsberg, wohnt bei ihrer Freundin. Sie frischt ihre Kenntnisse ein bißchen auf, tanzt ja schon recht gut, das Mädel. Übrigens kommt sie aus Ihrer Ecke, aus dem Gumbinner Bezirk, von irgendeinem Landgut.«
Schade, dachte Albert. Nach dem heutigen Vorfall nimmt sie bestimmt an keiner Stunde mehr teil, und so werde ich sie wohl zum letzten Mal gesehen haben.

Vor dem Haus stand Paul Rauschning. Er stürzte auf Albert zu.
»Endlich! Ich warte schon seit einer halben Stunde auf dich!«
»Warum so aufgeregt? Was ist passiert?«
Paul hatte sich nicht hineingetraut, hatte unter den erleuchteten Fenstern gestanden und die verführerische Musik gehört, das Stampfen und Schleifen der Paare, die

Kommandos des Tanzmeisters. Das war der Lockruf jener Welt, die sich ihm eines Tages öffnen mußte. Dann würde er's nicht mehr nötig haben, am Hafen fremde Schiffe zu belauern, um eine Prise geheimnisvoll würzigen Duftes aus den Ladeluken zu erschnuppern. Mit geschwungener Machete würde er durchs Urwalddikkicht dringen und unterm Kreuz des Südens auf einer von Palmen umfächelten Terrasse mit braunen Frauen tanzen.

Bald, bald würde aus dem Traum Wirklichkeit werden. Er hatte eine große Neuigkeit:

»Heute hat Herr Marold einen Brief bekommen, aus Antwerpen. Ahnst du, was drinsteht? Es steht drin, daß die Faktorei Ducajou und Mertens bereit ist, mich als Lehrling in ihrem Kontor einzustellen! Dein Onkel hat mir das vermittelt. Ist das nicht großartig?«

Natürlich war es großartig. Trotzdem: wie schade, daß Paul wegging. Albert hatte noch nicht viele Freunde in Königsberg, und auch von Richard, dem der Sinn nach Höherem stand, war nicht zu erwarten, daß er sich, beispielsweise, für die Struktur der Schachtelhalme interessierte. Er hatte, zum Erstaunen aller, eine kleine Rolle in den *Karlsschülern* von Heinrich Laube bekommen und probte schon seit Tagen im Königlichen Schauspielhaus.

Um so enger hatte sich Albert an Paul angeschlossen. Es hatte sich herausgestellt, daß der Sechzehnjährige ein entfernter Verwandter von Onkel Fritz Marolds verstorbener Frau war.

Seine Eltern, ehemalige Dienstleute, deren Versuch, sich als Bauern selbständig zu machen, gescheitert war, waren kurz nacheinander gestorben, und Marold, der einen Lehrling brauchte, hatte Paul zu sich geholt. Dem Jungen wäre nie eingefallen, seinen Prinzipal »Onkel« zu nennen, und auch Marold, der auf gebührenden Abstand sah, ermunterte ihn nicht dazu. Aber schlecht ging's ihm dort nicht, und daß er auf Albert anfangs so geduckt und

demütig gewirkt hatte, mochte zum nicht geringen Teil an Richards herrisch-jovialer Art gelegen haben: »Der pariert mir wie ein Hündchen...«
Pauls wißbegierigem Geist und seiner schmiegsamen Natur war es ebenso wie Alberts Geduld und anregender Art zu verdanken, daß aus dem Kontoristen in den wenigen Wochen ihrer Bekanntschaft ein gelehriger Adept der Botanik geworden war. Er ersetzt mir den Repetitor, dachte Albert, weil seine Fragelust mich immer wieder zwingt, meinen Stoff zu rekapitulieren. Der gute Junge nützt mir, wie er, auf andere Weise, Richard dient, für den er freilich nur ein Schleppenträger ist.
»Stell dir nur vor: Antwerpen! Von dort gehen die Schiffe direkt nach Amerika! Und ins Mittelmeer. Und bald durch den neuen Kanal bei Suez bis nach Indien und China!«
»Wann denkst du denn, daß es losgeht?«
»Spätestens im September. Da stellen sie in Antwerpen immer die Kontoristen ein.«
»Dann bist du also schon in der weiten Welt, während ich noch an den Ufern der Angerapp herumstolpere. Schade. Ich hatte für diese Exkursionen fest mit dir gerechnet.«
»Bist du mir böse?«
Der arme Kerl. Diese Angst in seinen Augen!
»Aber Paul! Ich wollte doch nur sagen: Du wirst mir sehr fehlen.«
Richard hatte recht: er war wie Wachs. Jetzt brachte er vor Glück wieder 'mal kein Wort heraus.
Sie waren in der Koggenstraße. Albert blickte nach oben. In der Küche war Licht.
»Komm morgen vormittag mal vorbei. Ich hab' erst um elf Vorlesung«, sagte Albert. »Dann können wir ausführlich über Antwerpen reden.«

Der Schuhmacher saß in der Küche beim Bier. Das Licht der Petroleumlampe warf einen weißen Kreis auf die

Tischplatte; durch den Glasschirm strahlte es gegen die Decke und färbte sie blau.

Obwohl die Wohnungstür laut ins Schloß gefallen war, schien Grübner überrascht. Mit einer fahrigen Bewegung suchte er einen Stoß Zeitschriften beiseite zu schieben, ließ es aber sein, als er Albert erkannte.

»Darf ich eintreten?«

»Ja, ja, komm nur«, sagte Grübner. »Willst einen Schluck?«

Er reichte ihm die Flasche.

»Wo ist Tante? Schon im Bett?«

»Ja, Dorchen ist schlafen gegangen. Hoffentlich *kann* sie schlafen. Sie hat sich mal wieder aufgeregt.« Er zog den Kopf ein.

»Natürlich war ich schuld. Oder eigentlich waren es die.« Er wies auf die Zeitschriften. »Ich versuche ja immer, sie von all dem fernzuhalten. Früher hatte ich keine Ahnung, daß sie sich über sowas aufregt. Aber eines Tages hat sie mir die Geschichte erzählt. Und da wurde mir einiges klar. Und seither habe ich versucht, es fern von ihr zu halten. Aber ganz aufgeben, ihr zuliebe, kann ich es nicht. Es geht ja immerhin um die Allgemeinheit, sozusagen.«

Albert begriff nicht, was Grübner meinte. Hatten die Zeitschriften damit zu tun?

»Darf ich mal?« Aber schon hatte der Onkel die Hand drauf.

»Eins nach dem andern!« Zögernd nahm er die Hand zurück, um die Pfeife zu stopfen. »Das ist nicht jedermanns Sache, was da drinsteht.«

»Also auch nichts für Tante?«

»Nein. Nichts.«

Es fiel nicht leicht, den Alten zum Reden zu bringen. Immerhin ließ er Albert jetzt an die Zeitschriften heran. Sie kamen nicht aus Königsberg, sondern aus Leipzig und Dresden: Vereinspublikationen mit so seltsamen

Namen wie »Arbeiterverbrüderung«, »Blätter des Leipziger Bildungsvereins für Gewerbegehilfen« oder »Arbeiterprogramm«. Auch eine Nummer aus Berlin, »Der Social-Demokrat«, war dabei.

»Hattest du deshalb Streit mit deiner Frau? Wegen dieser Zeitschriften?«

Der Onkel nickte und zündete seine Pfeife an.

»Da verwahrt man alles im Laden, damit sie's nicht zu sehen kriegt — und nun kommt deine Tante daher mit dieser Tasche. Und drückt sie Dorchen auch noch in die Hand!«

Die geflochtene Tragetasche von Angelica. Da stand sie unter dem Fensterbrett.

»Du hast vorhin gesagt, Tante Dorchen habe dir eine Geschichte erzählt. Und danach sei dir einiges klar geworden.«

Nun packte Grübner doch noch aus. Es schien ihn auch zu erleichtern.

»Damals, als sie nach Königsberg kam, im Jahr 47, war sie ja noch ein ganz junges Ding und kam in herrschaftlichen Dienst, zu Kaufmann Rogall in der Wassergasse beim Altstädter Rathaus. Da hat sie dann bald den Heinrich Diekötter kennengelernt, in allen Ehren, versteht sich. Der war Buchdrucker und, wie all diese Leute von der schwarzen Kunst, ein heller Kopf. Der ist dann Dorchens große Liebe geworden, in allen Ehren. Als nun das Jahr 48 kam, der März, du weißt, da hat er kräftig mitgemacht und ist mit seinen großen Idealen und seinem heißen Kopf auf die Straße gegangen. Die hatten sich ja viel vorgenommen damals, die jungen Leute. Nicht nur, daß sie endlich wieder ein Deutsches Reich haben wollten, sondern auch allgemeines Wahlrecht, Pressefreiheit, Vereinsfreiheit, Bürgerbewaffnung — Freiheit kurzum. Ihr habt vielleicht in der Schule gehört, wie das vor zwanzig Jahren gewesen ist. Oder deine Eltern haben dir davon erzählt, denn in der Schule will man ja wohl nichts mehr davon wissen. Aber ich weiß noch genau, wie es in Königsberg war. Natürlich war ich auch auf der Straße, wir alle haben da mitgemacht, auch die Studenten, die erst recht. Aber den Diekötter kannte ich nicht. Ich kannte ja auch deine Tante noch nicht. Wir sind, einige hundert, vors Polizeigebäude gezogen, haben das Pflaster aufgerissen und die Fenster zertöppert. Da haben sie Generalmarsch geblasen, Kürassiere sind mitten in unsern Haufen gesprengt, und mit dem flachen Säbel ging's auf unsere Köpfe.« Er holte eine zweite Flasche vom Fensterbrett. da muß wohl bei dem Diekötter, also bei Dorchens Schwarm, der Säbel mal nicht ganz so flach gefallen sein. Jedenfalls hat der gewaltig geblutet, der arme Hund, das habe ich selber gesehen — natürlich ohne zu wissen, daß es der Diekötter war, weil ich ja, wie gesagt auch Dorchen noch nicht kannte. Na ja, und was soll ich dir sagen: drei Wochen später war er tot. Und so ist es halt gekommen. Seither hat Dorchen was gegen Revolutionen.«

Er grinste, aber es wirkte hilflos.

»Dann hat Tante also diese Zeitschriften für — revolutionär gehalten?«

»Sicher. Sie kann das nicht unterscheiden. Sie hat gedacht: Jetzt fängt das alles wieder von vorne an, und jetzt würde wohl nächstens auch ich mit dem Säbel... Ich hab' mir das schon denken können, seitdem ich ihre Geschichte gehört hatte. Deshalb hab' ich ihr alles verheimlicht, was wir die letzten Jahre über gemacht haben. Und wir sind ganz schön fleißig gewesen. Jetzt haben wir sogar eine ›Schuhmacher-Association‹ in Königsberg gegründet. Wir schließen uns zusammen, auch die anderen Gewerbe. Wir bilden uns. Aber« — er senkte die Stimme — »im Grunde sind wir *politisch.* Aber das darf keiner wissen, verstehst du, Albert? Das ist geheim!«

»Also doch revolutionär?« Auch Albert sprach jetzt leise.

»Man würde uns für Umstürzler halten, wenn wir nicht

sehr vorsichtig wären. Manches ist von oben her erlaubt — und manches nicht. Man weiß nicht immer, was erlaubt ist, das ist das Tückische. Plötzlich haben sie dich am Wickel. So ein Verein ist eben noch ganz legal — und über Nacht zerschlagen sie ihn. Ein zweites 48 läßt die Königlich Preußische Polizei nicht zu.«

Albert war beeindruckt. Um Politik hatte er sich noch nie gekümmert. Im Schmiedemeisterhaus dachte man liberal, war allem Neuen gegenüber aufgeschlossen und tolerant. Und schon gar nicht bigott. Vom Krieg gegen Österreich, 1866, hatte man überhaupt nichts gehalten. Vater war auch kein Freund von Bismarck. Und daß Preußen andere Staaten, wie Hannover, nach gewonnenem Krieg einfach kassierte, fand er unerlaubt. Auch vom Militär wollte Vater nicht viel wissen; oft genug hatte er sich über die schniekfeinen Garnisonsoffiziere geärgert, diese »Kleinkönige von Gumbinnen«, wie er sie nannte. Und nun entpuppte sich das tapfere Schusterlein als potentieller Revolutionär! Der kleine, immer freundlich-bescheidene Onkel, der schon kuschte, wenn Tante Dorchen nur die Stimme hob, war in seiner Schusterstube ein anderer: Interessiert an den Zeitläuften, gewillt, sie im Sinne der Unterdrückten zu ändern, brüderlich verbunden mit anderen Handwerkern, mit Arbeitern sogar, am Ende gar ein heimlicher Demagog und Agitator, wie sie in Deutschlands westlichen Fürstentümern schon längst wieder, wenngleich bespitzelt und bedroht, am Werke waren?

Aber wie kam Angelica zu diesen Zeitschriften? Liebäugelte sie selber mit solch brisanten Ideen? Plötzlich ging ihm ein Zusammenhang auf. Hatte Angelica nicht an jenem Begrüßungsabend in der Kneiphöfschen Langgasse erzählt, wie sie von Leipzig bis Barcelona mit einem gewissen Roßmäßler gereist war, dessen Vater sich als Mitglied der Deutschen Nationalversammlung in der Paulskirche einen Namen gemacht hatte? Es war ja nicht ausgeschlossen, daß jener Sohn diese Zeitschriften Angelica mitgegeben hatte. Doch was fiel ihr ein, ausgerechnet ihren Schwager Grübner damit zu bedenken? Als Mitbringsel!

Eine spanische Mantilla für Dorchen – gefährliche Journale für Joachim?

»Hat Tante Angelica denn von deiner Einstellung, ich meine von deinem Interesse für diese – diese Dinge gewußt?«

»Angelica? Ob die's gewußt hat? Ja, was denkst du denn?« Der Schuhmacher lachte laut. »Die weiß mehr von uns, als du dir träumen läßt. Sie weiß ja auch zehnmal mehr als all diese Weizensäcke, die von der Welt nichts kennen als die Börsenkurse. Angelica!« Er nickte mehrmals voller Anerkennung.

»Hätte mein Dorchen diese Schulbildung gehabt, die wäre auch ganz was anderes geworden. Die hätte sich, nach ihrem gescheiten Drucker, mit einem Schuhmacher nicht mehr begnügt, das kannst du mir glauben.«

»Und weshalb hat Angelica eine so viel bessere Schulbildung gehabt als ihre Schwestern?«

»Weil sie und Luise die Jüngsten der Marold-Kinder sind. Und weil die Marolds erst kurz nach Luises Geburt zu Geld gekommen sind. Bildung – das ist es! Vielleicht kapierst du, wenn du dir die Marold-Schwestern ansiehst, wie wichtig unsere Vereine sind. Wenn schon der Staat für unsereinen nichts tut, müssen *wir's* eben machen!«

»Ja, natürlich, es war eine Torheit von mir, die Tasche dazulassen«, sagte Angelica. Ruhelos ging sie in ihrem Boudoir auf und ab, die hohe Stirn in Falten, und wiederholt mit der Faust in die andere Hand schlagend, als könne sie so ihren Fehler rückgängig machen. »Mußte mir doch klar sein, daß meine Schwester sich dieses Mitbringsel erst einmal ansehen würde, ehe sie es Achim gab.«

»Aber du konntest doch nicht wissen, daß sie in dem Punkt so empfindlich ist«, sagte Albert. Er war ganz betroffen, hatte sie noch nie so aufgeregt gesehen. »Oder hast du gewußt, was damals mit diesem Buchdrucker passierte?«

»Natürlich nicht. Oder nur andeutungsweise. Und wenn ich's gewußt hätte: Konnte ich ahnen, daß sie das über zwei Jahrzehnte nicht verwinden würde? Seit ich mit Otto in Danzig wohnte, hatten wir ja nicht mehr viel Kontakt mit der Familie.« Sie blieb stehen und zündete sich eine Zigarette an.

»Trotzdem: es war eine große Unvorsichtigkeit von mir.«

»Nun, Tante Dorchen hat sich ja wieder beruhigt.«

»Darum geht es schon gar nicht mehr. Hoffentlich schwatzt sie nicht, nur darauf kommt es an. Unsere Polizei ist auf solche Einfuhr aus Sachsen nicht gut zu sprechen. Und was meinst du, was Onkel Eduard sagt, wenn er erfährt, daß ich aus dem berüchtigten ›roten Leipzig‹ hochbrisantes Material nach Königsberg geschmuggelt habe? Um es im Familienkreis auszustreuen!«

»Warum hast du es eigentlich mitgebracht?« fragte Albert.

Nur weil ihn das so brennend interessierte, hatte er Angelica von seiner Unterhaltung mit Onkel Achim erzählt. Er ärgerte sich schon längst, daß er es getan hatte.

»Das kommt dir seltsam vor, nicht wahr? Ausgerechnet ich! Die Tante mit der reichen Erbschaft. Ich könnte dir jetzt antworten: das Elend, das ich auf meinen Reisen gesehen habe — nicht nur in Spanien oder Italien, weiß Gott auch hier in Deutschland —, das hätte mein Interesse am Socialismus geweckt. Es hat mitgespielt, sicher, ich bin ja nicht blind. Aber vor allem — und so geht es mir immer, wenn mich etwas interessieren soll —, vor allem war es ein *Mensch,* der mich mit der Nase darauf gestupst hat.«

Sie setzte sich vor den Spiegel der Frisiertoilette und zupfte an ihren Haaren herum.

»Dieser junge Herr Roßmäßler?« fragte Albert mit leichtem Unbehagen.

»Nein. Der alte. Zunächst.« Sie mußte lächeln. »Magst du?«

Albert nahm eine Zigarette aus dem Etui.

»Ich hatte das Buch über seine Spanienreise gelesen. Es stand mir ein bißchen zu viel über Schnecken drin, aber das war nun einmal sein Gebiet. Ein außerordentlicher Mann muß das gewesen sein. Er hat sich nicht nur für die Natur, sondern auch für die Menschen interessiert.«

»Die sind auch Natur!« platzte Albert heraus.

»So, meinst du? Sie wären es, wenn sie frei wären. Vielleicht waren sie's mal. Das muß aber schon lange her sein. Roßmäßler wollte, daß die Menschen sich wieder mehr für die Natur interessieren. Daß sie von ihr ein natürliches, also ein menschenwürdiges Leben lernen sollten. Und dazu gehörte für ihn, daß jeder, auch der Geringste, Raum und Zeit und Nahrung genug hat, um sich mit all den Talenten, die Gott — oder die Natur — ihm mitgegeben hat, zu entfalten. Doch, doch, du hast ganz recht, Albert: der Mensch ist auch Natur, und ein echter Naturforscher, der das begriffen hat, kann sich eben nicht nur mit Schnecken zufrieden geben. Der muß sich auch um die Menschen kümmern. Und deshalb mußte er Politiker werden. Kurz: der Mann ging mich was an. Ich wollte ihn kennenlernen. So habe ich mich brieflich in Leipzig angemeldet, aber, ungeduldig, wie ich bin, gar nicht erst die Antwort abgewartet. Und wie ich ankomme, öffnet mir sein Sohn die Tür. Der Vater war gestorben, schon vor zwei Jahren.« Sie drückte die Zigarette aus und nahm ihre Wanderung wieder auf. »Sie haben ihn kaputtgemacht. Erwin — das ist sein Sohn — hat mir alles erzählt. Sein Vater war Delegierter bei der Nationalversammlung in Frankfurt, hat bis zuletzt ausgehalten, ist sogar noch, als alles schon verloren war, mit den letzten hundert Mann nach Stuttgart gegangen. Da saß dieses erste und letzte deutsche Parlament und wartete nur darauf, daß die Königlich Württembergische Polizei kam und alle auseinanderjagte. Das taten sie dann auch. Sie haben das Parlament zerschlagen buchstäblich! –, haben es demoliert, die Bänke, die Pulte. – Du weißt Bescheid?«

Albert hob die Hände. Keine Ahnung hatte er.

»Auch ich wußte nichts davon und bin so viel älter als du. Sie haben ihn als Hochverräter angeklagt. Und weil sie ihm nichts nachweisen, ihn also auch nicht verurteilen konnten, haben sie ihn aus dem Amt gejagt, wenigstens das! Er hatte eine Professur. All diese Aufregungen und Schikanen hat sein Herz nicht ausgehalten. Er ist daran gestorben.«

Albert hätte gerne gewußt, wie es nun mit dem jungen Roßmäßler weitergegangen war, der doch ihr Reisebegleiter wurde.

Aber diese Neugier war jetzt nicht opportun. So beschränkte er sich auf die Frage: »Und deshalb also dein Interesse an diesen Schriften?«

»Ja, deshalb. Und weil ich glaube, daß wir alle schon wieder vergessen haben, was vor zwanzig Jahren gewesen ist. Und *warum* es so gewesen ist. Hast du dich einmal in Königsberg umgesehen? Warst du je in unseren Vorstädten? Weißt du, daß wir, nach amtlichen Erhebungen, im Sommer eintausend, im Winter gar über zweitausend Bettler in unseren Mauern haben? Du weißt es nicht? Dann sieh dich nur einmal um: in der Sackheimer Wallgasse, in der Sandgasse, im Monkenwinkel. Hast du gesehen, wie die Arbeiter von der Uniongießerei wohnen? Und das sind Privilegierte! Der Proletarier, der nicht mal eine Wohnung, nur eine Schlafstätte hat, der nicht daran denken kann, eine Familie zu gründen, nährt sich von Hering und gekochtem Gedärm. Oder denk an die Saiso-

narbeiter, die allenfalls im Sommer oder Herbst Arbeit haben, wenn sie nicht von den billigeren Polen und Litauern verdrängt werden. Ich sage dir, Albert, eines Tages steht uns eine Tragödie ins Haus, für die das Jahr 48 nur die Generalprobe war.«
»Ja«, sagte Albert, und er fühlte sich in seinem Nichtwissen tief beschämt, »jetzt wird mir einiges klar.«

Von der alten Kirche in Juditten führte, durch Fohlenkoppeln und Wiesen mit schwarzweißen Kühen, eine Allee rotblühender Roßkastanien zum schmiedeeisernen Tor, hinter dem der Park begann. Nicht weit davon lag das Forsthaus Moditten, ein Lieblingsaufenthalt Immanuel Kants. Schloß und Park Luisenthal hatten zuletzt einem aus Westfalen zugewanderten Adligen gehört, der vor zwei Jahren gestorben war. Seither stand das über drei Hufen große Anwesen zum Verkauf. Kenner ostpreußischer Gutshäuser verglichen das Schlößchen mit dem freilich viel bedeutenderen, im Kreis Fischhausen gelegenen Herrenhaus Condchnen, einem Besitz der Grafen zu Dohna-Schlobitten. Wie jenes, war auch Luisenthal ein eingeschossiger Bau mit Mansardendach und griechischem Giebel über dem Portal.
Den Park mit seinen alten Eichen, Ulmen und Kastanien durchschnitt die zum Herrenhaus führende Hauptallee, von der vielerlei Schneisen und Nebenalleen abzweigten. Auf steinernen Nixen und Faunen wuchs das Moos, einst blanke Teiche waren zu grützgrünen Tümpeln verkommen, die Wasserspiele nur noch ein rostiges Röhrenwerk, und in den vier über den Park verteilten Pavillons und Lusthäuschen wucherte Gras zwischen den bröckelnden Säulen.
Natürlich war bis zum Geburtstag des neuen Besitzers an Renovierung nicht zu denken. In den drei Wochen, die ihm noch zur Verfügung standen, veranlaßte Eduard nur

die allernotwendigsten Reparaturen. Im Hause begnügte er sich mit Provisorien. Die Diele ließ er mit einem großen vielarmigen Kandelaber, sowie mit schnell erworbenen Hirschgeweihen und Elchköpfen schmücken. Das Speisezimmer wurde mit einem Gobelin der Berliner Manufaktur aus dem 18. Jahrhundert dekoriert, er zeigte Bacchus und Ariadne nach einem Motiv des Tintoretto. Und selbstverständlich wurden die meisten Zimmer mit Teppichen belegt, während man sich für die Treppe vorerst noch mit Läufern aus Kokosfaser beschied. Im Park räumte eine Arbeiterkolonne die überwachsenen Pfade und setzte Schrubber und Schmirgel ein, um die steinernen Bänke und den Estrich der Tempelchen aufzupolieren.

So kam der 24. Juni heran. Mit einem späten Champagner-Frühstück im kleinsten Kreis begann der intime Teil der Geburtstagsfeier. Eduard Rhan, in aufgeräumter Stimmung, verriet, wie er sich die künftige Ausgestaltung des Speisesaals vorstellte: »Pompejanisch!« Das war zwar nicht mehr die neueste Mode, aber in Königsberg war man immer ein wenig später dran. Eduard hatte sich einen Möbelkatalog von der Pariser Weltausstellung kommen lassen, und nun schwärmte er von englischen Kabinettschränken und Tafelaufsätzen oder von Schreibtischen und Chaiselonguen nach Gueret und Fourdinois und liebäugelte sogar mit dem Tisch einer Londoner Firma, der aussah, als sei er aus Holz geschnitzt, während er tatsächlich aus Eisen gegossen, also aus Gußeisen war. »Für die Terrasse. Wetterfest!« Man bewunderte seine Kenntnisse.

Bald darauf erschienen — sie waren mit der Bahn von Königsberg gekommen — die ersten Gäste zu Kaffee und Liqueur, auch sie noch dem weiteren Familienkreis zugehörig, wie Fritz Marold, Richard und Albert, aber auch jene, die regelmäßig an Luises Musik- und Lesekränzchen teilnahmen: das Ehepaar Lindtner, Herr Bergmann von der Hartung'schen Offizin mit Gattin und Kindern, Herr Rackow von der Königlichen Oberpostdirektion, sowie zwei alleinstehende Damen: die Witwe eines vermögenden Heringshändlers und die ebenfalls verwitwete Gattin des Oberstaatsanwalts Dammert.

Es war ein herrlicher Tag, man konnte, durch bunte Schirme vor der grellen Nachmittagssonne geschützt, Mokka und Chocolade auf der Terrasse einnehmen. Die Rhans und ihr kleiner Kreis von bislang nicht mehr als zwanzig Gästen gönnten sich, auf Liegestühlen hingestreckt, noch etwas Ruhe, bis gegen sechs die Auffahrt der zur Soiree Geladenen beginnen würde. Unter den weißen Blütentrauben der Akazien spielten die Kinder Drittenabschlagen und Federball. Gegen vier Uhr erschien Frau Luise Rhan, deren vorübergehende Abwesenheit kaum bemerkt worden war, an der Glastür und bat in den Musiksalon.

»Meine Schwester Angelica hat uns eine Überraschung bereitet«, sagte sie und komplimentierte die Gäste ins Haus. Der Musiksalon — eigentlich die Bibliothek, aber es fehlte an Büchern wie an Schränken — war diesem Andrang kaum gewachsen. So ließ man die Tür zur Diele offen, was diesem und jenem erlaubte, sich unauffällig wieder der Terrasse und ihren Genüssen zu nähern.

Am Flügel — Rhan hatte ihn von der Königsberger Pianofabrik Gebauer erworben — stand, in einem karmesinroten Musselinkleid, Angelica. Nicht nur Albert stockte bei ihrem Anblick der Atem. Neben ihr verneigte sich ein überschlanker Herr im Frack, von seinem Kopf sah man nichts als eine schwarze, ungebändigte Tolle, und als er sich wieder aufrichtete, kam ein bleiches, von feinen Rissen und Rillen durchfurchtes Gesicht zum Vorschein, mit einer Nase, die peinlich an einen Papageienschnabel erinnerte. In der linken Hand hielt er die Violine, in der rechten den Bogen.

»Ja, meine Lieben« — mit erhobener Stimme versuchte

Luise sich gegen das Getuschel durchzusetzen —, »das ist nun die erste große Überraschung unserer Feier. Meine Schwester Angelica stellt Ihnen Herrn Marcus Löwenthal aus Wien vor, dessen selbstloses Entgegenkommen uns in den Stand setzen wird, seinem in vielen europäischen Hauptstädten gerühmten, wahrhaft virtuosen Spiel zu lauschen. Meine Schwester aber darf es sich als besondere Ehre anrechnen, unseren Künstler zu Mozarts Violinsonate in D-Dur auf dem Pianoforte zu begleiten.«
Und nun, während einige sich noch einen Stuhl erobern, andere sich an die Wand lehnen konnten, erklang das anschmiegsame *Adagio con spirito,* das Albert als »liebenswürdig« empfand. Er verstand nicht viel von Musik, wenngleich etwas *mehr* als jener Herr, der nach dem ersten Satz zu klatschen begann. Das melodische *Andante cantabile* versetzte ihn in eine süß-melancholische Stimmung, und nun konnte er den Blick nicht mehr von Angelicas gelenkigem Fingerspiel lassen, mit dem sie auch ihren Partner zu höchster Kunstfertigkeit herausforderte.
Dieser mißfiel ihm. Die herrische Attitüde, mit der er den Bogen aufsetzte, um ihn mit schlüpfriger Eleganz über die Saiten zu führen, oder wie er den Kopf zurückwarf, daß die schwarze Tolle erzitterte, und wie er mit geschlossenen Augen seinem *Vibrato* nachlauschte — dies alles behagte Albert wenig.
Dennoch mußte er zugeben, daß die kleinen Eitelkeiten des Künstlers die Grazie seines Spiels kaum minderten, vielleicht sogar förderten. Und da es allem Anschein nach Angelica gewesen war, die den Geiger ausgewählt und eingeladen hatte, erübrigte sich für Albert jede Kritik.
Beim munteren, girlandenhaft verspielten *Allegretto,* das gewiß auch der Pianistin ein Äußerstes abverlangte, kam ihm ein Gedanke: Wie wäre es, wenn er sie überreden könnte, einmal mit ihm auf Exkursion zu gehen? Welch ein Genuß mußte es sein, diesen flinken Händen zuzuse-

hen, wie sie Pflanzen pflückten, Stauden ausgruben, Zweige brachen, kurz: botanisierten!
Ja, es mußte ein Vergnügen sein, mit Angelica zu arbeiten, an einem gemeinsamen Werk, am Ende gar, da Paul nun ausfiel, über die Flora der Angerapp-Ufer? Es war eine allzu umfangreiche Arbeit, die der Professor ihm für die Sommerferien zugemutet hatte; allein würde er sie kaum bewältigen können.
Aber Angelica hätte vielleicht Spaß daran. Sie hatte ja auch mit diesem Geiger arbeiten müssen, der aus Wien kam und auf der Durchreise nach Moskau war, wie man hörte. Ein so makelloses Zusammenspiel war nur durch viele Stunden gemeinsamen Musizierens zu erreichen. An Fleiß fehlte es ihr also nicht, und da sie ihre Schwester Johanne so lange nicht gesehen hatte, weshalb sollte sie nicht endlich einmal nach Gumbinnen kommen — und von dort dann: auf zur Angerapp!
Herzlicher Beifall belohnte die beiden Künstler.
Ehe die kleine Gesellschaft sich in den Rauchsalon oder zum Promenieren auf die geharkten Parkwege begab, wurde mit Champagner, Marke Carteblanche, auf das Geburtstagskind angestoßen.
»Was mich an diesen Künstlern immer wieder erstaunt, ist der peinliche Mangel an Selbstkritik«, sagte der Bauunternehmer Hugo Lindtner zu Fritz Marold und Herrn Rackow von der Oberpostdirektion, als sie nach dem Toast mit ihren Damen zwischen den notdürftig gestutzten Buchsbaumhecken flanierten.
»Aber du willst doch nicht sagen, daß Herr Löwenthal schlecht gespielt hat?« empörte sich Frau Lindtner.
»Kein Gedanke daran! Mich beschäftigt eine andere Frage: Was ermutigt einen derart häßlichen Menschen wie diesen Löwenthal — Marcus, nicht wahr? —, einen Beruf zu wählen, bei dem er sich immer wieder vor gebildeten Leuten produzieren muß?«
»Ist er häßlich?« fragte Frau Rackow erstaunt. »Ich

muß sagen: das ist mir gar nicht aufgefallen.«
»Er ist es keineswegs!« stimmte Frau Lindtner zu. »Er hat etwas Dämonisches!« Sie zog das Schultertuch fester.
»Aber meine Damen!« sagte der Bauunternehmer tadelnd.
»Zur Kunst gehört doch auch eine gefällige Präsentation. Dieser ungepflegte Schopf, dieses Getänzel, zu schweigen von der fatalen Physiognomie! Es würde mich gar nicht wundern, wenn er auch noch schmutzige Fingernägel hätte...«
»Aber wie willst du denn das gesehen haben!« entrüstete sich seine Frau.
»Ich sage ja nur: Es würde mich nicht wundern...«
Auf der Terrasse hatten die Rhan-Kinder ihrem Vater ein Gedicht vorgetragen und wurden nun beklatscht und geherzt.
Frau Luise erteilte dem Personal — Hausmädchen und Dienern — letzte Anweisungen. Es ging auf sechs zu. Fast hundert Gäste waren geladen, dreiundachtzig hatten zugesagt. Die Kaufmannschaft war würdig vertreten, wenngleich nicht in der Überzahl.
Rhans pflegten den guten Königsberger Brauch des regen gesellschaftlichen Austausches unter den gebildeten Ständen. Anders als in manchen Städten des Westens, erachteten sich hier weder Kaufleute, noch Professoren oder höhere Beamte in einem solchen Maße als Elite, daß sie auf die anderen Stände hochmütig herabgesehen hätten. Einzig der Adel und hohe Offiziere hielten sich gern in ihren Kreisen. Die anderen nahmen gern jede Gelegenheit wahr, sich über Handel und Industrie, Kunst und Wissenschaft, Politik oder Kriegsgeschehen aus erster Hand zu informieren. Zu diesen aufgeschlossenen, von keinem Vorurteil gehemmten Gästen gehörten Industrielle wie Kommerzienrat Halbknecht von der Union-Gießerei aber auch Ärzte wie Kreisphysikus Dr. Scharschmidt, und unter den Wissenschaftlern waren es vor allem die

beiden Kustoden der Antikensammlung und des Mineralienkabinetts. Gekommen waren auch etliche Ratsherren, Reeder und Geistliche, darunter Hofprediger Hoffheinz und Rabbiner Dr. Saalschütz aus der Brandenburger Vorstadt, ferner Universitäts- und Gymnasiallehrer, Leutnants und Hauptleute, Journalisten und Verleger — so die Herren Wichert und Reiche von der Altpreußischen Monatsschrift —, sowie Theaterdirektor Woltersdorf mit einigen Damen und Herren seines Ensembles.
Sie alle kamen, Kutsche für Kutsche, über die große Allee und wurden vom Ehepaar Rhan auf der Terrasse begrüßt. Die Toiletten der Damen waren — beinahe — nach der neuesten Pariser Mode: viele erschienen, wie auch die Gastgeberin, in heuteng geschnittenen Kleidern mit dem aparten cul-de-Paris, der, im Gegensatz zur kreisrunden Krinoline, den *accent* auf den verlängerten Rücken setzte. Hals- und Ohrgehänge blitzten, Diademe, Armbänder, Perlenketten und edelsteingeschmückte Ringe.
Albert kam sich verloren vor bei all diesem Verbeugen und Knicksen, diesen bewundernden Ahs und Ohs und übertriebenen Komplimenten. So viele festlich gekleidete Menschen hatte er noch nie gesehen, es brauste und brandete um seine Ohren. Er griff nach einem Champagnerglas und leerte es in einem Zuge. Er fühlte sich bedeutungslos, zumindest fehl am Platze, und wäre am liebsten mit Angelica in einen der stillen, von dunklen Tannen und Weymouthkiefern beschatteten Pavillons geflüchtet. Sie aber war umgeben von schwänzelnden Befrackten, gönnte ihnen ihr »silberhelles« Lachen, und neben ihr stand der Geiger Löwenthal.
Einer Droschke entstiegen ein älteres Ehepaar und ein Pärchen: das junge Mädchen in weißem Musselin, jugendfrisch und heiter, ihr Cavalier ein überschlanker Leutnant: Herr Alfons d'Heureuse, Albert noch wohlbekannt vom ersten Abend bei Rhans. Die junge Dame war Emma Rübach, in Begleitung ihrer Eltern.

Albert wußte nicht, ob er Fräulein Rübach bei Quadrille und Cotillon überhaupt aufgefallen war – und trotz des »schmachtenden« Blicks, den sie ihm gegönnt hatte, war keineswegs ausgemacht, daß sie ihn wiedererkennen würde. Zur Not konnte ihm Leutnant d'Heureuse behilflich sein. Den hatte er damals zwar reichlich affektiert gefunden, doch maß er dem ersten Eindruck nicht allzuviel Bedeutung bei.

Die Rübachs verloren sich im Gästeschwarm, der nun in allen Räumen des Schlößchens, wie auch zwischen Allee, Rasenplatz und Terrasse hin- und herwogte. Diener boten Torten, Chocoladetäfelchen, Fürst-Pückler-Eis, süßen Ungarwein und immer wieder Champagner an. Erst um neun sollte zum Buffet gebeten werden; die für diesen Abend engagierten Lohnköche bauten ihre Platten und Teller in der rückwärtigen Veranda auf. Während Albert sich noch nicht schlüssig war, ob er die Gesellschaft Angelicas und ihrer Verehrer suchen sollte, zupfte ihn jemand am Ärmel. Es war Richard Marold, mit dem er bislang noch nicht gesprochen hatte. Er trug das Haar jetzt länger, nach Künstlerart; auch seine Redeweise war verändert.

Er quasselte nicht mehr so salopp daher, sondern bediente sich gewählter Ausdrücke und Floskeln.

»Wird höchste Zeit, daß du mich auf der Bühne siehst«, sagte er und schleckte zierlich den Eislöffel ab. »Ich lebe mich von Tag zu Tag mehr in meine Rolle ein; du wirst staunen.«

»Hat denn die Premiere schon stattgefunden?«

»Nächste Woche. Direktor Woltersdorf höchstselber – da drüben steht er mit der Mignelli – hat das Stück ausgewählt. Die *Karlsschüler* sind zwar nicht gerade das Neueste vom Neuen, jedoch, weil Schiller der Held des Stückes ist, immer ein garantierter Erfolg.«

»Den Schiller spielst du aber nicht?«

»In zwei Jahren werde ich auch den Schiller spielen, verlaß dich drauf. Fürs erste begnüge ich mich mit einer kleinen, allerdings sehr wichtigen Rolle.«

»Ehrlich gesagt«, gestand Albert, während sie um den ausgetrockneten Springbrunnen herumgingen, auf dessen Rand soeben bunte Lichter angezündet wurden, »ich kann noch immer nicht begreifen, daß du ein Engagement am Königlichen Theater bekommen hast. Es fehlt dir doch an jeglicher Ausbildung. Dein Onkel erzählte mal, du hättest eine Chance in Preußisch Eylau.«

»Hatte ich auch. Hab' ich aber abgelehnt. Ich — wohlgemerkt! Ich habe mir einfach ein bißchen Mut angesäuselt« — er fiel wieder in seinen forschen Ton — »und hab' bei Woltersdorf den Karl Moor vorgesprochen. Habe natürlich auch durchblicken lassen, daß ich mit Rhans verwandt bin. ›Nicht untalentiert‹, hat der Direktor gesagt. Und da ihm gerade einer krank geworden war, hat er mir die Rolle des *Nette* in den Karlsschülern gegeben. Versuchsweise, wie er sich ausdrückte — aber du siehst ja: es läuft. Zur Premiere kann ich dir leider keine Karte besorgen. Aber wie wär's mit der Generalprobe? Ist zwar nicht erlaubt, aber irgendwie schleuse ich dich da schon rein. Hast du Zeit? Donnerstag um vier.«

Albert stimmte zu.

Er hatte sich mit Torte und Chocolade so vollgestopft, daß es ihn gar nicht mehr zum Buffet lockte, als Tante Luise mit Händeklatschen von Gruppe zu Gruppe eilte, um Gäste, die den Gong überhört hatten, anzutreiben. Trotzdem war Albert froh, daß dieses peinliche Herumstehen mit dem Glas in der Hand ein Ende nahm; man trat, wenn man nicht angesprochen wurde, doch nur von einem Fuß auf den anderen, bemühte sich um eine lässige Miene, versuchte es mit einer Zigarette, schlenderte von der Terrasse zum Park, um den Brunnen herum, und wieder zurück auf die Terrasse — und in das Gefühl, hier völlig überflüssig zu sein, mischte sich ein quälendes Ungenügen, eine ziehende, zehrende Sehnsucht, vergleichbar Pauls Fernwehträumen — nur daß es Albert nicht nach fremden Kontinenten trieb, sondern zu den schimmernden Gipfeln der Gelehrsamkeit. Es war der Ehrgeiz, der ihn angesichts dieser Menschen packte, von denen es jeder auf seinem Gebiet zu Rang und Ansehen gebracht hatte. Nicht um Reichtümer ging es ihm; er wollte nichts anderes sein, als ein von der Fachwelt gerühmter Botaniker — wenn nicht gar eine Weltkoryphäe wie der große Schwede Linné. Hätte er's nur erst so weit gebracht — wie anders stünde er, dann vermutlich ein Mann von Mitte Dreißig, vor Angelica da! Guten Gewissens könnte er ihr einen Heiratsantrag machen; sein reichliches Auskommen hätte er ja, als ordentlicher Professor...

Er beschloß, nicht mehr so viel zu trinken, der Abend würde ja noch lange dauern. Endlich zog es ihn doch zum Buffet. Dort kam er mit d'Heureuse ins Gespräch, der für Fräulein Rübach den Teller belud.

Wann er denn sein Einjährig-Freiwilligen-Jahr absolviere, wollte der Leutnant wissen.

»Ich nehme an, daß ich gar nicht dienen muß«, sagte Albert.

»Wegen meiner Kurzsichtigkeit, meine Gläser haben viereinhalb Dioptrien.«

»Find' ich aber merkwürdig«, sagte d'Heureuse. »Sie sollten sich nicht an Ihrer Dienstpflicht vorbeimogeln. Leichter als ein Student kann man's nun wirklich nicht mehr haben. Ein bißchen Kasernendienst — und dabei fröhlich weiterstudieren! Genau so verhält es sich hier in Königsberg: Während Ihrer Militärzeit sind Sie in erster Linie Student, und nur so ganz nebenbei Soldat. Wir haben einige in der Kaserne am Nassen Garten, die führen ein munteres Leben.«

Darauf war nicht viel zu entgegnen. Die Dienstzeit für die einjährig-freiwilligen Studenten war in der Tat aufs kulanteste geregelt. Albert würde die Entscheidung dem Militärarzt überlassen.

Er fragte den Leutnant, ob er ihn seiner Dame vorstellen würde. D'Heureuse machte keine Umstände. Sie gingen mit ihren gefüllten Tellern zum Tisch, an dem sich das Ehepaar Rübach mit seiner Tochter niedergelassen hatte.
Karl Rübach war ein massiger Mann zwischen Vierzig und Fünfzig, den die Lodenjoppe des Gutsbesitzers zweifellos besser kleidete als der Frack, in den er sich heute zwängen mußte.
Er hatte einen schweren Schädel mit hoher, schön gewölbter Stirn und vollem, wenngleich bereits schlohweißem Haar. Seine Frau, klein und vermutlich früh gealtert, wirkte gehemmt und verbarg — jedenfalls hatte Albert diesen Eindruck — ihre Unsicherheit hinter gedrechselten Phrasen.
Emma Rübach erkannte ihn sofort. Natürlich vermied sie es, die heikle Situation, in der er sie entblößt gesehen hatte, zu zitieren — wer weiß, ob sie sich überhaupt daran erinnern konnte. Aber sie nannte ihn einen »ausgezeichneten Tänzer« und erzählte ihren Eltern, wo sie ihm begegnet war.
Man bat Albert, Platz zu nehmen, und während sie aßen, hatte er genug Zeit, sich in Fräulein Rübachs Physiognomie zu vertiefen. Sie war, in ihrer duftigen Zartheit, ein engelhaftes Wesen; sein Eindruck von der Tanzstunde bestätigte sich.
Blond und blauäugig und, wie man annehmen durfte, durchaus ihrer Schönheit bewußt, begnügte sie sich nicht damit, bewundernd angegafft zu werden, sondern plauderte unbefangen über das Fest und die Gäste. Daß sie sich mehr mit dem Leutnant als mit Albert unterhielt, nahm dieser ihr nicht krumm, zumal sie ihn wiederholt mit einem blitzenden Blick bedachte, der bewies, daß ihr seine Gegenwart willkommen war.
Karl Rübach war Besitzer des Gutes Pallweitschen in der Nähe von Trakehnen, nicht allzu weit von Gumbinnen entfernt. Das Ehepaar weilte mit seiner Tochter für drei

Wochen in Königsberg, um sich dann wieder auf sein Gut zurückzuziehen, denn im August begann die Erntezeit. Zu Rhans bestand eine weitläufige verwandtschaftliche Beziehung, der die Rübachs ihre Einladung verdankten.
»Das Mädchen muß Stadtluft riechen, dann und wann«, sagte Rübach. »Zur Ballsaison muß sie ihren Benimm intus haben, sonst bleibt sie uns noch sitzen!« Er lachte laut und schlug sich auf den Schenkel.
»Du meinst: um sich letzte Sicherheit im gesellschaftlichen Umgang zu erwerben, sei für Emma ein gelegentlicher Stadtaufenthalt unerläßlich«, korrigierte Frau Rübach.
»Und? Hab' ich was anderes gesagt?« brummte ihr Mann. »Und Sie, junger Freund? Studiosus? Botaniker? Ausgezeichnet! Aus Gumbinnen? Das ist ja nur um die Ecke. Dann müssen Sie uns bald mal auf Pallweitschen besuchen. In den Sommerferien, ja? Sie könnten bei uns ein bißchen den Erdschmecker spielen. Wir haben ein Unkraut im Acker — keiner kennt es, keiner weiß ihm beizukommen. Außerdem sollten Sie unseren Mergel mal auf seinen Kalkgehalt untersuchen; vielleicht taugt er nicht viel als Dünger. Also: sehen Sie sich's mal an!«
»Aber Karl!« tadelte Frau Rübach. »Du kannst doch Herrn Matureit nicht gleich für unsere Zwecke in Anspruch nehmen!«
»O laß ihn ruhig kommen, Mama!« rief das Mädchen. »Wir freuen uns immer, wenn einer mal ein bißchen Leben nach Pallweitschen bringt.«

»Eben!« sagte d'Heureuse und tupfte die Lippen ab, ehe er zum Glas griff. »So langweilig kann keiner sein, daß er uns nicht wenigstens ein bißchen Stadtluft mitbrächte!«
Albert sah ihn unsicher an. Wurde er hier als Langweiler bloßgestellt? Aber der Leutnant sprach schnell weiter: »Ich stamme nämlich auch aus der Pallweitscher Ecke,

vom Gut Pilldeiken. Aus lauter Verzweiflung hätte ich sogar Botanik studiert, wenn mir nicht doch noch was Gescheiteres eingefallen wäre...!«

»Du bist aber ungezogen, Alfons«, sagte Emma Rübach und schlug ihn mit dem Fächer. Und zu den Eltern: »Bitte entschuldigt sein schlechtes Benehmen.« Mit einem Augenblitz bezog sie auch Albert in die Bitte ein.

»Ach was, er hat ganz recht!« polterte Rübach. »Das ist doch wirklich kein Leben für einen jungen Mann: immer nur den polnischen Kartoffelweibern auf den Dupps klopfen! — Na, bitte, Annchen, sag doch selber!«

»Man spielt auf!« sagte Frau Rübach betont. Und so war es: Vor dem Schlößchen, dort, wo der Barockpark zum Englischen Garten wurde, spielte die kleine Kapelle in einem offenen Zelt, und davor war aus polierten Brettern ein Tanzboden aufgeschlagen. Viele Paare machten sich auf den Weg.

D'Heureuse schlug die Hacken zusammen und bat Herrn Rübach, ihm den ersten Tanz mit seiner Gattin zu erlauben. Der nickte und griff nach dem Arm seiner Tochter.

»Ein kleiner Hüpfer wird uns auch nicht schaden«, sagte er.

Und zu Albert: »Wir sehen uns noch.«

Allein gelassen und, wie er meinte, nicht gerade inständig um seine weitere Anwesenheit gebeten, suchte Albert sich andere Gesellschaft. Immerhin war er von dem hübschen Fräulein Emma und ihren Eltern nach Pallweitschen eingeladen worden, und darauf gedachte er zurückzukommen, wenn er nur erst die Ufer der Angerapp inspiziert hatte. Jedoch dieser Leutnant mit seinen süffisanten, stets mehrdeutigen Bemerkungen... Albert erinnerte sich, wie Angelica ihn damals hatte abblitzen lassen.

Angelica — wo war sie? Beim Tanz? Die Kapelle spielte

einen Walzer. Auf dem Weg zum Zelt begegnete ihm Fritz Marold.

»Hallo, Albert!« sagte der Onkel mit schon ein wenig schwerer Zunge. »Großartige Stimmung, was? Da siehst du mal, wie ein Kaufmann leben kann — wenn er's erreicht hat!«

»Beeindruckend ist es schon«, sagte Albert.

Die Sonne war untergegangen; das Farbenspiel rings um den toten Springbrunnen nahm sich entzückend aus, und auch im Park wurden bunte Windlichter aufgestellt.

»Ich neide es meinem Schwager nicht«, sagte Marold. »Es ist ihm nicht in den Schoß gefallen; fleißig war er. Aber natürlich hat er es auch immer verstanden, die richtigen Beziehungen zu pflegen. Und die sind noch wichtiger als Fleiß. Sieh dir an, wer alles gekommen ist!«

»Ein bißchen viel Aufwand für einen 43. Geburtstag — meinst du nicht, Onkel? Was das kostet!«

»So rechnen kleine Leute«, sagte Marold verächtlich. »Das zahlt sich alles aus — wenn nicht morgen, so in drei Jahren.«

»Ich denke nur: es ist so viel Elend auf der Welt, sogar in Königsberg. Viele hungern — und hier wird geschlemmt.« Ihm war, als spräche er mit Angelicas Worten.

»Socialistische Ideen? Hast aber selber ganz schön mitgeschlemmt, dir klebt ja jetzt noch die Mayonnaise im Mundwinkel«, spottete Marold. »Ich will dir was sagen, Junge: Wir — deine Eltern, deine Tanten und Onkel — wir waren arm wie die Kirchenmäuse — allesamt! Und wären die meisten von uns nicht ehrgeizig und tüchtig gewesen, dann ging's ihnen heute noch so wie Dorchen und ihrem Mann, die nie auf einen grünen Zweig kommen. Arm geboren werden ist keine Schande. Aber arm sterben ist ein Beweis von Untüchtigkeit, Lebensschwäche —, wie du's nennen willst. Ich sterbe vielleicht ganz

kläglich — an den Pocken, oder an der Cholera. Aber arm nicht — das darfst du mir glauben!«
Er klopfte Albert auf die Schulter und entfernte sich.
Er ruht nicht, bis auch er so reich geworden ist wie die Rhans, dachte Albert. In die nächsthöhere Klasse aufsteigen. Vergessen, wo man hergekommen ist.
Albert schlenderte zum Tanzpodest. Die Musik machte gerade Pause, die Paare kamen an ihm vorbei, um sich auf der Terrasse auszuruhen. Er blieb stehen und suchte Angelica. Nein, unter den Tänzern war sie nicht. Übrigens war auch der Geiger nicht zu entdecken.
Wie er so stand, und die anderen lachend und scherzend über den knirschenden Kies wandelten, die Damen duftend nach Puder und Parfum, mit rauschenden Röcken und klappernden Fächern, da wurde ihm etwas schwindelig; sein Blick trübte sich, so daß er oft mehrmals hinsehen mußte, bis er ein Gesicht wiedererkannte. Champagner und Süßwein hatte er getrunken, auch mal einen Schnaps zwischendurch, so viel wie noch nie in seinem Leben. Er sah Fräulein Rübach am Arm von d'Heureuse, er hatte vorgehabt, mit ihr zu tanzen, es hätte sich auch so gehört, aber er traute sich's nicht mehr zu. Wo war Angelica?
Onkel Eduard Rhan, der Vielgefeierte, kam mit erhobenem Kopf und leuchtenden Augen in Begleitung seiner Frau. Sie sahen Albert und traten zu ihm.
»Das ist die größte Freude für mich: daß ich heut' so viel Jugend sehen darf!« rief Eduard. »Wie fühlst du dich, Albert, gefällt es dir?«
Albert nickte. Gern hätte er nach Angelica gefragt, fand aber so schnell keinen Bezug.
»Der Höhepunkt kommt erst«, fuhr Eduard fort. »Das Feuerwerk! Wir warten noch, bis es völlig dunkel ist. Und falls wir uns nicht mehr sehen sollten — die Ferien fangen ja bald an —, kann ich dir jetzt schon verraten, was dich im Herbst erwartet. Ich habe bei Direktor Wol-

tersdorf Theaterabonnements für die kommende Spielzeit bestellt. Für Käthe, Konrad und dich. Ich habe zu Luise gesagt: Von Natur allein kann kein Mensch leben, jedenfalls kein so intelligenter wie unser Albert. Kunst! Kunst gehört dazu! Schiller, Goethe, Shakespeare... Es gibt ja auch bei uns in Königsberg vielerlei Kunst: Wachsfigurenkabinette, Panoramen, Automaten, Metamorphosentheater, was weiß ich! Kunst rundet das Leben erst ab! Mach's gut, mein Sohn!«

Irgendwie hat der sich ganz gut zurechtgefunden in seinem Reichtum, dachte Albert, obwohl ihm das Denken schon schwerfiel. Er ist, was man sich unter einem Herrn vorstellt.

Onkel Fritz ist ein Parvenu. Ob er's jemals zum Herrn bringen wird?

Entgegen den Erwartungen spielte die Kapelle noch nicht wieder zum Tanz auf. Die Musiker bliesen einen Tusch und räumten, mitsamt ihren Instrumenten, das Zelt, während Frau Luise die nächste Attraktion ankündigte: »Tableaux vivants!«

Sechs »Lebende Bilder« sollten vorgeführt werden, und zwar entweder allegorischen Inhalts, oder nach Motiven der dramatischen Literatur. Wer unter den Zuschauern als erster erraten würde, was sie darstellten, durfte auf einen Preis hoffen.

Allerdings, der richtige Zeitpunkt zur Darbietung solcher Kunstgenüsse war schon überschritten, auch für die jugendlichen Pantomimen, die eigentlich schon hätten im Bett sein sollen. Nach »Tells Apfelschuß« mußten die Rhankinder Käthe und Konrad, dazu zwei Knaben aus der Verwandtschaft, sowie Mademoiselle Rameau, die Arrangeurin des Spiels, hinter dem Zelt in neue Gewänder schlüpfen, um »Johanna von Orleans vor ihren Richtern« oder »Das Walten der vier Elemente« darzustellen. So machte es einige Mühe, in den Pausen die Zuschauer beisammen zu halten, deren einige für so feinsinnige

Scharaden nicht mehr die rechte Geduld aufbrachten.
Erraten wurden die Bilder meist schnell. Der Apfelschuß stellte kaum Ansprüche an die Bildung, jedoch auch der »Jungfrau« und den »Vier Jahreszeiten« kam man sofort auf die Spur, während seltsamerweise »Die fünf Sinne«, obwohl mit übergroßen Pappaugen, -nasen, -mündern, -ohren und tastenden Fingern ausgestattet, erst mit Frau Luises Nachhilfe als solche erkannt wurden.
Mit Erleichterung und um so reichlicherem Applaus bedankte man sich bei den Kindern für ihre kunstvollen Attitüden, und sobald die Kapelle wieder eingezogen war, füllte sich die Tanzfläche.

Albert hörte die Musik nur von fern. Er war, auf der Suche nach Angelica, buchstäblich auf Abwege geraten: in den »englischen« Teil des Parks, der in seinem verwilderten Zustand mehr und mehr einem Wald glich und sich zu Seiten des Pfades wie ein Dickicht in Finsternis verlor.
Und plötzlich stand er vor dem Mühlenteich.
Er sah ihn zum ersten Mal: schwarzblinkend unter dem Sternenhimmel, umrahmt von Weide und Schwarzpappel, auch *Quercus robur,* die Sommereiche, registrierten Auge und Hirn, trotz der Dunkelheit. Zierliche Wellen leckten am sandigen Ufer. Woher sie wohl kommen in dieser windstillen Nacht? Ein Schwan? Eine Ente? Ein springender Fisch?
Oder — ein Boot.
Es schob sich aus einer Bucht, mit eingelegten Rudern, wie eben erst abgestoßen vom Ufer. Lautlos trieb es hinaus auf den See. Zwei Schatten im Boot: auf der Heckbank, zurückgelehnt, die Hände hinter dem Kopf verschränkt, in die Sterne blikkend, die Frau; auf der Ruderbank ein Mann, ihr zugeneigt, mit vorgreifenden Händen. Und kein Laut.
Er konnte nicht sehen, wer die Frau war, er erkannte nur

den Mann, das Schnabelprofil, die ungebändigte Tolle. Sah, wie er sich löste von der Bank, der Frau entgegenrutschte, ungeschickt, auf den Knien, sah, wie er die Hände höher hob, auch wie die Frau sich zu ihm beugte, sah…

Da krachte es und zündete, böllerte und pfiff, Feuerfontänen spritzten über den Himmel, kreisende Kugeln zerplatzten, spendeten glühende Tropfen, Perlenschnüre, Girlanden, Goldregenkaskaden. Und flackernder Widerschein auf einem geliebten Gesicht: überrascht, lächelnd, voll überirdischer Heiterkeit.

Er wandte sich um. Er rannte. Rannte durch das Dikkicht, über Stein und Gestrüpp, rannte und keuchte und wußte nicht wohin, stolperte, blieb irgendwo liegen, und Eifersucht, Enttäuschung und Bitternis empörten sich in einem wilden, krampfhaften Schluchzen.

Zum Abschluß des pyrotechnischen Schauspiels hatte sich über dem Himmel Luisenthals ein Sonnenrad entfaltet. Als es nach wirbelnder Rotation zerbrach, fiel eine glühende Speiche auf das Dach der hinter dem Gutshaus gelegenen Remise. Da der Schuppen mit Stroh gedeckt war, gab es bange Sekunden, aber es zündete nicht. Das Fest allerdings geriet nach diesem Himmelsspectaculum, dem ähnlich Eindrucksvolles nicht mehr folgen konnte, ein wenig »ins Schlingern«, wie ein anwesender Kapitän sich ausdrückte; die Gäste fühlten sich längst gesättigt mit Speisen und Schaustellungen; Neugier und Konversationslust waren erlahmt und die Beine müde vom Tanzen. Und leider hatten auch einige über den Durst getrunken. Karl Rübach aus Pallweitschen ließ sich derart gehen, daß seine Frau ihre Not mit ihm hatte. Mühevoll hielt er sich aufrecht, brabbelte dummes Zeug, verschüttete Wein und machte sich an Leute heran, die nichts von ihm wissen wollten.

Lediglich in Hugo Lindtner, der auch nicht mehr nüchtern war, hatte er einen Partner gefunden, auf dessen Schulter er sich stützen konnte. Der Bauunternehmer ließ es geschehen; er wäre auch ohne Alkohol in gehobener Stimmung gewesen, denn sein Gespräch mit dem Inspektor der Provinzial-Landstraßen-Verwaltung, das Eduard Rhan arrangiert hatte, brachte ihm einen dicken Auftrag ein. So gab er sich großzügig, ließ den trunkenen Gutsherrn blödeln, winkte seiner Gattin, die schon seit einer Stunde erschöpft im Liegestuhl ruhte, und schickte nach dem Wagen.

In diesem Augenblick näherten sich Angelica und der Geiger.

Auf Herrn Löwenthals rechtem Hosenbein waren einige Schlammspritzer. Karl Rübach, obwohl betrunken, bemerkte sie sofort. Ohne zu wissen, wen er vor sich hatte, deutete er mit dem Finger auf das Beinkleid und spottete: »Wo haben Sie sich denn 'rumgesuhlt?«

Dies rief er so überlaut, daß andere Gäste aufmerksam wurden; einige traten sogar ein paar Schritte näher, zumal man die verwitwete Frau Rhan und den Künstler bereits vermißt hatte. Angelica berührte Löwenthal am Ellbogen und versuchte, mit ihm, an Rübach vorbei, ins Haus zu gelangen. Doch der vertrat ihnen den Weg.

»Ich habe Sie was gefragt!« bellte er. »Und das will ich jetzt wissen: Wo Sie sich rumgetrieben haben, Sie zwei!«

Die Zeugen des Auftritts warteten auf das Unvermeidliche: die Ohrfeige, die der Geiger diesem Flegel geben mußte. Doch nichts dergleichen geschah. Während Löwenthal um ein nachsichtiges Lächeln bemüht war, sagte Angelica, ohne das geringste Anzeichen von Ärger: »Wir haben eine wunderschöne Bootspartie hinter uns. Ganz in der Nähe, auf dem Mühlenteich. Versuchen Sie's doch auch einmal, mein Herr, es würde Ihnen gewiß guttun.«

Damit ließ sie ihn stehen — und lief, während ihr Begleiter den Betrunkenen mit dem Ellbogen beiseiteschob,

ihrem Schwager Eduard, der gerade auf die Terrasse gekommen war, in die Arme.
»Eine Bootspartie?« Rübach rief es ihr nach. »Das laß ich mir gefallen! Warum wird nicht allen Gästen eine Bootspartie geboten? Ich will auch mit dem Bootchen fahren — wer kommt mit?«
Er riß sich von seiner Frau los, als wolle er sich bereits auf den Weg machen, drehte sich aber noch einmal um, und als seine glasigen Augen Angelica und den Geiger wieder entdeckt hatten, brüllte er:
»Heimlich ins Boot! Das nenn' ich ein sauberes Pärchen! Man sollte — «
Er verstummte. Emma Rübach stand vor ihm und sah ihn an.
Als habe der Blick seiner Tochter ihn gelähmt, hob er, wie mit äußerster Mühe, den Arm und tastete nach seiner Frau. Sie ergriff seine Hand und führte ihn ab. Emma blieb zurück.
Leutnant d'Heureuse trat zu ihr. Sie gingen ins Haus.
»So? Eine Kahnpartie?« sagte Eduard Rhan und sah seiner Schwägerin prüfend ins Gesicht. Der Geiger schien für ihn nicht vorhanden zu sein.
»Ja, eine Kahnpartie«, wiederholte Angelica. Sie standen noch zwei Sekunden, aber Eduard hatte ihr nichts mehr zu sagen.
»Du nimmst es uns gewiß nicht übel, wenn wir uns verabschieden«, sagte Angelica. Und zu Löwenthal: »Vergiß deine Geige nicht.«
Der Künstler entfernte sich. Als Angelica ihm folgen wollte, hielt Eduard sie zurück.
»Ich hörte wohl nicht richtig. Du willst mit diesem Herrn, den du zu duzen geruhst, vorzeitig das Fest verlassen? Soll das heißen, daß ihr gemeinsam in deinem Wagen ...«
»Warum nicht, Eduard? Herrn Löwenthals Hotel ist in den Hufen, und die liegen bekanntlich auf dem Weg nach Königsberg.«

Der Geiger kam, den Instrumentenkasten unter dem Arm, aus dem Musikzimmer. Er verneigte sich vor Eduard und dankte für den Abend.
»Wir haben zu danken«, sagte Eduard ausdruckslos.
Abrupt wandte er sich um und ging ins Haus. Das Fest war für ihn zu Ende.
Schon nach einer Stunde lag Luisenthal wie von allen Menschen verlassen unter dem sinkenden Mond.

Erst gegen drei Uhr am Freitag morgen war das Ehepaar Rhan zum Kneiphof zurückgekehrt; die Kinder waren schon bald nach dem Feuerwerk mit Mademoiselle Rameau nach Hause geschickt worden. In Luisenthal blieben über Nacht lediglich einige Bedienstete, die anderntags aufzuräumen hatten.
Als Eduard sich neben seiner Frau ausgestreckt und das Licht gelöscht hatte – es wurde draußen schon hell –, fand er noch lange keinen Schlaf. Mit dem Verlauf des Festes konnte er zufrieden sein; Luise hatte ihm bestätigt, wie dankbar und animiert die Gäste waren und wie prompt man von des Gastgebers eindrucksvoller Neuerwerbung auf Solidität und Solvens seiner Firma geschlossen hatte. Wäre nur dieser abscheuliche Auftritt nicht gewesen! Diesen Rübach künftig nicht mehr einzuladen, verstand sich von selbst. Aber die beschämenden Folgen seines unflätigen Benehmens waren nicht so leicht aus der Welt zu schaffen. Eine Dekuvrierung in aller Öffentlichkeit: Angelica und der Fiedler! Eduard war bei Angelica auf vieles gefaßt, aber nicht auf eine solche Ruchlosigkeit. Nein, das war durchaus kein zu starkes Wort. Nicht allein daß sie einflußreiche Persönlichkeiten in ihren sittlichen Anschauungen verletzt haben mußte – das war schon schlimm genug. Aber ihn selbst, den Schwager, der sie nach dem Tod ihres Mannes in sein Haus aufgenommen, an seine Tafel geladen, ihr seinen männlichen Schutz geboten hatte – ihn hatte sie brüskiert, und mehr als

das! Wußte sie nicht, daß ihm die schamlose Vorführung einer so undelikaten Liaison, denn anders konnte man, was sie ihm zugemutet hatte, kaum nennen, einen Stich ins Herz geben mußte? Mochte er sich vor zwei Jahren, nachdem sein Bruder gestorben war, auch das eine oder andere Mal ihr gegenüber nicht ganz korrekt verhalten haben — auch er war nur ein Mann —, so hatte er doch längst Abbitte geleistet. Und wenn sie noch immer meinte, ihn dafür bestrafen zu müssen: zu *solchen* Mitteln hätte sie nicht greifen dürfen. Nicht nur, was sie ihm — aus gutem Grund, er sah es ja ein! — verweigert hatte, einem anderen, und gar jenem fiedelnden Hampelmann, zu gewähren, sondern ihm diese Geschmacklosigkeit auch noch zu präsentieren!
Er schreckte auf. Fuhr eine Kutsche vor? Um vier Uhr? Es war fast taghell. Nur das nicht! flüsterte er. Laß es nur nicht Angelica sein! Es war undenkbar. Trotzdem stand er auf und schlich ans Fenster. Die Kutsche hatte gehalten, daran war kein Zweifel, aber es war nicht mehr festzustellen, vor welchem Portal. Vom Schlafzimmer aus konnte man nicht hören, ob jemand das Treppenhaus betreten hatte.
Unschlüssig stand er, lauschte auf den rasselnden Atem seiner Frau, war einen Moment versucht, hinauszugehen und an Angelicas Zimmer zu klopfen. Aber die Vorstellung, sie könne *nicht* in ihrem Zimmer sein — oder gerade eben erst nach Hause gekommen! —, war ihm so schrecklich, daß er sein Hausherrnrecht nicht wahrnehmen konnte.
Ehe er endlich einschlief, haderte er mit sich. Er sah sich wieder vor Angelica stehen, wenige Monate nach ihres Mannes Tod, in ihrem Zimmer, vor den gepackten Koffern — und sie war doch erst vor ein paar Wochen auf seine Einladung von Danzig hierhergezogen. »Bleib!« hatte er sie beschworen. »Geh nicht fort, tu mir das nicht an!« Sie machte ihm keine Szene, nein, prüde war sie nie

gewesen. Sie hielt es nur für »unzweckmäßig«, zu bleiben. »Es hat doch keinen Sinn«, sagte sie.
»Willst du eine Ehe zu dritt führen?« — Warum nicht? hätte er am liebsten geantwortet. Keiner würde es erfahren. Mein Gott, ein Mann wie er! War ihm, der sich im Schweiße seines Angesichts ein stattliches Handelsimperium aufgebaut hatte, nicht einiges nachzusehen? Nein; es war unmöglich. Es paßte überhaupt nicht zu ihm. Immer wenn die maßlose Begier von ihm wich, wußte er das sehr gut. Er war in eine zweite Jugend geraten — aber Angelica war schuld daran. Eine Frau, die so aussah, Tag für Tag unter seinem Dach... »Laß uns das alles vergessen!« hatte er gefleht. »Aber bleib! Bitte, bleib! Soll ich mir ständig vorwerfen müssen, daß ich dich verjagt habe mit meinem schlechten Benehmen?« Sie hatte ihn lange angesehen. Dann hatte sie sich umgedreht und das erste Kleid aus dem Koffer genommen. Eins ums andere hängte sie in den Schrank zurück.
Seither gab es nichts, was er ihr nicht nachsah.
Solange es nicht an seine Ehre rührte.

Als Eduard sich gegen neun erhob und einen kleinen Imbiß zu sich nahm — Luise war schon früher aufgestanden —, war von Angelica nichts zu sehen, und er hütete sich auch, seine Frau zu fragen, ob sie im Hause sei. Er war sich nicht klar darüber, ob Luise etwas von dem *éclat* gemerkt hatte. Gesagt hatte sie nichts, auch nicht auf der nächtlichen Rückfahrt. Wenn es nicht unumgänglich war, wollte er sie nicht in die Sache verwickeln, sie war schon heikel genug.
Er las die Morgenjournale, überflog im Kontor die Post und erschien pünktlich zum Mittagessen. Jetzt fragte er, wie beiläufig, weil *nicht* zu fragen verdächtig gewesen wäre:
»Angelica kommt wohl nicht zu Tisch?«

»Ich traf sie vorhin auf dem Flur«, sagte Luise. »Hellwach sah sie nicht gerade aus.«

Mehr ließ sich in Gegenwart der Kinder und der Gouvernante nicht ermitteln. Eduard war froh, daß sie im Hause und somit unter seiner Kontrolle war.

Am Nachmittag — er arbeitete im Kontor — fuhr ein Wagen vor, und als er aus dem Fenster sah, verließ Angelica das Haus und fuhr davon. Erst gegen vier kam sie zurück. Inzwischen hatte Eduard unerwarteten Besuch bekommen. Eine Dame in Trauer ließ sich melden, begleitet von ihren ebenfalls schwarz gekleideten Töchtern. Es war Margarethe Dorn aus Gumbinnen, die sich, wie sie unter Tränen hervorbrachte, bei Eduard Rhan für die großzügige Erstattung der Begräbniskosten bedanken wollte.

Eduard hatte sich in den letzten Wochen zu seinem Unbehagen wiederholt an den Selbstmord des Eisenhändlers erinnern müssen. Zumindest immer dann, wenn Albert zum Freitisch kam. Er war nicht so hartgesotten, wie er gern gesehen hätte, daß andere ihn einschätzten. Wenn er auch meinte, daß Dorn sein Los verdient hatte — als Calvinist war Eduard überzeugt, jeder erhalte das Schicksal, das ihm nach göttlicher Vorsehung zustand —, so begehrte er doch nicht, schuld daran zu sein. Was blieb ihm also anderes übrig, als die Witwe Dorn in ihren Danksagungen zu unterbrechen und sie, damit ihm nicht noch peinlicher zumute wurde, nach einem eventuellen Anliegen zu fragen.

Statt zu antworten, stellte sie ihm zunächst ihre vier Töchter vor, die keinen Schleier trugen, und daran taten sie recht, wie Eduard Rhan befand. Sie waren ausnehmend hübsche Geschöpfe, und besonders Helene, die jüngste, wohl kaum sechzehn, war mit ihren etwas aufgeworfenen Lippen und dem pikanten Stupsnäschen nicht nur allerliebst anzusehen, sondern verstand es auch, ihn auf eine Weise anzulächeln, die einem so jungen Mäd-

chen, und gar wenn es in Trauer war, nicht ziemte.
Gut, gut, die Frau brauchte nicht lange zu reden, er gab ihr einen Credit zu so kulanten Bedingungen, wie er sie ihrem Gatten niemals eingeräumt hätte. Sie beabsichtigte, in Gumbinnen eine Pension für Lyzealschülerinnen einzurichten und hatte sich schon bei Alberts Mutter, die einschlägige Erfahrung besaß, über die Usancen informiert.
Kaum hatte Eduard die Damen verabschiedet, hörte er von oben Klavierspiel. Das konnte nur Angelica sein.
Für einen Moment hatte er den verrückten Gedanken, sie könne den Geiger mit der Kutsche abgeholt und ins Haus gebracht haben. Er hatte Herzklopfen, als er die Tür zum Saal öffnete, und voller Abscheu stellte sich sein Ohr bereits auf die akkompagnierende Geige ein. Aber Angelica saß allein am Flügel.
Sie unterbrach ihr Spiel. Er blieb am Eingang stehen und sagte: »Ich möchte mit dir sprechen.«
Sie stand auf und ging ihm ein paar Schritte entgegen.
»Ja, Eduard. Bitte nimm doch Platz.«
Ihre Unbefangenheit irritierte ihn. Er hatte sie mit seinen Vorwürfen überhäufen wollen, war auch auf einen unprovozierten Angriff ihrerseits gefaßt, aber nun konnte er zumindest auf behutsamere Weise beginnen.
»Du hast mir ein kostbares Geschenk gemacht mit dem schönen Buch. Ich nehme an, du hast dich erinnert, daß ich mich von jeher für die Geschichte der Hanse interessiert habe. Für einen Königsberger ja auch nicht ungewöhnlich. Ich freue mich auf eine sicher sehr anregende Lektüre.«
»Ich habe es in Leipzig entdeckt, wo es ja auch erschienen ist«, sagte Angelica. »Wie schön, daß ich das Richtige getroffen habe.«
Sie trat zum Fenster, schob den schweren Sammetvorhang etwas zur Seite und sah hinaus.
»Nochmals Dank also«, sagte Eduard. »Dir fällt immer

so viel ein.« Er räusperte sich. »Auch der Einfall, zu meinem Ehrentag diesen Herrn Löwenthal aufspielen zu lassen, war recht originell. Ich liebe Mozart, auch das wußtest du. – Du kennst Herrn Löwenthal schon länger?«

»Seit ein paar Wochen. In Wien haben wir ein bißchen miteinander musiziert.«

»Ein honoriger Mann, denke ich.«

»Er ist es.«

»Eh bien«, sagte Eduard Rhan, der gern ein wenig französelte, besonders wenn er sich entschloß, zur Sache zu kommen. »Du kennst mich. Es widerstrebt mir, Dinge, die spruchreif geworden sind, unerledigt liegen zu lassen. Aber willst du dich nicht auch setzen?«

»Du meinst, wir werden uns einiges zu sagen haben?« Angelica ließ den Vorhang zurückfallen und nahm ihrem Schwager gegenüber Platz.

»Es kann auch sehr schnell gehen«, sagte Eduard. »Es hängt von deiner Einsicht ab.«

»Nun gut.« Sie lächelte ihm aufmunternd zu. »Dann prüfe, ob sie deinen Ansprüchen genügt.«

»Du hast mir bestätigt, daß Herr Löwenthal ein Mann von Ehre ist. Wie verträgt sich diese Feststellung mit dem Umstand, daß er dich zu dieser Bootspartie verlockt hat? Indem du dich mit ihm von unserer Gesellschaft entferntest, hast du gegen die guten Sitten verstoßen.«

»Ach *das* kränkt dich?« rief Angelica verwundert. »Es war *mein* Vorschlag. Er wußte ja nicht einmal, daß es einen Teich gibt. Und hätte sich einer deiner Gäste nicht betrunken, wäre unsere vorübergehende Abwesenheit überhaupt nicht aufgefallen.«

»Da täuschst du dich sehr!« widersprach Eduard. »Luise und ich waren äußerst beunruhigt. Und nicht nur wir. Mehrere Gäste haben nach dir gefragt. Aber gut, ich will es dir nachsehen. Es war eben einer deiner skurrilen Einfälle, die zuweilen die Grenze zur Geschmacklosigkeit nicht zu respektieren wissen.«

Er merkte, daß er sich im Zaum halten mußte, sollte das Gespräch nicht vorzeitig enden.
»Es gab Zeiten, da hast du über meine skurrilen Einfälle anders gedacht«, wandte Angelica ein. »Sie haben dich fasziniert, du hast geschwärmt von ihnen. Du hast gemeint, im Einerlei deines Berufs seien sie dein ›Lebenselixier‹.«
Er sah sie stumm an. In lockerem Ton fuhr sie fort:
»Die Bootspartie hast du mir also verziehen. Was wirfst du mir sonst noch vor?«
»Das fragst du noch?!«
»Ich weiß es wirklich nicht.«
»Zwingst du mich, das auch noch in Worte zu fassen? Du bist mit diesem — diesem Fiedler in *deiner* Kutsche mitten in der Nacht werweißwohin gefahren!«
»Und das empört dich?«
»Angelica!« rief er und sprang auf. »Ich habe dir all deine Marotten, deine Unpünktlichkeit, deine Launen, deine überraschenden Entschlüsse nachgesehen. Nahezu alles ist zu tolerieren, solange du nicht vergißt, daß du durch die Heirat mit meinem unglücklichen Bruder aus einer Marold zu einer Rhan geworden bist!« Sie reagierte nicht, sah ihn nur an. Er glaubte in ihren Augen einen Funken zu entdecken, dem nur noch ein spöttisches Lachen folgen konnte. Da half nur eins: er mußte deutlicher werden.
»Ich war immer der Meinung, auch du wüßtest, daß jemand, der gleichsam aus der Hefe des Volkes aufsteigt, eine doppelte Verpflichtung übernimmt: einmal muß er sich für seine Person des Aufstiegs würdig erweisen — zum anderen steht er stellvertretend für seine Klasse. Sein Fleiß, seine Manieren, seine Demut — jawohl, auch sie! —, sie sind es, die diesen Aufstieg nachträglich legitimieren müssen. Das ist ein Gebot des Anstands, den man der Gesellschaft, die einem Einlaß gewährt hat, schuldig ist!«

Gott sei Dank, das Lachen ersparte sie ihm. Aber was sie ihm zu sagen hatte, war schlimmer:
»Hab keine Angst, Eduard. Zwischen Anstand und Heuchelei weiß ich genau zu unterscheiden. Du hast es — mit vollem Recht! — immer als selbstverständlich angesehen, daß ich meine Schwester niemals wissen ließ, auf welche Weise du mir, ganz ohne Rücksicht auf deine Reputation, den Verlust meines Mannes erträglicher zu machen gedachtest. Aber ich bin zu ehrlich, als daß ich um deiner Reputation willen den Leuten vorheucheln wollte, ich sei eine Nonne geworden.«
Wie war das? Das war doch wohl nicht möglich!
»Du hast also mit diesem Mann — ja, weißt du überhaupt, was du da gesagt hast??«
»Nichts anderes, als was sich in deiner sehr lebendigen Phantasie längst eingenistet hat.«
Er ging zur Tür. Was war jetzt noch zu reden? Allenfalls ein abschließendes Wort. Ein Urteil.
»Es erweist sich eben doch immer wieder«, sagte er, und seine Stimme klang müde, »die Herkunft eines Menschen läßt sich durch keinen erworbenen Glanz verleugnen. Eine Weile mag es gut gehen, aber wenn die Politur erst einmal weg ist...«
Und plötzlich fing er an zu schreien: »Ihr seid doch immer so stolz auf eure Abkunft, ihr Marolds mit euren Salzburger Ahnen! Aufrechte, unbeugsame Leute, die um ihres Glaubens willen Haus und Heimat aufgegeben haben und in die Fremde gezogen sind. Respekt! Aber wenn ich dich so reden höre, und vor allem wenn ich deine Handlungen betrachte, will es mir scheinen, als habe sich mit jenen tapferen Glaubensbrüdern auch manches welsche Blut in unser braves Ostpreußen eingeschlichen.«
»Du weißt, daß alles, was du sagst, auch für deine Frau gilt«, sagte Angelica gelassen.
»Eben nicht!« Er tobte. »Deine Schwester hat nie auch

nur eine Sekunde vergessen, was sie meiner Reputation und damit ihrer eigenen Stellung schuldig ist! Unsere Kinder können so stolz auf ihre Mutter sein, wie ich stolz auf meine Frau bin!«
Er ging wieder ein paar Schritte ins Zimmer, die Hände auf dem Rücken. Scheinbar ruhig fragte er: »Wo befindet sich dieser Herr Löwenthal jetzt?«
»Dieser Herr Löwenthal befindet sich gerade im Zug.«
»In der Eisenbahn? Und sein Ziel?«
»Moskau.«
»Du hast ihn vorhin zum Bahnhof gebracht?«
»Ja.«
Nach einigen tiefen Atemzügen sagte Eduard:
»Welche Konsequenzen erwägst du? Ich hoffe, du überläßt das nicht mir.«
»Ich ziehe aus.«
»Und wohin? Du trägst dich doch wohl nicht mit der Absicht, dich in Königsberg, oder auch nur im Weichbild unserer Stadt niederzulassen?«
»Weshalb nicht? Dann hättest du vielleicht noch einmal die Chance, eine vereinsamte Frau trösten zu dürfen.«

Albert wollte sich nicht verzeihen, daß er getrunken hatte.
Und doch konnte allein die Trunkenheit seinen sonst unverzeihlichen Zusammenbruch entschuldigen. Denn so außer mir zu sein, das ist nicht meine Art, konstatierte er, als er am anderen Tag wieder zu sich gekommen war. Ob ich, in meinen jungen Jahren, überhaupt schon wissen kann, welches meine Art ist? Als Naturwissenschaftler ist es mir angemessen, die Dinge um mich herum aufmerksam und emotionslos zu registrieren. Das habe ich ja nun von Professor Kankelwitz gelernt. Aber kann man noch Naturwissenschaftler, darf man *ausschließlich* ein solcher sein, wenn es um die Beziehung zu Menschen

geht? Da halte ich es doch lieber mit Goethe. Vor allem aber: Wäre denn Angelica nichts als »ein Ding um mich herum«?

Was nun den Alkohol betraf: der konnte zwar sein Urteilsvermögen getrübt und den Grad seiner Leidenschaft ins Unerträgliche gesteigert, nicht jedoch die Leidenschaft *erweckt* haben.

Und auch an der traurigen Wahrheit, daß Angelica einen Geliebten besaß, war nicht die Trunkenheit schuld.

Die Trunkenheit war schuld daran, daß er die Beherrschung verloren und sich in unmännlicher Weise seinem Schmerz hingegeben hatte. Auch daß er nicht mehr zum Fest zurückgegangen, sondern meilenweit auf der nachtschwarzen Juditter Chaussee nach Königsberg zurückgelaufen war, kam aufs Konto zahlloser Weine und Schnäpse. Nun gut, sagte sich Albert, so bin ich denn einmal nichts als Mensch gewesen — ein junger und törichter sicherlich, aber vielleicht ist's wirklich meinem Alter gemäß, sich zuweilen den Überraschungen und Anfechtungen des Lebens ohne kritischen Vorbehalt hinzugeben? Die Analyse mag später zu ihrem Recht kommen. Denn selbstverständlich darf ich es nicht dabei bewenden lassen, ein willenloses Opfer meiner Leidenschaften gewesen zu sein.

Damit war er wieder zum Naturforscher geworden: entschlossen, in Zukunft sich selbst als Objekt seines Erkenntnisdranges und seiner Urteilskraft nicht auszusparen. Wozu, so dachte er mit grimmigem Humor, studiere ich in der Stadt Immanuel Kants?

Während er sich an der Pumpe im Hof kaltes Wasser über den Kopf laufen ließ, setzte er seine Selbstkritik fort:

Ich bin — nein: ich war verliebt in meine Tante. Sie ist eine Frau von 32 Jahren, verwitwet, darf also jederzeit wieder heiraten.

Ich bin noch keine 19, habe kein Geld, bin ihr Neffe, komme nicht in Frage. Außerdem habe ich ihr auch noch nie gesagt, daß ich sie liebe, woher soll sie 's also wissen? Gott sei

Dank, daß sie keine Ahnung hat und schon gar nichts weiß von meiner Heulerei! Sie wird jetzt den Herrn Löwenthal heiraten, das versteht sich nach dem, was im Boot geschehen ist und ich werde, wie früher, Tante zu ihr sagen, und somit fügt sich alles wieder in die naturgesetzliche Ordnung.

Aber schon als er, die nassen Haare mit dem Handtuch rubbelnd, die Treppe hinaufstieg, und gar erst, als er sich noch einmal auf seinem Matratzenlager ausstreckte, überkam es ihn wieder:

Angelicas flinke Finger sah er über die Tasten gleiten, und plötzlich war er mit ihr auf Exkursion. An den Ufern der Angerapp! Nieswurz und Schafgarbe rupfte sie für ihn, hielt ihm Baldrian unter die Nase, praktizierte Zitronenmelisse in seine Botanisiertrommel, und schließlich entdeckte sie sogar ein seltenes Knabenkraut. Doch dann verlor er sie aus seiner Träumerei, und noch ehe ihm wieder die Tränen kamen, wußte er, daß sie ihm nie an die Angerapp folgen würde.

Zwei Tage nach Eduards Fest saß Albert mit Paul bei Kuchen und Liqueur auf der Terrasse der Conditorei Dölitscher am Schloßteich. Für Paul Rauschning war es ein großer Tag. Fritz Marold, sein Prinzipal, hatte ihm überraschend fünf Taler geschenkt und darüber hinaus Hoffnung auf ein ansehnliches Reisegeld gemacht. »Ich glaube beinah, er wird mich wieder einstellen, wenn ich aus Antwerpen zurückkomme«, sagte Paul. »Dann habe ich ausgelernt und, wer weiß, vielleicht werde ich eines Tages noch sein Bürovorsteher...« Das schien ihm ein erstrebenswertes Ziel zu sein, doch dann besann er sich auf seine Träume, und schon wogten wieder die Palmenwipfel.

Fünf Taler aber sind fünf Taler, und nun hatte er endlich Gelegenheit, seinen bewunderten Freund Albert, der ihm schon manche goldbraune Flunder spendiert hatte, auch einmal einzuladen.

Unter Königsbergs zahlreichen Conditoreien war Dölitscher eine der meistbesuchten. Etwas oberhalb des von Kastanien und Ulmen umstandenen Schloßteichs gelegen, bot sie einen prachtvollen Blick auf das Wasser und die stets belebte Fußgängerbrücke. Bei schönem Wetter konnte man auf der Terrasse, oder noch tiefer, unmittelbar am Ufer, wo die Enten gründelten, bei Kaffee oder Punsch in den Journalen schmökern. Kenner verglichen das stets mit frischen Blumen geschmückte Etablissement sogar mit Spagnapony oder Kranzler in Berlin, aber das war wohl doch übertrieben.

Albert war zum ersten Mal in einer Conditorei. Paul war froh, ihm dieses Erlebnis bescheren zu können, aber noch glücklicher machte ihn die unerwartete Mitteilsamkeit des Freundes. Er wußte nun, wie es auf dem Fest zugegangen war, zu dem er keine Einladung erhalten hatte. In seiner Bescheidenheit hatte er auch nie damit gerechnet. Die ganze Stadt sprach von Eduard Rhans Geburtstagsfeier, jedoch so ausführlich wie Albert sie schilderte, stand es nicht einmal in der Hartung'schen Zeitung.

»Ich muß dir noch etwas erzählen«, sagte Albert. Lange genug hatte er mit sich gekämpft. Sein Geheimnis würde er nicht preisgeben, bestimmt nicht. Aber wenn es ihm gelänge, nüchtern über das Geschehen zu berichten, ohne durchblicken zu lassen, wie es ihm zugesetzt hatte — könnte er sein Herz nicht auch dadurch etwas erleichtern?

»Es war da noch so eine Sache«, holte er aus, »sie interessiert mich allein vom Gesellschaftlichen her. Ich wollte nur mal deine Meinung hören, denn ich sehe das vielleicht zu einseitig ...«

So umständlich machte er sich Mut. Zu Hause hätte er sich vielleicht seiner Mutter anvertraut; sie wäre wohl bald hinter sein Geheimnis gekommen. Aber hier? Sollte er mit Düformantel, der seine eigenen Sorgen hatte, darüber reden? Auf Richards zynische Witze warten? Oder Tante Dorchens Lästerungen über die reiche Verwandtschaft ertragen? Paul, der Herzensgute, stets Bewundernde, für jeden Vertrauensbeweis Dankbare, der, seit er sich auf seine große Reise freuen durfte, endlich etwas Selbstsicherheit gewonnen hatte: er war der einzige, dem Albert mit seinen »gesellschaftlichen Problemen« kommen konnte.

»Eine Dame hat sich — oder nein, ich will anders anfangen: Zu der Geburtstagsfeier war auch ein Geiger geladen. Er hat eine Sonate von Mozart gespielt. Und dabei hat sich eine Dame in ihn — ich meine in sein Spiel — verliebt.«

»Auch in den Geiger?«

»Vielleicht.«

»Aber dazu war doch gar keine Zeit!«

»Zu was?«

»Zum Verlieben. Eine Sonate — das sind nur ein paar Minuten.«

»Das langt.«

»Ja? Meinst du wirklich?« Paul gab zu, daß Albert mehr Lebenserfahrung besaß.

»Natürlich!« sagte Albert eifrig. »Bei Musik geht das manchmal ganz schnell. Denk an Odysseus und die Sirenen. Die haben auch nur gesungen — und trotzdem! Wenn die Schiffsmannschaft ihn nicht an den Mast gebunden hätte... Und die Loreley! Mit der war's doch ganz ähnlich!«

»Ja, wenn man's so betrachtet...« Paul kniff die Augen vor den kleinen, jäh aufblinkenden Wellen — und schon rollte die Brandung gegen den Strand, raschelten Palmblätter im Monsun...

»Und? Wie ging es weiter?« fragte er träumerisch.

»Ein bißchen später habe ich die beiden in solch einem Boot gesehen.« Albert nickte hinüber zu den buntbewimpelten Gondeln, die auf dem Teich kreuzten. »Es war aber schon stockdunkel.«

»Wie konntest du sie dann sehen?«

»Erst habe ich nur geahnt, daß sie's sind. Aber dann kam das

Feuerwerk, und da habe ich sie erkannt, den Geiger und die Dame.«
»Haben sie sich etwa geküßt?«
»Sie — sie trafen Anstalten.«
»Zum Küssen? Anstalten? Obwohl sie sich gerade erst kennengelernt hatten?«
Albert nickte. Er vermied es, den Freund anzusehen.
Paul schwieg eine Weile. Endlich sagte er mit Bestimmtheit:
»Dann war es keine Dame!«
Merkwürdig. Albert konnte dieses Verdikt nicht akzeptieren.
Zwar hatte er Angelica nicht bloßgestellt — Paul hatte keine Ahnung, von wem er redete — aber dennoch: keine Dame? Das traf ihn hart. Es wäre ihm wie Verrat an Angelica vorgekommen, hätte er das ungerügt gelassen. Zu spät merkte er, daß er mit seiner Erzählung in eine Sackgasse geraten war. Wenn Paul ihm helfen sollte, mit seiner Enttäuschung fertigzuwerden, mußte Albert aufrichtiger sein.
»Ich habe vorhin etwas nicht ganz korrekt erzählt«, sagte er.
»Das Violinspiel hat sie sicher nur noch verliebter gemacht als sie schon war. Denn verliebt muß sie bereits gewesen sein.«
»Woher willst du das wissen?« fragte Paul.
»Weil sie sich doch geküßt haben!«
»Sie haben Anstalten getroffen.«
»Eben. Und das tut, wie du ganz richtig sagst, eine Dame nicht, sofern sie nicht schon versprochen ist.«
Albert hoffte, Angelica nun einigermaßen rehabilitiert zu haben — um den Preis freilich, daß er sich damit auch der letzten Illusionen beraubte. Denn mit einem Ehepaar Löwenthal hatte er sich auch in den vergangenen 24 Stunden nicht abfinden mögen.
Paul schien befriedigt. Er zahlte, und dann machten sie

noch einen Rundgang ums Wasser, standen auf der Schloßteichbrücke und warfen den Schwänen Kuchenkrümel hinunter, die Paul ins Schnupftuch gekehrt hatte.

Frieda Kollek zerdrückte Kartoffeln, tat abgekochte weiße Rüben mit etwas Fett hinzu, streute Pfeffer darüber, rührte gut durch und ließ das Ganze noch einmal aufkochen. Fritz Marolds Haushälterin war es gewöhnt, am Donnerstag einen Topfgucker zu haben. Die Aussicht auf den stets lekkeren Freitisch trieb Albert von Professor Kankelwitz' Vorlesung in die Französische Straße, auch wenn es noch nicht halb eins war. Noch immer hatte er nur diese beiden Freitische: bei Rhans und hier.
Nicht allein, daß er gern genüßlich in der Küche schnüffelte, er liebte es auch, mit Frieda zu plaudern, die groß und von ausladenden Formen war und nur dann nach Knoblauch roch, wenn es, wie heute, als Hauptgericht Hammelbraten gab. Sie pflegte mit dem Messer kleine Löcher ins geklopfte Fleisch zu stechen und in jedes eine halbe Knoblauchzehe zu stopfen. Er hatte sie bei dieser Verrichtung beobachtet, als er einmal, drei Stunden vor Tischzeit, einen Brief für den Onkel abzugeben und die Gelegenheit zu einer Visite in der Küche genutzt hatte.
Seltsamerweise hatte er dabei eine Gänsehaut bekommen.
Gern hörte er Frieda beim Singen zu. Sie hatte eine dunkle Wiegenliedstimme und kannte eine Menge Lieder aus ihrer masurischen Heimat, unter denen sie die melancholischen bevorzugte, aber andere schien es dort kaum zu geben. Ihr Lieblingslied wollte sie mit Albert als Kanon singen, doch er war nicht musikalisch genug.

Hier ist's grün, da ist's grün
unter meinen Füßen,
hab' verloren meinen Schatz,
werd' ich suchen müssen.

Hier ist's grün, da ist's grün?
Wer ist's wohl von allen?
Der da mit dem Lockenkopf
tut mir wohl gefallen.

Dabei sah sie ihn so beängstigend liebevoll an, daß er froh war, keinen Lockenkopf zu haben.

Jedesmal nach dem Essen drückte sie ihm ein Päckchen in die Hand: ein paar Scheiben Wurst, ein Stück Käse oder Speck, vielleicht gar ein *Knülchen*, ein Mehlklößchen mit Speck und Zwiebeln.

Frieda sprach ein lustiges Kauderwelsch mit polnischen Brokken. Richard hatte Albert gesteckt, daß sie mit seinem »Alten« ins Bett ging: »Der braucht das. Mutter ist schon lange tot — wo soll's auch hin?« Seit Albert das wußte, empfand er in Friedas Gegenwart neben der Vorfreude auf ein köstliches Mahl den unerwünschten, dennoch unwiderstehlichen Zwang, sich die Kopulation des so massig geratenen Pärchens vorzustellen. Das machte ihm bald Atembeschwerden, bald fand er es nur komisch, aber meistens ließ es ihn schaudern, und wenn der Onkel in die Küche kam und um seine Köchin herumstrich, überlief es Albert, ganz so wie neulich, als Frieda das Hammelfleisch mit der Knoblauchzehe gespickt hatte.

Am Mittagstisch ging es immer recht munter zu. Auch Paul Rauschning und Richard, wenn er nicht, wie heute, im Theater zu tun hatte, nahmen daran teil. Frieda mußte in der Küche bleiben; der Onkel wahrte, schon im Hinblick auf seine Kundschaft, tagsüber die gegenüber dem Gesinde gebotene Distanz.

In diesem Hause waren Privat- und Geschäftsräume nicht so säuberlich getrennt wie bei Rhans. Auch im Wohnzimmer stapelten sich Teeballen, und gleich neben dem Laden, zur Straße hinaus, hatte Paul sein Kämmerchen. Der Onkel und Richard schliefen, wie auch Frieda,

im ersten Stock, auch dort von aromatischen Düften aus Burma und Ceylon umschwebt.
Heute war Onkel Fritz besonders aufgeräumt. Er hatte nicht die geringste Lust, sich von Alberts Problemen die Stimmung verderben zu lassen. Am Nachmittag war Generalprobe für die *Karlsschüler* und übermorgen Premiere, die letzte der Saison, Richards große Bewährung. Fritz Marold wollte bis zur Premiere warten, Albert hatte sich auf den Besuch der Probe eingestellt. Doch bis dahin war noch Zeit.
Er hatte seine eigenen Sorgen.
»Tante Dorchen hat mir gesagt, daß sie mich im Herbst nicht mehr aufnehmen kann, wenn ich nicht für die Ferienmonate im Sommer bezahle. Ich soll für ein Zimmer bezahlen, das leersteht. Meine Sachen könnten dann natürlich drinbleiben, aber die meisten stehen sowieso bei Düformantel. Der behält sein Zimmer, seine Eltern haben Geld. Ich muß mir also fürs nächste Semester ein neues Quartier suchen. Dabei weiß ich noch nicht einmal, ob ich überhaupt weiterstudieren kann. Meine Eltern sind so ziemlich am Ende. Nicht nur wegen Kaufmann Dorns Konkurs und Tod. Es kommen keine lohnenden Aufträge, und die Hufschmiede bringt doch kaum etwas ein.«
»Pech!« rief Onkel Fritz. »Viel Pech auf einmal. Wirklich ärgerlich.«
Albert dachte daran, daß Pauls Schlafstelle bei Onkel Fritz frei würde, wenn Paul nach Antwerpen ging. Aber die war ja nur ein Verschlag, lediglich durch einen Vorhang vom Laden getrennt. Wie sollte er da zum ungestörten Studieren kommen?
Außerdem nahm der Onkel sicher einen neuen Lehrling ins Haus.
Marold war inzwischen bei einem seiner Lieblingsthemen, das er fast immer anschlug, wenn Albert sein Gast war.

»Diesen Grübners ist nicht zu helfen«, brummte er. »Achim ist kein schlechter Mensch, bestimmt nicht. Aber er hat keinen gesellschaftlichen Ehrgeiz. Bildung — das ist jedes zweite Wort bei ihm. Aber was will der Mensch mit Bildung, wenn er nichts zu beißen hat? Stell dir vor, er wollte mich für seinen obskuren Arbeiterverein gewinnen! Da hat er mich denn doch in die falsche Schublade getan. Ich will endgültig raus aus dem Kleinleutemief, hab's ja auch längst geschafft — und er will sich häuslich drin einrichten. Mief mit Bildung! Da verkehrt er nun mit studierten Leuten — mal ist ein Journalist dabei, mal ein Lehrer, ein Prediger — na schön. Aber das sind ja auch nur solche, die ihrem Stand untreu geworden und einige Sprossen auf der Leiter abwärts gerutscht sind. Und nun glauben sie, als kleine Messiasse das Volk aufklären zu müssen. Was ja nichts anderes heißt als: aufhetzen. Aber da kommen sie bei mir an den Rechten. Meinst du, ich arbeite mich mühsam nach oben, um mich dann bei diesen Demokraten anzubiedern, die sich im Grunde nur eines wünschen: eines baldigen Tages jeden Tüchtigen, der etwas aus seinem Leben gemacht hat, an die Laterne zu knüpfen! Also auch mich!«
Albert staunte. Dann waren Onkel Achims Aktivitäten also doch nicht so geheim, wenn er seinen Schwager eingeweiht hatte, ihn sogar zum Mitstreiter gewinnen wollte? Da war er bei diesem Streber allerdings an den Unrechten gekommen. Ob Onkel Fritz etwa auch von den politischen Schriften erfahren hatte?
»Grübner ist der Meinung«, fuhr Marold fort, »Bürger und Arbeiter hätten 48 bewiesen, daß sie an einem Strang ziehen können. Aber schon diesem Lassalle war klar, daß man, so komisch das klingt, ohne Billigung der Regierung in Deutschland keine Revolution machen kann. Und mittlerweile ist von der schönen Einigkeit auch nichts mehr übrig. Der Arbeiter ist selbstbewußt geworden, und der Bürger hat kapiert, daß er sich mit Aufruhr nur

schadet. Wir haben Gewalt nicht mehr nötig, Albert. Die wirtschaftliche Entwicklung verläuft so, daß uns in einigen Jahren alles in den Schoß fällt. Der Arbeiter muß sehen, wo er bleibt. Wir Bürger lassen uns, so kurz vor dem Ziel, nicht mehr zur Aufsässigkeit verführen. Und wenn Grübner nicht begreift, daß er, als Handwerker, ein Bürger und kein Arbeiter ist, kann ich ihm auch nicht helfen. Seine Zukunft ist wie ein Haus, das noch im Gerüst steht, aber bald bezugsfertig wäre. Und das will er nun einreißen, weil er meint, es sei zu klein geraten, und er müsse gleich noch einen Haufen Obdachloser drin unterbringen. Diese Art von Nächstenliebe ist selbstmörderisch.«

»Jedenfalls muß ich ausziehen!« sagte Albert, ohne im geringsten auf Marolds kritische Suada einzugehen. Es verdroß ihn, daß der Onkel seine Schwierigkeiten nur zum Anlaß nahm, auf den Schwager zu schimpfen.

»Ja, das ist wirklich ärgerlich«, gab Marold zu. »Was ist zu tun? Das billigste Zimmer kannst du im Winterhalbjahr auch nicht nehmen, es muß wenigstens heizbar sein. Ein bißchen Holz könntest du von mir bekommen. Im übrigen: Wie wär's denn mit Rhans? Eduard würde dir sicher mit ein paar Talern aushelfen.«

»Das wäre doch fast Bettelei. Nein, an Rhans würde ich mich schrecklich ungern wenden, gerade weil sie bei all ihrem Reichtum so freundlich zu mir sind. Onkel Eduard will mir sogar ein Theaterabonnement schenken.«

»Das wird dir auch nicht viel helfen. Oder willst du auf dem Schnürboden campieren?« spottete Marold. »Aber warte mal... Da wird bei Rhans doch jetzt die kleine Wohnung frei — nicht wahr?«

Albert wußte nichts davon.

»Na, wenn Angelica auszieht...«

»Tante Angelica — zieht aus?«

»Ach das weißt du noch gar nicht? Ja, es ging wohl nicht mehr so recht mit den beiden. Schwesterchen war ja schon immer ziemlich extravagant. Ich muß sagen, da halte ich eher zu meinem Schwager.«

»Ich verstehe gar nicht, um was es geht!« rief Albert bestürzt.

Angelica zog aus. War vielleicht schon weg? Wohin? Und er hatte noch ihre Herbarmappe, die Pflanzen waren ermittelt, einige hatte er nur mit Hilfe des Professors bestimmen können.

Morgen hatte Albert ihr die Mappe zurückbringen wollen. Er warf einen hilflosen Blick zu Paul hinüber. Vielleicht wußte der schon mehr.

»Eigentlich ist das noch gar nichts für deine Ohren, mein Jungchen«, sagte der Onkel. »Manche Frauen, wenn die Natur sie überkommt, die gehen eben durch. Blindlings. Wie ein scheuendes Pferd. Vor allem, wenn sie bereits in einem gewissen Alter sind.«

Was sollte das heißen? War sie mit dem Geiger durchgebrannt?

»Ich muß gehen, Onkel.« Er stand auf.

»So eilig? Frieda hat noch nicht mal den Nachtisch gebracht.

Bratäpfelchen gibt's, mit Vanillesauce.«

»Ich muß zur Generalprobe.«

»Die fängt doch erst um vier an.«

Albert erfand eine andere Entschuldigung. Er mußte in die Koggenstraße, die Herbarmappe holen. Das war zudem ein Grund, sich in der Langgasse sehen zu lassen.

Er hastete nach Hause, rannte mit der Mappe zu Rhans.

Unterwegs hielt ihn Professor Zabrowski, der Zoologe, an.

»Lieber Matureit, ich hörte, daß Sie in den Ferien nach Gumbinnen fahren. Bringen Sie uns doch ein paar schöne Vögel mit! Ein Terzerol wird sich auftreiben lassen, sofern Sie nicht selbst eins besitzen. Zur Section benötigen wir vornehmlich Schleiereule, Buntspecht, Nußhäher, Bachstelze und Kiebitz. Und einen Storch, wenn

sich's machen läßt. Für übermorgen haben wir übrigens etwas ganz Exquisites: In der Kreuzbergischen Menagerie ist ein Affe eingegangen, *Cebus capucinus.* Sowas kriegt man nicht alle Tage.«
Bei Grübners gibt's einen fetten Kater, hol dir doch den! dachte Albert wütend. Der Aasverwerter stahl ihm die Zeit mit seinen Mordgelüsten! Albert war erst drei Monate Student, aber allzu großen Respekt vor seinen Lehrern hatte er nicht mehr, Professor Kankelwitz ausgenommen.
Im Hause Rhan öffnete ihm ein Bedienter.
»Frau Angelica Rhan wohnt nicht mehr hier.«
»Ich bringe ihr etwas.«
»Vielleicht lassen Sie es hier, man könnte es nachsenden.«
»Wohin? Haben Sie die Adresse?«
Auf dem Treppenabsatz ließ sich Luise Rhan sehen.
»Albert? Komm doch herauf!«
Er eilte mit der Mappe die Treppe empor. Tante Luise gab ihm einen Kuß und führte ihn in den Salon. Er verzichtete auf den angebotenen Kaffee.
»Wo ist denn Tante Angelica?«
Von den Schwestern Marold war Luise sicher die Ausgeglichenste, am wenigsten Anspruchsvolle. Es ging ihr ja auch gut; insofern war's keine Kunst. Das Leben der anderen Schwestern war von einem gewissen Ungenügen bestimmt. Alberts Mutter verzehrte sich im Ehrgeiz für ihren Sohn; Dorchen Grübner haderte mit der Dürftigkeit ihres Alltags; Angelica trieb Unrast in die Ferne. Luise aber fand tiefe Befriedigung in der Liebe zu ihrem Mann und den Kindern. Sie wußte, was Glück ist — lieben und geliebt zu werden; sie hatte sich Goethes Jugendgedicht gerahmt neben den Spiegel gehängt.
So sehr jedoch die in den letzten Jahren etwas zu füllig gewordene Frau in sich zu ruhen schien — Sorgen hatte sie schon gehabt. Und als ihre Schwester ins Haus gekommen war, wollte die Angst um ihr eigenes Glück

sie in den ersten Monaten nicht mehr loslassen. Sie wußte weit mehr über Eduards Versuchungen, als ihr Mann ahnte. Aber nicht irgendwelche Indizien waren es, die ihr Mißtrauen hätten wecken können; keine Beobachtung machte sie unsicher. Weder ihrem Mann noch ihrer Schwester hatte sie das Geringste vorzuwerfen. Es war nichts als ein Wissen aus Lebenserfahrung und fraulichem Instinkt, das sie um Eduards Liebe bangen ließ. Wer vermochte denn auch, Angelicas immer gegenwärtigem Liebreiz zu entgehen? Selbst die Kinder schwärmten von der »schönen Tante«. Und wen unter den Männern sollte es nicht verlocken, sich an ihrer Gescheitheit zu messen, ihre Selbstsicherheit auf die Probe zu stellen, ihre Weiblichkeit herauszufordern? Hätte Luise also nicht froh sein müssen, die Schwester nicht mehr im Hause zu haben? Sie war es keineswegs.

Dem guten Jungen, der sie ratlos durch seine Brillengläser anstarrte, konnte sie nicht sagen, wie sehr sie ihren Mann bestürmt hatte, sich bei Angelica zu entschuldigen, sie hierzubehalten. Schon gar nicht konnte sie ihm die Gründe anvertrauen, konnte dem Neffen nicht erklären, was ihr im Laufe dieser zwei Jahre die Angst genommen hatte: die Erfahrung, daß Angelicas Gegenwart, die anfangs so beunruhigende, sich nun schon seit vielen Monaten als geheimer Segen erwies.

Angelica an der Mittagstafel, auf den gemeinsamen Ausflügen, erfindungsreich beim Spiel an langen Winterabenden, Angelica als gewandte Vorleserin bei Luises literarisch-musikalischen Kränzchen, ihr Klavierspiel, ihr Lachen – ach, allein das Wissen um ihre Anwesenheit im Hause, auch wenn sie nicht im Zimmer war: es hatte genügt, daß Eduard nur noch selten ausging, seinen Besuch beim Stammtisch im »Blutgericht« auf einmal im Monat beschränkte, auch daheim nicht mehr so viel trank wie früher. Er hatte an *Haltung* gewonnen, war liebevoller und gerechter zu den Kindern, und vor allem: aufmerksamer, ja, auch zärtlicher zu Luise. Jene Unerreichbare wandte ihn, so ließ es sich ausdrücken, um so mehr seiner Frau zu, als da immer noch ein Fünkchen Hoffnung glimmen mochte — und das wollte Luise, die Kluge, ihm nicht austreten. Solange Angelica sein geheimer, sein quasi tolerierter Traum bleiben durfte, waren Frauen, die ihm erreichbar, und somit für Luise eine Gefahr gewesen wären, keine Verlockung für seine verwöhnten Ansprüche. Sie waren nichts als — schale Wirklichkeit.

Was sollte Luise ihrem Neffen nun sagen? Voll ins Vertrauen ziehen konnte sie ihn nicht. Aber mit Ausreden ließ sich ein so intelligenter junger Mann nicht abspeisen.

»Hör mal zu, Albertchen«, sagte sie und rückte auf dem Sofa näher an ihn heran. »In einer Familie, auch wenn alle sich noch so sehr mögen, gibt es manchmal Situationen, da tut man gut daran, sich für ein Weilchen zu trennen. In Frieden und Herzlichkeit natürlich. Im Grunde war's ja auch nur für eine Übergangszeit gedacht, als Angelica nach Ottos Tod hier einzog. Sie ist doch ein so selbständiger Mensch.«

»Ja, ja. Aber was macht sie denn jetzt? Wohin wird sie gehen?«

»Vielleicht wieder auf Reisen.«

»Aber sie ist ja erst heimgekommen!«

»Nun, du weißt ja, daß sie in Wien diesen hochbefähigten Violinisten kennengelernt hat. Herr Löwenthal hat Angelica eingeladen, ihn auf seinen Konzertreisen auf dem Pianoforte zu begleiten. Wie großartig sie das macht, davon hast du dich ja überzeugen können.«

»Und da ist sie gleich mit ihm gefahren? Er wollte doch nach Moskau?«

»Nein, nein, nicht gleich mit ihm. So schnell wird es auch sicher nicht gehen. Aber Moskau, ja, das stimmt, da hält Herr Löwenthal sich eine Weile auf.«

»Was mach' ich nun damit?« Er wies auf die Mappe mit den gepreßten Pflanzen.
»Laß sie hier. Angelica hat ja noch etliche Sachen bei uns.«
»Und sie ist wirklich weg? Ich habe mich ja nicht einmal von ihr verabschieden können. Wo wohnt sie denn bis zu ihrer Abreise?«
»Das hat sie uns nicht gesagt.«
»Und das nennst du eine Trennung in Frieden und Herzlichkeit? Wenn sie noch nicht einmal eine Adresse hinterläßt!«
»In ihr Herz kann ich nicht blicken, und befehlen kann ich ihr auch nicht«, sagte Luise mit einem kleinen Seufzer.« Aber unser Gedenken an sie — auch Eduards! — ist nichts als lieb und gut.«

Nur wer die *Räuber* gelesen hatte, konnte *Die Karlsschüler,* das Schiller-Schauspiel des einstigen Burgtheaterdirektors Heinrich Laube, verstehen. Albert hatte sich auf Richards Rat das Stück aus Reclams Universal-Bibliothek besorgt, ging also gut vorbereitet zur Generalprobe.
Das Königliche Theater war ein beliebter Treffpunkt der Königsberger Gesellschaft. Man pflegte die leichte Muse mit Offenbachs *Theaterprinzessin,* man spielte Possen und Farcen wie den *Aktienbudiker* von Kalisch, *Relegierte Studenten* oder *Stubbe und Patzke,* und auf dem Opern-Spielplan standen: Marschners *Hans Heiling,* Mozarts *Zauberflöte* und Adams *Postillon von Lonjumeau.* Albert mußte sich beim Bühnenpförtner melden, wo Richard schon ungeduldig auf ihn wartete. Er trug ein grünes Jägerkostüm mit ledernem Wams. Sein Haar war onduliert, das Gesicht tiefbraun geschminkt, die Augen, mit schwarzem Stift umrandet, leuchteten in unnatürlichem Blau.
Albert war auf ein außerordentliches Erlebnis gefaßt.

Rotgolden schimmerte im Gaslicht der Zuschauerraum. Übers Parkett verteilt, saßen zwanzig bis dreißig Leute, Verwandte der Schauspieler, wie Richard erklärte, und in den ersten Reihen die Herren des Hauses: Direktor Woltersdorf, Regisseur Görner und der Bühnenmeister. Richard, der erst im zweiten Akt auftrat, konnte Albert zunächst noch Gesellschaft leisten; flüsternd nannte er ihm die Namen der »Kollegen« und machte ihn, als das Spiel begann, gelegentlich auf kleine »Patzer« aufmerksam, die Albert gar nicht bemerkt hätte. Er war wie verzaubert. Und während er sich an der Szenerie nicht satt sehen konnte, an dem prunkvollen Rokoko-Saal und den beiden stattlichen, weißgepuderten Damen in ihren Reifröcken, leistete er Richard wieder einmal Abbitte. Als verkrachten Studenten und Nichtstuer hatte er ihn eingeschätzt, seinen »Drang zum Höheren« allenfalls nachsichtig belächelt. Doch nun?

Was gehörte nicht alles zu diesem Beruf! Mit welcher Eleganz die Damen und Herren auf der Bühne sich zu bewegen, wie unbefangen sie zu plaudern wußten, als hätten sie das Publikum vergessen, wie sie scherzten, seufzten, lachten, lamentierten, wie sie charmierten und gestikulierten, die Stirne runzelten, die Brauen hoben — allein wie es ihnen gelang, ihren Text zu behalten, war bewundernswert!

Er hatte dergleichen nie gesehen. Zwar hatte ihm die Mutter eine Ahnung von den Geheimnissen der Schauspielkunst vermitteln können, denn gelegentlich kamen Wanderbühnen in die Stadt. Man spielte in einer Scheune und fürchtete sich vor keinem Klassiker. Sparsam, wie man sein mußte, ging die Mutter als einzige ihrer Familie zur Vorstellung. Jedoch die anderen entbehrten nichts. Denn wenn sie wiederkam, versammelten sich alle, und wenn's mitten in der Nacht war, im Entree, und nach dem einleitenden Satz »So, Kinder, jetzt mach' ich euch vor, wie's war!« spielte Johanne mit ausdrucksvoller

Mimik nahezu das ganze Stück, schlüpfte, den Kehlkopf nicht schonend, vom Jüngling bis zum Greis, von der Köchin bis zur Gräfin, vom Kammerherrn bis zum Großinquisitor in alle Rollen. Da war keiner, der sie nicht bewunderte. Doch hier im Theater, wo Albert erleben durfte, wie Künstler von Profession ihre Aufgabe meisterten, gab's ihm einen kleinen Stich ins Herz. Er mußte sich eingestehen, daß sogar die Mutter von diesen genialen Mimen noch einiges lernen könnte. Und nun gar, als Schiller auftrat, ein junger Mann, hager, bleich, von verhaltener Leidenschaft, und als bald darauf der Herzog von Württemberg, dieser stumpfsinnige Tyrann, seine Karlsschüler der Verschwörung bezichtigte, war Albert kaum mehr auf seinem Stuhl zu halten und nur froh, daß ihm der Aktschluß Zeit ließ, sich zu beruhigen.

Richard begab sich hinter die Bühne. Er hatte nun den »Nette« zu spielen, einen Hundejungen aus dem Jagdgefolge des Herzogs; die Karlsschüler benutzen ihn zu Botengängen und Handreichungen. So hat er bei seinem ersten Auftritt einen Napf mit heißem Wasser, eine Flasche Rum, ein Paket, eine Klarinette und, als wichtigstes, einen Brief zu überbringen.

Doch mit der korrekten Ablieferung ist es nach dem Willen des Autors nicht getan: der Junge muß — Richard hatte es Albert, wenn auch ohne Requisiten, vorgemacht — ein equilibristisches Spiel mit diesen Gegenständen treiben: auf die Frage nach dem Brief rückt er die Flasche heraus, verwechselt das Paket mit der Klarinette und diese mit der Flasche, bis die schon verzweifelnden Schüler ihm das gewünschte Papier gewaltsam aus der Rocktasche holen. Ein winziger Auftritt, aber das Tausch- und Täuschgehabe wollte gelernt sein.

»Das Schwierige an der Rolle ist«, hatte Richard gesagt, »daß du eine Konfusion darstellen mußt (die aber von diesem Nette, aus Jux, nur *gespielt* wird), aber nicht etwa selbst in Konfusion geraten darfst.«

Die Dekoration war nun verändert: ein Saal mit hohen Kaminen zu beiden Seiten, kaum möbliert und von zwei Talglichtern nur notdürftig erhellt. Schüler und sein Kamerad Koch treten auf, der Dichter erhofft sich einen Brief des Mannheimer Intendanten Dalberg; er ist deprimiert, zweifelt an seinem Talent. Weitere Karlsschüler stoßen zu ihm, und endlich erscheint Nette, der Hundejunge. Er will dem Dichter die Klarinette reichen, die er unter seinem Jagdwams verborgen hat.
Doch wie er sie temperamentvoll herauszieht, stößt er an den Wassernapf in seiner Linken, der fällt zu Boden, zerbricht, der Darsteller des Schiller, von ein paar Tropfen benetzt, springt empört zurück, und der Karlsschüler Koch sagt, wie es der Text vorschreibt:
»Der Junge ist dämlich geworden!«
Als habe nun auch der Regisseur sein Stichwort bekommen, springt Herr Görner im Parkett auf, wirft beide Arme in die Luft und schreit:
»Stimmt! Stimmt! und jetzt langt es mir mit der Dämlichkeit, aber endgültig!«
Er flankt über die Sitze, bis auf die Bühne, und herrscht den verdatterten Richard an:
»Wie oft haben wir das geübt, Marold? Wie oft habe ich Ihnen befohlen, behutsam, zögernd, zaudernd — verstehen Sie: zaudernd! — die Klarinette aus dem Wams zu ziehen? Sie können es nicht, Sie wollen es nicht, Sie lehnen es ab — ich weiß nicht, woran es liegt, es spielt auch keine Rolle mehr. Sie können abtreten, *ich besetze um!*«
Albert war fassungslos. Da stand im aufgeflammten Rampenlicht ein zeterndes, freilich mit bedrohlicher Macht ausgestattetes Männlein vor einem geschminkten, grün kostümierten Jüngling, der Alberts Freund und Vetter war und *so* nicht behandelt werden durfte — nicht damals vor der Universität, als sie ihm den »Albertus« abrissen, und schon gar nicht hier, in diesem Ehrfurcht gebietenden Tempel! Richard, der sich doch so berufen

fühlte, dem stets der Sinn nach Höherem stand, der gern ein bißchen aufschnitt, aber nun immerhin Kollege unter Kollegen war, höchst gleichgültigen Kollegen allerdings, die sich in die Kulisse zurückzogen und ihn mit dem keifenden Regisseur allein ließen: Richard, der seinen Vetter eigens eingeladen hatte, ihn seinen *Triumph* erleben zu lassen — er stand nun da, wie ein abgekanzelter Schulbub an der Tafel, und war keines Wortes mehr mächtig.
Als der Regisseur den Unglücklichen noch immer an seinem Platz sah, maßregelte er ihn ein letztes Mal:
»Was stehen Sie noch herum? Gehen Sie ins Sekretariat und holen Sie Ihr Probengeld ab. Sie sind entlassen!«
Abtreten — kaum daß er aufgetreten war.
Albert erhob sich. Das Blut war ihm so heftig in den Kopf gestiegen, daß er sich an der Lehne festhalten mußte. Nur hinaus aus diesem unmenschlichen Institut! Zu Richard. Erst zu Richard. Er durfte ihn jetzt nicht alleinlassen.
Ein Theaterdiener, in blauer Livree mit goldenen Tressen, empfahl ihm, Richard in der »Garderobe für Chargenspieler« zu suchen. Dort war er nicht. Auf der Tür daneben stand »Statisten«. Albert trat in ein geräumiges, fensterloses, von einer Gaslampe nur spärlich erhelltes Zimmer mit einigen Toilettentischen vor halbblinden Wandspiegeln. Auf einem Hokker saß gebeugt ein grauhaariger Mann in weißem Kittel, und auf dem Sofa in der Ecke lag jemand auf dem Bauch, wand sich wie in Krämpfen und gab keuchende, prustende Laute von sich.
»Richard«, sagte Albert behutsam. »Ich bin's. Wollen wir über — die Sache sprechen?«
Aber Richard schluchzte nur noch mehr.
»Oder wollen wir lieber gehen? Zu mir vielleicht?«
Richard reagierte nicht. Das Schluchzen schien ihn zu zerreißen, es schüttelte ihn, seine verkrampften Hände schlugen auf das Lager, auch die Beine begannen zu zuk-

ken, sie strampelten, als hatten sie sich vom Körper gelöst. Es war grauenhaft.
So ist es mir ergangen, dachte Albert. Damals, als ich im Dickicht lag. Trifft es jeden einmal?
Er setzte sich auf den Rand des Sofas und legte die Hand auf Richards Schulter, aber er sagte nur, was man so redet, wenn man nichts zu sagen weiß.
»Das kommt vor«, sagte plötzlich der alte Garderobier. »Sind Sie sein Freund?«
Albert nickte.
»Nehmen Sie ihn mit, er wird schon wieder werden. Das gibt's hier immer mal.«
Nicht nur hier, dachte Albert.
Endlich konnte er Richard dazu bewegen, sich aufzurichten.
Jammervoll sah er aus: die Schminke verwischt und das Gesicht fleckig, Tränen rannen über die Backe.
Albert wandte sich an den Alten: »Wo kann er das« — er deutete auf Richards Aufmachung — »wo kann er das loswerden?«
Der Garderobier holte aus einem Schrank Richards Anzug heraus. Er legte die Sachen auf einen Hocker, und dann zog er ihm das Kostüm aus. Steif wie eine Puppe stand Richard da, schniefte ab und zu, ließ alles mit sich geschehen. Der Garderobier strich ihm Vaseline aufs Gesicht und befreite es mit einem Schwamm von der Schminke. Dann streifte er ihm Hose und Jacke über, wie einem hilflosen Greis.
»Danke«, sagte Albert zu dem Alten, als er mit Richard die Garderobe verließ.
Bis zur Koggenstraße waren es zehn Minuten. Nach drei Minuten fing Richard zu reden an. Albert schloß aus der wütenden Rechtfertigung, daß der Regisseur es doch nicht ganz leicht mit seinem Laiendarsteller gehabt hatte.
»Vielleicht solltest du erst einmal Schauspielunterricht

nehmen«, empfahl er vorsichtig. »Dein Vater hat doch Geld genug.«
»Ich pfeif aufs Theater!« grollte Richard. »Verdammte Schmiere! Korrupt vom Schnürboden bis zum Souffleurkasten! Günstlingswirtschaft! Konkubinenpolitik! Ich war ja wohl nicht ganz bei Trost, mich unter diese Gesellschaft mischen zu wollen!«
Sein Redefluß hielt an bis zur Koggenstraße. Es war bald sechs.
Stud. phil. Eugen Düformantel hatte heute Geburtstag. Paul und Albert waren auf sein Zimmer geladen, »um ein Fäßchen auszurotten«. Andere Freunde hatte Eugen noch nicht. Aber gegen Richard würde er nichts einzuwenden haben.
Paul war schon da. »Ich habe eine wichtige Nachricht!« flüsterte er Albert zu.
Es traf sich gut, daß Tante Dorchen heute auswärts war. Sie wollte bei einer Verwandten in Ponarth übernachten. Man brauchte also beim Feiern keine Rücksicht zu nehmen – allenfalls auf Onkel Achim, aber der, so gut kannte Albert ihn schon, ließ andere gern feiern, wenn er nur mit von der Partie sein konnte. Vorerst war er aber noch im Laden – oder im Bildungsverein.
Eugen Düformantel war nicht ganz auf der Höhe. Er hustete und hatte Schmerzen in der Brust, seine Augenlider waren noch röter als sonst. Zum Geburtstag hatte er sich Vogels *Geschichte der Philosophie* für zwanzig Silbergroschen geschenkt.
»Das wird vielleicht mein letztes Fachbuch gewesen sein«, seufzte er.
»Wieso?« fragte Albert. Sie hatten es sich auf dem Bett oder auf dem Fußboden bequem gemacht. Das Fäßchen war angestochen, der Gastgeber verteilte Bücklinge.
»Mein Vater war hier«, sagte Düformantel. »Das war

eine Geburtstagsfreude, kann ich euch sagen! Er hat mir mein Studium verboten.«
Die Freunde begriffen nicht.
»Das heißt: Studieren darf ich schon. Nur nicht Philosophie. Mein Vater ist Irvingianer geworden.«
»Was ist denn das?«
»Da hat in England mal ein Mister Irving gepredigt, daß die Welt bald untergehe. Um sicher zu sein, daß man danach in den Himmel kommt, soll man schon jetzt unentwegt bereuen. Mein Vater war evangelisch, aber nun hat er der Kirche den Rücken gekehrt und tyrannisiert die ganze Familie mit seiner Büßerei. Und Philosophie darf ich nicht mehr studieren, weil ich bei Professor Friedländer höre.«
»Aber der ist doch eine unbestrittene Kapazität!« rief Albert.
»Hilft nichts. Er hat die *Sittengeschichte Roms* geschrieben. Mein Vater fürchtet, daß ich verdorben werde. ›Römische Sitten‹! Orgien und so – versteht ihr? Vielleicht auch ein bißchen Christenverfolgung ...«
Sie lachten – bis auf Richard, dem nicht behagte, daß sein tragischer Sturz vom Kummer des Gastgebers überschattet werden sollte.
»Und nun muß ich Theologie studieren«, klagte Düformantel.
»Das läßt mein Vater eben noch zu. Dann hätte ich allenfalls das Fundament, um Prediger bei den Irvingianern zu werden, sagt er. Ich – ein Sektenprediger! Es ist zum Weinen!«
Das fehlte noch! dachte Albert. Ein dritter Heuler im Bunde... Aber Eugen tat ihm leid. Was hab' ich für ein Glück, gestand er sich ein, daß meine Eltern mich nie zu einem Glauben gezwungen haben. Nur wer frei ist von solchem Kirchen- und Sektenkram kann wahrhaft der Wissenschaft dienen.
Inzwischen war Paul seine wichtige Nachricht losgeworden: Die Abreise nach Antwerpen verzögerte sich um einen

Monat, sehr zu seiner Enttäuschung. Aber nun konnte er im August seinem Freund bei der botanischen Exkursion zu den Ufern der Angerapp behilflich sein.

Albert, der von Angelicas Mitwirkung nicht einmal mehr träumen durfte, war froh darüber. »Wir können uns die Arbeit teilen«, schwärmte er. »Ich nehme mir die Uferböschungen vor, und du sammelst Wasserpflanzen.«

»Und wenn ich absaufe? Ich kann nicht schwimmen.«

»Dann zieh ich dich an den Haaren raus und setz dich auf meine Liste, als neue Subspecies: *Ranunculus fluitans pauli.*«

Düformantel, obwohl vom Husten geplagt, stopfte seine lange, mit Bändern und Quasten geschmückte Pfeife, Richard zog eine kürzere aus der Tasche, und Albert ging in sein Zimmer, um die Seine ebenfalls zu holen. Zwar hatte er kein Geld für Brot, Petroleum und Spiritus, kaum die drei Taler für die Miete, aber er fand, ein Student dürfe nicht auf das Rauchen verzichten. Als er wieder auf den Flur trat, erschien Onkel Achim, unter den Armen vier Fläschchen Bier, die er in der Küche absetzte.

»Dir hab' ich was auszurichten, Albert. Angelica war vorhin bei mir im Laden.«

Albert überlief es heiß.

»Sie hat ein Paar Stiefel bei mir bestellt. Bei mir! Das nenn' ich treue Verwandtschaft. Pelzstiefel, gefütterte. Für Schlittenfahrten in Rußland müssen sie taugen, hat sie gesagt. Ja, sie geht nach Rußland, nach Moskau, glaube ich.«

O dieser verflixte Teufelsgeiger! Albert begriff Angelica nicht.

Ließ ihre Herbarmappe im Stich, nachdem er ihr alles exakt bestimmt hatte — um diesem fatalen Kerl ins Zarenreich zu folgen!

»Die Zeitschriften aus Leipzig läßt sie wohl lieber hier«, sagte Grübner. »Sonst könnte die Reise gleich weiter nach Sibirien gehen.«

»Ich hoffe, du hast sie gewarnt?«

»Eine so welterfahrene Dame? Das weiß sie besser als ich.

Übrigens läßt sie dich grüßen. Sie meint, vor ihrer Abreise würdest du sie bestimmt noch sehen.«
»Hat sie gesagt, wo sie wohnt?«
»Nein. Aber in ein paar Tagen will sie sich die Stiefelchen bei mir abholen. Ich habe Maß genommen. Sie hat sehr niedliche Füße.«
Das war eine Hoffnung — nein, wenn Angelica es so bestimmt gesagt hatte, eine Gewißheit: er würde sie wiedersehen. Wann?
Wo? Eigentlich dürfte er das Haus gar nicht mehr verlassen, denn wo sollte sie ihn treffen, wenn nicht hier? Aber schon bald war Semesterschluß. Ob sie das wußte?
»Du leistest uns doch Gesellschaft?« sagte er zu Grübner.
Beschwingt kehrte er zu den anderen zurück. Niedliche Füße... Und Onkel Achim hatte sie anfassen dürfen.
Sie tranken fleißig. Paul unterhielt sich mit Düformantel über Religion. Richard, auf Eugens Bett geflezt, schmollte.
Nach bescheidenem Klopfen trat der Onkel ins Zimmer. Richard nahm ihm gleich eine Flasche ab.
»Auf deinen Geburtstag, Eugen!« Albert hob sein Glas. Richard stützte sich auf den Ellbogen, setzte die Flasche an den Mund und dann sang er den *Landesvater,* das patriotische Studentenlied, wie einen Glückwunsch für Düformantel:

»Heil und Leben dir zu geben
sind wir allesamt bereit.
Sterben gern zu jeder Stunde,
achten nicht der Todeswunde,
wenn's das Vaterland gebeut...«

Er rappelte sich auf und schrie: »Einen Hut! Ich brauch' einen Hut, wenn's hier zünftig zugehen soll!«
»Die tut's zur Not auch«, sagte Düformantel, der von studentischen Bräuchen bereits einiges verstand. Mit Daumen

und Mittelfinger beider Hände zog er eine gestrickte Nachtmütze in die Breite.
Richard griff nach Düformantels Spazierstock, trat zwei Schritte zurück, visierte die Mütze an und durchbohrte sie.
»Der ist ein elender Hundsfott, der keinen Landesvater stechen kann!« sagte er mit schwerer Zunge. »Oder ist hier etwa« — er sah sich drohend um — »so ein gottverdammter Bierschisser, der mit mir keinen Papst leeren will?«
Paul, den diese Riten sehr befremdeten, rückte näher an Albert heran.
»Dich mein' ich nicht, Knötchen«, lallte Richard. Sein Blick fiel auf Onkel Achim. »Wer ist denn das?«
»Weißt du doch!« sagte Albert ärgerlich. »Unser Hausherr.«
»Ein Hausherr? Gut. Das laß ich gelten. Aber ist ein Hausherr auch ein Herr? Ich frage« — und er zielte mit dem Spazierstock auf Grübner, »ist dieser Hausherr auch ein *Herr?*«
Nun wurde es Albert zu viel. »Du hast genug«, sagte er. »Ich bring' dich nach Hause.«
»Wer hat hier das Sagen?« schrie Richard. Zackig führte er die Flasche an seine Brust, als sei sie ein Bierkrug mit zinnernem Deckel und schnarrte: »Er-greift die Waffen!
— Legt euch — aus!
— Setzt — an! — Funditus! — Angeschissen!«
Keiner tat ihm Bescheid. Mit glasigen Augen blickte Richard in die Runde.
»Ihr laßt mich im Stich? Keine Ordnung mehr, kein Mannesstolz.
Alle lassen mich im Stich... Also denn!« Er straffte sich. »Wenn keine Ordnung mehr im deutschen Vaterlande, dann eben andersherum.« Und wieder begann er mit markiger Stimme zu singen:

»Dreiunddreißig Jahre währt die Knechtschaft schon.
Nieder mit den Hunden von der Reaktion!
Blut muß fließen knüppelhageldick.
Es lebe, es lebe die deutsche Republik!«

»Um Gottes willen, hört auf! Ihr weckt ja das ganze Haus!«
Onkel Achim war aufgesprungen und hielt sich die Ohren zu, als könne er damit auch andere taub machen. Richard, die Flasche im Takt schwingend, ließ sich nicht beirren:

»Reißt die Konkubine aus des Fürsten Bett . . .«

»Nein, nein!« jammerte Onkel Achim, »damit will ich nichts zu tun haben. Und als Hausherr muß ich schon bitten . . .«
»Wir bringen ihn gleich zur Ruhe«, beschwichtigte Albert.
»Komm, Richard, sei vernünftig! Du kannst auf der Straße weitersingen, wenn du unbedingt ins Gefängnis willst.«
Der Onkel hatte sich verdrückt, die Tür stand noch offen. Kater Hinze schaute um die Ecke, nahm aber, als Richard auf ihn zutorkelte, Reißaus. Mit Pauls und Eugens Hilfe versuchte Albert, den Vetter aus dem Zimmer zu führen. Aber der riß sich los und fing abermals an:

»Reißt die Konkubine aus des Fürsten Bett!
Schmiert die Guillotine mit der Fürsten Fett!
Blut muß fließen knüppelhageldick . . .«

»Jetzt wird's denn doch zu gefährlich«, sagte Düformantel.
Und mit einer Entschlossenheit und Kraft, die ihm keiner

zugetraut hätte, schlang er von hinten seinen Arm um Richard und schnürte ihm die Luft ab. Beide fielen aufs Bett. Düformantel hockte sich auf ihn, nahm ihn in die Beinschere und spannte die Hände um seinen Hals. Richards revolutionärer Elan war gebrochen. Er lächelte wie beseligt und schlief gleich darauf ein.
Zwei Stunden später, nach heißen Diskussionen über den Vorrang der empirischen Naturwissenschaft vor der abstrakten Philosophie, für den Albert leidenschaftlich plädierte, brachten sie den Bezechten nach Hause. Onkel Fritz wurde wach, murmelte nachsichtig etwas vom »heiteren Künstlervölkchen«, und erfuhr erst am nächsten Tag, was sich zugetragen hatte. Nicht allein, daß er seinen Sohn bedauerte: auch sein Stolz war verletzt, und um zu bekunden, wie sehr ihn das schändliche Verhalten des Regisseurs empörte, zerriß er seine Eintrittskarte.

Am Morgen des Premierentages fand Frieda Kollek auf Richards Kopfkissen einen Zettel: »Bin unterwegs zu neuen Ufern!«
Zwei Stunden darauf betrat ein nervöser Herr den Teeladen.
Es war der Sekretär des Theaterbüros. Herr Regisseur Görner schicke ihn; man bitte den Darsteller des Nette, sich pünktlich zur Vorstellung einzufinden. Nein, einen Ersatz für ihn habe man in der Eile nicht auftreiben können.
Richard konnte diesen Triumph nicht mehr genießen. Er blieb verschwunden.

Am 29. Juli hatten die Semesterferien begonnen, und Albert war nach Hause gefahren. Bald danach war zu seiner großen Freude auch Paul Rauschning in Gumbinnen eingetroffen, um ihn auf seinen Angerapp-Exkursionen zu begleiten.

Doch zunächst wollte Albert dem Freund die bevorzugten Spielplätze seiner Kindheit zeigen: den Fichtenwald gleich vor den Toren der Stadt, wo er mit den Schulkameraden, Coopers Lederstrumpfhelden nacheifernd, wilde Indianerschlachten ausgefochten hatte, und den Flecken Freudenhoch, eine Meile nördlich von Gumbinnen, an jenem Flüßchen, dessen peinlicher Name sich vor Damen nicht gut nennen ließ. Die Gumbinner sprachen deshalb auch nicht von der Pissa, sondern lediglich von »unserem Fluß«. Doch als sich eines Tages ernstlich die Frage stellte, ob man ihn umtaufen solle, siegte die Trägheit der Amtsstuben über den bürgerlichen Anstand.

Bei Freudenhoch zieht sich die Pissa, umrahmt von bewaldeten Hängen, in weitem Bogen durch ihr in Jahrhunderttausenden ausgewaschenes Tal. Von den Uferhöhen hatten Albert und Paul einen herrlichen Ausblick zum Tzullkinnener Forst und, in der Gegenrichtung, nach Gumbinnen. Sie sahen die Türme von Nemmersdorf, Judtschen, Gerwischkehmen, Stallupönen und Pillupönen und, nach Südosten zu, die Berge der polnischen Grenze und die dunklen Wälder von Goldap.

Für ihre Exkursion waren sie mit hohen, bis zum Knie reichenden Stiefeln ausgerüstet. Albert trug am ledernen Riemen die Botanisiertrommel und eine vom preußischen Generalstab freigegebene Sectionskarte, in die er die wichtigsten Standorte eintragen wollte. Professor Kankelwitz hatte ihm nachdrücklich empfohlen, jede Viertelmeile eine Pause einzulegen, um die bis dahin beobachteten Pflanzen zu registrieren. Es kam darauf an, wie sich die Flora in Abhängigkeit von den Bodenverhältnissen veränderte.

Von Freudenhoch marschierten sie südwärts durch heideartiges Gelände und erreichten nach einer Stunde die Angerapp, die sich mit unzähligen, oft engen Windungen in den weichen, lehmigen Boden eingeschnitten hatte. Sie hielten sich immer auf den Steilhängen des Ostufers und hatten übergenug zu tun, die Namen der hier dominierenden Gewächse aufzuschreiben. Nicht allzu häufig fanden sich Bibernell, Siegwurz und Kälberkropf. Der Wiesen-Salbei, der meist dunkelblau blüht, hatte hier zu Alberts Freude seine rosa blühende Variante entwickelt. Auf diese selteneren Funde kam es besonders an.

»Weißt du«, sagte Albert zu Paul, der beim Herumklettern auf den Hängen und beim häufigen Abgleiten in den grünen Grabenmodder bald ins Schwitzen geriet, »mit dem bloßen Sammeln von Pflanzen ist es ja nicht getan. Du mußt mit gleicher Sorgfalt auch die morphologischen und physiologischen Verhältnisse beobachten. Natürlich, das Herbarium hat seinen Wert. Es ist die Grundlage für die Erklärung von Formen und Lebensvorgängen der Pflanzen.«

»Die Formen, ja, das sehe ich ein«, rief Paul, der etwas zurückgeblieben war und sich immer wieder an einem Strauch festhalten mußte, um nicht abzurutschen. »Aber wie willst du an gepreßten Pflanzen ihre Lebensvorgänge studieren?«

»Indem du sie ansiehst!« erwiderte Albert ebenso laut. »Ja, es ist ganz einfach: Will man sich einen Begriff von der Pflanze machen, will man wissen, was sie ist und was in ihr vorgeht, muß man mit der Anschauung beginnen. Eine Pflanze genau anschauen, bedeutet schon viel von ihrer Eigenart zu erkennen.« Das hatte er von Professor Kankelwitz gelernt: Sehen und Vermerken — darauf kam es an.

Nur langsam, bei all dem Pflücken, Registrieren und Reden, näherten sie sich Nemmersdorf. Dort bildete die Angerapp durch eine gewaltige Krümmung gleichsam eine Halbinsel, einen sanft ansteigenden Hügel, der mit Ulmen, Weißdorn und Haselsträuchern bestanden war. In alten Zeiten hatte er den Pruzzen als Zufluchtsort vor den Ordensrittern gedient, wie der Förster von Nemmersdorf Albert einmal erzählt hatte.

Hier hielten sie am späten Vormittag eine längere Rast und machten sich über die Brote her, die Frau Johanne ihnen mitgegeben hatte, dazu tranken sie aus der Feldflasche verdünnten Kirschsaft. Paul wies auf einen fußhohen Blütenstand und zupfte etwas von den Blättern ab. Sie waren überaus zierlich verzweigt und streng symmetrisch angeordnet.

»Das ist Saxifraga, Steinbrech«, sagte Albert.

»Sieht aus wie eine Fensterrosette im Dom, findest du nicht? In der Natur entdeckt man oft wahrhaft Künstlerisches!«

»Nein«, sagte Albert streng. »So wie du es sagst, klingt es, als findest du die Natur lobenswert, insofern sie dich an Kunst erinnert. Dabei ist es gerade umgekehrt. Die *Natur* ist das Schöpferische. Das wissen wir spätestens seit Kallimachos.«

»Was ist das?«

»Kallimachos war ein griechischer Bildhauer. Eines Tages, als ihm gar nichts mehr einfallen wollte, ging er an einem Grab vorbei. Irgend jemand hatte vor Jahr und Tag einen Korb darauf gesetzt und eine Steinplatte darübergelegt. Als Kallimachos dort vorbeikam, war inzwischen eine Akanthuspflanze um den Korb herumgewachsen. Und unter der Steinplatte hatte sie sich so eingerollt, daß dem Bildhauer nichts anderes übrigblieb, als sogleich das Korinthische Kapitäl zu erfinden. Aber *hat* er's überhaupt erfunden? Eben nicht! Die Natur hat es erfunden, und der Mensch hat es nur nachgemacht. Kunst« — Albert legte sich behaglich auf den Rücken — »Kunst kann lediglich die Natur nachahmen, und auch das nur unvollkommen.«

Er überlegte, was er bislang an Kunst gesehen hatte. Wachsfigurenkabinette und Automaten, die sein Onkel Eduard als Kunst verstand, rechnete er bereits nicht mehr dazu. Aber die Altarbilder im Dom, die Fresken in der Neuen Aula, auch die *Karlsschüler* mit ihren Dekoratio-

nen und Kostümen waren Kunst, sehr eindrucksvolle sogar. Trotzdem beharrte er auf seiner Meinung: »Du mußt zugeben, daß Kunst nichts gegen die Natur ist.«
»›Nichts‹ würde ich aber doch nicht sagen«, wandte Paul bescheiden ein. Zweifellos war es Richard, der ihm diesen Respekt vor der Kunst beigebracht hatte.
»Jedenfalls gibt es nichts Schöneres und nichts Einfallsreicheres und Sinnvolleres und somit auch nichts, was den Menschen mehr über sich erheben könnte, als die Natur und ihre Schöpfungen«, behauptete Albert. »Nicht nur das Große, das du mit unbewaffnetem Auge siehst, ist über alle Maßen sinnvoll und herrlich: gerade im Allerkleinsten, im mikroskopisch Geringen, kannst du jene Herrlichkeiten wie im Entwurf sehen. Ja, im Mikrokosmos scheint die Natur die Formen und Regeln entworfen zu haben, nach denen sie später das Sichtbare und Große gestaltet hat. Was meinst du, was alles in einem Wassertropfen zu finden ist! Ist der Mensch mit seiner vielgerühmten Kunst etwa imstande, auch nur ein einziges Pantoffeltierchen, eine einzige Kieselalge zu erfinden? Er kann zwar einen Stein behauen, aber er kann keinen erschaffen.«
Er wunderte sich über die kluge Rede, die ihm, während er in die Sonne blinzelte, so geläufig über die Lippen kam. Die Gegenwart des vor den Quellen der Weisheit stets andächtig gestimmten Freundes stärkte sein Selbstvertrauen. Für Paul war er der Lehrer, und im Lehren, das merkte Albert jetzt, wächst der Mensch und entfaltet, vom gläubigen Vertrauen des Schülers getragen, seine Kräfte. Wenn er im Seminar frei reden sollte, war es anders. Dort saßen die Sprößlinge gebildeter Familien, seit Jahren geschult in häuslichen Disputen und ausgestattet mit einem Wortschatz, um den Albert sie nur beneiden konnte.
Nach einer Weile des Dämmerns und Dösens im Sonnenglast machten sie sich wieder auf den Weg, ließen

Nemmersdorf zu ihrer Rechten liegen und entdeckten bald darauf einen parallel zur Angerapp laufenden Graben, ein Altwasser mit besonders interessantem Pflanzenwuchs. Es war die Stunde der faunischen Mittagsstille, in der die Natur verharrt und sich gleichsam selbst bespiegelt. Der Mensch, sollte er ihre Einkehr mißachten, wird von einer unerklärlichen Angst befallen, die ihn bald, als habe er Pans Bockshörner im Gebüsch endeckt, Hals über Kopf die Flucht ergreifen läßt.
Da sie zu zweit waren, hatte die Stille im Altwassergraben, nur ab und zu von einem Unkenruf durchbrochen, nichts Beklemmendes. Zwischen dem Schilf am Uferrand und noch weiter hinaus erwuchsen aus der schwarzgrün blinkenden Wasserfläche zahllose Seerosen in ihrem strahlenden Weiß. Paul war es, als stünde er vor einer Lagune im Tropenwald — und wirklich:
Nyymphaea alba, so belehrte ihn Albert, besitzt die größte Blüte unter den mitteleuropäischen Pflanzen, und auch das verleiht ihr exotischen Reiz.
Albert krempelte den Ärmel hoch, bückte sich und holte Erde vom Grund herauf.
»Siehst du, das ist charakteristisch. *Nymphaea* gedeiht vorzüglich in stehendem Wasser über humosen Schlammböden.«
»Ich hab mal gelesen«, sagte Paul verträumt, »diese Pflanze sei ursprünglich eine schöne Seejungfrau gewesen, eben eine Nymphe. — Ich meine, das ist natürlich ein Märchen.«
»Sieh nur die vielen Wasserlinsen! Ja, es ist ein wimmelndes Leben um diese Pflanze herum«, fuhr Albert fort, ohne auf Paul einzugehen. »Allerlei winzige Insekten sorgen für die Bestäubung; Käfer, Mücken nehmen den Pollenstaub auf und tragen ihn sonstwohin. Und auf den Stengeln und Blättern sitzen Kieselalgen und Sumpfschnecken. Eine sehr gastfreundliche Pflanze.«
»Wenn man ihnen zu nahekommt«, sinnierte Paul weiter,

»erscheint ein böser Nix und zieht einen in die Tiefe. — Auch das ist natürlich nur ein Märchen.«
»Jedenfalls ist *Nymphaea alba* eine bemerkenswerte species«, folgerte Albert unbeirrt. »Zu erwähnen wäre vielleicht noch, daß die kapselartige Frucht fault, und daß ihre Schwimmblätter im Winter absterben.«
Von Faulen und Sterben schien Paul nichts wissen zu wollen.
Albert fand nichts dabei. Werden und Vergehen — daran war nichts zu beschönigen und schon gar nichts dagegen einzuwenden. Es war Natur, und somit war es gut. Paul aber, wenn er denn schon in die Tiefe gezogen werden sollte, gedachte das nicht einem bösen Nix, sondern lieber den Armen der schönen Seejungfrau zu überlassen.
Verschwitzt und hungrig trafen sie am späten Nachmittag im Schmiedehaus ein. In der Küche saßen zwei Frauen und schälten Kartoffeln. Die eine war Alberts Mutter. Die andere drehte sich, ohne im Schälen innezuhalten, nach den beiden um und nickte ihnen freundlich zu. Es war Angelica.

Man darf vermuten, daß Angelicas komödiantisches Erbteil sich auf noch ursprünglichere Weise äußerte, als in ihrer so darstellungsfreudigen Schwester: in den Rollen nämlich, die das *Leben* ihr anbot und unter denen sie diejenigen auswählte, die sie für *lebenswert* hielt. Freilich verriet es, nach Alberts Meinung, keine Ökonomie der Gefühle, wenn sie, die mit einem jungen Herrn Roßmäßler durch Spanien gereist war, schon wenige Wochen später in Wien den fragwürdigen Reizen eines schwarzlockigen Violinisten erlag, ja, seinetwegen die wohlmeinende Verwandtschaft düpierte und das gastliche Haus in der Kneiphöfschen Langgasse verließ, um dem Fiedler bis ins Zarenreich nachzureisen.

Denn dorthin war Angelica, wie sich herausstellte, unterwegs.
In der Freude des Wiedersehens hatte Albert sich sehr zusammennehmen müssen, daß nur die Begrüßung nicht allzu herzlich ausfiel; die Mutter durfte ihn als wohlerzogenen Neffen loben, aber keinesfalls andere Schlüsse ziehen. Dennoch war's mit seiner Selbstbeherrschung fast vorbei, als Angelica die Kartoffelschüssel abstellte, aufstand und ihn an sich zog, um ihm einen gut gezielten Kuß auf den Mund zu geben. Dann reichte sie Paul freundschaftlich die Hand, setzte sich wieder und fuhr mit dem Schälen fort.
»Da Gumbinnen auf der Bahnstrecke nach Moskau liegt, bot sich endlich die Gelegenheit, nach so vielen Jahren Schwester und Schwager zu besuchen«, sagte sie. »Als ich das letzte Mal hier war — wir haben es ausgerechnet —, da kam ich, jung verheiratet, von Danzig, und du hattest gerade deinen ersten Schulweg hinter dir. Also zwölf Jahre ist es mindestens her. Und jetzt hätt' ich dich beinahe verpaßt.«
»Du willst doch nicht etwa morgen schon wieder weiterfahren — *Tante* Angelica?« fragte Albert besorgt.
»Übermorgen. Unseren Ausflug zur Angerapp lasse ich mir nicht entgehen.«
Sie hatte daran gedacht! Aber wenn sie nur diesen einen Tag Zeit hatte, war die Angerapp zu weit. Paul und er waren junge kräftige Männer, und dennoch strapaziert vom heutigen Weg.
»Ich wüßte was Besseres«, sagte Alberts Mutter. »Morgen fährt Papa mit dem Kutschwagen nach Trakehnen. Sie brauchen ihn dort zur Aushilfe beim Beschlagen. Nachmittags fährt er wieder zurück. Da könntet ihr doch in der Zwischenzeit einen schönen Spaziergang machen.«
»Großartig!« rief Paul, dem Alberts Tante gut gefiel. »Dann könnten wir die berühmten Hengste auf der

Koppel sehen. Sogar des Königs Pferde kommen aus Trakehnen!«

Was ist Freundschaft wert? So glücklich war Albert vorgestern gewesen, als Paul, wie versprochen, mit dem Abendzug aus Königsberg eingetroffen war, um ihn auf seinen Exkursionen zu begleiten. Und jetzt hätte er sich gewünscht, er wäre erst drei Tage später — oder auch gar nicht gekommen... Wenn Angelica mit ihm wandern und botanisieren, wenn sie seinen Traum wahr machen wollte — was hatte Paul dabei zu suchen?

Ja, zum Teufel, merkte der Junge denn nicht, wie sehr er störte?! Paul merkte es nicht, wohl aber Frau Johanne. Während sie mit den Kartoffelschalen zum Schweinefuttertrog ging, sagte sie beiläufig:

»An dich hab' ich eine Bitte, Paul. Bis zum Freitag muß ich eine Abrechnung fertig haben. Es geht um die Verdienstbescheinigung vom Magistrat, damit Albert einen Königlichen Freitisch bekommt. Da könntest du mir vielleicht morgen ein bißchen helfen, du hast doch Buchhaltung bei meinem Bruder gelernt. Wenn die beiden aus dem Hause sind, haben wir Ruhe dafür.«

Paul stellte sich zur Verfügung, was blieb ihm übrig? Albert musterte seine Mutter mißtrauisch. Sie war großartig — aber was veranlaßte sie dazu? Wußte sie am Ende mehr, als sie wissen durfte? Und wenn ja — von wem? Von Angelica?

Nein, das war ja unmöglich. Was wußte Angelica schon von seiner Liebe zu ihr?

»Ihr habt ja nun viel Zeit zum Erzählen gehabt«, sagte er. »War Papa auch dabei?«

»Natürlich«, sagte Johanne. »Zum Kaffee. Aber es gibt ja, nach so langer Zeit, auch viele Dinge, über die sich Schwestern gern mal ohne Männer unterhalten.«

Sie warf Angelica einen verschmitzten Blick zu.

Vielleicht waren während seiner Abwesenheit Bekenntnisse ausgetauscht worden, die für seine, oder für Män-

nerohren schlechthin, nicht geeignet waren.
Angelica billigte er inzwischen einiges zu — aber seine Mutter?
Da konnte er sich nichts anderes vorstellen, als daß sie, dank ihrer glücklichen Ehe, für alle Zeiten von jeglicher Anfechtung verschont blieb. Und deshalb sollte sie, zumindest was diesen Geiger betraf, auch Angelica gegenüber nicht zu tolerant sein.

Am anderen Morgen brachen sie früh auf. Paul war Ludwig Matureit beim Anspannen behilflich. Als er wieder in die Stube kam, schlug er Albert, der sich auch heute mit Botanisiergerät ausgerüstet hatte, die Hand auf die Schulter — eine Geste, die gar nicht zu ihm paßte — und wünschte »viel Vergnügen«.
Dieses großmütige Auf-die-Schulter-Klopfen und ein durchtrieben anmutiges Lachen, das ebenso neu an ihm war, bestätigten Albert, daß Paul seit gestern abend Bescheid wußte.
Angelica hatte — auch Ludwig Matureit war am Abend wieder zu der Runde gestoßen — von einer nächtlichen Bootsfahrt auf dem Mühlenteich erzählt, und dabei hatten Pauls und Alberts Blicke sich getroffen. Nun also wußte Paul, um wen es sich bei der Frau handelte, die in seinen Augen keine Dame war. Albert war fast erleichtert. Jetzt gab es jemanden, mit dem er endlich freimütig über sein Geheimnis sprechen konnte.
Doch fürs erste brauchte er den Freund noch nicht. Er saß neben Angelica im Fond der Kutsche, die Vater sich vom Nachbarn entliehen hatte — Ludwig Matureit besaß kein so vornehmes Gefährt —, und freute sich, daß Mutter und Paul und die Geschwister, die ihm nachwinkten, immer kleiner wurden. Nur noch knapp zwei Stunden, dann würde auch der Vater sie alleinlassen.
Das Land war flach wie ein See, und weit hinaus, bis zum

Horizont, flimmerte die Luft unter der Hitzeglocke. Im Westen türmte sich aus blauschwarzen Quadern ein Wolkengebirge auf. Albert fürchtete keinen Regenguß, er fürchtete nur das Gewitter.
Zunächst hielten sie sich auf einer von überschlanken Birken umsäumten Straße neben der Bahnlinie; erst bei Klein-Baitschen bogen sie nach Süden ab. Der Name des Dörfchens erinnerte Albert an Pallweitschen, das lag wohl auch nicht weit von hier, bei Stallupönen. Morgen wollte er den Rübachs schreiben, um sich anzumelden.

Sie kamen durch winzige Ortschaften, jede mit ihrem grünen, von alten Linden und Kastanien überwölbten Dorfteich, an dessen sumpfigem Ufer sich die Schweine suhlten, während ein weizenblondes Gänsemarjellchen hinter dem Geflügel herjagte und die Weidengerte schwang.
Baumlos, jedoch von hochwuchernden Hecken eingefaßt, schnitt nun die Straße durch Acker und Wiesen, auf denen schwarzweiße Kühe grasten. Eine Eichenallee führte zum Vorwerk Bajohrgallen; hier wohnten in ihren Insthäusern die Bediensteten des Gestüts. Bald darauf überquerten sie das Flüßchen Rodupp auf einer steinernen Brücke und hielten im Schatten einer Linde vor dem schloßartigen Haus des Landstallmeisters. Über dem Tor prangte als Steinrelief die siebenzackige Elchschaufel, das Wappen und Brandzeichen des weit über hundert Jahre alten »Königlichen Hauptgestütes Trakehnen«.
Der Vater stieg vom Kutschbock, um sich beim Rendanten zu melden. Er hatte fast die ganze Fahrt über gesungen: »*Schöne Blumen will ich schmücken, die in unserm Garten stehn*...« und immer wieder den Refrain eines modischen Schottischen Walzers: »*Wird schon gehn, wird schon gehn, wenn wir uns nur recht verstehn*...«
Als er zurückkam, sagte er: »Ihr könnt aussteigen. Ich fahr' zur Remise und spann' die Pferde aus. Bis zwei oder

drei werde ich zu tun haben. Seht zu, daß ihr bis dahin wieder hier seid.«
Er sah nach den Wolken, die sich schon recht bedrohlich über den Waldrand hoben. »Kann sein, daß wir ein Gewitter kriegen. Aber du bist ja in guter Hut, Albertchen.«
Er lachte, und Albert lachte auch, etwas zu laut. Er konnte sich kaum noch auf den Spaziergang freuen.
Er half Angelica aus dem Wagen. Sie streckte ihm den Fuß entgegen.
»Hübsche Stiefelchen, wie? Hat dein Onkel Achim gemacht. Heut' trag' ich sie zum ersten Mal.«
»Pelzgefüttert? Ein bißchen zu warm für den Sommer. Aber den braucht sie ja für Schlittenfahrten in Rußland.«
»Hat Achim dir das erzählt? Ja, es stimmt, sie sind zu warm. Aber ich dachte, heut' brauch' ich hohe Stiefel. Wer weiß, in welchen Sumpf du mich führst.«
»In den Sumpf? Bestimmt nicht. Es gibt zwar ein Moor, nicht weit von hier, mit sehr interessanten Pflanzen. Aber« — er blickte besorgt zum Himmel — »ich fürchte, das Wetter wird nicht halten.«
Der Vater hatte den Wagen zu den Stallungen gefahren, und sie waren flott drauflos gegangen. Das Schlößchen war schon nicht mehr zu sehen.
»Übrigens heißt dieses Moor im Volksmund ›Moskau‹. Kein Mensch weiß, warum.«
Sie gingen eine Weile schweigend. Dann sagte Angelica:
»Du möchtest bestimmt gern wissen, weshalb ich Königsberg verlasse?«
»Ich habe es durch Zufall erfahren, von Onkel Marold. Und deshalb habe ich dir schnell noch die Herbarmappe gebracht.«
»Das war sehr lieb von dir. Du hast mir alle Pflanzen bestimmt.«
»Einige nur mit Hilfe von Professor Kankelwitz.«
Der Weg verlor sich im Blaubeergestrüpp. Sie gingen

trotzdem weiter, durch ein lichtes Wäldchen aus Birken, Erlen und Ulmen.

»Ich schätze Herrn Löwenthal — ich nenn' ihn jetzt einfach Marcus — als einen großen Künstler«, sagte Angelica, die sich immer wieder nach den Blaubeeren bückte. »Und ich habe ihn als anständigen, feinsinnigen Menschen lieben gelernt. Marcus braucht auf seinen Tourneen einen Begleiter. Wir haben uns gut aufeinander eingespielt, nicht nur als Musikanten.«

Albert atmete schwer. Es war wie am Mühlenteich. Er sah Unbeschreibliches vor sich: zwei Menschen, die *eingespielt* waren, mit allen Gliedmaßen spielten sie, spielten eine verfängliche, betörende Musik — auf beklemmend obszöne Weise ...

Hör auf! hätte er schreien mögen. Ich will davon nichts mehr wissen! Behaltet euer — Musikantentum für euch!

»Wie lange werdet ihr in Moskau bleiben?« fragte er mit gleichgültiger Stimme. Er hatte ihr eine Handvoll Blaubeeren gepflückt. Nun aß er sie selber.

»Ich weiß noch nicht. Das hängt von seinen weiteren Engagements ab. Vielleicht fahre ich mit, vielleicht kehr' ich auch wieder nach Königsberg zurück.«

»Du würdest ihn allein weiterreisen lassen? Obwohl du ihn liebst?«

Sie war ein paar Schritte vor ihm her gegangen. Nun drehte sie sich um.

»Man kann nicht immer seinen Gefühlen nachgeben. Dich liebe ich auch — und muß dich nun doch dir selber überlassen.«

»Das kann man doch nicht miteinander vergleichen«, sagte er streng, obwohl es ihn heiß überlief. Aber sie vermengte die Begriffe. Das ließ er nicht gelten! »Herrn Löwenthal liebst du und wirst ihn heiraten — weil du ihn eben liebst. Mich liebst du, weil ich dein Neffe bin und weil es sich aus Verwandtschaft so gehört.«

»Ach, ist das so? Aber ich sollte doch gar nicht mehr deine Tante sein?«

Sie lachte herzlich. Lachte sie ihn aus? Er hatte wieder ein Häufchen Beeren gesammelt. Angelica kam auf ihn zu, ein Häufchen er wollte sie ihr in die Hand kippen. Aber sie warf den Kopf nach hinten und ließ sich füttern. Er spürte ihre Lippen, ihre Zunge kitzelte ihn.
»Das mußt du mir erklären«, beharrte er und sah verstört auf die violetten Flecken in seiner Hand. »Herrn Löwenthal liebst du, und da paßt das Wort auch hin. Aber wie kannst du im selben Atemzug sagen, daß du auch *mich* liebst? Ob ich nun Tante zu dir sage oder Angelica: wenn es überhaupt Liebe ist, dann ist es eine ganz andere Art von Liebe. Aber von dieser Art will ich nichts wissen! Wenn du mich nicht lieben kannst wie du Herrn Löwenthal liebst, dann lieb mich gar nicht! Aber natürlich *kannst* du mich nicht lieben, selbst wenn du es wolltest. Denn lieben kann man immer nur *einen!*«
Hatte es gedonnert? um Himmels willen, nur kein Gewitter...
Angelica stapfte unverdrossen durchs Blaubeergestrüpp.
»So? Nur einen? Woher weißt du das so genau? Hast du schon oft geliebt?«
»Ich? Noch nie! Aber das weiß man doch. Alle sagen es.«
Sie lachte wieder. Gab es noch einen zweiten Menschen auf der Welt, der so lachen konnte?
»Die Männer reden es ihren Frauen ein. Die Männer, die selber ganz genau wissen, daß es nicht stimmt. Du mußt es schon hinnehmen, mein Page: Ich liebe dich, und auch Marcus. Und vielleicht noch diesen und jenen...«
Wie war denn nun das zu verstehen? War sie eine Kurtisane, eine Hetäre? Das konnte doch mit Liebe nichts mehr zu tun haben. Das war eine *Entwertung* des anspruchsvollen Wortes.
Der Himmel verfinsterte sich. Die ersten Blitze zuckten, der Donner folgte schon bald darauf. Nun würde das Gewitter sich seiner bemächtigen, und dann würde er nichts mehr sein als ein Nervenbündel, hilfloser als ein

Weibsbild, und nur versessen darauf, in die Erde zu kriechen, um der grauenhaften Angst zu entkommen. Was hatte er alles versucht, sich von dieser jämmerlichen Schwäche zu befreien. Es war vergeblich.
Das Schlimmste war für ihn, den logischen Denker, daß er sich seine Angst nicht rational zu erklären wußte. Ein Gewitter entsteht meist in einer Cumuluswolke, die in großer Höhe vereist, was zu elektrischen Entladungen führt, welche explosionsartige Schallphänomene bewirken. Also nichts Geheimnisvolles. Und dennoch fürchtete sich der Naturwissenschaftler, fürchtete sich vor Blitz und Donner! Schon wenn das Gewitter aufzog — eher noch: wenn es nur »in der Luft lag«, verspürte er das leichte Ziehen in den Haarwurzeln, spürte, wie die Haare elektrisch wurden. Selbst in der Stube, wenn bei einem nächtlichen Unwetter alle, auch die kleinen Mädchen, in beherrschter Haltung um den Tisch herum saßen und gewiß jeder sein bißchen Angst hatte, sogar der Vater, sonst hätte er ja die »Gewitterkerze« nicht entzündet — selbst dann lag Albert auf dem Boden, das Gesicht in ein Kissen gepreßt, zitterte am ganzen Leib, und jeder Donnerschlag fuhr ihm bis ins Gedärm.
Erst hatte man ihn ausgelacht oder auch zärtlich beruhigen wollen, dann wurde an seine Männlichkeit appelliert, es half alles nichts. Schließlich hatten die Eltern einsehen müssen, daß ihr Albert nun einmal die »Achillesferse« besaß, wie Doktor Meyerzack, den sie um Rat befragt hatten, das nannte, und so mußten sie ihn mit Kummer und unzureichendem Trost seiner Angst überlassen.
Das alles würde nun auch Angelica erfahren. »Page« hatte sie ihn genannt. Ein Page schützt seine Königin — wenn er jemals ihr Ritter werden will, und er?
Er ließ sie ein Stück vorauslaufen. Irgendwo hatte er gelesen, wenn man bei einem Gewitter zu zweit oder zu mehreren unterwegs sei, solle man mindestens zehn

Körperlängen Abstand wahren. Damit der Blitz nicht gleich zwei Opfer mit einem Schlag treffen kann.
Plötzlich entluden sich die Wolken. Angelica hatte schon ihren schwarzen Atlas-Schirm entfaltet.
»Wir haben Glück!« hörte er sie rufen. »Hoffentlich hängt kein Schloß vor der Tür.«
Da stand eine Hütte aus altersgrauen Bohlen, wohl noch aus der Zeit, da hier Torf abgebaut wurde; es war ehemaliges, leicht hügeliges Moorland, auf dem sie sich bewegten. Als Albert zur Hütte kam, war Angelica schon nicht mehr zu sehen. Er trat ein — da lag sie in malerischer Pose auf einem Haufen Stroh und klopfte mit der rechten Hand auf den Platz neben sich.
Die Hütte bot Schutz, zumindest gegen den Regen. Auch gegen den Blitz? Warum nicht, sie stand ja schon lange. Aber wenn sich zwei Menschen darin aufhalten? Verändert sich dadurch nicht das Magnetfeld in entscheidender Weise, so daß der zerschmetternde Strahl nun erst recht angelockt wird?
Noch stand er unschlüssig an der halb aus den Angeln gebrochenen Tür, da schleuderte ihn ein Blitz, dem unmittelbar darauf ein knatternder Donner folgte, fast zu Boden. Aus der Hocke warf er sich nach vorn, neben Angelica, flüchtete ins Warme, Menschliche, Tröstende. Wenn irgend etwas auf der Welt Schutz vor diesem mordlüsternen Spektakel bot, dann war das ihr Schoß, ihr über seinen Kopf geneigter Körper, der ihn ganz unzweifelhaft fühlen ließ, daß es ein Frauenleib war, der ihn schützte.
Jetzt war es ihm egal, ob diese beiden, allen Gewitterregeln zuwider aneinander gepreßten Körper dem Blitz besonders wohlgefällig wären. Er sollte nur zuschlagen! Man würde sie finden, umschlungen, und würde zu reden haben, monatelang, in Gumbinnen und Königsberg, und in Moskau, ja, auch dort.
Und alle würden denken müssen, daß es ein Liebespaar

war, das der Blitz erschlagen hat, und nicht etwa ein kleiner Junge, der in Gewitterangst zur Tante geflohen war. Als nach dem furchtbaren Schlag der zweite Donner schon aus einiger Entfernung kam, richtete Albert sich vorsichtig auf, noch mit geschlossenen Augen — bis er an etwas stieß, und das war Angelicas Nase; so tief hatte sie sich über ihn gebeugt. Er murmelte eine Entschuldigung, aber sie nahm seinen Kopf, da er ihr nun einmal so nahe war, in beide Hände, und drückte ihm einen langen Kuß auf die Lippen. Es durchfuhr ihn, als seien alle gewittrigen Aufladungen nur ein schwaches Vorspiel gewesen. Er spürte nicht nur den Kuß, und der war elektrisch genug: er mußte es geschehen lassen, daß diese unsägliche Frau ihm die Hand führte und sie fest auf ihre Brust legte, und auch, daß ihr Leib sich, aus seiner malerischen Pose heraus, mit einer leichten Drehung an ihn heranmachte, so daß er ihm nur noch ein bißchen entgegenkommen mußte, um sie so nah und warm zu fühlen, wie es Ballettmeister Stoige, selbst beim Walzer, nie und nimmer geduldet hätte. Und dann war es auch schon um ihn geschehen. Sie hielt ihn fest, mit behutsamen, gehauchten Küssen über sein ganzes Gesicht.

»Die Sonne kommt wieder«, sagte Angelica, als sie ihre Lippen von den seinen gelöst hatte. Sie schüttelte ihre Haare und stemmte sich hoch, um durch die Ritzen der Balkenwand zu spähen. »Auf, auf, mein Freund, ich will jetzt endlich einen gelehrten Vortrag über die Trakehner Moorlandschaft hören!«
Er lag auf dem Rücken, sie war über ihn hinweggestiegen, stand im Türrahmen und steckte die Haare auf.
»Ich weiß nicht, wie ich weiterleben soll, wenn du nicht mehr in meiner Nähe bist«, sagte er.
»Du wirst es sehr gut können«, erwiderte sie, ohne sich umzuwenden. »Ich hab's dir bewiesen: du bist ein lie-

benswerter Junge. Mein Page. Oder einfach: ein Mann. Das hörst du sicher lieber.« Sie drehte sich um und lachte, wie sie ihn so mitgenommen liegen sah. »Rapple dich auf, mein Liebster!« Sie hob mehrmals die Hände, als wolle sie nachhelfen.

Es fiel ihm noch immer nicht leicht, aufzustehen. Sie hatte wirklich einen Mann aus ihm gemacht, wenn auch auf etwas überwältigende Weise. Und jetzt botanische Vorträge?

Es regnete nicht mehr. Wieder ging Angelica vor ihm, kräftig schritt sie aus, er wagte an ihre Schenkel zu denken, er dachte an alles, was der lange glockenweite Rock verhüllte, aber sagen konnte er nichts mehr. Ich weiß nicht, wie ich ohne dich leben soll... Das hatte er bekannt — aber sie nahm es nicht ernst.

»Ja, du bist wirklich ein Mann«, wiederholte sie, als er wieder an ihrer Seite ging. »Wenn deine Angelica es dir sagt, wirst du es glauben. und nun wirst du auch Selbstvertrauen genug haben, um dich an andere heranzuwagen.«

»Du schickst mich zu anderen! Das beweist doch nur, daß du mich nicht liebst. Ich meine: trotz dem, was eben — eben gewesen ist. Du schickst mich zu anderen, die ich noch nicht einmal kenne! Wie kannst du mich zu irgendwelchen Mädchen schicken, wenn du doch vorgibst, mich zu lieben?!«

»Weil ich will, daß du glücklich wirst. Für die Dauer. Sofern es ein Glück für längere Dauer überhaupt gibt. Mit mir kann es für dich kein dauerhaftes Glück geben. Du wirst ein junges Mädchen kennenlernen, und das wird bei dir bleiben. Es wird vielleicht nicht das erste sein, vielleicht das dritte oder vierte. Aber auf keinen Fall wird es nach Moskau reisen, und schon gar nicht wird es behaupten, daß es einen Herrn Marcus Löwenthal genauso liebt wie dich.«

Er maulte ein wenig, aber sie ließ es nicht zu:

»Und wenn ich wiederkomme, wirst du mir erzählen, wie sie heißt, wie sie aussieht und wie sehr sie dich liebt. Und wenn du mit ihr unzufrieden bist, dann sagst du es mir, und ich gehe hin und spreche mit ihr, damit alles so wird, wie du es wünschst.«

»Nein, nein!« rief er. »Da bin ich wählerisch, das weiß ich genau!«

»Du willst sagen: du nimmst nicht die erste beste.«

»Nach Angelica — wenn du schon dauernd vom Nachher sprichst — nach dir kann man das nicht mehr. Es wird mir gehen, wie — wie der Seide.«

»Was willst du damit sagen?«

»Schau her!«

Er zeigte ihr einen Weidenzweig, um den sich ein Gewirr von zarten, grünlichgelben, auch ins Orange spielenden Fädchen geschlungen hatte.

»Das ist die Seide! *Cuscuta europaea.* Ein Pflänzchen ohne Wurzel und Blätter. Nährt sich von diesem Weidenzweig.«

»Eine Schmarotzerpflanze«, sagte Angelica.

»Ganz richtig. Aber das ist ein häßlicher Name. So darf man es nicht sehen. Es würde auch gar nicht zu meinem Gleichnis passen.«

»Also — wie nennen wir sie?«

»Manche Arten sind sehr wählerisch. Aus dem Keimling, der im Boden liegt, steigt ein Faden, der sich, wenn du genau hinsiehst, bewegt und wie ein Fühler tastet, bis er eine Pflanze gefunden hat, die zu umarmen ihm *lohnend* erscheint. Du könntest diesem nach Umschlingung verlangenden Faden das schönste und edelste Gewächs hinstellen — er würde es verschmähen, wenn es nicht das ist, was er sich in den Kopf gesetzt hat, sozusagen. Das ist das Erstaunliche an so mancher Seidenart: sie nimmt nicht mit dem nächstbesten Kraut vorlieb, sie hat ihre ausgeprägten Neigungen, Brennessel oder Thymian vielleicht, und eher geht sie zugrunde, als daß sie sich mit einer Wirtspflanze begnügt, die ihr nicht ›liegt‹. — Ja, was wollte ich sagen?«

Angelica lächelte. »Ich glaube, du mußt dich von der Botanik wieder dem Menschen zuwenden: dem Albert, der mir beweisen wollte, daß er in der Liebe sehr wählerisch ist.«

»Natürlich!« rief Albert, schon wieder hingerissen von seiner Wissenschaft. »Genau so ist es! In der Natur findest du für alles die besten Beispiele!«

Noch vor der mit dem Vater vereinbarten Zeit trafen sie im Gestüt ein. Aus dem an der Straße gelegenen, langgestreckten Stall schauten vierzehn schwarze Pferdeköpfe heraus, aus jedem Fenster einer. Andere Tiere tummelten sich in der Koppel, jedes mochte seine 1000 Taler wert sein. Vor dem Stallmeister-Schlößchen mit der alten Linde, um deren Stamm eine Rundbank führte, wollten sie ausruhen und den Vater erwarten.

Auf dem letzten Drittel des Weges hatten sie nicht mehr viel gesprochen; es war ja auch alles gesagt, und nach dem, was im Hüttchen geschehen war, konnte es keine Höhepunkte mehr geben. Für Albert hieß es Abschied nehmen, und das war unwiderruflich. Sein Gehirn wollte sich dennoch nicht damit abfinden, und so ließ er es arbeiten und einen gräßlichen Streit zwischen Angelica und jenem unseligen Marcus ersinnen, der natürlich nur dazu führen konnte, daß die geliebte Frau reumütig in Alberts Arme zurückkehrte. So intensiv mit der Zukunft beschäftigt, war er zu nichts anderem imstande gewesen, als seine Begleiterin hie und da auf ein seltenes Pflänzchen oder eine besonders anmutige Blüte aufmerksam zu machen.

Als sie nun auf der Rundbank saßen, streckte und drehte Angelica ihre Füße. Sie bat Albert, die Knöpfe zu öffnen, was er knieend besorgte, wie es dem Pagen geziemte. Während er auf ihren Wunsch das linke Stiefelchen auszog und den zierlichen Fuß zu massieren begann (was ihm vielleicht noch mehr als ihr behagte), entging beiden, daß ein Mann sich mit schnellen Schritten genähert hatte. So unvermutet stand er bei ihnen, daß Albert zusammenfuhr, als habe man ihn bei einer unkeuschen Handlung ertappt.

»Höchste Zeit, daß Sie kommen«, sagte der Mann. Er war groß, hatte ein wetterbraunes Gesicht und weißblonde Wimpern. Er trug ein Jägerhemd und Reithosen; im schwarzglänzenden Gamaschenschaft steckte die Peitsche.

»Es ist etwas passiert«, fuhr er fort. »Ihr Vater ist verunglückt, ein Pferd hat ihn beim Beschlagen erwischt. Eine Unvorsichtigkeit Ihres Vaters, ganz ohne Zweifel. Dergleichen ist hier in Trakehnen noch nie vorgekommen. Wir mußten ihn ins Krankenhaus nach Stallupönen bringen.«

»Was hat er denn?« stammelte Albert und warf Angelica einen ratlosen Blick zu. »Ist es schlimm?«

»Wegen eines Kratzers bringen wir keinen ins Krankenhaus. Ein Pferdehuf gegen den Brustkorb — das können Sie sich wohl ausdenken.« Der Mann, er war sicher der Rendant, zog die Peitsche aus dem Schaft und ließ sie ungeduldig auf der Gamasche tanzen. »Aber ich sagte ja schon: Ihr Vater war leichtsinnig. Dürfte einem gelernten Hufschmied eigentlich nicht passieren.«

»Wir müssen sofort nach Stallupönen«, rief Albert. Er hätte dem Kerl die Peitsche entreißen und übers Gesicht ziehen mögen. Aber jetzt ging's um den Vater. »Wo ist unsere Kutsche?«

»Na wo schon? In der Remise. Falls Sie auch Ihr Pferd verloren haben — es ist im Stall gleich daneben.«

Er betrachtete Angelica mit einem langen prüfenden Blick vom windverwehten Haar bis zum stiefellosen Fuß, ganz so, als habe sich eine fremdrassige Araberstute in seine Koppeln verirrt. Dann drehte er sich um und ging,

auf die Gamasche klopfend, ins Haus zurück.
Albert half Angelica in den Stiefel und knöpfte ihn zu. Dann eilten sie zur Remise. Es war Mittagszeit, kein Arbeiter war auf dem Hof. Sie holten das Pferd aus dem Stall und spannten an; das hatte Albert schon als Kind gelernt. Am Hofausgang trafen sie einen Mann, der ihnen die Straße nach Stallupönen wies.
Ein Hufschlag auf den Brustkorb ... Wenn keine inneren Organe verletzt und nur ein oder zwei Rippen gebrochen waren, konnte das in ein paar Wochen geheilt sein. Der arme Vater.
Dieser Mistkerl von Rendant, oder was immer er war! Kein Wort des Bedauerns, nur Anschuldigungen! Unvorsichtig!
Leichtsinnig! Das Schlimmste war, daß Albert wußte, wie ungeschickt der Vater manchmal sein konnte. Er war für diesen Beruf nicht geschaffen. Sein Schicksal war es, allen Leuten, vor allem natürlich Kunden, verheimlichen zu müssen, daß er zu schwach und wohl auch zu verträumt für dieses Handwerk war. Er bekam auch nur selten einen Lehrling. In Gumbinnen gab es sieben Schmiede. Die Innung hatte ihn zum Stellvertreter des Obermeisters gemacht, sogar für den Gemeinderat aufgestellt. Weil er »Köpfchen« hatte. Aber der Schmiedehammer hatte ihm schon manchen Streich gespielt. Seine linke Hand war voller Narben: Schlag-, Quetsch- und Brandwunden. Und nun die Rippen. Es tat Albert im Herzen weh, daß dieses Ekel von Rendant von seinem Standpunkt aus Recht haben mochte.
»Was machst du nun, Angelica? Du mußt doch nach Gumbinnen zurück. Morgen geht dein Zug nach Moskau.«
»Erst geht's nach Stallupönen«, sagte sie, während er ihr auf den Kutschbock half. »Dort bekomme ich den Abendzug nach Gumbinnen. Dann brauchen wir auch nicht zu telegraphieren, weil ich Johanne alles erzählen

und sie hoffentlich auch beruhigen kann. Natürlich gehe ich mit dir zu Ludwig. Du bleibst sicher über Nacht dort?«

Er wollte erst sehen, in welchem Zustand sein Vater war. Auch hatte er kein Geld zum Übernachten.

Sie trieben das Pferd zur Eile an. Stallupönen, eine kleine Stadt von knapp viertausend Einwohnern, war nicht weit, höchstens zwei Meilen. In längstens anderthalb Stunden mußten sie dort sein.

»Mir fällt etwas ein«, sagte Albert. »Ich habe eine Einladung zu Gutsbesitzer Rübach nach Pallweitschen. Das muß ganz in der Nähe von Stallupönen sein. Wagen und Pferd habe ich ja zu meiner Verfügung; so könnte ich vielleicht, wenn es dem Vater nicht zu schlecht geht, noch heute abend nach Pallweitschen fahren und dort übernachten. Denn natürlich will ich morgen früh wieder nach ihm sehen.«

»Rübach?« Angelica schien der Name bekannt zu sein. »War dieser Herr nicht auf dem Fest in Luisenthal?«

»Ganz recht. Er und seine Frau.« Von der Tochter sagte Albert nichts.

»Und weshalb hat er dich eingeladen? Kennst du ihn schon länger?«

»Nein, wir haben uns erst auf dem Fest kennengelernt. Scheint ein ganz munterer Mann zu sein.«

»So kann man es auch nennen«, sagte Angelica.

»Hast du was gegen ihn? Ich meine: Ist etwas vorgefallen?«

»Ach, du hast es sicher nicht mitbekommen. Oder warst du dabei, wie er Marcus beleidigt hat?«

»Nein.« Was sollte denn das? »Ich war — ich muß gerade woanders gewesen sein.«

»Es ist nicht so wichtig. Er war betrunken; wir haben es auch nicht ernst genommen.«

›Wir!‹ Das unzertrennliche Gespann! Angelica und Marcus.

›Wir!‹ Albert stieg wieder einmal das Blut in den Kopf. Also wie denn nun? Herr Rübach hat den Herrn Löwenthal beleidigt. Na und? Wird wohl Grund dazu gehabt haben.
»Das will ich jetzt aber genau wissen. Was war los?«
»Marcus und ich hatten doch diese kleine Kahnpartie unternommen, von der ich euch gestern erzählt habe. Als wir zu den anderen zurückkamen, ist's halt passiert. Aber es ist wirklich ganz unwichtig und braucht dich gar nicht zu beschäftigen. Es tut mir leid, daß ich davon angefangen habe.«
»Hat er nur Herrn Löwenthal beleidigt — oder auch dich?«
»Nein, nein. Überhaupt nicht.«
»Dann würde ich natürlich nicht nach Pallweitschen fahren.«
»Natürlich mußt du fahren!« entschied Angelica. »Und jetzt müssen wir nach dem Krankenhaus fragen, wir sind in Stallupönen.«
Albert empfand unverhoffte Genugtuung: Der Mann, der ihn eingeladen hatte, mochte den Geiger nicht leiden. Es gab also keinen Grund, nicht nach Pallweitschen zu fahren.

Ludwig Matureit war arm dran. In einem Riesensaal lag er mit vierzig anderen Patienten, hochgebettet, käseweiß im Gesicht, mit großen, hilflos blickenden Augen. Die Schwester hatte Angelica und Albert ans Bett geführt, obwohl am anderen Ende des Saales die Ärzte noch Visite machten.
»Drei Rippen hat er gebrochen«, sagte sie. »Er hat Blut gespuckt, und Schmerzen hat er auch.«
Ein Jammerbild. Zum Drauflosheulen. Angelica, die sofort erkannt hatte, wie es um den Schwager stand, hängte sich bei Albert ein.
Ludwig Matureit hob bedauernd die Hand. »Der Stall

war ein bißchen eng. Der Gaul hat nicht gemerkt, daß ich mich hinter ihn gequetscht habe. Ist erschrocken und hat ausgeschlagen. Sagt ihr der Mutter Bescheid?«
Angelica teilte ihm mit, was sie sich überlegt hatten: Noch heute abend würde sie in Gumbinnen sein und Johanne über den ersten Schreck hinweghelfen. Albert versuchte den Unfall leichtzunehmen, des Vaters wegen. Der winkte ab, wenn sie auf die Verletzung zu sprechen kamen.
»Gefährlich ist es nicht. Aber es dauert. Und das ist das Dumme. Meine Arbeit bleibt liegen, ich habe Termine. Und wenn ich nicht pünktlich liefere, krieg' ich kein Geld.«
Er wollte noch etwas sagen, schien sich's aber zu verkneifen.
Natürlich machte er sich Sorgen, nicht nur um Alberts Studium, sondern um die nackte Existenz; von der Witwe Dorn war, obwohl sie von Eduard Rhan Credit bekommen hatte, kein Groschen für die bestellten Gartentore zu erwarten. Vielleicht strengte ihn auch das Sprechen zu sehr an. Sicher hatte er Schmerzen bei jedem Atemzug.
Albert fragte, ob er die Nacht über in der Nähe bleiben solle.
Ludwig schüttelte den Kopf und versuchte zu lächeln.
»Fahr du ruhig nach Pallweitschen«, sagte er. Aber dann fiel ihm etwas ein, er runzelte die Stirn. »Ihr müßt zu Mutter, beide. Aber mit dem Wagen! Ihr seid doch mit dem Kutschwagen hergekommen? Der Nachbar braucht ihn morgen, ich hab' ihn nur für heute entliehen. Es ist wichtig, ich hab's ihm versprochen.«
Natürlich, es empfahl sich, nach Gumbinnen zu kutschieren.
Wenn sie jetzt losführen, wären sie früher dort als der Abendzug. Aber Albert war entschlossen, noch mindestens zwei Tage in Vaters Nähe zu bleiben. Er mußte den

Arzt sprechen, mußte jedenfalls die erste Nacht abwarten, vielleicht war eine Krise zu befürchten. Deshalb ließ er sich auf keine Debatte ein. »Der Nachbar bekommt seinen Wagen, das ist klar.« Er würde sich schon noch zwei Tage gedulden können, wenn Angelica ihm Bescheid sagen ließ, dachte Albert. »Wird schon gehn, wird schon gehn«, sagte er zum Abschied im Ton des Liedes, das sein Vater so gerne sang.
Vor dem Krankenhaus erklärte Angelica kurz und bündig, sie werde allein mit der Kutsche nach Gumbinnen fahren. Sie wisse mit Pferden umzugehen, sei eine couragierte Reiterin.
»Du bleibst hier, das ist doch selbstverständlich. Wer weiß, wie er die Nacht übersteht. Ich fürchte nur, aus Pallweitschen wird nichts werden, weil du den Wagen nicht mehr hast.«
Das berührte ihn wenig. Angelica drängte ihm das Geld auf, das sie nun zur Rückfahrt mit der Bahn nicht mehr benötigte.
So könnte er sich ein billiges Nachtquartier suchen. Sie tätschelte das Pferd und blies ihm in die Nüstern. Dann kletterte sie auf den Kutschbock.
»Leb wohl, Albert. Kann sein, daß ich den Winter über in Moskau bleibe. Aber schreiben werde ich dir bestimmt. Und wenn ich zurückkomme, will ich deine Freundin kennenlernen...«
Als sie sah, daß er wieder protestieren wollte, streckte sie die Hand nach ihm aus und zog ihn zu sich hinauf. Sie verwuschelte sein Haar und küßte ihn, wie sie ihn in der Hütte geküßt hatte. Mit dem Mittelfinger tupfte sie ihm in die Augenwinkel, als hätte sie dort zwei Tränen entdeckt. Dann nahm sie die Zügel und schnalzte mit der Zunge.
Pallweitschen war von Stallupönen nicht weit. Albert hatte sich an der Pforte des Krankenhauses erkundigt: anderthalb Meilen nach Süden. Das ließ sich zu Fuß in

zwei Stunden machen. Auf dem Flur traf er den Arzt, Doktor Brünlinger, alter Salzburger Name; das Krankenhaus war, wie auch in Gumbinnen, eine Salzburger Stiftung.

»Ihr Vater wird mindestens drei Wochen liegen müssen. Er hatte starke Blutungen, vermutlich aus der Lunge, aber das wissen wir noch nicht genau. Wenn er die nächsten drei Tage gut übersteht, hat er's geschafft. Es wäre zweckmäßig, wenn Sie so lange in der Nähe blieben.«

II. BUCH

Schicksalsschläge

Viele Wagenspuren liefen durch den Sand, und noch immer war Albert keiner Kutsche begegnet, keine hatte ihn überholt. Seit einer halben Meile führte die Straße durch baumloses Acker- und Weideland. Der Weizen war geerntet und eingefahren, die Gerste stand zu Hocken gebündelt. Kein Knecht, keine Magd war zu sehen.

Auf den Wiesen scharten sich Kühe um die Tränke. Großartig begann die Allee. Die Abendsonne wanderte durch die Wipfel der alten Kastanien, während Albert sich dem Gutshaus näherte. Zweckmäßig und ohne Zierat, mit strohgedecktem Dach und der Vorlaube aus Fachwerk, machte es nicht mehr von sich her als jedes ostpreußische Bauernhaus. Pallweitschen war kein Sommersitz für Herrschaften aus der Stadt.

Albert klopfte. Es rührte sich nichts. Er drückte die Klinke und stand in der Vorlaube. Der Fußboden war frisch geschrubbt, mit Ölseife und Sand. Er rief. Da niemand antwortete, verließ er das Haus, fand eine Pforte im Zaun und trat auf den Hof. Ein großer schwarzer Hund schoß aus der Hütte und kläffte ihn an. Rings um den Brunnen mit seinem hochzielenden Hebearm standen Wirtschaftsgebäude: hinter Holunderbüschen die rote Ziegelmauer des Kuhstalls, die weiß verputzte Remise, das altersdunkle Holz der Scheunenwand. Der duftende Abendwind trug das Lied einer Ziehharmonika herüber.

Albert schlenderte am Hühnerauslauf vorbei, durch den Obst- und Gemüsegarten mit seinen hoch aufgeschossenen Sonnenblumen und gelangte endlich über Stoppelfelder und Wiesen zu einer Baumgruppe. Dort saß auf einer vom Geißblatt beschatteten Bank, die Hemdsärmel über den kräftigen Armen aufgerollt, ein junger Mann und spielte ein elegisches Lied. Von ihrem weißen, auf dem Gras ausgebreiteten Rock umrahmt, lagerte Emma Rübach zu seinen Füßen. Neben ihr, auf einem Klappstühlchen, war Frau Rübach mit einer Handarbeit beschäftigt. Der Fremde bemerkte Albert als erster und brach das Spiel ab. Emma sprang auf und lief dem Besucher entgegen. Freudig überrascht, griff sie nach seinen Händen und zog ihn zu ihrer Mutter.

»Sag nur, ich hätte es nicht geahnt!« rief sie. »Hab' ich nicht immer auf Post gelauert?«

»Ich hätte mich natürlich angemeldet«, sagte Albert, von Emmas Ungestüm etwas verwirrt. »Aber alles kam so überraschend. Ich muß sehr um Pardon bitten.«

Man wollte nicht zulassen, daß er sich entschuldigte und stellte die Herren einander vor. Der Harmonikaspieler war Inspektor Heinrich Liedtke vom benachbarten Gut Göritten, ein Mann von dreißig Jahren, anscheinend nicht selten Gast auf Pallweitschen. Merkwürdig, Albert empfand so etwas wie Eifersucht und war zugleich erleichtert, daß es nicht Leutnant d'Heureuse war, der hier musizierte. Beide Empfindungen verdrossen ihn sehr, denn was, zum Teufel, ging Emma Rübach ihn an! Sie erschien ihm noch hübscher als in der Erinnerung. Vermutlich war ihr das Leben auf dem Lande zuträglicher als jene Tanz- und Gesellschaftswochen in Königsberg. Heinrich Liedtke war ein gewandter Plauderer. Galant bot er Frau Rübach den Arm und geleitete sie, ihr Klappstühlchen tragend, den kleinen Abhang hinunter bis zum Wiesenpfad. Nein, Albert habe sie nicht vertrieben, behauptete Emma; es sei längst Zeit zum Abendessen. Er erzählte, was seinem Vater zugestoßen war, und als er bescheiden fragte, ob er, unter diesen Umständen, über Nacht bleiben könne, meinte Emma, das verstehe sich wohl von selbst. Ihre Mutter ließ sich unterdessen von Inspektor Liedtke den Hof machen. Albert begriff, wem das in Wahrheit galt. In einem

Flügel des Wohnhauses zeigte Emma ihm das Gastzimmer; bis zum Abendbrot werde es noch ein Viertelstündchen dauern. Wenn er Lust habe, könne er zuvor ihrem Vater guten Tag sagen; es sei fraglich, ob er zum Essen komme.

»Die Treppe hinunter, und dann die Tür am Ende des Ganges, dort ist sein Arbeitszimmer«, sagte Emma. Sie zupfte die Decke über dem Bett zurecht.«Alle freuen sich, daß Sie gekommen sind!«

Was Herrn Liedtke betraf, wagte Albert das zu bezweifeln. Der Inspektor hatte sich bereits an der Haustür verabschiedet, um nach Göritten zurückzureiten. Albert setzte sich und blickte durchs Fenster auf die Felder und Weiden unter dem verblassenden Himmel. Ein Tag, den er nie vergessen würde, ging zu Ende. Ein Tag, der einen anderen Ausklang verdient hätte, als heiteres Geplauder am Abendbrottisch mit Familie Rübach. Albert fragte sich, weshalb er überhaupt nach Pallweitschen gefahren war. Man hatte ihn eingeladen, damals, in Luisenthal, nun gut. Doch warum eigentlich? Herr Rübach wollte sich seiner Kenntnisse bedienen. Unkraut und Mergel...

Sehr fraglich, ob er ihm da nützlich sein konnte. Und die Tochter? Hatten sie etwas im Sinn? Nun, da brauchte er nichts zu befürchten; er war bestimmt kein idealer Schwiegersohn für einen Gutsbesitzer. Und was ihn selbst betraf: Er hatte es nicht nötig, auf das erste junge Mädchen zu lauern, das ihm über den Weg lief. Er hatte für junge Mädchen überhaupt nichts mehr übrig, seit er wußte, was eine Frau war. Spätestens seit heute. Aber vermutlich tat er den Rübachs Unrecht und sollte lieber froh sein, ein kostenloses Nachtquartier, nicht weit vom Schmerzenslager des Vaters, gefunden zu haben. Er hatte allen Grund, den guten Leuten dankbar zu sein. Und Emma verdiente schon gar keinen Tadel. Sie war ein junges Mädchen, also entsprechend unreif, doch wenn er daran dachte, wie sie sich in der Tanzstunde – bis zur Ohnmacht! – für ein Fräulein Dulitz engagiert hatte, schien sie ihm ganz passabel. Er füllte Wasser in die Steingutschüssel, machte sich frisch und ging ins Erdgeschoß, dem Hausherrn seine Aufwartung zu machen. In ein Buch vertieft, saß Karl Rübach in seinem schlicht möblierten Zimmer vor der Fensterfront, um das letzte Tageslicht auszunützen. Auf dem Schreibtisch häuften sich Bücher, auch im Schrank standen sie dicht gereiht. »Guten Abend, Herr Rübach«, sagte Albert. »Ich wollte Sie nicht stören, wir hätten uns wohl gleich bei Tisch gesehen, aber Fräulein Emma meinte — «

»Ach was!« rief Rübach und wies auf einen Stuhl. »Es freut mich, daß Sie gekommen sind, habe Sie draußen mit meiner Tochter schwätzen gehört. Heute ist es schon ein bißchen spät, sonst könnten wir noch das Gut inspizieren. Nun, was soll's, das läßt sich auch morgen erledigen. Ich nehme an, Sie haben gehörigen Hunger?«

Albert nickte. Es war schon viele Stunden her, daß er mit Angelica die letzten Butterbrote verzehrt hatte. Rübach rückte an den Schreibtisch — er war nicht aufgestanden, um Albert zu begrüßen — und schwang eine Stielglocke. Im Halbdunkel, von Bücherstapeln umrahmt, nahm er sich mit seinem schlohweißen Haar und der mächtigen, durchfurchten Stirn recht imposant aus.

»Eh' wir uns den Weibertratsch anhören, sollte man sich erst ein bißchen kennenlernen, von Mann zu Mann. Meine Frau ist, weiß Gott, nicht langweilig, im Gegenteil, sie ist hochtalentiert, schreibt Märchen mit Feen und Zwergen und Blumengeisterchen, wie es sich gehört. Und nicht nur das. Auch Liebesromane, kleine Geschichten mit keuschen Jünglingen, adelsstolzen Vätern, unberührbaren Töchtern — honorige Herrschaften allesamt, und natürlich fehlen auch nicht die ausgepichten Schufte. Durchaus lesenswert. Doch zur Zeit fällt ihr leider nichts anderes ein, als immer neue Freier für Emma anzuschleppen. Dieser d'Heureuse zum Beispiel, ein Offizier vom Gut Pilldeiken, gleich um die Ecke ist das — ach richtig, den haben Sie ja kennengelernt. Na, was sagen Sie zu dem? Spindeldürr, kein Saft, kein Mumm — das läßt die Gattung nicht zu!«

Albert wollte erfahren, was er mit dieser letzten Bemerkung gemeint habe, doch jetzt trat Emma ein und blieb an der Tür stehen.
»Du hast geläutet, Vater?«
»Hör zu«, sagte Rübach, »ich esse *hier* mit dem jungen Mann. Bier und belegte Brote! Und von der Krebssuppe von heute mittag, wenn noch was übrig ist.«
»Auch die Mutter hätte sich gern mit Herrn Matureit unterhalten«, sagte Emma.
»Die Mutter, die Mutter!« polterte Rübach. »Seit wann sprichst du von dir als Mutter? Wir führen hier ein Männergespräch. Du kannst morgen noch den ganzen Tag mit dem Herrn Studiosus scharwenzeln. Ist dieser Liedtke noch da?«
Emma verneinte.
»Das ist auch so ein Schmarotzer. Keinen Besitz, keinen Groschen, und will hier den Rahm abschöpfen. Also geh und sorge für uns!« Kopfschüttelnd sah er ihr nach.
»Einsperren kann ich sie ja nicht. Ich habe nichts gegen Geselligkeit, Jugend will zu Jugend. Bin auch mit ihr nach Königsberg gefahren, wie Sie wissen. Aber was meine Frau hier veranstaltet, diese Körung der Zuchtstiere, das ist doch widerlich, finden Sie nicht? Die Gattung tut schon das ihre, da braucht man nichts zu forcieren. Aber vielleicht hat er ja Recht gehabt, der große König, der seine Ostpreußen nicht leiden konnte: ›Wir sind ein Land, in dem die Mädchen sich nur dadurch von einer Stute unterscheiden, daß sie auf zwei Füßen statt auf vieren gehen.‹«
»*Wer* hat das gesagt?« fragte Albert verdutzt.
»Friedrich der Große. Er meinte ja auch, wir hätten zwar jede Menge Pferde, wären aber nicht imstande, auch nur ein einziges denkendes Wesen hervorzubringen. Nun, wenn ich mich so umsehe auf unseren Gutshöfen... Ja, lieber Freund, Sie sind der erste und einzige junge Mann, den *ich* eingeladen habe. Sie haben mir gleich gefallen, damals in Luisenthal. Außerdem sind Sie Botaniker. Die Natur ist ein ›schön Ding‹, wie ein gescheiter Mann einmal gesagt hat. Das trifft auch auf

die meisten Weiber zu, allerdings nur für eine sehr kurze Zeitspanne. Meine Tochter Emma zum Beispiel... Aber Sie sind ja gottlob noch zu jung, um sich schon zu vergaffen.«
Der Mann hat keine Ahnung, dachte Albert. Aber er hielt es nicht für tunlich, ihm zu widersprechen.
»Natur!« rief Rübach mit einer großartigen Geste nach draußen. »Natur, die uns umgibt, die Landschaft, die Tiere, die Pflanzen! Die laß ich mir gefallen! Weit weniger behagt mir, was an *uns* Natur ist. Wie soll einer ruhiges Herz und klaren Kopf behalten, wenn ihn seine Natur kujoniert?!«
»Sie denken an Krankheit?«
»Unsinn! Die Triebe — was sonst? Gehirn und Geschlecht, das will sich nun einmal nicht vertragen. Obwohl... Es gibt Gegenbeweise, scheinbare. So mancher schöpferische Geist wird erst dann so richtig produktiv, wenn's ihm zugleich in den Lenden kribbelt — will sagen: wenn er vom Trieb gebeutelt wird. Wir sind ja unter Männern, nicht? Polarisation — Sie verstehen mich?«
— Seltsamer Mann, dachte Albert. Läßt sich mit einem Fremden schon nach wenigen Minuten auf ein so heikles Thema ein. Indezent zumindest. Er war doppelt froh, als Emma mit beladenem Tablett und einem Krug Bier erschien. Vor Hunger war ihm schwindlig. Rübach ließ nicht zu, daß seine Tochter den Schreibtisch abräumte. Er schob die Bücher an den Rand und die Papiere in die Schublade. Dann winkte er Emma mit einem knurrigen »Schon gut!« aus dem Zimmer.
»Nun, Sie sind ja Botaniker«, sagte er und nötigte Albert zuzugreifen. »Die Pflanze schlägt sich nicht, wie unsereiner in puncto sexus, mit Schuld oder Unschuld, Keuschheit und Sünde herum. Sie ist a priori unschuldig. Deshalb stellt sie auch ihre Geschlechtsorgane — Fruchtknoten, Griffel, Narbe — so gänzlich ohne Scham zur Schau. Vor wem sollte sie sich auch schämen? Genau das, was schamhaft macht und zugleich so verlockt, das andere Geschlecht — sie hat es ja in sich! Hat beide Geschlechter in ihrer Blüte vereint!« Albert nickte eifrig. »Das gilt für die Phanerogamen, die Blütenpflanzen. Sie haben

Androeceum und Gynaeceum, sind also androgyn. Die meisten jedenfalls.«
»Sag ich ja! Alles spielt sich in der Blüte ab: Bestäubung, Befruchtung: alles in ein und derselben Blüte. Ungeheure Selbstbefriedigung! Und gänzlich ohne Schuld und Scham! Das hat nicht einmal der große Aristoteles begriffen. Die Pflanzen könnten nicht beide Geschlechter in einem haben, hat er gemeint; sie müßten ja sonst vollkommener als die Tiere sein. Na und, sag ich, na und?«
Es schien, als versuche Rübach, wie manche Menschen geringen Bildungsgrades, seine Unsicherheit durch allzu aufdringlich präsentiertes Selbstbewußtsein zu überspielen. Albert, obwohl selber nicht aus gebildetem Hause, fühlte sich als Student bereits einer intelligenteren Schicht zugehörig als der durchschnittliche ostpreußische Gutsbesitzer, mochte der nun von Adel sein oder nur ein Bürgerlicher wie Rübach. Albert verdankte sein Wissen allein der Schule und der Universität, vom Selbststudium in seinen Knabenjahren einmal abgesehen. Er sah, wie so viele strebsame Sprößlinge aus einfachen Familien, den legitimen Weg zur Bildung einzig in einem geregelten Studiengang im Rahmen der dafür geschaffenen Institutionen. Immerhin, was Rübach über die »Unschuld« der Pflanzen gesagt hatte, über ihre »Schamlosigkeit«, das war schon erstaunlich. Mit exakter Wissenschaft hatte das natürlich nichts zu tun. Und eben das wertete den gescheiten Grobian in Alberts Augen ab. Vermenschlichung von Pflanzen und Tieren war eine Sünde wider den Geist moderner Aufklärung. Da war man ja schon bald wieder bei Goethe! Dennoch: die Unbefangenheit, mit der Rübach gewisse Naturgegebenheiten betrachtete, über die sich mit Respektspersonen kaum, mit Studienkollegen meist nur in vulgärer Weise sprechen ließ, verlockte Albert, ihm Widerpart zu geben, und sei es allein, um das interessante, wenngleich schlüpfrige Thema nicht vorzeitig zu verlassen. Zu seinem Erstaunen fiel es ihm nicht schwer, auf Rübachs Ton einzugehen:
»Ich für mein Teil freue mich, daß ich keine Phanerogama bin.

Es muß ziemlich langweilig sein, wenn man Männchen und Weibchen in einem ist. Für eine Blütenpflanze mag das angehen; sie ist ja, dank Wind und Insekten, auch nur recht passiv am Zeugungsgeschäft beteiligt. Aber für Tiere, oder gar für den Menschen? Ist es doch gerade das so ganz Andersartige, das den Trieb anspricht und, wenn ich so sagen darf, die Begierde in uns weckt. Ohne diesen Drang zum Andersartigen wäre unsere species bald ausgestorben.«

»Wäre das Schlimmste nicht!« knurrte Rübach. Er griff nach der Schachtel mit den Schwedenhölzern und entzündete die Petroleumlampe. »Aber das Andersartige allein bewirkt noch keine Anziehung, nicht im Sinne der Gattung. Oder empfinden Sie Begierde nach einem alten Weib? Schönheit – braucht's dazu! Und Jugend! Vor allem Jugend. Schönheit ohne Jugend ist vielleicht nicht gerade abscheulich, aber dem Geschlechtstrieb sicher kein Stimulans. Jugend ohne Schönheit – das mag noch angehen. Aber was soll's! Liebe, die sogenannte, ist nichts als Trieb zur Vermehrung der Gattung. Das beobachten Sie doch überall in der Natur. Man sucht sich einen Partner, der der Gattung bekömmlich ist, der ihrer gemäßen Erhaltung dient. Das geschieht fast immer unbewußt. Die Zarte sucht sich den Kraftprotz, der Geniale die fruchtbare Gans. Die Paarung und das gehörige Drum und Dran, das geht eine Weile gut, bis die Kinder da sind. Und dann hat sich erfüllt, was der Philosoph« – er stockte –, »was *ich* den ›Willen der Gattung‹ nenne. Und wenn dem Genüge geschah, ist es auch schon vorbei mit der Harmonie, die ohnedies nur eine Chimäre war. Dann zeigt sich nämlich die grausame Wahrheit, und ein Leben lang hockt sie in greulicher Ungestalt an unserer Seite: ein Drache, ein Eheteufel!

Wie schnell verlieren die Weiber an Liebreiz, wenn das Gebärgeschäft hinter ihnen liegt.«

Albert fühlte sich unbehaglich. Was ihm da, wo nicht als Wissenschaft, so doch als Lebensweisheit, geboten wurde, weckte seinen Protest. Was sollte ihm diese Suada eines enttäuschten alten Mannes?

»Sehen Sie sich meine Tochter an!« fuhr Rübach fort. »Hier hat sich, mittels der Begierde — und meine Frau war einmal sehr schön, das dürfen Sie mir glauben —, hier hat sich der Wille der Gattung durchgesetzt. Das Resultat ist perfekt, wie Sie mir zugeben werden. Die Gattung darf zufrieden sein.«
Als ob er von einer Stute spräche, grad' wie der alte Fritz! Dieses undifferenzierte Hin und Her zwischen kreatürlicher und menschlicher Geschlechtlichkeit! Und weshalb entrüstete er sich über die von seiner Frau veranstaltete »Zuchtwahl«, wenn er doch selber nichts anderes im Sinne hatte als die Erhaltung der Gattung?
»Ich bin Biologe, Botaniker, wie Sie wissen, Herr Rübach. Bin also, wie Sie, durchaus in der Lage, die Fortpflanzung illusionslos, eben streng wissenschaftlich, zu sehen. Dennoch will es mir nicht behagen, wie Sie so wenig zwischen — wie soll ich sagen? — zwischen Bestäubung und Liebe zu unterscheiden wissen.«
Das war doch wohl deutlich? Brachte der *Mensch* nicht einiges mehr in sein Werben und Lieben ein, als Staubgefäße und Fruchtblatt? Was in der Torfhütte geschehen war — eine Bestäubung ...?
»Sie sind mir ein schöner Naturwissenschaftler!« spottete Rübach. »Vielleicht machen Sie sich auch noch die Mühe, zwischen ›reiner‹ und ›animalischer‹ Liebe zu unterscheiden? Davor kann ich Sie nur warnen! Sie ahnen nicht, mit welchen Skrupeln Sie sich belasten, sofern Sie den actus nicht als das ansehen, was er ist: eine Art Naseputzen, das, im günstigsten Falle, zur würdigen Erhaltung der Gattung führt. Aber ich weiß schon: Jugend ist mit der Wahrheit überfordert. Dabei kann man sich gar nicht früh und gründlich genug auf sie einstellen. All diese Idealisierung, diese Verendlosung eines Brauchs (oder wie man es nennen soll), der seine Legitimation nur in der Jugendblüte gehabt hat, dieses unauflösliche Institut des ehelichen Verkehrs — das führt mit fortschreitendem Alter doch nur zu Nervenschwäche und permanenter Enttäuschung. Und schon gar bei den Frauen! Wenn die herauskrie-

gen, daß sie nicht mehr begehrt werden, oder nur noch gelegentlich, dann werfen sie sich auf die Arbeit. Wenn's damit nun sein Bewenden hätte! Aber natürlich sind sie auf Dauer auch nicht zufrieden mit der Plackerei. Das kommt alles nur daher, daß dieses christliche ›Ihr sollt sein ein Fleisch‹ nicht, wie es sich gehörte, allein als gefälliges Imperativum für Jungverliebte begriffen, sondern zum ewigen Weh und Ach einer lebenslänglichen Ehe wird.«

Rübach schwenkte die Glocke. Er hatte sehr schnell getrunken. Diesmal kam seine Frau, und zwar gleich — sie wußte wohl, was er brauchte — mit einem weiteren Krug Bier. Trotzdem fragte sie behutsam:

»Möchtest du mit unserem Gast nicht doch lieber in die Wohnstube kommen?«

»Später!« entschied Rübach. Seine Frau schien nichts anderes erwartet zu haben. Als sich die Tür hinter ihr geschlossen hatte, sagte er:

»Haben Sie bemerkt, wie vorwurfsvoll sie mich angesehen hat? Als trüge sie alles Leid der Welt auf ihren Schultern — und ich hätt' es ihr aufgepackt! Sie rackert sich ab, von früh bis in die Nacht, das stimmt. Und was hat sie davon? Sie glaubt vielleicht, sich meine Gunst erhalten zu müssen, indem sie sich totschuftet. Nun frage ich Sie: Was hätte sie, in ihrem Alter, von meiner ›Gunst‹? Gewiß, sie ist noch keine fünfundvierzig, und doch schon so grau und verbraucht. Das kommt aber alles nur, weil sie nicht einsehen will, daß ein Weib mit Vierzig nicht mehr begehrenswert ist. Eigentlich hört das mit Dreißig auf.« Er hat wirklich keine Ahnung! Albert hatte Mühe, mit seiner Empörung zurückzuhalten. Keine Ahnung hat er. Dabei müßte er in Luisenthal doch Angelica gesehen haben! Aber die hätte er sicher für zwanzig gehalten, was ja auch nicht verwunderlich wäre.

»Ich finde, Sie tun Ihrer Gattin Unrecht, Herr Rübach. Sagten Sie nicht vorhin, sie sei eine vorzügliche Schriftstellerin? Wenn man das Glück hat, einem so feingeistigen Menschen anzugehören, ist es doch nebensächlich, wie sein Äußeres beschaffen

ist. Übrigens: in meinen Augen ist Ihre Frau von großer Jugendlichkeit.«
Rübach schien verblüfft; er wurde wohl nur selten belehrt. Der Mann verträgt nicht viel, dachte Albert. Weniger als ein Mulus bei seiner ersten Kneipe. Und wer animiert ihn zum Trinken? Der unerwartete Besuch?
»Sie könnte noch viel jugendlicher sein!« trotzte Rübach. »Wenn sie sich mehr schonte! Soll sie doch ihre Märchen schreiben, von mir aus jeden Tag drei. Aber was tut sie?!«
»Eine Gutsfrau hat viel um die Ohren. Aber das wissen Sie selbst am besten.«
»Ach was! Sie ist selber schuld an ihrem Zustand. Dienstmädchen hatte sie noch und noch. Es hat nur keine ausgehalten bei ihr.« Er schenkte sich und Albert ein. »Dabei sind sie alle recht adrett und sauber gewesen, die Mädchen. Die Bertha, die Hermine, die Dora – alle! Adrett und sauber. Gewiß, von Küche und Wäsche hatten sie keinen blassen Schimmer, als sie kamen. Aber was sie lernen mußten, haben sie bei mir gelernt. Sie hat ja nichts vom Haushalt verstanden, als wir heirateten, nicht *so* viel!« Er schnippte mit den Fingern. »Und wenn ihr meine Emma nicht zur Seite stünde, sie würde noch heute hilflos zwischen Speisekammer und Spüle herumtapern.«
Er nahm einen langen Schluck. Als Albert bat, ihm nicht mehr einzuschenken, blickte er ihn mißtrauisch an.
»War wohl ein bißchen zu schabberig? Bin Ihnen auf die Nerven gefallen mit meinen Betrachtungen? War nur als freundschaftliche Belehrung gedacht, als Warnung vor zuviel Rosinen im Hinblick auf den unheiligen Ehestand. Doch was soll's! Lassen wir's genug sein. Ihre Märchen, das ist schon etwas! Feen, Zwerge, Edelmenschen... Sie soll uns was vorlesen! Doch, kommen Sie, zu trinken gibt's auch bei den Weibern.«
Er ging zum Bücherschrank, öffnete die Glastür, holte eine Flasche »Bärenfang« heraus, entkorkte sie und bot Albert an. Als der wiederum ablehnte, versorgte er sich selber mit einem

gurgelnden Schluck und stellte den Honigschnaps wieder an seinen Platz.
»Ich bin kein Säufer, nicht daß Sie denken. Auf dem Lande wird eben getrunken, was soll's. Wenn der Abend kommt, wird der Mensch melancholisch. Geht's Ihnen nicht so?«
Er drehte den Docht der Lampe zurück. Im Wohnzimmer saßen die Frauen. Es war ein gemütlicher Raum mit einem grasgrünen Teppich und roten Plüschmöbeln. In der Ecke stand auf einem runden Blumentischchen ein Gummibaum und am Fenster ein dreistufiger Tritt. An den gewaltigen Mitteltisch war eine Chaiselongue gerückt, und an den Schmalseiten standen zwei Armsessel mit hoher Lehne. Emma erhob sich, nahm vom Buffet eine Schüssel mit Teekonfekt und stellte sie auf den Tisch, neben den Leuchter. Sie hatte sich umgezogen, trug ein weißes Leinenkleid, und ihr Gesicht schimmerte unter den goldenen Locken wie zartrosa Porzellan. Fasziniert blieb Rübach an der Tür stehen, fast zaghaft berührte er Albert am Ellbogen.
»Jugend *und* Schönheit — da haben Sie's!« flüsterte er. Albert nickte verlegen.
»Und?« rief Rübach, als er sich gesetzt hatte. »Sollen wir verdursten?«
Herrisch blickte er auf seine Frau. Sie rührte sich nicht. Albert betrachtete sie, nach Rübachs choquierender Beschreibung, zum ersten Mal genauer. Sie war nicht schön, war's wohl nie gewesen, aber daß sie nicht dumm war, vielleicht wirklich von »feinem Geist«, wie er aufs Geratewohl behauptet hatte, verriet sich in ihren Zügen. Wenn die gehobenen Brauen ihre Stirn in dünne Querfalten legten, nahm das magere Gesicht den Ausdruck hochmütiger Wachsamkeit an.
»Emma! Wird's bald?« Das Mädchen warf Albert einen Blick zu, der um Nachsicht für den Vater zu bitten schien. Während sie im Keller war, wurde Rübach umgänglich, ja aufgeräumt, lobte seinen jungen Gast — »ein strebsamer junger Mann, kein solcher Patentfatzke wie deine Auserwählten« —, verriet seiner Frau, daß er ihre schriftstellerischen Fähigkeiten

gerühmt habe, und behauptete, Albert verlange nichts sehnlicher, als eine Probe ihrer Kunst zu vernehmen. Darauf erwiderte sie in seltsam gestelzter Rede:
»Falls Herr Matureit diesen Wunsch wirklich geäußert haben sollte, so gewiß nur, weil er ein wohlerzogener junger Mann ist. In Wahrheit muß es ihm gerade heute an der zum Kunstgenuß unentbehrlichen Aufgeschlossenheit mangeln, da seine Gedanken beim leidenden Vater in Stallupönen weilen. So wäre uns beiden nicht gedient, wenn ich eine Probe meiner Kunst zum besten gäbe: ihm nicht, weil er sie nicht zu erfassen, mir nicht, weil er sie, eben deshalb, auch nicht zu würdigen wüßte.«
Das unerwartete Selbstbewußtsein, das sich in diesen Worten verriet, schien Albert befremdend, fast ungehörig, und zudem fühlte er sich beschämt, denn an seinen Vater hatte er, seit er mit Rübach zusammen war, überhaupt nicht mehr gedacht. Rübach schien seinen Vorschlag vergessen zu haben. Er ließ die Damen nicht zu Worte kommen, machte sich ungezügelt über den Wein her, schenkte ringsum ein und geriet immer mehr ins Schwadronieren. Er klagte über die Einsamkeit auf dem Hof und den Mangel an ebenbürtigen Gesprächspartnern, wiewohl er ja nicht gänzlich verloren sei: während seine Frau sich ausnahmslos der Kunst ergeben habe, bleibe ihm die Tochter, und die sei so gescheit wie schön. Allerdings trage »man« sich mit der Absicht, sie, »wie eine Negersklavin im amerikanischen Süden«, an den Meistbietenden zu verkaufen, was er jedoch nicht zu dulden gedenke. Sie — »meine Emma« — sei sein Herzblatt und Augentrost, fügsam, redlich und arbeitswillig. Und mochte seine Frau während dieses Lobgesanges noch so leidend, hochmütig oder nur schlicht verächtlich dreinsehen, während Emma, in ihren Schoß blickend, seine Tiraden gehorsam zu erdulden schien — er polterte weiter. Erst als Emma ihre Hand auf seinen Unterarm legte und nachsichtig lächelnd bat: »Vater, nicht übertreiben!« — erst da hörte er auf. Er stemmte sich an der Tischplatte hoch, zwang sich zu einer würdigen Miene und wünschte zu Alberts Über-

raschung mit einer Rundum-Verbeugung allen eine gute Nacht.
»Ich begleite dich hinauf, Vater«, sagte Emma. Sie verließ mit ihm das Zimmer, wobei sie sich nach Albert umsah und die Schultern hob, als wolle sie sagen: So ist er nun einmal. Albert, todmüde, auch vom Wein kaum ermuntert, sah endlich Gelegenheit, sich zu entfernen. Doch Frau Rübach hielt ihn zurück.
»Ich lese nicht, wenn er zugegen ist«, sagte sie, als sei sie ihm eine Erklärung schuldig. »Er schmückt sich gern mit meiner Kunst, vor Gästen. Ist er allein mit uns, will er nichts hören. Nur Emma bemächtigt sich manchmal einer Niederschrift und liest ihm ein Märchen oder eine Novelle vor. Sie darf es. Sie darf alles.« Es klang nicht verbittert – eher auf eine beunruhigende Weise heiter. »Ihr Mann macht sich sehr viele Gedanken, sehr originelle«, sagte Albert, um etwas zu sagen. Er wartete darauf, daß Emma zurückkam. Vielleicht würde es ihm noch gelingen, von ihr einige Auskünfte über die seltsame Familie zu erhalten.
»Originell?« höhnte Frau Rübach. »Sie brauchten nur einmal zu lesen, was er liest. Dann würden Sie bald dahinterkommen, woher er seine Gedanken hat.«
Als sie Emma die Treppe herunterkommen hörte, stand sie auf und räumte den Tisch ab.
»Emma, zeig' unserem Gast sein Zimmer!«
Er kannte den Weg, doch wollte er die Chance nicht versäumen, mit dem Mädchen ein paar Worte ungestört zu sprechen. Auch Emma korrigierte die Mutter nicht, und so ergab sich ein geheimes Einverständnis.
Albert wünschte Frau Rübach eine gute Nacht. Dann stiegen sie – Emma trug den dreiarmigen Leuchter – die knarrende Treppe hinauf. Bis sie vor Alberts Tür standen, sprach keiner ein Wort. Erst dort sagte Emma leise: »Kommen Sie wieder zu uns, Herr Matureit. So oft, wie möglich! Mein Vater hat sich so über Ihren Besuch gefreut! Vielleicht ein bißchen zu sehr. Er trinkt nicht immer so viel. Es war die Freude, wirklich. Bitte kommen Sie bald wieder!«

Ihre Augen sahen im Kerzenschein plötzlich ganz hungrig aus:
»Haben Sie nicht Besuch genug, Fräulein Emma?«
»Ich wohl. Aber er doch nicht. Er ist sehr einsam. Meine Mutter hat sich ganz zurückgezogen, seit er — — Aber das erzähle ich Ihnen ein andermal. Jetzt ist allein wichtig, daß Sie morgen Ihren Papa in gutem Zustand vorfinden. Aber sowie er über den Berg ist, müssen Sie wieder nach Pallweitschen kommen. Versprechen Sie's?«
»Ich bin nur noch zwei Wochen in Gumbinnen«, sagte Albert.
»Das Wintersemester beginnt zwar erst im Oktober, aber ich muß mich auf die Fleißprüfung vorbereiten, und dazu brauche ich die Bibliothek in Königsberg. Mal sehen, vielleicht kann ich es vorher noch einrichten.«
»Es könnte sehr schön werden«, sagte Emma träumerisch und blies, wie in Gedanken, eine der Kerzen des Leuchters aus.
»Ich muß Ihnen unbedingt mein Poesiealbum zeigen. Und Préférence könnten wir auch spielen. Oder Federball. Vielleicht auch Pfänderspiele. Das ist immer sehr lustig, weil die Pfänder, die man geben muß, sehr — verwegen sind. Und ich wollte Ihnen noch etwas sagen: Es ist nicht nur wegen Vater, daß ich Sie bitte, bald wiederzukommen.«
Sie blies auch die zweite Kerze aus.
Er tastete nach der Türklinke. Es irritierte ihn, wie sie ihn ansah.
»Soll ich?« Sie blickte auf die letzte Kerze.
»Sie müssen doch sehen können! Sie fallen sonst die Treppe hinunter.«
Sie pustete. In der Finsternis fühlte er ihre Hand an der seinen.
»Da geht's lang!« flüsterte sie. Es klang, als lächle sie dabei.
»Wenn Sie mich führen, fall' ich nicht.«
Er tappte hinter ihr her; schließlich kannte sie sich hier besser aus. Als sie dort standen, wo die Treppe beginnen

mußte, spürte er ihren Kuß auf seinem Mund. Gehaucht und flüchtig, aber immerhin...
Dann hörte er nur noch, wie ihr Leinenkleid am Geländer entlangstrich.

Als er einschlafen wollte, wurde er den Ärger über Emma noch lange nicht los. Wie hatte sie es wagen können, ihn in eine so verfängliche Situation zu bringen! Zwar fühlte er sich auch geschmeichelt, er leugnete es nicht, sie war ja ein schönes Mädchen, aus quasi gebildetem Hause, und er ein plumper Handwerkersohn, der es mit dem weiblichen Geschlecht nicht gar so leicht hatte, sah man von Angelica ab, aber Angelica war eben nicht irgendeine Frau, sondern die Frau schlechthin, und das entschädigte ihn jetzt und in aller Zukunft für jeglichen Verzicht, den er noch würde leisten müssen. Unverzeihlich aber war, daß Emma ihm Angelicas Kuß, ihren Abschiedskuß, gleichsam von den Lippen gestohlen hatte, unwissentlich freilich, aber dennoch impertinent. Sollte er nun doch eingereiht werden in die Schar ihrer von Rübach so verachteten Freier? Aber für Rübach war er ja ein noch unerweckter Knabe, der »zu jung war, um sich schon zu vergaffen«. Der Alte sollte sich lieber um seine Tochter kümmern, die sich offenbar mehr vergaffte, als ihr bekömmlich sein konnte. Gescheit war sie ja, auch empfindsam und rücksichtsvoll — sie hatte, wie ihre Mutter, an seinen leidenden Vater gedacht. Wie würde der die Nacht überstehen? Hätte er nicht lieber in seiner Nähe bleiben sollen? Morgen würde die Mutter kommen, mit der Eisenbahn, vielleicht hatte sie sogar den Nachtzug noch erreicht. Den Nachtzug nach Moskau. Ob Angelica schon in Moskau war?
Unmöglich, sie wollte ja erst morgen fahren. Denn heute ist immer noch heute. Unglaublich, was alles in einen Tag hineingeht. Am frühen Morgen mit dem Vater nach Trakehnen aufgebrochen — und keine Ahnung, daß der Tag in Pallweitschen enden würde. Der Vater hatte gebrochene Rippen und

eine gequetschte Lunge. Vielleicht. Oder noch Schlimmeres? Wer würde die Schmiede weiterführen, wenn der Vater nicht mehr arbeiten konnte? War's dann vorbei mit dem Studium? Ich werde es sowieso nicht schaffen. Professor Kankelwitz wird bitter enttäuscht sein. Erst 500 Pflanzen habe ich an der Angerapp bestimmt, das ist noch lange nicht genug...
Endlich schlief er ein.

Am anderen Morgen, nach dem Frühstück, zu dem Emma nicht erschienen war, sagte Karl Rübach, der nüchtern und ausgeschlafen wirkte:
»Ziehen Sie die Schuhe aus und schlüpfen Sie in die Klotzkorken. Es hat in der Nacht geregnet.«
Die Klotzkorken bestanden aus einer dicken Holzsohle mit angenageltem Oberleder; mit ihnen ließ es sich auch durch Pfützen und Schlamm gehen.
Auf einem ausgedehnten Rundweg zeigte Rübach, den Distelstecher in der Rechten, dem Gast alles, was er besaß: seine Felder, auf denen die Instleute längst an der Arbeit waren, sein Weideland mit den schwarzweißen Kühen, die Stallungen und Scheunen, die Futterküche, das Bienenhaus, den Obst- und Gemüsegarten, die Pferde auf der Koppel und das bis zum Dachfirst an der Hauswand gestapelte Brennholz. Sonderbar war, daß er alles, was er so stolz angepriesen hatte, sogleich wieder mit einem geringschätzigen »Was soll's?!« abwertete.
Es klang, als wolle er sagen: Dies alles habe ich mir zwar redlich erworben, und es ist in der Tat auch sehr gut gelungen, dürfte jedoch auch weniger perfekt geraten, ja, müßte schließlich gar nicht vorhanden sein, mir wäre auch das recht, denn letzten Endes ist überhaupt nichts aus Notwendigkeit vorhanden, und so stellt sich bei allem, was vorhanden ist, die berechtigte Frage »Was soll's?«. — So etwa wirkte das oft wiederholte brummige Interrogativum auf Albert, und er dachte: Da hat einer nun alles, was er sich gewünscht hat, und doch fehlt ihm die rechte Freude daran.

»Hier wird Dreifelderwirtschaft getrieben«, erläuterte Rübach, als sie von einer kleinen Anhöhe auf die schon abgeernteten Weizenfelder heruntersahen, über denen die Stare schwärmten, auf die gebündelte Gerste und den schon überreifen Roggen. »Ich habe keine müden Acker. Wintergetreide, Sommergetreide, Brache. Jeder Ackerschlag trägt mir in jedem Jahr was anderes. Hoffentlich regnet es nicht mehr zu viel, sonst leidet der Hafer.«
Albert hatte den Rundgang nicht vermeiden können, wußte auch nicht, wie er ihn abkürzen sollte. Am liebsten wäre er ohne Frühstück aufgebrochen, um spätestens gegen neun im Krankenhaus zu sein. Aber Rübach hielt ihn fest.
»Man sagt uns ostpreußischen Gutsherren manchmal nach, wir seien Ausbeuter und Leuteschinder. Mag sein, daß es solche gibt. Aber fragen Sie meine Arbeiter und Hofgänger. Sie alle haben ihr stattliches Deputat, also Kost und Wohnung und einen pünktlichen Feierabend. Oder haben Sie gestern, als Sie kamen, auch nur einen einzigen Mann noch auf Hof oder Acker gesehen? Und was soll dieses törichte Gerede im Westen vom ›ostelbischen Großgrundbesitz‹! Das hört sich an, als befehligten wir ganze Sklavenheere. Wieviel Arbeitskräfte habe ich denn? Mal dreißig, mal vierzig, nicht mehr. Mein Nachbar in Göritten, dessen Gut dreimal größer als meines ist, hat siebzig bis achtzig. Auch nicht gerade eine Armee. Und nun denken Sie mal an die Herren Industriebarone von Rhein und Ruhr, unter denen so mancher ist, der sich über unsereinen das Maul zerreißt. Jede halbwegs leistungsfähige Fabrik hat ihre hundert bis tausend Arbeiter. Haben Sie eine Ahnung, wie diese Menschen aussehen? Natürlich nicht — woher auch? Aber ich war im Westen, in Essen, in Elberfeld, in Dortmund. *Das* sind Sklavenheere, eingesperrt den ganzen Tag, zwölf Stunden oft genug, in dröhnenden, stinkenden Hallen bei lähmend eintöniger Verrichtung, nicht selten auch am Sonntag. Und ihre Weiber erst: halb verhungert, bleich und elend, ausgemergelt!

Apropos Mergel. Ich gebe Ihnen eine Probe mit. Vielleicht können Sie ihn analysieren. Oder Sie fragen einen Chemiker um Rat – aber Chemie gehört doch wohl auch zu Ihrem Fach? Nun, dies nebenbei. Sie werden sich jetzt einen Eindruck von Pallweitschen verschafft haben.«
Auf dem Rückweg verteidigte Rübach noch einmal die ostpreußischen Gutsherren, diesmal unter historischem Gesichtspunkt:
»Es ist kaum sechzig Jahre her, da hatten wir hier die sogenannte Bauernbefreiung. Friedrich Wilhelm III. hat sie uns beschert. Ein paar Jahre drauf steckten wir in der allerschlimmsten Krise. Im Endeffekt gingen nämlich die größten Güter zu Hunderten in Konkurs – und die Freigewordenen mußten nun erst recht Hunger leiden. 152 Güter sind im Jahr 1826 zwangsversteigert worden. Der Graf Finckenstein-Gilgenburg hat allein 32 verloren!«
Der hat aber auch ein bißchen viel gehabt, dachte Albert. Doch er äußerte sich nicht, denn er wollte Rübach, der bei Zwischenfragen gern stehenblieb, nicht aufhalten.

Als sie wieder ins Haus kamen, saß nun auch Emma am Frühstückstisch. Sie verschluckte sich, als sie Albert sah, und daraus wurde ein böser Husten. Ihr Vater tanzte hilflos um sie herum – aber dann hörte der Anfall so schnell auf, wie er gekommen war. Emma sank erschöpft auf ihren Stuhl zurück.
Als sie die Stimme wiedergefunden hatte, entschuldigte sie sich für ihre »Dummheit«, aber es war Albert, als wolle sie damit nur etwas anderes, Schlimmeres verbergen. Dieses Röcheln und Rasseln und ein Griff zum Herzen, der seiner Aufmerksamkeit nicht entgangen war – es konnten Symptome einer Krankheit sein, die durch das Verschlukken ausgelöst worden waren. Deshalb wünschte er ihr zum Abschied, sie möge recht bald wieder gesund werden.
»Aber mir fehlt doch nichts«, sagte sie, und Rübach

pflichtete ihr grob bei: »Die ist putzmunter. Soll ihren Kaffee nicht so runterstürzen, das ist alles.«

Langeweile auf dem Rückweg hatte Albert nicht. Wie würde er den Vater vorfinden — das war jetzt die wichtigste Frage. Er vermutete, daß die Mutter mit dem Morgenzug eintreffen würde. Wenn er sich beeilte, konnte er sie auf dem Bahnsteig abholen. Und der Morgenzug fuhr weiter nach Moskau. Es war denkbar, daß auch Angelica ihn benutzte — ja, was sollte sie, wenn Mutter nicht dort war, allein in Gumbinnen?

Albert ging schneller, ließ sich nur einmal von einigen Pflanzen für ein paar Sekunden aufhalten, und als er in Stallupönen eintraf, kam ihm die Mutter schon vom Bahnhof her entgegen, so hatte er Angelica nun doch verpaßt. Die beiden Schwestern waren miteinander gefahren, natürlich, und eigentlich war er froh, daß es nicht zu einem zweiten Abschied, unter den Augen der Mutter, gekommen war.

Sie gingen ins Krankenhaus. Frau Johanne hielt sich kerzengerade, als sie durch die Pforte schritt; sie durfte gegenüber ihrem kranken Mann keine Schwäche zeigen. Ludwig hatte eine erfreulich ruhige Nacht hinter sich, aber die Sorge um das tägliche Brot, von Alberts Studium zu schweigen, setzte ihm heute mehr zu als gestern. Johanne log ihm vor, sie habe für das neue Schuljahr zwei weitere Pensionäre in Aussicht, das werde den Verdienstausfall einigermaßen wettmachen. Albert stimmte gleich ein: das Stipendium sei ihm so gut wie sicher (er nahm sich vor, mit Paul noch einmal die Angerapp-Ufer zu durchstreifen, um Professor Kankelwitz zufriedenzustellen).

Ja, ja, sagte die Mutter; sie habe gestern, mit Pauls Hilfe, das Gesuch an den Magistrat samt Verdienstnachweis aufgesetzt, und vermutlich werde in den nächsten Tagen eine Empfehlung des Rates an die Universitätsverwaltung folgen, und dann werde Albert den Königlichen Freitisch erhalten.

So stimmten sie den Vater etwas zuversichtlicher, und als

Johanne ihm versprach, die nächsten drei Tage in Stallupönen zu bleiben, wurde er richtig vergnügt.
»Ich komme bei Böttchers unter«, sagte sie, »du weißt, bei meiner Schulfreundin Maria, die den Sekretär vom Katasteramt geheiratet hat. Aber Albert muß noch heute zurück nach Gumbinnen.« Er wollte protestieren, doch sie entschied:
»Du mußt dich um deine Schwestern kümmern. Frau Dorn hat mir zwar versprochen, nach dem Rechten zu sehen, aber du weißt, wie die Mäuschen sind, wenn die Katze aus dem Haus ist. Paul kann man die Aufsicht nicht überlassen. Hier ist das Geld für die Eisenbahn.«
»Brauch' ich nicht«, sagte Albert stolz. Er verschwieg, daß er es von Angelica bekommen hatte. Die Mutter sah ihn verwundert an, sagte aber nichts. Sie mußte das Ihre jetzt zusammenhalten, mehr denn je, da sollte jeder sehen, wie er zurechtkam.

Auf der Heimfahrt im fast leeren Abteil ging Albert wieder dieser Rübach durch den Kopf. Der Mann wurde ihm immer rätselhafter. Da er seine Tochter offenbar über alles liebte und ihre Vorzüge nicht anders anpries als ein Sklavenhändler seine Negerinnen — ein Verhalten, das er zwar seiner Frau anlastete, doch traf der Vergleich eher auf ihn zu —, da er also seiner Tochter alles erdenklich Gute wünschte, weshalb bekämpfte und verachtete er jene, die sich um ihre Gunst bewarben? Es schien, als wolle der einsame Mann dieses schöne und gescheite Geschöpf so lange wie möglich in seiner Nähe behalten, ehe er es, nach seinen Worten, dem »Trieb zur Vermehrung der Gattung« preisgab. Mit diesem Wunsch unterschied er sich allerdings kaum von anderen Vätern, die nicht weniger eifersüchtig sind. Freilich: War es ihm ernst mit seiner These, daß Liebe im Grunde nicht viel anderes als Naseputzen sei, dann tat er, von seinem Standpunkt aus, nur gut daran, seine Emma möglichst lange vor dem Schnupfen zu bewahren.

Seltsam aber, wie wohlformuliert so vieles klang. Sicher hatte er es schon wiederholt vorgetragen — aber wem? Hatte er nicht bedauert, in dieser »Einöde« keinen seiner würdigen Gesprächspartner zu haben? Seine Frau? Seine Tochter? Aber sollten gerade Frauen hinlänglich Geduld und Demut aufbringen können, solch absurden Theorien, und stammten sie gleich vom respektgebietenden Hausvater, andächtig zuzuhören? Derlei wie beiläufig und dennoch druckreif in Worte zu fassen, das konnte eigentlich nur einem Manne gelingen, der in der Übung des Denkens nie erlahmt und gewohnt war, die Resultate seiner Grübelei in geschliffener Rede zu präsentieren. Allenfalls einem Universitätsprofessor war das zuzutrauen — obwohl sich, wie Albert erfahren hatte, unter diesen zuweilen die schlimmsten Stammler fanden. Oder — auch das war möglich: Rübach hatte seine Thesen längst zu Papier gebracht und verwahrte in der Schreibtischlade ein umfangreiches Manuskript? Am Ende war sogar ein Buch von ihm erschienen? Dann wär's keine Kunst, Vorgefertigtes auswendig herzusagen, sich gleichsam selbst zu zitieren — um damit den Anschein zu erwekken, man gelange just im Augenblick erst zu so trefflichen Formulierungen.

Gumbinnen. Es war elf Uhr, als der Zug eintraf. Auf dem Nebengleis stand, wie immer um diese Zeit, der Gegenzug, der allerdings nicht bis Moskau, sondern lediglich eine Station weiter, nach Stallupönen, fuhr. Schnaufend ließ sich die Lokomotive Wasser nachfüllen. Als Albert auf den Bahnhofsplatz kam, glaubte er in dem Herrn, der eine der dort wartenden Lohnkutschen bestieg, Onkel Eduard Rhan zu erkennen.
Aus einiger Entfernung rief er ihn an, aber in diesem Augenblick ließ die Lokomotive Dampf ab. Die Kutsche setzte sich in Bewegung, und auf dem Heimweg dachte Albert nicht mehr an den Onkel.
Schon vor dem Haus hörte er Kindergeschrei, und als er ins

»Entree« kam, hüpfte ihm mit gebundenen Füßen der gute Paul entgegen, hinter ihm, kichernd und jubelnd, die beiden Mädchen, deren Beine ebenfalls in Säcken steckten. Drei Löffel und ein dottergelber Fleck auf dem Fußboden verrieten, daß man auch Eierlaufen gespielt hatte.

»Du Ärmster, wie kommst du zurecht mit den Bälgern?« rief Albert.

»Macht mir nichts aus«, sagte Paul. »Frau Dorn ist nur mal kurz 'rübergegangen. Du, die hat hübsche Töchter!«

Die Witwe des Selbstmörders hatte, mit Onkel Eduards Credit, das Haus gegenüber mieten können, um ein Mädchenpensionat zu eröffnen. War's vielleicht doch der Onkel, den er gesehen hatte?

»Wie geht's deinem Vater?«

Albert herrschte die kreischenden Mädchen an; sie stiegen maulend aus den Säcken und entwischten in den Hof. Er hatte kaum mit seinem Bericht begonnen, da ging die Tür auf, und es trat, im Zylinder und dunklen Mantelrock, einen großen Blumenstrauß in der Hand, Onkel Eduard ein. Verblüfft sah er erst auf den Fußboden, wo die Säcke und Löffel herumlagen, und dann auf die beiden jungen Leute.

»Onkel Eduard!« rief Albert. »Das ist aber eine Überraschung!«

»Ich habe einige Geschäfte in Gumbinnen erledigt«, sagte der Besucher und ließ sich aus dem Überrock helfen. »Bei der Gelegenheit wollte ich natürlich auch bei euch vorbeischauen.«

Er lügt, dachte Albert. Er *hat* erledigt? Wann wohl, da er doch soeben erst mit dem Zug aus Königsberg eingetroffen ist? Er hat einen Blumenstrauß beim Gärtner Aufricht gekauft, deshalb ist er, obgleich mit der Kutsche, ein paar Minuten nach mir gekommen. Weshalb lügt er? Oder hat er sich nur versprochen?

»Ich wollte mich schon immer einmal informieren, wie ihr so lebt«, sagte Eduard Rhan. Albert rückte ihm einen Stuhl heran, stellte auch den Freund vor: »Das ist Paul Rausch-

ning. Er arbeitet bei deinem Schwager Fritz Marold.«
»Ach ja, im Teegeschäft«, sagte Eduard Rhan. Er blickte sich um. »Ihr seid allein?«
Ja, die Mutter sei zum verunglückten Vater gefahren.
Eduard bedauerte beides in gehöriger Weise, das Unglück wie die Abwesenheit der Schwäger, schien sich aber noch nicht zufrieden zu geben. Albert hatte ihm sagen wollen, daß er auch seine andere Schwägerin um wenige Stunden verpaßt hatte. Aber da es um Angelica Krach im Hause Rhan gegeben hatte, hielt er sich zurück.
Paul betrachtete den viel gerühmten achtunggebietenden Kaufmann aus der Kneiphöfschen Langgasse mit Respekt. Alles an diesem Herrn verriet Distinktion und Erfolg: der feine Rock aus englischem Tuch, die diskret geblümte Weste, die goldene Uhrkette, die grausilbernen Gamaschen. Nur eines paßte nicht ins Bild.
»Nimm ihm das doch ab!« flüsterte Albert seinem Freund zu.
In der Tat wollte es dem sonst so selbstsicheren Herrn nicht gelingen, den Zylinder samt Spazierstock und Blumenstrauß auf den gekreuzten Schenkeln zu balancieren. Paul sprang auf, doch Eduard überließ ihm nur den Strauß.
»Ich wollte ihn deiner Mutter überreichen, Albert. Nun, wenn du ihm Wasser gibst, hält er sich vielleicht bis zu ihrer Rückkehr. Ja, es ist sehr schade, daß wir uns verfehlten. Man sieht sich wirklich selten, quel dommage.« Er zögerte und fügte schnell hinzu: »Das betrifft nicht nur mich. Von deiner Tante Angelica weiß ich, daß sie ihre Schwester seit Jahren nicht gesehen hat.«
»So war es — bis gestern«, sagte Albert. »Aber nun ist sie ja gerade dagewesen.«
Eduard gab sich überrascht, doch Albert schien es, als habe er nur auf diese Mitteilung gewartet. Und jetzt zweifelte er nicht mehr, daß der Onkel weder an Geschäften in Gumbinnen, noch an seiner Mutter oder auch daran, »wie ihr so lebt«, sondern allein an Angelica interessiert war. Und das

war ja auch nicht verwunderlich. Denn eine Angelica, auch wenn man sich mit ihr überworfen hat, läßt man eben nicht leichten Herzens fahren. Schon gar nicht bis nach Moskau. So viel war offenkundig: Eduard war hier, um sich mit ihr auszusprechen und zu versöhnen. Und er hatte keinen schlechten Spürsinn bewiesen.

Er war nur um einen Zug zu spät gekommen.

Albert erzählte, daß sie mit der Mutter nach Stallupönen gefahren sei.

»Wann kommen sie zurück?«

»Gar nicht. Mutter schon, aber nicht Angelica — ich meine die Tante. Sie ist gar nicht erst ausgestiegen. Sie fährt weiter nach Moskau.«

Hoffentlich hatte er damit kein Geheimnis verraten. So wie es jetzt um diese Familie stand, konnte man nie wissen ...

Eduard erhob sich.

»Ich muß weiter. Ich habe Geschäfte zu erledigen.«

»Ich dachte, das hättest du schon hinter dir.«

»Wieso? Ich bin ja eben erst angekommen.«

Er wirkte niedergeschlagen, merkte nicht einmal, daß er sich widersprach.

War das nun alles? Der reiche Onkel Eduard kommt einmal in seinem Leben zu den armen Matureits nach Gumbinnen, hinterläßt einen Blumenstrauß, der sich möglicherweise vier Tage hält, und verschwindet auf Nimmerwiederkehr? Natürlich war Albert zu stolz, ihn anzubetteln. Aber — ein Geschenk umzutauschen, das verstieß nicht gegen den Anstand, auch nicht der kleinen Leute.

»Onkel«, sagte er, während Eduard sich sorgfältig seinen Zylinder aufsetzte, »du warst so gut, mir ein Theaterabonnement zu schenken.«

»Ich habe es natürlich nicht bei mir. Die neue Spielzeit beginnt erst im September.« Es klang etwas ungnädig.

»Ich bin jetzt nicht mehr so interessiert daran, Onkel Eduard. Ich wollte dich fragen, ob du mir den Gegenwert in Geld geben könntest. Wir haben es jetzt sehr nötig.«

Eduard überlegte. »Da müßte ich mich erst erkundigen, was solch ein Abonnement üblicherweise in barer Münze kostet«, sagte er ernst. »Direktor Woltersdorf hat es mir auf meine Bitte natürlich in Form von Freikarten dediziert.«
Nun durfte sich Albert doch noch als Bettler vorkommen.
»Nein, nein«, sagte er schnell. »Wenn das so ist, will ich es natürlich nicht!«
»Ich werde sehen, was sich machen läßt«, sagte Eduard, noch immer sehr ernst; es mußte sich hier um eine schwierige Transaktion handeln. »Du kommst ja wohl erst im Oktober wieder nach Königsberg?«
»Schon früher. Ich muß in der Bibliothek arbeiten.«
»Etwa schon zum 8. September?«
»Ganz sicher.«
»Famos. Dann wirst du den Besuch unseres Königs miterleben dürfen. Es wird ein vaterländisches Fest, die ganze Stadt wird illuminiert. Ich gehöre zu der Delegation, die Majestät auf dem Bahnhof begrüßt.«
»Ich werde in Königsberg sein«, versicherte Albert. »Sofern ich ein Zimmer kriege.«
»Wohnst du nicht mehr bei Grübners?«
»Das Zimmer ist nicht heizbar.«
Sie standen noch immer am Windfang, während Paul die kleinen Mädchen beschwichtigte, die an der Hintertür rumorten.
»Ich will einmal sehen...« sagte Eduard, sprach aber nicht weiter.
Wollte der ihm etwa Angelicas Zimmer anbieten? Wie Onkel Marold schon vermutet hatte? In ihr Boudoir einzuziehen, mit all seinen Präparaten, Schlangen und Schädeln — und gar in Angelicas Bett liegen zu dürfen: eine ungemein aufregende Vorstellung!
»Ich muß versuchen, ein möglichst billiges heizbares Zimmer zu bekommen.«
»Ja, natürlich«, stimmte ihm Eduard zu. »Du mußt dich nach der Decke strecken, das ist klar.«

Es war nichts mit dem Raritätenkabinett im Damensalon...
»Nicht weit von euch«, sagte Eduard, »ist doch diese Frau Dorn eingezogen? Sie schrieb mir jedenfalls, daß sie eure Nachbarin geworden sei.«
»Stimmt. Im Haus gegenüber. Sie will eine Töchterpension aufmachen. Die ersten Anmeldungen hat sie schon.«
»Hier die Herren Gymnasiasten — dort die Höheren Töchter. Kann ja ganz munter werden.« Eduard bemühte sich um ein Schmunzeln. »Ich denke, du weißt, daß ich dieser Frau ein wenig unter die Arme gegriffen habe.«
Albert wußte es. Er kannte sogar die noblen Creditbedingungen. Frau Dorn hatte den Mann, dessen Härte ihren Gatten in den Tod getrieben hatte, wiederholt gerühmt.
Noch immer stand Eduard Rhan unschlüssig herum: eine würdevolle Figur in Schwarz und Grau. Er schien auf ein anerkennendes Wort des Neffen zu warten. Doch Albert öffnete ihm lediglich die Haustür.
»Ich sehe mir einmal an, wie weit sie mit ihrer Einrichtung ist.«
Albert zeigte ihm das Haus. Zwei Mädchengesichter erschienen am Fenster.
»Übrigens«, sagte Eduard, und damit verabschiedete er sich, »solltest du etwas von deiner Tante Angelica hören — ich wäre dir dankbar, wenn du mir ihre Moskauer Adresse mitteiltest.«

Die beiden Tage, in denen sich Paul und Albert, von Frau Dorn nur in der Küche unterstützt, um die kleinen Mädchen kümmern mußten, dienten auch der Festigung ihrer Freundschaft.
Es blieb nicht aus, daß Albert dem gutmütigen, in letzter Zeit auf harmlose Weise pfiffig gewordenen Jungen einiges von seinen jüngsten Erlebnissen anvertraute. Viel mehr, als daß Albert von seiner bewundernswerten Tante schwärmte, wußte Paul ja noch immer nicht. Seit jener Unterhaltung

beim Abendbrot hatte er jedoch die Gewißheit gewonnen, daß Angelica die Frau war, die auf dem Mühlenteich »Anstalten zum Küssen« getroffen hatte.
Albert verriet nun noch mehr: Er erzählte, wie er mit Angelica am Rande des Trakehner Moors gewesen und von einem Gewitter überrascht worden war. Doch weder gestand er Paul seine Angst vor dem Blitz, noch gar, was in der Torfhütte geschehen war, das »Liebesopfer«, wie er es für sich nannte.
Er erging sich lediglich in Andeutungen, gebrauchte unverbindliche Wendungen, wie »solch eine Gewitterstimmung hat es natürlich in sich«, oder »es ist schon recht problematisch, einer schönen Frau so ausgeliefert zu sein«, entzog sich aber immer, wenn Paul, durch derlei Signale lüstern gemacht, nachfassen wollte, mit einem Scherz oder einer groben Ablenkung.
Dieses schwebende Spiel mit der Wahrheit übte auf beide einen verfänglichen Reiz aus, und Albert hätte es gern fortgesetzt.
Doch nach einiger Zeit verlor Paul das Interesse an Angelica im gleichen Maße, wie er jetzt alles über Pallweitschen und besonders über Emma zu erfahren wünschte. Er hatte Grund, den Freund zu beneiden: Albert ihm an Bildung weit überlegen und dank der Tanzstunde bei Ballettmeister Stoige im Umgang mit dem weiblichen Geschlecht weltläufig geworden, brauchte nicht länger hoffnungslos zu schwärmen; er besaß jetzt eine Freundin, mit der sich »etwas anfangen ließ«. Wenn der stets dezente Paul sich so ausdrückte, wirkte es auf Albert nicht anders, als habe ein Kommilitone einen säuischen Witz gemacht. Zudem war die Prognose völlig falsch. Er hatte mit Emma nichts im Sinne. Wenn er an Pallweitschen dachte, war es nicht Emma, die ihn beschäftigte, sondern ihr Vater mit seinen Theorien. Er sah keinen Grund, sie dem Freund vorzuenthalten und beschloß, auch mit Eugen Düformantel darüber zu sprechen, der im kommenden Semester zwar Theologie studie-

ren mußte, für Albert aber »der Philosoph« blieb, als der er angetreten war.
Pauls zunehmender Lüsternheit kamen Rübachs Thesen entgegen. Es war eigenartig: viel näher als dem verträumten Waisenjungen hätten diese Gedanken doch dem Naturwissenschaftler Albert liegen müssen: Zuchtwahl, Gattung, Naseputzen... Indessen war Albert davon gleichermaßen abgestoßen wie fasziniert, und das lag einzig daran, daß er eine Geliebte aus Fleisch und Blut besessen hatte, zu deren beglückendem Vorhandensein die Kategorien des Herrn Rübach einfach nicht passen wollten. Paul hingegen, für dessen schon recht heftige Triebe sich noch kein Leib gefunden hatte, wurde von Rübachs skandalöser Nüchternheit eher beruhigt. Wenn, so überlegte er, Liebe nichts anderes als Besamung ist, dann ist mir nicht viel entgangen, und so werde ich mich auch weiterhin, bis mein Androezeum ein ihm gemäßes Gynaezeum gefunden hat, auf eigene Faust behelfen müssen.
Nein, Albert lehnte das alles ab; es wurde ihm auch lästig, dem wißbegierigen Paul diese krude Lebensphilosophie auseinanderzusetzen, und schon am zweiten Tag sagte er:
»Schluß jetzt, ich will davon nichts mehr hören. Wenn wir noch weiter darüber reden — wer weiß, ob wir, so es einmal darauf ankommt, vor lauter Gattungswillen überhaupt noch unseren Mann stehen können!«
Das war ein kerniges Wort; es stimmte Paul nachdenklich, und langsam fand er auch wieder in seine Welt zurück, wo *Nymphaca alba* keine gerbstoffhaltige Schwimmpflanze, sondern eine schöne Seejungfrau war.

Eugen Düformantel hatte Albert angeboten, solange er noch kein Quartier gefunden habe, in seinem Zimmer zu wohnen, zumal er erst kurz vor Semesterbeginn aus Angerburg wieder in Königsberg eintreffen werde. So durfte Albert doch noch, wenn auch nur für ein paar Tage, das

»schöne Zimmer« beziehen, in dem er schon vor der Abreise in die Ferien seinen ganzen Kram hatte unterbringen dürfen. Tante Dorchen duldete ihn mit verhaltenem Grimm; Albert hatte ja gekündigt, seine Bude war noch nicht wieder vermietet, und doch wohnte der Neffe unter ihrem Dach, ohne einen Groschen zu berappen.

Tag für Tag suchte er nach einer heizbaren Unterkunft. Es gab noch freie Zimmer, aber entweder waren sie zu teuer, oder zu abgelegen, oder die Wirtin wollte nichts mit Schlangen und Mäusen zu tun haben. Durch Erfahrung gewitzigt, hielt Albert es für besser, vorher zu fragen, ob etwa Aversionen gegen Gottes Kreatur bestünden. Und als er endlich ein preiswertes Quartier gefunden hatte, da war er ins Mediziner-Viertel links vom Steindamm geraten, und dort hielten die Leute so sehr auf sich, daß sie keine andere Fakultät akzeptierten.

Doch dann bekam er guten Rat von Tante Luise. Er hatte nur sie in der Kneiphöfschen Langgasse angetroffen, und das war ihm ganz recht. Er war neugierig, ob Angelica ihre Wohnung wirklich aufgegeben hatte. Das war nicht der Fall; Tante Luise sprach nur von vorübergehender Abwesenheit.

»Ist Eduard nicht rührend?« rief sie. »Eigens um diese Frau Dorn zu fragen, ob sie noch alte Möbel oder dergleichen für ihre Pension benötige, reist er nach Gumbinnen!«

Albert nickte stumm.

»Und du, armer Junge, liegst auf der Straße, sozusagen?« fragte Luise mitleidig. »Wirklich schade, daß Eduard in Luisenthal ist, er wüßte sicher Rat. Aber warte — wie wäre es bei Nothnagels? Herr Mathias Nothnagel ist Eduards Kassierer, ein redlicher Mann. Er hat Unglück in der Familie gehabt und braucht Geld, weshalb er ein Zimmer vermieten will. Versuch es dort und grüße von uns. Ja, wir waren den ganzen Sommer über in Luisenthal; ich bin nur gerade für zwei Tage hier und fahre heute wieder zurück. Wir bleiben bis Anfang Oktober. Aber zum Einzug des Königs sind wir natürlich in der Stadt; du weißt wohl, daß Eduard zum

Empfangskomitee gehört. Nun gut, lieber Albert, ich hoffe, wir sehen uns bald wieder jeden Dienstag bei Tische. und wenn du Lust hast, besuch' uns in Luisenthal. Wir haben Altweibersommer, und der Park ist wie mit Gold übersponnen.«

Bei Nothnagels also, Neuer Graben 14, fand Albert für fünf Taler eine Bleibe mit blauen Tapeten und gestrichenem Fußboden nebst einem Kanonenofen, für dessen Beheizung er selbst aufkommen mußte.

Frau Nothnagel wirkte verhärmt; sie schien Kummer mit ihrem Sohn zu haben, der in Alberts Alter sein mochte, vielleicht auch etwas älter. Aus ihrer Rede, die merkwürdig unklar war, ließ sich entnehmen, daß der junge Nikolas Nothnagel »für eine Weile«, aber immerhin so lange, daß sein Zimmer vermietet werden konnte, abwesend war. Indem sie das Wesentliche verschwieg, schien die Wirtin, nach Art einfacher Leute, vorauszusetzen, daß jedermann ohnedies wisse, was geschehen sei, weshalb sie sich darauf beschränken könne, ritualhaft um den heißen Brei herumzureden. Vielleicht sitzt ihr Klaus hinter schwedischen Gardinen, dachte Albert.

Der Umgang mit gebildeten oder doch bildungsbeflissenen jungen Leuten, das Bewußtsein, einer privilegierten Klasse anzugehören und damit die Gewißheit, dem angestammten Lebenskreis für immer entronnen zu sein, schärften Alberts Sinn für Torheit und Unbeholfenheit jener Schicht, der auch er entstammte. Zu kleinen Leuten — Bauern, Handwerksburschen, Arbeitern, Lohndienern —, zu allem also, was nach Corporationsverstand nicht »satisfactionsfähig« war, hielt er jetzt auf Distanz und fand auch nichts dabei, sich über ihre Sitten und ihre Unwissenheit zu mokieren, obwohl er zugab, daß sie dafür nicht verantwortlich zu machen waren. Ihm war bewußt, daß er, der sich über ihr Niveau hatte erheben dürfen, im Grunde nur »unverschämtes Glück« gehabt hatte. Wenn ihm wieder einmal klar wurde, wie ungerecht er war, erklärte er sich's mit einer

unterirdisch regen Angst vor dem Rückfall in die alten Verhältnisse. Er wollte nicht mehr arm sein, schon gar nicht im geistigen Sinne. Davor grauste ihm. Er wollte von »diesen Leuten« nicht mehr daran erinnert werden, daß er einmal zu ihnen gehört hatte. Er hatte nichts gegen sie, er ließ sie in Frieden, aber manchmal war ihm ihr bloßer Anblick schon lästig. Es gab Kommilitonen aus gehobenen Gesellschaftsschichten, denen seine Einstellung tadelhaft und albern erschien. Sie verhielten sich dem einfachen Mann gegenüber weitaus toleranter und freundlicher als Albert, zumindest wenn er seinen üblen Tag hatte.
Albert mietete das Zimmer, obwohl ihm die Verbindung zum Hause Rhan nicht ganz geheuer war. Womöglich kam er hier vom Regen in die Traufe? Doch seine Bedenken schwanden, als er mit Sack und Pack und Terrarium angerollt kam. Frau Nothnagel und am Abend auch der Hausherr, ein serviler Mann, betrachteten alles mit großem Interesse, entfernten Bilder von der Wand und stellten einen zweiten Tisch ins Zimmer, damit Albert Platz gewann für die ausgestopften Tiere, seine Schädel- und Vogeleiersammlung, die Spiritus-Präparate und vor allem für die gewaltig anschwellenden Herbarmappen.
Nachdem er sich eingerichtet hatte, ging er in die Universitätsbibliothek und ins Botanische Institut, wo er oft ganze Tage verbrachte. Er lebte von der Hand in den Mund, behalf sich mit Hering und »Dittchenbrot«, denn auch auf den Freitisch bei Marold konnte er erst zu Semesterbeginn rechnen, und um nicht als hungriger Bittsteller zu erscheinen, ließ er sich dort gar nicht erst blicken.
Zwei Wochen nach Alberts Ankunft in Königsberg traf ein Brief seiner Mutter ein, den er mit Erleichterung las: Der Vater war, nachdem die Brüche gut verheilt waren, aus dem Krankenhaus entlassen und auch von allen aus den Ferien wieder im Schmiedehaus eingetroffenen Pensionären herzlich begrüßt worden. Natürlich mußte er sich noch schonen, und so blieb alle Arbeit liegen. Dem Brief war ein amtliches

Schreiben beigefügt. Mit Hilfe dieses Dokuments, das seine Bedürftigkeit auswies, konnte Albert beim Kurator der Universität einen »Königlichen Freitisch« beantragen.

Attest

Auf Wunsch des Schmiedemeisters Ludwig Matureit wird demselben hierdurch amtlich bescheinigt, daß er, Vater des in Königsberg Naturwissenschaften studierenden, am 24. September des Jahres 19 Jahre alt werdenden Albert Matureit, in hiesiger Stadt das Schmiedehandwerk in kleinem Maße betreibt und zur Klassensteuer mit einem jährlichen Einkommen von 400 Talern herangezogen ist. Zwar besitzt er ein kleines Grundstück im Wert von 4000 Talern, auf dem jedoch 2000 Taler Hypothekenschulden haften. Außer dem benannten Sohn hat er noch zwei unversorgte Kinder namens Luise Maria, die 10, und Ida Johanne, die 6 Jahre alt ist. Ein größeres Einkommen resp. Vermögen besitzt derselbe nicht und kann daher für benannten Sohn wenig oder gar nichts tun; auch erhält letzterer von dritten Personen keine Unterstützung.

Gumbinnen, den 25. August 1869 Der Magistrat

Albert lief gleich zu Paul. Schließlich war er es gewesen, der seiner Mutter geholfen hatte, den Antrag an den Stadtrat aufzusetzen – während Albert mit dem Vater und Angelica nach Trakehnen fahren durfte. Von Paul erfuhr er, daß Richard einen Brief geschrieben hatte. Er habe sich dem »Cirkus- und Menagerie-Ensemble der Frau Rosine Salomonsky« angeschlossen, wo er es bereits zu einer leitenden Position gebracht habe. »Bald werden wir auch in Königsberg triumphalen Einzug halten«, hatte er dem Vater angekündigt, der fortan allen Kunden und Bekannten erzählte, Richard sei in der kurzen Frist seiner Abwesenheit zum Direktor eines hochangesehenen künstlerischen Wander-Etablissements avanciert.

In diesen Tagen hatte sich Königsberg auf einen anderen Einzug vorbereitet, und damit auch er gebührend triumphal verlaufe, schmückte sich die Stadt, vom Brandenburger bis zum Roßgärter Tor, mit Ehrenpforten und tannengrünumkränzten Pylonen.

Am Abend des 8. September 1869 traf mit dem Sonderzug aus Berlin der König von Preußen ein, und mit ihm Kronprinzessin und Kronprinz, dieser vornehmlich in seiner Eigenschaft als Rector der Universität. Am Bahnhof empfingen Bürgermeister Meiser, der Magistrat und, in großer Gala — weiße Binde, weiße Weste — alle Stadtverordneten, darunter Eduard Rhan und Hugo Lindtner, sowie die Kommandeure der Garnison, die Majestäten und ihr Gefolge. Unterm Geläut aller Glocken und von den Wällen herunter begrüßt mit einhundertundeins Kanonenschüssen, fuhr der König im offenen, von vier Trakehnerhengsten gezogenen Wagen, umbraust vom tausendstimmigen Hoch und Hurra, auf einer Via triumphalis durch die im Fahnenschmuck prangenden Straßen. Die allerhöchsten Personen waren, wie man später in der Hartung'schen wie in der Ostpreußischen Zeitung lesen konnte, überaus beeindruckt, besonders vom Anblick des im schönsten Gasflammenschmuck erstrahlenden Schlosses. Auch aus zahlreichen Kandelabern schlugen gewaltige, bengalisch leuchtende Flambeaus hervor. Auf dem Roßgärter Markt und in den umliegenden Straßen drängte sich das Volk bis spät in die Nacht, und am Münzplatz ging es eine gute Stunde lang weder vor noch zurück; alles wartete, bis die Majestäten aus dem Theater kamen; man spielte Flotows Oper *Der Müller von Meran*. An einem der folgenden Tage war große Parade auf dem Exerzierplatz Herzogsacker; die ließen sich auch Albert und Paul nicht entgehen. Aus allen Kasernen waren die Truppen gekommen: aus der Trommelplatzkaserne die Infanterie, aus Kalthof die Pioniere und vom Haberberg die beliebten

»Schwarzkragen«, die Feld- und Festungsartillerie mit ihren überstarken Kaltblütern. Hoch zu Roß nahm der zweiundsiebzigjährige König den Vorbeimarsch ab, die Regimentsmusiken spielten, mit Trommeln, Pfeifen und Schellenbaum zog Bataillon um Bataillon vorbei, und der Paukenhund der 43er schritt gravitätisch vor dem im Jahre 66 von Österreich erbeuteten Paukenwagen einher, bis endlich, als die geharnischten Kürassiere vorüberritten, alles in einer ungeheuren Staubwolke verschwand.
Am Nachmittag waren neunhundert angesehene Bürger zum Großen Diner im Moskowitersaal des Schlosses geladen. Gegen sechs ging das Essen zu Ende, und auf dem Schloßplatz ließen sich zahlreiche Offiziere in Gala sehen, auch sächsische, russische und österreichische in ihren Traditionsuniformen — eine »komplette Kostümgeschichte«, wie Albert, der des Spectakels langsam überdrüssig wurde, zu Paul bemerkte. »Unser König«, fuhr er fort, »ist in so hohem Maße Soldat, daß er befohlen hat, alle Gäste müßten zu diesem Diner in Uniform erscheinen.«
»Und wer keine hat?« fragte Paul. »Ich meine: wer Zivilist ist und sonst nichts?«
»Der muß zu den Fischweibern gehen, wenn er Hunger hat«, sagte Albert.
Der nächste Tag stand, bei strahlender Sonne, im Zeichen des Vorbeimarsches der Bürger mit all ihren Innungen und Gewerken. Vom Brandenburger Tor, dem Sammelplatz, bewegte sich der friedliche Heerwurm über Altengarten, Hintere und Vordere Vorstadt, durch Kneiphöfsche Langgasse und Junkerstraße am Schloß vorbei, zur Schmiedegasse, und weiter, die Brodbänken- und Köttelstraße entlang, bis zum Jahrmarktsplatz, wo der Zug sich auflösen würde.
Alter Tradition entsprechend, eröffnete ihn das berittene Corps des Schlächtergewerks, gefolgt von Abordnungen der studentischen Corporationen und Landsmannschaften, sowie der Schützengilde mit reich betreßten Fahnen. Das

Gros aber bestritt der schier endlose Zug der Gewerke mit ihren Symbolen: die Maurer mit Schurzfell und blinkender Kelle, die Zimmerleute mit Winkelmaß, die Schmiede mit hohen Stangen, auf denen goldene Hufeisen prangten. Darauf — auch sie mit den Insignien ihrer Zunft — die Schlosser, Maler, Lackierer, Glaser, Töpfer und Schornsteinfeger, und schließlich die Meister und Gesellen der Tischler-Innung mit einer aus Hobelspänen geflochtenen Flagge. Es folgten die Buchbinder, die Kürschner und Gerber, Polsterer, Tapezierer und Kupferschmiede. Unter den Schuhmachern hielt Albert vergeblich Ausschau nach Onkel Grübner. Die letzten im Zug der Gewerke waren die Böttcher, Reifenschläger, Wagenbauer, Seifensieder und Bäcker und, zum guten Schluß, die Schneider.
Hatten die Handwerker auf so eindrucksvolle Weise ihrem König und dem Kronprinzenpaar gehuldigt, wollten die Maschinenarbeiter, wie sie sich selbstbewußt nannten, nicht zurückstehen.
Immerhin sechs- bis siebenhundert Mann, gruppiert nach Fabriken, liefen da mit, in ihren Blusen von stumpfem Blau, mit schwarzen Hosen und schwarzen Wachsleinenmützen. Doch nach all dem Pomp vermochten einzig die Arbeiter der Annahütte in ihrer kleidsamen Bergmannstracht noch zu gefallen.
Unermüdlich wiederholte, an der Spitze seiner Kapelle, Musikmeister Ruckenschuh den von ihm eigens für diesen Tag komponierten Huldigungsmarsch.
Am Abend jenes 13. September begaben sich die königlichen Personen in den Garten der Totenkopf-Loge am Schloßteich.
Die Uferpromenaden erglänzten wie riesige Girlanden aus tausend Windlichtern und farbigen Lampions.
Die zierliche, durchweg aus Holz erbaute Schloßteichbrücke überspannte das Gewässer in einer Weite von etwa 300 Fuß und war so schmal, daß nicht mehr als drei Personen nebeneinander gehen konnten. Für Wagen war sie nicht passierbar.

Alltags diente sie der Verbindung zwischen den östlichen und den westlichen Stadtteilen, und an Sonn- und Feiertagen wurde sie von Spaziergängern besucht, die gern einmal aus luftiger Höhe Enten und Schwäne füttern wollten.
Heute nacht war die Brücke so festlich illuminiert wie im venezianischen Carneval der Ponte di Rialto. Auf dem Geländer waren zahlreiche, von farbigen Schirmchen umhüllte Wachslichter befestigt, und in größeren Abständen flammten bengalische Feuer in dickbauchigen Laternen.
War die Brücke zunächst nur das Ziel vieler Neugieriger gewesen, die sich einen besonders prächtigen Ausblick auf die leuchtende Stadt versprachen, so erbebte sie unter einem nie zuvor erlebten Ansturm, als die allerhöchsten Herrschaften am Anleger der Totenkopf-Loge in bewimpelte Gondeln stiegen.
Der König und das Kronprinzenpaar ließen sich, vom just beginnenden Feuerwerk grandios überstrahlt, auf dem Teich herumrudern, bewunderten das funkelnde, im schwarzen Wasser verwirrend gespiegelte Lichterspiel am Brückensaum und grüßten zu den vielen hundert Menschen empor, die sich am Geländer drängten und ihrerseits mit Schwärmern und Kanonenschlägen in das Knattern und Zischen der Raketen einstimmten.
Paul und Albert waren dabei. Schlimmer noch als neulich am Münzplatz, fanden sie sich in die Menge eingekeilt, mit bedrängter Brust an den Nachbarn gepreßt, den Ausblick verwehrt durch Schultern, Köpfe, Hüte und Helme – kaum daß sie zuweilen vor einem winzigen Stück Himmel eine Leuchtkugel steigen sahen.
Und dann der kreischende Schrei: »Sie *brennt!«* Und ein Feuerschein, irgendwo vorn auf der Brücke. Und zugleich, als prallten sie vor etwas Grauenhaftem zurück, ging ein Wogen durch die gestauten Leiber, die, eingepfercht von den Geländern, nur rückwärts schwappen konnten, so daß es die Füße vom Boden riß, als die Vorderen rücklings über die Hinteren fielen.

Während Albert sich am Nachbarn zu halten suchte und für eine Sekunde der Blick nach vorn freier wurde, war ihm, als habe er Emma Rübach entdeckt, und ihr Kleid habe Feuer gefangen an einem der Lichter auf dem Geländer, und noch immer schrie man: »Sie brennt, sie brennt!«

Er sah sich nach Paul um, fand ihn nicht mehr, versuchte, wider alle Vernunft, sich dem Stau entgegenzustemmen, so daß er vielleicht dem brennenden Mädchen zu Hilfe eilen könnte. Doch längst war der Gegendruck übermächtig, preßte die Wehrlosen brutal zusammen, warf sie, da unverständige Massen den Rückweg blockierten, nach links wie rechts gegen das Geländer, das solcher Gewalt nicht gewachsen war. Ächzend und splitternd brach es entzwei, und nicht nur das Geländer, auch einer der Brückenpfeiler barst, und unter gellenden Schreien stürzten zahllose Körper in die Tiefe.

Das gab ein seltsam anhaltendes Plumpsen und Spritzen — es klang, als hüpften rudelweis' große Frösche in den Teich, und wollte dem tödlichen Ernst des Geschehens so gar nicht entsprechen. Doch bald erstickte das panische Gekreisch jeden anderen Laut.

Der Feuerschein war erloschen. Wer sich, wie Albert, vor dem Absturz hatte bewahren können, versuchte, festen Boden zu gewinnen. Jedoch zur Weißgerberstraße, vor der die Brücke eingebrochen war, konnte man nur noch über einen schwankenden Steg gelangen. Vergeblich sah Albert sich nach Paul und Emma um.

Auf dem östlichen Ufersaum standen die Menschen und rührten sich nicht. Wie erstarrt glotzten sie auf die im Wasser sich mühenden Leiber, die in gespenstischem Rhythmus auftauchten, unter gurgelnden Schreien untergingen, sich neuerlich, von rudernden Armen bewegt, für hoffnungslose Sekunden aus dem Wasser hoben, ehe sie endgültig versanken.

Jetzt erst zerbrach die Menschenwand. Männer stapften hüftweit in die Flut, lösten Boote von ihren Pflöcken, war-

fen den Ertrinkenden Bretter und Ruder zu, zerrten leblose Körper in die Gondeln, riefen nach Helfern und Ärzten, schwammen den Erschöpften entgegen, bargen hier eine Frau, dort ein Kind, bändigten Tobende, die nach ihren Nächsten schrien, betteten, im Schein der Fackeln, die am Gestade entzündet wurden, erschlaffte Leiber, legten sie bäuchlings ins Gras und preßten das Wasser aus ihren Lungen. Unter schrillem Geläut sprengte über die Weißgerberstraße ein Gespann der Brandwache heran; auch die Männer der Feuerwehr halfen nun retten und bergen, Ärzte mühten sich um die Opfer, Frauen versorgten sie mit Decken, trokkener Kleidung und Branntwein.
Albert, bald hilflos, bald unbeholfen helfend, irrte, mit vielen anderen, die ihre Angehörigen suchten, unter den Wiederbelebten und denen, die sich nicht mehr regten, umher, doch fand er weder Emma noch Paul. Erleichtert wollte er noch einmal versuchen, sich nützlich zu machen, da sah er, wie sie einen Körper herausfischten, der sich um einen Brükkenfuß gewunden hatte. Als sie ihn auf eine Decke legten, erkannte ihn Albert, trotz der unnatürlich weit geöffneten Augen. Es war Paul.

Drei Briefe

Königsberg, den
15. September 1869

Liebe Eltern,
Ihr wißt nun alles. Ich habe es Euch, trotz der Kosten, telegraphieren müssen. Ich konnte allein nicht damit fertigwerden, daß mein Paul dahin ist, ich mußte jemanden haben, der mit mir trauern kann. Ich bin jetzt froh, daß Ihr meinen Paul noch kennengelernt habt, so wißt Ihr oder habt doch eine Ahnung, was ich verloren habe. Meine Depesche wird Euch auch beruhigt haben; sicher hättet Ihr sonst Angst um mich gehabt, denn auch in Eurer Zeitung stand ja gewiß aus-

führlich, was in Königsberg passiert ist. So wußtet Ihr wenigstens, daß ich nicht unter den Opfern bin.
Es sind mittlerweile neunundzwanzig Tote geborgen worden; elf werden noch vermißt. Pausenlos sucht man im Schloßteich mit großen, von Booten gezogenen Rechen nach weiteren Leichen, und jeder wundert sich, welche Mühe es macht, sie herauszufischen, da doch der Teich nicht allzu tief ist, höchstens zwanzig Fuß, allerdings auf dem Grund sehr moderig und verschlammt.
Die Frau, von der es geheißen hat, sie brenne, ist nicht gefunden worden. Vielleicht ist sie noch unter den Vermißten. Es gibt aber Leute, die meinen, es hätte durchaus nicht zu der Panik kommen müssen, weil nämlich gar kein Mensch in Brand geraten sei, es sei nur eine der Laternen mit den bengalischen Lichtern explodiert. Ich hatte, als es hieß »Sie brennt«, zu allem Überfluß noch die schreckliche Vorstellung, Fräulein Emma Rübach sei es, die Feuer gefangen habe. Ihr wißt, das ist die Tochter von Gutsbesitzer Rübach in Pallweitschen, den ich von Stallupönen aus besucht habe. Das war sicher Unsinn, denn was sollte Fräulein Rübach in Königsberg machen? Freilich, wie ich dies schreibe, kommt es mir so unwahrscheinlich nicht vor; weshalb sollte nicht auch sie mit ihren Eltern zum Einzug unseres Königs in die Stadt gekommen sein?
Ich kann Euch nicht sagen, wie mir ums Herz war, als ich meinen Paul vor mir liegen sah. Ich wußte sofort, daß ihm nicht mehr zu helfen war; ich glaube, als Naturwissenschaftler hat man einen Blick dafür. Ringsum waren viele Leute zu sehen, wie sie sich um Ertrunkene oder solche, die es gottlob nur scheinbar waren, bemühten, und oft mit Erfolg, denn da schlug mancher seine Augen wieder auf, nachdem sie ihm mit kundigen Griffen das Wasser aus dem Leib geknetet hatten.
Die Männer aber, die Paul aus dem Wasser gezogen hatten, hatten wohl bald gemerkt, wie's um ihn stand und sich anderen Opfern zugewandt. So blieb ich eine Weile mit mei-

nem armen Freund allein. Und dann tat ich etwas, wovon ich immer nur gehört hatte und, trotz meiner Ausbildung, nicht recht wußte, wie es sich damit verhielt: Ich drückte ihm die Augen zu, was eine falsche Redeweise ist, denn man streicht ja nur ganz behutsam über die Lider und ist dann erstaunt, daß sie geschlossen bleiben und nicht wieder zurückschnellen.
Es war genau so, als wollte ich zu ihm sagen: Nun schlafe schön! — und ich glaube sogar, ich habe es gesagt.
Er muß nun schlafen und wollte doch noch die ganze Welt kennenlernen. Er träumte davon, einmal ein großer Kaufmann zu sein und ein Haus unter Palmen zu haben, mit vielen schwarzen Dienstboten und einer schönen Frau und einem Schiff, das ihm allein gehörte. Mit den Schiffen hatte er's ja überhaupt — wie anders sollte er auch in ferne Länder gelangen?
Noch vor wenigen Tagen waren wir wieder am Hafen. Ein großer portugiesischer Frachtdampfer war auf dem Pregel bis zur Grünen Brücke vorgedrungen und lag nun dort vor Anker.
Im Hafen, am Bohlenwerk, ist's einem ja, als sei man gleichzeitig an vielen Orten der Welt, so wird da in allen Sprachen parliert und hört sich an wie Kauderwelsch, aber natürlich nur für die, welche der Sprachen unkundig sind, denn es ist ja Englisch, Französisch, Dänisch, Russisch, Portugiesisch — wenn auch sicher ein rechtes Seemannsidiom. Wir bestaunten die Matrosen mit ihren silbernen Ringen im Ohrzipfel; Paul konnte schon von ferne sagen, aus welchem Land sie kommen: die Holländer kannte er an ihren roten Jacken, die Nordamerikaner an Halstüchern von blau und rosenrot kariertem Nanking und an ihrem drolligen Kranzbart, während die Holländer sich das Kinn glattscheren. Paul konnte auch riechen, was ein Schiff geladen hatte, und scherzhaft habe ich ihn deshalb schon »den Gewürzkrämer« genannt.
Nun ist er — und das will mir gar nicht in den Kopf — so

eine Art Seemannstod gestorben, wenn auch nicht auf dem Ozean, sondern — und ich finde, *das* hätte nicht sein sollen! — in unserem vergleichsweise doch recht jämmerlichen Schloßteich.
Leider bin ich nun auch noch mit Onkel Fritz aneinandergeraten. Denn weil Paul keine Angehörigen mehr hatte, sah ich in Onkel Fritz, außer mir, den einzigen Leidtragenden. Schließlich war er nicht nur sein Patron, sondern auch ein, wenn auch entfernter, Verwandter. So kondolierte ich ihm, aber davon wollte er gar nichts wissen. Es sei zwar traurig, daß er nun ganz umsonst so viel Mühe an die Ausbildung seines Lehrlings gewandt habe, aber schließlich habe Paul nie zur Familie gehört, und deshalb sehe er auch keinen Anlaß, für seine Beerdigung aufzukommen.
Diese Bemerkung hat mich sehr erbittert. Denn erstens war von diesem Punkt überhaupt keine Rede, und zweitens stellte sich kurz danach heraus, daß, nach allerhöchster Weisung, sämtliche Opfer des Unglücks auf Kosten des preußischen Staates und der Stadt Königsberg beigesetzt werden. Weshalb also diese lieblose Weigerung?
Onkel Fritz ist leider, seit Richard zu den Schaustellern gegangen ist, nicht mehr der alte. Sollte ich den Königlichen Freitisch bekommen, werde ich nicht mehr zu ihm gehen; ich fühle mich um Pauls willen zu sehr gekränkt.
Vorgestern, gestern und auch am heutigen Tage habe ich immer wenn ich durch die Straßen ging, nach Fräulein Rübach Ausschau gehalten, ob sie nicht vielleicht doch in der Stadt sei.
Da ich sie aber nirgendwo sah und auch Ballettmeister Stoige nichts über ihren Verbleib wußte, inzwischen auch die Namen der geborgenen Opfer, wie auch der Vermißten, bekanntgegeben wurden, und der ihre sich nicht darunterbefindet, möchte ich doch annehmen, daß ihr nichts zugestoßen ist, und daß sie auch nicht in Königsberg weilt.
Nun muß ich schließen, denn heute ist die feierliche Beisetzung der Toten. Der allerhöchste Besuch hat mittlerweile

unsere Stadt verlassen, nicht ohne unserem Bürgermeister und den Hinterbliebenen seine tiefe Anteilnahme zu bekunden. Ich glaube, dem König und dem Kronprinzenpaar wird es unvergeßlich bleiben, wie, vor ihren Augen, von der illuminierten Brücke herunter, so viele huldigende Bürger ins Wasser stürzten. Es soll ja sogar einer der Ertrinkenden in die königliche Gondel gezogen worden sein. Deshalb jedoch die Majestäten als ›Lebensretter‹ zu preisen, wie es eine Zeitung getan hat, scheint mir unpassend zu sein. Schließlich wäre jene Person gar nicht erst ins Wasser gefallen, wenn der König nicht gekommen wäre.
Mir wird nun sehr einsam zumute sein, liebe Eltern, und ich wünschte, Weihnachten wäre schon heran, damit ich bei Euch das schreckliche Geschehen etwas vergessen kann. Kaum bin ich fern von Euch, passieren so furchtbare Dinge: erst Kaufmann Dorns unglückliches Ende, und nun mein Paul.
Es umarmt und küßt Euch und seine Geschwister
Euer Euch liebender Sohn

Albert.

Gumbinnen, den
20. September 1869

Mein lieber Junge,
was sind wir dem lieben Gott dankbar für Deine Errettung! Und welch ein Segen, daß wir nicht ahnen konnten, in welcher Gefahr Du schwebtest. Ja, es war gut, daß Du uns die Depesche schicktest; wir wären, nachdem wir von dem Unglück in der Zeitung gelesen hatten, gewiß umgekommen vor Sorge um Dich. Aber der arme Paul! Was war er für ein lieber Junge! So bescheiden im Auftreten, so heiter im Wesen. Und wie er mir geholfen hat, als ich mich um den Antrag für Dein Attest quälte. Nun hast Du Deinen einzigen Freund verloren – und wollte er nicht in wenigen Tagen schon nach Antwerpen fahren? Sorge Du, daß er in gutem

Gedächtnis bleibt, denn wie Onkel Fritz sich benommen hat, das ist schändlich, und man schämt sich ja richtig seines Bruders! War er denn wenigstens bei der Beerdigung? Ich glaube schon, denn die war ja, bei so vielen Toten, ein wichtiges Ereignis, mit einer Menge hoher Herren, und bei so etwas fehlt mein Herr Bruder ja nie.
Richard ist schon so lange weg, und nun auch Paul, da wird es, wenn auch Du nicht mehr hingehst, sehr still in der Französischen Straße werden. Fritz ist, das halte ich ihm zugute, seit er einsehen mußte, daß es mit Richard nichts Rechtes wird, sehr vergramt. Aber trotzdem — über den Tod des lieben Paul sich so herzlos auszulassen! Schwamm drüber!
Ach, und das ist nun ein Geburtstagsbrief! Wir konnten Dir ja leider nicht viel schenken. Papa hat Dir ein Messer geschmiedet, das wirst Du fürs Botanisieren gebrauchen können.
Er legt auch noch ein Päckchen Tabak dazu. Von mir bekommst Du eine neue Hose und zwei Paar Handmanschetten.
Die beiden Kleinen haben Dir einen Blumenstrauß gebunden, der natürlich verwelkt ist, wenn Du das Paket bekommst, aber sie ließen sich's nicht ausreden.
Ich lege Dir einen Brief von Fräulein Rübach aus Pallweitschen ein, der gestern kam. Habe ihn natürlich nicht geöffnet.
Aber Frau Dorn, die es von Frau Matussek aus Stallupönen weiß, erzählte mir, daß es auf Pallweitschen sehr unruhig zugehen soll. Herr Rübach soll sehr grob zu seiner Frau sein, und Emma, das arme Kind, steht immer dazwischen. Übrigens hat Frau Dorn schon drei junge Damen, eine aus Gerwischkehmen und zwei aus Angerburg, als Pensionstöchter. Also, daß sie jetzt sieben Töchter hat, mit ihren eigenen, sozusagen.
Ich bin ja nicht ganz glücklich, daß sie das Haus gegenüber bewohnt. Du kennst ja unsere Pensionisten, wie die sein können, und sie nutzen es weidlich aus, daß Helene, die

jüngste von den Dorn-Mädchen, ihnen schöne Augen macht. Besonders Vogelreuther ist oft unverschämt. Ich hätte ihn neulich am liebsten rausgeworfen, aber seine Eltern zahlen besonders gut, und das weiß er leider.
In der Schmiede geht es nur zögernd wieder bergauf. Papa hat das von Dorn bestellte schöne Eisentor, das ihm so viel Mühe gemacht hat, wieder eingeschmolzen; er kriegt ja doch nichts dafür. Und am Acker, wo die drei Birken stehen, haben Schnecken den jungen Roggen abgefressen, so daß noch einmal gesät werden muß; auch das kostet Geld. Wir machen uns große Sorgen, weil wir Dir so gut wie nichts mehr zahlen können. Wenn nur das Attest etwas nützte!
Fast hätte ich's vergessen. Von Angelica kam ein Briefchen aus Moskau. Es geht ihr gut, und sie läßt alle grüßen. Ihre Adresse ist: Moskau, Mjasnizkaja 23, Hotel Charitonenko. Sagtest Du nicht, Onkel Eduard habe danach gefragt? Hast Du ihm gesagt, wie leid es uns tut, daß wir ihn verpaßt haben? Jetzt kannst Du ihm Angelicas Adresse geben, so hast Du wieder einen Grund, bei Rhans vorbeizuschauen. Gott sei Dank fängt das Semester bald an, so daß Du wenigstens diesen einen Freitisch wieder hast.
Es umarmen Dich und wünschen Dir zum Geburtstag Glück und Segen

Deine Dich liebende Mutter Johanne
und Papa

Pallweitschen, am 16. September 1869

Alles ist traurig. Ich habe Angst. Komm!

Emma.

Der Brief seiner Mutter hatte Albert beruhigt; den Brief aus Pallweitschen öffnete er mit Herzklopfen. Er hoffte ihm die

Gewißheit entnehmen zu können, daß Emma zur Zeit des Unglücks nicht in Königsberg gewesen war. Nun also diese seltsame Nachricht! Und wie kam Fräulein Rübach dazu, ihn zu duzen?
Er war zu Grübners in die Koggenstraße gegangen, um nach Post zu fragen. Die Eltern mußten ja dorthin schreiben, sie kannten seine neue Anschrift noch nicht. Tante Dorchen gab ihm den Brief. Er erzählte ihr, daß er auf der Brücke gewesen war. Sie fuhr ihm übers Haar, sagte immer nur: »Mein Gott, Jungchen, Jungchen, mein Gott...« Sie mochte ihn doch noch ein wenig leiden. Nein, ertrinken, das hätte er schon gar nicht sollen.
Albert ließen die Bilder von der düster-großartigen Trauerfeierlichkeit im Dom nicht los. Schwarze Pylone mit Feuerschalen, schwarze Girlanden und schwarzweiße Preußenfahnen riefen die Menge bereits auf dem Vorplatz zu ernster Teilnahme auf. Eine schwarzrotgoldene Fahne, die ein Unbekannter gehißt hatte, war von der Polizei noch eben rechtzeitig entfernt worden.
Als Albert die Front der einunddreißig Särge abschritt (zwei Männer, die bislang vermißt waren, hatte der große Rechen noch vorgestern aus dem Teich gefischt), quälte ihn die Frage: In welchem Sarg liegt Paul? — obwohl er doch wußte, daß alle Opfer unterschiedslos der Verwesung anheimgegeben waren.
Nun hatte sie seinen Paul doch noch erwischt: *Nymphaea alba,* die Seejungfrau, hatte ihn hinuntergezogen in ihr moderiges Reich.
Nein, Albert war kein Spielzeug für die Launen eines Backfischs. Ihn zu duzen! Natürlich — sollte es Not, wahrhaftig Not gewesen sein... Es klingt ja wirklich, als sei sie in Not. Und Angst — weshalb? Gewiß, wenn man liest, was Mama aus Pallweitschen gehört hat... Der alte Rübach mit seinem »Willen der Gattung«. — »Komm!« — Wie soll ich kommen? Wie stellt sie sich das vor? Soll ich zu Semesterbeginn aufs Land ziehen? Ich werde ihr ein

paar Zeilen schreiben, ja, das kann ich, das sollte ich wohl.
Er setzte sich in sein Zimmer mit den blauen Wänden und schrieb an Fräulein Emma Rübach in Pallweitschen. Ausführlich erzählte er von dem Unglück, und als er zu Paul kam, gerieten ihm die Sätze zum Nachruf. Er las sie zweimal laut, und jedesmal kamen ihm die Tränen. Endlich legte er den begonnenen Brief beiseite, warf sich auf sein Bett und weinte hemmungslos. Immer wieder schloß er dem Freund die Augenlider und hörte sich sagen: »Nun schlaf aber gut!«
Dann setzte er sich wieder an den Tisch. Gründlich hatte er alles geschildert, aber daß er geglaubt hatte, die Frau, von der es hieß, sie stünde in Flammen, könnte Emma sein — das wollte ihm nicht in die Feder fließen. Am Ende dächte sie noch, er habe sich im Geiste mit ihr beschäftigt. Wie abwegig! Er hatte in diesen Wochen immer nur an Angelica gedacht. Und seit Paul tot war, war der nun ständig um ihn herum. Gewiß nicht Emma. Ihr »Du« ignorierte er. Er war so nachsichtig, ihr zuzubilligen, es könne ihr gar nicht bewußt geworden sein, daß im »Komm!« das »Du« enthalten ist. Er neigte zur Pedanterie, und dies noch ein wenig mehr als früher, seit er Adept einer auf die Realität bezogenen Wissenschaft war. Er schrieb:
»Daß Sie meinen baldigen Besuch wünschen, wie es scheint, bestätigt mir, daß ich Ihnen und Ihrer Familie bei unserer unlängst stattgehabten Begegnung nicht allzu lästig gefallen sein kann. Leider ist es mir vorerst unmöglich, Ihrer liebenswürdigen Einladung Folge zu leisten...«
Auch als er den Brief expediert hatte, kreisten seine Gedanken um Pallweitschen. Wenn Emma Rübach nun krank war? Sie hatte so stark gehustet, als er sie beim Frühstück getroffen hatte. Aber ihr Vater wollte ja von Krankheit nichts wissen.
Nein, sie war nicht krank. Nur traurig. Und ängstlich. Zum Teufel, das Mädchen sollte sich deutlicher ausdrücken, wenn es Hilfe brauchte!

Er eilte noch einmal in die Koggenstraße. Tante Dorchen hatte gesagt, für heute sei mit dem Eintreffen Eugen Düformantels zu rechnen. Und er war da. Der war nun der einzige, mit dem er in Königsberg noch reden konnte.
Düformantel war erschöpft vom Urlaub. Zu Hause hatte er nur vom Weltuntergang gehört, ja, der Vater hatte ihn ernstlich ermahnt, am 15. Oktober einen Berg zu besteigen, weil mit einer Sintflut zu rechnen sei. »Als Irvingianer darfst du darauf bauen, nicht zu denen zu zählen, die der Herr verwerfen wird.« »Aber« – so sagte Düformantel mit bitterem Spott zu Albert »allein auf Gottes Gnade darfst du dich auch als Irvingianer nicht verlassen. Ein Berg, und wenn's nur der Galtgarben wäre, verleiht dir im Weltuntergangsfall doch eine etwas größere Sicherheit.«
Albert hatte nur vom Untergang im Schloßteich zu erzählen, und dabei sträubten sich Eugen Düformantel die Haare weit mehr als bei Vaters apokalyptischen Visionen. Er wollte es wieder und wieder hören, und immer noch greller ausgemalt. Nur mit Mühe gelang es Albert, auf Pallweitschen zu kommen. Er versprach sich einiges davon. Schließlich hatte Düformantel ein Semester Philosophie studiert, ehe er auf Theologie umsatteln mußte. Würde ihn nicht interessieren, was sich dieser Herr Rübach in seiner ländlichen Abgeschiedenheit zurechtgesponnen hatte?
So erzählte er, während Düformantel seinen Koffer auspackte, von Rübachs seltsamen Theorien, von den »schamlosen Pflanzen«, die ihre Geschlechtsorgane so unbekümmert zur Schau stellten, vom Kult der Schönheit und dem Abscheu vor alten Weibern, von seiner Definition der Liebe, die nichts sei als Trieb zur Vermehrung der Gattung, und vom Willen der Gattung überhaupt, und wie der sich in Rübachs Familie am vollkommensten in seiner Tochter Emma durchgesetzt habe, so daß »ein perfektes Resultat« entstanden sei.
Düformantel, der gerade ein Hemd in den Schrank legte, stutzte. »Hat er wirklich ›Wille der Gattung‹ gesagt?«

»Natürlich, das führte er ständig im Munde. Und immer hatte er's mit Schönheit und Jugend, und wenn eine Frau über dreißig sei, sei sie kaum mehr begehrenswert, punctum und aus.«
»Ich muß dir sagen, das kommt mir überaus bekannt vor«, sagte Düformantel und rieb sich die entzündeten Augen. »Hat er dir nicht gesagt, woher er das hat?«
»Was?«
»Nun, diese Weisheiten. Diese Formulierungen.«
»Nein. Das hat er sich ohne Zweifel selber ausgedacht.«
»Ich bin mir nicht ganz sicher, aber doch beinahe«, sagte Düformantel. »Wenn du Zeit hast, komm morgen in die Bibliothek des Philosophischen Seminars. Dann zeig ich dir was.«

»Professor Friedländer«, sagte Düformantel, als sie sich anderntags in der Bibliothek trafen, »unser Philosophie-Ordinarius, bei dem ich ja, wegen meines Vaters, nur heimlich weiterhören kann, ist ein Gelehrter, der sich nicht auf die Interpretation der alten Griechen beschränkt. Er hat uns auch mit den modernen Strömungen in der Philosophie bekanntgemacht.«
Er nahm ein Buch aus dem Regal, blätterte darin, stellte es zurück und fragte: »Über die Geschlechtsliebe hat dieser Rübach doch hauptsächlich gesprochen, nicht wahr?«
»Ja«, sagte Albert. »Und er hat sich sehr kritisch über das Verhältnis von Mann und Frau geäußert.«
»Warte«, sagte Düformantel und griff nach einem anderen Band, »dann finde ich, was ich suche, sicher in diesem Kapitel: ›Metaphysik der Geschlechtsliebe‹. Sieh mir über die Schulter, vielleicht fällt dir noch eher etwas auf.«
Bald fanden beide, was sie suchten: »Und eben weil die Pflanze erkenntnislos ist, trägt sie ihre Geschlechtsteile prunkend zur Schau...« Das hatte Rübach sehr ähnlich gesagt.
»Was ist das überhaupt für ein Philosoph, den du mir da vorführst?« wollte Albert wissen.

Düformantel schlug das Titelblatt auf: *Die Welt als Wille und Vorstellung* von Arthur Schopenhauer. 44. Kapitel.«
Sie lasen weiter:
»Demzufolge ist die eheliche Treue dem Manne künstlich, dem Weibe natürlich, und also Ehebruch des Weibes, wie objektiv, wegen der Folgen, so auch subjektiv, wegen der Naturwidrigkeit, viel unverzeihlicher als der des Mannes.«
»Das müssen wir uns merken«, sagte Düformantel. »Der Himmel weiß, ob wir's nicht mal zu unserer Rechtfertigung gebrauchen können.«
»Hier!« rief Albert. »Aber das ist denn doch zu erstaunlich! Das hat ja Herr Rübach nun wirklich fast wortwörtlich so behauptet: ›Die oberste, unsere Wahl und Neigung leitende Rücksicht ist das *Alter.* Im Ganzen lassen wir es gelten von den Jahren der eintretenden bis zu denen der aufhörenden Menstruation, geben jedoch der Periode vom achtzehnten bis achtundzwanzigsten Jahre entschieden den Vorzug. Außerhalb jener Jahre hingegen kann kein Weib uns reizen: ein altes, d.h. nicht mehr menstruirtes Weib erregt unsern Abscheu. Jugend ohne Schönheit hat immer noch Reiz, Schönheit ohne Jugend keinen.‹«
»Es ist ausgemacht!« rief Albert. »Er hat den ganzen Unsinn von diesem Schopenhauer! Lebt der noch?«
»Nein«, sagte Düformantel. »Der ist schon bald zehn Jahre tot.«
»Und seine Werke sind zu kaufen?«
»Du kannst sie in jeder Buchhandlung bestellen.«
Sie lasen noch eine Weile weiter: ›Unverstand schadet bei Weibern nicht‹, behauptete der Philosoph, ›eher könnte überwiegende Geisteskraft oder gar Genie als eine Abnormität ungünstig wirken.‹ Und als eine, wenn auch bestürzende, Deutung der Ehe des Herrn Rübach, wie sie sich zumindest aus seiner, von Schopenhauer geschulten Sicht darstellen mußte, mutete folgender Passus an: ›So gänzlich verblendet ihn jener Wahn, welcher, sobald der Wille der Gattung erfüllt ist, verschwindet und eine verhaßte Lebens-

gefährtin übrigläßt. Nur hieraus ist es erklärlich, daß wir oft sehr vernünftige, ja ausgezeichnete Männer mit Drachen und Eheteufeln verbunden sehen und nicht begreifen, wie sie eine solche Wahl haben treffen können. Dieserhalb stellten die Alten den Amor blind dar.‹ Albert schlug das Buch zu. »Ich habe es also, wenn ich seinem Lehrmeister glauben darf, in Herrn Rübach mit einem ›sehr vernünftigen, ja ausgezeichneten‹ Mann zu tun«, seufzte er. »Aber kannst du mir sagen, Eugen, wieso der sich anstellt, als sei dies alles auf seinem Mist gewachsen?«

Er hatte das beunruhigende Gefühl, als sei diesem Rübach nicht allein vorzuwerfen, daß er sich mit fremden Federn schmücke, sondern als müsse da noch ein Geheimnis sein, durch dessen Enträtselung er dem Grund für Emmas traurige Verfassung auf die Spur kommen könnte.

Er beschloß, spätestens in den Weihnachtsferien wieder nach Pallweitschen zu fahren.

Albert hatte viel zu tun, und er war froh darüber. Nach den Vorlesungen am Vormittag und den Seminaren, die meist auf den Nachmittag gelegt waren, beschäftigte er sich bis in die Nacht hinein mit der Auswertung seiner Exkursionen an der Angerapp, vor allem mit der Einrichtung der neuen Herbarmappe, die er eigens für diese Funde anzulegen hatte. Professor Kankelwitz, der sich bereits sehr neugierig gab, hatte ihm die Löschblätter zur Verfügung gestellt; aus eigener Tasche hatte Albert sie nicht bezahlen können.

Ob *Gladiolus imbricatus* oder *Centaurea,* die dunkelblaue *Salviapratensis* oder *Pimpinella mana* mit ihren gefiederten Blättern: bei fast jeder Pflanze, die er preßte und mit Fundort und Fundzeit versah, war Paul an seiner Seite. Oft glaubte er ihn genau dort zu sehen, wo er gestanden war, als Albert das Objekt gefunden hatte. So waren diese Abendstunden intensiver Arbeit zugleich ein Memorial für Paul Rauschning, und nicht selten ertappte sich Albert, wie er ihn ansprach, ja einmal tadelte er ihn sogar, weil eine von Paul

gefundene Pflanze einen gebrochenen Stengel hatte.
Professor Kankelwitz, der in diesem Semester über Sporophyten las, lud ihn zu sich nach Hause ein. Die Frau des Gelehrten gefiel Albert sehr; sie war von quirliger Munterkeit und tollte mit ihren drei Kindern — die Indianerin Alwine war die Älteste — auf dem herbstlichen Rasen herum, als sei auch sie vom Stamme der Mohikaner.
Mit Eugen Düformantel traf er sich oft; zwar gehörten sie jetzt verschiedenen Fakultäten an, aber fast alle Vorlesungen wurden in der neuen Universität gehalten, so daß man in den Pausen unter Arkaden wandeln konnte.
»Merkwürdig, daß von Fräulein Rübach aus Pallweitschen noch keine Antwort gekommen ist«, sagte Albert beiläufig.
»Vielleicht ist sie wirklich krank«, meinte Eugen.
»Oder der alte Rübach hat, vom Schopenhauerschen Abscheu überwältigt, seine Frau totgeschlagen«, erwog Albert mit dem grimmigen Humor, dem er, der aus wissenschaftlicher Redlichkeit zum Skeptiker geworden war, sich jetzt zuweilen überließ.
Aber Düformantel schien das gar nicht so witzig zu finden.
»Du glaubst nicht, was alles vorkommt«, sagte er. »Als meine Mutter sich weigerte, Irvingianerin zu werden — oder ich, als Vater mir das Philosophiestudium verbot — es fehlte beide Male nicht viel, und einer wär' auf der Strecke geblieben.«
Albert erschrak. Was er eben so leichtfertig dahingesagt hatte — es war in Wahrheit meilenfern von seiner Vorstellungswelt, für die alles, was Familie betraf, rein und harmonisch war. Und schon gar nicht war die unbarmherzige Analyse des skurrilen Philosophen aus Frankfurt, über den er sich inzwischen näher informiert hatte, geeignet, ihn in seiner Sympathie fur das weibliche Geschlecht zu beirren. Rübach alias Schopenhauer, dieses kuriose Doppelgestirn, wäre für Albert kaum etwas anderes gewesen als eine »Rarität«, eine seltene Variante unserer species, und deshalb von einigem Sammlerwert —, hätte nicht jenes blonde, nunmehr

offenbar leidende Mädchen mit dem rosafarbenen Porzellanteint seine Gedanken zunehmend beschäftigt. Dies freilich nicht aus besonderer Gewogenheit, sondern lediglich aus mitmenschlicher Verpflichtung, wie er nicht müde wurde, Düformantel gegenüber zu betonen. Nein: Angelica war es nach wie vor, die, von Paul einmal abgesehen, seine Phantasie okkupierte, und er brauchte nur ihre Moskauer Adresse — Mjasnizkaja Nummer 23 Hotel Charitonenko — sanft vor sich hinzumurmeln, um die unvergeßliche Geliebte im festlichen Ballkleid als Gast einer Fürstin, auf glöckchenumläuteter Schlittenfahrt in wohlbekannten Stiefelchen, oder gar zum wirbelnden Balaleikaklang tanzend zu beschwören. Geschrieben hatte sie ihm allerdings noch nicht. Er wußte nicht einmal, ob ihr Briefchen nach Gumbinnen einen Gruß speziell für ihn enthielt; die Mutter hatte davon nichts erwähnt. Nachzufragen verbot ihm sein Stolz — wie sähe das auch aus, wollte er sich eigens danach erkundigen! Er beschloß, geduldig zu sein, schließlich war es erst wenige Wochen her, daß sie Abschied genommen hatten.

Nicht lange nachdem das Wintersemester begonnen hatte, ging Albert zu Rhans.

Er traf Eduard im Kontor, wo gerade Inventur gemacht wurde. Frachtbriefe und Kladden lagen herum, an den Wänden hingen Fahrpläne der Schiffahrtgesellschaften und ein Plakat von der Pariser Weltausstellung. Auch Nothnagel war zugegen und nahm am Stehpult ein Diktat auf, in der Gabelsbergerschen Kurzschrift, wie Albert bemerkte.

Der Onkel unterbrach sich, verband jedoch die herzliche Begrüßung mit einem liebenswürdigen Tadel:

»Muß ich erst von Luise und Herrn Nothnagel erfahren, daß du schon so lange in der Stadt bist? Ach ja, du hast einen guten Freund verloren bei dem schrecklichen Ereignis, das entschuldigt deine Zurückgezogenheit. Selbst Majestät war ja — du weißt, daß ich zur Empfangsdelegation gehörte und auch beim Essen im Moskowitersaal war? — selbst unser König war tief erschüttert vom Unglück seiner Untertanen,

und nicht minder war es das Kronprinzenpaar. Ich kann dir versichern: alle drei hatten feuchte Augen.«
Wenn Eduard wußte, daß Paul Rauschning unter den Toten war, dann war anzunehmen, daß Alberts Zimmerwirt auch mit anderen Auskünften über seinen Mieter nicht geizen würde, sollte der Prinzipal danach verlangen. Tröstlich war nur, daß der Onkel sich nicht übermäßig für ihn interessieren dürfte.
»Tante Angelica hat geschrieben«, sagte Albert. Es war ihm unmöglich, mit dem Onkel noch länger über die Katastrophe vom Schloßteich zu reden.
»Ach ja?« sagte Eduard. »Wem denn?«
»Meiner Mutter. Und sie hat auch ihre Moskauer Adresse mitgeteilt.«
»Interessant.«
Albert spürte, daß der Onkel seine Neugier nur mühsam bezwang. Vielleicht störte ihn die Gegenwart des Kontoristen.
»Mjasnizkaja 23, Hotel Charitonenko«, sagte Albert.
Eduard forderte Nothnagel auf, die Anschrift zu notieren und den Zettel seiner Frau ins Obergeschoß zu bringen.
»So, so, sie hat euch geschrieben«, sagte Eduard, als sie unter sich waren.
»Ja. Und sie läßt alle grüßen.«
»Namentlich?«
»Nein. Nur so allgemein.«
»Geht es ihr gut?«
»Sie schreibt nichts Gegenteiliges.«
»Wie der Zufall so spielt«, sagte Eduard und schob mit dem Handballen einen Aktenstoß zurecht. »Ich werde vielleicht schon nächste Woche nach Moskau fahren müssen, geschäftlich. Es hat sich ergeben, ganz unerwartet. Wir haben nämlich ernste Sorgen. Sollte es zur einer Kornschwemme aus den Vereinigten Staaten kommen — und es sieht ganz danach aus —, dann ist das russische Getreide nicht mehr konkurrenzfähig. Als Importeur muß ich mich deshalb

rechtzeitig mit meinen russischen Lieferanten ins Benehmen setzen. Ja, also aus diesem Grunde wäre eine Reise nach Moskau durchaus geboten.«
Er schien Wert darauf zu legen, daß Albert nicht annahm, erst die Nachricht von Angelica habe ihn auf den Einfall gebracht, nach Moskau zu reisen. Weshalb sonst entschuldigte er sich vor Albert? Es hatte ja wirklich wie eine Entschuldigung geklungen.
»Es ist vertraulich, was ich dir sage. Auch Nothnagel weiß es noch nicht. Die Lieferungen aus der Ukraine sind ins Stocken geraten. Ein Konkurrent pfuscht mir ins Konzept. Also — *das* weiß Nothnagel natürlich. Aber die Konsequenz, die ich daraus ziehen muß, ist, wie gesagt, noch vertraulich. Na ja, *sollte* ich reisen, werde ich natürlich die Gelegenheit wahrnehmen, meiner Schwägerin einen Besuch abzustatten.«
Wenn es noch geheim ist — weshalb erzählt er es *mir?* dachte Albert. Vielleicht weiß es nicht einmal Tante Luise? Und da kam's auch schon:
»Ich will es auch mit meiner Frau erst besprechen, wenn sich die Reise wirklich als unumgänglich erweisen sollte. Ich halte ja die geschäftlichen Dinge, besonders wenn sie etwas heikel sind, bewußt von ihr fern.« Es schien, als wollte er noch etwas sagen; vielleicht wußte er selber nicht, weshalb er, bei so viel Geheimniskrämerei, ausgerechnet den Neffen in seinen Plan eingeweiht hatte. »Dir sage ich das schon immer«, fuhr er fort, »damit du dir überlegst, ob ich für deine Tante etwas mitnehmen soll. Du hattest ja stets eine sehr gute Beziehung zu ihr. Vielleicht hast du etwas, das du nicht der Post anvertrauen willst. Ein kleines Geschenk?«
Er braucht eine ›Eintrittskarte‹, das ist klar, dachte Albert. Er hat sich so sehr mit Angelica verkracht, daß er einen Vorwand benötigt, um sie aufzusuchen. Damit sie ihn nicht rauswirft. Allmählich glaube ich, daß an seinem ganzen Reiseplan allein ich schuld bin. Als er heute morgen auf-

stand, hat er noch nichts davon geahnt. Setzt ihm der Bruch mit der Schwägerin wirklich so sehr zu?
»Ach, da fällt mir noch etwas ein«, sagte Eduard. »Du wolltest doch für das Theaterabonnement ein Äquivalent in bar? Ich habe mich erkundigt, es ist leider nicht möglich, das Frei-Abonnement in Geld erstattet zu bekommen. Aber du bist ja wohl ziemlich knapp, nicht wahr?« Er wandte sich an den Kontoristen, der gerade zurückkam. »Herr Nothnagel, geben Sie meinem Neffen fünf Taler aus der Kasse. — Also, gehab dich wohl, lieber Albert, wir sehen uns wieder bei Tisch. Und denk an das, was ich dir gesagt habe. Du hättest jetzt ja ein bißchen Geld für ein hübsches Präsent.«

An einem dieser leuchtenden Herbstnachmittage ging Albert zum ersten Mal seit dem Unglück wieder zum Schloßteich. Vor der Terrasse des Kaffeehauses Dölitscher, wo er mit Paul über Angelica geplaudert hatte, blieb er stehen und sah zur Brücke hinüber, deren Pfeiler und Geländer bereits erneuert waren.
Wenn man wüßte, wann und wo es einen treffen wird — das Leben wäre nicht zu ertragen, dachte er. Nein: es wäre nicht einmal möglich! Daß die Natur in ihrer Weisheit diese Sperre eingerichtet hat, dieses undurchdringliche Bollwerk, das uns den Blick in die Zukunft verwehrt, ist unserer Existenz so unentbehrlich wie die Luft zum Atmen. Doch widerspräche dem nicht, daß der zum Tode Verurteilte seine Stunde kennt und dennoch lebt — oftmals sogar mit gesteigerter Lebenskraft? Doch da ist es die *Hoffnung*, die wahnwitzige, alle Wahrscheinlichkeit ignorierende Hoffnung, die ihn an der Unverrückbarkeit der Stunde zweifeln läßt. *Er* kennt seine Stunde also *auch* nicht — und nur deshalb lebt er weiter, und wäre es nicht so, er fiele auf der Stelle tot um.
Albert fand Gefallen am Philosophieren. War Schopenhauer schuld?
Als er weiterging, begegnete ihm auf dem Promenadenweg am »Logenufer«, wo er Pauls Leiche gefunden hatte, eine

Gruppe von Spaziergängern: vier Damen und ein Herr, dieser in Uniform mit schleppendem Säbel. Während zwei der Damen Albert unbekannt waren, bestand, als sie näherkamen, kein Zweifel mehr, daß die dritte Frau Rübach war, und ihre Tochter Emma ging neben ihr. An ihrer Seite: Leutnant d'Heureuse.
Das war ja wohl unerhört, was ihm da zugemutet wurde! Unerhört und in höchstem Maße ungehörig! Es ging doch nicht mit rechten Dingen zu, daß dieses Mädchen ihm einen Verzweiflungsruf aus Pallweitschen schickte, sich durch ein sorgfältig formuliertes Antwortschreiben trösten ließ, sodann in unhöfliches, zu besorgten Spekulationen Anlaß gebendes Schweigen verfiel, um bald darauf in angenehmer Gesellschaft, heiter plaudernd, am Gestade des Schloßteichs zu flanieren. Und dies, ohne ihm, von dem sie wissen mußte, daß er sich in Königsberg befand, auch nur ein Zeichen ihrer Gegenwart zu geben!
Er war drauf und dran, mit provozierend abgewandtem Kopf vorbeizumarschieren. Aber natürlich hatten Emma und der arrogante Leutnant ihn bereits erkannt; freudig wirbelte das Mädchen aus Pallweitschen mit dem Sonnenschirm, und die junge Dame neben ihr, die mit leichtem Fingerzug ein knallrotes Jou-Jou-Röllchen an der Schnur auf- und niedersteigen ließ, unterbrach ihr Spiel und sah ihn neugierig an — ein hübsches Mädchen übrigens. Auch Emmas Mutter spendete Albert ein freundliches Lächeln. Als sie einander gegenüberstanden, bemerkte Albert, daß die vierte, etwas pummelige Dame, zu der übrigen Gesellschaft nicht so recht passen wollte. Sie war etwa vierzig, schlicht gekleidet, trug einen aufgerollten Regenschirm, und auf ihrem Kopf saß eine altmodische Haube.
Frau Rübach schien zu begreifen, in welch peinlicher Situation sich ihre Tochter befand.
»Wir hielten es für geboten, Emma eine Luftveränderung zu verschaffen. Mein Mann ist überdies gegenwärtig nicht in der Lage, sich Frau und Tochter in dem erforderlichen Maße

zu widmen. Er ist gerade mit einer wissenschaftlichen Arbeit befaßt, die seine Kräfte bis zur Erschöpfung beansprucht. Du übernimmst es wohl, Emma, Herrn Matureit deiner Begleitung vorzustellen?«
Emma hatte Albert ohne Zurückhaltung die Hand gereicht und den Blick auch nicht von ihm gelassen, als die beiden Herren sich voreinander verneigten.
»Das ist meine Freundin Mathilde Dulitz. Wir wohnen immer bei Dulitzens, wenn wir in Königsberg sind. Hab' ich nicht schon einmal von ihr erzählt?«
Albert erinnerte sich. Das junge Mädchen kam ihm zuvor:
»Ich habe in der Tanzstunde für Aufregung gesorgt. Einigen Herren galt ich als ganz verworfenes Geschöpf.«
Natürlich, diese muntere Dame war Anlaß für Emmas Ohnmacht gewesen. Wieder ließ sie ihr Jou-Jou steigen und sinken. Diese kleinen lackierten Holzkapseln waren vor einigen Wochen wie ein Heuschreckenschwarm über die Stadt gekommen; an allen Ecken und Enden ließen Junge und Alte mit wippendem Oberkörper die bunten Dinger tanzen.
»Und das ist Kaschke«, sagte Emma und wies auf die hausbackene Person mit der Schute. »Rieke Kaschke aus Berlin. Sie ist Dienstmädchen bei Rector Dulitz. So, jetzt wären wir komplett.«
Was blieb Albert übrig, er reihte sich ein und promenierte.
Man sprach über den zu erwartenden Einzug des Cirkus Salomonsky. »Die sollen sogar ein paar Elefanten haben«, sagte Mathilde Dulitz.
»Von mir aus!« fiel die pummelige Berlinerin ein. »Und'n Löwen hamse. Und det is' ooch schon alles!«
»Immerhin bringt es einen Ruch von Exotik in unsere provinzielle Stadt«, sagte d'Heureuse.
»Ruchlos isse mir lieber«, behauptete Frau Kaschke. Albert wunderte sich, wie man sie reden ließ.
»Gibt es in Berlin etwa auch einen Cirkus?« fragte der Leutnant.
»Von wejen keen Cirkus!« empörte sich die stabile Person.

»Kommse mal zu uns in die Friedrichstraße! Da könnse erleben, wat'n Cirkus is. Da jehn dreitausend Mann rin, Ihr janzet Rejiment, Herr Leutnant. Und'n Kronleuchter hat der, mit zigtausend Flämmchen. Wenn da mit eenem Schlag det Jas anjeht, da sehn Se erstmal'ne janze Weile jarnischt, da sind Se erstmal blind. Da versäumen Se schon mal die erste Nummer, ebent weil Se vor lauter Jlanz nich kieken können. Die könnten den Bellachini engagieren oder den Caljostro oder die scheene Helena nackigt, wie Jott sie jeschaffen hat...«
»Ist ja schon gut«, sagte d'Heureuse indigniert.
Albert warf einen Blick zu Emma hinüber. Sie sah unverändert aus: wieder bewunderte er ihren lieblichen Teint. Ihre Mutter schritt erhobenen Hauptes; sie schien das Geschwätz der Dienstmagd nur eben zu dulden — aber was sollte sie machen, da Mathilde Dulitz ihre kesse Berliner Haushälterin immer wieder zu Kommentaren ermunterte.
Man war sich einig, daß vom Cirkus Salomonsky samt Menagerie nicht allzuviel zu erwarten sei. Immerhin würde es eine Menge Zelte und Buden geben.
»Das ist aber ein sehr unfeines Vergnügen«, wandte Frau Rübach ein. »Etwas fürs Volk.«
»Find' ich nicht«, widersprach Mathilde. »Und wenn auch. Wo kriegt man sonst so viele Tiere zu sehen? Schließlich hat Königsberg keinen Zoologischen Garten. Außerdem ist Kornmarkt. Ich geh' gern unter Leute. Kommst du mit, Emma? Wenigstens zur Menagerie?«
Ehe Emma antworten konnte, schaltete sich die vorlaute Kaschke wieder ein: »Unser Zoo in Berlin is jleich hinterm Hofjäger, am Kanal. Da hamse die janzen Viecher von der Pfaueninsel hinjeschafft und noch ne Menge mehr. Eintritt fünf Jroschen. Raubtierhaus, Bärenzwinger, Büffelarena, Affenfelsen — allet inclusive!«
»Nicht wahr, Frau Rübach«, drängelte Mathilde, »Emma darf mit? Und nach Schloß Holstein sollten wir auch noch fahren, ehe der Pregel zufriert. Aber sonst machen wir eine

Schlittenpartie, und Eislaufen ist auch was Schönes. Kommen Sie mit?«

Sie wandte sich an d'Heureuse, winkte aber schon ab, ehe er antworten konnte. »Ach, Sie haben ja immer Dienst! Aber Sie, Herr Matureit? Unsere alten Herrschaften können wir zu Hause lassen, Hauptsache, sie geben uns genügend Taschengeld. Natürlich müßt ihr damit rechnen, daß ich durchbrenne.

Wenn Emma sich mit Herrn Matureit amüsiert, muß ich mir wohl oder übel einen schmucken Stallknecht angeln. Vielleicht auch einen Zauberkünstler?«

»Paß nur auf, daß du keenen dummen Aujust erwischst!« mahnte Frau Kaschke.

Emma sagte kaum ein Wort — vielleicht litt sie unter Melancholie? Verdammt, wie ließ es sich einrichten, daß er ein paar Worte unter vier Augen mit ihr sprach? Sollte er wirklich mit den Mädchen in den Cirkus gehen? Und wenn dieser d'Heureuse nun auch mitkam? Nein, der hatte Dienst. Morgen, übermorgen, die ganze Woche. Einen vergnüglichen Dienst, wie es schien.

»Besuchen Sie mich doch mal in unserer Kaserne am Nassen Garten!« forderte er Albert auf. »Da kriegen Sie gleich einen Begriff, wie der Einjährig-Freiwillige lebt. Ich habe es Ihnen, glaube ich, schon einmal geraten: Absolvieren Sie Ihre Dienstzeit, solange Sie Student sind. Sie wohnen in der Kaserne — das ist alles, was man von Ihnen verlangt. Na ja, und eben mal Wache schieben. Aber das ist ein Hauptspaß!«

Als d'Heureuse nun schilderte, wie es am Nassen Garten auf Wache zugehen konnte, wurden auch die Damen aufmerksam. Wachhabender und Wachposten vertrieben sich die Zeit zwischen den Runden mit Kartenspielen und Saufen, vom Morgen bis zum Abend und die ganze Nacht durch: es war eine einzige große Kneipe — und die Vorstellung, die Wache könne einmal zum Einsatz gerufen werden, wenn schon nicht gegen den Feind, so doch bei Aufruhr, Brand oder Wasserflut, schien manchem der bezechten Kumpane so

absurd, daß sie allenfalls im Hirn eines blutigen Zivilisten spuken mochte. Die Soldaten blieben, sofern sich ein »Einjähriger« unter ihnen befand, selten ohne Gesellschaft. Die Königsberger Studenten zogen, vor allem spät nachts, wenn die Kneipen schließen mußten, in die Wachstuben der am Stadtrand gelegenen Kasernen und wurden dort, als bereits Gediente oder als künftige Kameraden, mit Hallo empfangen. Es blieb nicht beim Spielen und Saufen. Man hatte in Königsberg ein illegales Requisitionssystem ausgeheckt. Im Laufe der Jahre hatte es sich der Legalität so weit angenähert, daß mancher Bürger sogar stolz darauf war, wenn die Soldaten ihn ausplünderten. Am meisten betroffen waren natürlich die Wirte in den der Kaserne zunächst liegenden Gasthäusern, aber auch angesehene Bürger der Umgebung, die auf ebenso unverschämte wie erfolgreiche Weise von einer zur »Exekution« ausgesandten Mannschaft belagert wurden. Nach einem lautstarken Appell an ihre patriotischen Gefühle rückten sie freiwillig heraus, was Küche und Keller an Branntwein, Schinken, Würsten, Cigarren, Brot, Kaffee und Bier vorrätig hielten. Wer wollte es den Vaterlandsverteidigern mißgönnen? Das Ergebnis bei Wachablösung war fast immer das gleiche: halbwegs aufrecht hielten sich zwei Drittel der Mannschaft. Der Rest schwankte, und ein, zwei, die in der sogenannten »Totenkammer« ihren Rausch ausschlafen mußten, waren immer dabei.
»Und die Vorgesetzten?« fragte Albert. »Ich meine die höheren. Kontrollieren die nie die Wache?«
»Warum sollten sie?« sagte d'Heureuse zynisch. »Wenn sie uns singen hören, wissen sie doch, daß es uns gutgeht.«
Albert war beeindruckt. Er hatte sich das Soldatenleben nicht ganz so lustig vorgestellt. Er erfuhr allerdings auch, daß es Unterschiede gab. Man stellte die Wachen gern aus den Angehörigen der gleichen Gesellschaftsschicht zusammen, wobei man jedoch darauf achtete, daß immer zwei oder drei Musketiere aus den niederen Ständen dabei waren, die für die Putzarbeit eingeteilt werden konnten. Mit dem

einfachen Mann, der es, anders als die »Einjährig-Freiwilligen«, in seiner drei Jahre währenden aktiven Dienstzeit nicht zu Offiziersehren bringen konnte, wurde anders umgesprungen. Das machte Leutnant d'Heureuse sehr deutlich.

»Disziplin muß natürlich sein. Es ist ähnlich wie in den Corporationen und Burschenschaften: gesoffen muß werden — aber verschissen hat, wer keinen Landesvater mehr stechen kann. Wer die Grenze zwischen Freiheit und Aufsässigkeit nicht zu wahren weiß, der macht sehr schnell Bekanntschaft mit der Preußischen Militärstrafgerichtsordnung. Wir hatten vor zwei Jahren so einen Fall in der Kaserne. Ein Rekrut wurde von einem Hauptmann wegen inkorrekter Kleidung zurechtgewiesen, vielleicht, kann sein, auch ein bißchen hart angefaßt. Statt das Maul zu halten und sich, meinetwegen, später zu beschweren, hat das Rindvieh zurückgeschlagen. Ein Rekrut schlägt einen Hauptmann! Dieser Fall Nothnagel hat damals ganz schön Furore gemacht.«

»Und? Wurde der Rekrut bestraft?« wollten die Damen wissen.

»Das walte Gott. Er bekam zehn Jahre.«

»Sagten Sie Nothnagel?« fragte Albert. »Der Fall Nothnagel?«

»Ja. So hieß der Rekrut. Das gab natürlich einen ungeheuren Skandal, ging wochenlang durch die Presse, die Linke hat Zeter und Mordio geschrien.«

»Und der Hauptmann?« fragte Albert. »Was geschah mit dem?«

»In Anbetracht des Umstands, daß er nicht ganz nüchtern gewesen war, mußte er auf die Festung.«

»Für wie lange?«

»Zwei Jahre. Er kommt also bald wieder frei.«

Nothnagel. Nikolas Nothnagel, der Sohn seiner Wirtsleute.

In der folgenden Nacht schreckte Albert auf. Ihm war, als habe jemand ans Fenster geklopft — aber das war nicht möglich, sein Zimmer lag im ersten Stock. Er stand auf, ohne Licht zu machen, und noch ehe er am Fenster war, schlug wieder etwas gegen die Scheibe. Ein Stein? Er spähte hinunter und sah jemand auf der dunklen Straße im matten Licht der Ecklaterne stehen. Albert öffnete das Fenster.

»Komm, mach auf!« rief der Unbekannte. »Es ist wichtig!«

Es war Richard Marold.

Albert lief die Treppe hinunter, ließ den Vetter eintreten und führte ihn ins Zimmer.

»Leise bitte! Daß meine Wirtsleute nicht aufwachen.«

»Wieso? Ich bin doch kein Damenbesuch«, sagte Richard. »Hast du was zu trinken?«

Albert bedauerte. »Mensch, Richard, was treibt dich mitten in der Nacht zu mir? Und wie hast du mich überhaupt gefunden?«

»Man hat seine Verbindungen...«

»Ich freu mich ja, dich wiederzusehen, nach so langer Zeit. Aber...«

»Den Paul hat's erwischt? Ich hab's in der Zeitung gelesen.«

Albert nickte. »Du warst noch gar nicht zu Hause?«

»Nein. Mußte erst zu dir. Wir haben großes Pech gehabt, sonst hätt' ich dich schnarchen lassen. Unser Löwe ist tot.«

»Du arbeitest in einer Menagerie, nicht wahr?«

»Im Cirkus Salomonsky«, korrigierte Richard stolz.

»Und? Was habe ich mit eurem Vieh zu schaffen?«

»Sei nicht so abgeneigt!« tadelte Richard. »Die Sache verhält sich doch so: Wenn einem Cirkus der einzige Löwe stirbt — das ist ein ganz großes Unglück, das kannst du mir glauben! Da fallen gleich etliche Nummern aus dem Programm. Das ist, als würde einem Möbelhändler sein Lager abbrennen. Leo war ein kreuzbraves Tier, ich konnte gut mit ihm. Du hast mich ja überhaupt noch nicht gesehen in meinen Glanznummern. Na, das ändert sich jetzt, wir ziehen morgen in Königsberg ein, und du kriegst eine Freikarte, das ist klar. Ich kann darüber verfügen, ich bin immerhin so etwas wie Stellvertretender Direktor. Frau Salomonsky hat unbegrenztes Vertrauen zu mir.«

»Also«, unterbrach Albert gähnend, »der Löwe ist tot. Und was habe ich damit zu tun?«

»Es ist nur zu deinem Vorteil. Paß auf: Wenn wir Leo dem Abdecker geben, zahlt der uns keinen Groschen, das ist klar. Aber du hast doch, wie ich mich erinnere, so einen verrückten Professor, der haufenweis Viecher umbringen läßt, um sie mit seinen Studenten auseinanderzunehmen. Na also! Wenn du dem morgen sagst, welch seltenes Fleisch du ihm für sein Tranchiermesser besorgen kannst, dann hast du bestimmt einen großen Stein im Brett! Ein paar Taler wird er rausrücken müssen — aber welch einen Löwen kriegt er dafür! Allein das Fell! Solche Mähne, solche Zähne, solche Krallen! Und erst der Schwanz...«

»Also gut«, sagte Albert. Er dachte, es wäre nicht übel, dem Zoologen mal ein bißchen um den Bart zu gehen, und sei's mit einer Schwanzquaste. »Ich werd's versuchen. Und wenn er ihn haben will — wie geht's dann weiter?«

»Triff mich morgen um zehn beim Altstädtischen Friedhof an der Pillauer Landstraße, am Hauptportal.« — Albert konnte nicht mehr einschlafen, nachdem er Richard aus dem Haus gelassen hatte. Er stand bald auf und war schon um halb neun im Zoologischen Institut.

An vorlesungsfreien Tagen pflegte Professor Konradin Zabrowski sich seiner wissenschaftlichen Korrespondenz zu widmen. Er unterhielt fruchtbringende Kontakte mit Lehrstuhlinhabern, Privatgelehrten, sammelnden Laien und Zoodirektoren aus aller Welt, und es blieb nicht beim schriftlichen Gedankenaustausch. Warm- und Kaltblüter, tot oder lebendig, Muscheln, Schnecken, Insekten, Fische, Infusorien und Hohltiere, Vogelbälge und Skelette, Eier, Föten und Schädel — dies und noch viel mehr brachte die Eisenbahn dem Gelehrten ins Haus, nicht selten beschädigt, zerbrochen, verfault, woraus sich manch unangenehme Diskussion mit den Herren vom Zoll- und Steueramt ergab, die freilich noch immer, dem Ruhme der Albertina zuliebe, klein beigegeben hatten. Im großen und ganzen jedoch langten die Sendungen unversehrt an, und immer wieder glänzte ein neues Prachtstück seiner Art im Museumstrakt der von Zabrowski verwalteten Königlichen Naturaliensammlung.

An diesem Dienstagmorgen hatte der Professor von einem Stuttgarter Molluskenspezialisten vielerlei Conchylien aus dem afrikanischen Sanagafluß-System erhalten, Muscheln von feinster Struktur und perlmuttschillernder Färbung, die vom wissenschaftlichen Standpunkt allerdings nur geringen Wert hatten im Vergleich mit den diesen anhaftenden selbstgebauten Heimstätten der Köcherfliege, und zwar einer, wie der Gelehrte durch einen Blick ins Mikroskop feststellte, unzweifelhaft zur Gattung Helicopsyche oder doch in deren Nähe gehörenden Art. Die Larve derselben erbaut sich aus kleinsten Sandkörnern ein schneckenhausähnliches Domicil — ein jedem Zoologen geläufiger Vorgang, der freilich noch nie an dieser afrikanischen Species studiert wurde, somit denn auch Professor Zabrowskis besondere Zuwendung verdiente, sofern nicht die jenen Gehäusen ebenfalls anhaftenden Süßwasserschwämme *(Cornacuspongia)* mit ihrem netzartigen Hornskelett sein Interesse in noch höherem Maße beanspruchen sollten.

Nun aber ein Löwe!

Der Zoologe schob das Mikroskop, ein neues, blitzblankes Modell von Seibert und Krafft aus Wetzlar, auf dem die Blicke seines Schülers geradezu begehrlich ruhten, behutsam zur Seite und musterte den jungen Mann, der ihm einen so fulminanten Kadaver offeriert hatte, mit unverhohlener Anerkennung.

Noch ehe er sich äußerte, bedachte er flink, was alles erforderlich sein würde, einen kapitalen Leichnam sachgerecht zu sezieren. Vor allem galt es, das Fell, unter Beistand des Präparators, besonders schonend zu behandeln, gleichviel ob das Tier ausgestopft, oder nur sein Fell erhalten werden sollte. Der Obduktionstisch im großen Institutssaal wäre durch angestellte Tische zu verlängern, Glasbehälter zur Aufnahme der inneren Organe sowie des Magen- und Darminhalts waren zu beschaffen, und überdies mußte für die Zoologiestudenten noch auf den heutigen Abend eine Anatomiestunde außer der Reihe angesetzt werden, denn langes Zögern war hier nicht am Platze.

»Wann, sagten Sie, ist das Tier verendet?« fragte der Professor.

»Wie mir gesagt wurde, gestern mittag«, erwiderte Albert. Er konnte den Blick nicht von dem Mikroskop lassen.

»Nun, dann ist die Leichenstarre längst vorbei, und der oxydative Abbau schreitet voran. Bis wann wird das Tier im Institut sein?«

»Ich werde meinen Bekannten bitten, es noch heute vormittag bei Ihnen abzuliefern.«

»Das ist zu wünschen«, sagte der Gelehrte. »Ich verlasse mich auf Sie, lieber Matureit.« Er lächelte. »Ei, ei, *Panthera leo,* wer hätte das gedacht. Mit Ausnahme von *Cevus capucinus* hatten wir bislang noch keinen warmblütigen Exoten auf unserem Tisch. Wirklich sehr verdienstvoll von Ihnen, daß Sie sich für uns verwendet haben. Selbstverständlich, drei Taler soll uns der *corpus* wert sein. Leben Sie wohl, bis heute abend; wir werden um sieben beginnen. Darf ich Sie bitten, am Schwarzen Brett eine Notiz, am besten rot umrandet, anzuheften? Ich werde mich derweil auf dem Schlachthof um einige Messer größeren Formats bemühen; mit unseren zierlichen Instrumenten vermöchten wir wohl gar zu wenig auszurichten.«

Er winkte Albert nach, und dieser, als er sich an der Tür noch einmal umwandte, nahm auf dem Gesicht des Gelehrten den Ausdruck ungezügelter Forscherwollust wahr.

An verabredeter Stelle, beim Altstädter Friedhof, traf Albert sich mit Richard. Der Cirkus samt Menagerie hatte über Nacht vor den Toren der Stadt, bei Juditten, in seinen

Wohnwagen Rast gehalten. Heute nachmittag wollte man in festlichem Umzug durch die Innenstadt marschieren, bis auf die Bürgerwiesen zwischen Altem und Neuem Pregel, wo das große Cirkuszelt aufgeschlagen werden sollte.
Albert merkte sofort, daß Richard verlegen war. Eher beiläufig fragte der Vetter: »Nun? Hat's geklappt?« Und als Albert ihm Professor Zabrowskis Enthusiasmus schilderte, nagte Richard an seiner Lippe. »Weißt du, mit heute vormittag wird es noch nichts. Wir brauchen Leo zum Einzug.«
»Was denn? Den toten Löwen?«
»Eben, das ist es. Was ist ein Cirkus ohne den König der Tiere? Er muß uns heute nachmittag noch einen letzten Dienst erweisen, doch, das muß er.«
»Ich verstehe dich nicht.«
»Ich selber wäre ja nicht auf die Idee gekommen. Aber Frau Salomonsky, unsere Prinzipalin, mit der ich übrigens — na, das ist jetzt nicht wichtig —, also die Chefin, die ja mit Leos Tod schon genug Kummer hatte, die braucht ihn eben noch als Aushängeschild, sozusagen. Was soll ich dir viel erzählen, du wirst es ja sehen.«
»Und wann kriegen wir den Löwen?« fragte Albert beunruhigt.
»Heute abend. Heute nacht. In der Dunkelheit, damit es kein Aufsehen gibt. Wir karren ihn euch direkt vors Haus.«
Verärgert ließ Albert den Vetter stehen. Das brachte Professor Zabrowskis Pläne völlig durcheinander! Und rätselhaft war, was Richard mit dem »Aushängeschild« gemeint hatte.

Im Großen Saal des Instituts wurde bereits gerückt, geräumt und geklopft; der Direktor überwachte die Arbeiten in eigener Person, und inmitten von Kisten, Behältern, metallenen Bekken, Eimern und Instrumententischen fand ihn Albert und trug seine Botschaft vor.
Also erst morgen früh. Das war schon bedenklich. Gottlob war es Herbst, ein kühler zumal, aber dennoch... Jedenfalls mußten die Studenten wieder nach Hause geschickt werden,

wenn sie am Abend kamen. »Sehr verdrießlich«, murmelte der Professor.

Am frühen Nachmittag rollten bunte Cirkuswagen über Hufenallee und Steindamm in die Stadt. Man schrieb den 3. Oktober, Krammarkt, und auf den Straßen drängte und schubste sich das Volk vor Verkaufsbuden und -zelten. Drehorgeln, Pauken, Trommeln und Glockenspiele machten gewaltigen Lärm, und an der Ecke zur Poststraße stauten sich die Menschen vor einem Puppentheater, dessen Kasper einen rotgewandeten Teufel verdrosch. Doch nun kam der Zug. An seiner Spitze jonglierten Japanesen in bunten Kimonos mit Tellern und Bällen, gefolgt von Kunstreitern auf geschmückten Pferden, und eine junge Frau im rosafarbenen Trikot machte Kopfstand auf ihrem sattellosen Tier. Sodann die Elefanten, drei an der Zahl, und einer trug einen vergoldeten Turm, in dem saß Rosine Salomonsky, die Prinzipalin, und warf Handküßchen in die Menge: eine üppige Dame mit rabenschwarzer Perücke und übergroß geschminkten Augen. Als nächstes ein Käfig auf Rädern. Darin, in majestätischer Ruhe, vermutlich schlummernd, eine Pfote über die andere gelegt und das bemähnte Haupt bequem darauf gebettet: Leo, der Löwe.

Gewiß, er schien zu schlafen, aber hatten sich nicht die Lider schon um einen Spalt breit geöffnet, linste nicht das gelbe Raubtierauge mißtrauisch durch die Gitterstäbe auf ein ehrfurchtsvoll zurückweichendes Publikum? Und welch unbegreiflicher Mut gehörte dazu, sich, wie jener junge Mann im Käfig, der stolz und waffenlos neben dem Untier stand, mit dieser Bestie einschließen zu lassen!

Als der von zwei Schimmeln gezogene Käfigwagen an Albert vorüberkam, zwinkerte Richard dem Vetter zu, wobei ihm beinahe entgangen wäre, daß, bei all dem Gerüttel, des Löwen imponierendes Haupt von den stützenden Pfoten abzurutschen drohte. Es gelang ihm gerade noch, indem er dem Leichnam in die Mähne griff, den

Kopf wieder zurechtzurücken und so die Decouvrierung der schlimmen Täuschung zu verhüten.
Sein Mut wurde nun um so mehr bewundert, wenngleich erfahrene Cirkusbesucher sich nicht erinnerten, jemals ein so träges Exemplar gesehen zu haben.
Nun folgte die gesamte Menagerie, teils zu Fuß, teils auf Wagen und Karren: zwei schlanke Jaguare, drei Pelikane, ein Strauß, ein australischer Emu sogar, zwei polnische Wölfe, eine gestreifte und eine gefleckte Hyäne, Affen auf den Schultern possierlicher Clowns, Papageien, Pferde noch und noch, und eine zierliche Gazelle, neben der ein Bär trottete, der sich auf Zuruf seines Dompteurs auf die Hinterbeine stellte, um sich zum allgemeinen Jubel im Tanze zu drehen.
Albert hatte genug gesehen. Das also war der letzte Liebesdienst, den Leo seiner Herrschaft erwies, ehe er sich unterm Seziermesser der Wissenschaft opfern würde. Doch dazu sollte es nicht mehr kommen.
Umsonst fanden sich am nächsten Morgen die Studenten, Albert unter ihnen, im Institut ein, vergeblich erwartete Professor Konradin Zabrowski die kostbare Fracht. Der Löwe kam nicht. Und dies war die anrüchige Wahrheit:
In Sackheim, wo das Katzenkopfpflaster besonders holperig war, erkannte ein Polizist, trotz Richards verzweifelter Bemühung, dem Löwen ein putzmunteres Aussehen zu verleihen, wie es um das Salomonsky'sche Aushängeschild bestellt war.
Er ließ den Wagen halten, trat an den Käfig und verzog die Nase. Hier war energisches Eingreifen im Interesse der Volksgesundheit geboten. Zum Gaudium der Umstehenden ordnete der Wachtmeister die Überführung des Kadavers in die nahegelegene Abdeckerei von Goldwitz und Söhne an und ließ sich auch nicht durch Richards wiederholten Hinweis, das Tier sei bereits an die Wissenschaft verkauft, beirren.
So kam es, daß Leo dieser letzte Dienst an der Menschheit verwehrt wurde – und, leider, auch, daß der stud. phil.

Albert Matureit bei Professor Zabrowski keinen Stein mehr im Brett hatte, durchaus nicht, ganz im Gegenteil.
Aber auch Richard Marold kam nicht ungeschoren davon, obwohl er doch nur der strikten Weisung seiner Prinzipalin gefolgt und beim Bemühen, dem Tier ein vitales Aussehen zu verleihen, gewiß nicht faul gewesen war. Daß Frau Rosine Salomonsky ihn dennoch davonjagte, und zwar unter dem Vorwand, Richard habe das Löwenhaupt an seiner Mähne nicht kräftig und anhaltend genug in die Höhe gezurrt, hatte andere Gründe. Der neue Stallmeister des Unternehmens, ein athletisches Mannsbild südländischen Typs, hatte Richard schon seit längerem in der Gunst seiner Herrin ausgestochen; so durfte er sich nicht wundern, als sie ihm den Laufpaß gab.
Noch am Abend des Unglückstages fand er sich in der Französischen Straße ein, und endlich konnte der Vater ihn von seinem späten Triumph als entlassener, doch bald wieder herbeigewünschter Bühnenkünstler in Kenntnis setzen. Das war Balsam auf Richards kaum vernarbte Wunde. Frieda Kollek bereitete ihm sein Lieblingsgericht – Rindfleischsuppe mit Sellerie, Porree, Gerste und geriebenen rohen Kartoffeln – und Fritz Marold köpfte eine Bouteille Rotspon.
Bei Grübners war der Jammer groß. Ach, es ging nicht um Kater Hinze, der saß in der Küche auf Tante Dorchens Schoß, schnurrte und wurde gekrault – mit geradezu verzweifelter Intensität, wie es Albert schien. Der saß ebenfalls in der Küche, während zwei Polizisten die Wohnung durchsuchten.
Sie hatten ihn an der Haustür in Empfang genommen und gleich bis ans Ende des Ganges bugsiert, und in der Küche fand er Dorchen, ganz verheult, und auf einem Stuhl am Herd saß, das Gewehr zwischen den Knien, ein dritter Polizist und antwortete auf Alberts bestürzte Fragen ebensowenig wie zuvor die Kollegen. Auch aus Dorchen bekam Albert nichts heraus; er vermied es, in sie zu dringen, da sie,

auf seine erste Frage, nur gejammert hatte: »So mußte es ja kommen!« und »Ich hab's ja vorausgesehen« was, in Gegenwart der Polizisten, zweifellos sehr töricht war. Nein, er wollte sie nicht zu weiteren Schuldbekenntnissen provozieren, zumal er ein schlechtes Gewissen hatte. Ihm war klar, daß sie nach verbotenen Schriften suchten, und da Achim Grübner sich vor Monaten seinem Neffen anvertraut hatte, fühlte dieser sich als Mitwisser belastet. Kam hinzu, daß vor den Ferien, bei Düformantels Geburtstag, der betrunkene Richard revolutionäre Lieder gegrölt hatte — sehr zu des Onkels Kummer. Schon damals konnte ihn ein Nachbar denunziert haben, und wer weiß, was sich inzwischen bei den nächtlichen Treffen des Arbeiter-Bildungsvereins ereignet haben mochte. Wie hatte Onkel Achim sich ausgedrückt: »Man weiß nicht immer, was erlaubt ist, das ist das Tückische. Plötzlich haben sie dich am Wickel.« Und was hatte Angelica über die Zeitschriften gesagt, die sie aus Leipzig mitgebracht hatte? »Unsere Polizei ist auf solche Einfuhr aus Sachsen nicht gut zu sprechen...« Warum hatte sie dann den schlichten Schwager solchen Gefahren ausgesetzt? Zum ersten Mal hatte Albert, wie er das Elend in Grübners Küche sah, etwas an Angelica zu kritisieren. Sie konnte sich's leisten; einer vornehmen Dame traute man keine socialistischen Umtriebe zu. Aber der biedere Grübner, der, wie Onkel Fritz Marold meinte, nicht begreifen wollte, daß er kein Arbeiter, sondern Bürger war, tappte natürlich in sein Unglück.

Die stöbernden Polizisten kamen nun auch in die Küche; sie waren nicht fündig geworden; unter Dorchens Aufsicht hatte revolutionäre Literatur kein Gastrecht im Hause.

»Wer sind Sie?« fragte einer der Beamten.

Albert nannte seinen Namen und zog den Studentenausweis.

Der Polizist wechselte sofort den Ton. Mit Studenten legte man sich nur im Notfall an. Immerhin schrieb er den Namen ins Notizbuch.

»Darf man fragen, was das alles soll?« erkundigte sich Albert.
»Wir haben eine Anzeige bekommen, der müssen wir nachgehen.«
»Und wo ist mein Onkel, Herr Grübner?«
»Beim Verhör. Mehr brauchen Sie nicht zu wissen, Herr Student. Sie können jetzt gehen.«
Als sie allein waren, bekam Dorchen einen Wutausbruch, der Hinze verstört auf den Kohlenkasten flüchten ließ. Wahllos beschimpfte sie ihren Mann, die Rhans, Angelica, die Freunde ihres Mannes, die Marolds und selbstverständlich auch Albert, der ja mit dabei gewesen sei, als sie tief in der Nacht aufsässige Lieder gesungen hatten. Das wußte sie also auch; Achim hatte es ihr sicher sorgenvoll gebeichtet.
Albert war nur zufällig in die Hausdurchsuchung geraten. Er hatte nach Post fragen wollen — und tatsächlich lag auf der Konsole ein Brief für ihn, ein amtlicher, mit dickem Siegel. Es war eine Mitteilung des Herrn Ober-Präsidenten, Wirklichen Geheimen Rates und Universitäts-Curators Horn, wonach dem stud. phil. Herrn Albert Matureit, auf Grund der Vorlage eines Attestes der Stadt Gumbinnen, für das laufende Semester ein Königlicher Freitisch, einzunehmen werktäglich um ein Uhr in der Jubiläumshalle, gewährt worden sei.
Albert versprach Dorchen, sich um Onkel Achims Verbleib zu kümmern. Doch zunächst mußte er zum Krammarkt; dort war er für heute mit den Mädchen verabredet. Es war schon eine Stunde über die Zeit. Würde er Emma allein sprechen können?
Oder waren sie wieder alle dabei? Frau Rübach, d'Heureuse, Mathilde Dulitz, die vorlaute Berlinerin?
Vor der Altstädter Kirche über die ganze Junker- und Französische Straße bis zum Roßgärter Markt erstreckte sich die Budenstadt. In Bretterhütten, unter buntgestreiften Markisen, vor langen Tischen unter freiem Himmel riefen rauhstimmige Händler tausend Köstlichkeiten aus: Frischen

Raps- und Safrankuchen, Konfekt, Lakritze und süßes Gebäck, Würstchen mit Brezeln und Gurken, Flundern, Krabben und Krebse, Mandeln, Rosinen, Schokoladenherzen, Thorner Pfeffer- und Berliner Pfannkuchen und immer wieder duftendes Königsberger Marzipan. Eine blecherne Henne legte gackernd ihre Zuckereier, und lebendige Papageien zupften Glückshoroskope aus einem Briefkästchen. Ringsherum Schießstände und Würfelbuden, »Myrtli, die schöne Schweizerin« und »Lipphardts Affentheater«, daneben ein kreisrundes Zelt für »Bockmeiers Pudelschau« und, geheimnisvoll hinter Sammetportieren, »Seltsame Menschen«: Haruspex, der pelzige Wolfsmann und Juno, das stärkste Weib der Welt.
Vergeblich suchte Albert die Mädchen. Es sollte ihm recht sein, wenn er sie nicht fand. Wie konnte er jetzt in der Stimmung sein, Emma Rübachs Klagen anzuhören? Die Polizei bei Grübners! Wer hatte Onkel Achim denunziert? Unvorstellbar, diesem bescheidenen, ein wenig versponnenen Alten »revolutionäre Umtriebe« zuzutrauen. Da hockten sie des Abends im Hinterzimmer eines Vorstadtlokals nach harter Tagesarbeit beisammen und »bildeten« sich — wie sie's eben verstanden. Ein Schulmeister, ein ausgemusterter Pastor, ein radikaler Redakteur — das mochten die Lehrer oder, wie Onkel Fritz Marold es sah, ihre Verführer sein.
Da galten, seit 48, noch immer die alten Parolen, noch träumte man von Freiheit, Gleichheit — vielleicht nicht mehr gar so viel von Brüderlichkeit. Was wußte Albert davon? Das bißchen, was Angelica und Onkel Achim ihm beigebracht hatten. Er konnte nur eins tun: versuchen, Grübner ausfindig zu machen.
Saß er auf einer Polizeiwache — oder schon im Gefängnis?
Lustlos schlenderte er durch die Budengassen, widerstand dem Hunger, verschmähte, dank seinem leeren Portemonnaie, sogar den Honigkuchen, und als er zum wiederholten Male an Bockmeiers Pudelschau vorbeikam, reckte sich ein Arm aus dem Zelteingang und zog ihn hinein.

»Erwischt!« Emma gluckste vor Vergnügen und ließ ihn neben sich Platz nehmen, in einer der Bankreihen, die rund um die kleine Manege aufgebaut waren. Es roch nach Sägespänen.

Das Zelt war leer, kein Mensch, kein Pudel.

»Was machen Sie denn hier?« fragte er verblüfft.

»Die anderen sind gegangen, sie hatten keine Lust mehr«, sagte das Mädchen. »Aber ich wollte noch auf Sie warten.«

»Mir kam etwas dazwischen, entschuldigen Sie. Aber weshalb sind Sie hier im Zelt?«

»Ein junges Mädchen kann nicht allein unter all den vielen Leuten flanieren. Da hab ich mich eben versteckt. Man kann von hier sehr gut die Straße übersehen.«

Sie verließen das Pudelzelt und wanderten auf und ab.

»Ich bin Ihnen eine Erklärung schuldig«, sagte Emma. »Ich habe einen törichten Brief geschrieben. Nein, der Inhalt war nicht töricht. Töricht war, daß ich ihn abgeschickt habe.«

»Wieso? Vielleicht hätte ich Ihnen helfen können.«

»Wir mußten uns selber helfen, Mama und ich. Es war nicht mehr zu ertragen.«

»Ihr Vater?«

Sie nickte.

»Hat er getrunken?«

»Das ist nicht das Schlimmste.«

»Was ist das Schlimmste?«

Sie stockte, wollte erst nicht mit der Sprache heraus. Doch bald konnte sie nicht mehr an sich halten: »Er ist so roh zu meiner Mutter. Er schlägt sie.«

Albert wandte ihr vorsichtig den Kopf zu. Er sah, wie ihre Augen feucht wurden.

»Und zu Ihnen? Wie ist er zu Ihnen?«

Sie schwieg.

»Ich habe schon gemerkt, er hält große Stücke auf Sie. Können Sie ihn nicht zügeln?«

»Wenn ich das nicht könnte — vielleicht hätte er Mama längst totgeschlagen.«

Er mußte an sein Gespräch mit Düformantel denken. War das die Regel — in allen Familien, außer der seinen?

»Aber Ihr Vater ist doch ein gescheiter Mann«, sagte er. »Er ist, zum Beispiel, äußerst beschlagen in der Philosophie. Wie kann ein kultivierter Mann seine Frau so demütigen? Das gibt's doch nur bei Ungebildeten.«

»Vielleicht verübelt er ihr, daß sie nicht mehr so schön ist.«

»Er ist auch kein Adonis.«

»Aber ich... Ich bin für ihn, wie ich nun einmal geraten bin, ein ständiger Vorwurf an seine Frau.«

Nun wurde es kompliziert.

»Er wirft seiner Frau vor, daß Sie so — wohlgeraten sind?«

»So ähnlich.«

»Und nun sind Sie beide auf und davon?«

»Wir haben schreckliche Angst. Er weiß natürlich, wo wir sind. Wo sonst sollten wir hin als zu Dulitzens? Er kann jeden Tag kommen und uns zurückholen. Aber ich halt's nicht mehr aus in Pallweitschen. Ich käm' um vor Langeweile.«

»Wieso? Es gibt genug Arbeit auf dem Lande.«

»Nicht für mich. Ich darf doch nichts anrühren. Er verbietet es mir. Es schadet meinen Händen, sagt er. Was darf ich denn? Stricken — aber nicht zu viel, es könnte den Augen schaden. Umziehen darf ich mich, das ja, mehrmals am Tag. Ich hab' viele Kleider; er schenkt mir fast jeden Monat was Neues. Ich muß dann zu ihm ins Zimmer, er unterbricht seine Arbeit, steht auf, geht um mich herum, lobt mich, weil ich so hübsch sei. Nein, nicht hübsch, er nennt es anders: vollkommen. Ich bin eine Puppe, eine Anziehpuppe. Ich muß auch tanzen vor ihm. Wozu hat er mir Unterricht geben lassen? Ich bin seine Salome, sagt er dann immer. Und er sei mein Vater Herodes.«

»Da kennt er die Bibel aber schlecht!« protestierte Albert.

»Salome war keineswegs die Tochter des Königs Herodes. Nur seine Nichte. Die Tochter seines Bruders.«
»Ach?« Emma schien erstaunt. »Nicht seine Tochter? Ich dachte immer...«
Plötzlich griff sie sich ans Herz, gleichzeitig überfiel sie ein heftiger Husten, er klang wie der »Verschluckhusten« beim Frühstück in Pallweitschen. Behutsam klopfte er ihr auf den Rücken. Sie erholte sich schnell.
»Haben Sie das öfter?«
Sie schüttelte den Kopf. Eine Weile schwiegen sie nun, lachten über einen possierlichen Affen und über die metallene Henne, die mit Gegacker ein buntes Ei verlor. Vor einem Stand mit Keramikwaren und Kochtöpfen fragte Albert:
»Und der Haushalt? Wer macht die Hausarbeit, wenn Sie nicht dürfen? Die Mutter?«
»Wenn sie nicht dichtet«, sagte Emma. »Wenn sie dichtet, rührt sie nichts an.«
»Und wer tut's dann?«
»Ich. Dann läßt er es zu.«
»Habt ihr denn keine Magd? Kein Dienstmädchen?«
»Wir hatten drei. Mama hat sie alle davongejagt. Sie waren zu hübsch.«
»Aber weshalb war sie eifersüchtig? Wenn sie doch ihren Mann gar nicht mehr liebt!«
»Weiß man das so genau?«
»Wenn er sie doch prügelt!«
»Ach, Albert, ich glaube, über die Liebe weiß ich schon ein bißchen mehr als Sie.«
Er ärgerte sich. »Nun ja, Sie haben allerdings genug Freunde, die in Sie verliebt sind. Leutnant d'Heureuse. Und dieser Nachbar, der Inspektor aus Göritten?«
»D'Heureuse besucht uns nur selten. Außerdem ist er engstirnig und oberflächlich. Er und der Inspektor, beide wollen mich heiraten. Aber ich will weder den einen noch den andern.«
»Und warum nicht?«

»Ich habe Angst.«
»Vor dem Heiraten?«
»Vor den Männern.«
»Es sind doch nicht alle so wie Ihr Vater.«
»Das ist es ja!«
Nun verstand er gar nichts mehr.
»Meinen Vater kenne ich«, fuhr sie fort. »Er ist nicht schlecht, trotz allem. Ich könnte ihn nie allein lassen. Schon gar nicht, wenn meine Mutter nicht mehr zurückkommen sollte.«
Es war alles so unlogisch. Entweder war der Vater ein Haustyrann, dann sollte sie froh sein, ihn loszuwerden, und sei es durch Heirat. Oder er war ein armer hilfloser Papa, der sie mit Geschenken überhäufte — dann hätte sie doch, wenn nur erst die Mutter aus dem Hause wäre, ein schönes Leben, verwöhnt und verehrt.
»Aber Mama könnte gar nicht weg«, sagte Emma. »Wohin sollte sie?«
Ihm kam eine Idee. »Sie könnte nach Gumbinnen, zu meiner Mutter. Die wäre vielleicht sehr froh, wenn sie in ihrer Pension eine Hilfe hätte.«
Sie fand seinen Vorschlag »sehr lieb« und drückte ihm die Hand. »Albert — ich halt' das ›Sie‹ nicht mehr aus. Es ist so fremd, so kühl. Warum sagst du nicht Emma zu mir?«
»Nun gut, wenn Sie es wollen. Gern sag' ich Emma zu Ihnen.«
»Und kein Du?«
»Doch. Ich sage gern Du zu dir.«
Sie faßte ihn am Ellbogen und führte ihn wieder zurück ins Pudelzelt.
»Ich hab' was vergessen...«
Im Zelt sah sie sich nur flüchtig um. »Ich dachte, ich hätte mein Taschentuch liegen gelassen.«
Und dann, in der Geborgenheit der Zeltwände, umschlang sie ihn.
»Verlaß mich nicht, Albert!« Ihr Gesicht war tränennaß.

»Ich muß jemanden haben, an den ich mich halten kann. Ich kann sonst nicht mehr weiterleben in Pallweitschen. Und wenn ich an Weihnachten denke... Das wird schrecklich!«

Sie lehnte sich an ihn. Ganz schwach war sie, er mußte sie stützen. Er legte den linken Arm um ihre Hüfte, spürte das Korsett, erinnerte sich an das hilflose Tanzstunden-Mädchen.

Seine Rechte spielte in ihrem Haar. Als er merkte, wohin sie sich, wie ohne sein Zutun, verirrt hatte, zog er sie schnell zurück. Er hatte das kaum bezähmbare Bedürfnis, ihre geschlossenen Lider zu küssen. Aber gleich fand er diese Verlokkung, wie auch die Position, die er eingenommen hatte und die der eines Liebhabers verdammt ähnlich sah, so ungehörig, daß er beide Hände von ihr ließ und riskierte, daß sie, noch immer kraftlos, an seinem Körper abwärts glitt. Aber dazu kam es dann doch nicht. Auch sie hatte die Umarmung gelöst, stand, mit hängenden Armen, vor ihm, so dicht, daß er merkte, wie fest ihre Brüste waren. Sie hielt den Kopf ein wenig schräg, so daß sie ihn küssen konnte, ohne daß Brille und Nasen störten, und während sie ihn küßte, spürte er, wie ihr Leib ihm entgegenkam, und was er nun empfand, war ähnlich und doch ganz anders wie der Rausch in der Torfhütte. Unbeweglich stand er, und nun küßte auch er, blieb aber doch seiner Sinne mächtig, indem er sich vorsagte: Natürlich ist es keine Liebe, was ich für dieses arme, einsame Geschöpf empfinde; allenfalls ist es eine solche, wie man sie für seinen Nächsten hegen soll, zumal wenn er unglücklich ist und des Trostes bedarf.

Derart gefestigt, fand er, es sei nun genug. Seine Hand tastete zum Zelteingang, und er zog Emma auf die Straße. Nein, mit Trostspenden hatte das – zumindest in den letzten Sekunden – wohl kaum mehr etwas zu tun gehabt, gestand er sich ein.

Doch ehe ihm oder Emma etwas einfiel, um das Schweigen

zu brechen, begegnete ihnen Mathilde Dulitz, höchst echauffiert.
»Endlich habe ich euch!«
»Du bist noch hier?« wunderte sich Emma. »Ich dachte, ihr seid längst daheim.«
»Waren wir auch«, sagte Mathilde Dulitz. »Du sollst sofort nach Hause kommen, Emma. Dein Vater ist da.«

Kindergeburtstag bei Rhans. Mit Kerzen und bunten Bändern geschmückt war die lange Tafel im Großen Saal. An der tête saß Mademoiselle Rameau, füllte Teller mit Schokoladekuchen, türmte Sahne darauf, und hatte sie einmal die Hände frei, hielt sie sich beide Ohren zu. Der Spektakel war exorbitant; wer nicht schwätzte, blies Trompete oder ins Klappenhorn, wenn er nicht gar, wie Konrad, das Geburtstagskind, die Trommel schlug. »Quel vacarme abominable!« stöhnte das Fräulein.
Nicht nur die Tischgenossen machten Lärm. In der Ecke, beim Ofen, saß eine Gesellschaft um Tante Luise herum und spielte »Landpartie«. Luise hatte jedem ihrer kleinen Hörer ein Wort zugeteilt – Apfel, Handtuch, Kaffeetasse –, und immer wenn sie eines davon in ihre Geschichte einfließen ließ, mußte der Betroffene aufspringen und eine Verbeugung machen. Kam jedoch – was oft geschah – das Wort »Landpartie« an die Reihe, dann standen *alle* auf und verneigten sich, und wer sein Stichwort versäumte, hatte ein Pfand zu entrichten.
In diesen Trubel platzte Albert. Tante Luise nickte ihm zu: »Du bist die Gitarre!« und brachte das Stichwort gleich in ihrer Geschichte unter, so daß Albert, kaum saß er auf dem Teppich, wieder aufspringen mußte. Erst als Luise zur Landpartie nichts mehr einfiel und auch alle Pfänder eingesammelt waren, begrüßte sie den Neffen. Albert gratulierte Konrad, aber er hatte kein Geschenk für ihn, und was er in seiner Jackentasche verbarg, war für Angelica bestimmt.

Es dauerte nicht lange, und Onkel Eduard kam. Wollte er sich über den Lärm beschweren? Die ernste Miene deutete Schlimmeres an. Es schien ihm recht, daß auch Albert anwesend war.
Er ging mit beiden ins Nebenzimmer und entfaltete eine Zeitung. Sie enthielt einen Bericht vom gestrigen Tage. Man habe, außer anderen Unruhestiftern (auch Arbeiter der Union-Fabrik befänden sich unter den Arretierten), den Schuhmachermeister Achim Grübner aus der Koggenstraße in polizeilichen Gewahrsam genommen, da er, nach Verordnung vom 11. 3. 1850 »über die Verhütung eines die gesetzliche Freiheit und Ordnung gefährdenden Mißbrauchs des Versammlungs- und Vereinigungsrechts«, hinreichend verdächtig der Teilnahme an verbotenen Zusammenkünften sei. In seinem Schuhladen, wie auch in Wohnungen und Werkstätten von Gesinnungsgenossen, habe man aufwieglerische Schriften beschlagnahmt, die aus Leipzig und Eisenach stammten — »Namen« — so hieß es —, »die keiner Erläuterung bedürfen«.
»Und jetzt hört euch das an!« rief Eduard Rhan und schlug mit den Handrücken auf das Blatt. »Ich lese langsam, damit ihr begreift, welch abgründige Perfidie dahintersteckt: *›Grübner, übrigens ein Schwager des angesehenen Kaufmanns und Stadtverordneten Eduard Rhan‹* — und nun in Klammern: *›der mit den Umtrieben seines Verwandten selbstverständlich nicht das mindeste zu tun hat...‹«* Eduard ließ die Zeitung auf den Tisch fallen. »Nun weiß es ganz Königsberg«, sagte er matt.
»Ich bin erledigt.«
Das wollte Albert nicht in den Kopf. »Aber Onkel, die schreiben doch gerade, daß du nichts damit zu tun hast!«
»Ach, Junge...« sagte Eduard müde. Er sah seine Frau an.
»Die Niedertracht eines kleinen Redakteurs«, sagte Luise.
»Das darf dich nicht kränken. Deine Ehre ist unbefleckt.«
»Niedertracht — ja«, murmelte Eduard. »Aber eines Redakteurs? Nein, Luise, der war nur ein erbärmliches Werkzeug.

Hinter dieser Aktion steckt ein anderer. Ihr erlaubt, daß ich mich zurückziehe.«
Er ging gebeugt. Offensichtlich fürchtete er, der Skandal könne Folgen haben, die für Albert, und selbst für Luise, noch unüberschaubar waren.
Albert hatte den Onkel bitten wollen, sich kraft seiner Beziehungen zu höchsten Behörden für den Schwager einzusetzen. Daran war nicht mehr zu denken.
Die Kinder riefen nach der Mutter. Luise ging in den Saal zurück und bat Mademoiselle Rameau, die Aufsicht zu übernehmen.
»Komm, Albert, wir gehen ins Schreibzimmer, da sind wir ungestört.« Als sie sich setzten, sagte sie: »Ich müßte jetzt bei ihm sein, aber es hätte gar keinen Zweck, er würde auf meine Argumente nicht eingehen. Ach, lieber Albert, den Mann hat es schwer gebeutelt in den letzten Jahren. Mit Nothnagels fing es an.«
»Ich habe erst jetzt, durch Zufall, erfahren, um was es da ging. Besteht denn keine Aussicht, daß der junge Nothnagel freikommt?«
»Sein Vater läßt nichts unversucht. Und das ist es, was ich sagen wollte: Alle hatten sich von unserem Kassierer abgewandt, des Sohnes wegen, der Schande über die Familie gebracht hat. Aber Eduard hat zu ihm gehalten. Du mußt dir einmal vorstellen, welches Aufsehen die Affäre in Königsberg, und darüber hinaus, gemacht hat: Ein Musketier zieht den Säbel gegen seinen Hauptmann! Da zählt auch nicht als Entschuldigung, daß der ihn zuvor — er war betrunken — grundlos geohrfeigt hat. Das wäre ja noch schöner, haben die Leute gesagt, als sie hörten, daß Nothnagel sich um die Revision des Urteils bemüht. Wo kämen wir denn hin, wenn einer die Hand gegen seinen Vorgesetzten erheben dürfte — und die Sühne dann durch einen bloßen Federstrich kassiert wird?! Wenn es so weit käme, hätte Preußen schon jetzt den nächsten Krieg verloren. Doch, Albert, du kannst es mir glauben, so haben die Leute gere-

det, und kaum einer hat verstanden, daß Eduard sich nicht von seinem Kassierer getrennt hat.«

»Großartig!« sagte Albert. »Man spricht bei Nothnagels auch nur mit größter Verehrung von Onkel Eduard.«

»Damit hat unser Mißgeschick begonnen. Das zweite war — du hast es erleben müssen, armer Junge — der Selbstmord Dorns. Da hatte Eduard, vielleicht weil man ihn wegen Nothnagel zu sehr gescholten hatte, einmal hart sein wollen, was ihm so gar nicht liegt. Du weißt, wie leid es ihm dann getan hat. Nun unterstützt er die Witwe — davon ahnt man hier nichts, Gott sei Dank, sie würden ihm auch das verübeln. Dieses Unglück war kaum überstanden, da kam der Krach mit Angelica. Nun, davon weißt du nichts Näheres, brauchst es auch nicht zu wissen. Aber in der Stadt hat man die widerlichsten Gerüchte verbreitet. Da wollte nun mein armer Mann nicht zu hart sein und nicht zu weich, nur eben *konsequent*, wie er es nannte. Und jetzt? Mittlerweile wurmt ihn sein Verhalten schon so sehr, daß er sogar den Gedanken erwog, nach Moskau zu reisen, um sich mit meiner Schwester zu versöhnen. Stell dir das vor!«

»Und?« fragte Albert. »Er reist doch?«

»Nein«, sagte Luise. »Wenn er bis heute noch daran gedacht haben sollte: nach dieser Zeitungsmeldung kann er nicht mehr fahren. Jetzt muß er um seine Ehre kämpfen. Ja, Albert, das war nun das — vorläufig — letzte Übel. Und ich glaube, ich weiß jetzt auch, wer statt seiner den Roten Adlerorden bekommen wird.«

»Onkel sollte einen Orden bekommen?«

»Man wollte ihn einreichen. Die Preußische Regierung beabsichtigt, außer dem Bürgermeister, denjenigen unter den Stadtverordneten, der sich am meisten um den würdigen Ablauf der Empfangsfeierlichkeiten für unseren König verdient gemacht hat, entsprechend zu ehren. Kannst du dir vorstellen, daß man den Schwager eines revolutionären Schusters dekorieren wird?«

»Gewiß nicht«, sagte Albert. »Um so wichtiger ist es, daß

wir Onkel Achim aus der Haft befreien. Sie müssen ihn wegen erwiesener Unschuld freilassen. Ihr habt doch Verbindung zu den hohen Behörden. Kann der Polizeipräsident nichts für ihn tun?«

»Der Herr von Bombeck? Der hat doch die Aktion angeordnet!«

»Dann muß er sich eben sagen lassen, daß er sich geirrt hat. Ein aufrechter deutscher Mann darf sich auch einmal einen Mißgriff erlauben – Hauptsache, er macht ihn wieder gut.«

Verwundert sah Luise ihren Neffen an. So markig hatte er sich noch nie geäußert. Ihr gefiel, daß er sich nicht mit dem Unrecht abfinden wollte. Luise fehlte es an Weltkenntnis, an Vergleichen und Augenschein, wie sie Angelica in der Fremde geboten wurden. Aber sie brauchte das Elend nicht anderswo zu studieren; ihr genügte die Erinnerung an ihre Kindheit, an das Hungerdasein der Glöcknersfamilie in Gumbinnen, an Kälte, Krankheit und Hoffnungslosigkeit – bis zu jenem märchenhaften Tag, an dem der Brief des Notars aus Königsberg eintraf, in welchem den Marolds eröffnet wurde, daß sie vom verstorbenen Vetter aus Chicago mit einer stattlichen Summe bedacht worden waren. Nun wurde alles anders: Luise und Angelica durften die Töchterschule besuchen; für die anderen drei war der Segen zu spät gekommen. Aber niemals – und eben weil die benachteiligten Geschwister sie unaufhörlich daran erinnerten –, niemals hatte Luise vergessen, wie ihr Leben gewesen war, ehe es sich von Grund auf verändert hatte. Im Herzen war Luise, trotz ihrer »glänzenden Partie«, das Glöcknerskind geblieben, und so sehr die mütterliche, in ihrer behaglichen Häuslichkeit etwas bequem gewordene Frau sich in vielem von ihrer unsteten, extravaganten Schwester unterscheiden mochte: in der Teilnahme am Schicksal der zu kurz Gekommenen waren beide sich immer nahe geblieben.

Sie erhob sich. »Ich gehe zu Dorchen. Wie lange bin ich nicht in der Koggenstraße gewesen!«

»Du kannst dir den Weg sparen.« Eduard war zurückge-

kommen. »Sie haben Grübner und die anderen mit einer Verwarnung entlassen. Die Schriften bleiben natürlich beschlagnahmt. Für mich ist die Sache aber keinesfalls erledigt. Ich treffe Hugo Lindtner heute abend beim Stammtisch im ›Blutgericht‹. Er wird einiges von mir zu hören kriegen.«
»Gott sei Dank, er wehrt sich wieder!« sagte Luise, als sich die Tür hinter ihm geschlossen hatte. »Aber zu Dorchen gehe ich trotzdem. Es ist eine Schande, wie wenig wir Maroldkinder uns umeinander kümmern.«
»Was hat der Bauunternehmer mit Onkel Achims Verhaftung zu tun?« fragte Albert.
»Lindtner ist ein Freund des Polizeipräsidenten. Es ging um den Orden, Albert. Nur Eduard oder Lindtner kommen in Frage. Verstehst du jetzt?«

Auf dem Weg zum Institut zog Albert die Lupe aus der Tasche: sein Geschenk für Angelica. Er hatte sie in der Optischen Werkstatt Friedberg und Kleistermann für fünf Taler erstanden: eine solide, sechsfach vergrößernde Linse mit handlichem Stiel, die bei der Betrachtung von Blättern und Blüten, Samen und Pollen gute Dienste leisten konnte. Da Onkel Eduard das Geschenk nun nicht in Moskau überreichen würde, blieb es vorerst zu Alberts Verfügung, wenngleich es ihn kaum darüber hinwegtröstete, daß er noch immer kein Mikroskop besaß.
Beim Optiker war er um etliche Prachtstücke herumgestrichen; sie waren unerschwinglich für einen Studenten, der nicht wußte, wovon er die nächste Monatsmiete zahlen sollte. Zwar konnte er sich der ausgeleierten, trüblinsigen Exemplare im Botanischen Institut bedienen, aber wie hatte Professor Kankelwitz so überzeugend gesagt? »Was dem Offizier der Degen und dem Musketier die Flinte, ist dem Naturforscher sein Mikroskop.« Und zwar sein eigenes!
Alberts Lage war, wieder einmal, hoffnungslos. In einem neuen Brief zeigte sich die Mutter bemüht, ihren Jungen

darauf vorzubereiten, daß er das Studium aufgeben müsse, zumindest bis zum Anbruch besserer Zeiten. Die Mutter hatte dem Pensionär Vogelreuther gekündigt, weil er durch ständige Renitenz und das Einschmuggeln von Bier und Schnaps ins Schmiedemeisterhaus das Wohlergehen der übrigen Pensionäre gefährdete. Da mit Ersatz so bald nicht zu rechnen war, bedeutete Vogelreuthers Ausscheiden einen empfindlichen Verdienstausfall.

»Bis Weihnachten wird Dein Geld noch reichen«, schrieb die Mutter, »aber danach, wenn Du auch noch Holz für den Ofen, Spiritus für den Morgenkaffee und Petroleum für die langen Winterabende brauchen wirst, können wir Dir keinen Groschen mehr geben.« Sie ahnte nicht, daß er von dem Geld, das bis Weihnachten reichen sollte, schon jetzt nichts mehr besaß.

Er hatte sogar Schulden gemacht: bei Eugen Düformantel, der ihm das Geld fast aufgedrängt hatte — und dies, obwohl der Zwangstheologe zusätzliche Vorlesungsgelder für Professor Friedländer berappen mußte, dessen, »Geschichte der Philosophie« er ohne Wissen seines Vaters belegt hatte.

Trotz allem: Wenn Albert an den unglücklichen Onkel Achim oder an das in seinem Kummer arg verführerische Mädchen aus Pallweitschen dachte, oder gar an Onkel Eduard, dessen verzweifelte Miene ihn erschreckend an Kaufmann Dorn erinnert hatte, dann wollte er sein eigenes Los nicht über Gebühr beklagen. Im Augenblick beschäftigte ihn nichts anderes als die Frage, weshalb Professor Kankelwitz ihn für 3 Uhr c. t. ins Botanische Institut bestellt hatte.

Der Gelehrte führte sich auf, als habe Albert ihn warten lassen; als sein Schüler ins Zimmer trat, schoß er, wie von quälender Ungeduld erlöst, auf ihn zu:

»Na endlich, Matureit! Sie können sich wohl nicht in die Lage eines unseligen Professors versetzen, dem, nach vielerlei Enttäuschung mit untalentierten Schülern, endlich einmal, und zwar von höchster Stelle, bestätigt wird, daß seine Mühen um die Heranbildung talentierten akademischen

Nachwuchses gar so fruchtlos denn doch nicht gewesen sind?! Matureit, ich darf Ihnen eröffnen, daß der Herr Oberpräsident Ihnen auf meinen Antrag für Ihre Arbeit über die Flora beidseits der Angerapp eine Prämie in Höhe von einhundert Talern zuerkannt hat.«

Der Gelehrte ließ es sich nicht nehmen, dem vor Überraschung wie gelähmten Schüler mit beiden Händen auf die Schultern zu schlagen, ja, sie für ein paar Sekunden darauf verweilen zu lassen.

Alberts Dank wehrte er ab. Die Auszeichnung sei verdient, und damit basta. Im übrigen lade er den Schüler ein, auf einer Versammlung des Botanischen Vereins in Insterburg einen Vortrag über das Thema seiner Preisarbeit zu halten.

Albert vergaß in diesem denkwürdigen Augenblick sowohl den Ausfall des Pensionärs Vogelreuther wie die noch unbeglichene Miete, und auch an seine Schulden bei Düformantel dachte er nicht. Er dachte nur an einhundert Taler und an das Mikroskop bei Friedberg und Kleistermann, mit dem er geliebäugelt hatte — gewiß nicht das beste und teuerste, aber dennoch unendlich erstrebenswert.

»Ich werde mir jetzt ein Mikroskop kaufen können«, stammelte er. »Bei Friedberg und Kleistermann. Für 46 Taler.«

»Das werden Sie nicht!« befahl Professor Kankelwitz, fast zornig. »Ein solches Instrument — Sie können mir glauben, ich kenne das Angebot dieser Firma — wäre unter Ihrem Niveau. Für Sie kommt allein ein Mikroskop von Gundlach-Berlin in Frage, oder, allenfalls, von Seibert und Krafft in Wetzlar. Mit zwei Ocularen, drei Objektiven, Vergrößerung bis zu eintausendeinhundertundfünfzigmal, linear. Ich werde es sofort für Sie bestellen; es kostet zwischen achtzig und hundert Talern. Viel Geld, gewiß. Aber« — er lächelte beglückt — »Sie haben's ja!«

Erst als Albert das Institut verließ, wurde ihm bewußt, daß er's nicht mehr hatte.

Wo war Emma? Wo ihre Mutter? Nicht einmal die Familie

Dulitz war zu sprechen. Albert stand vor der geöffneten Wohnungstür und erfuhr von Rieke Kaschke, der kessen Berlinerin:
»Nee, junger Herr, die Jnädige und det Frollein sind nicht da. Die sind mal um die Ecke zu Pastor Kronpech. So'n bißken Erbauung nach all die Aufrejung könn' die schon jebrauchen. Aber komm' Se ruhich mal rin, Herr Matureit, Sie sind ja hier ooch so'n bißken zu Hause.«
Albert betonte, daß er hier keineswegs zu Hause sei.
»Ich kenne weder Herrn Rector Dulitz noch seine Frau. Lediglich mit Fräulein Mathilde habe ich bei unserem Spaziergang ein paar Worte gewechselt. Ich komme auch nur, um mich zu erkundigen, ob Frau und Fräulein Rübach bereits abgereist sind.«
»Wat dachten denn Sie? Drei Stunden Heulen und Zähneklappern, det langt doch wohl? Nu aber nischt wie ab nach Pallweitschen, oder wie det Nest heißt. In Königsberg sehn Se die so bald nich wieder.«
Trotz wiederholter Aufforderung betrat Albert die Wohnung nicht; das Weib war ihm zu gewöhnlich. Aber neugierig war er doch.
»Hat Frau Rübach — oder möglicherweise ihre Tochter — haben sie nichts für mich hinterlassen?«
»Hinterlassen?« Frau Kaschke sah ihn groß an. Und mit dumpfer Stimme sagte sie: »Tränen, jede Menge!«
Ihr Pathos berührte ihn. Ehe er Dinge erfuhr, die ihm mehr zusetzen könnten als er der »Angelegenheit Emma Rübach« zubilligen mochte, zog er sich zurück.

Schreie, Flüche, Verwünschungen... Hätte das Elend der Gepeinigten auf Balken und Mauerwerk Spuren zurückgelassen, die rußigen Wände im »Blutgericht« wären gezeichnet für alle Zeit.
Hier, in den Kellergewölben des Schlosses, seit mehr als hundert Jahren Schauplatz weinseliger Verbrüderungen,

unzähliger Früh-, Spät- und Mitternachtsschoppen, Examens-, Beförderungs-, Ernennungs-, Erinnerungs- und Premierenfeiern, wurde einst, bis weit übers Mittelalter hinaus, hilflosen Delinquenten mit dem Leib auch die Seele zerbrochen.

Blutgericht also. Und weil's so schön grausig klingt, und auch der Rotwein Assoziationen weckt, ließ man der Schenke den Namen. Nicht nur Freunde ehrwürdiger Tradition machte er zu treuen Kunden: auch wer sich nur ein bißchen gruseln wollte, kehrte gerne hier ein. Billig war's nicht, doch eben deshalb traf sich im »Blutgericht« nur illustres Publikum. An jedem Freitag war der ovale Stammtisch vor den dicken, gleichfalls ovalen, mit bemaltem Schnitzwerk verzierten Weinfässern für solvente Herren der guten Königsberger Gesellschaft reserviert.

Auch Pfarrer Emil Fallenthin gehörte in diesen Kreis. Als Mitglied der Freireligiösen Gemeinde des ehemaligen Divisionspfarrers Rupp, Fortschrittlicher auch nach politischer Couleur, gehörte er zu jenen Christen, die sich mit Denkerschweiß bemühten, alles, was an ihrer Religion etwa noch mystisch oder wundersam erscheinen mochte, im gut Kantschen Sinne den Kriterien der Vernunft anzupassen.

Für Bewahrung des Bewährten, zumindest im politischen Bereich, setzte sich dagegen Gymnasialdirektor Schiefferdecker ein, dem dieser Tage ein unverschämter Einbruch ins Kathederpult zum Zwecke der Ermittlung von Prüfungsthemen zu schaffen machte. Immerhin bot ihm das Delikt Argumentationshilfe bei seinen unermüdlichen Warnungen vor den Exzessen einer demoralisierten Jugend.

Kompromißlos gesetzestreu, zumal wenn es um die Abwehr subversiver Elemente ging, war auch Hafenpolizeikommissar Radebeul. Im Umgang mit Hafenkunden, die zur rechten Zeit einige Großzügigkeit erkennen ließen, wie etwa der sonst sehr akkurate Getreidekaufmann Eduard Rhan, war er schon eher zu Zugeständnissen bereit.

Fast exotisch nahm sich in dieser Runde ein kaum dreißig

Jahre alter Korrektor aus, der, uneingeladen, mit am Tische saß. Herr Theodor Nürnberger war lediglich im Auftrag seines Brotherrn, des Druckereibesitzers Longrien, gekommen, um diesen für den heutigen Abend krankheitshalber zu entschuldigen. Zwar hatte man ihn aufgefordert, Platz zu nehmen, doch war er nach erledigter Kommission einfach sitzengeblieben, was nicht nur unhöflich war, sondern sich im Verlauf der bald beginnenden Diskussion als ausgesprochen lästig erweisen sollte. Denn was ging es diesen — immerhin getauften und deshalb von Pfarrer Fallenthin mit einem gewissen Wohlwollen betrachteten — Juden an, wenn etwa Eduard Rhan, der als letzter zum Stammtisch stieß, sein heikles Anliegen zur Sprache brachte?

In der Tat war Rhan dazu grimmig entschlossen und ließ sich auch nicht von der Anwesenheit fremder Ohren stören. Mit den Knöcheln klopfte er zur Begrüßung auf den Tisch, spreizte, ehe er sich setzte, die Flügel des Gehrocks und bemühte sich für einige Minuten mit Erfolg, den Bauunternehmer Hugo Lindtner aus seinem Gesichtskreis auszusparen. Denn dieser allein war es, dem er die »üble Pressekampagne« anlastete, und er glaubte des Beifalls der anderen sicher zu sein, wenn es ihm gelang, dessen Machenschaften (für die er freilich keine Beweise hatte) aufzudecken. Das Gespräch war bei seinem Auftritt verstummt, und jeder wartete gespannt auf das, was Rhan zu sagen hatte.

»Sie wissen natürlich alle über die Sache Grübner und Genossen Bescheid«, begann er. »Und gewiß können Sie sich auch meine Gefühle vorstellen, als ich die Schmiererei in der Zeitung las. Doch davon lassen Sie mich schweigen. Über den Vorfall, der jene schamlose Notiz ausgelöst hat, spricht man schon kaum mehr — aber mindestens an zweien, an Grübner und mir, bleibt was hängen. Ich frage Sie, meine Herren: Wer konnte interessiert sein, meinen angeheirateten Schwager und seine Gesinnungsfreunde ausgerechnet zum jetzigen Zeitpunkt an den Pranger zu stellen? Denn daß man auch mich noch dazustellen würde, war doch vorauszusehen. Beziehungsweise beabsichtigt. Dabei sieht es, was die Affäre selbst betrifft, so aus, als habe man, außer ein paar vergilbten Traktätchen, nichts Belastendes gefunden.«

»Immerhin Gottschalls *Lieder der Gegenwart*, Jacobys *Vier Fragen*, sogar *Konrad Siebenkorns Höllenbriefe!*« wandte Direktor Schiefferdecker ein. »So stand es jedenfalls in der ›Ostpreußischen‹.«

»Abgestandener Alt-Königsberger Provinzsocialismus«, brummte Pfarrer Fallenthin verächtlich. »Verstaubte Scharteken, Sie haben ganz recht, Herr Rhan. Über so etwas braucht sich doch keiner mehr aufzuregen.«

»Da bin ich aber ganz anderer Ansicht!« ereiferte sich Schiefferdecker. »Der Staub liegt nur auf den Buchdekkeln. Im Inneren, in ihrer Aussage, sind diese Pasquille so aktuell und so auf unsere Probleme bezogen, als wären sie erst gestern geschrieben.«

»Womit ihre Gefährlichkeit bewiesen ist«, folgerte Hugo Lindtner und nickte mehrmals mit dem schweren Haupt.

Der Wirt, der sich bescheiden im Hintergrund hatte sehen lassen, wurde von Direktor Schiefferdecker herbeigeschnippt und nahm die Bestellung über je eine Flasche Chateau Lafitte und Steinberger Cabinet entgegen.

»Wenn es nur diese in der Tat schon sattsam bekannten Schriften wären!« sagte, als die Runde wieder unter sich war, Hafenpolizeikommissar Radebeul, ein dürrer Mann von vierzig Jahren, und reinigte seine Brille mit dem Schnupftuch. »Ich hatte Gelegenheit, mit dem Herrn Polizeipräsidenten persönlich über die beschlagnahmten Bücher und Journale zu sprechen. Nicht allein, daß man Schriften von Lassalle, wie das *Arbeiterprogramm*...«

»Sensationen von vorgestern!« behauptete Professor Fallenthin.

»... oder das *Arbeiterlesebuch* entdeckt hat«, fuhr Radebeul ungehalten fort. »Man hat ganz neues Material aus Leipzig konfisziert, Programmatisches von Schulze-

Delitzsch und einem Professor Roßmäßler!«

»Roßmäßler?« Hugo Lindtner scheute sich nicht, Eduard Rhan anzusehen. »Mir ist, als habe Ihre Schwägerin unlängst, bei einer kleinen Feier in Ihrem Hause, den Namen erwähnt. Ach, ich erinnere mich, sie hat ihn — oder war es sein Sohn? — kürzlich in Leipzig getroffen.«

Verhielt es sich so? Man wandte sich Rhan zu. Das war ja ein interessanter Kontakt!

»Ich darf wohl bitten, meine Herren, sich an die Frage zu erinnern, die ich Ihnen gestellt habe!« sagte Rhan, um einiges zu laut. Doch konnte er nicht verhindern, daß Lindtner weiter von Angelica sprach:

»Sie war ja wohl wieder einmal auf Reisen. Ich sage: sie *war*. Denn wenn ich nicht sehr irre, sah ich sie heute vor dem Hotel »Zum Goldenen Ring« aus der Droschke steigen. Was nun Ihre Frage betrifft, lieber Rhan...«

»Sie haben meine Schwägerin gesehen? Das ist unmöglich!«

»Dann waren's nur wieder meine schlechten Augen.« Der Bauunternehmer winkte ab. »Ja, was Ihre Frage angeht: die erörtern wir vielleicht besser nicht in diesem Kreis.«

»Ich weiß nicht, was Sie im Sinne haben, Lindtner. Aber ich wüßte nichts, was das Licht der Öffentlichkeit scheuen müßte. Schon gar nicht in diesem Kreis, in dem ich mich doch unter Freunden befinde.«

»Nun gut«, sagte Lindtner. »Ein jeder weiß, daß er sich seine Familie nicht aussuchen kann. Schon gar nicht die, in die er hineingeboren wurde. Aber da können Sie, lieber Rhan, ja von Glück sagen. Und wie gut hat's Fortuna erst mit Ihnen gemeint, als Sie Ihre verehrte Frau Gemahlin kennenlernten...«

»Lassen Sie das!« knurrte Eduard. »Worauf wollen Sie hinaus?«

»Reden wir aufrichtig, wie unter Männern«, erwiderte Lindtner. »Ich hoffe wirklich, Sie fassen's nicht als Sottise auf, wenn ich freimütig ausspreche, daß Ihr Schwager Grübner dem Ehrenschild Ihrer Familie kaum zur Zierde gereicht.

Aber diesen renitenten Schuster haben Sie sich nun wirklich nicht ausgesucht.«

»Ich fordere Sie auf, meine Familie aus dem Spiel zu lassen!« Rhan hatte sich noch keineswegs mit Lindtners vorgeblicher Wahrnehmung vor dem Hotel »Zum Goldenen Ring« abgefunden — und schon sah er sich wiederum an den Pranger gestellt, um seiner angeheirateten Familie willen. Es war fast ein »touche«, wie die Studenten sagen. Noch ein Wort in diesem Ton, und er mußte den Tisch verlassen.

Da half es wenig, daß Pfarrer Fallenthin dem süffisanten Kerl mahnend die Hand auf die Schulter legte. Doch auch Lindtner wollte es nicht auf die Spitze treiben.

»Wie sehr ich Ihre Familie, und gerade die angeheiratete, schätze, mögen Sie meiner aufrichtigen Sympathie für den Bruder Ihrer Frau entnehmen. Herr Marold hat wahrlich ein anderes Format als dieser Schuster. Ein Mann von Talenten und beachtlichem Ehrgeiz. Was ihm an Bildung fehlt, ersetzt er durch Lernbereitschaft und einen sicheren Instinkt für sich bietende Chancen. Natürlich ist er ein Kleinbürger, und nach einem solchen wirft der revoltierende Arbeiter gern seinen Köder aus. Aber der gesunde Kleinbürger, der sich mit seiner Mediokrität nicht bescheiden will, lehnt diese Kumpanei mit der Unterschicht ab. Er will so bald wie möglich Großbürger werden, und das kann er nur, wenn er sich mit anderen Großbürgern, mit einem wesentlichen Träger der Macht in unserem Staate also, arrangiert oder gar verbündet.«

»Und?« fragte Rhan. »Was hat mein Schwager Fritz Marold mit dieser Affäre zu tun?«

»Nun, es geht ja um die Zusammenkünfte jenes dubiosen ›Arbeiter-Bildungs-Vereins‹...«

»Arbeiter und Bildung!« höhnte Direktor Schiefferdecker. »Eine contradictio in adjecto.«

»Aber gerade damit in Zukunft nicht mehr das eine das andere ausschließt, werden diese Vereine ja gegründet«, wies ihn Pfarrer Fallenthin zurecht.

»Wenn's mal so wäre!« rief der Polizeikommissar. »In Wahrheit reden sie dort den Handwerksgesellen ein, sie seien im Grunde schon gar keine Handwerker mehr und sollten sich viel lieber mit den Fabrikarbeitern solidarisieren. Mit dem Proletariat!«

»So möchte ich das nicht sehen!« sagte einer, der sich bislang noch nicht gemeldet hatte. Es war der ungebetene Gast am Tisch, Korrektor Theodor Nürnberger von der Druckerei Longrien. In konziliantem Ton, der jedoch hören ließ, wie sehr es ihm um die Belehrung der unwissenden Runde zu tun war, fuhr der junge Mann fort: »Sie müssen sich merken: ›Bildung‹ ist für den Arbeiter ein Sesam-öffne-dich. Der Arbeiter glaubt, wenn er nur erst intus habe, was ihm als Bildung vorschwebt, hindere nichts mehr seinen sozialen Aufstieg.«

»Und so ganz nebenbei fällt dann auch noch das allgemeine Wahlrecht für ihn ab!« spottete Hugo Lindtner. »Meine Herren, lassen wir uns nichts vormachen: diese Bildungsvereine sind hochpolitische Verschwörer-Cliquen!«

»Das Problem ist nur«, fuhr der nicht eingeladene Herr unbekümmert fort, »daß es Bildung allein gegen Geld gibt. Also muß man über Kapital verfügen. Ohne Kapital gilt, wie ich aus Verlagserfahrung weiß, nicht einmal der Schriftsteller etwas.

Im Gegenteil: ein Schriftsteller ohne Geld ist den Oberen höchst verdächtig. Ein mittelloser Schriftsteller ist für sie ein Mann *sans existence connue,* denn da er kein Eigentum besitzt, darf man annehmen, daß die Tendenz seiner Schriften sich gegen Eigentum und Eigentümer richten wird. Mithin ist er *a priori,* noch ehe er eine Zeile veröffentlicht hat, auf Grund seines Nichtbesitzes höchst gefährlich. Somit ist Eigentum, zu allen Vorteilen, die es bietet, auch noch zu einer Art Ausweis für moralische Unbedenklichkeit geworden.«

Der junge Mann hatte sich weder von Lindtner noch von Schiefferdecker unterbrechen lassen. Beide hatten ihn ermahnt, nicht abzuschweifen — »Was gehen uns Ihre Federfuchser an!« hatte Lindtner gepoltert, und Schiefferdecker war überzeugt, auch ein Hungerleider werde sich durchsetzen, wenn er ein Genie sei und die rechte Gesinnung bezeuge. Allein dem Hafenkommisar gelang es, den Ungebetenen mit einem barschen »Ihre Meinung ist hier nicht gefragt!« zum Schweigen zu bringen.

Lediglich Eduard und Pfarrer Fallenthin hatten dem Gescholtenen zugehört. Der Geistliche wandte sich mit feinem Lächeln an ihn: »Ich glaube beinahe, gewisse Broschüren werden nicht nur im Arbeiter-Verein gelesen...«

Eduard Rhan wurde das Bild nicht los: Angelica mit gerafften Röcken der Droschke entsteigend — etwa am Arm jenes Fiedlers? Um so dankbarer war er, daß der vorwitzige junge Mann die Herren für einige Minuten von seinen Problemen abgelenkt hatte.

»Ganz ungerechtfertigt ist das Bedürfnis nach Bildung in bestimmten Volksschichten sicher nicht«, sagte Rhan, um das Thema zu strecken. »Natürlich sind es immer nur sehr wenige, die mit höherer Bildung etwas anzufangen wüßten. Aber sehen Sie — da wir's ja heute mit meiner angeheirateten Familie zu tun haben, sei das Beispiel erlaubt: ein Neffe meiner Frau, Sohn armer Schmiedeleute aus Gumbinnen, studiert an der Albertina die Naturwissenschaften. Unter erbärmlichen Existenzbedingungen, aber, soweit ich sehe, mit beachtlichem Erfolg.«

»Ich nehme an, Sie unterstützen ihn«, sagte Pfarrer Fallenthin.

»Natürlich hat er einen Freitisch bei uns. Wissen Sie, diese jungen Leute aus einfachen Kreisen haben uns allen etwas voraus: ein seit Generationen ausgeruhtes Gehirn. Gedächtnis, Aufnahmebereitschaft, Lerneifer, ja Lernbegier — da ist alles noch glänzend intakt, griffig, unverbraucht. Ich finde, das sollte man fördern!«

»Einverstanden!« rief der Gymnasialdirektor. »Junge, aufsteigende Talente aus dem Humus des Volkes — warum nicht? Diese jungen Leute werden uns, sind sie erst einmal in unseren Kreisen etabliert, nicht im mindesten unbequem oder gar gefährlich werden. Gefährlich sind immer nur die Alten, die den Aufstieg nicht mehr schaffen können und das auch ganz genau wissen. Ihre Ressentiments sind absolut unkontrollierbar, sie bilden eine Quelle stetiger Gefahr.«

»Gefahr! Gefahr für uns alle — das ist das Stichwort«, rief Hugo Lindtner. »Und nun endlich zu Ihrer Frage, lieber Rhan, und damit auch zu Ihrem Schwager. Fritz Marold kam zu mir, um zu erfahren, ob mein Baugeschäft den Auftrag, seinen Laden zu erweitern, übernehmen würde. Im allgemeinen gebe ich mich mit so kleinen Sachen nicht ab. Sie machen nur Arbeit und bringen nichts ein. Nun, ich hatte Herrn Marold bei gesellschaftlichen Anlässen in Ihrem Kreis kennengelernt, und er pochte natürlich auf seine Verwandtschaft, nur auf die reputierliche, versteht sich. Als wir ins Gespräch kamen, mokierte er sich über seinen Schwager Grübner. Und über die geheimnisvollen Zusammenkünfte. Die finden nämlich jede Woche im Lokal ›Grüner Baum‹, gegenüber von Marolds Teeladen, statt. Da war es für ihn ein leichtes, einiges von dem zu erfahren, was sich da so abspielte. Und Schuster Grübner ist offenbar auch nicht der Verschwiegensten einer. Kurzum: Was Marold wußte, wußte ich am Ende dieser Unterhaltung auch.

Und nun, lieber Rhan, fragten Sie: Wer kann *Interesse* daran haben, Königsberger Bürger einsperren zu lassen? Gut, jetzt gebe ich die Frage zurück: Muß denn unbedingt ein ›Interessierter‹, also einer, der sich persönlichen Vorteil verspricht, dahinterstecken? Gibt es nicht auch so etwas wie eine *Pflicht* des Bürgers? Sind nicht Situationen denkbar, in denen einer, dem es ernstlich um das Wohl unserer Monarchie zu tun ist, gar nicht anders handeln *kann*, als die Behörden von Versammlungen zu unterrichten, von denen er durch Zufall erfahren hat, und die keinem anderen Zweck als der Aufreizung zum Klassenhaß und dem Umsturz unserer Verfassung dienen?«

Schiefferdecker und Radebeul applaudierten. Eduard Rhan stand auf.

»Dann ist es also wahr«, sagte er mit belegter Stimme. »Ich habe es in meiner nächsten Bekanntschaft mit einem Denunzianten zu tun ...« Er wandte sich, um zu gehen.

»Aber Rhan, seien Sie vernünftig!« Pfarrer Fallenthin hielt ihn am Ärmel fest. Schiefferdecker schloß sich an:

»Sie müssen einen klaren Trennungsstrich ziehen. Sie dürfen sich nicht mit familiärer Rücksichtnahme belasten, die Ihrer eigenen Herkunft widerspricht.«

»Und auch den Erfolg Ihrer geschäftlichen Unternehmungen gefährden könnte!« fiel Radebeul ein. »Sind Sie denn wirklich der Meinung, man solle diese wildgewordenen Flickschuster gewähren lassen?«

Nun hielt es auch Theodor Nürnberger nicht mehr auf seinem Sitz. »So geht es nicht!« dekretierte er lauthals. Alle starrten auf den nicht Geladenen.

»Kein Geringerer als der preußische Ministerpräsident hat sich mit dem Arbeiterführer Lassalle unterhalten. Stundenlang und nicht nur einmal! Und Lassalle hat freimütig von der republikanischen Gesinnung seiner Arbeiter gesprochen. Wohlgemerkt: vor dem Repräsentanten der Krone! Und Bismarck hat ihm kein Haar gekrümmt. Im Gegenteil: Er hat geäußert, einen so gescheiten Mann wünsche er sich zum Gutsnachbarn! Der Arbeiterführer als erwünschter Gutsnachbar des Herrn von Bismarck — stellen Sie sich das mal vor! Und was geschieht hier in Königsberg, meine Herren? Hier wird ein kleiner Schuster, Flickschuster meinetwegen, von der Justiz in die Zange genommen, weil er mal ein Buch dieses gescheiten Mannes gelesen hat!«

»Bitte die Herren vielmals um Vergebung.« Der Wirt stand am Tisch. »Meine Botschaft betrifft Herrn Stadtverordneten Rhan. Die Frau Gemahlin von Herrn Rhan hat einen Bedienten geschickt. Sie läßt ausrichten, Herr Stadtverordneter solle ehemöglichst nach Hause kommen, seine Frau Schwägerin zu begrüßen.«

Vom »Blutgericht« zur Kneiphöfschen Langgasse waren es nur ein paar Schritte: am Altstädter Rathaus vorbei und über die Kramerbrücke. Es war eine klare Nacht, der Mond gab mehr Licht als die Gaslaternen.

Eduard Rhan hatte vergessen, was ihn bedrückt, was er sich im Zorn von der Seele geredet hatte; es zählte nicht mehr.

Angelica war zurückgekommen — vielleicht mit dem Geiger, vielleicht auch ohne ihn. Kam sie allein, so war nichts verloren.

Man könnte an einen neuen Anfang denken. Luises Unterstützung, ihrer Behutsamkeit, ihres Taktgefühls konnte er sicher sein. Vielleicht, daß sich da etwas ganz Neues, Verheißungsvolles entwickelte, etwas Zartes, Keimendes, über das sich niemals sprechen ließe?

Die beiden Salonfenster waren erleuchtet. Wie lange mochte Angelica schon bei Luise sitzen? Eine Stunde — oder mehr? Sie hatten Zeit gehabt, sich in seiner Abwesenheit auszusprechen, hatten ihn womöglich länger abwesend sein lassen, als nötig gewesen wäre. Dieser Lindtner... Daß Angelica zurück war, hatte er nun auch schon gewußt; was erfuhr er nicht? Und diesmal sogar noch eher als die Nächstbetroffenen. Und daß er den Namen Roßmäßler ins Spiel gebracht hatte? Und daß er perfide genug gewesen war, die Denunziation dieses widerwärtigen Schwagers Marold weiterzugeben! »Pflicht des Bürgers!«

Jetzt hatte ihn der Verdruß doch noch überwältigt. Eduard Rhan nahm den Hut ab und schwenkte ihn so heftig, als wolle er einen Schmutzkübel leeren.

Luise, in ihrer schlichten, herzlichen Art... Sicher war es ihr gelungen, der Schwester die Heimkehr leicht zu machen, ihr peinliche Fragen, überständige Vorwürfe zu ersparen. Falsche Erwartungen dürften auf beiden Seiten korrigiert, aufgestaute Emotionen im Glück des Wiedersehens befriedet worden sein.

Wie er sich's erhofft hatte, fand er Frau und Schwägerin einträchtig am runden Kamintisch. Luise schien beseelt von einer fast euphorisch anmutenden Heiterkeit. Angelica — sie trug eine Pelzmütze zum streng geschnittenen Kostüm — stand zur Begrüßung auf, umarmte Eduard und küßte ihn nach russischer Sitte auf beide Wangen. Es war wie einst.

Er merkte, daß der Wein ihn übererregbar gemacht hatte; mein Gott, er reagierte wie ein Zwanzigjähriger, als ihr Leib ihm nahekam. Nichts, gar nichts hatte sich verändert. Wie sollte er einem abermaligen Nebeneinander gewachsen sein?

Er ließ sich aufs Sofa fallen, bat Frau und Schwägerin um Entschuldigung, falls er merklich zu viel getrunken haben sollte; man habe ihm allerdings übel zugesetzt. Das sei nun freilich unwichtig, denn jetzt interessiere nichts anderes, als wie es Angelica in Moskau ergangen sei. Nach dem Fiedler der womöglich im Hotel auf sie wartete! — wagte er nicht zu fragen.

»Du wirst — was wir nur wünschen könnten — wieder bei uns wohnen?«

»Nein«, sagte Angelica. »Man soll das neue Leben nicht dort anfangen, wo das alte aufgehört hat.«

»Das neue Leben?«

»Ja. Ich werde mich von Marcus trennen. Nein — nicht, wie du denkst.« Sie blickte zu Luise hinüber, die ihr zulächelte. »Er geht jetzt auf Tournee, in die Schweiz, nach Nizza, Marseille, vielleicht auch nach Paris. Ich bin nicht in der Lage, ihn bei öffentlichen Konzerten zu begleiten; dazu fehlt es mir an Ausbildung, wie auch an künstlerischem Gespür. Ich hatte eine schöne Zeit mit ihm, er ist ein guter Mensch.«

Kein Vorwurf, keine Sentimentalität: Angelica.

»Ich werde mir hier eine kleine Wohnung in den Hufen mieten.«

»Und für wie lange? Bis du wieder verreist?«

Sie lächelte. »Du sagst es.«

»Aber doch nicht mehr im Winter?«

»Ich werde den Winter schon irgendwie hinter mich bringen. Im Frühjahr wird alles anders.«
»Wie meinst du das?«
»Nur so. Es wird anders sein — und ich werde woanders sein. Aber bis dahin ist noch viel Zeit. Ich werde viel lesen, mein Tagebuch nachschreiben — mit Marcus kam ich nur selten dazu —, mich auch ein bißchen mit Botanik beschäftigen. Wie geht es Albert?«
»Er hat sich einen Preis verdient«, sagte Luise. »Ein enorm tüchtiger junger Mann. Übrigens wohnt er bei unserem Kassierer Nothnagel.«
»Ist der junge Nothnagel freigekommen?«
Sogar an den erinnerte sie sich. Sie hatte immer ein Herz für Pechvögel.
»Nein«, sagte Eduard. »Daran ist wohl nicht zu denken.«
Sie schwiegen, bis Luise Eduards Frage aufnahm:
»Wie war es in Moskau?«
»Wir waren viel auf dem Lande, auf einem großen Gut. Es war so, wie man sich's vorstellt, wenn man Puschkin und Turgenjew gelesen hat. Ich denke jetzt nur an die besitzende Schicht. Woanders habe ich ja nicht verkehrt. Es ist mein Los, im Luxus zu leben und unendliches Mitleid mit den Armen zu haben. Keine sehr sinnvolle Existenz, ich sehe es ein. Wenn Marcus mir Zeit dazu ließ, habe ich mich in Wohltätigkeit versucht. Eine bittere Erfahrung. Die Erniedrigten und Beleidigten — so ähnlich heißt ein neuer Roman, über den viel gesprochen wird, — sie werden mich, sehr begreiflich, nie zu den Ihren zählen.«
»Das klingt ja fast, als sehntest du dich danach, zu dieser — dieser Unterschicht zu gehören«, warf Eduard ein. Solche Bekenntnisse aus Angelicas Mund verursachten ihm nichts als Unbehagen.
»Hat diese ›nicht sehr sinnvolle Existenz‹, wie du es nennst, unter den obwaltenden Umständen nicht etwas Deprimierendes, ja, in gewissen Situationen sogar etwas Entwürdigendes?«

»Nun laß sie doch in Frieden, Eduard«, mahnte Luise. »Du mußt doch gemerkt haben, daß sie sich ohnehin genug Gedanken darüber macht.«
Angelica berührte ihren Arm. »Schon gut, Luise. Ich frage mich natürlich: Was ist die Alternative? Alles hinschmeißen, den Armen schenken, ins Kloster gehen? Oder Agitatorin werden und für das Recht der Entrechteten kämpfen? Das wäre sicher die sauberste Lösung. Und doch – ich kann mir nicht helfen – haftet auch ihr der Geruch des Lächerlichen an. Du kannst deine Klasse nicht verleugnen. Da genügt es nicht, den Lebensstil zu verändern und die Besitzlosen zu beschenken; sie werden dich deshalb nicht mit offenen Armen aufnehmen. Und wenn du zu ihnen sprichst und noch so zündende Reden hältst, die beweisen, wie sehr du dich mit ihren Problemen beschäftigt hast: schon deine Sprache wird ihnen verraten, daß du nie einer der Ihren werden kannst. Sie werden dich als unbequem, als lästig – und irgendwie, leider, auch als verrückt empfinden. Denn wie sollen sie einen auch anders beurteilen, der freiwillig auf das verzichtet, was ihnen, seit sie denken können, als erträumtes Ziel vorschwebt: nämlich eines Tages selber Besitzende zu sein?«
»Ich bin nur froh, daß dir die Folgen einer offenbar bereits erwogenen radikalen Veränderung deiner Existenzgrundlage so deutlich bewußt sind. Das wird dich von unüberlegten Schritten abhalten.«
Was sie da vortrug, waren Gedanken, die Eduard nicht nachvollziehen konnte. Was hatte sie nur auf so abwegige Ideen gebracht? Der Fiedler Löwenthal? Rußland mit seinen Dekabristen – oder wie die Unruhestifter von heute sich nennen mochten, diese Leute, die vermutlich schon wieder das nächste Attentat auf den Zaren vorbereiteten, was sich ohne Zweifel nachteilig auch auf die Handelsbeziehungen auswirken mußte? Der Aufenthalt in Rußland war jedenfalls nicht geeignet gewesen, die junge Frau von ihren verstiegenen Phantasien zu heilen. Wo war sie hingeraten,

seine Angelica? Vielleicht meinte sie alles nicht so ernst — aber wie konnte sie leichtfertig spielen, oder auch nur kokettieren, mit ihrem socialen, wenn nicht gar socialistischen Missionarseifer? Verbreitete sich in der Tat, wie einige Herren im »Blutgericht« zu befürchten schienen, umstürzlerisches Ideengut wie eine anstekkende Krankheit im bis dato noch immer königstreuen Bürgertum? Und zeigten sich erste Symptome bereits in seiner Familie, der angeheirateten zwar, aber was besagte das schon? War da nicht doch hohe Wachsamkeit geboten, und nicht allein sie, sondern auch reinliche Scheidung vom bereits vergifteten Glied? Hatte Fritz Marold wirklich so unrecht gehandelt, als er dem Stadtverordneten Lindtner von alarmierenden Beobachtungen Mitteilung machte, durch die er, hätte er sie für sich behalten, zum Mitschuldigen an ungewollten Exzessen geworden wäre?

»Du weißt, daß sie unseren Schwager Grübner arretiert hatten?« sagte er. Es führte vom Thema weg — und hing doch mit ihm zusammen.

»Weshalb, um Himmels willen?«

»Er besaß verbotene Schriften. Unter anderem aus Leipzig. Auch der Name Roßmäßler fiel im Polizeibericht.«

Ritt ihn der Teufel? Weshalb provozierte er sie? Bereitete es ihm Genugtuung, sie ängstlich zu sehen?

Sie sagte nur: »Er hätte sie besser verstecken sollen.«

»Ich selbst wurde auch in Mitleidenschaft gezogen. Als sein Schwager. Ich komme gerade von einer sehr unangenehmen Auseinandersetzung in dieser Angelegenheit.«

Daß er den Roten Adlerorden nicht bekommen würde, verschwieg er. Dieser Verlust würde sie überhaupt nicht beeindrucken; sie würde den Hinweis womöglich lächerlich finden, und nichts fürchtete er mehr, als daß sie ihn für albern halten könnte. Ach, nicht einmal das: er war ihr gleichgültig!

»Und Grübner?« fragte sie nur.

»Ist wieder frei. Leider hat euer Bruder Fritz eine sehr unrühmliche Rolle in dieser Affäre gespielt.«
Nun hatte er's fertiggebracht, die Frauen der Marold-Familie noch enger aneinander zu binden: sie beide – belastet mit diesem aus der Art geschlagenen Sproß...
Angelica seufzte. »Kaum bist du mich los, machen dir andere aus meiner Familie Kummer. Sei froh, daß ich nicht zu euch ziehe. So wird man dir wenigstens nicht vorwerfen können, du kontrolliertest meinen Lebenswandel allzu nachsichtig.«
Es war wirklich wieder so wie vor ihrer Abreise.

Albert lag in seinem Zimmer, Neuer Graben 14, bäuchlings auf dem Bett (er besaß hier ein solches!) und schmökerte im Schopenhauer, der ihm, seit er wußte, wie intensiv der Mann sich mit Zoologie und Botanik befaßt hatte, wesentlich sympathischer geworden war. Er hatte auch bald gemerkt, daß die dubiosen Meinungen über Geschlecht, Liebe und Ehe nur einen minimalen Teil des riesigen Werkes von der *Welt als Wille und* Vorstellung ausmachten, dessen kühne Thesen und elegante Formulierungen seine Bewunderung erweckten. Rübach hatte sich mit Fingerspitzengefühl aus den Erkenntnissen dieses universalen Geistes nur eben das Wenige herausgepickt, was seinen verschrobenen Ansichten entgegenkam.
Albert war von der Jubiläumshalle gekommen, vom Königl. Freitisch, wo die Studenten, die in den Genuß der Vergünstigung gelangt waren, an endlosen Tischen in einem riesigen Saal ihr allerdings reichliches, meist auch wohlschmeckendes Mittagsmahl einnahmen. An drei Tagen der Woche gab es Fleisch. Wer nicht vom ersten Teller satt wurde, stellte sich für einen »Nachschlag« an. Albert hatte sich, als Freitischgast, von Rhans verabschieden müssen; zu Marolds ging er ohnedies nicht mehr. Wer den »Königlichen« erhielt, hatte ihn täglich wahrzunehmen. Wer zweimal unentschuldigt fehlte, bewies damit, daß er nicht bedürftig war, jeden

Monat wurde das »Freitisch-Verhalten« überprüft. Luise Rhan bedauerte, daß der Neffe nicht mehr zur Dienstag-Tafel kam und ermunterte ihn, sich öfter des Nachmittags bei den Kindern sehen zu lassen. Er tat es gern, denn da gab's Kaffee und Kuchen.

Das Mittagsmahl in der Jubiläumshalle hätte Albert besser geschmeckt, wäre da nicht dieser »Urbull« gewesen. So nannten ihn die Studenten, und der Name stimmte aufs Haar. Schon zweimal war ihm der Urbull aufgefallen, beide Male lästig: In der Quästur, als Albert vom Sekretär wegen seiner Armut bloßgestellt worden war, hatte der lange Kerl ihn ausgelacht. Wenig später, nach der Immatriculationsfeier, hatte er auf offener Straße den armen Richard heruntergeputzt, ihm sogar den silbernen Albertus geklaut. Und nun setzte der Urbull, wann immer er Albert entdeckte, sich ihm gegenüber an den langen Tisch und grinste ihn so ausdauernd und so impertinent an, daß selbst einer, der mit solchen Klötzen Erfahrung hatte, irritiert worden wäre. Der Urbull sagte nämlich kein Wort, er war nur da und ließ es Albert unentwegt wissen, daß er da war, und das mochte vielleicht sein Selbstgefühl heben, zumal er von anderen Kommilitonen schon gar nicht mehr wahrgenommen wurde. Für sie war er nichts als eine komische Figur, an deren skurriler Aufmachung man sich längst sattgesehen hatte. Nur den Muli fiel er noch auf, in seinem Schnürrock mit dem darübergeschlagenen Hemdkragen und den gelben Lederhosen in hohen Kanonenstiefeln. Er hatte ein massiges, stets stark gerötetes Gesicht mit ziemlich platter Nase, und unter der knallroten, viereckigen Mütze, die er nie absetzte, sproß, in Fransen die Stirn verdeckend, flachsblondes Haar hervor.

Sein Aufputz hatte allenfalls, ähnlich dem ulanenhaften Kostüm, in welchem Richard dem Mulus Albert das erste Mal erschienen war, als historische Reminiszenz einen gewissen Reiz: so war man in den 40er Jahren als Studiosus herumgelaufen, und so ließ man's denn auch gelten; Burschenschafter und Corporierte hatten Sinn für Tradition.

Der grinsende Urbull. Zwei-, dreimal hatte Albert ihn angesprochen, liebenswürdig durchaus. Er hatte nur noch breiter gegrinst oder war einfach aufgestanden, um nicht wiederzukehren. Albert hätte darüber froh sein können, aber ihm war zwiespältig zumute. Der Urbull war ihm nicht geheuer.
Er legte das Buch zur Seite und drehte sich auf den Rücken. Der Urbull war nicht der Einzige, mit dem er nicht zurandekam. Es gelang ihm nur selten, die Sprache der Kommilitonen zu sprechen. In den ersten Wochen war ihm das gar nicht so schwer gefallen. Doch seit ihn das Leben »gebeutelt« hatte (so drückte er's, nicht ohne Stolz, vor sich selber aus), seit er die Liebe erfahren, um das Leben des Vaters gebangt und den Freund beweint hatte, fühlte er sich ernster und gereifter als die meisten seiner Mitstudenten, für die, soweit sie noch Erst- oder Zweitsemester waren, die Universität und eigentlich auch die ganze Stadt Königsberg nichts als der stets duldsame Schauplatz ihrer eitlen und närrischen Auftritte zu sein schien. Gewiß, das änderte sich nach längstens einem Jahr, wenn die Prüfungen unausweichlich und die Ermahnungen der Eltern dringlicher, vielleicht sogar die Wechsel dürftiger wurden. Aber auch dann noch behielten Kneipe, Fechtboden und billige Mädchen für viele Vorrang vor den Ansprüchen der Wissenschaft. Für diese Freuden jedoch brauchte man Geld, und das hatte Onkel Fritz Marold ganz richtig vorausgesehen, als er in Gumbinnen so leidenschaftlich gegen den akademischen Ehrgeiz von Schwester und Schwager plädiert hatte. So wäre er wohl auch nicht überrascht gewesen, hätte Albert ihm gestanden, daß auch den über solcherlei Dinge hoch Erhabenen, wenn ihm abends die Zimmerdecke auf den Kopf fällt, ein Sehnen nach Austausch und Geselligkeit überkommt – ach was: nach Remmidemmi, Budenzauber, Randal und ungeheurer Besäufnis!
Er hörte Frau Nothnagels Stimme auf dem Flur, devot, beflissen. Es klopfte – und Angelica stand vor ihm!
Frau Nothnagel dienerte hinter ihr her, bis Albert die Tür

schloß. Er stopfte das Hemd in die Hose und schnappte nach Luft. Lächelnd setzte sie sich aufs Bett. In ihrer Pelzmütze sah sie wie ein Kosak aus. Mit der flachen Hand schlug sie auf die Bettdecke.
»Da bin ich wieder mal.« Sie nahm die Mütze ab und zupfte an ihren Haaren. Er hatte sich, mit einigem Abstand, neben sie gesetzt. Sie langte um seinen Hals, zog ihn zu sich und küßte ihn. Nicht ausdauernd, aber etwas mehr als ein Begrüßungskuß war es doch. »Ich habe gehört, du hast dir einen Preis verdient?«
Er wußte nicht: sollte er die beim Küssen verrutschte Brille abnehmen, was entschieden besser wäre für den Fall, daß noch mehr dergleichen zu erwarten stand — oder sollte jetzt Konversation gemacht werden? Er schob den Bügel auf den Nasenrükken und sagte:
»Ja, für die ›Flora der Angerapp‹. Wobei du mir helfen wolltest, damals.«
»Konnt' ich dir wenigstens auf andere Weise helfen?« Sie lächelte, aber nicht kokett, nur angelegentlich.
Er schmollte. »Du hattest versprochen, mir zu schreiben.«
»Ich habe mindestens drei Briefe angefangen, zwei hatte ich sogar fertig. Aber immer wenn es ans Adressieren ging, gab ich auf. Wohin sollte ich schreiben? Nach Gumbinnen? Das war ein bißchen riskant. An die Universität? Dasselbe Problem. Oder wärst du mit einem Brief zufrieden gewesen, in dem nicht viel mehr gestanden hätte, als daß es in Moskau schon im September geschneit hat?«
Es war eine Ausrede, nicht einmal eine gescheite; er ging nicht darauf ein. Er schielte zu ihr hinüber. Sie war noch schöner geworden im Moskauer Schnee.
»Bleibst du jetzt hier?«
»Bis zum Frühjahr sicher.«
Mehr sagte sie nicht. Als er hörte, daß Marcus in ihrem Leben keine Rolle mehr spielte, wurde er, ohne Übergang, begehrlich.
Er roch ihr Parfum, es provozierte ihn zum Angriff. Er ver-

spürte plötzlich das Bedürfnis, »es ihr zu zeigen«, wollte beweisen, daß er gelernt hatte seither, daß er durch sie gelernt hatte — ja, aber wie sollte er es nur anstellen? Andere Erfahrungen besaß er doch nicht. Emma? Das war ein wenig zu früh, um gelernt zu haben — wenn überhaupt je etwas daraus wurde.

Wenn ja — dann hätte Angelica allerdings Recht behalten: »Du wirst ein Mädchen kennenlernen und so weiter...« Er hatte sich vorgenommen, wenn er je Angelica wiedersehen würde, ihr heftige Vorwürfe wegen ihres Nichtschreibens zu machen, und auch danach noch lange zu grollen. Das wurde nun nichts mehr. Seine Begehrlichkeit wuchs und wurde unbequem. Er wagte schon nicht mehr aufzustehen. Merkte sie nichts? Er war froh, daß sie's nicht merkte, schämte sich, weil es ihn so brutal überkam, aber er wurde auch ungeduldig, eben weil sie's nicht wahrnahm. Nicht wahrnehmen wollte? Er mußte das Gespräch auf die Torfhütte bringen.

»Übrigens — ›Bulte‹ nennt man diese kleinen hügelartigen Erhebungen im Moor. Ich dachte gerade an unsere — Wanderung. Damals wußte ich den Fachausdruck nicht. Es fiel mir nur eben so ein.«

»Hast du oft an mich gedacht?« fragte sie.

Wenn er sie jetzt nicht umarmte... Aber es war zu riskant. Frau Nothnagel — wer weiß, ob sie nicht längst vor der Tür stand? Nein, es ließ sich nicht machen. Hier nicht.

»Natürlich. Sehr viel.«

Ein Gewitter. Zum ersten Mal wünschte er sich ein Gewitter. Oder ein anderes Naturereignis von zwingender Art, ein den Verstand ausschaltendes, wild und ungestüm, gefährlich... Sie war eine Gewitterfrau. Nichts für eine Studentenbude.

Und auch nichts für ihn. Er war nicht Manns genug, so formulierte er es, unfähig, seine Gefühle einmal *nicht* zu analysieren. Nicht Manns *genug*. Wann würde er fähig sein, dem, was eine Frau erwarten durfte, Genüge zu tun?

Das waren ja keine neuen Gedanken, nicht erst von heute.

Seit Angelica abgereist war, hatte er alles, was dieses magische Wort »Torfhütte« für ihn bedeutete, bis in den letzten, heimlichsten, unerlaubtesten Winkel durchforscht. Und manchmal hatte er sich gefragt, ob es eigentlich *statthaft* war, was sich dort zugetragen hatte. Eigentlich gab es doch nur zwei Motive, die eine erfahrene Frau zu einer solchen »Tat« bewegen konnten. Oder wie sollte man es nennen, wenn jemand sich entschloß, dem ungestümen Begehren eines unreifen Jungen nicht zu widerstehen? Aber wenn es Hingabe war — echte! hätte eine Frau dann nicht — das grauslich-feierliche Wort ließ sich kaum vermeiden — ihre *Würde* eingebüßt? War's aber keine Hingabe, dann konnte es nur ein Spaß gewesen sein, den sie sich mit ihm erlaubt hatte, und das auch nur, weil sie vor ihrer Abreise stand. Im günstigsten Fall — zu diesem Ergebnis war er nach beträchtlicher Gedankenarbeit gelangt — war es weder würdelos, noch ein Spaß, sondern ein gutgemeintes Almosen.
Doch wenn er sich wieder einmal derart ins Ausweglose vergrübelt hatte, überkam ihn das Elend; manchmal bewarf er die Frau, von der er noch immer träumte, sogar mit schmutzigen Ausdrücken, die er von den Studenten gelernt hatte, und war sie erst einmal damit besudelt, weinte er vor Scham und Wut über seine Niedertracht.
Inzwischen hatte sie ihm erzählt, daß sie ein Haus in den Hufen mieten und dort lesen, schreiben und botanisieren wolle, aber nun sei's ja bald Winter, und was könne man da schon botanisieren?
Da hatte sie an der richtigen Saite gezupft. Oho, im Winter nicht botanisieren? Sie brauchte sich doch nur an ihn zu halten! Da mochte der Schnee meterhoch liegen, die Bäume und Sträucher würden ja wohl noch herausgucken, und schon lange hatte er an eine Bestandsaufnahme aller Gehölze im Prußischker Wald bei Gumbinnen gedacht.
»Wenn ich mich eingerichtet habe, darfst du zu mir kommen, Albert. Und dann erzählst du mir, wie dein Mädchen heißt.«

Ehe er sich gelinde empören konnte, legte sie ihm den Finger auf den Mund.

Als er sie hinausbegleitet und mit einem tiefen Diener — Frau Nothnagel spähte durch die halb geöffnete Küchentür — verabschiedet hatte, fiel ihm die Lupe ein. Er eilte ins Zimmer zurück, nahm sie vom Tisch, sein Geschenk für Angelica, das Onkel Eduard ihr in Moskau hatte überreichen wollen, und lief auf die Straße. Er sah Angelica an der Ecke zur Vogelgasse und setzte sich in Trab, wobei er fast den Urbull umgerannt hätte.

»Das ist für dich!« sagte Albert. »Damit du schon einmal mit dem Botanisieren anfangen kannst.«

Sie schien überrascht und erfreut — und er ärgerte sich, daß er ihr das Geschenk so formlos übergab. Jetzt bekam er nicht einmal einen Kuß dafür. Um wenigstens etwas von ihr zu haben, küßte er ihre Hand, obwohl auch das, wie er wußte, auf der Straße ungehörig war.

Als er sich umdrehte, sah er, daß der Urbull auf ihn wartete. Er hatte alles mit angesehen. Forsch wollte Albert vorbei, aber der andere stellte sich ihm in den Weg.

»He, du da!« sagte der Urbull. Breitbeinig, die rote Mütze schief auf dem Schädel, stand er vor ihm. »Du weißt wohl nicht, was sich gehört: läufst einer Dame nach, auf offener Straße!«

»Was geht das *Sie* an?!« rief Albert empört.

Der Urbull verzog das Gesicht wie im Schmerz. »Habe wohl nicht richtig gehört. Sag das noch einmal!«

»Ich habe lediglich wissen wollen, ob Sie ein berechtigtes Interesse an meinem Verhalten haben«, präzisierte Albert — und wußte sogleich, daß er einen folgenschweren Fehler gemacht hatte.

»Also doch: *Sie!*« sagte der Urbull und schüttelte sich wie angeekelt. »Dir ist klar, was du zu erwarten hast.«

Er drehte sich um und entfernte sich, den Ziegenhainer schwenkend.

Da hatte er's nun. Albert sah ihm nach und ahnte, wie blöde

er dreinschaute. Ob's ihm klar war? Allerdings war's ihm klar.
Vieles hätte er sich gegenüber dem Urbull herausnehmen können, nur eines nicht: ihn siezen! Nach Königsberger Comment war unter Kommilitonen die Anrede mit Sie absolut verpönt, und nicht allein das: sie war eine schwere Beleidigung, die nur mit Blut abgewaschen werden konnte. Er hatte sie nicht beabsichtigt, sie war ihm nur so herausgerutscht, das erste Mal.
Beim zweiten Mal hätte er sich korrigieren können, aber der Kerl war ihm lästig und in seiner ganzen Art zuwider, so daß sich das vertrauliche Du einfach nicht hatte einstellen wollen.
Trotzdem: er hätte auf der Hut sein müssen. Der Urbull war Jurist und — das hatte Albert beim Freitisch von ihm selbst gehört — im sechsten Semester. Also war Albert nach akademischer Sitte gehalten, ihm »mit Achtung zu begegnen«. Aber galt das auch, wenn er, wie geschehen, auf die unziemlichste Weise angeranzt wurde?
Mißmutig trottete er zurück in seine Bude. Sie war wie entzaubert, kein Hauch mehr von Angelica, nicht einmal ihr Parfum ließ sich noch erschnuppern. Er war verschnupft — und schlimmer: er hatte ein fades Gefühl im Magen, und bald schlug ihm die Angst auf den Darm. Die Angst. Denn bald würden zwei ernste Herren kommen und die unvermeidliche Botschaft überbringen. Und dann?

Am nächsten Tag waren sie schon in der Frühe dagewesen, hatten ihn aber nicht angetroffen. So kamen sie am Nachmittag wieder. Sie erschienen im blauweißroten Wichs der »Masovia« und überbrachten des Urbulls Forderung auf zwölf Gänge mit dem Hieber. Die »Masovia«, eine Landsmannschaft im Corps-Status, christlich und vaterländisch gesinnt, hielt, wie alle studentischen Verbindungen, streng auf Form. War eins ihrer Mitglieder beleidigt worden, so war

es Ehrensache, im eigentlichen Sinn des Wortes, daß dieser »touche« nur mit Blut getilgt werden konnte. Albert war — worauf er überflüssiger Weise hinwies — kein Corporierter, kein Burschenschafter; er war nur ein »Kamel«, und streng genommen hätte er den beiden jungen Herren, als von ihrem Ansinnen nicht betroffen, die Tür weisen können. Doch wußte er bereits zu viel von Brauch und Sitte. Noch am Vorabend war er bei Eugen Düformantel gewesen, der eine bedenkliche Miene aufgesetzt hatte. Auch er war in keiner Verbindung und hütete sich deshalb um so mehr, in eine »Contrahage« verstrickt zu werden. Wie Albert, mied er gesellige Zusammenkünfte, ließ sich nie bei »Tante Fischers Wolfsschlucht« im Mühlengrund oder in den Fechtbudenkneipen an der Magisterstraße blicken, wo die Incorporierten den Ton angaben. Bei denen nämlich zischte es nur so über die Tische, und an »Hundsfott!« und »Dummer Junge!« war kein Mangel. Diese Anrede galt immer als »touche« oder »Sturz« und führte unausweichlich zum Zweikampf auf Hieber, wenn nicht gar zum Pistolenduell.
»Natürlich kannst du die Forderung ignorieren«, sagte Düformantel. »Du könntest den Waffengang ablehnen und dafür die Revokation wählen. Doch abgesehen von der Lächerlichkeit, jemandem Abbitte dafür zu leisten, daß man ihn mal gesiezt hat, ist die Revokation sehr umstritten und wird, wenn man sie überhaupt gelten läßt, als kaum verhohlene Feigheit gewertet. Bis vor drei Jahren war es auch noch erlaubt, sich einen Stellvertreter auf Mensur zu besorgen, aber auch das ist mittlerweile unzulässig. Wenn du also die Satisfaction verweigerst, bist du — darüber sei dir im klaren! — gnadenlos im Verschiß, und das nicht nur bei den Masuren. So etwas spricht sich sofort herum, und du wirst von allen Corporierten gemieden wie die Pest, und von einigen Professoren leider auch.«
»Ich soll mich also schlagen?« fragte Albert hilflos. Er fand seine Lage so absurd, als sei er in ein weltabgeschiedenes Scheichtum geraten, wo man nach mittelalterlichem Recht

mit Händeabhacken, Blendung und öffentlicher Auspeitschung straft. Ein aufgeputzter Flegel, der ihn seit Wochen mit Impertinenz verfolgte, hatte ihn übertölpelt — und dafür sollte er nun sein Ansehen bei Kommilitonen und Professoren, ja, womöglich sein so mühevoll errungenes Studium drangeben!

»Es hat ja noch gute Weile«, tröstete Düformantel. »Innerhalb achtzehn Wochen muß die Forderung ausgetragen sein. Zeit genug, um Fechten zu lernen. Gelegenheit gibt's reichlich: in der Heiligengeiststraße, in der Polnischen Gasse, auch in der Wassergasse — überall sind Paukböden, und für das, was du brauchst, um dich einzupauken, findest du leicht einen Vorschläger. Am besten ist es natürlich, du gehst in die Alte Aula zu Grüneklee, dem Universitätsfechtlehrer, da lernst du es schulgemäß. Aber das kostet natürlich seine zehn Taler, mindestens.«

»Du bist gut informiert«, sagte Albert.

»Ich war mal nahe daran, zur ›Masovia‹ zu gehen. Bin auch ein paar Mal auf dem Fechtboden gewesen. Aber — nimm mir's nicht übel, wenn ich das in deiner Situation so offen sage: schon bei der ersten Abfuhr, die ich mit ansah, ist mir schlecht geworden. So blutrünstig kann's da zugehen.«

Albert nahm's ihm nicht übel. Aber paukfreudiger stimmten ihn Düformantels Erfahrungen nicht.

In der Französischen Straße, bei Onkel Fritz Marold, dröhnte die Zementmaschine; die Lagerräume wurden in den Hof hinein erweitert, und Hugo Lindtners Maurer waren es, die dort arbeiteten — zum Vorzugspreis, wie behauptet wurde. Marold hatte vom Verkauf russischen und paraguayischen Tees mehr als hinreichend profitiert, so daß er nun daran denken konnte, auch Kaffee in sein Sortiment aufzunehmen. Albert hatte ihn vor einigen Tagen auf der Straße getroffen und nach Richard gefragt, der ihm seit der Löwen-Affäre nicht mehr begegnet war. Mit feierlich gedämpfter Stimme hatte Onkel Fritz Auskunft gegeben:

Er schreibt! — Und was denn wohl? — Ein Theaterstück! — Und worum es da gehe? — Um die alten Pruzzen und die Ordensritter. — Ob er das auch gründlich studiert habe? — Er läßt sich's eingeben...

So war das also bei Dichters. Unsereins muß sich alles aus Büchern holen — und denen wird's eingegeben. Albert sah Richard in seiner Stube sitzen, während Muse Thalia aus einem Füllhorn sein schwangeres Haupt begoß...

Doch jetzt sah er ihn bei einer ganz anderen Tätigkeit: Richard machte sich, mitten unter den Lindtner'schen Arbeitern, beim Abladen von Bausteinen nützlich. Der Vetter ließ alles stehen und liegen und nötigte Albert in sein Zimmer. Kreuz und quer lagen beschriebene Bogen auf dem Tisch. Richard hatte eine überraschend zierliche Handschrift.

»Mein Theaterstück ist so gut wie fertig«, sagte er stolz. »Ich muß mir nur noch einige Anregungen am Schauplatz der Geschehnisse holen. Und das ist Burg Lochstädt.«

»Willst du mir nicht erst einmal sagen, wovon dein Stück handelt?« fragte Albert. Er hatte jetzt andere Sorgen, aber dann setzte er sich doch, aus Höflichkeit.

»Eigentlich ist es noch ein Geheimnis«, sagte Richard. »Aber wenn du mich nach Lochstädt begleitest, wirst du es ja doch erfahren. Also: Mein Stück ist die Tragödie des Hochmeisters Heinrich von Plauen. Du weißt ja wohl: das ist der Mann, dem der Deutsche Orden viel verdankt, was die Herren Ritter später nicht hinderte, sich abscheulich undankbar zu erweisen. Auf Burg Lochstädt ist er 1429 gestorben, von allen Freunden verlassen. Und dort spielt mein Stück!«

»Aber was kann sich da noch Großes ereignet haben?« fragte Albert, der, wie jeder Ostpreuße, die Geschichte seines Landes einigermaßen kannte. »Auf Lochstädt war er doch nicht viel mehr als ein Pensionär. Und du sagst es selbst: *einsam* war er...«

»Du meinst: wo sind da die Gegenspieler?« Richard lächelte

überlegen. »Das ist eben meine völlig neuartige Idee: Er erlebt die wesentlichen Stationen seines Lebens noch einmal im Traum. In seiner Todesstunde! Paß auf, ich werde dir einen Begriff davon geben...«

»Später!« bat Albert. Der Vetter wollte ihm wahrhaftig sein Stück vorlesen. »Ich habe jetzt nicht die innere Ruhe. Aber, wie sagtest du: ich soll dich nach Lochstädt begleiten?«

»Unbedingt!« rief Richard. »Wir machen eine tolle Wanderung bis Warnicken und dann den ganzen Strand entlang bis zur Bernsteinküste. Von Pillau fahren wir mit der Bahn nach Königsberg zurück. Vier Tage, mehr brauchen wir nicht.«

»Und wann?«

»Übers Wochenende. Jetzt ist der Spätherbst gerade noch schön.«

Die Aussicht, dem gesprächigen Vetter vier Tage lang zuhören zu müssen, konnte Albert wenig gefallen. Freilich hatte er schon immer eine Exkursion an die Samlandküste unternehmen wollen. Professor Kankelwitz bevorzugte die Kapornsche Heide, doch deren Flora kannte Albert längst. Und schließlich hatte er eine Schwäche für Richard Marold. Seit er ihn, nach jenem Rausschmiß, so hilflos erlebt hatte, war er ihm nähergekommen. Richard war ein liebenswertes Stehaufmännchen; kein noch so großes Mißgeschick konnte ihn für länger als drei Tage niederdrücken — ob er nun die Universität verlassen, eine Bühnenkarriere abbrechen, oder bei Frau Rosine Salomonsky wegen mangelhafter Dressur einer Löwenleiche den Dienst quittieren mußte. Albert billigte ihm zu, daß er sich in den unterschiedlichsten Künsten erprobte, um zu erkunden, welche die ihm gemäße wäre. Nun gefiel er sich also als Dichter, und das hatte er ja schon früher einmal werden wollen.

Von seinen eigenen Sorgen erzählte Albert an diesem Nachmittag nichts. Dafür blieb übers Wochenende noch Zeit genug.

Richard drückte ihm einen Taler in die Hand. »Besorge uns

die Marschration. Brot, Hartwurst, Apfel — na, du weißt schon Bescheid.«
»Und wo übernachten wir? Ich habe keinen Groschen mehr.«
»Beim Bauern oder in kleinen Gasthöfen. Laß nur, das ist meine Sache.«
Albert meldete sich für vier Tage vom Freitisch ab und begann sich auf die Wanderung zu freuen.
An diesem Abend kam er spät nach Hause. Stud. theol. Düformantel hatte ihn und einige Kommilitonen auf seine Bude geladen; man leerte ein Fäßchen Bier und braute sich hinterher, mit einer Flasche Punschextrakt, noch einen kräftigen Glühwein. Onkel Achim Grübner durfte ein Weilchen dabei sein und berichten, wie es einem von der Polizei für zwei Tage arretierten Demokraten ergangen war. Zu Alberts Verwunderung gesellte sich auch Tante Dorchen dazu. Sie mußte eine Katharsis, eine reinigende Wandlung, durchgemacht haben, anders war's kaum zu erklären: sie, die nichts von den »Umtrieben« ihres Mannes hatte wissen wollen, schien diese nun, sogar mit einer gewissen Anerkennung, zu tolerieren: eine Frau, die, wie sich's gehört, nicht nur in guten Tagen zu ihrem angetrauten Gatten hält. War es ihr wirklich aus eigener Kraft und Einsicht gelungen, sich zu Achims freiheitlichen Bestrebungen zu bekennen, oder waren da, wie Albert vermutete, noch andere Einflüsse am Werke — ein Besuch Angelicas vielleicht? Gleichviel: eine geschlagene Stunde saß sie im Kreis der jungen Leute, bald andächtig, bald etwas selbstgefällig lächelnd, und wenn Achim leuchtenden Blickes die Solidarität aller Kollegen vom Königsberger Schuhmacher-Gewerk pries, die ihn in der Haft mit Tabak und Viktualien traktiert hatten, dann ruhten Tante Dorchens Augen mit unverhohlenem Stolz auf ihrem Märtyrer.
Spät also kam Albert nach Hause, und als er sich in seinem Zimmer zum Tisch hintastete, um die Petroleumlampe anzuzünden, merkte er, daß er nicht alleine war.

Und dann war der Kerl auch schon bei ihm, über ihm, warf ihn aufs Bett, würgte ihn, stieß keuchend hervor: »Wenn du mich verpfeifst, bist du dran! Keinen Mucks!«
Dann ließ er ihn los. Albert, Todesschweiß auf der Stirn, ohne jegliche Ahnung, um wen es sich da handelte, richtete sich zaghaft auf, sah nun, trotz Finsternis, einen Schattenriß: eine Mannsfigur, die das Fenster vorsichtig öffnete, sich hinausbeugte, in die Nacht spähte…
»Das war sicher ein Mißverständnis«, sagte Albert, so gelassen wie möglich. Und gleich darauf grob: »Wer sind Sie? Was wollen Sie in meinem Zimmer?«
»Das ist immer noch meins«, sagte der Unbekannte und schloß das Fenster. »Und du? Na ja, ich konnte mir denken, daß meine Eltern mit mir nicht mehr rechnen.«
Der also! Nikolas Nothnagel. Aus der Haft entlassen. So früh?
»Ich weiß jetzt, wer Sie sind«, sagte Albert. »Es tut mir leid.«
Was denn? Daß er gewürgt worden war? Und schon war der Eindringling, der Zimmerbesitzer, wieder bei ihm, rüttelte ihn an den Schultern.
»Ich hab' keinen Spaß gemacht. Kein Sterbenswörtchen! Zu keinem! Auch nicht zu meinen Eltern!«
»Sie wollen ihnen gar nicht – guten Tag sagen?«
»Guten Tag ist gut! Damit sie Zustände kriegen, was? Und Muttchen vielleicht doch noch plaudert, aus Redlichkeit und Gottesfurcht? Aber das geht dich nichts an. – Bist du verrückt? Hier wird kein Licht gemacht!« Er schlug Albert die Zündholzschachtel aus der Hand.
Er ging zum Kleiderschrank, wühlte zwischen Röcken und Mänteln. Da hingen noch Sachen vom Sohn des Hauses, dem Militärsträfling zu Insterburg. Der streifte die Hose ab, zog seine Bluse über den Kopf, machte, indem er die Ärmel als Riemen nutzte, ein Bündel daraus. Dann wieder zum Fenster.
Lauschen. Spähen.

Nikolas Nothnagel, der Verbrecher. Auf der Flucht. Besorgt sich Zivil. Daheim! Wo suchen sie ihn zuerst? Im Elternhaus!

Oder hier gerade nicht? Weil man ihn nicht für so dumm halten wird, sich hier zu verstecken?

Wieder am Fenster. Wie geht das zu, wenn sie ihn holen? Kommen da zwei oder drei, wie bei Grübners? Eine ganze Kompagnie? Ein Exekutionskommando?

»Ich verschwinde«, sagt Nikolas Nothnagel. Scheint schlank zu sein, dürr, vermutlich ausgehungert. War aber noch kräftig genug, ihn niederzuwerfen.

»Wo wollen Sie denn noch hin, mitten in der Nacht?«

Das weiß er wohl selber nicht. Lehnt sich an die Wand, behält das Fenster und ein Stück Straße im Blick.

»Weißt du, weshalb ich verurteilt wurde?«

»Sie haben einen Offizier beleidigt.«

Der Flüchtling nimmt Haltung an, leiert seine Meldung: »Rekrut Nikolas Nothnagel, verurteilt zu zehn Jahren Baugefangenschaft wegen Verbrechens gegen die Subordination, darunter besonders ausdrückliche Verweigerung des Gehorsams sowie tätliche Widersetzung gegen einen Vorgesetzten in Tateinheit mit Beleidigung. — Gefällt dir das?«

»Ich finde — ich finde die Strafe zu hoch. Viel zu hoch.«

»So, das findest du. Aber« — Albert meint, ihn grinsen zu sehen — »wenn das nun *alle* so machen wollten?«

Lehrer-Rhetorik. Wie in der Schule, wenn einer zu spät kommt.

»Es machen aber nicht alle«, sagt Albert.

»Und warum nicht?«

»Weil es den allermeisten nicht in den Sinn käme, an einem Vorgesetzten Kritik zu üben, oder sich gar ihrer Haut zu wehren, sollten sie von einem solchen angegriffen werden.«

Denn so, wie dieser Nothnagel, verhalten sich nur besonders selbständig denkende Leute — oder, wie d'Heureuse es ausgedrückt hat: Rindviecher. Dieser hier ist kein Rindviech.

»Also dann!« Der Flüchtling klemmt sein Bündel unter den Arm.
»Wollen Sie das mitnehmen?«
»Wenn ich die Klamotten hierlasse – Gefangenendrillich! –, dann wissen die doch sofort, daß ich hier war. Wer soll meinen Alten dann noch glauben, daß sie ahnungslos sind?« Er macht einen Schritt auf Albert zu. »Mensch, wenn du mich verpfeifst...«
Albert fragt noch einmal: »Wo wollen Sie hin? Haben Sie ein bestimmtes Ziel? Sie müssen doch eine gewisse Vorstellung davon haben, wie Sie Ihren Verfolgern entrinnen können?«
»Das werd' ich dir gerade verraten!«
»Hab' mal gehört, daß Deserteure – also Leute in Ihrer Situation – versuchen, ein Schiff nach Schweden zu bekommen. Dort wird Asyl gewährt. Auch in Dänemark, soviel ich weiß.«
Nothnagel hat schon die Hand an der Klinke.
Albert, unbeirrt: »Wenn Sie in dieser Nacht noch bis, sagen wir, bis Wargen kommen könnten und sich dort verstecken? Da ist, gleich hinter dem Ort, an der Straße nach Regitten, ein Stück waldeinwärts auf der rechten Seite, eine Wildhüterhütte. Da könnten Sie auf uns warten.«
Nikolas Nothnagel wendet sich um. »Warten? Auf wen?«
»Ich habe mir gedacht« – ja, blitzschnell hat sich Albert etwas ausgedacht, hat sich doch was ausdenken müssen, man kann einen Menschen doch nicht in sein Verhängnis laufen lassen. »Ich denke mir, daß ein einzelner Flüchtling, hinter dem alle her sind und von dem man eine genaue Beschreibung hat – daß der nicht so auffallen wird, wenn er in Begleitung ist. Ich mache nämlich ab morgen früh mit meinem Vetter eine Exkursion ins Samland. Also an die Küste. Sie könnten sich, wenn Sie in Wargen zu uns stoßen würden, anschließen. Das gibt's doch oft, daß ein paar junge Leute gemeinsam wandern. Oder eben auf Exkursion gehen. Ich studiere Botanik. Ich botanisiere. Aber das könnten Sie

doch auch. Ich meine: so tun als ob. Hier« — er wendet sich zur Zimmerecke, wo die Botanisiertrommel liegt — »nehmen Sie die schon immer! Gehen Sie langsam, mit dem Blick auf den Boden. Ab und zu bücken Sie sich, pflücken irgendein Gras. Keinen Blumenstrauß, das wäre nicht fachgemäß! Irgendwas Unansehnliches. Doch, das wäre eine ausgezeichnete Mimikry — finden Sie nicht?«
Nothnagel weiß wohl kaum, was Mimikry ist. Aber er sieht — die Augen haben sich an die Dunkelheit gewöhnt — Albert aufmerksam an. Dann streckt er die Arme aus und empfängt, wie eine Waffe, die Botanisiertrommel.
»In Wargen!« mahnt Albert noch einmal. »Die Wildhüterhütte. So gegen zehn sind wir dort!«
Am frühen Morgen traf Albert sich mit Richard. Sie erreichten nach einer Stunde Metgethen mit seinem schloßartigen Herrenhaus und wenig später den Wargener Teich. Auf dem waldigen Weg nach Regitten gelangten sie zu der Stelle, wo rechts der Pfad zur Wildhüterhütte abzweigte, in der Albert vor Wochen bei einem Regenguß untergeschlüpft war.
Er hatte Richard auf den neuen Begleiter vorbereitet, nicht ohne Skrupel. Es war Richards Wunsch gewesen, durchs Samland zu wandern, und der Vetter sollte dabeisein. Jetzt sah alles anders aus. Ein Deserteur, schlimmer: ein verurteilter Gefangener, der ausgerissen war, ein polizeilich ausgeschriebener Verbrecher, von Soldaten und Gendarmen gejagt, nahm ihre Hilfe in Anspruch und ließ sie dadurch mitschuldig werden an seiner Tat. Albert war aus freiem Entschluß sein Komplize geworden und zog nun auch Richard, indem er ihn zum Mitwisser und Helfer machte, in die böse Sache hinein. Das war das Resumé seiner Nachtgedanken.
An diesem frischen, überklaren Spätherbstmorgen, durchweht vom Rauch der Kartoffeffeuer, sah's dann schon etwas anders aus. Richard war überrascht, aber nicht verstimmt. Überrascht, weil es einem jungen, aufsässigen Mann, mithin einem, der auf Richards Sympathie rechnen konnte, gelun-

gen war, seinen Bewachern zu entkommen. Beeindruckt war er aber auch von Alberts Entschluß, ihm zu helfen.
»Du bist eben doch nicht der Musterknabe, für den ich dich immer gehalten habe. Erst erzählst du mir, daß du dich schlagen mußt, wozu ich dir nur raten kann, denn ein zünftiger Schmiß gibt dir bei den Weibern ganz andere Chancen — und nun hilfst du sogar, dem Vaterland einen Helden zu entziehen. Na, das wäre doch gelacht, wenn wir den nicht nach Schweden bugsierten!«
Vielleicht freut sich der Dichter nur, einen Zuhörer mehr zu haben, dachte Albert. Fürchte allerdings, daß der wenig Geduld für seinen Heinrich von Plauen aufbringen wird.
Sie näherten sich der Hütte. Nothnagel war nicht zu sehen. Albert hüstelte und öffnete die Tür. Die Hütte war leer. Richard war ein paar Schritte in den Wald gegangen, Albert folgte ihm. Dann sah er den Pflanzenfreund. Als treibe er das seit Jahren so, schritt Nikolas Nothnagel gebeugten Hauptes, die Botanisiertrommel umgehängt, durchs Unterholz: ein Forscher, der nicht gestört sein will. Die akkurate Befolgung seiner Anweisung rührte Albert, machte ihn auch ein wenig stolz; es war wirklich ein guter Rat. Nothnagel mußte Gefahr wittern, als Richard auf ihn zukam, doch nahm er diszipliniert auch weiterhin seine einzige Chance wahr. Dann erkannte er Albert. Sie schüttelten sich die Hände und zogen sich in die Hütte zurück. Nothnagel, der sich nun Niko nennen ließ, bekam Saft und belegte Brote.
Nein, er war kein Riese. Und erbärmlich vom Fleisch gefallen; die zugeknöpfte Jacke warf eine Falte vor der Brust und war doch seine eigene, aus besseren Zeiten. Sein blondes Haar war geschoren, das ließ ihn, trotz der hellwachen Augen, dumm und knechtisch erscheinen, machte ihn auch verdächtig. Gefangene oder Irre hielt man so.
»Sie wollten mich nach Kreuzburg schicken«, sagte Niko. »In die Irrenanstalt. Es war ein neuer Arzt nach Insterburg gekommen, der hat es, glaube ich, sogar gut gemeint. ›Wir lassen Sie untersuchen‹, hat er gesagt, ›und wenn der Befund

positiv ist, dann kriegen Sie Straferlaß und brauchen nicht einmal mehr weiterzudienen.‹ Der hat es auch durchgesetzt, daß ich verlegt wurde. Aber ich sage euch: wer einmal in Kreuzburg ist, kommt nicht mehr raus! Schon gar nicht als Häftling. In Insterburg hätt' ich noch acht Jahre gehabt — in Kreuzburg säß' ich mein Leben lang! Der hat es gut gemeint, vielleicht, aber mir macht man nichts vor. Der Transport ging über Königsberg. Da bin ich auf und davon.«
Kreuzburg — die Landesirrenanstalt. Wenn der nun wirklich nicht ganz bei Troste war? Einen Hauptmann mit dem Säbel anzugehen! Vielleicht doch ein — Rindviech?
Sie brachen auf und kamen über ein Torfmoor in die Wachholderheide rings um Ostpreußens höchste Erhebung, dem Galtgarben. Richard wollte durch den prächtigen Eichenwald den Berg hinauf, aber Albert warnte vor der Begegnung mit Ausflüglern. Niko sah, obwohl er den nackten Schädel unter der Mütze versteckte, zu verdächtig aus.
Oben stand ein gußeisernes Kreuz zum Gedenken an die Befreiungskriege, und in den Mittsommernächten umritt, so erzählte man sich, der uralte Pruzzenkönig Widewud mit Söhnen und Enkeln den Berg, wo einst seine Burg Gailtegarwo gestanden hat.
Das Alkgebirge ist ein waldreicher Höhenzug; durch seine tief eingeschnittenen Schluchten führen sandige Pfade, die den Wanderer nur noch dahinstolpern lassen. Die drei waren froh, als sie bei Seefeld wieder auf die Chaussee kamen, die von Drugehnen nach Pobethen führt. Der kleine Marktflekken mit seinem Ordensschloß war Richards erstes Ziel; dort hoffte er auf »Inspiration«, und weil die des Nachts am ehesten zu erwarten sei, gedachte er dort Quartier zu beziehen.
Man war sich darüber einig geworden, daß unmittelbare Gefahr für Niko noch kaum bestand; frühestens morgen konnte die Fahndung in der Zeitung ausgeschrieben sein, und daß man ganze Bataillone auf die Suche schickte, war auch nicht anzunehmen.
Gegen fünf Uhr zeigte sich am Horizont der Kirchturm von

Pobethen. Im ersten Gasthof bestellten sie ihr Nachtlager und stärkten sich mit Rührei, Brot und Bier.
Die Burg aus dem 13. Jahrhundert, der sie sich in der Dämmerung näherten, war nurmehr eine Ruine. Mitten im Ackerland, auf einer bescheidenen Erhebung, fand sich unter wucherndem Gebüsch kaum mannshohes Mauerwerk. Richard schien enttäuscht, jedoch tröstete ihn die Aussicht auf Burg Lochstädt, »wo du mit Sicherheit den Atem der Geschichte hörst!«.
Nothnagel trottete wortkarg hinter ihnen her; wiederholt vergewisserte sich Albert, daß er noch da war. Konnte ja sein, daß ihm die Wanderseligkeit seiner Kumpane auf die Nerven ging.
Doch in Pobethen durfte er neuen Mut schöpfen. In der gotischen Kirche stießen sie auf den Küster, der sie freundlich empfing und ihnen die Orgel erklärte. Dann nahm er von der Wand eine alte Trompete. Sie hatte einem brandenburgischen Soldaten gehört, der aus schwedischer Gefangenschaft geflohen und auf einer Eisscholle über die Ostsee in die Freiheit entkommen war.
»Das ist verbürgt«, sagte der Küster, und dann gab er die Trompete keinem anderen als Niko; der sollte versuchen, sie zu blasen. Tatsächlich brachte er einige, wenn auch arg verrostete Töne heraus. Der Küster schien merkwürdig beeindruckt. »Das ist gar nicht so leicht«, sagte er mit großem Ernst. »Nur sehr selten kriegt das einer fertig.«
Richard streckte den Arm aus, als wollte er's auch probieren, aber dann warf er einen Blick auf Niko und fand ein seltsam erleuchtetes Gesicht, und da wehrte er, als der Küster sie ihm reichen wollte, die Freiheitstrompete ab, und ebenso verhielt sich Albert.
Sie schliefen gut und machten sich am anderen Morgen schon vor Sonnenaufgang auf den Weg.
Je weiter der Tag vorrückte, um so nervöser wurde Niko. Es war Sonntag, und obwohl es keine Ferienzeit und zum Baden längst zu kühl war, mußte, je mehr sie sich der Küste

näherten, mit Wanderern und Spaziergängern gerechnet werden. Doch am Sonntag erschienen keine Zeitungen. Benahm man sich manierlich und vermied es, die Aufmerksamkeit auf sich zu lenken, so bestand keine Gefahr. Wenigstens meinten das die Vettern. Niko widersprach:
»Der Morse-Telegraph! Den habt ihr wohl ganz vergessen? Sie werden sich denken können, daß ich übers Meer will. Es gibt keine andere Chance für mich — sonst könnte ich nur noch zu den Russen überlaufen, aber wer sagt, daß die mich nicht ausliefern? Also wird man die Küstenstationen alarmiert haben, das ist doch eine Kleinigkeit. Junge Leute wie wir sind in jedem Fall verdächtig, selbst wenn wir uns wie die Pfarrerstöchter aufführten. Dann erst recht!«
Auf den letzten Ausläufern des Alkgebirges zog der Wald sich zurück. Kurz vor Alleinen fanden die Wanderer den Boden aufgewühlt. An einem der vielen, scheinbar regellos entstandenen Erdhaufen lehnte noch ein Spaten; es sah aus, als habe man nach Schätzen gegraben. Es war ein Gräberfeld, wie es in Ostpreußen viele gab; sie waren unbewacht und galten wenig, jeder Wanderer konnte sie plündern. Allenfalls der Grundbesitzer, selten die »Physikalisch-ökonomische Gesellschaft« in Königsberg, erhob Anspruch auf die Knochen der alten Heiden, die hier mit mancherlei Grabbeigaben bestattet waren.
Wen es gelüstete, ihre Ruhe zu stören, der stach mit einer Rapierklinge in den sandigen Boden, bis er auf Steine stieß, das war ein erstes Zeichen. Nicht lange, dann fand man einige Knöchlein, auch Urnen, Bernsteinperlen, eiserne Fibeln, Pfeilspitzen, Bronzeschnallen.
Richard, natürlich, der hatte wohl noch den alten Geisterreiter Widewud aus Galtgarben im Kopf; er stürzte sich auf die Erdlöcher und wühlte mit bloßen Händen eine blaue Perle heraus, auch einen winzigen Knochen, den Albert als Mittelfingerglied bestimmte. Mit zerquältem Gesicht stand Niko daneben, sah immer wieder zum Dorf hinüber, ob sich kein Landgendarm näherte. Richard grübelte — hatte

er's hier mit den Pruzzen oder den alten Litauern zu tun? –, während Albert am Feldrain, als Vorboten der Dünenflora, die Stranddistel entdeckte. Allein der Wind, der »unüberriechbar«, wie Richard sich ausdrückte, den Salz- und Teer- und Tanggeruch des nahen Meeres herübertrug, lockte sie endlich fort, und so kamen sie nach Altnicken und grüßten die Brandung, durch deren hochspritzenden Gischt die Möwen schossen. Ein paar Frauen und Kinder winkten einem Fischerboot zu, sonst war der steinige Strand menschenleer, und so wurde auch Niko etwas ruhiger. Allerdings mochte er nun um so mehr überlegen, wo und wie er ein Schiff fände, das ihn nach Schweden mitnähme; die Fischer aus den Strandnestern fuhren nicht bis Skandinavien. Er wurde immer wortkarger, die Trostlosigkeit seiner Lage mußte ihm nun erst richtig bewußt werden, und wenn er, wie seine Begleiter es vorhatten, nach Neukuhren, dem berühmtesten Badeort des Samlandes, oder nach dem kaum minder bekannten Warnicken kam, wo eine Marinestation war, dann würden ihn auch diese beiden Menschenfreunde nicht beschützen können.
In Neukuhren stand ein sagenumwobener alter Birnbaum, der sogenannte Hochzeitsbaum, unter dessen vergilbtem Blätterdach eine fröhliche Gesellschaft das blutjunge Brautpaar hochleben ließ.
Den Hochzeitstanz noch in den Ohren, hüpften die drei um die Ausläufer der Brandung herum; hier, auf dem feuchten Sand, ließ es sich besser marschieren. In Sassau kamen sie nicht weiter. Denn dort sah der Strand wie ein Bergwerk aus, so aufgegraben und zerwühlt. Da war die kostbare »blaue Erde« zu hohen Dämmen aufgeschüttet, die riesige Grube dröhnte vor Maschinenlärm und wimmelnder Betriebsamkeit, und aller Aufwand galt nur jenen honiggelben Harztropfen, Bernstein genannt, dem Gold des Samlands, mit vielerlei eingesargten Hälmlein und Flügelgeschöpfen aus einer urzeitlichen Welt.
Da das Gelände eingezäunt war, mußten sie einen mühseli-

gen Umweg über die Dünen machen, bis sie im dunklen Forst von Warnicken in die Gausupschlucht einstiegen. Zwischen ihren wild aufgerissenen, dennoch bewaldeten Steilhängen boten sich überwältigende Ausblicke auf die tiefblaue See. Nach einer guten Stunde erreichten sie wieder den Strand. Hier fanden sie Bernstein in reichlicher Menge und stopften sich viele, meist winzige Stücke in die Hosentasche.

Die beiden Männer, die ihnen, schwarz gegen die tiefstehende Sonne, entgegenkamen, durfte man für Spaziergänger halten.

Doch noch ehe Niko Verdacht schöpfen und sich in die Dünen schlagen konnte, war an Ausweichen schon nicht mehr zu denken. Die Männer hielten sie an, wiesen sich als Strandwächter aus, wollten wissen, wonach sie sich gebückt hätten; ja, ja, die »Muscheln« wollten sie sehen, auch mal einen Blick in die Botanisiertrommel tun. Niko, der es verschmäht hatte, die »gelben Kinkerlitzchen« zu sammeln, kam ungeschoren davon; die beiden anderen mußten einen Bußgroschen zahlen und ihre Beute, bis auf ein paar »Erinnerungsstücke«, abliefern.

»Auf Bernsteindiebstahl stand früher die Todesstrafe«, sagte einer der Strandwärter grinsend. »Wenn ihr nach Groß Dirschkeim kommt, da steht der Galgenberg, seht ihn euch gründlich an.« Sie warfen dem gesetzestreuen Niko einen freundlichen Blick zu und gingen ihrer Wege.

Obwohl er so gut davongekommen war: aus Niko wurde an diesem Tag nicht Rechtes mehr. Die gefährliche Begegnung mußte sein ohnehin verstörtes Gemüt derart erschüttert haben, daß er launisch und ungerecht wurde. »Ist doch undenkbar, daß ihr das alles ohne Hintergedanken tut«, murmelte er vor sich hin. Und wenig später: »Wer weiß, in welche Falle ihr mich lockt...«

Während Albert beleidigt schwieg, fuhr Richard dem Flüchtling grob über den Mund: »Noch einmal solchen Mist, und ich sorge dafür, daß du doch noch nach Kreuzburg kommst!«

Dann war eine Weile Ruhe.
Wie würde ich mich verhalten, wenn ich an seiner Stelle wäre, grübelte Albert. Weder hätte ich den Mut zur Flucht gehabt, gehabt, noch hätte ich die Seelenqual der Tage danach ertragen. Mich wirft ja schon ein alberner Urbull aus dem Gleichgewicht, und denk' ich an das blutige Geschäft der Mensur, dem ich, nach dem Rat meiner Freunde, nicht entrinnen kann, dann kriecht mir die Angst bis in Magen und Darm. So entschloß er sich, dem unglücklichen Niko einiges nachzusehen.
Als die Dämmerung eingefallen war, hatten sie sich in den Dünentälern verlaufen; die Sandberge türmten sich hier gewaltig, und ihre steilen Wände gaben bei jedem Versuch, sie zu erklimmen, rieselnd und schüttend nach, so daß Richard, der noch am wenigsten erschöpft war, nur mit viel Schweiß und schlimmen Flüchen einen Gipfel erreichte, von dem aus er, ganz in der Nähe, das Dorf Groß Kuhren ausmachen konnte.
Sie hätten schon seit zwei Stunden in Warnicken beim Bier sitzen können, aber Niko fürchtete die Marinestation, und so hatten sie sich überreden lassen, ihr Nachtquartier ein Stück weiter westlich aufzuschlagen. Todmüde langten sie in Groß Kuhren an; bei Fischersleuten, in einem Schuppen, hinter einem Wald von Sonnenblumen, fanden sie Unterschlupf.
In der Nacht wurden Richard und Albert wach, weil Niko aufstand und nach draußen tappte. Als er nicht wiederkam, nutzten sie seine Abwesenheit, um zu beratschlagen, wie es weitergehen solle. Bis Pillau mußten sie ihn schon mitnehmen, denn wenn er jemals ein Schiff nach Schweden fand, dann nur in diesem großen Hafen. Sicher war es gescheit von Niko, sich nicht auf dem direkten Weg von Königsberg nach Pillau durchzuschlagen, denn dort hatten sie ihn bestimmt zuerst gesucht. Jetzt, nachdem einige Tage vergangen waren, würde man vielleicht nicht mehr so aufmerksam sein. Dennoch: je näher sie Pillau kamen, um so größer war

die Gefahr, entdeckt zu werden. Und wenn das wirklich Niko Nothnagels Schicksal sein sollte, dann wollten Richard und Albert nicht Zeuge seines Untergangs und, als Mitwisser und Helfer, auch noch mit hineingezogen werden. So waren sie, als Niko in den Schuppen zurückkehrte, zu dem Entschluß gelangt, sich spätestens in Lochstädt von ihm zu trennen.

Als die anderen aufgestanden waren und zur Fischerhütte gehen wollten, um Milch und vielleicht ein paar Eier zum Frühstück zu ergattern, fand Niko nicht aus dem Stroh. Sie brauchten nur in seine rot umränderten, glänzenden Augen zu sehen: Niko war krank. Richard fühlte ihm Stirn und Puls und nickte besorgt. Sie schlugen vor, im Dorf nach einer Medizin zu fragen. Das lehnte Niko schroff ab. Er werde sich nicht gehen lassen, nein, nein, es sei ihm schon viel besser, und wenn sie aufbrächen, käme er selbstverständlich mit.

Sie wurden im Fischerhaus, wo es beklemmend nach Schimmel und Hering roch, gut verpflegt und brachten Niko, der sich noch nicht erheben wollte, Milch, Brot und eine geräucherte Flunder. Sie ließen den Fischer und seine Frau an ihrer Sorge teilnehmen und fragten sie, ob Niko, falls er so bald nicht auf die Beine käme, mit ihnen zwei oder drei Tage im Schuppen bleiben dürfe. Die guten Leute wollten ihm sofort ein Lager in ihrer Hütte richten, doch dann fiel dem Fischer etwas anderes ein:

»Wenn er Fieber hat, dann kann es auch was Schlimmes sein, und dann braucht er einen Arzt. In Groß Kuhren gibt es keinen. Aber ich lege heute mittag nach Pillau ab. Da könnte ich Ihren Freund mitnehmen. Ein bißchen kräftige Seeluft macht ihn vielleicht schon gesund. Und wenn nicht, dann bring' ich ihn in Pillau ins Hafenkrankenhaus.«

Die Vettern sahen sich an. Was Besseres konnte Niko nicht passieren. Sie gingen zurück in den Schuppen und brachten ihm bei, was der Fischer vorgeschlagen hatte. Das Fieber war noch gestiegen; Schweiß stand auf der Stirn, der Puls

ging hastig und schien gelegentlich, wie Albert besorgt feststellte, einen Schlag zu überspringen.
»Ich steh' auf«, sagte Niko.
»Du hast noch viel Zeit. Der Kutter fährt erst in drei Stunden.«
»Egal, ich muß an die Luft.« Er sprang auf und verlor das Gleichgewicht. Albert mußte ihn stützen.
»Und was mach' ich, wenn's mir auf der Fahrt noch schlechter geht? Vielleicht werd' ich auch noch seekrank.«
»Dann bringt dich der Fischer ins Spital«, sagte Richard.
Niko sah ihn groß an. Dann drehte er sich auf seinem Strohlager um und kehrte ihnen den Rücken zu.
»Was hast du?«
Er gab keine Antwort.
»Er weiß, daß man ihn im Krankenhaus nach seinen Personalien fragen wird«, sagte Richard.
»Wenn's nur das ist!« Albert griff in seine Gesäßtasche und holte seinen Studentenausweis heraus. »Der genügt fürs erste. Mehr verlangen sie bestimmt nicht von einem, der auf Wanderschaft ist.«
Langsam wandte sich Niko ihnen wieder zu. Er nahm den Ausweis, starrte erst ihn, dann Albert an.
»Daß ihr das tut...« sagte er leise.

Zwei Stunden später machten sie sich auf den Weg nach Brüsterort, wo der Kutter des Fischers lag. Sie hatten eine knappe Stunde auf dem Saumpfad hoch über dem Strand zu gehen und kamen, an Klein Kuhren vorbei, zum Wachtbudenberg. Vor dessen steilem Absturz zum Meer dümpelte eine Flottille aus drei Booten, deren Besatzung einer seltsamen Tätigkeit nachging. Was hier kugelköpfig aus den Wellen schoß und sich, mit Bleiplatten an Brust, Rücken und Schuhwerk beladen, aus den Booten wieder in die Tiefe ließ, das waren die Teilnehmer eines Lehrgangs der »Becker'schen Taucherkolonie«. Mindestens ein Dutzend Tauchschüler machten sich in unermüdlichem Auf und Ab mit dem neuen

französischen Gerät vertraut, das sich bei der Marine als unentbehrlich erwiesen, und von dem sogar Professor Zabrowski geschwärmt hatte, weil man mit ihm der Unterwasserfauna zu Leibe rücken konnte.
»Das ist es, was mir fehlt«, keuchte Niko, der sich mit äußerster Energie bis hierher geschleppt hatte. »Untertauchen. Einfach weg sein.«
»Und auf dem Meeresgrund nach Schweden spazieren!« ulkte Richard.
An der aus großen Felsblöcken geschichteten Mole ankerten einige Kutter; die meisten waren typische Kurenkähne, vom kunstvoll geschnitzten Flaggenholz wehte der lange Wimpel.
Der Fischer war schon an Bord. Ehe sie sich bei ihm meldeten, nahmen sie Abschied voneinander.
»Wenn die mich erwischen«, sagte Nikolaus Nothnagel, »dann ist es klar, Albert: Ich sage, daß ich den Ausweis aus meinem — also aus deinem Zimmer geklaut habe. Klingt doch glaubhaft — wie?«
Albert nickte.
»Nun, also ...«
Richard steckte ihm Münzen in die Tasche. »Damit du deiner Krankenschwester einen Blumenstrauß kaufen kannst.«
Dann brachten sie ihn an Bord.
Am Fuß des rotweiß gestreiften Leuchtturms standen sie noch eine Weile und sahen dem Kutter nach, wie er der scharf nach Süden abbiegenden Küstenlinie folgte und allmählich ihren Blicken entschwand. Drei Viertel der riesigen Fläche, die sich vom Wachtbudenberg überschauen ließ, war Meer, weithin, nach Norden, Osten und Westen, bis zum verschwimmenden Horizont.
»Glaubst du, daß er's schafft?« fragte Albert.
»Mit einem regulären Dampfer bestimmt nicht«, erwiderte Richard. »Aber es fährt immer mal wieder ein schwedischer Schoner mit nicht ganz sauberer Fracht nach Karlskrona oder Gotland hinüber, das weiß ich von meinem Vater.«

»Und womit soll er den Schmuggler bezahlen?«
»Weißt du, darüber mach' ich mir keine Sorgen«, sagte Richard. »Aber du solltest wissen, daß wir kein Geld mehr zum Übernachten haben. Und was die Verpflegung betrifft, da sind wir ab jetzt auf milde Gaben angewiesen.«
Munter hüpfte er den Leuchtturmhügel hinunter.
Er hat dem Niko seine ganze Barschaft geschenkt, dachte Albert, als er ihm folgte. Und die war nicht zu knapp, das hab' ich gesehen. Onkel Fritz läßt sich nicht lumpen, wenn sein Söhnchen was braucht.
Und so bereitete er sich, um Nikos willen, auf ein ausgiebiges Fasten vor.
Vom Kuhrener Kirchturm schlug es elf. Richard sah auf die Karte. Groß Dirschkeim — Groß Hubnicken — Palmnicken Sorgenau — Pothenen — Saltnicken — Littausdorf — Tenkitten — Lochstädt... Wenn sie sich immer auf der Höhe der fast schnurgerade von Norden nach Süden führenden Steilküste hielten und tüchtig drauflosmarschierten, konnten sie nach neun Stunden am Ziel sein.
»Es stört mich nicht, daß es längst dunkel sein wird, wenn wir zur Burg kommen. Im Gegenteil. Ich wäre sowieso zur Geisterstunde aufgestanden. Die Chance, seinem Helden in corpore zu begegnen, läßt sich kein Dichter entgehen.«
Seit Nikos Abschied redete Richard von nichts anderem als seinem Stück: Da konnte sich der Galgenberg von Groß Dirschkeim noch so dräuend über eine wild zerrissene Schlucht erheben, da mochten die Kiefern unweit Marscheiten von wandernden Dünen bis zum Wipfel eingesandet sein — selbst ein paar Menschenzähne und ein Fußknöchlein just an der Stelle, wo bei Tenkitten einst der heilige Adalbert den Märtyrertod gestorben war, beeindruckten Richard kaum. Sein Held, der Hochmeister Heinrich von Plauen, war, bis sie mit knurrendem Magen und brennenden Sohlen in Lochstädt anlangten, ihr ständiger Begleiter — ein sehr aufdringlicher Herr, wie Albert fand. Und als unversehens die Ordensburg mit ihrem wehrhaften Mauerwerk vor den vom

Mondschein geweißelten Wolken in die Höhe wuchs, da sank Richard nicht allein aus Müdigkeit, sondern schlicht aus Verehrung in die Knie und rezitierte mit weit ausgebreiteten Armen einen jambischen Vers, unzweifelhaft aus seinem Drama. Es klang so hohl und herzzerreißend, daß seinem einzigen Zuhörer ein Schauer über den Rücken lief, obwohl er nicht wußte, ob das nun hohe Kunst oder Dilettantismus war. Nun gab es kein Halten mehr.

Selbst Albert vergaß seinen Hunger, als sie in die Burg eindrangen. Anders als jene Ruine in Pobethen, schien sie leidlich erhalten, zumindest fand der Mond keine Luke im Dach. Im Inneren allerdings war sie verwahrlost; das stellte Richard, der ein Zündholz nach dem anderen anstrich, zu seiner hellen Empörung fest.

»Und sogar hier – wie sieht das aus!« Fast wäre er kopfüber ins Sterbezimmer des Hochmeisters gestolpert – »ja, das ist es, hier muß es gewesen sein!« Es war ein erbärmliches Gelaß, wie aus dem nackten Felsen gehauen. Vor dem zerbrochenen Fenster stand die halbkreisförmige Steinbank, auf der, wie es die Überlieferung wollte, der große Mann seinen letzten Atem verhaucht hatte.

»Nein, das ist zu unwürdig!« zürnte Richard und wandte sich ab. Im Schein der Schwefelhölzchen stapften sie über allerlei Gerümpel in den Remter, den ansehnlichsten Raum der Burg.

Wie Palmwipfel fügten sich feingliederige Gewölberippen über ihren Köpfen zusammen, und an der Mauer, vom Flakkerschein jäh belebt, prangte al fresco ein grimmiger Ordensritter im weißen Mantel mit dem schwarzen Kreuz.

»Hier, mußt du wissen, brachten sie ihm die Botschaft«, sagte Richard andächtig. »Hier hockt er vor dem Kamin, bereits vom Tode gezeichnet, und plötzlich –« er hatte sich auf die Kaminbank gesetzt und war nun selber Heinrich von Plauen, während Albert Hölzchen um Hölzchen anstreichen mußte, »– plötzlich vernimmt er Pferdegetrappel. Er richtet sich auf, mit letzter Kraft:

Was dringt zu später Stunde an mein Ohr?
Wer naht sich mir, der sterbensmüd und matt?
Sind's Mörder gar? Verwundern tät's mich nicht.
Ich weiß, wie's um die deutsche Treue steht . . .

Aber es sind keine Mörder. Es sind die Abgesandten aus der Marienburg, die den Vergessenen, auf Burg Lochstädt zum Nichtstun Verurteilten, wieder an die Spitze des Ordens berufen wollen. Er träumt das alles nur, versteht sich. Aber das ist eben mein Stück!

Vernehm' ich recht: Ihr Herren holt mich heim?
Ich soll des Ordens Meister wieder werden?

Sie nicken und schlagen an ihre Schilde:

Hochmeister Heinrich, dir gehört der Orden.
Versagst du dich dem Ruf, bleibt uns die Schmach.

Natürlich versagt er sich nicht. Er erhebt sich mühsam, er will das Schwert, das ihm der Abgesandte des Ordens reicht, ergreifen — das ist symbolisch gemeint, verstehst du — und bricht über ihm zusammen.«
»Dann ist das Stück aber schnell zu Ende gegangen«, sagte Albert. Das letzte Zündholz verflackerte.
»Blödsinn!« schimpfte Richard. »Es mangelt dir wirklich an poetischer Imagination. Das war doch nur die Schlußszene. Vorher, also ganze vier Akte lang — paß auf, ich werde es dir vorspielen . . . Na ja, wenn man nichts mehr sieht . . .«
Er resignierte.

Es war ein Jammer. Seines Deckels beraubt, mit zerwühlter Landschaft und verstörter Tierwelt, bot sich dem Heimge-

kehrten das Terrarium dar. Und nebenan, im zweiten Glaskasten, den er sich erst vor wenigen Wochen eingerichtet hatte, mußte sich eine Tragödie zugetragen haben: Vermutlich aufgeschreckt durch die plumpen Manipulationen der Feldgendarmen, war die niedliche Waldmaus über ihre Quartiergenossen, zwei Eidechsen, mit denen sie sich bis dato gut vertragen hatte, hergefallen und hatte sie ohne Rückstand aufgefressen.
Unverzehrt lagen neben der Übeltäterin, die putzig an der Glaswand schnupperte und sich in Wiedersehensfreude auf ihre Hinterbeinchen stemmte, zwei Frösche und die junge Ringelnatter: Mitbringsel von Alberts letzter Exkursion, im Mordrausch totgebissen.
Auch ringsherum sah es schlimm aus. Das Wandbord mit den Vogeleiern war abgeräumt, ein Teil der empfindlichen Fundstücke zerscherbt, die Gläser mit den in Spiritus schwimmenden Amphibien standen auf dem Fußboden, zwei waren umgekippt und ausgelaufen, und im ganzen Zimmer verstreut war die kostbare Schädelsammlung. Auch seine anderen Habseligkeiten fand Albert nicht mehr an Ort und Stelle: Schrank und Regal waren ausgeräumt, die Kleidungsstücke liederlich aufs Bett geworfen, Schuhe lagen in der Waschschüssel, und die Bücher hatte brutaler Unverstand vom Tisch gewischt.
Und nun erschien Frau Nothnagel und klagte und jammerte:
»Wir haben uns nicht getraut, aufzuräumen, Herr Matureit, wir wußten ja nicht, wie und wo, und wenn die Herren Feldgendarmen wiedergekommen wären und hätten das Zimmer nicht so vorgefunden, wie sie's verlassen haben...«
»Sie meinen diesen Saustall«, sagte Albert böse.
»Und dabei war doch alles ganz sinnlos. Sie haben behauptet, unser Nikolas sei aus der Haft entsprungen, und er wäre hiergewesen, aber das kann ja gar nicht sein, das müßten wir, mein Mann und ich, doch wissen. Aber sie haben ins Zimmer gewollt, und weil sie nichts fanden, haben sie alles

durchwühlt, auch bei uns im Wohnzimmer, im Schlafzimmer, alles. Aber Herr Matureit, was sagen denn Sie nun dazu? Wenn unser Sohn wirklich auf und davon ist, dann war doch alles umsonst, was mein Mann die letzten Jahre unternommen hat: all die Eingaben und Bittschriften...«
»Natürlich. Wenn Ihr Sohn getürmt ist, braucht es kein Gnadengesuch mehr«, sagte Albert. Zögernd begann er aufzuräumen. Es fiel ihm nicht leicht, der unglücklichen Frau die Wahrheit zu verschweigen. Aber es war besser so. Solange nicht feststand, daß Niko in Sicherheit war, durfte sie nichts über seinen Fluchtweg erfahren. Die Eltern in ihrer beschränkten Rechtlichkeit würden sich doch nur verplappern.
Vielleicht aber wußten sie mehr als sie zu erkennen gaben? Während Albert mit der Pinzette die Leichen der Frösche aus dem Terrarium hob, fiel ihm der Anzug ein: Nikos Anzug, den er aus dem Schrank geholt hatte. Die Schranktür stand offen, und ohne Zweifel hatten die Eltern sein Verschwinden bemerkt. Daß Frau Nothnagel kein Wort darüber zu ihm gesagt hatte, ließ Albert vermuten, daß sie mehr wußte als sie zugab.

Anfang November wurde es ungemütlich in Königsberg. Am 9., als Albert in der Frühe aus dem Fenster sah, war die Straße überschwemmt. Über Nacht war das Haffwasser von einem tobenden Weststurm in den Pregel getrieben worden, und zwar so weit, daß es an der Kleinen Fähre das Bollwerk erreicht und den Neuen Graben in einen Kanal verwandelt hatte. Keller und Flur waren überflutet, und ehe Albert das Haus verlassen konnte, mußte er seine Exkursionsstiefel anziehen und Frau Nothnagel beim Wasserschöpfen behilflich sein. Erst im Laufe des Vormittags flaute der Wind ab und ging die Flut zurück.
Eine Woche darauf bekam er ein Briefchen. Angelica teilte ihm mit, wo sie sich niedergelassen hatte — in der stillen Wald-Dépendance eines Hotels in den Hufen — und er-

munterte ihn zu einem Besuch. Aber er, aus einem ihm unerklärlichen Trotz, tat sich Gewalt an und schob die Visite Tag um Tag hinaus, und wenn er sich seines Zauderns bewußt wurde, meinte er, es diene immerhin zur Stählung seiner Willenskraft. Manchmal bereitete es ihm sogar ein grausames Vergnügen, sich Angelica vorzustellen, wie sie sehnsüchtig auf ihn wartete und endlich sogar an ihren Reizen zu zweifeln begann, weil ihr Liebhaber sie verschmähte! Und wenn ihm auch klar sein mußte, daß solche Phantasien töricht und vermessen und mit der Realität nicht in Einklang zu bringen waren, so hinderte ihn das doch keineswegs, sich ihnen hinzugeben.
Freuden hatte er kaum. Allerdings: den Vortrag in Insterburg vor der Botanischen Gesellschaft über seine Angerapp-Exkursion bestand er mit Bravour; Professor Kankelwitz lud ihn zweimal zum Essen ein, und dabei, ermuntert durch den Alkohol, dem auch der Gelehrte reichlich zusprach, vertraute Albert ihm an, daß er sich zum Duell stellen mußte. Kankelwitz war außer sich:
»Sie werden sich in gar keinem Fall von solch einem Rüpel die Wange zerspalten lassen! Schon mancher hoffnungsvolle junge Mann ist bei derart archaischer Prozedur blind geschlagen worden — und was nützt Ihnen dann Ihr treffliches Mikroskop von Gundlach-Berlin? O nein, verehrter Herr Matureit, als Ihr Lehrer und als Prorector dieser Hohen Schule verbiete ich Ihnen diese erbärmliche Mutprobe!«
Als Albert jedoch umständlich schilderte, wie es zu der Forderung gekommen war, und auch die peinlichen, ihn »gesellschaftlich unmöglich machenden« Folgen einer Weigerung ausmalte, wurde Kankelwitz, der sociale Katastrophen dieser Art schon wiederholt erlebt hatte, unsicher. »Notfalls«, sagte er, »müßten Sie die Albertina verlassen. Ich würde dann Sorge tragen, daß Sie woanders unterkommen. Vielleicht in München, bei Nägele. Wir werden sehen.«
Das tröstete wenig. Vor dem Urbull fliehen, in einer frem-

den Stadt studieren — wer sollte denn das bezahlen? Seine Schuldenlast drückte ihn schon jetzt so sehr, daß er sich zu einem außerordentlichen Schritt entschloß. Er schrieb an die Zeitschrift »Die Gartenlaube« in Leipzig und gab — wozu er wiederum Geld pumpen mußte — das folgende Inserat auf:

Ein Student
welchem die Mittel fehlen, um seine Examina machen zu können, bittet einen wohlhabenden Herrn dringend um ein Darlehen von 150 Tlr. Auf gefällige Briefe, die unter ... erbeten werden, erfolgt umgehend nähere Auskunft.

Ein Kommilitone hatte dazu geraten, und tatsächlich waren solche Anzeigen so ungewöhnlich nicht; ob sie gelegentlich auch Erfolg hatten, darüber konnte Albert nichts in Erfahrung bringen.

Jeden Abend, wenn er nach Hause kam, suchte er Frau Nothnagels Miene zu entnehmen, ob sie etwas von ihrem Sohn gehört hatte. Seine Wirtsleute lasen die »Ostpreußische«, und es verstand sich von selbst, daß sie keine Zeile ausließen, in der Hoffnung oder Furcht, etwas von ihrem Nikolas zu erfahren.

Bedenklich war, daß gerade um diese Zeit im Samland die Polizeistreifen verstärkt wurden. Man fahndete nach unruhigen Elementen unter den zahlreichen, aus Rußland geflüchteten Polen ebenso wie nach Litauern, die, angespornt von militanten Priestern, von der Wiederherstellung eines katholischen polnisch-litauischen Reiches auf dem Gebiet von Russisch-Litauen und Samogitien träumten. Gegen derlei »agitatorische Verleumdung des russischen Kaisers und Aufreizungen zum Haß gegen die Kaiserlich-Russische Regierung« gedachten die Behörden im Interesse der guten preußisch-russischen Beziehungen energisch einzuschreiten. So waren scharfe Razzien an der Tagesordnung. Sollte Niko die

Flucht nach Skandinavien nicht gelungen sein, war es nur eine Frage der Zeit, bis er im Netz jener Fahndungen hängenblieb.

Einmal überwand sich Albert und suchte den Leutnant d'Heureuse in der Kaserne am Nassen Garten auf. Mit einiger Mühe brachte er das Gespräch auf Nothnagel, ohne zu verraten, daß er bei dessen Eltern wohnte. Er vermutete, in Offizierskreisen werde man am ehesten erfahren, wenn der Deserteur aufgegriffen wäre. Aber auch d'Heureuse hatte keine Ahnung. »Der soll über alle Berge sein«, sagte er nur.

Nach Emma zu fragen verkniff sich Albert.

Als das Christfest näherrückte, kam unerwartet der erste Schnee. Hinter den großen, weichen, pausenlos fallenden Flokken versank die Stadt wie unter einer weißen Häkeldecke. Auf den Bänken der Weißgerberstraße leierten Drehorgelspieler allabendlich ihr weihnachtliches Repertoire, und der Schloßteich, der »Totenteich«, wie Albert ihn manchmal grimmig nannte, war, nach dem Münzplatz zu, mit rotweißen Fähnchen abgesteckt. Bald würden dort Schlittschuhläufer ihre Kreise ziehen und die Röcke der Damen die Eisfläche spiegelblank schleifen. Auf dem Roßgarten und am Altstädtischen Markt illuminierten Kuchenbäcker ihre Stände mit Wachslichtern hinter roten Gelatinescheiben und schütteten säckeweis Katharinchen, Thorner Pfeffernüsse, Schokoladenherzen, Napoleonschnitten und Marzipan auf die Auslegetische. Auf ihren Klappstühlen hockten die Tannenbaumverkäufer und wärmten sich am tragbaren Holzöfchen die Hände, während Pferdeschlitten, vornehme und geringe, mit vielstimmigem Geläut vorüberglitten.

Auch draußen, im tief verschneiten Wald, gab's einiges zu beobachten. Auf dem glitzernden Schnee fand Albert zu seiner Überraschung vielerlei Gliedertiere, meist halb erstarrt, manche auch munter umherkrabbelnd: Blumenkäferchen, Feld- und Baumwanzen, Spinnen und winzige Fliegen. Sogar einige kleine Bockkäfer krochen über die Schnee-

decke, und er grübelte darüber nach, ob die warme Witterung der vergangenen Tage sie aus der schützenden Baumrinde gelockt hatte.
Als man bei Rhans begann, alles für die Bescherung des Haus- und Kontorpersonals vorzubereiten und das Stadttheater als letzte Vorstellung vor dem Fest sein Weihnachtsmärchen spielte, als die Universität ihr Hauptportal schloß und nicht einmal mehr Professor Kankelwitz im Botanischen Institut anzutreffen war, obwohl er doch gleich daneben wohnte, wurde es auch für Albert Zeit, nach Hause zu fahren.

III. BUCH

Emma

Zu Weihnachten klopfte der Schimmel ans Fenster, und als Frau Johanne es öffnete, steckte er den Kopf, einen weiß lackierten Holzkopf, ins Zimmer, und dahinter, ihm dicht auf dem Halse, hockte der Reiter. Doch als das Roß den Bug herumwarf und Einlaß suchte im Schmiedehaus, da brach das kunstvoll mit Laken verkleidete Gestell zusammen, und Bär, Storch, Ziege, und was vom Schimmel noch übrig war, ergingen sich in ungefügen Tanzschritten und -sprüngen und vollführten dazu einen höllischen Lärm: der Bär in seinem Fell aus Erbsenstroh schlug mit der Kette auf einen Blechtopf, der Reiter knallte mit der Peitsche, der Storch ließ seinen Holzschnabel klappern, und die Ziege schwenkte die Ziehharmonika.

So war der alte Brauch, den sie in Gumbinnen schon fast vergessen hatten, wiederbelebt, und als hinter den Masken aus Holz und Pappe die Gesichter hervorkamen, da waren es die vier Dorn-Mädchen, deren Mutter seit ein paar Monaten im Haus gegenüber die Töchter-Pension betrieb. »In Wahrheit« waren's freilich weder Tiere, noch die »Dorn-Mäkens«, sondern Freia, Wodan, Thorn und Berchta aus dem altgermanischen Götterhimmel, und ihr Geschrei und Getön mit Teufelsgeige und Brummtopf verjagte schon seit Beginn der Rauhnächte die bösen Geister.

Albert fand das alles ein bißchen albern; es war zu viel Aberglauben dabei, und die Analogie zur Götterwelt war ihm nicht fundiert genug. Er verstand nicht, weshalb seine Mutter so ungetrübten Spaß an dem Spektakel hatte, und überdies waren die Dornmädchen (»Dornröschen«, wie sie in der Stadt genannt wurden) ohne Maske und Mummenschanz viel hübscher anzusehen, besonders Helene, die Muntere mit der frechen Nase. Seit sie nicht mehr gehalten waren, sich trauerwürdig zu benehmen, ließen alle vier ihrem Temperament freien Lauf; sie waren die Kobolde des Viertels, und wenn nicht, wie jetzt, Ferien waren, sondern die fünf Pensionärinnen, die Frau Dorn jetzt betreute, auch noch mittaten, dann war's um die Ruhe in der Södeikerstraße geschehen.

Ja, es war ihm alles etwas zu albern, um nicht zu sagen peinlich. Schwermütig erinnerte er sich, mit welcher Freude er noch vor einem Jahr den Christbaum geschmückt, die Geschenke für die Eltern und die kleinen Geschwister ausgelegt und zuvor schon die Adventspyramide aus Buchsbaumsträußchen, Holzleisten und vergoldeten Äpfeln aufgebaut hatte.

Und bis vor wenigen Jahren war er noch jede Weihnacht zum Bauern Rollwieker gegangen und Zeuge gewesen, wie der alte Mann, eine Kerze in der Rechten, in den Stall getreten war und dem Vieh die frohe Botschaft mitgeteilt hatte: »Euch ist heute der Heiland geboren.« Ja, auch euch, dem Vieh, den Pflanzen, den Bäumen, der ganzen Schöpfung. Und auf der Tenne hatten die polnischen Mägde ihre alte Weihnachtskollende gesungen:

»Bóg sie rodzi ...«

Jetzt war alles entzaubert. Die Wissenschaft hatte Albert gelehrt, daß derlei Bräuche Humbug waren, Relikte aus unaufgeklärter Zeit, eines gebildeten Mannes unwürdig.

Am Heiligen Abend – es stiemte gewaltig – zogen gewichtig einherschreitende Männer in schwarzen Filzhüten durch die Stadt und bliesen auf Trompeten und Posaunen, in denen sich der Glanz der Lichterbäume aus den Fenstern spiegelte, »Vom Himmel hoch, da komm

ich her«. Und dann war's endlich Zeit zur Bescherung. Vater Matureit öffnete die Tür zum Weihnachtszimmer, das kleine Mariechen, geblendet vom Kerzenschimmer, übergab ihm den »Weihnachtsbogen«, auf den die Mutter ein Gedicht geschrieben hatte.
Auch diesmal gab es viele Geschenke: für Albert einen Schlafrock, eine neue Pfeifenschnur, ein Photographie-Album für füfzig Bilder, holländischen Tabak und, was ihn besonders freute, ein Tagebuch. Von den Tanten war auch etwas gekommen: eine Wintermütze von Luise, ein gestrickter Schal von Dorchen. Freilich nichts von Angelica. Die Kinder jubelten über vergoldete Nüsse, Äpfel, allerlei Holzspielzeug, ein Märchenbuch, eine winzige Wäschemangel. Dies alles, obwohl die Matureits nicht wußten, wie sie Alberts Studium bezahlen sollten. Es war eben gekauft, getauscht, gebastelt und aufgespart worden seit elf Monaten; im Januar begann man ans nächste Christfest zu denken.
Mit Mühe hatte Albert es abgelehnt, auch diesmal für die Geschwister den Weihnachtsmann zu spielen. Seine Entschuldigung — er sei erkältet und könne nur krächzen — war mager.
So versuchte Vater Matureit, gestärkt durch einige Gläschen Weihnachtspunsch aus Zitronenwasser, Weißwein und Rum, sich selbst an der Aufgabe. Aber da er jeglichen barschen Tones unfähig war, sahen sich Mariechen und die kleine Johanne nur verwundert an, beschlossen aber einvernehmlich, dem Vater den Spaß nicht zu verderben.
Nein, das war kein Weihnachten wie noch vor einem Jahr.
Albert hatte den Schritt ins Leben getan, und damit war er in den Gewaltenkreis von Dummheit, Bosheit und Gefahr geraten, und schließlich hatte ihm der Tod den besten Freund entrissen. Der war ihm nun weit entrückt, in eine Sphäre (wenn es denn, was unwahrscheinlich war,

eine Form des Weiterlebens geben sollte), die für Albert nichts mit der lieblichen Engelsheimat zu tun hatte, wie sie Pfarrer Trappentreu in der Christmesse beschwor? Weit eher war's ein pechschwarzer Nachthimmel, in welchem sich, schimmernden Meteoriten gleich, die Geister der Verstorbenen begegnen mochten — eine Vorstellung, die dem Wissenschaftler eher angemessen schien als jene christliche Idylle.
Von solchen Gedanken, wie von seinem allgemeinen Unbehagen, verriet Albert den Eltern nichts. Er war ihnen, noch immer, viel zu sehr verbunden, als daß er sie mit seiner Aufgeklärtheit, die ihnen fremd und undankbar erscheinen müßte, hätte betrüben mögen.

Zwischen den Jahren brachte der Postbote einen Brief von Emma. Mit herzlichen Worten lud sie Albert zu einer »vielleicht nicht allzu vergnügten Silvesterfeier« nach Pallweitschen ein. Das klang nicht sehr verlockend, doch fühlte sich Albert nur um so mehr aufgerufen, das Mädchen von seiner häuslichen Misere abzulenken. Jedes Mal, wenn er Emmas Brief las, sah er sich in seiner Vermutung bestätigt: dies war ein Liebesbrief, daran war nicht zu zweifeln. Seine Mutter fragte nicht nach dem Inhalt, doch als er die Absicht äußerte, Silvester und Neujahr fern von der Familie zu feiern, nahm sie ihn beiseite und trug ihm ihre Bedenken vor. Bis dahin hatte sie ihm verschwiegen, welchen Besuch sie in der Adventszeit bekommen hatte. Emmas Mutter war ohne Anmeldung erschienen und hatte der ihr noch ganz fremden Frau Matureit in einem Sturzbach aufgeregter Worte Andeutungen gemacht, aus denen sich schließen ließ, daß eine bläulich verfärbte Stelle am Nasenbein der Frau Rübach keineswegs von einem unglücklichen Ausgleiten auf der Kellertreppe herrührte. Sie war, und machte endlich kein Hehl mehr daraus, wieder einmal geflüchtet und hatte Gatten und Tochter auf dem winterlich verwaisten Gutshof alleinge-

lassen. Ihren Ausspruch »Die zwei miteinander, das geht nicht gut«, mit dem sie sich selbst und Johanne wiederholt daran erinnerte, daß ernste Gefahr im Verzuge sei, wollte sie zwar nicht begründen, aber es klang so, als sei sie nicht abgeneigt, um Schlimmeres zu verhüten, den beiden die Polizei ins Haus zu schicken.
Schlimmeres? Was denn nun das bedeuten solle? Er werde, so gab Johanne es der aufgeregten Frau zu bedenken, doch seine erwachsene Tochter nicht prügeln. Aber als ihr Blick auf die geschwollene Nase fiel, hielt sie auch das nicht mehr für ausgeschlossen.
Endlich gelang es ihr, die Besucherin mit Tee, Mohnnudeln und klugen Worten zu beschwichtigen. Aber als Frau Rübach gegangen war, machte Johanne sich doch, um des Sohnes willen, Gedanken. Albert hatte, das war ihr längst klar, bei Emma Feuer gefangen. Trotzdem konnte sie ihm den Ausflug nach Pallweitschen nicht verwehren. Natürlich hatte sie bemerkt, wie unruhig und nervös er war, und daß er sich geweigert hatte, den Weihnachtsmann zu spielen, war ihr wie ein Alarmzeichen erschienen. Kein Wunder, er war im September neunzehn geworden und lebte seit einem Dreivierteljahr unter derbgesunden jungen Männern, von denen so manche schon ihre »Erlebnisse« gehabt haben mochten.
In der Tat schlug Albert sich immer heftiger mit den Ansprüchen seines Geschlechts herum. War es jetzt weniger die Erinnerung an die Torfhütte (die er, da sie ihm seltsam peinlich wurde, abzuschütteln suchte), so war die sinnliche Neugier auf Emma um so stärker — vielleicht nicht einmal so sehr Neugier auf *sie,* als auf die Reaktionen eines jungen Mädchens überhaupt, dem ein Mann sich mit eindeutigen Forderungen näherte. Wie ging es dabei zu, wie fing man es an und wie verhielt man sich, wenn sie ablehnte? Und wenn der erste Kuß gelungen war — wie ging es dann weiter? Das schien ihm eines der schwierigsten Probleme zu sein. Sofern sie sich weite-

ren Annäherungen entzog: ließ man dann erst recht nicht locker oder bat man um Pardon und erinnerte sich seiner guten Erziehung? Wenn die Dornschen Mädchen ins Haus kamen, fiel Alberts ausschweifende Phantasie sofort auch über sie, besonders über die pikante Helene her, und daraus folgerte er, daß ihm weniger das Begehren nach einer bestimmten Person, als die Begier nach Befriedigung des Sexus, durch wen auch immer, zusetzte. Um dagegen anzukämpfen, rief er die Naturwissenschaft zu Hilfe, und sogar die schnodderigen Thesen à la Rübach waren ihm zuweilen nützlich. Er fand auch, wie seinerzeit Paul, daß es sich mit dem Trieb besser fertig werden ließ, wenn man ihn allein als physiologisches Phänomen behandelte. Und so machte er sich auch nicht mehr allzuviel Vorwürfe moralischer Art, wenn er sich willkürlich von seinen Stauungen befreite. Dennoch: Naseputzen? Das mochte zutreffen, soweit es sich auf derlei Manipulationen bezog. Aber sonst? War das wirklich alles?

Er brauchte sich ja nur Emma, das zarte Mädchen mit dem Porzellanteint, recht innig vorzustellen, um zu verspüren, daß *ein* Gefühl zumindest genauso stark wie die Begierde war; er nannte es Zärtlichkeit. Und tatsächlich konnte er eine ganze Stunde vor dem Einschlafen damit zubringen, sich auszumalen, wie seine Hände über ihre goldschimmernden Haare glitten und sich, über Hals und Schultern bis hinab zu den Schenkeln, ihres ganzen Leibes bemächtigten: eine lyrische Phantasie, die seine Männlichkeit herausforderte und unentwegt wach erhielt — jedoch ohne daß er versucht war, diesen köstlichen Besitzstand durch voreiligen Zugriff zu schmälern.

Nach dem Weihnachtsfest machte er sich viel im Hause zu schaffen, half der Mutter bei der Wäsche (auf der sie, trotz des gängigen Aberglaubens, man dürfe zwischen den Jahren nicht waschen, bestand), fütterte die Haustiere, spielte mit den Geschwistern, schaute auch ein paar

Mal beim Vater in die Schmiede herein oder repetierte Physik und Chemie — Fächer, in denen er nicht sattelfest war. Ein im Stall verendetes Kaninchen sezierte er und fand den Uterus mit fünf Embryonen gefüllt. Er präparierte Eileiter und Eierstöcke und legte alles in Spiritus, um es in Königsberg mit Hilfe des hoffentlich bald eintreffenden Mikroskopes zu untersuchen. Beim Anblick der winzigen Föten, wie des ganzen hochkomplizierten Empfängnis-Apparates, ärgerte er sich wieder einmal über den Naturkunde-Unterricht in der Schule, die ihre Abiturienten ins Leben entlassen hatte, ohne daß sie anderes über Zeugung und Fortpflanzung erfahren hätten, als wie es bei der Befruchtung eines Seeigel-Eies zuging. Da wußte jeder, der daheim das liebe Vieh beobachten konnte, und das waren in einer Kleinstadt fast alle, erheblich mehr von solchen Dingen, und mit dieser Gewißheit gab sich die hohe Schulbehörde ebenso zufrieden wie der Pfarrer im Konfirmationsunterricht. Aber, zum Teufel, wenn's um die Praxis ging, um zarte, duftende Mädchen, betörende Frauen: galt auch im Schlafzimmer und Boudoir noch der plumpe Ritus von Bulle und Kuh? Merkwürdig: die Begegnung mit Angelica, durch die er, nach ihrer Ansicht, erst zum Mann geworden war, brachte ihn, wenn er sich künftige Abenteuer vorstellte, kaum weiter: da war ja alles von *ihr,* der wissenden Frau, gekommen; er hatte es in hilfloser Wollust nur erduldet. Was aber war zu tun, wenn eine (wie es sich ja wohl auch gehörte) *nicht* so wild auf ihn war?
Karl Rübach stand auf dem Bahnsteig.
»Ihr Telegramm ist gerade noch rechtzeitig gekommen«, sagte er. »Wäre kein Vergnügen für Sie gewesen, noch einmal von Stallupönen nach Pallweitschen zu marschieren. Die Straße ist schlecht geräumt.«
Sie hockten sich nebeneinander auf den Kutschbock, die Pferde, unter doppelt gelegten, farbig gestreiften Wolldecken, zogen an, und mit Geläut glitt der Schlitten

durch die um diese Mittagszeit fast menschenleeren Straßen.
»Emma wartet mit dem Essen auf uns; alleine schmeckt's ihr bestimmt nicht. Na — und Sie? Älter geworden? Weiser?«
»Danke der Nachfrage«, sagte Albert. »Wie geht es Ihrer Frau?«
»Das weiß der liebe Himmel«, brummte der Gutsherr. »Ließ uns am Heiligen Abend allein, und schon einmal zwei Wochen zuvor, und jetzt noch immer. Möchte wissen, ob sie, wie im Herbst, wieder nach Königsberg zu diesen Dulitzen gefahren ist. Ja, lieber Herr Matureit, hier würde alles drunter und drüber gehen, wenn meine Emma nicht für Ordnung sorgte. Sie wird mal eine gute Hausfrau, das können Sie mir glauben.«
»Haben Sie noch immer keine Hilfe im Haushalt?«
»So eine junge Gans, die mir jeden Schritt nachspioniert? Ich denke nicht daran!«
Es dürfte ja auch eine ältere, vielleicht nicht einmal eine Gans sein ... dachte Albert.
Für den Rest der Fahrt blieb Rübach wortkarg. Nur gelegentlich, wenn auch von Albert keine Frage kam, plachanderte er vor sich hin oder schimpfte, als ihm ein paar Frauen entgegenkamen, auf die »Polenweiber«, wie auf die Polen überhaupt, die sich die Frechheit herausgenommen hätten, in Thorn einen »Verein zur Unterstützung der moralischen Interessen der unter preußischer Herrschaft lebenden polnischen Bevölkerung« zu gründen.
»Wenn unsere Regierung ihnen das durchgehen läßt, werden sich die Russen beschweren, daß wir den Polen zuviel Freiheit lassen. Und mit Recht! Den verbotenen Begriff »polnische Nationalität« haben sie vermieden, die durchtriebenen Schlingel, aber mit ›polnischer Bevölkerung‹ ist natürlich dasselbe gemeint. Unverschämte Agitation, nichts sonst!«
Albert dachte an Niko und die verschärften Kontrollen.

Jene Vereinsgründung konnte das politische Klima nur verschlechtern.
Sie brauchten keine halbe Stunde bis Pallweitschen. Emma hatte die Glöckchen gehört. Sie stand am Portal, winkte ihnen zu und schloß das Gatter hinter dem Schlitten. Während ihr Vater die Pferde in den Stall brachte, führte sie Albert in die Wohnstube. Die sah heute, mit ihrem grünen Teppich und der roten Plüschgarnitur, noch viel gemütlicher aus, als er sie in Erinnerung hatte. Auf dem Mitteltisch, dessen Decke abgenommen war, lagen und standen teils lehmfarbene, teils bunte Figürchen.
»Aha«, sagte Albert. »Es soll Glück gegriffen werden.«
Emma nickte. Sie war gerade dabei gewesen, die kunstlosen Männlein, die alles Mögliche, vom Wickelkind bis zum Sensenmann, darstellten, mit Wasserfarbe anzumalen.
»Sogar ein Tödlein?« Albert wunderte sich.
»Papa besteht darauf. Er sagt, wenn einer sein Glück zwingen will, steht ihm der Tod gleich daneben.«
Wer da den Knochenmann erwischt, wird nicht mehr viel Spaß am neuen Jahr haben, dachte Albert. Der Silvesterbrauch war ihm vertraut; am Altstädtermarkt wurden die plumpen Symbole, in allen Farben schillernd, zu Hunderten angeboten.
Emma schien ihm kaum verändert zu sein. Allenfalls war sie etwas »fraulicher« geworden, ihm fiel kein anderer Ausdruck ein. Als der Vater hereinkam, ging sie in die Küche. Es duftete verlockend.
Rübach ließ sich auf die Chaiselongue fallen und forderte Albert mit ausladender Armbewegung auf, sich ebenfalls niederzulassen.
»Silvester zu dritt«, sagte er, »das wird Ihnen wohl etwas trist vorkommen. Aber meine Emma wird uns schon unterhalten. Und fürs Trinken ist gesorgt. Nicht nur Bier und Wein. Pomeranzenliqueur, Getreidekümmel...«
Das wird schlimm, dachte Albert. Aber dann erinnerte er

sich an das letzte Mal und baute auf Rübachs schwachen Magen oder sein leicht zu umnebelndes Hirn. Wenn's so verlief wie im Sommer, würde er bald ungestört mit Emma allein sein dürfen.

Nach dem Essen — es gab knusprigen Schweinebraten — machte sich Emma ans Spülen, und Rübach ließ Albert seinen Pomeranzenliqueur kosten. Emma hatte Schmandwaffeln hingestellt, ein herzförmiges, mit Vanillezucker überstreutes Gebäck. Bald war man beim dritten Gläschen. Rübach wurde gesprächig.

»Ich werde dies alles verpachten, wenn meine Frau nicht zurückkommt. Ich weiß, sie hängt an meinem Besitz, aber wenn sie sich nicht mehr drum kümmern will, muß sie darauf verzichten. Ich miete mir eine kleine Stadtwohnung, das ist auch für Emma das beste, was soll's? Das Mädchen muß unter die Haube, und zwar bald.«

Er blinzelte Albert unverhohlen zu. Und als habe es mit seinen Heiratsplänen zu tun, erkundigte er sich, ob sein Gast inzwischen zu neuen Einsichten über den Umgang mit dem weiblichen Geschlecht gelangt sei. »Ich habe Ihnen, wenn mein Gedächtnis mich nicht trügt, seinerzeit ein kleines Colloquium unter Männern gehalten. Haben Sie Nutzen daraus gezogen?«

Merkwürdig — es war doch nichts dabei, wenn Albert seinen Gastgeber nun in bescheidener Weise darauf hinweisen wollte, daß seine mit so viel Erfinderstolz vorgetragenen Gedanken bereits in den Werken eines vor zehn Jahren verstorbenen Philosophen zu finden waren, und zwar großenteils wortwörtlich so, wie Rübach sie ihm entwickelt hatte. Und doch fühlte er sein Herz klopfen, als er seine Entdeckung preisgab — als fürchte er, damit an ein Geheimnis intimster Art zu rühren und womöglich schreckliche Folgen heraufzubeschwören. Dennoch mußte er mit der Sprache heraus, und deshalb sagte er, so gelassen, wie es ihm möglich war:

»Es wird Sie interessieren, Herr Rübach, daß ich man-

ches von Ihren Ideen bei einem Philosophen namens Arthur Schopenhauer habe nachlesen können.«
Gott sei Dank, Rübach blieb ruhig. Er lächelte sogar.
»Das ändert nichts daran, daß ich meine Theorien selbständig und ohne auch nur einen Blick in die Werke jenes Herrn zu tun, entwickelt — und vor allem weiterentwikkelt habe. Ich hätte, was mir einfiel, gern niedergeschrieben, aber das liegt mir nicht, ich bin kein Mann der Feder. Ich habe nächtelang nur gedacht und gedacht. Bis alles schlüssig war. Glauben Sie, Sie seien der erste, der mir mit diesem Schopenhauer kommt? Da waren schon ein paar gebildete Leute bei mir, die schleppten gleich die Gesammelten Werke an. Und darin fand ich dann wieder, was ich mir längst ausgedacht hatte.«
»Hat Sie das nicht — wie soll ich sagen? — verdrossen, daß da einer war, der Ihnen gewissermaßen zuvorgekommen ist?«
Rübach blickte erstaunt auf. »Wieso denn das? Was ist Zeit, junger Mann? Wissen Sie nicht, daß alles gleichzeitig ist? Daß demgemäß auch alle Einfälle, Ideen, Philosophien — alles, was ein menschliches Hirn sich erdenkt, erdachte und eines Tages noch erdenken wird, im zeitlosen sphärischen Raum gleichsam auf Abruf angesiedelt ist? Sogar alle Bücher, die je geschrieben wurden und künftig noch geschrieben werden, sind ja längst vorhanden!«
»Wie ist das zu verstehen?« fragte Albert.
»Ich mache es Ihnen ganz anschaulich. Nehmen Sie das Alphabet. Es hat 25 Buchstaben. Mit diesen Buchstaben und dank der unendlichen Möglichkeiten ihrer Kombination können Sie jeden Text in allen Sprachen der Welt zusammensetzen. Habe ich recht?«
»Das stimmt«, sagte Albert verblüfft.
»Und so verhält es sich im geistigen Raum, unabhängig davon, ob das zu Denkende aufgeschrieben wird oder nicht. *Da* ist es auf jeden Fall! Alles. Jede noch so kühne,

noch so abseitige These. Um sie ans Licht zu bringen, muß nur einer sein, der sie empfängt. Wer sagt Ihnen denn, daß nicht *ich* es war, der diese Ideen als erster empfangen und sie dem Schopenhauer weitergegeben hat?«

»Ja wie denn?« Albert wurde unbehaglich zumute. Ihm war, als komme da etwas auf ihn zu, das er, so unvorbereitet, nur mit viel Geduld und Nachsicht würde ertragen können: eine Entlarvung, die Rübach in Alberts Augen, aus einem Kauz zu einem bedauernswerten Kranken machen müßte. »Ja wie denn nun?« wiederholte er. »Mein Freund Düformantel, der Philosophie studiert, hat mir versichert, der Philosoph Schopenhauer habe sein Hauptwerk schon mit wenig über 30 Jahren geschrieben. Damals konnten Sie ja kaum über fünf Jahre alt gewesen sein. Wie können Sie ihm dann Ihre Gedanken ›eingegeben‹ haben?«

»Sie haben wirklich keine Ahnung von der Gleichzeitigkeit aller Geschehnisse. Daran liegt's«, sagte Rübach mit Bedauern. »Ich mache diesem Schopenhauer doch keinen Vorwurf. Er hat das alles guten Gewissens geschrieben, weil er es für seine eigenen Gedanken gehalten hat. Was wollen Sie mit Ihrer Zurückrechnerei? Nun gut, mag ich fünf gewesen sein. Na und? Was wissen Sie von der Strahlkraft des Geistes und ihren Willkürlichkeiten? Was meinen Sie, wie oft dergleichen vorkommt — in der Literatur, in der Wissenschaft, in der Philosophie? Die ganze Bibel ist inspiriert — oder haben Sie's anders gelernt? Die Kommunikationen, denen wir in unserem Leben ausgeliefert sind, lieber Matureit, sind viel zahlreicher und verästelter und verstrickter und wirken viel bestimmender auf unsere Entschlüsse ein, als wir's uns träumen lassen. Die wahrhaft Großen, die Spender-Genies, wie ich sie zu nennen pflege, sind die Initiatoren aller geistigen Entwicklung und allen Fortschritts. Es gibt ihrer nicht viele. Und eben deshalb müssen wir Pha-

raonen Sorge tragen, daß wir von unseren reichen Gaben so viel wie möglich an die Nachwelt weitergeben.«
Mit diesem seltsamen Satz ließ Rübach ihn allein. Denn als Emma ins Zimmer trat, erklärte er, keineswegs auf sein Mittagsschläfchen verzichten zu wollen. Und wieder zwinkerte er Albert zu, wiederum auf diese anzügliche Weise, die nachgerade etwas Kupplerisches an sich hatte. Wenn da wirklich gewisse Pläne geschmiedet wurden — den Spaß gedachte Albert ihm zu verderben. Freilich: als er mit Emma, die sich sofort wieder ihren Tonfigürchen zugewandt hatte, allein war und beobachtete, mit welcher Behutsamkeit sie die Männchen mit Daumen und Mittelfinger faßte, ihre Gewänder bunt und die Gesichtlein mit Wangenrot betupfte, und sie dann eine Armlänge von sich hielt und mit geneigtem Kopf betrachtete und die kleine Pause nützte, auch ihm, der sich faul auf der Chaiselongue lümmelte, einen Blick zu gönnen — da fand Albert wieder einmal, diese Emma sei doch ein recht passables Mädchen. Und wenn er das Problem hätte lösen können, wie man's anstellte, von der Chaiselongue her über den Tisch, oder doch um ihn herum, zu dem appetitlichen Ding zu gelangen, es zu umarmen und zu küssen — er hätte den Versuch gewagt.
»Erzähl mir von deinem Studium!« bat Emma. Es war früh dunkel geworden. Sie zündete die Petroleumlampe aus blauweißem Delfter Porzellan an, die eben genug Licht für ihre Arbeit gab, den größten Teil des Zimmers jedoch in anheimelndem Dunkel beließ. Albert berichtete von seinem Vortrag in Insterburg, auch von der letzten Exkursion mit dem Professor, schilderte die Naturschönheiten des Samlandes, ohne zu erwähnen, wer Richard und ihn auf diesem Ausflug begleitet hatte, und kam endlich auf den leidigen Urbull zu sprechen.
Emma ließ ihre Figürchen liegen.
»O Albert, das ist ja großartig!« rief sie.
Er wußte nicht, was sie meinte.

»Daß du dich schlagen wirst! Nun wirst du ein richtiger Student!«
Das war doch nicht ihr Ernst?
»Stimmt's etwa nicht? Leutnant d'Heureuse sagt auch, man muß erst eine Mensur hinter sich haben, wenn man was gelten will.«
»Der Herr Leutnant hat noch keine Universität von innen gesehen«, sagte Albert grimmig.
»Aber er verkehrt viel mit Studenten«, wandte Emma ein. Sie musterte ihn kritisch. »Du wirst mir noch besser gefallen, wem du einen Schmiß auf der Wange hast.«
»Der kann auch ganz woanders hingehen«, sagte Albert trokken. »Wer weiß, ob du dich dann noch mit mir sehen läßt.«
»Aber Albert!« Sie wurde ganz aufgeregt. »Man sieht dir dann sofort an, daß du von akademischem Stande bist! Ich zeig' mich gern mit gebildeten Leuten.«
»Na schön, dann will ich dir einmal erzählen, was der gebildetste Mensch, den ich kenne, was mein Lehrer, Professor Kankelwitz, über das Duell sagt. Er sagt, in unserer aufgeklärten Zeit sei es erforderlich, daß man seine Ehrenhändel auf andere Weise beilege als durch solch ›mittelalterliche Gottesurteile‹. Das war sein Ausdruck. Und diese Ansicht hat er neulich sogar bei einem Vortrag im Auditorium Maximum vertreten, und immerhin ist er Prorector. Allerdings gab es auch heftigen Widerspruch.«
»Das kann ich mir denken«, sagte Emma. Und nach ein paar Sekunden, während sie den Tuschkasten zuklappte: »Aber du stellst dich doch der Forderung?«
»Es wird mir nichts anderes übrigbleiben.« Er biß sich auf die Lippen. Und plötzlich war sein Problem gelöst: In seiner Erregung war er aufgesprungen und unversehens, während er noch eiferte, stand er neben dem Mädchen, seine Hüfte rührte an ihren Arm. Wie sie ihn nun, von unten her, ansah und ersichtlich nicht begreifen

wollte, wie ein gesunder junger Mann sich den ehrenvollen Anforderungen seines Standes entziehen konnte, da tat sie ihm in ihrer Torheit leid und sah überdies so hilflos hingegeben aus, daß er sich niederbeugte und sie küßte. Sie machte nur einen matten Versuch, sich ihm zu entziehen, dann wurde aus ihrer Abwehr ein Angriff, und endlich mußten sie beide Luft schöpfen. Mit verschwimmendem Blick sah ihn das Mädchen an. »Ich mag starke Männer«, sagte sie.

Und da er sich durchaus nicht schwächlich vorkam, zog er sie von ihrem Stuhl hoch und wagte sich noch verwegener an sie heran. Als er befürchten mußte, es könne zu einem neuen Torfhütten-Erlebnis kommen, schob er mit Überwindung das Mädchen von sich und setzte sich, noch schwer atmend, mit durchgedrücktem Rückgrat neben sie.

»So, du magst starke Männer. Deshalb hast du wohl auch eine Schwäche fürs Militär. Ist dieser Leutnant d'Heureuse auch ein starker Mann?«

Sie lachte. »Der?! Die Uniform tut's doch nicht allein. Mein Vater hat nie im Leben eine Uniform getragen. Aber *der* ist stark!«

Das Thema kam Albert gelegen. Er mußte wieder zur Besinnung kommen. Verdammt, es war schon aufregend, so ein junges Geschöpf: hingegeben und fordernd zugleich, und wie seltsam: so manches an diesem Körper, das man, von ferne, für weich und nachgiebig gehalten hatte, war durchaus stramm und stabil, und anderes wiederum erwies sich als unerwartet zart und seidenweich.

»Dein Vater«, sagte er. »Ich komme mir ihm gegenüber zuweilen vor wie ein unwissendes Kind, wie ein Schüler zumindest, der große Hochachtung vor seinem Lehrer hat. Doch manchmal – gerade heute hatte ich wieder Grund dazu – befremdet mich sein Wesen und alles was er sagt so sehr, daß mir angst und bange wird. Nicht eigentlich um mich – obwohl mir heute sogar ein

Schauer über den Rücken lief —, viel mehr um ihn. Ich fürchte dann, nimm mir's nicht übel, um seinen Verstand.«

»Vater ist nicht mit gewöhnlichen Maßstäben zu messen«, sagte Emma sehr bestimmt. »Mutter hat das nie begriffen. Das ist das Tragische an seiner Ehe. Mutter erwartet von ihm, was man von einem braven Ehemann, der ein Landgut zu bewirtschaften hat, erwarten kann. Daß er weit mehr ist als ein Grundbesitzer — sie kapiert es nicht. Sie meint, alles, was geistig oder künstlerisch oder feinsinnig ist, sei allein ihre Sache. Von Papas großen Ideen hat sie nicht die geringste Vorstellung.«

»Und du? Hat dein Vater mit dir jemals über seine philosophischen Ideen gesprochen? Ist der Name Schopenhauer schon einmal gefallen?«

»Davon weiß ich nichts«, sagte Emma. »Ich frage ihn auch nicht danach, weil ich es sowieso nicht verstehe. Aber wenn er getrunken hat, und wenn ihn Mutter mit ihrer Gegenwart nicht stört, also vor allem, wenn wir zwei alleine sind, dann solltest du ihn mal erleben. Dann *schwärmt* er — ich nenn' das so. Er holt dir die Sterne vom Himmel herunter. Er breitet die Arme aus und umfaßt die ganze Welt. Er — strömt so viel Liebe aus. Man kann ihm nicht widerstehen. Und dann begreife ich ihn. Dann verstehe ich alles, was er sagt — obwohl es bestimmt ganz ungeheure Dinge sind. Und deshalb seh' ich ihn gern trinken. Ich freue mich auf den Menschen, der er dann wird. Ja, ich selber bin dann auch ganz anders. Ich bin nicht mehr das junge Mädchen mit ungenügender Schulbildung und ohne Umgang mit gescheiten Leuten. Ich bin ihm dann ebenbürtig. Klingt vermessen — wie? Aber es ist so, er sagt es mir selber. Ich fühle mich nie so glücklich, wie wenn er das zu mir sagt.«

»Werden wir ihn auch heute so erleben?«

»Vielleicht«, sagte Emma. Ihre Augen leuchteten.
»Aber meine Gegenwart wird ihn stören, ich kann ja auch vor Mitternacht zu Bett gehen.«
»Das wäre ein schönes Silvester für dich!« protestierte Emma lachend. »Meinst du, dazu haben wir dich eingeladen? Nein, nein, das kommt gar nicht in Frage. Vor dir hat er auch keine Hemmungen, das weiß ich. Er ist überzeugt, daß du ihn in seiner Eigenart verstehst.«

Am Abend, nach einem ausgedehnten Spaziergang über die verschneiten Felder, wurde Glück gegriffen. Man trank sich noch einmal kräftig Mut an, dann wurden die Figürchen, etwa zwanzig, mit einem großen Handtuch bedeckt. Emma steckte beide Arme darunter und mischte sie mit Geklapper. Als nächster griff Albert unter das Tuch und zog ein Weiblein mit unförmig dickem Bauch hervor, das Rübach mit dräuendem Zeigefinger begrüßte: »Sie wissen, wovor Sie sich zu hüten haben, junger Mann!« pflaumte er.
Als Emma an der Reihe war, nahm sie sich Zeit. Sie kennt die Figuren, dachte Albert, und wird sich die richtige heraustasten. Es war ein schlanker Bursche mit Jägerhut; den hatte sie besonders liebevoll bemalt. Auch er regte Rübach zu eindeutiger Witzelei an. Schließlich, nach allerlei Sprüchen, griff der Hausherr unter das Tuch, und was er herauszog, war der Tod. Freilich nicht für Rübach. Für Rübach war dies wohl ein Sensenmann, keineswegs jedoch der ihm bestimmte.
»Willkommen, Bruder!« rief er. »Du verkündest mir das schmähliche Ende meiner Feinde im kommenden Jahr!«
Und indem er weder auf seinen Gast noch auf seine Tochter achtete, die einander beklommen ansahen, wiederholte er mit immer neuen Worten die Prognose, schwor allen Störern seines Friedens und einem jeden, der sich etwa künftig noch als Feind entlarven werde, Tod und Verderben. Und doch konnte er nicht darüber hin-

wegtäuschen, daß er von seinem Griff aufs tiefste betroffen war. Fortan gab er das Wort nicht mehr ab.
Offenbar geriet er jetzt in jenen Zustand, den Emma den »schwärmenden« genannt hatte.
Es war schon kurz vor Mitternacht, als er bei seinem Lieblingsthema angelangt war. Seine Rede gipfelte in der Behauptung, nur der freie, starke Mensch, der sich von allen Konventionen freigestrampelt habe, wie er es ausdrückte, sei berufen, die Zukunft zu gestalten. Ein neues Geschlecht müsse heranwachsen, doch sei es von Übel, auf den glücklichen Zufall zu warten. Der freie, starke Mensch müsse souverän genug sein, sich eine ihm gemäße Nachkommenschaft durch sorgsame Auswahl des Partners zu sichern. Nur Edelmann und Edelfrau hätten ein Recht — und die Pflicht! — sich zu paaren, weil allein dadurch der vollkommene Mensch entstehen könne.
Bislang hatte er sozusagen ins Nichts oder zum Fenster hinaus gesprochen, doch nun wandte er sich an Albert: »Soweit geht nicht einmal Schopenhauer!« triumphierte er. »Nur *ich* verlange für die Auserwählten Freiheit bis zur letzten Konsequenz und löse sie, sofern der Wille der Gattung es gebietet, auch von den Fesseln des Gesetzes — ich, Karl Rübach!« Und nun ruhte sein Blick mit breitem, wohlgefälligem Lächeln gleichermaßen auf Emma wie auf Albert: »Wenn ich euch zwei so sehe — warum nicht? Ein kluger Kopf aus gesundem Stall — und ein prachtvoller Körper. Sie ahnen nicht, lieber Freund, was unter diesem Blüschen, diesem Röckchen verborgen ist. Ich will es Ihnen sagen: die Schaumgeborene in Person! Ich weiß es, ihr Vater — wie sollte ich es nicht wissen? Aber wer sonst? Nicht einmal Emma selber weiß es, sie ist zu keusch, sich in ihrer Nacktheit vor den Spiegel zu stellen und ihre Hände die Vollkommenheit ihres Leibes prüfen zu lassen. Nur wenn ich es ihr gebieten würde, brächte sie's über sich. Täte es hier, vor unseren Augen.

Wie ist es, Töchterchen, gönnst du auch dem Herrn Matureit den vollen Anblick deiner Schönheit?«
Mit einer Geste äußersten Unbehagens wandte sich Albert ab.
Der schwadronierende Alte wurde ihm immer unheimlicher.
Aber Rübach setzte nach: »Keine Widerrede! Ich weiß, daß Sie sich wie ein Ehrenmann verhalten werden. Aber — geben Sie's nur zu: Haben Sie jemals vollkommenere Schultern gesehen? Drehen Sie sich gefälligst um! Sehen Sie! Urteilen Sie!«
Er ging auf seine Tochter zu, löste mit zwei Griffen die oberen Knöpfe der Bluse und streifte den Ansatz der Ärmel über die Schultern. Emma stand steif, die Arme leicht abgewinkelt, eine Puppe, und sah ihrem Vater seltsam ausdruckslos ins Gesicht.
»Nun? Was sagen Sie? Und was zu der Büste?«
Wieder machte er sich an ihrer Kleidung zu schaffen. Jetzt wandte Albert sich nicht mehr ab. Die schamlose Anpreisung und mehr noch der Anblick, der sich ihm bot, übten Zwang auf ihn aus; nicht den Bruchteil einer Sekunde mochte er versäumen.
»Brüste, die vom trivialen Zweck, dereinst als Nährquell angezapft zu werden, noch nichts ahnen lassen. Um so mehr von der Wollust, die sie dem bereiten werden, der sich ihren Genuß durch Ebenbürtigkeit verdient.«
Warum sagte Emma nichts? War sie betrunken? Und wenn — weshalb schlug sie dem Alten nicht ins Gesicht? Das halb entkleidete Mädchen hatte die Arme über den Kopf gehoben, stand, der lange Rock konnte es nicht verbergen, in der so keuschen wie verführerischen Stellung aller Aphroditen, ein Knie vor das andere geschoben, und den Blick starr geradeaus gerichtet: willenlos, gelähmt, versteinert.
In diesem Augenblick begann es vom Kirchturm in Göritten Mitternacht zu schlagen. Übergangslos, als

habe er sich nur eben von einem gleichgültigen Geschäft dem nächsten zuzuwenden, öffnete Rübach das Fenster. Nun vernahm man auch die Glocken von Stallupönen, und die ersten Schwärmer und Raketen pfiffen durch den schwarzen Himmel.

Alberts Aufmerksamkeit galt allein Emma. Er wußte nicht, sollte er zu ihr gehen, sie in eine Ecke führen, wo sie ihre Kleidung in Ordnung bringen konnte, sollte er ihr ein paar tröstende Worte sagen? Aber brauchte sie Trost? Es schien, als habe sie, kaum daß der Vater von ihr abgelassen hatte, ihre Starre verloren; auch wirkte sie keineswegs erschrocken, durchaus nicht wie jemand, der aus einer Hypnose erwacht und erkennt, daß Mißbrauch mit ihm getrieben wurde. Die Bluse hatte sie wieder hochgezogen und zugeknöpft, das ging ganz schnell, dabei warf sie Albert sogar einen Blick zu, der besagen mochte »Da bin ich wieder«, aber nicht im geringsten Scham oder Bestürzung verriet.

So blieb ihm nichts übrig, als mit den von Rübach eilfertig gefüllten Gläsern auf das neue Jahr — 1870 — anzustoßen und dann vors Haus zu treten, dem dämonenaustreibenden Spektakel in der Ferne zuzusehen, ein bißchen ans Feuerwerk in Luisenthal und auch an Angelica zu denken — und an sonst nichts. Doch, ein wenig an die Eltern, und gewiß auch an Emma, die ihm nun jede Nacht erscheinen würde: in der keusch-verführerischen Stellung der Aphroditen, Knie an Knie geschmiegt, und mit Brüsten, dergleichen er nie zuvor gesehen hatte.

Am Morgen zeigte Emma ihm ihr Poesiealbum. Er schrieb ihr ein Verschen hinein, das er auswendig wußte. Kein Wort verlautete über die Peinlichkeiten der Nacht. Sie alberten ein bißchen herum, bis Rübach kam. Er verhielt sich schweigsam, aber nicht unfreundlich; schon gar nicht ließ er einen Anflug schlechten Gewissens verspüren.

Beim Abschied wurde Emma noch einmal zärtlich, in

Gegenwart des Vaters übrigens, und nun zeigte sie sich sogar um sein Gesicht besorgt; er solle nur fleißig Fechtunterricht nehmen, damit sie ihn nicht ganz entstellt wiedersähe.

Am 5. Januar, kurz vor der Abreise nach Königsberg, trieb es Albert ein zweites Mal in diesem Winter nach Pallweitschen.

Es hatte getaut, er konnte von Stallupönen zu Fuß gehen, über matschige Wege und feuchte Wiesen.

Gerade war er am Eingang der Allee, die zum Gutshof führte, angelangt, da sah er einen Mann, der sich auf sein Pferd schwang und in der Gegenrichtung, nach Göritten zu, davonritt, und das war ohne Zweifel der Leutnant d'Heureuse. Ohne Zweifel?

Albert fand das Mädchen allein; Rübach war in die Stadt gefahren, um wieder einmal nach dem Verbleib seiner Frau zu forschen. Emma war, natürlich, völlig überrascht, als er eintrat.

»Hast du Besuch gehabt?« fragte er gleich.

»Wie kommst du darauf?«

Zwar meinte er den mageren Burschen deutlich erkannt zu haben, doch zählte Emmas Wort gewiß nicht weniger, und je länger er nachgrübelte, um so unanständiger kam er sich vor.

Es war nun wirklich kein Zweifel mehr angebracht, Emmas Wort galt, und *nur* Emmas Wort — was zählten dagegen die scheinbaren Wahrnehmungen seiner kurzsichtigen Augen hinter dem Brillenglas? Wäre es wirklich Leutnant d'Heureuse gewesen, weshalb hätte sie's nicht zugeben sollen? Man wußte, daß er ein Freund der Familie war, er kannte Emma viel länger als Albert sie kannte — war es nicht sein Recht, in der Freizeit gelegentlich nach Pallweitschen zu reiten, zumal er nicht weit davon zu Hause war?

Aber Emma? War sie nun vergrämt, weil er gleich mit

seiner Frage ins Zimmer gestürzt war? War sie ungehalten, weil er sich nicht angemeldet hatte? Oder befand sie sich vielleicht nicht wohl, wie es Frauen so geht? Nein, nichts von Ärger oder Übelbefinden. Sie war freundlich, von stiller Heiterkeit sogar, wirkte in sich gekehrt, war nicht ganz aufmerksam, wenn er das Thema wechselte, und — dies allerdings mußte befremden — zog sich zurück, sowie er den Arm um sie legte, und zum Küssen kam es diesmal gar nicht; er verlor bald den Mut, als sie immer wieder einen Vorwand fand, sich von ihm zu distanzieren. Nun, daß junge Mädchen ihre Launen hatten, war ihm nicht unbekannt, und daß sie sich nicht einfach hernehmen ließ, während der Vater auswärts war, machte sie in seinen Augen nur kostbarer. Über Mädchen, die sich zu schnell an ihre Freier verloren, wurde in Studentenkreisen auf rüde Weise gelästert — nein, auch Albert wollte keine haben, die auf ihren guten Ruf nichts mehr gab. Vielleicht, wer weiß, wurde das gar keine flüchtige Liebelei, es konnte weit mehr daraus werden:

eine Bindung fürs Leben. Wenn er sich auch nur die geringste Hoffnung machen wollte, diesen herrlichen Leib, den der trunkene Alte ihm so schamlos entblößt hatte, jemals zu besitzen, dann mußte der Weg in allen Ehren beschritten werden. Daß der kupplerische Vater nichts gegen ihn haben würde, stand fest, und die Mutter — die hatte ohnedies nichts zu sagen.

Ins Tagebuch schrieb er später:

»Ich bin dann weggegangen, weil Emma mir so seltsam und versponnen vorkam und ich beinahe das Gefühl hatte, ihr lästig zu werden. Aber beim Abschied war sie wieder ganz besonders lieb und erlaubte mir, sie zu küssen, wenn auch nur so, wie Kinder sich küssen, aber ich durfte immerhin daraus schließen, daß sie mich sehr, sehr gern hat. Mir scheint, es fehlt nicht viel und wir dürfen uns als Verlobte betrachten. Wenn ich nur endlich einen vernünftigen (oder meinetwegen auch etwas unvernünftigen) Brief an sie zustandebrächte...«

Zum dritten Mal stand Albert auf, um nach dem Thermometer zu sehen. Es half nichts, die Quecksilbersäule zeigte auch jetzt, um 10 Uhr vormittags, noch immer minus 2 Grad, und das war noch um einen Grad weniger als gestern und vorgestern.

Es war nichts einzuwenden gegen das neue Zimmer, das er auf dem Kneiphof, in der Köttelstraße 7, im Schatten des Domes sozusagen, gefunden hatte. Auch der eiserne Ofen mochte seine Qualitäten haben, aber wie sollten sie sich erweisen, wenn weder Holz noch Kohlen vorhanden waren? Die Eltern hatten Albert diesmal so gut wie keinen Groschen mitgeben können.

Der Vater durfte erst im April wieder auf einen Credit hoffen, und einen Mäzen, der für ein warmes Zimmer gesorgt hätte, besaß Albert auch nicht. Da waren allerdings Zuschriften gekommen, er hatte sie von Nothnagels abgeholt, als er sich von dem Ehepaar verabschiedete. Es war ihm nicht möglich gewesen, sein Zimmer über die Weihnachtsferien zu halten; er fühlte sich auch, da er sein Wissen vor ihnen verschweigen mußte, bei Nothnagels nicht mehr wohl.

Drei Herren hatten sich auf sein Inserat in der »Gartenlaube« gemeldet: der eine stellte ihm hundert Taler in Aussicht, verlangte jedoch, daß der junge Mann ihm bestätige, daß Gott der Herr die Welt in sechs Tagen erschaffen habe; was die Wissenschaft behaupte, sei lästerlicher Humbug. Der zweite ermahnte ihn, mit seinen »Ersparnissen« sorgsamer umzugehen, dann werde er es nicht nötig haben, »um Almosen zu betteln«. Der dritte wohnte nicht weit entfernt, in Mohrungen, und rühmte sich, »schon manchem gefälligen jungen Manne aus der Klemme geholfen« zu haben. Es liege allein am

Verhalten des Petenten, an seiner »Anstelligkeit« und »Herzenswärme«, ob er in den Genuß ungeahnter Vergünstigungen komme, und so möge Albert sich denn auf den Weg nach Mohrungen machen; ein Nachtquartier werde ihm in der Wohnung seines Gönners geboten. Alle drei Briefe warf Albert zornig in den kalten Ofen.

Er schlug die Arme um den Leib und hauchte in die Hände.

Sie waren so klamm, daß es ihm nicht gelang, mit der gewohnten kalligraphischen Sorgfalt ins Tagebuch zu schreiben. Zuvor schon hatte er den Ofen gefüttert: zerrissene Briefe an Emma, keiner war über den Anfang hinausgekommen. Auf verschiedene Weise hatte er versucht, aus dem Mädchen herauszuholen, weshalb es bei seinem wiederholten Besuch in Pallweitschen so verändert gewesen war. Wiederum setzte er zu einem Entwurf an — aber nun klopfte es, und Frau Bröse trat ein.

Anna Bröse, eine Witwe in den Vierzigern, stammte aus dem katholischen Ermland. Sie war eine Frau von stattlichem Ausmaß, nicht unproportioniert, wenngleich mit einem mächtigen Busen. Ihr stets wohlfrisiertes volles Blondhaar umspielte das breitflächige Gesicht mit neckischen Löckchen. Sie war Albert sofort sympathisch gewesen, und auch sie hatte eine Neigung für den jungen Mann gefaßt, der ihr, wenn er in seiner eiskalten Bude hockte, bitter leid tat.

»Setzen Sie sich doch zu mir in die Küche«, hatte sie gleich beim Einzug gesagt, und Therese, das elfjährige Töchterchen, das so aussah wie die Mutter in ihrer Jugend ausgesehen haben mochte, nämlich sehr schön, blitzte ihn mit ihren kohlschwarzen Augen ebenfalls aufmunternd an. Er war der Einladung ein paar Mal gefolgt, zuerst gern, bald nur nach erneuter Aufforderung, denn Frau Bröse war so nett wie gesprächig, und ihre Neugier schien unbezähmbar. Ihr Vorschlag, Albert möge mit seinem Arbeitsmaterial in die mollige Küche kommen und keiner werde ihn stören, machte ihn nur hilflos lächeln, und als er sich wieder einmal hatte überreden lassen, entging er ihrem Wortschwall allein dadurch, daß er sich intensiv der kleinen Therese widmete, die sich als hochbegabte Zeichnerin erwies. Sie mußte Augen wie eine Laterna Magica haben. Jede Vorlage vermochte sie, ob größer oder kleiner als das Original, auf ihren Skizzenblock zu übertragen, so, als hätten ihre Augen das Vorbild in sich aufgenommen, um es auf das Zeichenpapier gleichsam auszustrahlen. Es sah aus, als brauche ihr Bleistift lediglich die Umrisse einer nur ihr allein sichtbaren Projektion nachzuvollziehen.

»Großartig!« lobte Albert. »Wenn ich wieder einmal Pflanzenschnitte und Diagramme aus Lehrbüchern in meine Arbeiten übertragen muß, weiß ich, an wen ich mich wende.«

Frau Bröse glühte vor Stolz, und Therese, obwohl fast kein Kind mehr, kletterte auf seinen Schoß, umhalste ihn und ließ sich zwischen den Rippen kitzeln, bis sie sich kichernd auf dem Boden wälzte.

Mit anderen Kindern hatte Albert es nicht so leicht. Der dicke Wilhelm aus der Junkerstraße war zwar gutwillig, wurde jedoch immer wenn er Hausaufgaben machen sollte, von Faulheit förmlich überfallen. Und Evchen Schmalz, Tochter eines Konditors, vermochte sich für die einzige Wissenschaft, die der Vater anerkannte, die Rechenkunst, nicht zu begeistern. Doch brachten beide Kinder ihrem Lehrmeister gerade so viel ein, daß er das Studium nicht aufgeben mußte. In der Tat: Albert erteilte Nachhilfeunterricht; es blieb ihm gar nichts anderes übrig, zumal ihm auch noch der Königliche Freitisch verloren war. Professor Zabrowski, dem er jenen nicht mehr obduzierbaren Wüstenkönig vermittelt hatte, mußte ihm eine schlechte Note in Zoologie gegeben haben; anders konnte sich auch Professor Kankelwitz den Entzug der königlichen Gunst nicht erklären. Hätt' ich ihm nur das schwangere Karnickel gebracht! dachte Albert grimmig. Indessen hatte er die Föten längst aus dem Spiritus genommen und ihr Zellgewebe besichtigt — auf die aufregendste Weise. Denn von Gundlach-Berlin war das Mikroskop gekommen! Nun brauchte er nicht mehr Stunde um Stunde im Institut hinter trüblinsigen Messingröhren zu hocken, die fast alle noch aus der ersten Hälfte des Jahrhunderts stammten. Und auch der Peinlichkeit, von Professor Kankelwitz öffentlich bevorzugt zu werden, war er enthoben. Wiederholt hatte der Gelehrte einen in seinen Augen minderbegabten Botaniker von dem einzigen wirklich brauchbaren Mikroskop verwiesen und Albert an den Platz des Gedemütigten befohlen.

Nun also war das eiskalte Zimmer sein Laboratorium geworden, und sogar die Wirtin sah ein, daß feingeschliffene Linsen durch Küchendunst nicht transparenter werden. Immer wieder, wenn er mit klammen Fingern an den Schräubchen des kostbaren Gerätes drehte und sich vor seinen Augen die Struktur einer Zelle oder die wimmelnde Lebendigkeit des Wassertropfens enthüllte, dachte er an Paul, dem er all diese Geheimnisse des Mikrokosmos hatte erschließen wollen. Wer würde nun seine Freude so teilen können wie einst der tote Freund?

Wenigstens einer war da, dem er ein gewisses Verständnis zubilligte: Eugen Düformantel. Und da er Tante Dorchen ohnedies etwas von der Mutter zu bestellen hatte, ging er eines Nachmittags in die Koggenstraße.

Kaum hatte er den obersten Treppenabsatz erreicht, hörte er eine zornige, in Wehleidigkeit umschlagende Stimme; eine leisere, nicht minder energische, erhob sich dagegen, und so war er nicht überrascht, als hinter Düformantel, der ihm öffnete, ein älterer Herr stand, mit dem er offenbar gestritten hatte. Eugen legte den Finger an die Lippen und ließ Albert zur Küche durch-

schlupfen, worauf die Auseinandersetzung von neuem, und nicht weniger lautstark, anhub.
Tante Dorchen freute sich, den Neffen zu sehen, aber interessanter als der Familienklatsch war auch ihr der Disput zwischen Vater und Sohn, ein Streit um nichts Geringeres als den Zeitpunkt des Weltuntergangs. Den Intentionen der Irvingianer jedenfalls war der Herrgott nämlich nicht gefolgt, sonst hätte es nicht zu der, durch das Ausbleiben der Katastrophe verursachten, wahrhaft katastrophalen Blamage auf dem Galtgarben kommen können. Viele hundert Sektengläubige hatten sich am 15. November bei grauslichem Wetter auf Ostpreußens höchster Erhebung eingefunden und, zwischen Furcht und Hoffnung bangend, das Ende aller Tage erwartet. Die Furcht war begreiflich; die Hoffnung nährte sich von der inbrünstigen Bitte, die Furcht möge nicht umsonst gewesen sein.
In diesem zynischen Sinne äußerte sich der Theologiestudent (und heimliche Hörer Professor Friedländers), während der Alte vermutete, es möge an einer unzulässigen Auslegung des Bibeltextes gelegen haben, vielleicht auch an simpler Fehlberechnung des Kalenders. Doch wie dem auch sei: am baldigen Untergang sei nicht zu zweifeln, und was unter den obwaltenden Umständen sein Sohn Eugen eigentlich noch auf der Universität zu suchen habe?
»Die Frömmsten fragen mich: Weshalb läßt du ihn studieren und gibst noch Geld dafür aus? Zu welchem Behuf denn wohl, da doch alles zugrunde geht? Und ich stehe da wie ein eitler Esel und muß mich, sollte Gott der Herr nicht bald ein Einsehen haben, einen Lügner schimpfen lassen.«
Bescheiden erinnerte der Sohn daran, daß es nicht Vaters, sondern Mutters, einer Rittergutsbesitzerstochter, Vermögen sei, aus dem sein Studium bestritten werde. Und die Mutter, daran zweifle er nicht, werde weiterzahlen,

zumindest bis zum Eintritt des erhofften Ereignisses.

Dieser Vorhalt (besonders das freche »zumindest«, als ob »danach« eine Zahlung überhaupt noch möglich wäre!) brachte den alten Herrn so aus dem Häuschen, daß Dorchen und Albert auf den Flur traten und zu hüsteln begannen. Dann wurde es still, und bald darauf — die beiden huschten in die Küche zurück — erschien der Vater, wandte sich noch einmal an den Sohn, der ihm bis zur Wohnungstür gefolgt war, und sagte nur:

»Mach, was du willst. Die Welt geht auch ohne dich zugrunde!«

Über diese Prognose und ihren Hintersinn dachten Eugen und Albert später noch lange nach. Albert wollte sie nur als rhetorische Floskel verstanden wissen, die allerdings unfreiwillig komisch geraten war. Aber Eugen widersprach:

»Nein, nein, da irrst du dich sehr! Es war der Ausdruck tiefster Verachtung. Wenn einer, dem die Erwartung dieses Spektakels, also der Vernichtung allen Lebens, zum alleinigen Lebenssinn geworden ist, seinen eigenen Sohn nicht mehr für würdig hält, an diesem Ereignis teilzunehmen, dann hat er endgültig mit ihm gebrochen.«

Er wandte sich ab und schluckte ein paar Mal.

Einig waren sich die Freunde jedoch darin, daß der Alte sich mit seinem Spruch einen guten Abgang verschafft hatte.

Tante Dorchen klagte, daß Alberts ehemalige Bude — »das Kabinett«, wie sie es jetzt vornehm nannte — noch nicht vermietet sei. Ihre unverhohlene Einladung, das Zimmerchen wieder zu beziehen, überhörte Albert. Er richtete seine Botschaft aus und fragte nach Onkel Achims Befinden. Ja, dem gehe es gut; durch seine Arretierung sei er ein populärer Mann geworden und betreibe in diesen Tagen die Gründung eines »Comitees liberaler Handwerker«; Albert solle nur in den Laden gehen, da werde Achim ihm noch mehr erzählen.

Doch erst galt es, Düformantel aufzurichten. Gar so trostbedürftig war er nicht, jedoch fand Albert ihn leidenschaftlicher bewegt als je zuvor.
»Ich hab' es satt!« rief er und durchmaß sein stattliches Zimmer mit energischen Schritten. »Hab' es satt, ein ›Auserwählter‹ zu sein, einer aus der Clique der vom lieben Gott Bevorzugten, die sich den nahenden Weltuntergang durch die Gewißheit versüßen, daß alle anderen Menschen — alle, Albert! — zugrundegehen werden! Dahinter steckt doch nichts als der nackte Menschenhaß! Nur sie, die Wissenden, die Eingeweihten, haben das Ticket zum Ewigen Leben in der Tasche. Ach, pfui Teufel, ich pfeife auf solche Privilegien — durch nichts begründet, durch nichts verdient als durch den Umstand, daß eines Tages vor meines Vaters Tür ein bärtiger Quacksalber stand und ihm seine Broschüren andrehte. Das stell' dir nur mal vor: Allein deshalb sind er und die Seinen seither auserwählt! Weißt du aber, was das bedeutet, dieses Auserwähltsein? Es bedeutet: keinen Spaß mehr an der Jugend, keine Liebe, keine Hochzeit, keine Kinder, kein Studium, keine Karriere — kurzum: nicht die geringste Lebensfreude, ja nicht einmal ein harmloses Zusammensein mit anderen jungen Leuten! Du, das ist das Schlimmste: Wie soll ich unbefangen mit einem verkehren können, von dem ich weiß, daß er morgen zur Hölle fährt, weil er nicht rechtzeitig Irvingianer geworden ist, während ich in meiner Auserwähltheit — ach, du kannst es ja nicht ahnen, du hast vernünftige Eltern, du bist nie auf die Idee verfallen, auserwählt zu sein!«
»Als guter Botaniker allenfalls«, sagte Albert trocken. Aber er fühlte mit Düformantel und brachte Verständnis für seinen überraschenden Entschluß auf.
»Und weil ich endlich Gleicher unter Gleichen sein will und überhaupt mal ein bißchen fröhlich und ausgelassen, und nicht« — er rieb sich die roten Augenlider — »solch ein Tränentier, habe ich mich entschlossen, in eine Lands-

mannschaft einzutreten, eine ›Verbindung‹, jawohl. Ich habe die ›Littuania‹ gewählt, weil sie den Anschluß an die Burschenschaften ablehnt, und weil ihre Mitglieder nicht wie kreti und pleti, sondern eher — «

»— auserwählt sind?« frotzelte Albert. Düformantel stutzte.

»Donnerwetter! Sollte da noch etwas vom alten Ungeist bei meiner Entscheidung mitgewirkt haben? Sei's drum! Ich hab's nun mal gewagt, und in wenigen Tagen ist unser Stiftungsfest mit großem Ball im Junkerhof, und du bist herzlich eingeladen!«

Eugen Düformantels Entschluß, wie auch die Einladung zum Stiftungsfest, kamen Alberts seelischer Verfassung entgegen.

Auch er fühlte sich seit Pauls Tod und Angelicas Reise nach Moskau einsam. Daß die einst so geliebte Frau zurückgekehrt war, vermochte daran nichts zu ändern. Er hatte endlich doch noch einen Brief an Emma zustandegebracht und wartete nun Tag für Tag auf Antwort. Im Studium fand er sich nach der Weihnachtspause nur mühsam wieder zurecht; allzuoft schweiften seine Gedanken nach Pallweitschen, und dann sah er den alten Waldschrat, wie er seine Tochter plump umtanzte, an ihrer Bluse nestelte, sie über die knospenden Brüste zerrte... Aber Albert wußte schon gar nicht mehr: hatte er diese wirklich gesehen — oder erschienen sie nur in seiner aufgereizten Phantasie? Und daß er's nicht mehr wußte, erbitterte ihn, denn ein Wissenschaftler, ein Naturkundler zumal, muß die Realität von einer noch so lieblichen Wunschvorstellung unterscheiden können. Ob nun dies oder das: von der ihm abverlangten Aufmerksamkeit für die Familie der *Hieracien* lenkte es ihn derart ab, daß sogar Professor Kankelwitz einmal ungeduldig auf den Tisch trommelte, weil Albert ein lateinischer Ordnungsname durchaus nicht einfallen wollte.

Aber nun das Stiftungsfest! Was wollte Eugen eigentlich bei der »Littuania«, er war doch kein Litauer, stammte aus Angerburg. Allerdings gaben sich die Verbindungen in Königsberg ihre Namen scheinbar willkürlich; da gab es Balten, Masuren und eine Pomerania — ihre Mitglieder aber kamen von sonstwoher.
Wie Albert auf dem Weg zum Institut darüber nachsann, hörte er Gesang, und schon näherten sich auf dem Mittelsteig drei Burschen mit dem blauweißroten Band der »Massovia«:

»O alte Burschenherrlichkeit,
wohin bist du verschwunden?
Nie kehrst du wieder, gold'ne Zeit,
so froh und ungebunden!
Vergebens spähe ich umher,
ich finde deine Spur nicht mehr;
o jerum, jerum, jerum,
o quae mutatio rerum!«

Albert dachte: Die Burschenherrlichkeit muß in der Tat schon vor langer Zeit verschwunden sein. Als »goldne Zeit« jedenfalls hat sie sich mir noch nie gezeigt. Mir fehlt's an Holz, an Kleidung und warmen Handschuhen, an Spiritus für den Morgenkaffee und an Öl für die Lampe, und wovon ich die Kollegiengelder im nächsten Semester bezahlen soll, weiß ich auch nicht. Und jetzt erkannte er den, der am lautesten grölte. Es war der Urbull.
Als der Urbull Albert bemerkte, blieben auch die beiden anderen stehen. Der Urbull schwankte über den Fahrdamm, packte Albert, der sich vorbeischleichen wollte, an der Schulter und sagte, überraschend leise:
»Ei, malitiöses Füchslein, wie geht's uns denn? Willst dich nicht bald zum Zweikampf stellen, daß ich dir dein Babygesicht mit einem Blutigen ziere?«

Mit einem Ruck schüttelte Albert ihn ab und versuchte, seinen Weg fortzusetzen. Der Urbull stieß ein röhrendes Gelächter aus.

»Feigling! Dummer Junge!« rief er hinter Albert nach. Das waren die allerschlimmsten Insulte; einige Passanten hatten sie gehört und wunderten sich, daß der Beleidigte seiner Wege ging.

Albert fühlte sich an den Pranger gestellt. Wütend wie nie in seinem Leben war er, das Blut schoß ihm in den Kopf, die Augäpfel schmerzten. Obwohl sein Puls raste, schlug er eine noch schnellere Gangart an, und an der nächsten Kreuzung bog er nicht in die Köttelstraße ein, sondern eilte geradeaus weiter zur Alten Universität, in deren Aula Universitäts-Fechtlehrer Grüneklee seine Kurse abzuhalten pflegte. Feigling? Der Bursche hat recht, auch Emma hätte recht, wenn ich mich nicht stellte. Ich nehme Fechtunterricht.

Was hatte der Urbull gegen ihn? Darüber hatte er oft nachgedacht. Nie hatte er den Burschen beleidigt oder auch nur kritisch angesehen. Sie hatten sogar miteinander bei Tisch geplaudert, wenngleich es nicht mehr war als belangloses Gewäsch. Es war nur so zu erklären: Albert hatte etwas an sich, das, ohne sein Zutun, einen Menschen, der beschaffen war wie der Urbull, provozieren mußte. Doch was war das? Weder entstammten sie grundverschiedenen Gesellschaftsschichten (auch der Urbull war, wie Albert erfahren hatte, einfacher Leute Sohn), noch wetteiferten sie im Ansehen unter den Kommilitonen miteinander (Albert verhielt sich stets unauffällig, und der Urbull war bei den meisten längst »untendurch«), noch endlich waren wissenschaftlicher Ehrgeiz und Leistungsvergleich im Spiel, denn der Urbull gehörte ja der juristischen Fakultät an. Es muß etwas Ähnliches wie Liebe sein, vermutete Albert — wenn auch mit umgekehrten Vorzeichen. Auch Liebe ist rational nicht zu erklären, das redet mir auch Rübach nicht aus. Er mag mich nicht, das steht fest. Meine Erscheinung ärgert ihn, mein Verhalten, meine Sprache, mein Geruch, was weiß ich: alles bringt ihn auf. Vielleicht erinnere ich ihn an etwas Übles, das ihm einmal zugestoßen ist, an den Verursacher dieses Übels, und ihm selber ist das gar nicht bewußt. Eines ist gewiß: ich bin ihm zutiefst zuwider, und deshalb würde es auch nichts nützen, ihn um eine Unterredung zu bitten — abgesehen davon, daß dies nach studentischen Regeln sowieso nicht mehr angängig ist, da wir bereits »im Verruf« sind. Hilft also nur, ihm aus dem Wege zu gehen.

Genau dies aber war, nach der eben gemachten Erfahrung, undurchführbar, und so blieb Albert nur noch der schwere Gang zu Fechtlehrer Grüneklee.

Die Aula war das Allerheiligste der Alten Universität, hier hatten die erlauchtesten Geister der Nation gelehrt, allen voran der Gewaltigste: Immanuel Kant. Allein dem Schlägerklang — neben Lieder- und Becherklang »von allen Klängen der lieblichste«, wie ein Dichter behauptet hatte — brauchte Albert nachzugehen, um die Aula zu finden. Er lehnte sich gegen die ächzende Tür und stand in dem riesigen, einer Basilika gleichenden Saal, der mit seinem blanken Marmorboden zum idealen Turnierplatz der Eleven des Fechtmeisters Grüneklee geworden war.

Drei Paare waren angetreten, jedes auf einem mit Schlemmkreide umrissenen »Gefechtsfeld«, das seinerseits mit Grenzstrichen unterteilt war. Die Kursanten waren, da sie nur übten, nicht im vollen Paukwichs; alle trugen jedoch einen Hut oder eine Mütze, und die Hand, die den Schläger führte, war durch Bandagen geschützt. Es schwirrte und klirrte, wenn die blanken Hieber aufeinanderschlugen, und daß es kein wildes Drauflosdreschen wurde, sondern ein Kampf nach Regel und Brauch, dafür sorgte der junge, schmalhüftige Fechtmeister, der von Paar zu Paar eilte, auch einmal dazwischensprang und die Schläger trennte, oder, wenn sie ihm zu lange

»lauerten« oder »mauserten«, mit kräftigem Zuruf, wie »Terz!«, »Quart!« oder »Septim!«, die Fortsetzung des Kampfes befahl.

Als er den Studenten entdeckte, der scheu an der Tür stand, noch benommen von dem metallischen Getön, das von den nackten Wänden widerhallte, ließ er die Schüler allein und ging Albert entgegen. Der mochte ihn sofort. Grüneklee, vielleicht 27, war schlank, groß und blond und hatte gewinnende, sammetblaue Augen, die den Besucher mit herzlichem Wohlwollen empfingen.

Albert erzählte, wie es zu der Forderung gekommen war, und ließ sich vom Fechtmeister in eine Ecke des Saales führen, wo Grüneklee sich mit Tisch und Stühlen ein kleines Büro eingerichtet und daneben, zur Stärkung der Paukanten, ein Fäßchen Bier aufgestellt hatte.

»So, Sie sind schon im 2. Semester und noch in keiner Burschenschaft? Nun, auch Sie werden nicht Ihr ganzes Studium über als Kamel herumlaufen wollen. Zunächst einmal haben Sie Ihre Ehre zu verteidigen und tun gut daran, sich bei mir auf den Waffengang vorzubereiten. Herrgott, ich wollte, ich stünde noch einmal so am Anfang, wäre so jung wie Sie, dürfte meiner ersten Mensur entgegenfiebern! Ist das nicht ein herrliches Gefühl?«

Albert fand dies nicht, wollte jedoch dem konzilianten Herrn, dem es nicht schwerfiel, von der Sache, an der er Geld verdiente, begeistert zu sein, die Stimmung nicht verderben, zumal er auf Stundung der Gebühren, mindestens bis Semesterschluß, hoffte. Grüneklee fuhr indessen, während er aus der Entfernung die Fechtschüler beobachtete und ab und zu korrigierte, mit dem Lob studentischen Wesens fort. Er pries nicht allein die Mensur als Stahlbad für Mut, Nerven und Selbstvertrauen, sondern auch das Ethos männlicher Gemeinschaft in der strengen Zucht der Corporation. Er rühmte ihre hohen Ideale Gott, Ehre, Freiheit und Vaterland, — die bedeutende Rolle, die der studentischen Jugend im Krieg gegen

Napoleon zugefallen war, und bewunderte die Tapferkeit einer späteren Generation, die in den vierziger Jahren für die Einigung Deutschlands Gesundheit und Leben riskiert und noch in den finstersten Tagen der Reaktion die verpönten Farben Schwarz-Rot-Gold in Ehren gehalten habe.

»Und wie anders«, rief er, als Albert einwandte, zur Erhaltung dieser Ideale, die auch die seinen seien, brauche man sich doch nicht zu schlagen, »— wie anders wollen Sie die Ehre Ihrer Schwester verteidigen, wenn einer sie besudelt hat? Wollen Sie zur Satisfaction den Beleidiger vor ein bürgerliches Gericht zitieren? Würde Sie das befriedigen? Haben Sie nicht viel eher den gesunden Drang, dem Hundsfott die Visage zu frisieren? Ihm einen Blutigen zu verpassen, so daß er abgeflickt werden oder gar eine klinische Abfuhr einstecken muß? Neulich« — er steigerte sich — »hat einer seinem Gegner mit einem prachtvollen Hieb die *Mammaria interna,* also die innere Brustarterie, durchgeschlagen! In der Tat, lieber Freund, bei diesem geradezu klassischen Ehrenhandel wäre der Beleidiger fast auf der Strecke geblieben!«

»Das kann aber auch dem Verteidiger seiner Schwester passieren«, wandte Albert ein. Und, sich rechtzeitig an Professor Kankelwitz erinnernd: »Diese Art von Gottesurteil gibt doch immer nur dem Stärkeren und Geübteren recht.«

»So ist es«, sagte Grüneklee unbekümmert. »Wer sich nicht stählt und wer die Möglichkeit nicht nützt, die ihm seine Universität mit einem erstklassigen Fechtunterricht bietet, beweist doch nur, daß er's mit der Ehre der seinem Schutz Anbefohlenen, und nicht zuletzt mit seiner eigenen, nicht allzu genau nimmt. Aber machen Sie sich keine Sorgen. Sie bekommen bei mir das Rüstzeug, das Sie brauchen. Und wenn es, wie Sie mir sagten, gegen diesen Urbull geht, — da bring' ich Ihnen eine Volte bei, die zieht so durch, daß der ganz unfehlbar im Korbe liegen wird. Ach ja, Sie kennen unsere Terminologie noch nicht — also: die Verwundung wird so erheblich sein, daß Ihr Kontrahent Bettruhe halten muß, vielleicht sogar im Krankenhaus.«

Albert fand, es passe nicht recht zueinander, wie der eloquente Herr mit seinen guten Manieren zwar von echten Idealen und überzeugendem Patriotismus beseelt war, jedoch immer dann, wenn er auf die Mensur zu sprechen kam, so harsch daherredete. Hatten nicht seine Augen geglänzt, als er vom »Blutigen« und von »klinischer Abfuhr« schwärmte? Und daß ein Opfer an der ums Haar durchgeschlagenen *Mammaria interna* beinahe verblutet war — hatte er's nicht als ein selbst der Fachwelt selten beschiedenes Ereignis geradezu gefeiert? Dennoch: Grüneklee, wie er sich gab und wohl auch war, mißfiel Albert trotz solch verbaler Ausschweifungen nicht. Er vermochte seine Überzeugungen nur bedingt zu teilen, aber dem Charme seiner Persönlichkeit konnte er sich nicht entziehen, und — »seltsam«, ging es ihm durch den Kopf, »hier finde ich einen, der mir nach Wesen und Erscheinung mindestens so unähnlich ist wie der Urbull, und doch kann ich ihn nicht verachten oder gar hassen — ganz im Gegenteil. Wie der Urbull wollte ich gewiß nicht sein, aber von der Art dieses Grüneklee, der so schlank und blond und so flink in der Rede ist, hätt' ich schon gern selber etwas abgekriegt.«

Als sie nun aufs Geld zu sprechen kamen, war der schneidige Lehrer nicht bereit, ihm auch nur um einen Schritt entgegenzukommen.

»Es wäre auch ganz unklug von mir — unklug in Ihrem Sinne —, Ihnen die Sache so leicht zu machen«, sagte Grüneklee und lächelte etwas heimtückisch, wie es Albert schien. »Nur wenn Sie Opfer gebracht haben, werden Sie ein guter Schüler sein, und nur wenn Sie ein guter Schüler waren, wird Ihnen die Abfuhr gelingen.«

Albert verabschiedete sich mit ein paar hinhaltenden Sätzen.
Er verließ den grauen Koloß der alten Alma Mater, stand eine Weile unter den kahlen Kastanien am Pregelufer und sah den von Pillau hereinkommenden Frachtschiffen zu, auf deren Dächern noch der feuchte Schnee vom Vortag lastete. Er beschloß, keinen Fechtunterricht zu nehmen.

In der Kneipe, am Freitag morgen, Mitte Februar, fielen sich die Philister in die Arme. Von weit her waren sie gekommen die alten »Littauer«, ihr 40. Stiftungsfest zu begehen. Das war aber auch ein herzlicher Empfang, den die jungen Leute Füchse, Burschen und Bemooste Häupter — ihren Alten Herren bereiteten! Von denen trug fast ein jeder die alte Mütze mit dem grünweißroten Band der Landsmannschaft, welcher sie über Jahre, Jahrzehnte die Treue gehalten hatten: der Regierungsrat, der Gerichtsdirektor, der Medizinalrat, der Professor, der Konsistorialrat. Sie waren ja alle »was geworden«, und wo immer es in ihrem Wirkungskreis einen Posten zu besetzen, einen Nachrücker im Amte zu empfehlen galt; sie sorgten dafür, daß ein Bundesbruder, ein »Littauer«, den Zuschlag erhielt. Das wußten die jungen Leute, und die Kunst, auf sich aufmerksam zu machen, beherrschte mancher schon jetzt vorzüglich.
Nach ausgiebiger Kneipe in der mit grünweißroten Girlanden geschmückten Schuhmacherschen Bierhalle ließ man sich in Schlitten, zwei- und vierspännig, durch die Stadt kutschieren.
Angeführt von drei Vorreitern in vollem Wichs, ging's zu den Klängen des Sekatschen Musik-Chors durch die Straßen der Innenstadt bis zur Alten Universität. Dort sangen sie wie auf Kommando, die alten Philister, manche mit brüchiger Stimme:

»Ihr grauen Säle, groß und klein,
jetzt kriegt ihr mich nicht mehr hinein!«

Und beim Anblick eines vergitterten Fensterchens erinnerten sich nicht wenige:

»Auch du von deinem Giebeldach
schaust mir umsonst, o Karzer, nach, -
für schlechte Herberg' Tag und Nacht
sei dir ein Pereat gebracht!«

Ihr Ziel war das Lokal »Flora« des Herrn Fritz Meyer auf den Hufen. Punsch und Bowle erwärmte die Alten Herren, Löbenichtsches Braunbier die Jungen.
Am folgenden Tag warfen sich Albert und Eugen in den Frack und stapften über den knirschenden Schnee zum Junkerhof.
Sie zwängten sich durch die Menschenmenge im Foyer und standen geblendet: Welch eine festliche Dekoration! Dergleichen hatten beide noch nicht gesehen, und in der Tat war es der Firma Kantrowitsch, auf deren Dienste kein Festkomitee verzichten mochte, gelungen, den Ballsaal zu einer *hommage à Littuania* herzurichten. Die Decke war mit smaragdgrünen, bauschig gerafften Tüchern verhangen, durch welche drei im Gaslicht erstrahlende Kristallkronleuchter stießen. Die Arkaden der Seitengalerien prangten in tadellosem Weiß, der Fußboden war mit einem feuerroten Teppich belegt, und rot getüncht waren auch die Balustraden vor den Tischen der Senioren und Ehrengäste. So fühlten sich alle wie schützend eingehüllt in diesem Grün und Weiß und Rot, den Farben ihrer Landsmannschaft.
»Siehst du, da drüben sitzt unser Führungskreis!« sagte Düformantel eifrig. »Bei uns haben sogar die Füchse Sitz und Stimme im Convent, das unterscheidet uns von den Burschenschaften. Ja, bei uns sind alle gleich, da gibt's keine ›Auserwählten‹.«

Albert sollte dieses »bei uns« noch oft hören; es verriet ihm, wie geborgen sich der Freund in der neuen Gemeinschaft fühlte, nachdem er sich so lange eher wie ein Aussätziger denn wie ein Auserwählter hatte vorkommen müssen.

»Dort, unter dem großen Schild mit dem aufgebäumten Pferd — ganz recht, das ist unser Wappen! —, die beiden alten Herren! Ohne die wäre aus der ›Littuania‹ nie was geworden. Der mit dem kurzen grauen Haar ist der Herr von Saltzwedell, den mußt du doch kennen, das ist der Regierungspräsident von Gumbinnen. Vor vierzig Jahren, als Student, hat er die ›Littuania‹ gegründet, und einmal war sogar die Polizei hinter ihm her, da hat er im letzten Augenblick die Mitgliederliste verbrannt. Und neben ihm, das ist ein ganz Berühmter: Eduard Simson, der war Präsident der Frankfurter Nationalversammlung — Paulskirche, du weißt. Der hat damals unserem König die Kaiserkrone angetragen, allerdings vergeblich. Jetzt ist er Präsident des Norddeutschen Reichstags. Ich finde es famos, daß er sich Zeit genommen hat, von Berlin hierherzukommen.«

Düformantel war glücklich, dem Freund nachweisen zu können, in welch illustrer Gesellschaft er sich nun bewegen durfte. Und in der Tat war ein Mann wie Eduard Simson — soviel wußte sogar Albert — eine Empfehlung ersten Ranges für die »Littuania«.

Während sie durch den überfüllten Tanzsaal schlenderten, begegneten Albert unter den Professoren und Studenten viele bekannte Gesichter; sogar Professor Kankelwitz gab der Verbindung die Ehre. Vermutlich war auch die wohlhabende Kaufmannschaft geladen — und siehe da: von einem der Tische unter den Arkaden erhob sich Tante Luise, und da saß Onkel Eduard Rhan und zu Alberts Überraschung auch Angelica — mein Gott, wie schön sah sie wieder aus! Ja, er solle sich doch ein wenig zu ihnen setzen, und sein Freund ebenfalls, sagte Tante

Luise, und schon schenkte man ihnen Champagner ein. Die Kapelle spielte einen Tusch, und auf der großen Tanzfläche fanden sich die Paare zusammen, einhundertundzwanzig zählte man. Jede der feenhaft aufgeputzten Damen bekam eine Camelie überreicht, und dann begann der Cotillon. Die »älteren Semester« taten da nicht mit; man freute sich, daß die Jugend den »Benimm« nicht verlernt hatte, und ließ sich in der Unterhaltung nicht stören.

Eduard Rhan saß mit einem etwas gekünstelten Lächeln, flankiert von den Damen, doch schien es ihm zu behagen, daß Luise die jungen Leute an den Tisch geholt hatte. Albert, dem es in seiner trägen Bescheidenheit noch gar nicht eingefallen war, sich bei Rhans zurückzumelden, gestand immerhin, daß er den Freitisch verloren hatte, worauf Luise ihn sogleich wieder für dienstags zum Essen einlud. Onkel Eduard hielt die Frage für angebracht, ob Albert etwa in seinen Leistungen nachgelassen habe, was dieser guten Gewissens verneinen konnte. Seine Aufmerksamkeit galt Angelica, die ihm zwar mit erfreutem Aufblick die Hand gereicht hatte, sich aber seither nicht weiter um ihn kümmerte und schon gar nicht fragte, weshalb er ihrer Einladung noch nicht nachgekommen sei.

»Sieh einmal«, sagte sie und stieß Eduard mit dem Ellbogen an, »da ist der Doktor mit dem lustigen Namen, der damals auch dabei war, als ich aus Spanien zurückkam.«

»Dr. Ungefug?« sagte Eduard. Und schon, man hatte sich zur selben Zeit erkannt, kam er an den Tisch, der stämmige Herr mit dem verwegenen, nach vorn gekrümmten Kinnbart. Sein Bändchen trug er als Schleife am Revers, also auch er ein »Littauer«, und er kam ja wirklich von »dort oben«, aus Ruß an der Ruß im Kreis Heydekrug. Sehr bald geriet er, in seiner bildhaften Sprache, ins Erzählen: vom schweren Eisgang im verwichenen Jahr und von der »Baumflut« drei Wochen darauf.

»Im Schacktarp, wenn der Schnee in den russischen Wäldern taut, kommt das Schmelzwasser in unsere Ströme geschossen. Ungehindert wälzt sich die Flut über baumlose Felder, schiebt das Eis in dicken Placken und Schollen vor sich her, bricht die Dämme, unterspült die Häuser, ersäuft das Vieh in den Ställen. Sofern es die Bauern nicht noch zur rechten Zeit aufgebrückt haben — also: Dung aufgehäuft und Stroh und Bretter darüber, so daß es den Kühen nicht über die Köpfe schwappt. Ich fuhr mal mit dem Kahn durch Antonischken, ein elendes Nest im Moor. Da saß in einer überschwemmten Stube — ich sah's durchs Fenster — ein kleiner Junge, seine Katze im Arm, und dahinter, im Familienbett, lag die Zuchtsau mit einem Haufen Ferkel.«

»Mit einem Kahn durchs Dorf, man stelle sich das vor!« sagte Luise.

»Das ist bei uns nichts Besonderes. Ich habe ein und denselben Kranken im Laufe eines Monats einmal mit dem Schlitten, einmal mit dem Wagen oder zu Pferde, und einmal im Kurenkahn besucht.«

»Und wie steht es mit den — wie soll ich sagen — sittlichen Verhältnissen dort oben?« wollte Eduard Rhan wissen. »Man hört allerlei Verwirrendes darüber.«

»Glaubst du wirklich, das sei ein Thema für einen so heiteren Abend?« fragte Luise.

»Das wird sich herausstellen«, sagte Eduard, und es kam Albert vor, als blinzele er seiner Nachbarin zur Rechten, Angelica, zu.

»Na ja«, sagte Dr. Ungefug und ließ beim Lachen seine prachtvollen Zähne sehen. »Wie man's auffassen will. Der Litauer nimmt's in der Tat mit der christlichen Moral nicht allzu genau.«

»Und wie wirkt sich das aus? Ich meine: in der Praxis?« Diesmal beharrte Angelica auf dem Thema.

»Praxis ist gut! — Ich hoffe, Sie denken nicht an meine Praxis — oder?« Der Doktor lachte. »Ja, es ist eigenartig.

Die Litauer sind fromme Leute, wenn sie's auch oftmals lieber mit besoffenen Wanderpredigern als mit dem Herrn Pfarrer halten. ›Der Pfarrer‹, sagte mir einmal ein Patient, der im Sterben lag und bei dem so ein Leichenfledderer am Bett hockte, ›der Pfarrer schreibt abends bei einer Pfeife Tabak seine Predigt und trinkt sein Gläschen Grog, und darin sind denn auch immer ein paar Tropfen vom Heiligen Geist. Aber unser Lukat hier‹ – und damit war der Kerl gemeint, und der stank drei Meilen gegen den Wind nach Spiritus –, ›unser Lukat trinkt den Heiligen Geist gleich eimerweise...‹ Ja, die Moral. Bei aller Frömmigkeit: die Freie Liebe ist dort nichts Anstößiges. – Ja, Sie entschuldigen schon, meine Damen, aber wenn ich so direkt gefragt werde...«

»Nur weiter!« sagte Angelica. Luise zog ein Gesicht, aber das war auch alles.

»Der Verkehr lediger Mädchen mit jungen Männern«, führte Dr. Ungefug mit erkennbarem Behagen aus, »gilt dort nämlich nicht als unerlaubt. Nur mit einem Ehemann dürfen sie nicht. Besonders begehrt bei den Junggesellen sind reiche Witwen.«

»Oho!« rief Eduard, vermied aber, Angelica anzusehen.

Der Arzt fuhr fort: »Die nehmen sich junge Männer zur Probe ins Haus. Zur Probe, Sie haben recht gehört. Manchmal drei, vier nacheinander. Und wer sich am besten bewährt hat...«

»Nun hören Sie aber auf!« rief Luise. »Das scheint mir wirklich ein Sündenbabel zu sei, Ihr Ruß an der Ruß!«

»Weit mehr noch: Sodom und Gomorrha«, sagte Angelica und schien so belustigt, daß Dr. Ungefug, trotz Luises Protest, sich zu einem Anekdötchen ermutigt fühlte:

»Natürlich probieren die Jungen auch die Mädchen aus. Ich habe meinen Begleiter auf einer Krankenreise einmal gefragt, ob sein Bruder nicht bald heiraten wolle. Antwort: ›Die Heiratschaft ist schon im Gange. Er heiratet an mehreren Stellen!‹«

Jetzt platzten auch die jungen Leute heraus, die sich, wohlerzogen, bisher jeder Äußerung enthalten hatten.
Der kernige Doktor, nachdem er hinlänglichen Erfolg bei den Damen hatte verbuchen können, erhob sich und erbat von Luise einen Tanz. Albert und Eugen verabschiedeten sich.
Eduard blieb mit Angelica am Tisch. Noch vor wenigen Wochen hätte er die Zweisamkeit genützt und das Lieblingsthema des schlüpfrigen Mediziners weitergesponnen. Jetzt erlag er einer solchen Versuchung nicht mehr. Seit Angelicas Rückkehr, seit all jenen peinlichen Bekenntnissen ihres »socialen Gewissens«, hatte er einsehen müssen, daß sie »auf eine andere Art anders« war, als er sich's eingebildet hatte. Das Eigenwillige, das männlich Selbständige, das rundum Couragierte hatten ihn beeindruckt und gereizt — von der Anziehungskraft des Weibes, der er noch heute jederzeit erliegen würde, ganz zu schweigen. Aber wie sollte er mit einer Frau zurechtkommen, die, obwohl reich und noch dazu seine Schwägerin, Verbindung zu liberalen, ja, socialistischen Kreisen aufgenommen und das war die Höhe! — ihren fatalen Schwager Grübner — so verlautete jedenfalls — mit nicht unbeträchtlichen Geldmitteln für seinen Handwerkerverein ausgestattet hatte? Das war natürlich Nachtgespräch im »Blutgericht« gewesen, und Eduard war nichts übriggeblieben, als sich »mit dem Ausdruck des Bedauerns« von seiner Schwägerin zu distanzieren. Nicht genug also, daß ihr Lebenswandel zu beanstanden war: auch das Unvermögen, zu unterscheiden, was sich für eine Frau ihrer gesellschaftlichen Ebene schickte und was schlechthin *intolérable* war, machte jede Partnerschaft illusorisch. Im günstigsten Falle hätte Angelica Eduards heimliche Mätresse werden können; und wenn er sich dies, in gewohnter Selbsteinschätzung, vorstellte, vergaß er völlig, daß ihm nicht einmal das vergönnt war. Sie würde

ihn genauso beschämend abweisen, wie sie es immer getan hatte.
Während er sich, mit Zustimmung seiner Schwägerin, eine Zigarre anzündete, dachte er: Ich bin ja heilfroh, daß es so gekommen ist! Keine ruhige Stunde hätte ich mit ihr haben können; unentwegt würde sie mich mit ihren verkorksten Ideen belästigen. Oder sollte sie endlich eingesehen haben, daß ich nicht geneigt bin, zum Verräter an meinem Stande zu werden?
»Ja, es ist sehr traurig«, sagte er — und das bezog sich auf eine Äußerung Angelicas: Die mutige Weltreisende Alexandrine Tinné, von der sie einmal beim Mittagstisch erzählt hatte, war, wie die Zeitungen berichteten, auf dem Wege zum Oberen Nil von Angehörigen eines wilden Stammes erschlagen worden.
»Sehr traurig. Aber irgendwie logisch — meinst du nicht?«
Natürlich meinte Angelica das nicht. Sie wußte, worauf er hinauswollte: Frauen sollen dergleichen nicht unternehmen.
»Du meinst, das sei Männersache? Was denn aber? Das Reisen - oder das Todgeschlagenwerden?«
»Beides«, sagte Eduard ernst.
Er dachte: Am liebsten ist sie mir, wenn sie von ihren Reisen (nicht ihren Reisebegleitern!) erzählt. Das erinnert mich daran, daß ich als Kaufmann mit internationalen Verknüpfungen auch ein bißchen mehr von der Welt sehen sollte. Gewiß, wenn ich mir vorstelle, wie ich — als Anonymus selbstverständlich — mit ihr nach Paris, nach Nizza, nach London reisen würde, wo uns keiner kennt, und selbst ihre socialistische Agitation im vornehmen Ambiente eines »Ritz« oder »Prince of Wales« buchstäblich gegenstandslos erscheinen müßte... Ja, Reisen mit Angelica, das wäre eine passable Möglichkeit.
Dr. Ungefug kehrte mit Luise zurück und forderte

Angelica auf. Und auch Luise fand einen neuen Partner: Student Düformantel gab sich die Ehre.
Eduard blieb nicht allein. Ein stattlicher Herr bat um Feuer und ließ sich auf einen Stuhl fallen. Am Frackrevers trug er nicht die Farben der »Littuania«, sondern das Bändchen des Roten Adlerordens.
»Ziemlich unangenehme Kiste«, sagte Hugo Lindtner, nachdem er sich an Eduards Zigarre bedient hatte. »Ja, wie soll ich anfangen? Wenn dieser Nürnberger — derselbe, der sich neulich im ›Blutgericht‹ so mausig gemacht hat —, wenn der sich's nicht hätte einfallen lassen, in alten Nummern seiner Zeitung zu wühlen... Nun ja, dabei ist er auf eine Notiz gestoßen, eine Leserzuschrift. Da hat sich einer vor vier Jahren über den baulichen Zustand der Schloßteichbrücke beschwert.«
»Ja, ich erinnere mich«, sagte Eduard. »Die Zuschrift fand Beachtung; sie sprach ja von erheblicher Lebensgefahr für die Benutzer der Brücke, und deshalb wurde im Bauausschuß eingehend darüber diskutiert. Wenn ich mich recht erinnere, sollte ein gewisser Schubert den Auftrag bekommen, eine neue Brücke zu bauen.«
»Ich glaube, Sie erinnern sich nicht sehr gut«, sagte Lindtner.
»Ein Bauunternehmer Schubert«, fuhr Eduard unbeirrt fort.
»Nicht so ein großer Laden wie der Ihre, eher ein kleiner Mann, einer, der noch neu im Geschäft war. Vielleicht erklärt sich daraus auch sein überaus günstiges Angebot.«
»Ich bat Sie doch, Rhan, sich mit Ihren Erinnerungen zurückzuhalten. Überlegen Sie doch mal: Wo kämen wir hin, wenn so ein Judenjunge — na, ich bitte Sie, was ist der Nürnberger denn sonst, mag er auch getauft sein! — wenn so einer, nur um sich wichtig zu machen, olle Kamellen aufwärmt, und wir das auch noch ernst nehmen würden? Wem ist denn damit gedient?«

»Ja, dem Schubert sicher nicht mehr«, sagte Eduard. »Der hat bald darauf falliert.«

»Na sehen Sie. Das wär' mir eine schöne Brücke geworden!«

»Aber *Sie* haben doch den Auftrag bekommen?«

»Dazu kam es damals nicht. Nicht zu einem präzisen Auftrag. Ich habe — was soll ich's verschweigen, da Sie ja so ein gutes Gedächtnis haben — ich habe deutlich gemacht, daß meine Kapazität fürs erste durch den Neubau der Börse ausgelastet war.«

»Das wäre doch ein Grund mehr gewesen, den Schubert mit der Brücke zu beauftragen.«

»Eben nicht! Man hat mir im Stadtrat das größere Vertrauen entgegengebracht. Man hat sich gesagt: Wenn der Lindtner wieder frei ist, wird er sich der Schloßteichbrücke schon annehmen.« »Und warum ist das bis — bis zum Einsturz der alten Brücke nicht geschehen?«

»Aber Rhan! Sie wissen doch, daß die Börse noch nicht einmal heute fertig ist! Und dann geht's ans neue Gaswerk. Das sind Vorhaben, die kosten Hunderttausende.«

»Und bringen Hunderttausende ein«, ergänzte Eduard, ohne die Miene zu verziehen. »Und daß die Brücke, die längst nicht so viel eingebracht hätte, *nicht* gebaut wurde, hat eben nur Menschenleben gekostet. Zweiunddreißig — nicht wahr?«

Lindtner starrte ihn an. Wollte der ihn verantwortlich machen? Aber wenn er jetzt den Beleidigten spielte (wozu er, weiß Gott, berechtigt wäre!), konnte er auf Rhans Nachsicht nicht mehr zählen. Er mußte die Nerven behalten.

»Seien Sie gerecht, Rhan. Ich habe doch selbst ein Opfer zu beklagen, eine Cousine, mütterlicherseits. Sie könnten mir einen großen Dienst erweisen. Sie waren doch damals auch im Bauausschuß, wenn auch nur einen Tag, vertretungsweise. Sie brauchten sich nur zu erinnern — diesmal richtig, also der Situation entsprechend. Sie erinnern sich, daß beschlossen wurde, erst noch ein *Gutachten* über den tatsächlichen Zustand der Brücke einzuholen. Na, und dazu kam es eben nicht mehr. Aber das ist ja nicht unsere Schuld.«

»Meine schon gar nicht«, sagte Eduard kühl. »Übrigens kann ich mich an einen solchen Beschluß wirklich nicht erinnern. Es war doch ausgemachte Sache, daß Sie, sowie Sie Kräfte frei haben, an die Arbeit gehen. Vom Gaswerk war damals noch keine Rede. Und daß der Schubert nicht zum Zuge kam, das haben *Sie* verhindert, indem Sie klipp und klar feststellten, in Königsberg sei nur eine Firma in der Lage, die Brücke zu bauen: die Ihre.«

»Und das Gutachten?«

»Noch einmal: davon weiß ich nichts.«

Lindtner schüttelte verständnislos den Kopf. »Sie werden sich das alles noch sehr genau überlegen müssen, Rhan. Und eines baldigen Tages werden Sie aussagen müssen, vor einer Kommission. Die Sache ist nämlich schon bei der Regierung anhängig, und es sollte mich nicht wundern, wenn sich auch Berlin dafür interessieren würde. Schließlich war Seine Majestät zugegen, als das Unglück passierte...«

»Daran erinnert mich Ihre Dekoration«, sagte Eduard freundlich und blickte auf das rote Bändchen.

»Rhan! Bei der Regierung von Ostpreußen! Und in Berlin! Bedenken Sie doch, was das für Folgen hat!«

»Es tut mir leid, Lindtner. Selbst wenn ich etwas von einem Gutachten erzählen wollte — es waren noch andere Leute im Bauausschuß. Keiner wird sich daran erinnern.«

»Ich weiß nicht, Rhan. Wenn *Sie* es sagen würden...« Er erhob sich. »Nun gut, das müssen Sie wissen.«

Dr. Ungefug kehrte mit Angelica zurück. Sie nickte Lindtner zu, den sie bei ihrem Schwager wiederholt getroffen hatte.

Lindtner musterte den stabilen Doktor ungeniert und

streckte ihm mit den Worten »Wir kennen uns!« die Hand entgegen.
Dr. Ungefug schlug ein. »Mal wieder ein Tänzchen gewagt? Da oben bei Ihnen gibt's ja doch nur Bauerntrampel.«
»Viele meiner Patientinnen sind Bäuerinnen«, sagte der Doktor bedächtig. »Trampel — oder wie war Ihr Ausdruck? — sind mir allerdings noch nicht begegnet.«
»Na ja«, Lindtner verneigte sich vor Angelica, »ein bißchen was anderes ist das hier schon. Nicht wahr, Rhan, da können Sie doch aus der Schule plaudern — oder?«
Noch immer fixierte er Angelica, dann Eduard, und noch einmal, grinsend, Angelica.
Entschlossen faßte der Doktor seine Tänzerin am Arm und führte sie zum Tisch.
»Ein bemerkenswert unangenehmer Mensch«, brummte er, als Lindtner sich endlich entfernt hatte.
Eduard Rhan pflichtete ihm nicht bei. Er stand wie gelähmt.
Er glaubte begriffen zu haben.

Albert hatte Eugen aus den Augen verloren. Der saß bestimmt irgendwo mit seinen Bundesbrüdern zusammen und erzählte ihnen, daß er einen »Neuen« schon so gut wie »gekeilt« habe.
Mochte er! Albert hätte gegen den Eintritt in die Landsmannschaft kaum etwas einzuwenden. Das waren vernünftige Leute, nicht so wilde Kneiper und Pauker wie die Burschenschaftler, auch nicht so sehr auf Äußerlichkeiten versessen, sondern um die Verteidigung studentischer Freiheiten bemüht. Um die mußte ja, seit 1848, immer wieder gerungen werden. Und da war ein Mann wie der alte Herr von Saltzwedell, dem in der Tanzpause einige junge Leute Gehör zu schaffen suchten, ein gutes Vorbild.
Der greise Redner lobte eben diese Freiheiten:

»In keinem Staate, keinem Lande, in keinem Volke wird dem Studentenleben so viel Freiheit eingeräumt als glücklicherweise auf den deutschen Hochschulen. Es sind aber, leider, so manche liebe, hochbegabte, vielleicht etwas zu weich veranlagte junge Männer zugrundegegangen, unbeachtet, namenlos weil sich niemand um sie kümmerte und niemand die Pflicht hatte, sich um sie zu kümmern. Es lagen uns gerade damals viele solcher traurigen Fälle vor Augen...«

Da lag der Gedanke nahe, so führte der Redner weiter aus, daß man zu jener Freiheit ein Correlat schaffen müsse. Und aus dieser Überlegung sei die Landsmannschaft entstanden. Mit einem dreifachen Hoch auf die Freiheit *und* die »Littuania« endete er seine Rede, die mit stürmischem Applaus gefeiert wurde.

»Bißchen zu viel von Freiheit gesprochen«, meinte Leutnant d'Heureuse, den Albert noch während der Ansprache, an einem Pfeiler lehnend, entdeckt hatte. »Die Littauer haben sich ohnedies schon zu sehr isoliert. Es ist ja kaum ein Burschenschaftler der Einladung gefolgt. Das kommt daher, daß sie schon gar nicht mehr für voll genommen werden.«

Hatte Albert schon wieder zu viel getrunken? Ritt ihn der Teufel? Er hörte gar nicht auf die Kritik des Leutnants, er hatte nur ein Bild vor Augen: ein schlanker Offizier wirft sich in den Sattel, reitet davon... Und noch ehe ihm bewußt wurde, was er mit dieser Frage anrichten konnte, war sie heraus:

»Sie waren doch Anfang Januar — war es nicht am fünften? — auch mal wieder in Pallweitschen?«

»Stimmt«, sagte d'Heureuse.

Stimmt?? So einfach dahingesagt? Stimmt?? Er mußte ungeschickt gefragt haben. Oder wurde frech gelogen?

»Wirklich? Am fünften Januar?« Sein Herz klopfte.

»Warum nicht?« sagte d'Heureuse. »Sie ist ein liebenswürdiges Nymphchen, und der alte Herr ist auch sehr entgegenkommend.«

Er sah einen Offizier, der ihm zuwinkte, und ließ Albert stehen.
Ließ ihn allein mit seiner Verwirrung.
›Nymphchen... der alte Herr ist auch sehr entgegenkommend...‹ Was soll denn dieses »auch« bedeuten? Soll es bedeuten, was es einzig bedeuten kann: daß auch *sie*...? Aber das war es noch nicht einmal. Nicht im Moment. Die Analyse — zu der kam er erst später. Was im Augenblick zählte, war allein, daß Emma ihn angelogen hatte. »Hattest du Besuch?« hatte er gefragt. Und sie: »Wie kommst du darauf?«
Er sah ihn noch öfter im Gewühl, den überschlanken Herrn, sah ihn tanzen mit Mädchen und älteren Damen, hörte ihn parlieren, lachen, scharmuzieren. Es ist ja klar, daß so einer mehr Glück bei den Frauen hat. Mehr als ich, der ich zwar kräftig bin, aber zu kurze Beine habe, und einen Rundkopf dazu, einen rechten ostpreußischen Dickschädel, mit Quellaugen hinter dicken Gläsern.
»Ohne Saft und Kraft« hatte Rübach über d'Heureuse gespottet. Keine Menschenkenntnis! Der war doch gespannt wie eine Bogensehne! Die langen Beine, die schmalen Hüften, das rassige Profil. Ein bißchen pferdehaft, zugegeben, aber das paßt in die Kreise. Pferde und Frauen. Darüber reden sie, dafür leben sie.
Und natürlich für den Krieg. Aber ist das ein Leben?
Als er sich etwas beruhigt, auch mal wieder an Rhans Tisch ein Glas Champagner getrunken und mit Angelica ein paar Worte über die Flora der nordrussischen Tundren gewechselt hatte, fiel ihm ein, daß er bisher weder Onkel Fritz Marold noch Richard begegnet war.
Er stellte den Freund, der sich auch wieder eingefunden hatte, zur Rede:
»Ich hatte dich doch gebeten, die beiden ebenfalls auf deine Liste zu setzen. Ich meine die Liste der Leute, die du dem Festkomitee zur Einladung vorschlagen wolltest.«

»Ja, weißt du«, sagte Düformantel, der schon ein bißchen viel getrunken hatte, »die Sache ist nicht so einfach, wie du dir das vorstellst. Natürlich habe ich deinem Wunsch entsprochen und die beiden vorgeschlagen. Doch im Festkomitee war man der Ansicht, ein Teehändler — also ein Ladenbesitzer, verstehst du — und ein relegierter Student, die paßten doch nicht so recht in den Rahmen…«
»Schon gut«, sagte Albert. »Dann muß ich dir leider sagen, daß auch ich nicht in euren Rahmen passe. Ich habe schon längst die Nase voll von diesem grünweißroten Salat!«
Er drehte sich um und holte an der Garderobe seinen Mantel.
Es tat ihm wohl, einen Menschen verletzt zu haben. Freilich, Düformantel konnte nun wirklich nichts dafür, daß Emma ihn belogen hatte. Jedoch — so tröstete er sich — er ist mein Freund, und ein Freund muß auch einmal etwas einstecken können. Aber — so grübelte er auf dem Nachhauseweg — hatte Emma ihn denn wirklich belogen? »Wie kommst du darauf?« das heißt doch nicht »Nein«! Er hätte nachfragen, eine klare Antwort fordern sollen. Und doch war er froh, daß nun wieder alles offen war…

»Hätt' er doch sollen bleiben, wo der Herrgott ihm die Heimat bereitet hat!« schluchzte Frau Nothnagel. Ihr Mann stand stumm neben dem Küchentisch; sie saß davor, den Brief in der Hand. »Das ist doch kein Leben in so einem fremden Land«, fuhr sie fort. »Feindesland noch dazu! Ist nicht lange her, da waren wir noch im Krieg mit dem frechen Dänen.«
Und daß er lebte? Ihr Sohn! Der Vermißte, der Totgeglaubte!
Daß er *lebte!* Darüber kein Wort?
Albert, der sich eine zurückgelassene Topfpflanze aus

dem alten Quartier hatte holen wollen, nahm den Brief an sich und las. Aus dem Augenwinkel bemerkte er, daß noch ein weiteres Papier auf dem Tisch lag: sein Studentenausweis. Verdammt unbekümmert, dieser Niko. Wie sollte Albert sich nun herausreden bei seinen Eltern?
Niko schrieb, daß er von einem Schiffer an der dänischen Küste abgesetzt worden sei. Inzwischen habe er Arbeit gefunden, lebe in Roskilde und hoffe, die Eltern würden ihn einmal besuchen, denn umgekehrt herum ging's ja wohl nicht so gut.
Der Brief klang munter. Alberts und Richards Hilfe erwähnte er nicht, doch eine Nachschrift nahm auf die Beilage Bezug:
»Übrigens war ich in der Nacht, nachdem ich ausgerissen bin, kurz in unserer Wohnung. Dabei muß mir dieser Ausweis in die Tasche geraten sein. Seid so gut und gebt ihn dem Eigentümer, vermutlich einem Untermieter, zurück.«
Sie tupfte noch immer mit dem Schnupftuch an ihren Wangen herum. Aber geradezu unerträglich wurde Albert der Vater mit seiner selbstgerechten Duldermiene. Schrecklich, diese *Kleinbürger*, dachte Albert. Er verwendete das Wort in letzter Zeit häufig; es diente der Distanzierung vom Nest, aus dem er kam.
»Ich verstehe Sie gar nicht«, sagte er und legte den Brief zurück, behielt jedoch das Kuvert und betrachtete interessiert die fremde Briefmarke. »Ihr Sohn hat sich, nach Monaten, gemeldet, er lebt, ist unversehrt, hat sein Auskommen, scheint sogar ganz glücklich zu sein. Und Sie? Nein, ich verstehe Sie nicht.« Ratlos sah er die seltsamen Eltern an.
»Es ist eine Schande«, sagte Mathias Nothnagel, Onkel Rhans zuverlässiger Kassierer. »Es wäre mir vielleicht gelungen, seine Strafe zu mildern. Mit großer Mühe. Aber nach Recht und Gesetz. Nun aber hat er sein Vaterland verraten. Hat sich der Gnade des Feindes von 64

ausgeliefert. Darüber kommt man doch nicht hinweg.« Seine Stimme wurde unsicher. »Wem darf man denn, unter solchen Umständen, überhaupt sagen, daß er noch lebt?«

»Und *wo* er lebt«, fiel die Mutter ein. »Das ist doch das Schlimmste!«

Albert stand auf, erleichtert. Über Wochen, besonders in der Weihnachtszeit, wenn er sich vorstellte, wie die Nothnagels traurig unter dem Christbaum saßen, hatte er sich mit Vorwürfen traktiert: die Eltern hielten ihren Sohn für tot, oder, wenn nicht dies: sie mußten jeden Tag darauf gefaßt sein, daß man Niko wieder aufgegriffen hatte und nun sein Leben lang einsperren, wenn nicht gar erschießen würde. Indessen war *er* mit Niko durchs Samland gewandert und — hatte geschwiegen. Um ihn nicht zu gefährden, gewiß. Weil er den Eltern nicht traute, weil er ihre Schwatzhaftigkeit, ihren Untertanengeist, ihr verdammtes *Kleinbürgertum* fürchtete. Schon damals hielt er es für möglich, daß sie zur Obrigkeit rennen würden: »Ja, ja, unser Sohn, der Tunichtgut, war bei uns. Können Sie uns wohl bitte noch einmal verzeihen, Herr Militärgerichtshof...?« Und ihn und Richard würden sie auch noch hineinreißen. Ach, pfui Teufel!

Ja — und wie nun? Da kam's doch wahrhaftig auch jetzt noch — nur, Gott sei Dank, zu spät:

»Eigentlich müßte man«, sagte Nothnagel und schritt würdig auf und nieder, »die Militärdienststelle verständigen. Zumal ja mein Antrag auf Strafmilderung noch läuft. Sie suchen ihn doch noch immer. Das verursacht immense Kosten.«

»Sie meinen im Ernst, man solle den Behörden verraten, daß Niko im Königreich Dänemark ist?«

»Es wäre nur korrekt«, sagte Herr Nothnagel. »Im übrigen: ich habe mich erkundigt. Der Däne liefert keinen Asylanten aus. Und als ein solcher hat unser — hat Nikolaus drüben wohl zu gelten.«

Der Mann war perfekt, nicht nur als Kassierer. Im stillen hatte er also doch damit gerechnet — gerechnet, kaum gehofft! —, daß sein Sohn in Skandinavien sein könnte. Und hatte sich (um wieviel Ecken herum?) »erkundigt«. Das versöhnte Albert fast mit ihm. Dem Himmel sei Dank, dachte er wieder einmal, was habe *ich* für Eltern! Natürlich mußte er sofort Richard die Nachricht bringen. Er fand ihn im Neubau, Teepakete aus Übersee registrierend.

»Niko ist frei, gesund und in Dänemark!« rief er ihm zu. Richard ließ alles liegen, umarmte den Vetter, tanzte mit ihm durch den Laden. Erst jetzt konnte auch Albert sich richtig freuen. Sie beide, das durften sie sich eingestehen, hatten eine gute Tat getan. Nicht immer und jederzeit hat man *Gelegenheit*, einem Menschen das Leben zu retten.

»Und sogar meinen Ausweis hat er mir wiedergeschickt!« rief Albert.

»Nur gut, daß die ganze Geschichte vor dem 1. April passiert ist«, sagte Richard nachdenklich. »Sonst wäre ich womöglich noch in Gewissensnöte gekommen. Loyalitätskonflikt nennt man das, glaube ich.« Und als Albert nicht verstand: »Wir haben uns lange nicht gesehen. Und wirklich lebensbestimmende Entschlüsse soll man ja auch in völliger Einsamkeit fassen. Also, damit ich nicht lange drumrumrede: Ich habe mich zum Militär gemeldet.«

Na, das war ein Tag! Der eine ist endgültig der Fahne entronnen, und der andere steht aus freien Stücken stramm!

»Ich kapiere nichts«, sagte Albert.

»Es ist im Grunde alles ganz logisch«, erläuterte Richard. »Heinrich von Plauen war es, der mich zu meiner Entscheidung bestimmt hat. Mein Stück ist nämlich nicht fertig geworden. Ich konnte und konnte keinen Schluß finden. Immerhin hatte ich mich schon derart mit dieser kämpferischen Gestalt identifiziert, daß ich — Also, ich begreife schon, daß dir das alles ein bißchen komisch vorkommt. Versuch' ich's einmal anders: Wer Offizier werden will, braucht einen reichen Vater. Und mein Alter, weißt du, ist auf dem besten Wege, wohlhabend zu werden.«

»Aber bedenke doch: sie haben dich von der Uni relegiert! Das gilt doch als ehrenrührig und ist bestimmt ein Hindernis für die Offizierslaufbahn.«

»In Königsberg schon. Natürlich ziehe ich woanders hin, wo man nichts davon weiß. Am besten nach Berlin.«

»Aber — hast du nicht schon genug vom Militär? Nach Nikos Erlebnissen?«

Richard winkte ab. »Der hat alles falsch gemacht. Ich mache das besser. Mir tut ein bißchen Zwang nämlich gut. Fest eingeteilte Stunden, das ist es. Und in der Freizeit: Dichten! Ein dichtender Leutnant. Du, das hat es seit Theodor Körner nicht mehr gegeben! Mein Alter wollte mich ja vom Dienst loskaufen, ich sollte es doch noch einmal mit der Schauspielerei versuchen. Aber das hab' ich ihm ausgeredet. Ich gehe nach Berlin, melde mich bei der Garde in Potsdam, das Maß dazu hätt' ich ja, werde Offizier, dichte in der Freizeit meinen ›Heinrich‹ zu Ende, wobei mir die Erfahrungen, die ich als gelernter Krieger gemacht haben werde, natürlich behilflich sind, und warum sollte mein Stück auch nicht in Berlin aufgeführt werden? Am Königlichen Schauspielhaus. Ein dichtender General — und Heinrich von Plauen sein Thema! Du, ich bin sicher:
Seine Majestät kommt zur Premiere!«

Tagebuch

26. Februar 1870
Emma hat geschrieben! Endlich, nach sieben Wochen! Es geht ihr aber gar nicht gut. Sie klagt über heftigen Husten; hoffentlich hat sie nicht die Schwindsucht. Warum schickt ihr Vater sie nicht zum Arzt? Trotzdem

muß ich glücklich sein: Emma versichert mir wiederum, wie gut sie mir ist.

2. März 1870
Gestern bei mäßiger Kälte und Westwind mit Rhans und Mlle. Rameau Schlittenfahrt über die spiegelblanke Eisfläche des Pregel, fast bis zum Haff. Das Eis knackte oft bedrohlich, aber der Hufschlag der Pferde übertönte die Warnung, und schließlich ging ja auch alles gut. Onkel Eduard schien mir etwas bedrückt, trotzdem spendierte er im Ausflugslokal »Schloß Holstein« ein fulminantes Mahl. Natürlich habe ich mich wieder schamlos vollgeschlagen; fürchte, mein Magen vergrößert sich bei solch seltenen Gelegenheiten, so daß ich ihn nicht mehr satt kriege, sowie ich wieder auf meine karge Kost angewiesen bin. Die Kälte hält an.
Bin ich zu stolz, Rhans oder Marolds um Holz zu bitten? Ehrlich gesagt, ich finde es unfreundlich und gedankenlos von ihnen, daß sie mich nie fragen, ob ich's denn einigermaßen warm habe. Das ärgert mich so, daß ich auch meinerseits nicht davon anfange. Doch, ich habe sogar mal über die Kälte geklagt, auf dem Stiftungsfest. Aber Rhans fanden die Erzählungen des Dr. Ungefug über die klirrende Kälte am Memelstrom viel interessanter. Ich wollte sie durch mein Schweigen für ihren Mangel an Teilnahme strafen. Das ist natürlich enorm albern, aber ich komme, wenn ich mich so beobachte (und nicht nur mich!), immer mehr zu der Überzeugung, daß viele Handlungen der Menschen aus Gedankenlosigkeit, mindestens ebensoviele aber aus verletzter Eitelkeit und dummem Stolz zu erklären sind.

5. März 1870
Heute morgen erschienen die beiden Sekundanten wie-

der bei mir und verlangten, ich solle mich »endlich« zu einem Termin bereitfinden. Ich sagte, damit habe es doch noch einige Wochen Zeit. Sie erwiderten, bei Ehrensachen dürfe man mit dem Austrag des Handels nicht zu lange warten, weil dann »die Leidenschaften nicht mehr stark genug seien, um eine anständige Mensur zu garantieren«. Ich war zu feige, ihnen zu sagen, was ich dachte. Nämlich: Wenn die Zeit Wunden heilt und Empörung besänftigt — weshalb sollte man sich dieser weisen Einrichtung der Natur nicht auch in meinem Falle bedienen? Ich tue ja alles, um vor mir und anderen zu bestehen. Auch hierin folge ich Emma, obwohl sie, wer weiß, inzwischen ihre Meinung über den Zweikampf geändert haben kann. Ich warte schon wieder sehr auf Antwort, denn natürlich habe ich auf ihren letzten Brief sofort geschrieben.

Also: Ich habe mich bereit erklärt, am Mittwoch, den 23. März, gegen den Urbull anzutreten. Kaum war das heraus, legten die beiden Kommilitonen ihr steifes, auf mich ungeheuer lächerlich wirkendes Gehabe ab, tranken sogar einen Kaffee mit mir, den Frau Bröse bereitete, kurzum, sie waren ganz glücklich, daß sie nicht länger zu fürchten brauchten, dieselbe Zimmerluft mit einem zu atmen, der etwa nicht mehr satisfactionsfähig sein könnte. Wer mein Sekundant sein werde? Ich nannte Eugen, obwohl ich ihn schon lange nicht mehr gesehen habe.

Übrigens hat die gute Frau Bröse, als sie von dem Duell erfuhr, mir ernste Vorhaltungen gemacht. Sie meint es ja gut, aber ich kann solche Bemutterung nun einmal nicht leiden. Komischerweise fühle ich mich, wenn man mir so kommt, aufgerufen, die akademischen Bräuche zu verteidigen, mag ich sie auch für noch so überlebt halten.

11. März 1870

Ich habe die ganze Angelegenheit noch einmal gründlich durchdacht. Mir bleibt kein anderer Weg, als mich der Forderung zu stellen. Mein Fall ist mittlerweile nicht nur in der Philosophischen, sondern auch in der Juristischen Fakultät bekannt. Da ich weder Geld noch Lust habe, Fechtunterricht zu nehmen, präsentiere ich mich als hilfloses, aber immerhin tapferes Opfer. Der Urbull wird mir, um mit Grüneklee zu reden, »die Visage verzieren«, und irgendwann wird der Waffengang ja auch einmal zu Ende gehen. Hätte ich ihn verweigert, wäre ich an der Uni unmöglich geworden.

15. März 1870

Der Zweikampf rückt näher und näher. Und die Angst davor wird immer größer. Ja, ich schreibe es nur ungern hin, denn wer weiß, wer dieses Tagebuch einmal lesen wird: Ich habe Schiß. Ertappe mich manchmal dabei, wie ich mir mit den Fingern übers Gesicht fahre, solang die Haut noch glatt und narbenlos ist. Wie soll ich es überhaupt mit der Brille halten? Ohne kann ich nichts sehen, jedenfalls nicht genug. Und mit? Stahl *und* Glas – das dürfte einen besonders schönen Kratzer geben.

Wenn ich wenigstens sonst guten Mutes wäre! Aber schon wieder sind es 17 Tage, seit Emma geschrieben hat. Und ich hatte sie doch so bestürmt, mir sofort zu antworten. Sollte es ihr so schlecht gehen, daß sie gar nicht mehr in der Lage ist zu schreiben? Diese Ungewißheit macht mich ganz krank, sogar im Seminar bin ich unkonzentriert, und nachts liege ich lange wach und fühle mich meinen schrecklichen Phantasien ausgeliefert. Tot kann sie nicht sein, das hätten die Eltern oder der alte Rübach mir geschrieben. Verschmähen kann sie mich auch nicht, denn wir sind doch so gut miteinander, ja, beinahe wie verlobt. Bleibt nur Krankheit.

16. März 1870
Heute wieder mit Eugen Düformantel gesprochen — das erste Mal seit dem Stiftungsfest. Es wurde hohe Zeit, denn ich will ihn ja zum Sekundanten haben. Daß ich ihm so lange aus dem Wege gegangen bin, lag nur daran, daß ich zu feige war, mich bei ihm zu entschuldigen. Ich weiß nicht, was mit mir los ist.
Immer wenn das Schicksal mich herausfordert, kneife ich. Oder habe ich vielleicht den unverschämten Rendanten in Trakehnen verprügelt, wie es sich gehört hätte, als er Papa beleidigte? Habe ich Leutnant d'Heureuse zurechtgewiesen wegen seiner frechen Anmerkung Emma betreffend? Mittlerweile klopfe ich mir schon auf die Schulter, weil ich es endlich fertigbrachte, mich bei dem einzigen Freund, den ich habe, wegen meines häßlichen Benehmens beim Stiftungsfest zu entschuldigen. Gott sei Dank ist auch er froh, daß wir uns wieder vertragen!

Albert erkundigte sich auf der Post, was ein Telegramm nach Pallweitschen kosten würde. Er hätte sich's vom Essen abgespart, aber dann fürchtete er das Aufsehen. Müßte Emma, empfindlich und kränkelnd, wie sie jetzt war, sich nicht entsetzen, wenn der Telegraphenbote kam? Es konnte ja der Mutter etwas zugestoßen sein. Nein, erschrecken wollte er sie nicht.
Dann fiel ihm Familie Dulitz ein. Mathilde, die gute Freundin, vielleicht hatte *sie* etwas von Emma gehört? Aber auch der Gang zum Kohlmarkt war vergebens. Nur Rieke Kaschke fand er vor, beim Hausputz in der ausgeräumten Wohnung. Rector Dulitz hatte die Realschule in Tapiau übernommen — »ooch nich jrade sein Traum«, wie Rieke sich anzumerken erlaubte; vielleicht handelte es sich um eine Strafversetzung.
Enttäuscht trottete Albert nach Hause. Am Tor fing ihn die kleine Therese ab. »Es ist was für Sie gekommen,

Herr Student«, sagte sie geheimnisvoll und zog ihn durch den Hausflur auf den Hof. Dort stand ein Leiterwägelchen, beladen mit gehacktem Buchenholz, und obenauf lag ein Sack mit Kohlen.
»Da steckt was dran!« sagte das Thereslein und tippte auf einen Holzscheit. Es war ein Briefumschlag, Albert zog die Stecknadel heraus und erkannte die Handschrift:
»Du hast gesagt, es sei so kalt auf deinem Büdchen. An mich zu denken, wärmt wohl nicht mehr? Mußt Dir also auf herkömmliche Weise einheizen. Kuß, Angelica.
PS. Ich bin für längere Zeit verreist.«
Therese half ihm, das Holz in einer Hofecke zu stapeln. Einige Scheite und auch ein paar Kohlen nahm er aufs Zimmer und stopfte sie in den eisernen Ofen. Endlich konnte er ihn ausprobieren.
Es war schon dämmerig; er freute sich auf einen molligen Abend, und wenn die Finger nicht mehr steif sein würden, könnte er sogar an die Reinschrift seiner neuen Arbeit »Gefäße und gefäßartige Gebilde in der Markscheide einiger Dikotylen« gehen. Professor Kankelwitz hatte ihn dazu angeregt; die Untersuchung ließ sich beliebig erweitern und konnte vielleicht sogar als Grundlage seiner Dissertation dienen.
Heute würde sie ihm zumindest die düsteren Gedanken vertreiben. Die kreisten nicht nur um Emma, sondern auch um den morgigen Tag, Mittwoch, 23. März, dem Tag der Mensur.
Er schlief gut. Bis zum Morgengrauen.

Er wacht auf von einem bohrenden Schmerz im Schädel, es brummt und dröhnt. Er fährt hoch, schlägt um sich, die Luft bleibt ihm weg, der dröhnende Schmerz wirft ihn zurück, er reißt die klebrigen Lider auf, sie brennen, es brennt das ganze Gesicht, es klopft und bohrt in den Schläfen. Versucht es aufs neue, stemmt sich hoch, wuchtet Bein nach Bein aus dem Bett, hört sich keuchen wie

einen Fremden. Als er durchs Zimmer taumelt, wirft ihn der Schwindel in die Knie. »Frau Bröse ...«
stöhnt er, »Frau Bröse ...« Rappelt sich abermals auf, bricht zusammen, rutscht auf den Knien zum Fenster, erwischt den Riegel, hangelt sich hoch, hält sich an beiden Flügeln. Zieht die Luft ein mit aufgerissenem Mund, keucht sie heraus, schnappt und keucht — und beginnt zu begreifen.
Das muß ihm, dem Naturwissenschaftler, passieren! Kohlenmonoxyd! Die Ofenklappe zu früh geschlossen? Das Rohr mit Ruß verstopft? Er kann noch nicht denken, es würgt ihn im Halse. Endlich reißt er die Tür auf, stürmt in den Hof, zum Abtritt, da liegt sein Holz, seine Kohle, gute Angelica, beinah hätt' sie mich umgebracht! Frau Bröse zeigt sich am Küchenfenster, ruft ihn an. Er übergibt sich.
Ammoniak — irgendwo muß ich noch etwas haben, vielleicht macht mich das wieder wach. Es ist ja schon hell. Wie spät?
Als er durch den Flur zurück ins Zimmer will, steht da nicht nur Frau Bröse. Auch Düformantel, feierlich gekleidet. Ist gekommen, ihn abzuholen.
»Sie müssen doch frühstücken!« mahnt Frau Bröse.
Aber sie hat ja gehört, wie er sich übergeben hat und dringt nicht weiter in ihn. Sie kniet vor dem Ofen nieder und räumt ihn aus. Riechen tut man nichts, das Giftzeug macht keinen Gestank.
Der Kopfschmerz hat etwas nachgelassen, doch die Schläfenader klopft und läßt ihn spüren, wie schnell sein Herz schlägt.
Er wird versuchen, sich anzukleiden.
Frau Bröse entfernt sich mit dem Ascheneimer. »Jungchen, Jungchen«, sagt sie kopfschüttelnd, »wenn das Ihre Mutter wüßte!« Sie sollte es wissen, denkt Frau Bröse. Dies und anderes.
»Du bist das Opfer eines Unfalls geworden«, stellt Eugen

Düformantel fest, während Albert in die Hose schlüpft, »eines schweren Unfalls, du hättest draufgehen können. Im Grunde gehörst du ins Spital. Du erlaubst, daß ich in die Magisterstraße laufe und dich entschuldige. Ihr könnt ja einen neuen Termin ausmachen.«
»Nein«, sagt Albert. »Ich kneife nicht.«
»Du bist unvernünftig. Du taumelst ja noch. In diesem Zustand kannst du doch nicht gewinnen.«
»Wer sagt, daß ich's will? Geh schon immer voraus und melde mich an.«
Düformantel tippt an seine Stirn — nicht beleidigend, eher diagnostisch gemeint. Er wartet, bis Albert das Ammoniak gefunden hat.
»Nachbarin, Euer Fläschchen ...« zitiert er. Und auch Albert kann schon wieder lachen.
Dann machen sie sich auf den Weg.
Das Lachen vergeht Albert, mit jeder Straßenecke mehr. Nicht nur, weil er noch taumelig ist und das Herz nach wie vor in der Schläfe pocht. Wiewohl er sich entleert hat, nach vorn wie nach hinten, gibt der Darm keine Ruhe. Schiß ... Zum ersten Mal kapiert er, wie berechtigt der Ausdruck ist, wenn der innere Schweinehund sich rührt.
»Es ist halb so schlimm«, hebt Düformantel an und widerruft damit alles, was er früher über das »blutige Spektakel« geäußert hat. »Du mußt bedenken, daß schon die Kleidung dich vor allzu schlimmen Blessuren schützt.«
»Wieso denn das?« Albert sieht an sich herunter. Trotz der Kälte hat er nicht viel am Leibe.
»Weil du, genau wie dein Gegner, im Paukwichs bist. Keine Sorge, der wird dir gestellt. Als Sekundant mußte ich mich ja mit diesen Dingen befassen.« Und er sagt das Gelernte auf:
»Du kriegst eine vier Zoll breite Halsbinde, eine Paukhose, die bis an die Herzgrube reicht, eine Armschiene

von vier und eine Stulpe von sechs Zoll. Dazu einen Hut mit zwei Zoll breiter Krempe. Oder keinen Hut, falls du die Paukbrille wählst, die in Königsberg seit dem Wintersemester 64/65 gestattet ist. Sei froh, daß es keine Mensur ohne Binden und Bandagen ist, die gibt's nämlich auch, und dabei sind oft genug — « Er zieht es vor, nicht abermals die Folgen auszumalen.

Die Magisterstraße auf dem Kneiphof führte von der belebten Kneiphöfschen Langgasse bis zur Honigbrücke, vom Pregelfluß nur durch die Uferstraße »Am blauen Turm« getrennt.

Dort, im Schatten des Doms und der Alten Universität, versteckten sich winzige Lokale mit geräumigen Hinterzimmern, die sich über Jahrzehnte als Fechtboden bewährt hatten.

Schlägermensuren waren zwar offiziell verboten, doch hätte es kein Polizeipräsident, und schon gar keine Universitätsbehörde gewagt, ernstlich gegen den vielerlei Mannestugend fördernden Brauch einzuschreiten. Da hätte man ja jeden, der sich mit geflickter Wange und unverhülltem Stolz auf der Straße zeigte, arretieren müssen! Die Studenten ihrerseits würdigten solche Toleranz, indem sie die Öffentlichkeit vom Zweikampf ausschlossen. Kommilitonen waren jedoch nicht Öffentlichkeit; sie durften, ob Corporierte oder Kamele, zu jeder Mensur Beobachter delegieren.

So auch heute und hier, in der Kneipe der Witwe Hahnekamp, wo man den schon ungeduldig erwarteten Paukanten Albert Matureit mit lautem Hallo begrüßte. Sein Gegner war bereits eingekleidet, nur der Herzschutz wurde ihm noch angelegt.

Albert entschuldigte sich für die Verspätung bei einem älteren, ernst gestimmten Studenten, der die Funktion des »Unparteiischen« übernommen hatte und nun mit einer Handbewegung für Ruhe sorgte. Kein Laut kam mehr aus der »Korona«, diesen knapp zwei Dutzend

Zuschauern, die der verräucherte, mit zahlreichen Zeichnungen und Photographien geschmückte Raum eben noch faßte; auch der Paukarzt, ein alter Herr mit kraftvollem Zwirbelbart, durfte nicht fehlen.
Düformantel und zwei andere Studenten halfen Albert in den Paukwichs aus Tuch und Leder. Als sie ihn so eingepuppt und bandagiert hatten, kam Albert sich wirklich wie eine Puppe vor.
Mehrmals riß er den Fechtarm nach oben, dessen Bewegungsfreiheit ihm durch Schiene und Stulpe erheblich eingeschränkt schien. Dem Urbull machte das offenbar nichts aus, er hatte den Paukwichs oft genug getragen. Und daß er Stirn und Augenpartie lieber mit dem Krempenhut als mit der Paukbrille schützte, verstand sich bei einem so erfahrenen Schläger von selbst.
Der Unparteiische winkte Albert zu sich.
»Du bist stud. phil. Albert Matureit, 2. Semester, gehörst keiner Verbindung an?«
»Stimmt«, sagte Albert.
»Satisfaction ist gefordert. Bist du bereit, Satisfaction zu geben?«
»Ja«, sagte Albert.
»›Ich bin bereit‹, heißt das«, korrigierte der Unparteiische.
»Bist du betrunken?«
»Wie kommst du denn darauf?« Merkte man ihm an, daß er noch immer nicht fest auf den Beinen stand? Aber der Unparteiische murmelte nur:
»Die Frage ist vorgeschrieben. Also: Bist du betrunken?«
»Nein.«
»Bist du venerisch krank?«
»Was soll denn das?«
»Die Frage ist vorgeschrieben. Tripper? Syphilis?«
»Nein.«
»Ausgehandelt ist Zweikampf auf Hieb zu zwölf Gängen à eine Minute mit Binden und Bandagen. Du kannst aber

auch einen einzigen Gang von 15 Minuten wählen, sofern der Gegner einverstanden ist. Was wählst du?«

»Zwölf Gänge.«

»Zeig deine Hände!«

Zögernd streckte Albert die Arme aus. Wollte der seine Fingernägel sehen?

Der Unparteiische nahm ein Stück Kreide vom Tisch und rieb Albert die Handflächen ein. Dann hob er einen Schläger von der Wand, betrachtete ihn aufmerksam, bog die Klinge und ließ sie zurückschnellen. Nachdem er auch den Griff mit Kreide bestrichen hatte, wiederholte er die Prozedur beim Urbull, auch hier mit dem ernsten Gesicht eines Mannes, der sich seiner ehrenvollen Verpflichtung bewußt ist.

Albert zog sich mit seinem Hieber zurück. Zum ersten Mal hielt er solch ein Instrument in der Hand. Düformantel zerrte ihn in eine Ecke und flüsterte: »Schlag ein paar Volten, damit du ein Gefühl für das Gewicht bekommst!«

Der Schläger war schwerer als gedacht; um ihn zu beherrschen, mußte man viel Kraft in Arm und Handgelenken haben. Daran fehlte es Albert nicht, nur an Übung. Wie er mit dem Rapier durch die Luft fuhr, dachte er: Das ist eigentlich ganz lustig.

Vielleicht hätte ich doch wenigstens eine Stunde bei Grüneklee nehmen sollen? Dann riß ihn ein besonders heftig geführter Hieb beinahe mit sich zu Boden. Auch daran merkte er, daß er noch schwindelig war.

»Auf die Mensur!« rief der Unparteiische.

»Jetzt gilt's!« Düformantel schlug seinem Schützling auf die Schulter. »Ich drück' dir alle Daumen.«

Albert von seiner Ecke, der Urbull von der anderen Seite, näherten sich dem Paukfeld. Der Urbull sah martialisch aus, die strohgelben Haare hatte er tief in die Stirn gestrichen, ein weiterer Schutz für den stets am meisten gefährdeten Kopf.

Albert hatte die Paukbrille gewählt; sie ließ sich vor seine eigenen Gläser schnallen.
Wie auf dem Fechtboden in der Alten Universität, war auch hier der Paukbereich in die beiden »Mensuren« abgeteilt; die rückwärtigen Grenzen durften nicht übertreten werden.
Mit gesenkten Schlägern standen die Gegner, nur durch zwei Schritte getrennt. Der Unparteiische trat zwischen sie. »Seid ihr bereit, euch zu versöhnen?« rief er, fügte jedoch sofort, wie um Verständnis bittend, hinzu: »Die Frage ist vorgeschrieben.«
Der Urbull schüttelte nur verächtlich den Kopf. Albert war auf diese sich in letzter Sekunde bietende Möglichkeit nicht vorbereitet. Ratlos suchten seine Augen nach Düformantel, doch der hob nur die Schultern. Albert sah den Unparteiischen an und sagte laut:
»Warum nicht?«
Diese Antwort war unerhört: noch nie war in diesem Lokal dergleichen vernommen worden. Aus einer solchen Antwort ließ sich nichts anderes schließen, als daß der Paukant volle Hosen hatte! Und so hörte man nur »Ah!« und »Oh!« und immer wieder »Unerhört!« aus der Korona, und Sympathie für diesen Schisser empfand gewiß keiner mehr.
Er hätte sich sein »Warum nicht?« in der Tat sparen können.
Denn nachdem sein Gegner die Versöhnung bereits abgelehnt hatte, war an friediche Beilegung nicht mehr zu denken.
»Kommilitonen!« rief der Unparteiische, den Alberts Antwort ebenfalls entsetzt hatte, »auch diese Paukerei geht, wie alles, was hier geschlagen wird, keinen Außenstehenden etwas an. Jeder von uns verpflichtet sich, darüber Stillschweigen zu bewahren. Auf Ehrenwort!«
»Auf Ehrenwort!« wiederholten alle.

Er trat zurück, befahl die beiden Sekundanten zu sich und rief: »Bindet die Klingen!«
Der Urbull hob den Schläger, Albert tat das gleiche. Kreuzweis lagen die Klingen übereinander.
»Gebunden ist!«
Der Unparteiische und die Sekundanten traten noch weiter zurück. Dann hieß es:
»Los!«
Bisher hatte sich jeder Zweikampf im ehrwürdigen Etablissement der Witwe Hahnekamp auf fachmännische Art beschreiben lassen. Man konnte sich dabei all jener Ausdrücke bedienen, die von Kennern der Materie zur anschaulichen Description einer jeden, auch der scheinbar geringfügigsten Bewegung während des Fechtvorgangs erdacht worden sind.
Man wußte von Paraden, Passaden und Retiraden zu vermelden, von Prim-, Second-, Terz- und Quartlagen, von halber Terzmotion ebenso wie vom Kopfhieb, der des Gegners Gesicht von unten trifft, während ein zünftig geführter Secondhieb auf die Mitte des feindlichen Bauches zielt. Die hohe horizontale Gesichtsterz vermag des Gegners Antlitz zu zeichnen, wogegen die polnische Quart allein dem Unterleibe gilt, sofern nicht die tiefe Bauchterz vorgezogen wird. All diese trefflichen Künste beherrschte auch der Urbull, und wenn er diesmal nur eine geringe Probe seines Könnens lieferte, war es so wenig seine Schuld wie es Schuld eines Berichterstatters sein kann, wenn er angesichts *dieses* Kampfes mit seiner Fachterminologie nichts anzufangen wüßte.
Und weshalb nicht? Die Antwort des Fachmannes würde lauten:
Weil diese Mensur sich, aus alleiniger Schuld des Paukanten Albert Matureit, jedweder Regel und Vorschrift und somit auch jeglicher Beschreibbarkeit in bewährtem Vokabular entzog und zu nichts anderem gedieh als einer »Paukerei« im allervulgärsten Sinne, kaum anders, als

verdröschen sich zwei Landstreicher mit Stöcken und Keulen. Selbst dem Fechtmeister Grüneklee, gewiß ein Mann mit schnellem Blick, reicher Erfahrung und auch ums Wort nicht verlegen, hätte die Schilderung mißlingen müssen.

Zunächst, in den ersten dreißig Sekunden, sah es passabel aus. Nach dem Binden der Klingen ging der Urbull vorschriftsmäßig in die verhängte Auslage, und nach ein bißchen Lauern und Mausern, während Albert in einer Position verharrte, die man mit etwas gutem Willen als »eingewickelte Haltung« respektieren konnte, schlug der geübte Fechter seinem Opfer eine so präzis gezielte Prim ins Gesicht, daß Sekundant Düformantel sofort dazwischensprang. Der gegnerische Sekundant triumphierte denn auch gleich: »Hat im Gange gesessen!« und auch der Unparteiische erklärte »Abfuhr«. Damit war der Kampf unterbrochen. Der Urbull mußte seine Waffe abgeben und erhielt sie erst zurück, nachdem der »Abwischer« sie mit seinem in Alkohol getauchten Lappen gereinigt hatte.

Albert fuhr sich mit dem Handrücken an die rechte Wange und übers Kinn. Dann sah er, weshalb sie so feucht geworden war: sie blutete gehörig und unaufhaltsam. So, das wär's, dachte er, jetzt habe ich meinen Schmiß weg, und Emma mag stolz auf mich sein.

Dann jedoch, als er den zwirbelbärtigen Arzt mit dem nach Karbol stinkenden Wattebausch auf sich zukommen sah, übermannte ihn der Jähzorn so unwiderstehlich, daß er den Schläger hochriß und sofort wieder in die Auslage ging, womit er dem Gegner signalisierte, daß er den Kampf fortzusetzen wünsche. Höhnisch lachend ging der Urbull in die Parade und voltierte ein wenig herum, ohne zu schlagen. Diese durchaus erlaubte Spiegelfechterei mußte Albert als Verspottung empfinden, und im selben Augenblick begann seine Wunde, aus der ihm das Blut bis zum Halse lief, ganz teuflisch weh zu tun. Schon zweimal hatte der Unparteiische »Halt!« gerufen, denn ehe der Arzt die Blessur besichtigt und notfalls behandelt hatte, durfte der Kampf nicht weitergehen. Doch was vermochte geheiligter Ritus wider Alberts Wut? So ungeheuer war diese Wut, daß sie ihn unversehens die Fechtkunst erlernen ließ, wenn auch nur eben hinreichend für diesen einen Ausfall. Mit zwei, drei klirrenden Schlägen, geführt mit der unverbrauchten Kraft des Schmiedemeistersohnes, durchbrach er die Abwehr des Gegners und haute — es gibt kein gefälligeres Wort für einen solchen Schlag — haute ihm den Hieber ins Gesicht.

»Im Gange gesessen!« rief Düformantel — doch vor Verblüffung klang es fast verzagt.

»Halt! Halt!« schrie der Unparteiische gegen den Lärm der in Aufruhr geratenen Zuschauer an. Er sprang auf Albert zu und riß ihn zurück. Mit einem ungläubig-blöden Lächeln wischte sich der Urbull über die Backe. Der Arzt war schon bei ihm, drehte ihn ins Licht und runzelte die Stirn. Mit der Karbolwatte fuhr er über die klaffende Wunde, wandte sich zum Unparteiischen und erklärte:

»Klinische Abfuhr. Bringen Sie mir den jungen Mann ehestmöglich ins Spital.«

Albert lag auf dem Bett, Düformantel saß am Fußende, Frau Bröse stand an der geöffneten Tür, und das Thereslein linste neugierig um die Ecke.

Eugen Düformantel hatte den Freund nicht ohne Mühe aus den Fängen der zerstrittenen Korona befreit. Die einen hatten Albert bewundert, weil dem arroganten Urbull endlich ein gefährlicher Gegner erstanden war — die anderen hatten es mit dem Unparteiischen gehalten. Der gedachte solche Regelwidrigkeiten, zumal wenn sie so blutige Folgen zeitigten, nicht zu akzeptieren, und tatsächlich hätte Albert das Gebot, den Kampf nicht fortzu-

setzen, gröblich mißachtet. Und als er zum Nachdenken kam, mußte er sich eingestehen, daß »es mit ihm durchgegangen war«.
»Mach dir darüber keine Sorgen«, sagte Düformantel, als Frau Bröse und ihre Tochter sich endlich zurückgezogen hatten.
»Du hast einen korrekten Ausfall gemacht, der Urbull war gewarnt und hat dir ja auch eine ganze Weile mit dem Hieber vor der Nase herumgefuchtelt, ehe du zum Gegenschlag ansetztest.«
»Aber ein *korrekter Schlag* war es nicht«, beharrte Albert. »Mir war schwarz vor den Augen, ich sah nicht, wohin ich schlug.«
»Eben dies war das Geheimnis deines Erfolges«, urteilte Düformantel. »Und nun solltest du dich erst einmal ausschlafen. Laß sehen, wie es um deine Wunde steht.«
Vorsichtig lüftete er das große Pflaster, das der Paukarzt, nachdem der Urbull ins Krankenhaus »abgeführt« worden war, dem Freund auf Backe und Kinn geheftet hatte.
»Kein Chirurg hätte es besser machen können«, sagte er befriedigt. Er spielte auf gewisse Kliniker an, die eitlen Kommilitonen mit dem Skalpell künstliche Schmisse beibrachten: den weithin sichtbaren und ohne die Strapazen einer Mensur erworbenen Nachweis ihres Akademikertums.
Als Albert kurz darauf eingeschlafen war, verließ Düformantel auf Zehenspitzen das Zimmer. Frau Bröse fing ihn im Flur ab; sie brachte Albert einen Teller mit heißen Kartoffelflinsen.
»Ach du leew Gottke, ist es nicht ein Elend mit dem jungen Herrn? Haben Sie doch öfter mal ein Auge auf ihn, ja? Erst friert er mir fast zu Tode, obwohl ihm die warme Küche immer offensteht, dann bringt er sich ums Haar mit dem Ofen um, und nun wollt' er sich auch noch den Kopf abschlagen lassen!«

»Es ging um die Ehre«, sagte Düformantel ernst. Seit er bei der Littuania war, glaubte er daran.

Nach fünf Stunden tiefen Schlafes erwachte Albert. Es war längst dunkel geworden. Kaum daß er zu sich gefunden hatte, überwältigte ihn ein Gefühl tiefer Zufriedenheit, das sich bald in markanten Sätzen ausdrückte, die unablässig durch seinen Kopf gingen:
»Ich habe es durchgestanden. Ich habe mich gestellt. Ich habe nicht gekniffen. Ich wurde herausgefordert und habe zurückgeschlagen. Ich habe...« Endlich fing er doch wieder an, zu »analysieren«: »Ich habe freilich nicht überlegt gehandelt, sondern mich von meiner Wut und Empörung mitreißen lassen. Wäre ich der Vernunft gefolgt, so...«
Aber er dachte den Satz nicht zu Ende. Etwas in ihm *weigerte* sich, ihn zu Ende zu denken. Hatte nicht eben das seinen Triumph ausgemacht, daß er einmal *nicht* der Vernunft gefolgt war? Daß endlich ein Gefühl, das stärker war als alle Reflexion, ihn überwältigt hatte?
Er tastete unter den Verband. Die Wunde verschorfte. Die Narbe, dachte er –, zu etwas muß sie gut sein. Nicht allein für Emma, wenn ihr denn wirklich so viel daran gelegen sein sollte.
Nein: auch für mich. Sie soll mich immer daran erinnern, daß ich mich einmal *gestellt* habe. Und daß ich auf diesem mir durchaus fremden Terrain Sieger geblieben bin. Wenn auch mit Hilfe einer Regelwidrigkeit, mit der sich möglicherweise noch ein »Ehrengericht« beschäftigen wird – dergleichen hat der Unparteiische angedeutet.
Ehe er jedoch abermals ins Grübeln kam, kündigte Frau Bröse ihm Besuch an.
Er kam so unerwartet wie im letzten Sommer in Gumbinnen:
Onkel Eduard Rhan. Er überließ Frau Bröse Mantel

und Hut und schloß hinter ihr die Tür. Albert war aufgesprungen.
»Bitte, mein Junge, bleib doch liegen!« sagte Eduard. »Ich nehme mir einen Stuhl, wenn du erlaubst, und setze mich für ein paar Minuten zu dir. Ich wollte ja schon immer mal sehen, wo du jetzt wohnst. — Ist es eine tiefe Wunde?«
»Nicht der Rede wert«, sagte Albert.
»Wir haben mit Stolz von deiner Tapferkeit gehört; so etwas spricht sich ja schnell herum in Königsberg«, sagte Eduard Rhan. Er nahm ein paar Bücher vom Stuhl, rückte ihn näher ans Bett und ließ sich in der gewohnten aufrechten Haltung nieder. »Du weißt ja, wie sehr deine Tante Luise sich um dich gesorgt hat, seit du uns beim Stiftungsfest von der Forderung erzähltest. Nun also: ›abgeführt!‹ — so nennt man das wohl. Wenn ich ehrlich sein soll: ich hätte dir das nicht zugetraut.«
»Ich mir auch nicht«, gestand Albert.
»Mich wundert, daß du Fechtunterricht nehmen konntest, obwohl du doch immer über Geldmangel klagst.«
»Ich wüßte nicht, daß ich darüber *geklagt* hätte«, sagte Albert kühl. »Übrigens habe ich keinen Unterricht genommen.«
»Ach — nein? Aber wie gelang es dir, deinen Gegner zu besiegen?«
Albert hob die Schultern. »Ich habe einfach den Gordischen Knoten durchhauen.«
»Den Knoten? Interessant. Ja, manchmal mag das die einzige Lösung sein. Nur — so ein Knoten, nicht wahr, da gleicht doch keiner dem anderen.«
»Stimmt«, sagte Albert. »Aber Zerhauen ist Zerhauen.«
Es beunruhigte ihn, wie der Onkel herumdruckste.
Eduard nickte nachdenklich. »Jeder hat seine Probleme. Ich muß mich auch gerade mit einer unangenehmen Sache herumschlagen. Vielleicht ist auch das so eine Art... nun, so ein Knoten.« Er hielt für einen Moment

inne, um dann mit betonter Forschheit fortzufahren: »Was würdest du machen, Albert, wenn… Sagen wir einmal, du hättest dich über einen Professor geärgert, hättest dir auf einem Blatt Papier deinen Zorn von der Seele geschrieben — «
»Das kommt vor«, unterbrach Albert.
»Und diesen Zettel, der deinen Lehrer aufs gröbste beleidigt, hättest du versehentlich liegen gelassen. An einer Stelle, wo er ihn unvermeidlich finden würde.«
»Du meinst: wie ich mich dann verhielte?«
»Ja. Was tätest du dann? Gibt es da überhaupt noch etwas zu tun?«

Das leichte Zittern in Eduards Stimme irritierte Albert. Schließlich sagte er: »Da bleibt nur eins.«
»Ja, bitte, was meinst du?« Eduard beugte sich vor.
»Zum Professor gehen und ihm bekennen: Ich habe mich über Sie geärgert, und zwar so sehr, daß ich mich in den rüdesten Tönen von meinem Ärger befreien mußte. Das ist nun geschehen, Sie haben es gelesen, obwohl der Text wirklich nicht für Sie bestimmt war, und nun bin ich hier und bitte Sie um Entschuldigung; es war wirklich nicht so gemeint.«
»Und du glaubst, er würde — «
»Vielleicht auch nicht. Das hängt davon ab, was für ein Mensch er ist. Aber auf jeden Fall hätte ich die Initiative ergriffen und mir das quälende Warten auf seine Reaktion erspart.«
»Also auch hier gewissermaßen den Knoten zerhauen?«
»So kann man es sehen.«

Der Besucher hatte sich wieder aufgerichtet. Abermals nickte er, fast unmerklich, so, als fühle er sich in einer lange gehegten Vermutung bestätigt.
»Kann ich dir in dieser unangenehmen Sache, wie du es nennst, irgendwie behilflich sein, Onkel?«

»Nein, nein, vielen Dank. Du hast mir schon geholfen, durchaus. Ich würde dir auch keineswegs davon gesprochen haben, wenn ich nicht erfahren hätte, wie mannhaft du deinen Ehrenhandel bestanden hast. Ihr Akademiker habt unsereinem eben einiges voraus. Wenn euch einer an die Ehre geht, könnt ihr ihn in die Schranken weisen, ohne gleich die Gerichte zu bemühen.« Er erhob sich. »Ja, lieber Albert, dann wünsche ich dir weiterhin gute Genesung. Es war wirklich sehr interessant mit diesem — diesem Knoten. — Schön warm hast du's hier.«
»Tante Angelica hat mir Holz und Kohlen geschenkt.«
»Hat sie? Nun, sie ist ja verreist, da braucht sie ihren Vorrat nicht mehr.«
»Weißt du, wohin sie gefahren ist?«
»Nein. Ich meine: nicht genau. Sicher wieder in den Süden.
Das Königsberger Wetter ist ja in der Tat abscheulich.«

Eduard Rhan war seit jenem Stiftungsfest seines Lebens nicht mehr froh geworden. Zu deutlich hatte Lindtner ihn wissen lassen, daß er über seine Leidenschaft für Angelica unterrichtet war. Natürlich, beweisen konnte er nichts, und Eduard hatte ja auch nichts »Unwiderrufliches«, schon gar nicht etwas Beweisbares begangen. Aber man wußte ja, daß Lindtner das Gras wachsen hörte — auch dann noch, wenn es längst aufgehört hatte zu wachsen. Manchmal dachte Eduard trotzig: Ich würde diese widerliche Bespitzelung, ja selbst eine Erpressung, auf die es wohl hinauslaufen wird, allenfalls klaglos hinnehmen, wenn ich wenigstens *gehabt* hätte, was besessen zu haben er mir unterstellt. Aber bezahlen zu müssen für eine Tat (oder Untat), die ich gar nicht begangen habe, ist wohl doch etwas zu viel verlangt. Manchmal, wenn er ein paar Glas Wein getrunken hatte, schien es ihm nur billig zu sein, könnte er sich »jetzt noch schnell« der Beute bemächtigen. Danach, in Gottes Namen (da es ja auch dem »unschuldigen« Eduard nicht anders ergehen würde), wollte er den Spießrutenlauf antreten.

Auf diese Weise waren seine Gedanken seit dem Stiftungsfest belastet, wenngleich sie sich zuweilen auf eine angesichts der lauernden Drohung unpassend leichtfertige Art ergingen. So ließ sich alles noch ertragen, — bis zu jenem Tag, an dem ihm die niederschmetternde Gewißheit zuteil wurde, daß Lindtner den *Beweis* hatte. Den Beweis nicht für eine begangene Tat, sondern für eine unzweifelhaft von Eduard beabsichtigte — nein, da half kein Verschleiern: der *Brief*, er war ja bereits dic Tat! Mit diesem Brief war er jederzeit zu überführen; er war Lindtners Waffe.

Vermißt hatte er ihn schon länger. Das war Monate, ein Jahr bald her. Als sein Verlangen nach Angelica wieder einmal alle Dämme zu brechen drohte, hatte er diesen Brief entworfen, einen Brief voller Leidenschaft und Sehnsucht. Auch damals hatte er getrunken; nur so war dieser hemmungslose Erguß, dessen er sich später schämte, zu erklären. Aus dem Konzept war auch nie eine Reinschrift geworden; ein flüchtiger Exzeß war's, nicht mehr.

Jedoch als er den Entwurf vernichten wollte, damit er nicht etwa Luise in die Hände fiele, fand er ihn nicht. Er suchte überall, sogar im Kontor, ohne Ergebnis. Endlich redete er sich cin, das corpus delicti längst vernichtet zu haben; er war vergeßlich geworden in letzter Zeit.

Doch dann, Wochen später, überfiel ihn eine entsetzliche Erkenntnis. Er entsann sich, daß er seinerzeit einen Besuch bei Lindtner gemacht und diesem eine Mappe mit Akten für die Stadtverordnetensitzung übergeben hatte, eine Aufstellung der Getreidelieferungen aus Rußland. Seit jenem Tag, so meinte er sich erinnern zu müssen, vermißte er das Konzept. Ihm fiel ein, daß seine Frau Luise, als er zu Hause am Schreibtisch saß und über dem

Entwurf brütete, unvermutet das Zimmer betreten hatte. In seiner Überraschung hatte er das Konzept schnell unter (oder in?) einen Aktenordner geschoben. Es gehörte nicht viel dazu, sich vorzustellen, daß dieses anrüchige Blatt in dem Ordner liegengeblieben war, den er später Lindtner überlassen hatte.

Seit ihm dieser schreckliche Gedanke gekommen war, fand Eduard keine Ruhe mehr. Zumal seit Lindtner sich auf dem Stiftungsfest in so unglaublicher Weise benommen hatte, schien ihm kein Zweifel mehr erlaubt: der Bauunternehmer hatte den Brief an sich genommen und ihn, selbstverständlich, nicht verbrannt, wie es sich für einen Ehrenmann gehört hätte.

Vermutlich hatte er ihn in seinen Tresor gelegt, wo er gewiß schon eine ganze Reihe delikater Belege aufbewahrte, die zu gegebener Zeit ihm mißliebig gewordene Existenzen vernichten würden.

Eduards Angst wuchs ins Unerträgliche. Wenn er nur mit jemandem darüber sprechen könnte! Aber mit wem? Kein Mensch in Königsberg war so vertrauenswürdig und verschwiegen. So war er schließlich aus einer sentimentalen Anwandlung (»Junge Menschen haben noch einen Begriff von Sauberkeit und Ehre«) zu Albert gegangen. Natürlich konnte er auch dort nicht mit der Wahrheit herausrücken. Und doch: umsonst war dieser Weg nicht gewesen. Der Knoten — verdammt, wie hieß der nur? — wie sähe denn der Knoten in seinem Falle aus? *Wo saß er?* Das mußte man wissen: wo saß das eigentliche Problem? Daß man's zerhauen konnte! Und plötzlich wurde ihm klar, daß es gar nicht bei Lindtner zu finden war. Und jetzt wußte er auch, wie dieses »Zerhauen« aussehen würde. Ja, er wußte, was er zu tun hatte.

Albert hatte nicht mehr viel Gelegenheit, herumzurätseln, welche »unangenehme Sache« seinen Onkel bedrückte. Noch am selben Tag war er aufgestanden, hatte sich mit seinem Pflaster auf der Straße gezeigt und verwundert festgestellt, daß ihm die neugierigen, zuweilen auch anerkennenden Blicke der Passanten nicht unangenehm waren. Wenige Tage danach nahm er auch wieder am Seminar von Professor Kankelwitz teil. Der Gelehrte bemerkte die Blessur mit deutlicher Mißbilligung, und als die Doppelstunde beendet war, gebot er Albert auf ein Privatissimum zu sich.

»Nun also doch!« schimpfte er und schüttelte betrübt den Kopf. »Ich habe bereits davon gehört, so etwas spricht sich ja herum. Sie haben ihn also abgeführt, den Kerl?«

Albert versicherte, daß er nichts dafür könne.

»Das erzählen Sie nur keinem anderen!« mahnte Kankelwitz.

»Nun es einmal geschehen ist, bekennen Sie sich gefälligst auch zu Ihrem Heldenstück! Und jetzt will ich nichts mehr davon hören. Ich habe Sie ausersehen, am nächsten Sonnabend das zweite Referat auf der Tagung des Naturwissenschaftlichen Vereins zu halten. Ich spreche über ›spontane und künstliche Gartenbastarde der Hieracien‹, und Sie werden sich über die Dikotylen auslassen. Übrigens hatte ich Gelegenheit, mich kurz mit Professor Zabrowski zu unterhalten. Er hat Ihnen tatsächlich den unsezierbaren Löwenkadaver übelgenommen. Doch da das Viech nun längst verwurstet wurde, hat er Ihre Zoologie-Note um eins 'raufgesetzt. Sie dürfen sich also fürs Sommersemester wieder Hoffnung auf einen Freitisch machen.«

Das ließ sich ja alles vortrefflich an! Und wie um ihn auch von seiner letzten, der drückendsten Last zu befreien, brachte der Postbote einen Brief von Emma. Das war seit 28 Tagen — er hatte Buch geführt — die erste Nachricht. Nie hatte ihn die Angst um das geliebte Mädchen verlassen, mochte sie auch vom Drum und

Dran der Mensur in den letzten Tagen etwas zurückgedrängt worden sein. Er zwang sich, den Brief erst zu öffnen, als er sich an den Tisch gesetzt und die Petroleumlampe angezündet hatte. Dann las er:

Pallweitschen, 27. März 1870

Mein herzlieber Albert!

Wenn ich Dir nur sagen könnte, wie schwer mir dieser Brief fällt! Seit Wochen quäle ich mich mit der Antwort auf Deine lieben Zeilen, aber immer wenn ich glaube, die rechten Worte gefunden zu haben, bin ich so erschöpft, daß ich nicht weiterschreiben kann. Und wenn ich dann, nach Tagen, wieder durchlese, was ich geschrieben habe, finde ich es so grob und herzlos, daß ich's nicht fortsetzen und schon gar nicht abschikken mag.

Kannst Du Dich erinnern, wie wir Glück gegriffen haben? Und wie meinem armen Vater unter bald dreißig Figuren das Tödlein in die Hände kam? Ach, er hat es ja damals nicht zeigen wollen, wie schwer ihn das getroffen hat, aber seither habe ich ihn immer wieder trösten müssen, denn er ist ja im Grunde von weicher Wesensart, und nur mir vertraut er an, wenn ihn etwas insgeheim bewegt. Dabei hätte es sich eher geschickt, daß der Knochenmann *mir* in die Hände gefallen wäre. Ach, lieber Albert, ist Dir wohl noch im Gedächtnis, wie ich gelegentlich gehustet habe, schon bei Deinem ersten Besuch in Pallweitschen, beim Frühstück, wo ich den schweren Anfall bekam? Vater sagte, es sei nichts, aber natürlich wußte er es besser und machte sich schon damals große Sorgen. Ja, lieber Albert, ich habe zwar nicht die Schwindsucht, und doch bin ich, wie unser Hausarzt sagt, sehr gefährlich krank, am Herzen nämlich. Er hat mich sorgfältig abgehorcht und meine Anfälle als »Herzhusten« diagnostiziert. Er ist zu der Überzeugung gelangt, daß nur strikte, lang anhaltende Ruhe und Schonung mich eines Tages

wieder gesunden lassen könnten. Insbesondere, so sagt er, sei jede Erregung des Gemütes zu vermeiden, wozu er vor allem Besuche, Tanzvergnügen, ja, sogar Korrespondenzen rechnet. In großer Angst erzählte ich ihm von unserer Freundschaft und mußte zu meinem bitteren Kummer erfahren, daß gerade Gemütserregungen solcher Art Gift für ein herzkrankes junges Mädchen sind.
Ja, liebster Albert, nun ist es heraus. Wir werden uns nicht mehr sehen können, und auch Briefe darfst Du mir nicht mehr schreiben, da mein Gemüt davon zu arg angegriffen würde. Es wird zumindest einer sehr, sehr langen Zeit bedürfen, bis wir uns wieder begegnen werden, und, wer weiß, vielleicht hast Du dann schon längst eine andere in Dein Herz geschlossen. Ich lass' eine Träne auf dieses Blatt fallen, liebster Albert, und schreibe Dir einen Vers aus meinem Poesiealbum hin, der so recht ausdrückt, wie mir zumute ist:

Es gibt wohl manches bittre Wort,
doch keines dringt so tief zum Herzen
und keines macht so bittre Schmerzen,
als »Lebewohl«!

Nun also lebe wohl und denke ab und zu an Deine vielleicht schon vom Tode gezeichnete

Emma.

Emma krank! Lebensgefährlich erkrankt? Und doch hat der Alte sie immer für kerngesund erklärt! Was geht hier vor? Da stimmt doch etwas nicht. So kann man mit mir nicht umspringen. Der Vater, der »arme Vater«?! Weiß der Teufel, wie er das Mächen zu Tode schikaniert! Und die vergöttert ihn auch noch, den alten Gewohnheitssäufer, diesen Westentaschen-Schopenhauer! Verprügeln wird er sie, wie er seine Frau verprügelt hat, diese Märchentante, die nichts Gescheiteres weiß, als wegzulaufen,

statt sich um Emma zu kümmern. Schließlich ist sie auch *ihre* Tochter. Emma — todkrank! Herzkrank? Kein Wunder, wenn sie mit diesem Scheusal leben muß, auf weiter Flur allein. Ich möchte wirklich wissen, was sich auf diesem elenden Hof so alles tut. Ich möchte? Ich will. Ich muß! Natürlich ist sie krank! Und natürlich ist ihre Krankheit durch nichts anderes verursacht als durch die stete Gegenwart dieses Tyrannen. Denn das ist er, mag er sie noch so sehr verwöhnen. Da bedauert sie ihn noch, weil er den Tod erwischt hat! Wer hat denn dafür gesorgt, daß überhaupt ein »Tödlein« im Spiel war? Doch nur er allein — aber daß *er* es erwischen würde, damit hat er natürlich nicht gerechnet; dies Figürchen war für andere Leute gedacht: für mich oder für Emma. »Wir Pharaonen...« so hat er damals von sich geredet. So sieht er sich selbst: ein Gottkönig, Gottkönig von Pallweitschen, fehlt nur noch die Pyramide.
Und dieser Arzt, das ist mir ja ein seltsamer Patron. Verbietet seiner Patientin das Briefeschreiben, den einzigen Kontakt mit der Welt, den sie noch hat! Und sie — fügt sich? Was ist denn, bitte schön, so aufregend an unserer Korrespondenz? Sie hat sowieso kaum geschrieben — und meine Briefe? Nichts als Zärtlichkeit und Sorge! Ich müßte sehr enttäuscht über Emma sein, täte sie mir nicht so schrecklich leid, und ahnte ich nicht, was es heißt, mit diesem verrückten Vater zu leben.
Verrückt, so ist es. Er ist nicht bei Sinnen — aber nicht nur vorübergehend, nein, überhaupt und durch und durch. Vielleicht hat er eine heimtückische Krankheit, die ihm das Hirn zerstört. Wenn dieser Rübach eines Tages auch noch den Rest von Verstand verliert, schlägt er alles kurz und klein — und dann macht er vor der angeblich so geliebten Tochter nicht halt. Schlägt sie zusammen — und hat ihr womöglich eben noch ein neues Kleid geschenkt, das sie dann — vielleicht gar vor

Gästen! — wieder ausziehen darf. Auch vor d'Heureuse? Ich muß nach Pallweitschen!

Da hab' ich nun endlich ein Mädchen — ich, der es wirklich nicht leicht hat mit dem anderen Geschlecht, sieht man mal von Angelica ab, aber Angelica, das ist ein Sonderfall, früher sagte ich »ein Wunder«. Jetzt habe ich meine Emma, und wir sind so gut wie versprochen, wenn wir uns auch nur selten gesehen haben, aber die Bekanntschaft ist ja nicht von gestern. Und *sie* war es, die mich zuerst geküßt hat, und nicht nur einmal. Sie ist mein Mädchen, meine Verlobte, meine Emma. Und nun darf ich nicht einmal auf ihren Brief antworten. Ich muß nach Pallweitschen!

Bäuchlings lag Albert auf dem Bett, mit geballten Fäusten, immer wieder dem Schluchzen nahe, aber das untersagte er sich, damit war's vorbei, endgültig, seit er dem Urbull die Visage verziert hatte. Es hatte sich etwas verändert in ihm, etwas Entscheidendes, und schon in den letzten Nächten hatte er sich gefragt: Muß man wirklich erst mit dem Säbel um sich schlagen, um ein Mann zu werden? Gibt's da keine anderen Möglichkeiten?

Nun, in seinem Fall anscheinend nicht. Egal, er war es jetzt: ein Mann. Denn eine Frau gehabt zu haben, das allein genügte wohl nicht ganz. Aber nun war er's wirklich. Und deshalb, bitte, keine Rückfälle à la Mühlenteich! Er hatte auch später noch geweint, Tränen um Paul. Aber das war etwas anderes. Er würde auch weinen, wenn Vater oder Mutter stürben. Das war erlaubt, das gehörte sich so, und sich da zu bezwingen, wäre eine Vergewaltigung der *Natur* gewesen.

Aber es war noch nicht nötig. Denn nun ging die Tür auf, und die Mutter trat ins Zimmer. Er sprang auf. »Ja — wo kommst *du* denn her?« Sie umarmten sich.

»Aus Gumbinnen, von wo sonst? Und herzliche Grüße und Küsse von Papa und Mariechen und Ida.«

Er hatte gar nicht gehört, daß jemand in den Hausflur gekommen war. Die Wirtin sei wohl nicht da, meinte die Mutter. Ob sie denn nett sei, die Frau Bröse? Doch, doch, das sei sie. Würde die Mama nicht bald verraten, weshalb sie gekommen war?

Natürlich hatte sie gleich das Pflaster gesehen. Er hatte ihr von der bevorstehenden Mensur nichts geschrieben, auch daheim nichts gesagt, so schwer ihm das, besonders über die Weihnachtszeit, gefallen war. Nun mußte er Farbe bekennen.

Die Mutter schien nicht einmal überrascht, eher erleichtert. Und kaum, daß sie sich gesetzt hatte, stand sie wieder auf und regulierte die Ofenklappe. Sie mußte mehr über ihn wissen als sie zugab; die Indizien häuften sich. Und bald war ihm klar, wer da geplaudert hatte: Er sagte es Johanne auf den Kopf zu.

»Ich dürfte es dir eigentlich nicht sagen, daß Frau Bröse mir geschrieben hat. Aber da du es selber erraten hast... Nein, bitte, nimm's ihr nicht übel! Ich glaube, sie ist eine gute Frau. Sie hat sich einfach Sorgen über deine Lebensführung gemacht.«

»Lebensführung — wie das klingt! Sauf' ich vielleicht? Treib' ich mich herum? Hab' ich's mit schlechten Weibern?«

»Nicht doch, Jungchen. Sie hat dich bedauert, weil du's so kalt hier hattest — jetzt ist es ja ganz erträglich —, und dann hat sie natürlich einen Mordsschrecken bekommen, als du dich beinahe vergiftet hast.«

»Beinahe? Ich wär' fast draufgegangen!« Er sagte es mit einem gewissen Stolz.

»Und da wunderst du dich, wenn sich die gute Frau um dich sorgt.«

Johanne griff entschlossen in die Tasche und packte die Mitbringsel aus: Äpfel, ein Messer von Papa, sechs von Mariechen umsäumte Tachentücher.

»Freust du dich gar nicht, daß ich gekommen bin?«
Doch, natürlich freute er sich. Aber der Zeitpunkt war sehr ungünstig. Da lag der Brief von Emma, und er hatte die schreckliche Nachricht noch kaum begriffen. Es wäre besser, er könnte jetzt allein sein. Zumindest mußte er raus aus der Bude! Wenn jetzt auch noch die Frau Bröse erschien, und das Thereschen dazu, und die drei Weiber würden anfangen, seinen »Fall« zu bekakeln — nein, das wäre unerträglich. Lieber spazierengehen.
Sie gingen, vorbei an Dom und Synagoge, zu den Lomsewiesen. Ausführlich erzählte er, wie es zu der Vergiftung gekommen war, sogar über die Mensur ließ er sich gründlich aus. Nachträgliche Vorwürfe hatte er nicht zu befürchten, er kannte seine Mama.
»Schade«, sagte sie nur. »Schade, daß du überhaupt mit solchen Kreisen in Berührung gekommen bist. Dein Onkel Fritz hatte ja schon damals Bedenken.«
»Wenn ich studiere, krieg' ich's eben auch mit den Corporierten zu tun, die sind in der Überzahl. Wir anderen sind nur traurige Kamele. Ob du willst oder nicht — du kommst gelegentlich nicht umhin, dich ihren Sitten anzupassen.«
Er hatte sich vorgenommen, kein Wort über Emma zu sagen. Aber dann fiel ihm ein, daß die Mutter vielleicht sogar etwas mehr wissen könnte als in dem entsetzlichen Brief stand.
»Hattest du mal wieder Besuch von Frau Rübach?«
»Nein«, sagte Johanne. »Wie ich hörte, soll sie sich seit einiger Zeit in Insterburg aufhalten.«
»Und die zwei, ich meine Vater und Tochter, leben nun ganz allein auf dem Hof?«
»Ich wüßte nicht, wer noch bei ihnen wäre. Weißt du es nicht? Du korrespondierst doch mit Emma Rübach.«
»Nur dann und wann.«
Sie hatten die Wiesen erreicht. Es war ein sonniger Vorfrühlingstag. Albert bückte sich.

»Sieh nur, was schon alles auf dem Rasen herumkrabbelt:
Käfer, Spinnen — sogar ein Heuschreck!«
Sie schwiegen eine Weile. Dann mußte er's doch loswerden.
»Du, Mama, ich hab' Kummer. Emma ist todkrank!«
»Was? Was soll sie denn haben um Himmels willen?«
»Ich weiß es nicht genau. Schwindsucht ist es nicht. Aber etwas mit dem Herzen. Ja, sie ist schwer herzkrank.«
»Das ist das erste, was ich höre.«
»So neu ist das aber gar nicht. Ich weiß es allerdings erst seit kurzem — ich meine, daß es *so* ernst ist. Aber daß sie leidend ist, daß sie einen bösen Husten hat, den sie nicht loswird, das weiß ich längst. Das Schlimmste ist —«
»Was?«
Und nun erzählte er alles, was er eigentlich für sich behalten wollte.
»Sie ist so krank, daß der Arzt jede Tätigkeit verboten hat, die ihr Gemüt erregen könnte. Sogar jeglichen Briefwechsel!«
»Ja, was geht das den Arzt an?«
»Er meint, es rege sie zu sehr auf.«
»Das kommt mir reichlich albern vor. Was ist denn das für ein seltsamer Arzt?«
»Keine Ahnung.«
»Von Frau Rübach weiß ich nur, daß sie immer zu Dr. Pensky nach Stallupönen geht.«
»Mir setzt das alles so zu, daß ich den Gordischen Knoten zerhauen muß. Ich fahre nach Pallweitschen. Wir können ja gemeinsam bis Gumbinnen fahren.«
»Wie denn? Das Semester ist doch noch nicht zu Ende?«
»Aber bald. Ich kann — « Er stockte. Verdammt, am nächsten Sonnabend war die Tagung der Botanischen Gesellschaft.

»Jetzt sag' mir nochmal: Seit wann soll Emma diese Krankheit haben?«
»Seit Wochen schon. Oder seit Monaten.«
»Und sie muß sich sehr schonen?«
»Ist doch wohl klar. Wenn sie nicht mal schreiben darf! Und noch mehr: Nicht einmal ich darf ihr schreiben!«
»Weißt du, junge Mädchen — ich war schließlich selber eins — sind manchmal etwas kapriziös. Sie haben auch gern Geheimnisse, um sich ein bißchen interessant zu machen. Könnte es nicht sein, daß auch Emma — «
»Nein, Mama, das siehst du ganz falsch! Emma ist nicht so wie andere junge Mädchen. Sie ist viel zu ehrlich und durch ihr Leiden auch reifer als andere in ihrem Alter. Es wäre ja wohl auch äußerst geschmacklos, wollte sie mir gegenüber ihre Krankheit übertreiben.«
»Ja, das wäre es allerdings.«
»Sag mal — weißt du mehr als du sagst? Hat — ihr Vater sie etwa verprügelt?«
»Davon weiß ich nichts. Ich glaube das auch nicht, nach allem, was die Frau Rübach mir gesagt hat. Sie ist ja gerade deshalb weggelaufen, weil ihr Mann die Tochter so vorzieht. Was hast du?«
Albert kniete neben einem Haselstrauch und klaubte etwas aus dem Mulm. »Sieh nur, ein Becherpilz! Er wächst auf am Boden liegenden männlichen Haselkätzchen, und zwar nur im frühen Frühjahr!«
Als sie weitergingen, faßte Johanne sich ein Herz.
»Ich glaube, ich darf dir nicht verschweigen, liebes Jungchen, daß Emma Rübach noch vor kurzem auf dem Turnerball in Stallupönen gesehen wurde.«
»Vor kurzem? Was heißt das?«
»Vor fünf Wochen.«
»Das ist lange her. Außerdem: wie klingt denn das: ›gesehen wurde‹!? Entweder war sie da, oder nicht. Na — und wenn?«
Es wühlte ihn auf. Auf dem Turnerball! Zum Tanzen!

Und hat doch genau um diese Zeit den Brief geschrieben, in dem sie bereits über ihr verschlimmertes Leiden klagte! Und was wollte die Mama denn überhaupt damit sagen? Ihn beruhigen: sie ist ja gesund, ist sogar zum Tanzen gegangen, freue dich doch? Oder wollte sie Emma zur Lügnerin stempeln? Sie machte es mit jedem Satz ärger:

»Ich wollte dich nur über ihren Zustand beruhigen«, sagte Johanne. Sie merkte, was sie angerichtet hatte. »*So* gefährlich wie Emma — durchaus verständlicherweise — befürchtet, kann's also mit der Krankheit nicht sein.«

»Mama, ich weiß nicht, weshalb du mir das einreden willst. Das widerspricht doch allem, was Emma mir schreibt! Hier, du kannst es ja hören.« Er zog den Brief aus der Tasche.« ›Bin sehr gefährlich krank ... am Herzen nämlich ... jede Erregung des Gemütes vermeiden ... Besuche, Tanzvergnügen‹ — da hast du's! — ›sogar Korrespondenzen ... Gift für ein herzkrankes junges Mädchen ...‹ Und hier, Mama, so schreibt doch kein Mädchen, das eben noch in Stallupönen zum Tanzen war: » ... denke ab und zu an Deine vielleicht schon vom Tode gezeichnete ...« Er brach ab. Nun kamen ihm doch noch die Tränen — Tränen der Verzweiflung, der Wut. Auf die Mama. Was fiel denn der ein, ihn auf solche infame Weise zu beunruhigen?

»Ich hätte es dir wohl nicht sagen sollen«, sagte Johanne betrübt.

»Nein, das hättest du allerdings nicht tun sollen. Das ist doch nichts anderes als provinzielles Kleinbürgergeschwätz!«

Jetzt hatte er sie verletzt.

Schweigend gingen sie nebeneinander her. Am Himmel kreiste ein Storch, der erste in diesem Jahr. Albert brachte es nicht über sich, die Mutter darauf aufmerksam zu machen.

Endlich sagte Johanne: »Die Lili ist uns gestorben. An

Milzbrand. Obwohl wir den Tierarzt hinzugezogen hatten...«

»Verschon' mich mit deinen Säuen! Ich habe, weiß Gott, andere Sorgen!«

Sie denkt: Er war zu lange schon fort von daheim. Er weiß wohl nicht mehr, was es für die Wirtschaft bedeutet, wenn die Hühner den Pips kriegen, oder wenn uns ein Schwein eingeht, ein lange und teuer gemästetes. Milzbrand! Da kann es die beiden anderen auch noch erwischen.

Er denkt: So hab' ich noch nie mit meiner Mutter gesprochen. War auch noch nie so zornig auf sie. Sie meint es gut, will nur das Beste, ich weiß. Angefangen hat es ja auch mit Frau Bröse. Bin ich ein Schuljunge, der dumme Streiche macht? Ein Kleinkind, auf das man aufpassen muß? Was erlaubt sie sich: meine Eltern aufzuscheuchen, die schon so viel Kummer mit ihrer Sau haben! Sie haben ihre Lili — ich meine Emma...

Er merkt, wie gemein das ist, was er sich da in seiner Wut zurechtschnaubt, aber es bereitet ihm ein schmerzhaftes Vergnügen.

Für heute gehen sie auseinander, umarmen sich — nicht ganz so herzlich wie sonst. Morgen muß er sich etwas einfallen lassen. Sie wird nur zwei Tage in Königsberg sein, er muß ihr zeigen, wie gut er sich auskennt in der Stadt, wie sehr er jetzt *hier* zuhause ist. Sie muß einmal in der Universität gewesen sein, im Institut, im Botanischen Garten. Vielleicht geht er mit ihr sogar in die Kunstgalerie, ein paar schöne Bilder vom Samland und aus Masuren sind dort, daran wird auch sie ihre Freude haben. Zu Onkel Eduard geht Mama natürlich auch, sie will doch Luise wiedersehen. Bei Tante Dorchen und Onkel Achim wird sie wohnen. Vielleicht im »Kabinett«, für zwei Nächte ist es ja auszuhalten. So kriegt man die Zeit schon rum.

Aber sobald sie weg ist...

Nein, er kann nicht mit ihr nach Gumbinnen fahren, sie würde ihm Vorhaltungen machen, das Semester ist noch nicht zu Ende. Aber mit dem nächsten Zug wird er fahren, hinter ihr her, bestimmt. Und das Referat bei der Botanischen Gesellschaft? Man kann krank werden. Er ist bisher nie krank gewesen, hat kaum eine Vorlesung, schon gar kein Seminar versäumt.

Emma — beim Turnerball in Stallupönen? Er holt den Brief hervor, nicht den letzten: den vorletzten, von Ende Februar. Nicht nur über den leidigen Husten hatte sie geklagt. Er liest jetzt manches mit anderen Augen:

»Oft bin ich so taumelig, daß ich mich an einem Möbelstück festhalten muß. Und tagsüber muß ich mich oft hinlegen, weil mir so schwach zumute ist. Ich glaube ja nicht, daß es etwas Ernstes ist, und so wird es sicher bald wieder besser werden...«

Geht man zu Tanzfesten, wenn man sich an Möbelstükken festhalten muß, um nicht umzukippen? Andererseits: es kann ihr ja wirklich nach zwei Tagen schon wieder besser gegangen sein. Und wenn sie nun dieser Inspektor aus Göritten sehr gebeten haben sollte, ihn zu diesem Turnerball zu begleiten? Warum eigentlich nicht? Ein junges Mädchen darf doch mal tanzen gehen. Zumal wenn sie dadurch diesem unberechenbaren Sklavenhalter für ein paar Stunden entfliehen kann.

Am nächsten Morgen sucht Albert einen Kommilitonen aus Stallupönen auf. Nein, der war nicht beim Turnerball, aber er kennt einen anderen, der alle zwei Wochen zu seinen Eltern nach Hause fährt. Der war dort.

»Kannst du dich an ein Mädchen erinnern, 17 Jahre, das vom Gut Pallweitschen kommt? Sie ist blond und hat sehr zarte, rosige Haut.«

»Hmmm, das hört sich gut an«, sagt der Student und feixt.

»Aber da war ein Haufen draller Puppen — du verlangst zu viel.«

Albert will seine Emma noch näher beschreiben und merkt, daß er dazu nicht imstande ist. Er weiß ja nicht einmal, wie ihr Ballkleid aussieht. Wahrscheinlich hat sie mehrere; der Alte kauft ihr ja immer was Neues. Und wie beschreibt man ein junges Mädchen sonst? Schließlich ist sie keine Blüte, nur in übertragenem Sinne. Bei einer Blüte wär's einfach: Lippen-, Zungen-, Röhren-, Schmetterlingsblüte, Narbe, Griffel, Fruchtknoten ... Da wären wir wieder bei der Bestäubung. Naseputzen.
Also nicht. Emma war *nicht* gesehen worden, Emma war *nicht* beim Turnerball. Emma ist krank, schwerkrank. und weshalb empfinde ich nun so etwas wie Befriedigung?
Ich verliere noch meinen Verstand, wenn ich das Drachennest nicht bald aufsuche, wo das alte Scheusal aus der Perseussage sitzt und seine gefesselte Andromeda bewacht, und bald wird sie sich in ihren Ketten erdrosselt haben, wenn ich nicht schleunigst zu ihr eile und das Untier erlege.

Stallupönen, hinter Gumbinnen noch ein Stück weiter nach Rußland zu gelegen, ist eine alte Stadt. Hier hatten schon die heidnischen Pruzzen der Gottheit zuliebe die kapitalsten Bökke geopfert, und gegenwärtig war jeden Donnerstag Rindermarkt auf dem riesigen Platz im Zentrum des Ortes. Seit einhundertfünfzig Jahren beherrschte ihn der Turm eines christlichen Gotteshauses, gekrönt mit einer zwiefachen hölzernen Laterne. Gleich daneben stand, ein bißchen zurückgesetzt und halb verborgen hinter einer mächtigen Linde, eine ansehnliche Villa, über deren Eingang das Wappen der Stadt, ein vierschrötiger Holztisch, eingemeißelt war. Hier wohnte und praktizierte Herr Doktor Theodor Pensky, und sicher hätte Albert das Arztschild nie entdeckt, wäre er nicht, vom Bahnhof kommend, so unschlüssig durch die Straßen gebummelt, wie es sich mit dem Zweck seiner Reise kaum vertrug.

Er fürchtete plötzlich, zu »ungelegener Zeit« zu erscheinen, und es war nicht Feigheit, was ihn zögern ließ. War Emma schon durch einen harmlosen Brief aufzuregen, um wieviel mehr konnte seine unvermutete Ankunft Gefahr für ihre Gesundheit bedeuten. Und sollte es, was ja nicht auszuschließen war, zu einer häßlichen Szene mit dem Vater kommen, dann blieb dem geliebten Mädchen womöglich vor Schreck und Kummer das Herz stehen. Natürlich hatte er solche Überlegungen schon im Zug, ja, schon vor Beginn der Fahrt, angestellt, aber nun als er dem Ziel so nahegekommen war, verstärkten sich seine Bedenken.

Es war ihm gelungen, die Mutter in dem Glauben zu wiegen, er werde Königsberg keinesfalls vor Semesterschluß verlassen. Bis auf die Gemäldegalerie hatte er ihr alles gezeigt, was er sich vorgenommen hatte, und noch einiges mehr. Er wollte sie gar nicht zu Atem kommen lassen, damit sie nicht wieder von Emma anfing. Sie wußte auch selber genug zu erzählen: Achim Grübners Arbeiterphilosophie hatte sie nachdenklich gemacht;, sie wollte den Vater fragen, ob man nicht auch in Gumbinnen einen Bildungsverein gründen solle. Bruder Fritz war mit ihr stolz durch seinen Neubau gegangen, und von Richard, der in wenigen Tagen einrücken mußte, hatte sie diesmal keinen üblen Eindruck. Mit Luise hatte sie sich drei Stunden ungestört unterhalten können, und auch zum »Müttergespräch« mit Frau Bröse war es gekommen; Albert hatte noch rechtzeitig in Professor Zabrowskis Vorlesung über »Geweihtragende Wiederkäuer« fliehen können. So hatte der Besuch der Pflege verwandtschaftlicher Beziehungen gedient, und Albert gestand der Mutter zu, wenn auch erst auf dem Bahnsteig, er sei gerührt von ihrer Teilnahme an seinen Nöten.

Dann nahm er den folgenden Zug, fuhr an der Heimatstadt vorbei, und kaum war er in Stallupönen, verfinsterte sich der Himmel. Er hatte keinen Schirm, nicht einmal einen Mantel, und als er vor dem Haus des Doktor Pensky angelangt war, fing es an zu regnen. Das war ein Anlaß, aber gewiß kein hinreichender Grund, das Haus zu betreten. Er erinnerte sich aber daran, daß seine Mutter diesen Doktor erwähnt hatte; er sei der Arzt der Rübachs.

Als aus dem sanften Regen ein Wolkenbruch wurde, dachte er, ich kann mich ja für einen Moment ins Wartezimmer setzen. Unvermittelt begann sein Herz zu klopfen, so wild und quälend, als sei er im Augenblick, da er das Haus betreten hatte, zum Patienten geworden.

Die verglaste Entreetür schlug hinter ihm zu; er wollte im Hausgang das Ende des Regens erwarten. Doch dann kam aus dem Wartezimmer eine Mutter mit ihrem kleinen Jungen und hielt ihm die Tür auf, so daß Albert, als könne er das Angebot nicht abweisen, hineinging. Drei Köpfe hoben sich, sie gehörten einem dicken asthmatischen Bauern und zwei älteren Frauen, die einander, von Wand zu Wand, nahezu feindselig anstarrten. Als er sich setzte, sah er durchs Fenster, wie die junge Mutter ihren Schirm entfaltete, ehe sie sich, den Knaben an der Hand, in den Regensturm wagte. Nasse Windböen klatschten an die Scheiben.

Da sitze ich nun, dachte er, und sollte doch längst auf dem Weg nach Pallweitschen sein. Ich werde mich ganz behutsam verhalten, um Emma nicht zu erschrecken. Der Hofhund wird bellen, das macht nichts, da wissen sie gleich, daß sie Besuch bekommen. Rübach wird sowieso der erste sein, der mich begrüßt. Übrigens müßten sie jetzt, im beginnenden Frühjahr, ein paar Dienstboten im Hause haben, sonst verkommt ihnen die ganze Wirtschaft. Vielleicht ist auch Frau Rübach wieder da, dann gibt's am Ende doch noch Mord und Totschlag. Ich muß mein Mädchen da herausholen, ich dulde nicht länger, daß sie bei dem Alten ihre Jugend vertrauert. Hätt' ich doch nur Mama gefragt, ob sie Emma bei uns aufnehmen kann! Aber das wird sie kaum für schicklich halten, der frechen Kostgänger wegen. Seh' ich ein. Aber wie wär's mit Frau Dorn? Im Mädchenpensionat? Die hat so lustige Töchter, mit denen würde Emma sich gut vertragen. Wer es bezahlen soll? Der alte Rübach natürlich. Hat er nicht selber gesagt, ein junges Mädchen müsse sich mal Stadtwind um die Nase wehen lassen?

Er begeistert sich an seiner Idee. Da wäre Emma in doppelt guter Hut: bei Frau Dorn und der Mama, die ein Auge auf sie haben würde, sie wohnt ja gegenüber. Und dann die Ferien! Er wird ihr die rechte Freude an der Natur beibringen, wird ihr die Flora der Angerapp erklären, den Tzullkinnener Forst werden sie durchstreifen und im Herbst Pilze sammeln. Sie ist seine Braut, man wird es bekanntmachen, auch gehörig feiern, und zwar in Gumbinnen, damit es alle erfahren, die sich sonst das Maul über sie zerreißen würden.

Jetzt erst merkt er, daß die beiden Damen verschwunden sind, auch der dicke Bauer kommt schon aus dem Sprechzimmer zurück, und der Arzt im weißen Kittel sagt »Bitte sehr!« und fragt, während er die Tür hinter Albert schließt: »Wo fehlt's?«

»Es handelt sich nicht um mich, Herr Doktor, ich bin nicht krank. Ich wollte Sie nur um eine Auskunft bitten.«

Der Doktor, ein schlanker Mann Mitte vierzig, hat ein schmales, glattes Gesicht und Lachfältchen in den Augenwinkeln. Ein netter Arzt, dem man sich gerne anvertraut.

»Gehört Fräulein Emma Rübach aus Pallweitschen zu Ihren Patientinnen?«

Der Doktor sieht ihn mißtrauisch an. »Weshalb wollen Sie das wissen?«

»Ich mache mir Sorgen um sie.«

»Ich habe ein paar hundert Patienten. Müßte erst nachsehen.

Weshalb machen Sie sich Sorgen? Sind Sie ein Verwandter?«
»Ich stehe ihr nahe.«
»Also kein Verwandter.« Er fordert Albert auf, sich zu setzen und geht zu einem Schränkchen. Das Rouleau rasselt herunter.
»Wenn Sie kein Verwandter sind — was dann?« Er tastet in den Fächern herum.
»Ich stehe ihr wirklich sehr nahe«, sagt Albert.
»Hm.« Er hat eine Akte gefunden. »Ich bin nicht befugt, Ihnen Auskunft zu geben.«
»Fräulein Rübach *ist* also Ihre Patientin?«
»Das ist das, was ich Ihnen gerade noch sagen darf.« Er geht an den Schreibtisch, die Akte in der Hand. »Darüber hinaus können Sie keine Auskunft von mir erwarten.«
Albert richtet sich auf. »Meinen Sie nicht, ich hätte ein Anrecht darauf zu wissen, wie es ihr geht? Und ob ihre Herzkrankheit wirklich etwas so Ernstes ist?«
»Herzkrankheit?«
»Ja.«
Doktor Pensky blickt Albert streng ins Gesicht.
»Nun sagen Sie schon, wer Sie sind!«
»Sie haben recht. Es gibt ja wirklich keinen Grund, das zu verschweigen. Mein Name ist Albert Matureit. Ich bin Fräulein Rübachs Verlobter.«
»Ach so ist das. Sie sind der Bräutigam.« Er spielt mit einem Bleistift, legt ihn weg, steht auf und geht, die Hände auf dem Rücken, im Zimmer hin und her. »Der Bräutigam. Hm. Und nun wollen Sie wissen, was Sie angerichtet haben. Aber ich darf doch wohl annehmen, daß Ihnen das nicht unbekannt ist.«
»Es täte mir leid«, sagt Albert, »wenn ich Fräulein Emma so aufgeregt haben sollte, daß sie — daß sie ernstlich krank wurde. Es ist bestimmt nicht mit Absicht geschehen...«

»So, ›aufgeregt‹ nennen Sie das. Das hat mir, in vergleichbarer Lage, noch kein junger Mann gesagt. Und krank? Mein lieber Freund, eine Schwangerschaft kann eine sehr unerwünschte und mißliebige Angelegenheit sein — eine *Krankheit* ist sie bestimmt nicht. Was haben Sie denn?«

Ist der verrückt geworden?

»Sie haben das falsche Krankenblatt! Ich sprach von Fräulein Emma Rübach vom Hofgut Pallweitschen!«

»Ich auch.« Er bleibt vor Albert stehen. »Sie werden mir hoffentlich keine Unannehmlichkeiten machen. Aber schließlich konnte ich nicht ahnen, daß der Herr Bräutigam nicht informiert ist.«

»Aber — das kann doch gar nicht sein!« beteuert Albert. »Ich meine, es ist — *biologisch* unmöglich...«

»Wie oft, denken Sie wohl, höre ich das von den Männern, wenn auch meist etwas simpler ausgedrückt. Sie sollten wissen, daß es keine absolut sicheren Verhütungsmittel gibt.«

»Sie verstehen mich nicht!« Er gerät außer sich. »Ich habe nie — ich hatte mir nie erlaubt... Fräulein Rübach ist — — wie gesagt: es kann gar nicht sein, weil wir — nichts miteinander hatten, nicht so jedenfalls, daß daraus — — «

»Sie sollten sich sehr genau überlegen, junger Freund, was Sie da sagen. Sie unterstellen mit diesem Bekenntnis, daß Ihre Verlobte Beziehungen zu einem anderen Mann unterhielt. Ich kann mir nicht denken, daß Sie das ernstlich behaupten wollen.«

»Nein! Nein, natürlich nicht! Sie müssen nur verstehen: ich kann das noch gar nicht fassen. Und Sie sind wirklich sicher?«

»Absolut.«

»Ja — — dann...«

Es ist vorbei. Er weiß, daß es jetzt darauf ankommt zu begreifen, daß es vorbei ist. Er muß es ganz schnell

kapiert haben, sonst schlägt er hier alles zusammen.
»Was sind Sie von Beruf?«
»Ich studiere.«
»Was?«
»Botanik.«
»Aha. Daher das ›Biologische‹. Na ja, dann überprüfen Sie mal das, was Ihnen da vor rund zweieinhalb Monaten passiert ist, im Lichte Ihrer wissenschaftlichen Erkenntnisse. Und nun entschuldigen Sie mich bitte, ich höre, daß Patienten im Wartezimmer sind.«
Aber Albert rührt sich nicht von der Stelle.
»Kopf hoch, junger Freund!« Der Arzt faßt ihn an den Schultern. »So schlimm ist es ja wirklich nicht. Sie sind verlobt, Sie werden heiraten, das Kind wird seinen Vater haben. Kümmern Sie sich um das kleine Fräulein; sie ist, das kann man ja verstehen, im Augenblick noch etwas verwirrt.«
»Und — das Herz?«
»Da fehlt nichts. Auf Wiedersehen, Herr Matureit!«

IV. BUCH

Der Zarem

Das hätten Sie mir nicht antun dürfen, Matureit. Was sage ich: das hätten Sie *sich* nicht antun dürfen! Ich bin sehr betrübt.«

Professor Kankelwitz ließ seinen Schüler stehen, dort, wo er ihn angesprochen hatte, im Wandelgang der Universität.

Nun war auch das verspielt und verpatzt. Der verehrte Lehrer, der väterliche Freund, hatte sich von ihm losgesagt. Albert mochte nun weiterstudieren, auch gute Noten bekommen, vielleicht seinen Doktor machen — aber so wie es war, würde es nie mehr werden. Die knisternde Spannung zwischen Meister und Jünger, das erregende Wechselspiel von Leistung und Lob, das war nun dahin. Der Musterschüler, der Stolz des Gelehrten, sein Auserwählter, dem er, gewiß auch zu eigenem Ruhme, ein Referat vor dem erlauchten Gremium der Botanischen Gesellschaft hatte anvertrauen dürfen — seine Erkrankung war ein ausgemachter Schwindel! Besorgt um die Gesundheit des Schülers wie auch um den Ablauf der Veranstaltung, hatte der Professor einen Boten in die Köttelstraße geschickt, nur um erfahren zu müssen, daß der junge Herr die Stadt mit unbekanntem Ziel verlassen, mithin die ehrenvolle Einladung in den Wind geschlagen und seinen Lehrer schamlos belogen hatte.

»Nein, Matureit, das hätten Sie sich nicht antun dürfen …«

Es war gekommen, wie es kommen mußte, es über-

raschte ihn schon gar nicht mehr. So töricht und plump, wie er es angestellt hatte, mit nichts im Kopf als dieser Fahrt nach Stallupönen, blindlings in sein Verhängnis hinein — was hätte er denn erwarten können? Seine Schwindelei würde noch andere Folgen haben, bei der *Betrübnis* würde es nicht bleiben.
Es ist mir egal. Es ist mir alles schrecklich egal, ich geh' auch zurück nach Gumbinnen, kann ja Kräuter sammeln im Wald, ein wunderlicher Wurzelzwerg. Zuvor allerdings brenn' ich dem Leutnant eins auf, der kommt mir nicht aus, der geile Hengst! Und diesmal gibt's ein Duell ohne Bandagen. Im Morgengrauen. Und trifft es mich — wen kümmert das schon? Die Eltern werden es tragen, die haben noch andere Kinder. Mein Leben ist ohnedies verpfuscht. Professor Kankelwitz ist sehr betrübt, und wer den Herrn Prorector anschwindelt, hat auf der Uni nichts mehr verloren. Soll mir recht sein, sollen sie mich relegieren! Auch ich kann, wie Richard, zu den Preußen gehen. Bis ich mich auch dort so töricht aufführe, daß ich entweder ins Zuchthaus oder zu den Narren nach Kreuzburg komme...
Trotz allem: Albert geht zur Quästur, den Antrag auf Gewährung des Königlichen Freitisches im Sommersemester abzugeben. Obwohl er weiß, daß es sinnlos ist; wer wird ihn jetzt noch unterstützen? Doch wenn man schon zugrundegeht, dann soll's bis dahin auch seine Ordnung haben, nach akademischem Brauch und in deutscher Manneszucht.
Und da kommt ihm Karl Rübach entgegen.
Mit ausgebreiteten Armen.
»Großartig, junger Freund, Sie kommen mir wie bestellt! Habe mich gerade im Hochschulbüro nach Ihrer Adresse erkundigt. Da ich schon einmal in Königsberg bin, wollt' ich Sie nicht vernachlässigen!«
Ein jovialer Mann, von bezwingender Bonhomie. Das wird nicht lange so bleiben. Er hat sich meine Adresse besorgt? Was führt er im Schilde?

»Wo gehen wir hin?« fragt Rübach aufgeräumt.
Soll ich ihm ins Gesicht schlagen, dem elenden Kuppelpelz? Hier im Arkadengang, vor all den Studenten, die auf ein Ende des Regens warten, der nicht aufgehört hat seit Stallupönen? Oder soll ich ihn einfach stehen lassen, wie Professor Kankelwitz mich stehen ließ, in seiner Betrübnis? Nein. Ich laß dich erst einmal kommen, du Kuppler. Bin doch gespannt, wie du dich rechtfertigen willst. Was hast du mir nicht alles vorgegreint über den spindeldürren d'Heureuse, der niemals dein Schwiegersohn werden könnte! Und nun? Wie oft magst du ihn eingeladen, wie oft dich aus dem Haus geschlichen haben, die trauliche Zweisamkeit nicht zu stören? Hast ihr womöglich das Laken noch glattgestrichen, deiner An- und Ausziehpuppe? Und du wagst es, mir unter die Augen zu treten? Hältst mich wohl immer noch für so dumm wie ich war, und ich kann's dir nicht einmal verdenken.
Sie suchen Siegel's Conditorei in der Französischen Straße auf. Und nun bekennt Karl Rübach, er sei gekommen, weil er sich Sorgen um Emma mache. Dazu hast du auch allen Grund, denkt Albert. Ja, das Mädchen sei auf dem Gutshof gar zu allein, und lernen könne sie dort auch nichts mehr, und er sei auf die Dauer nicht die rechte Gesellschaft für so ein junges Ding, und dann, ja, dann habe er auch bemerkt, daß sie Tag und Nacht an ihn, jawohl, an Albert denke, und das sei keine Tändelei, sondern schon sehr ernst zu nehmen — und kurzum: wie sich denn der Herr Matureit dazu stellen würde — und nun mache er ihm ein Angebot, das einem Vater gewiß nicht leicht falle, denn wer trenne sich schon gern von seiner Tochter, einer solchen noch dazu?
»Sie sind so gut wie versprochen, das darf man doch sagen. Was hielten Sie davon, lieber Freund, wenn Sie recht bald heiraten würden?«
Daß er eingewickelt werden sollte, hatte Albert geahnt.

Er hatte sich nur noch nicht denken können, weshalb und womit. Sollte der Alte von Emmas Zustand nichts wissen? Das war doch kaum vorstellbar. Und doch: er *mußte* ahnungslos sein, denn sonst... Sonst wäre da ja ein Komplott im Gange, so schändlich, so abscheulich... Nein, das traute er Rübach nicht zu.
Er setzt sich kerzengrade.
»Zum Heiraten bin ich zu jung, Herr Rübach. Ich bin ja noch nicht einmal volljährig. Und wovon sollten wir leben?«
»Sie sind sehr jung, das gebe ich zu. Und leben? Nun, da würde ich Ihnen schon unter die Arme greifen, was denken Sie denn?!« Und als Albert nichts darauf sagt: »Verloben Sie sich doch wenigstens, offiziell! Ich richte die Feier aus. Was meinen Sie, wie Emma sich freuen würde!«
Es ist unmöglich. Er *kann* nichts wissen von Emmas Zustand. Der Arzt hat dem Vater nichts gesagt. Noch ist es allein Emmas Geheimnis. Jetzt tut mir der Alte beinahe leid.
Aber weshalb die Eile? Er kommt nach Königsberg, mir seine Tochter anzubieten?
»Warum haben Sie es so eilig, Herr Rübach?«
»Ich sagte doch schon: Ich mache mir Sorgen. Das Mädel muß ein Ziel für seine Gedanken und Sehnsüchte haben. Kein fades Abziehbild aus schlechten Romanen. Nein: handfest, körperlich — Sie verstehen mich? Und wenn Sie erst einmal verlobt sind, lieber Herr Matureit« — er beugt sich vor und dämpft die Stimme — »unter uns Männern: Sie sollen nicht darben müssen. Ich laß Ihnen Ihren trauten Frieden, wann immer Sie nach Pallweitschen kommen. Ein gesunder junger Mann braucht ein Mädchen. Gehen Sie nicht zu Dirnen, Sie holen sich was, es trifft immer die Braven.«
»Da haben Sie recht«, sagt Albert. Und jetzt wird er's ihm verpassen, dem widerlichen Zuhälter: »Ich war auch

so brav, an Ihre Tochter zu glauben. Und nun kriegt sie ein Kind.«
Der Mann verfärbt sich. Ist also *doch* neu für ihn? War vielleicht ein bißchen brutal von mir. Natürlich, er hat es nicht gewußt — wie hätte er sonst so reden können?
Und schon braust Rübach auf: »Was erlauben Sie sich?!«
Aber gleich, sehr viel sanfter: »Wie kommen Sie darauf?«
»Ich habe zu Ihnen geredet, wie man unter Männern reden soll, Herr Rübach. Ich weiß es von ihrem Arzt.«
»Das ist unmöglich! Unmöglich!« Er schüttelt den Kopf, hört gar nicht auf damit. »Bei welchem Arzt waren Sie?«
»Bei Doktor Pensky.«
Rübach schweigt. Ein angestrengtes Schweigen. Er überlegt, kombiniert, heckt was aus? und dann, mit einem komplizenhaften Augenzwinkern:
»Sie haben's nicht abwarten können — wie?«
Also darauf läuft es hinaus, das hätt' ich mir denken können.
O nein, Freundchen, so fängst du mich nicht!
»Herr Rübach, dieses Gespräch ist beendet, wenn Sie sich nicht auf der Stelle entschuldigen!«
»Ich habe ja nur gefragt.«
»Herr Rübach, ich gebe Ihnen mein Ehrenwort, daß ich mich nicht an Ihrer Tochter vergangen habe.«
»Also gut. Tut mir leid. Aber — wenn ich wirklich annehmen muß, daß dieser Quacksalber sich nicht geirrt hat...« Der blanke Schweiß steht Rübach auf der Stirn. Dennoch fragt er scheinbar so unbefangen, als gelte es nur einen Rebus zu lösen:
»Wer sonst könnte der Vater sein?«
»Das wissen Sie selber am besten, Herr Rübach. Selbst wenn Sie bis jetzt nicht gewußt haben sollten, daß Emma in anderen Umständen ist, so können Sie mir doch auf Anhieb sagen, wer sie geschwängert hat!«
Er spricht jetzt kalt, sachlich, naturwissenschaftlich. Er

hat keine Veranlassung, um den Brei herumzureden. Aber der Alte hat's noch immer nicht verdaut.

»Sie wissen also, wer es war?« fragt er, nun wieder so entgeistert, wie es sich für einen in all seinen Hoffnungen enttäuschten Vater gehört.

»Herr Rübach, Sie machen mir nichts vor. Ich nehme Ihnen nicht ab, daß Sie so ahnungslos sind. Sie haben diesem d'Heureuse Tür und Tor geöffnet. Sie haben die beiden verkuppelt, und nun ist etwas passiert, was Sie nicht wollten. Es tut mir leid, damit müssen Sie und Emma alleine fertigwerden.«

Täuschte er sich? Oder zeichnete sich Erleichterung in Rübachs Zügen ab, als er den Namen des Leutnants genannt hatte?

Hat er einen anderen Namen erwartet? Unvorstellbar!

Rübach zahlt und steht auf. Warum wehrt er sich nicht? Weshalb läßt er den Kuppelvorwurf auf sich sitzen? Rübach spannt seinen Schirm auf, aber es regnet nicht mehr.

»Lassen Sie uns ein Stückchen spazieren«, sagt er sanft. »Das ist alles so überraschend. Ich bin sehr bestürzt. Sie müssen mir Gelegenheit geben, mich zu sammeln. Dann will ich Ihnen gerne erklären — «

»Ich wüßte nicht, was Sie mir noch zu sagen hätten, Herr Rübach. Natürlich streitet dieses uniformierte Schwein alles ab, das brauchen Sie mir nicht zu erzählen. Kein Wunder, es geht ja um seine Karriere, und die wäre zum Teufel, wollte er zu seiner Verantwortung stehen. Und nun suchen Sie offenbar einen, der Ihre Tochter ›wieder ehrlich macht‹! So wie das auf dem Lande üblich ist, wenn der Gutsherr die Magd geschwängert hat: ein braver Knecht wird sich immer finden.«

Rübach bleibt stehen. ,»Um Himmels willen, Matureit! So dürfen Sie das nicht sehen! Für wen halten Sie mich? Gut, gut, ich gebe zu: ich habe es gewußt. Und nicht nur das. Ich habe mit Doktor Pensky gesprochen, wir haben, unter Männern, alle Möglichkeiten bedacht. Aber dieser Arzt ist ein ziemlich frommer Christ und wohl auch etwas feige...«

»Verschonen Sie mich mit solchen Dingen, Herr Rübach! Das ist alles sehr widerlich.«

»Aber denken Sie doch nur an meine Emma! Ich bin kein Vater, der tobt und schreit und prügelt. Nächtelang haben wir miteinander gewacht, meine Emma und ich, und viele Tränen vergossen, das dürfen Sie mir glauben. Was ahnen Sie schon von Vaterliebe, von Kindesliebe! Wie sollten Sie auch! Sie sind kein Vater, haben keine Tochter. Sie haben ja nicht die strahlenden Blicke gesehen, die sie mir schenkte, wenn ich ihr das Bild eines ganzen Universums entwarf, von dem sie in ihrem engen Leben, beherrscht von einer eitlen, törichten Mutter, keinen Begriff haben konnte. Ihnen mag sie zugelächelt haben, zutraulich, aufmunternd, schelmisch. Aber ihr strahlender Blick, der galt nur mir, galt dem Vater, galt dem Mann, der ihr ein und alles war, von dem sie auch in die letzten Geheimnisse eingeweiht werden wollte. Von mir, Herr Matureit, von keinem anderen! Eine Liebe, wenn sie so rein ist wie die unsere, die erbaut sich an der Bewunderung des anderen, an seinem Reichtum und seiner Hingabe. Sie ist die zarteste Beziehung, die sich zwischen zwei Menschen denken läßt.«

»Sie brauchen mir Ihre Vaterliebe nicht zu beteuern, ich habe sie nie bezweifelt.«

»Ja, ich liebe meine Tochter. Habe sie in Liebe gebettet, ihr jeden Wunsch erfüllt. Und sie — sie hat mich vergöttert!«

»Das habe ich gemerkt«, sagt Albert. Er denkt an Silvester.

»Sie haben ihr ja sogar den Beischläfer ins Bett gelegt!«

»Herr Matureit, Sie gehen zu weit!«

»Ach was! Daß Sie ein Kuppler sind, habe ich begriffen. Aber daß ein Laffe wie dieser d'Heureuse — daß Sie diesen Kerl ohne Saft und Mumm, wie Sie ihn nannten, zum Erzeuger eines ›Edelmenschen‹ ausgewählt haben — «

»Aber lieber Freund!« Rübach weint fast, so mißverstanden mag er sich fühlen. »Ich habe doch diesen d'Heureuse nicht zum Schwiegersohn haben wollen. Den doch nicht!«

»Wie es nun auch gekommen sein mag: Sie hat sich's eingebrockt und muß es auslöffeln«, sagt Albert. Es tut ihm grausam wohl, so hart zu sein. »Wir waren so gut wie versprochen, da haben Sie recht. Aber was halten Sie von einem Geschöpf, das einem anständigen jungen Mann eindeutige Avancen macht, um sich sogleich dem ersten besten Charmeur zu ergeben?«

»Ein schlimmer Fehltritt, zweifellos. Ich habe ihn nicht begünstigt, aber ich habe ihn auch nicht verhindern können, das ist meine Schuld, ich mache mir Vorwürfe genug. Aber Sie kennen ja den Spruch: Lieber einen Sack Flöhe hüten als ein junges Mädchen. Noch einmal, Herr Matureit: Denken Sie nicht an diesen elenden Offizier! Denken Sie an das arme Kind, das Sie liebt, wie ich genau weiß. Mein Gott, ich brauche Ihnen doch nicht zu erzählen, welche Verführungskünste so ein Epaulettenständer anwendet, um solch ein junges Ding für ein Stündchen herumzukriegen.«

»Hören Sie auf! Das kann ich nicht ertragen.«

»Und eben das beweist, wie sehr Sie noch an Ihrer Emma hängen! Herr Matureit, lieber junger Freund — mit dem Leutnant, das ist vorbei, ich schwör's Ihnen! Wollen Sie nun das Mädchen sein Leben lang für diesen einen Fehltritt büßen lassen? Ein Mädchen, das Sie liebt — und das auch Sie bis vor wenigen Tagen geliebt haben? Wollen Sie das arme Ding mit ihrem Kindchen alleine lassen, all der Mißgunst ausgesetzt, wie das auf dem Lande — und nicht nur auf dem Lande — üblich ist? Was ist denn Ihre Liebe gewesen, wenn sie nun, wo es der Geliebten schlechtgeht, versagt? Ist das überhaupt noch Liebe?«

»Nein«, sagt Albert.

»Aber was ist es dann.«

»Naseputzen. Guten Tag, Herr Rübach.«

Er dreht sich um und läßt ihn stehen.

»Herr Matureit! So bleiben Sie doch!«

Albert blickt zurück. Da steht er ganz hilflos, der starke Mann, der Wind zupft an seinen weißen Haaren. Er geht auf Albert zu.

»Vergessen Sie mich! Vergessen Sie alles, was ich Ihnen gesagt habe! Es war ungeschickt, vielleicht empörend, mag sein. Aber denken Sie an Emma! Kommen Sie zu uns! Trösten Sie das törichte Kind! Sie — tut sich was an!«

»Ich kann ihr nicht helfen. Sie hat mich schamlos belogen — vermutlich wissen Sie das nicht. Todesängste hab' ich ausgestanden, weil sie behauptet hat, herzkrank, ja sterbenskrank zu sein. Das war nicht töricht, Herr Rübach, das war perfid. Ich wünsche nicht, mich weiter mit Ihnen zu unterhalten.«

Aber noch ehe Albert sich endgültig abwendet, kommt Karl Rübach ihm ganz nahe, Gesicht an Gesicht.

»Sie haben etwas Wichtiges vergessen, junger Mann. Was hat sich denn am Silvesterabend in meinem Hause abgespielt, als ich Sie beide allein gelassen habe? Es war leichtfertig von mir, das gebe ich zu. Aber auch wenn Sie vergeßlich sein sollten: Emma wird sich bestimmt erinnern. Sie wissen ja: ich habe mich inzwischen ausführlich mit meiner Tochter unterhalten...«

»Herr Rübach!« Albert schreit ihn an, mitten auf der Straße. »Ich habe Ihnen mein Ehrenwort gegeben!«

»Na und? Das habe ich auch von Herrn d'Heureuse bekommen. Immerhin ein Offiziersehrenwort, Herr Matureit! Aber ich halte Ihnen zugute, daß Sie noch nicht genügend Zeit gehabt haben, sich mit den Tatsachen abzufinden Überschlafen Sie's mal!«

Als Eduard Rhan, noch im Morgenrock, beim Frühstück saß und die Hartung'sche Zeitung aufschlug, um, wie üblich den Produktenbericht der Königsberger Börse zu studieren, stieß er im lokalen Teil auf eine Notiz:
»Den 2. April
Wie wir aus gewöhnlich gut unterrichteten Kreisen erfahren, ist es in der Angelegenheit des Gaswerk-Neubaues zu einer vorläufigen Stornierung des Bauauftrages an die Firma H. Lindtner gekommen. Der Grund für diese ungewöhnliche Entscheidung des Stadtrates, welche als Affront gegenüber dem Stadtverordneten Herrn Hugo Lindtner verstanden werden könnte, soll in jüngst bekannt gewordenen Unregelmäßigkeiten bei einer seinerzeit erwogenen Erneuerung der später eingestürzten Schloßteichbrücke zu suchen sein.«
Schadenfreude war Eduard fremd, und hätte sie sich in diesem Falle geregt, wäre sie sehr bald von anderen Gefühlen erstickt worden. Er brauchte sich nur auszudenken, was Hugo Lindtner empfinden mochte. Der Stadtrat, mit Bürgermeister Meiser an der Spitze, das Gremium, welches die Bauaufträge vergab, hatte sich zu einer derart diskriminierenden Maßnahme bewogen gefühlt! Da mußten wohl noch andere Dinge ans Tageslicht gekommen sein als jene dubiose Brücken-Affaire, mit der sich allerdings, nach Lindtners Andeutung, bereits die Regierung befaßte. Doch was auch immer die Ursache des éclat sein mochte: Lindtner würde jetzt um sich schlagen! Und eine Waffe aus seinem gefürchteten Arsenal würde auf Eduard zielen.
Zwei Wochen waren schon wieder seit dem Besuch bei Albert vergangen. Schon damals hatte Eduard beschlossen, »den Knoten zu durchhauen«. Aber dann hatte er doch die stete Belastung durch seine Ängste für immer noch erträglicher gehalten als ein offenes Geständnis, das zu einer Katastrophe führen konnte. Heute jedoch sah er keinen Ausweg mehr. Er kleidete sich mit besonderer

Sorgfalt an, ging nicht ins Kontor, sondern wartete ungeduldig, bis seine Frau, die immer etwas länger schlief, das Zimmer betrat. Er empfing sie mit einem innigen Kuß. Sie schien zu merken, daß er sich anders, aufmerksamer verhielt als sonst, und revanchierte sich mit einem liebevollen Lächeln, strich ihm, auch dies war zu dieser Stunde ungewöhnlich, mit zärtlicher Hand über Stirn und Haar.

Er legte — ein weiteres Zeichen, daß sich Außerordentliches vorbereitete — die Zeitung beiseite und faltete, wie in ergebener Erwartung, die Hände — obwohl *er* es ja war, von dem etwas zu erwarten war. Er hatte vorgehabt — und dies wäre seine Weise des »Zerhauens« gewesen —, Luise schonungslos einzugestehen, was mit dem Brief geschehen war und, selbstverständlich, auch, um welche Art von Brief es sich gehandelt hatte. Doch als das Mädchen den frischen Kaffee brachte und Luise ihn fragte, ob er noch eine Tasse wünsche, und sich überhaupt alles so friedsam und ausgeruht anließ, wurde aus dem Geständnis nur ein ungelenker, überdies unaufrichtiger Versuch:

»Lindtner ist in Bedrängnis geraten«, sagte er und deutete auf das Zeitungsblatt. »Du kannst es nachlesen.« Und dann bekannte er seiner Frau, eine »Dummheit« gemacht zu haben, und erzählte, wie es ihm mit dem Brief ergangen war. Ein Brief sehr heiklen Inhalts sei es gewesen, von einer gewissen politischen Bedeutung; Übelwollende könnten daraus schließen, daß er Verbindung zu gewissen Kreisen hätte, die sich mit Warenschmuggel über die russische Grenze befaßten. Es fiel ihm bald nichts mehr dazu ein, er geriet »ins Schwimmen«, und plötzlich, nachdem er noch betont hatte, wie gefährlich der Brief in Lindtners Händen sei, merkte er, daß Luise ein der ernsten Sache unangemessenes Gesicht machte: mitleidig, das wohl, — aber zugleich wie von Heiterkeit erfüllt, geradezu »erlöst«, kurz: unpassend und deshalb höchst verwirrend. Sie unterbrach ihn auch nicht, wie er es doch erwartet hatte, mit erschrockenen Fragen, und wäre es nur ein »wirklich?« oder »bist du auch ganz sicher, daß du den Brief liegen gelassen hast?«. Sie schien diese überaus unangenehme und von ihm gewiß als hinreichend gefährlich dargestellte Geschichte nicht recht ernst zu nehmen, und so verstummte er mitten im Satz, sah sie betreten an und verwunderte sich noch mehr, als Luise aufstand, ins Nebenzimmer ging und sich dort an ihrem Schreibtischchen zu schaffen machte. Als sie zurückkam, hielt sie ein gefaltetes Blatt in der Hand, legte es neben seinen Teller und strich es, damit er's bequemer lesen könne, glatt.

»War es vielleicht dieser Brief?« fragte sie und nahm wieder ihm gegenüber Platz.

Eduard starrte auf das Papier. Dann griff er zum Pincenez, das er seit einiger Zeit zum Lesen brauchte. Es war das Konzept seines Briefes an Angelica.

»Wie kommst du dazu?« stammelte er.

»Und du? Wie kommst *du* dazu?«

»Ich weiß nicht. Es ist lange her. Ich muß nicht ganz bei Sinnen gewesen sein, ja, ich hatte — geträumt. Es ist — es ist ja auch nie ein Brief daraus geworden. Ich meine: er wurde nie abgeschickt...«

»Und ist nicht einmal bei Lindtner liegen geblieben.«

»Ja, ja, gottlob — wie es scheint. Aber woher hast du ihn?«

»Wenn du ihn offen auf deinem Schreibtisch liegen läßt...«

»O mon dieu... Und du hast alles gewußt — und dich nicht verraten?« Sie nickte. »Und mir mit keinem Wort, keinem Blick zu verstehen gegeben, wie sehr es dich getroffen hat?«

»Aber es war mir doch nicht neu.«

Mein Gott, ja, was hatte er für eine Frau!

»Gewiß, Luise, es war dir nicht fremd, daß ich deine

Schwester verehrte, auch bewunderte, in mancher Hinsicht. Aber — «

»— daß es dir so nahe ging? Das weiß ich, seit sie bei uns wohnte. Aber ich kenne Angelica — weshalb sollte ich mich da allzusehr beunruhigen? *Du* kennst sie allerdings nicht so gut, Eduard. Sonst hättest du dich etwas weniger pathetisch ausgedrückt. Auf so etwas spricht sie doch nicht an!«

Wenn sie jetzt nur nicht zitierte! Sicher wußte sie den Brief auswendig. Nein, sie ersparte ihm die Erinnerung an seine entsetzlichen Ergüsse. »Nachtstunden zehrender Verzweiflung...« — »unbezwingliche Sehnsucht nach Deinem Wonnen verheissenden Munde«... Sie, seine Luise, beschied sich mit behutsamer Ironie, behandelte ihn wie ein gütiger Lehrer, der einen dummen Streich mit einem Zupfen am Ohrläppchen vergilt.

Er war so erleichtert. Er war so glücklich und dankbar. Als er aufsprang und zu Luise ging und vor ihr niederkniete und seinen Kopf in ihren Schoß legte, begriff er, daß seine Tränen nur der geringste Dank sein konnten für so viel Verständnis und Nachsicht, so viel Geduld und Opfersinn: für so viel Liebe.

Eduard ging an diesem Vormittag nicht ins Kontor. Am liebsten hätte er anspannen lassen, um mit der geliebten Frau nach Luisenthal zu fahren; dort hätten sie, ganz unter sich, ihr wiedergewonnenes Vertrauen feiern können. Aber noch waren die Tage zu kalt, und um nur die wichtigsten Räume zu wärmen, hätte man schon am Vortag anheizen müssen. So saßen sie friedlich beieinander in der nicht allzu reich bestückten Bibliothek; Eduard legte einen schweren Folioband mit kolorierten Steindrucken auf den Tisch, und während Luise ihm über die Schulter sah, vertieften sie sich in die Wunder Venedigs, entschlossen, die seinerzeit versäumte Hochzeitsreise spätestens im kommenden Jahr nachzuholen. Wenn es sich beim Betrachten der Bilder ergab, daß sie einander in die

Augen sahen, hielt Eduard Luises Blick nicht lange aus; immer wieder wandte er sich beschämt ab oder legte sogar beide Hände über die Augen und schüttelte den Kopf über seine »grenzenlose Torheit«. Aber er tat es wohl nur, um wieder ihre Hand in seinem Haar zu fühlen und das seltene Glück zu genießen, für Luise einmal nichts anderes als ein dummer, wenngleich sehr geliebter Junge zu sein.

»Den ersten Anstoß, dir endlich alles zu gestehen, hat mir dein Neffe Albert gegeben«, sagte er. Es war ihm wohl nicht bewußt, daß sein »Geständnis« nichts anderes gewesen war als eine dürftige Lüge. »Nicht daß ich ihm etwa reinen Wein eingeschenkt hätte, dazu ist er denn doch nicht reif genug nein, wir sprachen über etwas ganz anderes, ja, richtig, über seine Blessur. Und dabei kamen wir auf den Gordischen Knoten zu sprechen« — er hatte sich inzwischen im Lexikon informiert —, »und so hab' ich's denn heute auch wie weiland Alexander gehalten. Ja, unser Albert hat sich sehr herausgemacht. Seine Tapferkeit dürfte sich herumsprechen, was mir nur recht sein kann, denn diese unselige *affaire* mit deinem Schwager — ich meine mit der Confiscation verbotener Schriften — hat doch ein schlechtes Licht auf unser Haus geworfen. Aber jetzt wird man sagen, daß mein Neffe auf seine, und damit auf unsere Ehre, nichts kommen läßt.«

Luise lächelte heimlich über die Art, wie er ihre Verwandten, je nach derzeitiger Verwertbarkeit, bald verleugnete, bald für sich beanspruchte — aber mochte er nur! An diesem stillen, sonnenklaren Vormittag glitt sie mit ihrem Eduard zum Singsang der Gondoliere durch die Kanäle und unter dem Bogen der Seufzerbrücke von Palast zu Palast. Und als die Kinder sich mit der Bonne zum Mittagstisch einstellten, sprach sie mit großer Unbefangenheit von Angelica, und alle rätselten, wohin sie wohl diesmal gereist war; eine Nachricht war noch nicht gekommen.

»Wo bleibt Monsieur Albert?« wollte Mademoiselle Rameau wissen. Ja, es war Dienstag; sollte er sich den Hirschbraten entgehen lassen? Erst als die Suppenteller abgenommen wurden, erschien er, verschwitzt und auch sonst etwas dérangiert. Seine Wunde — sie zog sich vom rechten Wangenknochen bis zum Mundwinkel — war gut verheilt, doch bildete die Narbe einen deutlich sichtbaren Wulst. Eduard wies die Gouvernante zurecht, weil sie ihr Entsetzen über das *massacre* nicht verhehlte und damit nur bewies, daß sie vom deutschen akademischen Wesen nichts verstand.

Albert hatte den weiten Weg von der Grenadier-Kaserne am Nassen Garten bis zur Langgasse im Laufschritt zurückgelegt. Trotz seiner maßlosen Erregung, die seit Tagen anhielt, war ihm das gute Essen bei Rhans immer noch wichtig genug. Er besaß keinen Groschen mehr; die Fahrt nach Stallupönen hatte gewiß auch seinen Kredit bei Düformantel überzogen.

Was hatte er sich auf dem Weg zur Kaserne vorgenommen und wie enttäuscht (wenn auch insgeheim ein bißchen erleichtert...) war er, daß er nichts davon hatte ausführen können!

Bis ins Kleinste hatte er sich ausgemalt, wie er den Wachtposten nach dem Leutnant d'Heureuse fragen, wie dieser nach wenigen Minuten am Tor mit dem schwarzweißen Schilderhaus erscheinen und, seinen Widersacher erkennend, zutiefst erschrecken würde. Um die Aufdekkung seiner Schändlichkeit vor den Ohren des Postens zu vermeiden, würde d'Heureuse seinen finsteren Besucher in den Kasernenbereich komplimentieren müssen; dort würde er an einem ungestörten Ort sein Urteil entgegennehmen. Oder — auch das stellte Albert sich vor — er konnte die Wache heraustreten und den mißliebigen Studenten arretieren lassen. In diesem Fall freilich hätte Albert dem Unverschämten seine Anklage ins Gesicht geschrien und den Grund seiner Verachtung nicht ausge-

spart. So war es doch wahrscheinlicher, daß der elende Kerl sich stellen und Alberts Bedingung, wenn auch zähneknirschend, akzeptieren würde.
Die aber lautete: Der Leutnant d'Heureuse hatte Emma Rübach zu heiraten. Andernfalls würde Albert seine Schandtat dem Kompagniechef anzeigen und damit seine Karriere vernichten.
Er hatte lange überlegt, ob dieser Weg seiner — eines Mannes, der gelernt hatte, Ehrenhändel auf andere Weise auszutragen — würdig sei. Aber sein Zorn auf Emma und seine Enttäuschung waren so groß, daß er keinen Anlaß mehr sah, sich ihretwegen, womöglich auf Pistolen, zu duellieren und am Ende gar dem ehrvergessenen Offizier den Triumph einer schweren Abfuhr zu verschaffen. Den betreßten Lumpen an seine Pflicht zu erinnern, war das einzige, was er tun konnte.
Er *mußte* es tun, da Rübach — kein geringerer Lump, wie sich nun erwiesen hatte! — ihn mit der Vaterschaftsklage bedrohte und mit dieser ungeheuerlichen Lüge Alberts Verbleib an der Universität in Frage stellte.
Doch dies alles mußte er sich für später aufheben. Denn so lautete die Auskunft, die er am Kasernentor erhielt: »Der Herr Leutnant ist mit dem Bataillon zum Manöver.« Und das würde erst kurz vor Ostern beendet sein.
Als Albert bei Tisch beiläufig die kriegerische Übung erwähnte, sah sein Onkel in dem ungewöhnlichen Termin des Manövers einen Hinweis auf den Ernst der Lage. Um die außenpolitische Situation des Norddeutschen Bundes, in welchem Preußen unter Bismarck die dominierende Rolle spielte, hatte sich Albert bislang wenig gekümmert. Auch er wußte natürlich, daß man, nach den siegreichen Feldzügen gegen Dänemark und Österreich, schon wieder von einem baldigen neuen Waffengang sprach. Diesmal, davon war auch Eduard überzeugt, würde es gegen Frankreich gehen. Darauf deutete nicht zuletzt ein enormer Anstieg der Weizenkäufe hin, von

dem auch Rhans Geschäft in den letzten Monaten profitiert hatte. Denn der Käufer war kein anderer als die Preußische Regierung, die offenbar große Vorräte an Brotgetreide anlegte, um auch für eine längere Auseinandersetzung gewappnet zu sein. Sorgen über diese Entwicklung machte man sich in Königsberg kaum, da auch andere Geschäftszweige den Auftrieb verspürten.
Kam es zum Kriege, würde man hierzulande nicht darunter zu leiden haben, zumal die Beziehungen zu Rußland untadelig waren.
Dennoch war Eduard, der bei Tisch sehr heiter, ja, geradezu ausgelassen fröhlich gewirkt hatte, plötzlich sehr ernst geworden, und Albert lief, als das Wort Krieg gefallen war, ein Schauer über den Rücken.
Kein Wunder, daß er schlecht träumte. Er wartete in einem langen, düsteren, von einer einzigen Gasflamme nur trüb aufgehellten Gang auf die Geburt seines Kindes. Selbstverständlich war es sein Kind, das hier geboren werden sollte. Und als der Gang sich unversehens belebte, Schwestern und Ärzte in weißen Kitteln vorüberhuschten, hinter Türen verschwanden und, ohne erkennbaren Grund, wieder herausstürzten, um sogleich wieder dorthin zu eilen, woher sie gekommen waren, vermochte er dennoch den Leutnant d'Heureuse, der plötzlich neben ihm stand und vor Aufregung zitterte, mit ein paar erläuternden Worten zu beruhigen. Bald danach sprangen Türflügel auf, und zu einem Trauermarsch, den Ärzte und Schwestern auf blitzenden Instrumenten bliesen, näherte sich Emma, das Neugeborene auf dem Arm. Jetzt begann Albert doch zu bezweifeln, daß dies wirklich sein Kind sei. Er wußte, wie viel davon abhing, ob Emma das Kind zu ihm oder zu d'Heureuse tragen würde, und er war sehr verwundert, daß sie es, mit einem geheimnisvollen Lächeln, zwischen ihm und dem Leutnant behutsam auf den Boden legte. Beide fielen auf die Knie, um den Säugling zu betrachten. Zu sei-

ner großen Zufriedenheit erkannte Albert, daß er eine Brille trug, die der seinen glich, und auch sonst war das winzige Geschöpf durchaus sein Ebenbild. Er hob das Bündel auf, geriet ins Stolpern, und in diesem Augenblick wurde es ihm von d'Heureuse entrissen. Wütend griff Albert den Leutnant an, wobei er riskierte, daß der es fallen ließ. Doch als er im Handgemenge dem kleinen Gesicht ganz nahekam, entsetzte er sich. Ihm war sogleich klar, daß es sich um die Spielart eines Zentauren, eines Pferdemenschen, handelte — nur freilich, und das befremdete ihn als Kenner der griechischen Mythologie — um einen gewissermaßen reziproken Typus: statt Menschenkopf und Pferdeleib, wie es sich für einen Zentauren gehörte, besaß dieses Wesen einen menschlichen Körper und ein ausgeprägtes, raffzähniges Pferdegesicht. »Behalte es!« sagte er indigniert zu d'Heureuse, der nun das Kind an sich preßte und über den endlosen Gang das Weite suchte. In diesem Moment stürzte sich Emma, die scheinbar teilnahmslos daneben gestanden hatte, vor Alberts Füße, umschlang seine Knie und flehte ihn an, das Kind dem Leutnant wieder abzujagen. »Es ist doch deins!« schrie sie in einem fort. »Es ist doch deins!!« Und als er stumm den Kopf schüttelte, rief sie: »Aber die Strahlkraft des Geistes — zählt die denn gar nicht? Und das Spender-Genie?« und auch das wiederholte sie unentwegt, bis Albert erwachte. Sein erstes Gefühl war: unendliches Mitleid mit der jungen Mutter, der ihr Kind genommen wurde, so daß sie in ihrer Verzweiflung nur noch dummes Zeug faseln konnte.

Allerdings erinnerte sich Albert, während er sich wusch und ärgerlich bemüht war, sein völlig unangebrachtes Mitleid niederzukämpfen, an ähnliche Worte des alten Rübach, der auf diese Weise sein Schopenhauer-Plagiat verteidigen wollte. Es gelang ihm bald, darüber nicht länger zu spekulieren. Doch keineswegs brachte er es fertig, das Mitleid gänzlich zu verscheuchen. Zumindest für die-

sen Tag blieb es ihm, und auch für den folgenden noch, und wurde dadurch nicht geringer, daß er es zu verleugnen suchte, indem er es abwertend »Neugier« nannte. Da war aber sein Entschluß schon gefaßt.
Es verhielt sich nämlich so mit ihm, daß er, nach diesem Traum, wider alle Vernunft an Emmas Schwangerschaft zu zweifeln begann. Der Arzt in Stallupönen konnte sich geirrt haben; junge Mädchen hatten manchmal Zustände, die eine Schwangerschaft täuschend imitierten, das war auch Albert bekannt. Auf Doktor Penskys Diagnose hatte sich, natürlich, auch Rübach verlassen und sein Verhalten danach eingerichtet. Vielleicht also würde in Kürze eine groteske Fehleinschätzung korrigiert werden müssen. Die Wahrheit aber, so sorgte sich Albert, konnte kaum minder grausam sein als eine unerwünschte Schwangerschaft. Die Rösselsprünge, mit denen der alte Rübach sich einen Verantwortlichen für Emmas Zustand einzufangen suchte, ließen sich auch aus einer desolaten Seelenverfassung erklären, die ganz andere Ursachen haben mochte als den Fehltritt der Tochter. Und da wuchsen nun in Alberts aufgestörter Phantasie wahrhafte Schreckgespenster heran. Seit jenem 5. Januar hatte er Emma nicht mehr gesehen; seither konnte der Alte sie so verprügelt haben, daß sie nicht mehr in der Lage war, sich unter Menschen zu begeben.
Das mußte kein Hirngespinst sein; schließlich hatte er sogar seine Frau geschlagen und aus dem Hause gejagt. Wie aber vertrüge sich solche Brutalität mit der Affenliebe zu seiner Tochter, mit dem anrüchigen Lobpreis ihrer Schönheit in der Silvesternacht? Auf jeden Fall mußte die Eröffnung des Arztes den Vater, der sein »Kleinod« unversehrt einem von ihm erwählten würdigen Freier übergeben wollte, bis zur Weißglut erhitzt haben. Wer glaubte denn schon an gemeinsam verbrachte tränenreiche Abende?! Albert legte sich keine Rechenschaft darüber ab, daß es ihm lieber wäre, Rübach hätte

Emma grundlos verprügelt, als daß die Schwangerschaft sich bestätigte. Wunden heilten und ließen sich vergessen; ein Kind blieb, unwiderleglicher Beweis für einen schändlichen Betrug. Das Fazit all seiner Überlegungen war: Ich muß Emma wenigstens noch einmal gesehen haben, um ihren Zustand, und damit die ganze vertrackte Situation, gerecht beurteilen zu können.
So wollte er die Gelegenheit wahrnehmen, sich drei Kommilitonen anzuschließen, die zu den Osterferien mit einem Zweispänner-Kastenwagen in ihre Heimatstadt Insterburg fahren wollten und nicht mehr von ihm verlangten als ein Fäßchen Bier, das auf der Reise vertilgt werden sollte. Aber auch dieser Fahrpreis war zu hoch für seine Verhältnisse. Schließlich machte sich Albert ohne viel Hoffnung auf den Weg zu Achim Grübner, den er in seinem Lädchen bei höchst absonderlichem Tun überraschte. Der Onkel in seiner grünen Schusterschürze stand vor dem Wandspiegel und hielt vor imaginärem Publikum eine Ansprache. Schon an der Ladentür hatte Albert ihn vernommen; der kleine, sonst so stille Mann schien sich gewaltig zu erregen und seiner ungeübten Stimme ein Äußerstes abzuverlangen. In der einen Hand den Zettel mit dem Text der Rede, unterstützte er seine Anklage mit ausladenden, etwas hölzern wirkenden Gesten. Es ging um die »Junker«, die, so verkündete er, zur Zeit schamlos mit den Handwerkern buhlten, dies jedoch nur, um sie zum Werkzeug finsterer Absichten zu erniedrigen. Und eben deshalb sei es hohe Zeit, das überholte Dreiklassen-Wahlsystem und die öffentliche Stimmabgabe, die jeden aufrechten Demokraten an den Pranger stelle, zu beseitigen. Die Junker — und Achim Grübners Stimme überschlug sich bei dieser Behauptung — forderten auf jedem Landtag Jagd- und Steuerfreiheit für sich, während sie für das einfache Volk die Wiedereinführung der Prügelstrafe als durchaus angemessen empfänden.
Albert kam der sanfte Onkel in dieser eingelernten Stei-

gerung seines Zorns reichlich komisch vor, doch zugleich empfand er eine herzliche Zuneigung zu dem bescheidenen Mann, der, einmal ins Licht der Öffentlichkeit gezerrt, von den Gesinnungsgenossen gezwungen wurde, seine Kräfte und Fähigkeiten zu überfordern. Sein verlegenes Lächeln, als er sich ertappt fühlte, verriet, wie wenig vertraut er noch mit der Aufgabe war, als Agitator gegen die herrschende Klasse zu wettern.

»Ach Albert, du bist es?« sagte Grübner verlegen und wand sich zwischen Hocker und Schustertisch hindurch. »Na ja, da hast du mich einmal als Redner erlebt, aber vergiß nur schnell, was du gehört hast. Du bist zwar auch ein Handwerkersohn, aber schon auf dem besten Wege, ein studierter Herr zu werden, und dann willst du mit unsereinem nichts mehr zu tun haben.«

»Ganz im Gegenteil«, sagte Albert frech. »Ich bin hier, um mir von dir ein Fäßchen Bier oder ein paar Fläschchen zu erbitten. Ich bin nämlich bereits ein so vornehmer Herr geworden, daß ich mich mit Geldsachen nicht abgebe und folglich über keinen Groschen mehr verfüge. Unbegreiflicherweise haben die Herren Bankiers, mit denen ich doch, meinem Stande entsprechend, auf vertrautestem Fuße stehe, mir diesmal jeglichen Credit verweigert.«

Achim Grübner sah ihn ob dieser wohlgesetzten Rede verdutzt an. Dann sprang sein Gesicht in hundert Fältchen, und er mußte so herzerfrischend lachen, daß ihm gar nichts übrig blieb, als dem Neffen zwar kein Faß, wohl aber einen Taler in die Hand zu drücken. Und er solle nur die lieben Verwandten in Gumbinnen von Schwager und Schwester aufs freundlichste grüßen.

In diesen letzten Tagen vor dem Fest versuchte Albert seinen Kummer mit einem Übermaß an fachlicher Arbeit zu betäuben. Das war auch die einzige Chance, das Wohlwollen des verdrossenen Professors wiederzugewinnen. Wie bitter er ihn enttäuscht hatte, merkte Albert daran, daß der Gelehrte ihn gar nicht wahrzunehmen schien, wenn er im Seminar den Finger hob, um, wohlpräpariert wie stets, auf eine knifflige Frage die exakte Antwort zu geben. Statt dessen ließ er sich von seinem schwächsten Schüler durchaus Ungenügendes vorstottern und fand danach »das Problem im Wesentlichen erfaßt«, was niemanden mehr verblüffen konnte als den Befragten. Mochte Albert in dieser Nichtbeachtung seiner Person noch die verdiente, hoffentlich zeitlich begrenzte Strafe für sein unentschuldbares Verhalten sehen, so brachte ihn eine Begegnung im Botanischen Garten fast zur Verzweiflung. Er verweilte gerade bei den Wasser- und Sumpfpflanzen, einer erst kürzlich erweiterten Anlage, als plötzlich der Hut des Professors und sogleich auch dieser selbst über dem felsigen Hügelrand des benachbarten Alpinums auftauchte. Obwohl Albert ihm sofort entgegenging, zog der Gelehrte sich blitzschnell zurück, wie ein Soldat, der, über die Deckung spähend, den Feind ausgemacht hat. Nun lag es auf der Hand: Professor Kankelwitz war unversöhnlich, und Albert würde gut daran tun, zu Beginn des Sommersemesters gar nicht mehr nach Königsberg zu fahren; mit dem Studium war's vorbei.

Als er trübsinnig den Rückweg antrat, hörte er hinter sich Trippelschritte. Alwine, des Professors kleine Tochter, holte ihn ein. »Der Papa will Sie sprechen!«

Er sah sich um. Der Professor war nicht zu sehen.

»Nein, nicht hier. Im Haus!«

Sie griff nach seiner Hand und zog ihn, der sich auf das Schlimmste gefaßt machte, hinter sich her. Er erinnerte sich an den wilden Indianer mit Pfeil und Bogen. Das lag nun schon ein Jahr zurück.

»Bist du noch immer Unkas, der letzte Mohikaner?« fragte er, um sich abzulenken.

»Pah! Da war ich doch noch klein!«

Professor Kankelwitz saß hinter seinem Schreibtisch.
»Ich sah Sie beim Alpinum. Da fiel mir dieser Brief ein. Lesen Sie mal!«

Ruß an der Ruß, den 4. April 1870

Hochverehrter Herr Professor!

Auf dem Stiftungsfest der ›Littuania‹ hatten wir Gelegenheit, einige Worte miteinander zu wechseln. Sie waren so liebenswürdig, mir Aufschluß zu geben über eine merkwürdige Krankheit, die etliche unserer Bäume, insbesondere die hierorts nicht allzu zahlreichen, deshalb um so wertvolleren Lärchen befällt. Sie erklärten mir, daß es sich um eine krebsartige Geschwulst handele, die durch einen bösartigen Pilz verursacht wird, — ein Krankheitssymptom, das auch in anderen Teilen unseres Vaterlandes mit Sorge beobachtet werde. Diese Ihre Diagnose habe ich an einige unserer Forstleute weitergegeben, die sie ebenso interessant wie entmutigend fanden. Sie hatten mir ja gesagt, daß derzeit kein Mittel gegen das Übel bekannt sei, so daß nichts anderes übrig bleibe, als den befallenen Baum zu vernichten.

Mein nochmaliger Dank für Ihren liebenswürdigen Rat verbindet sich unbescheidener Weise mit der Bitte um eine weitere Auskunft, die ich allerdings nicht für mich, sondern im Namen eines meiner Patienten an Sie richte.

Mit dem Auftauen des Eises beginnt in unserer zur Zeit noch sehr unwirtlichen Gegend wieder der Fischfang, neben Flößerei und Holzverarbeitung die hauptsächliche Einnahmequelle unserer tüchtigen litauischen Bevölkerung. Und da erinnert man sich nun mit Grausen einer Entdeckung, die man in den letzten Jahren machen mußte. Statt einer zappelnden Ausbeute an gesunden Lachsen fanden sich in den Netzen, von Sommer zu Sommer immer zahlreicher, von Geschwüren entstellte Fische, darunter viele tote. Einer meiner Patienten, ein

sehr wohlhabender Litauer namens Michel Kubillus, gehört zu den besonders Betroffenen, besitzt er doch die meisten Fanggründe in unserer Gegend. Zwar sind auch noch wesentliche Anteile der oberhalb von Ruß gelegenen Cellulosefabrik in seiner Hand, so daß er, auch wenn der Fischfang zum Erliegen käme, noch kein armer Mann wäre. Doch macht er sich (was ihn ehrt) Sorgen um die Existenzgrundlage der für ihn arbeitenden Fischer, und dies um so mehr, als er — was ich mit Rücksicht auf meine Schweigepflicht nur ungern niederschreibe — sehr schwer erkrankt ist und den Sommer wohl kaum mehr erleben wird. Herr Kubillus möchte, wie man so sagt, sein Feld bestellen, und das besteht nun einmal aus Wasser. Er hält es nicht für ausgeschlossen, daß ein Neider es ihm vergiftet hat, aber dafür gibt es nicht den geringsten Anhalt.
Um nun zum Eigentlichen zu kommen: Ich hatte ihm von Ihrer Lärchen-Diagnose erzählt, wie, natürlich, auch von Ihrem weltweiten Ruf als Gelehrter. Daraufhin verstieg sich Herr Kubillus zu der Hoffnung, Sie, hoch verehrter Herr Professor, könnten unter Umständen geneigt sein, sich durch persönlichen Augenschein von unserem Fischesterben zu überzeugen und seinen Ursachen auf die Spur zu kommen. Zwar habe ich ihm begreiflich zu machen versucht, wie sehr Sie durch Ihre segensreiche Lehr- und Forschungstätigkeit in Anspruch genommen sind, und wie selbstisch ein solches Ansinnen doch sei. Leider ließ er sich von meinen Einwänden nicht im mindesten beeindrucken, sondern bat mich, da er selber des Deutschen kaum mächtig ist, Ihnen einen Brief im dargelegten Sinne zu schreiben. Nicht genug damit: er bestand darauf, eine Bankanweisung in beträchtlicher Höhe beizufügen, die es dem Empfänger ermöglichen solle, die Reise unter den für ihn günstigsten Bedingungen anzutreten. Wiewohl ein solches Verfahren zumindest ungewöhnlich ist, ja sogar als eine Art von Nötigung mißver-

standen werden könnte, war es ihm nicht auszureden. Endlich soll ich Ihnen mitteilen, er werde sich, sofern Sie nur die Reise nach Ruß anträten, gleichviel ob sie Ergebnisse zeitige oder nicht, als überaus generös erweisen, so daß Sie den Aufwand an Zeit und Kräften nicht zu bereuen hätten.

Damit, hoch verehrter Herr Professor, hätte ich mich meiner Pflicht entledigt und vermag nur noch hinzuzufügen, daß unser Ruß, trotz seiner Abgelegenheit, ein recht gastfreundlicher Ort ist — und dies nicht nur wegen seines weltweit gerühmten Wasserpunsches.

Mit dem Ausdruck meiner außerordentlichen Wertschätzung verbleibe ich als

Dr. med. Adalbert Ungefug
Medizinalrat

»Nun?« fragte Kankelwitz, der Albert während des Lesens beobachtet hatte. »Was sagen Sie?«

»Eine ziemliche Zumutung«, erwiderte Albert.

»Das will ich meinen! Wissen Sie, was es heißt, nach Ruß zu fahren? Erst mit dem Zug nach Insterburg, dann umsteigen nach Tilsit, und von dort mit dem Dampfer nach Ruß — sollte die Ruß schiffbar sein, was um diese Jahreszeit gar nicht sicher ist. Da sind Sie manchmal zwei volle Tage unterwegs. — Aber ich wollte Sie etwas anderes fragen. Sie haben den Brief sorgfältig gelesen?«

»Ja.«

»Dann muß Ihnen etwas aufgefallen sein. Im Zusammenhang mit dem Fischesterben.«

Albert zögerte nicht: »Natürlich. Dic Cellulose-Fabrik.«

Kankelwitz schlug mit der flachen Hand auf den Tisch: »Exakt! Und der Kerl kapiert nicht, daß er, sozusagen mit eigener Hand, nämlich als Mitbesitzer der Fabrik, seine Fische vergiftet! Um das zu erfahren, bedarf er eines Wissenschaftlers! Na, sagen Sie, Matureit, ist das nicht ungeheuer komisch?!« Er begann zu lachen, lachte so vergnügt und anhaltend, wie Albert es noch nie von ihm gehört hatte. »Aber so sind diese Herren. Wollen ihre Finger überall im Spiel haben und sehen nicht, wie eines zwangsläufig der Feind des anderen ist. Haben Sie gehört, was man jetzt in Sachsen beobachtet hat? Da sterben die Nadelhölzer ab! Sofern sie in der Nähe von Hüttenwerken liegen und dem Steinkohlenrauch und anderen Dämpfen ausgesetzt sind. Schon unser großer Linné hat einmal festgestellt, die Schwefelschwaden einer Metallhütte vergifteten das umliegende Erdreich so sehr, daß dort keine Pflanze mehr gedeihen könne. Leuchtet ja ein: Bleiverbindungen, arsenige, vor allem schweflige Säure sind Gift für die Coniferen. Sie sterben vom Gipfel her ab, die Nadeln verfärben sich, werden gelb, endlich braun und schwarz, und so verkümmert der ganze Baum. Na, und hier: Cellulose-Fabrik oberhalb der Fischgründe! Die Abwässer zehren den Sauerstoff auf, vernichten die Kleintierwelt, also die Nahrung der Fische, und lassen die Lachse, von den durch allerlei Gifte verursachten Krankheiten ganz abgesehen, langsam verhungern. Und um das zu erforschen, braucht dieser Herr Kubillus einen Wissenschaftler! — Wissen Sie, weshalb ich Sie hergebeten habe?«

»Nein, Herr Professor.«

»Weil ich glaube, daß Sie allen Grund haben, nachdem Sie sich (und mich) in der Botanischen Gesellschaft blamiert haben, Ihr wissenschaftliches Renommé wieder aufzufrischen. Da!« — er überreichte Albert die Bankanweisung — »versorgen Sie sich mit Reisegeld und nützen Sie die Osterferien!«

»Sie meinen, ich solle, an Ihrer Stelle...? Aber mich würde der Herr Kubillus doch niemals als gleichwertigen Ersatz für Sie akzeptieren! Und auch Herr Dr. Ungefug würde — «

»Das lassen Sie meine Sorge sein. Ich telegrafiere Ihre

Ankunft mit ein paar erläuternden Worten. Wann können Sie reisen?«

Albert überschlug, wieviel Zeit er für seine Nachforschung in Pallweitschen brauchte. »Übermorgen.«

»Ausgezeichnet. Sie müssen sehen, wie Sie von Tilsit weiterkommen. Sollte der Strom noch nicht schiffbar sein, sehe ich allerdings schwarz. — Noch etwas?«

»Ganz wohl ist mir bei der Sache nicht«, sagte Albert. »Soll ich da oben so tun, als hätte ich die Ursache dieses Fischesterbens erst nach sorgfältiger wissenschaftlicher Untersuchung herausgefunden? Und mich auch noch dafür bezahlen lassen?«

»Sie meinen, das sei nicht ganz redlich. Mag sein, lieber Matureit, mag sein. Aber ohne ein bißchen Gaukelei vor den Augen des staunenden Laien geht's auch bei uns nicht ab. Wenn wir um staatliche Zuschüsse für unsere Forschungsarbeiten einkommen, müssen wir auch auf Erfolge verweisen können. Wenn es uns gelingt, die Lachse da oben wieder gesund zu machen — das beeindruckt sogar einen Berliner Ministerialrat!«

Für einige Stunden verdrängte die Freude über das wiedergewonnene Wohlwollen des Professors jede andere Empfindung, sogar den Kummer um Emma. Albert eilte zum nächsten Creditinstitut und löste die Bankanweisung ein: runde 50 Taler, so viel hatte er noch nie in der Hand gehabt. Wieder auf seiner Bude, packte er seine Sachen zusammen, konnte aber das meiste zurücklassen, weil Frau Bröse, die wegen des Briefes an seine Mutter wohl noch immer ein schlechtes Gewissen hatte, ihm für die Osterferien Mietfreiheit gewährte, so daß er diesmal das Zimmer nicht zu kündigen brauchte. Die kleine Therese verpflichtete sich sogar, Mäuse, Schlange, Eidechse und Schildkröte nicht verhungern zu lassen. Albert schrieb noch schnell einen Brief an die Eltern, in dem er von seinem ehrenvollen Auftrag berichtete und um Ver-

ständnis dafür bat, daß er diesmal in den Ferien nicht nach Hause kommen könne.
Als der Kastenwagen in der Köttelstraße vorfuhr, waren die Kommilitonen — ein Jurist, ein Mediziner und ein Theologe schon in ausgelassener Stimmung, und unterwegs sangen alle, beflügelt vom Braunbier, viele patriotische, höheren Orts nicht gern gehörte Lieder:

»Und ein Frühling ist im Lande,
wie die Welt noch keinen sah,
und es reißen alle Bande,
und die Freiheit, sie ist da!
Noch ist Polen nicht verloren,
und Italia erwacht,
unser Deutschland, neu geboren,
wird zu Ruhm und Ehr' gebracht!«

Mit dickem Schädel verabschiedete sich Albert in Insterburg nach fünfstündiger Rüttelfahrt von seinen Kumpanen. Er hatte sich bis zum Bahnhof kutschieren lassen, in der Hoffnung, es werde bald ein Zug kommen, der ihn über Gumbinnen nach Stallupönen brächte. Während er darauf wartete, wurde ihm der Kopf etwas lichter, und als er im Waggon saß, fiel ihm ein, daß er bereits in Trakehnen aussteigen könnte; auch von dort aus ließ sich Pallweitschen in knapp drei Stunden Fußmarsch erreichen.
Vom Bahnhof nahm er die Straße über den Faulen Graben. Das Wetter war günstig, der frische Frühlingswind und das erste Grünen und Blühen am Wegrand munterten ihn auf. Er ließ das berühmte Gestüt zu seiner Rechten, wünschte dem üblen Rendanten, der seinen Vater beleidigt hatte, noch einmal alles Böse und ging auf Feldwegen, über Wiesen- und Buschgelände, immer nach Osten, bis er bei Oettingen den Kirchturm von Göritten erblickte. Von hier war es nicht mehr weit bis Pallweitschen. Als er einige Leute auf den bereits zum Gut gehö-

renden Feldern arbeiten sah, schlug er einen Haken, um nicht erkannt zu werden. Er wollte sich dem Gutshof auch nicht über die Kastanienallee nähern, denn am Haupttor würde der Hund ihn verraten, sondern von der anderen Seite, quer über die Wiesen. So traf er genau an der Stelle ein, wo er im Sommer Emma mit ihrer Mutter in Gesellschaft des Inspektors Liedtke überrascht hatte. Das schien ihm ferne Vergangenheit zu sein.

Für ein paar Minuten setzte er sich ins Gras. Er war müde und hungrig; sie hatten sich ja fast nur von Bier ernährt. Wie er es in Pallweitschen schon gewohnt war: wiederum sah er auf diesem Gespensterhof kaum ein Anzeichen menschlichen Lebens. Man mußte sich wundern, daß Hühner, Kühe und Gänse nicht längst verhungert waren.

Er raffte sich auf und hoffte, daß der Hund nicht doch noch anschlug. Dennoch war er auf alles vorbereitet. Rübach hatte seiner Tochter — vielleicht — nichts von der Auseinandersetzung in Königsberg erzählt. Genausogut konnte er ihr auch die eitle Hoffnung genommen haben, Albert werde sich ihrer erbarmen und sie heiraten. Die Hoffnung? Hätte sie darauf spekuliert, weshalb hatte sie dann, wo sie doch bereits wissen mußte, wie es um sie stand, den Briefwechsel mit ihm abgebrochen? Sie, sie war es gewesen, nicht er, der törichte Tropf!

Nein, er wollte nicht wieder ins Grübeln geraten; jetzt war er hier, in Pallweitschen, vor Ort, wie die Bergleute sagen, und einer, der endlich zum Mann geworden ist, der selbst vor dem Urbull nicht gekniffen hat, ein solcher scheut weder Gefahr noch Peinlichkeit, und nicht einmal das Wiedersehen mit der ungetreuen Geliebten. Also näher herangepirscht!

Der Hof lag im zartgoldenen Licht des späten Nachmittags. Es färbte die rote Ziegelmauer des Kuhstalls noch kräftiger und auf der Scheunenwand wiederholte es in scharf umrissenen Schatten das kahle Gezweig der

Hoflinde. Das Tor der Scheune stand weit offen.
Albert blieb am Hühnerauslauf stehen, der Maschendraht schützte ein wenig vor Späherblicken, während er selber gute Sicht hatte. Es dauerte nicht lange, dann ging die Hoftür des Wohnhauses auf, und heraus kam Rübach im Arbeitsanzug; er trug eine schwere Kanne von der Art, wie sie die Bauern zum Milchtransport verwenden, und verschwand damit in der Scheune. Mit ein paar Sätzen war Albert über den Hof und im Haus.
Er wollte Emma nur sehen, sich nur überzeugen, daß Rübach sie nicht grün und blau geschlagen hatte. An eine Aussprache dachte er nicht. Es gab nichts mehr zu bereden; sie mußte auslöffeln, was sie sich eingebrockt hatte. Wo war sie?
Er sah keinen Grund, lautlos herumzuschleichen, er ging von Zimmer zu Zimmer, auch in die Bibliothek, ließ Küche und Eheschlafzimmer nicht aus. Im 1. Stock, im Gastzimmer, wo er geschlafen hatte, fand er ebenfalls alles aufgeräumt. Also mußte Emma im Hause sein; dem Alten war so viel Ordnungsliebe nicht zuzutrauen.
Endlich kam er an eine Tür, hinter der er Emmas Zimmer vermutete. Er klopfte an und drückte die Klinke erst, als auch beim zweiten Mal niemand antwortete. Hier war das Bett nicht gemacht, es sah aus, als habe Emma es heimlich verlassen und sei nicht mehr zurückgekehrt. Ein Strauß Schlüsselblumen stand auf dem Fensterbrett, sie ließen die Kelche hängen. Für eine Sekunde war er versucht, im Sekretär zu stöbern, eine unkeusche Neugier verlangte nach Beweisen (wozu hatte er die noch nötig?): Liebesbriefe von d'Heureuse, mit rosa Bändchen umwikkelt?...
Und plötzlich wurde ihm bewußt: *Nichts* in diesem Hause ließ auf Emmas Anwesenheit schließen. Rübach war allein! Hatte er seine Tochter verstoßen? War sie auf der Flucht?
In diesem Moment sah Albert durchs Fenster, wie

Rübach aus der Scheune kam, die große Kanne am Tor abstellte und aufs Wohnhaus zuging. Albert legte die Stirn an die Scheibengardine, deutlich sah er Rübachs kräftig durchblutetes Gesicht unter dem Schlohhaar. Er wischte sich mit dem Handrücken die Augen. Weinte er? Rübach, der grobe Kerl, der Lump, der alte Kuppler — in Tränen?! Emma war tot! Was sonst konnte einen Rübach zum Weinen bringen?
Er setzte sich aufs Bett, auf Emmas Bett, versuchte seine Gedanken zu ordnen. Der einsame Vater weinte um seine Tochter. Hatte er sie am Ende — selber umgebracht...? War sie womöglich noch im Hause? Irgendwo aufgebahrt, wo ich noch nicht war? Im weißen Unschuldskleid, mit gefalteten Händen, Schlüsselblümchen zwischen die starren Finger gesteckt?
Einem Rübach war ein Mord ebenso zuzutrauen wie heuchlerische Tränen um sein Opfer.
Ich muß hinunter, muß ihn stellen. Es ist undenkbar, daß ich Pallweitschen verlasse, ohne Gewißheit zu haben.
Er nahm keine Rücksicht mehr, tapste in seinen schweren Stiefeln die Treppe hinunter, und schon kam der Alte aus der Bibliothek. Er hielt sich am Türrahmen fest. Albert hatte sich nicht getäuscht, die Augen waren feucht.
»Was wollen *Sie* denn hier?« brummte Rübach. »Sie haben sich's wohl anders überlegt? Kommen Sie herein!«
Albert folgte ihm. Sie setzten sich an den runden Tisch, der vor dem Fenster stand.
»Wo ist Emma?« fragte Albert.
»In Stallupönen. Im Krankenhaus.«
»Was hat sie?«
»Das Kind ist weg.«
»Ein — Abortus?«
»Emma hat versagt.« Es klang wie ein Schluchzen. »Sie war nicht stark genug, unser Geschlecht fortzupflanzen.«
»Das — machen Sie ihr zum Vorwurf?!«
»Wie?« Rübach wurde unsicher. »*Sollte* ich nicht — nicht

wahr? Ja, ja, Sie haben ganz recht. Wo der Geist waltet, hat der Körper nicht mehr viel zu bestellen. Habe ich Ihnen nicht unlängst erst klargemacht, wie es sich mit der Strahlkraft verhält? Mit den Spender-Genies? In der Aura eines bedeutenden Menschen kann sich sogar das Erbgut der ihm Anvertrauten verändern. Aber davon habt ihr Naturwissenschaftler keine Ahnung!«

»Allerdings, Herr Rübach. Denn was Sie da sagen, ist totaler Blödsinn.«

»Hören Sie mir erst zu, dann mögen Sie urteilen — wenn auch nur von Ihrem begrenzten Standpunkt aus. Sie werden doch nicht bestreiten, daß bestimmte Chemikalien, seien sie flüssig oder gasförmig, das Erbgut verändern können?«

»Das bestreite ich sehr wohl. Denn wir wissen ja noch so gut wie nichts über die Ursachen und Gesetze der Erblichkeit. Da gibt es nichts als unbewiesene Vermutungen.«

»Um so mehr sollten Sie auf meine Erkenntnisse vertrauen. Aber gut, lassen wir die Chemikalien beiseite. Ich spreche vom Geist und dem eminenten Einfluß, den er ausübt. Wer der Vater dieses unseligen Würmchens war, spielt letzten Endes keine große Rolle. Denn *ich* war im Hause, als es geschah, mein Geist hat hier gewirkt, entscheidend mitgewirkt, und deshalb trage ich die Verantwortung.«

»Allerdings!« rief Albert.

»Wenn auch nicht in dem trivialen Sinne, wie Sie jetzt unterstellen! Sondern weil ich versagt habe, weil die Strahlkraft meines Geistes, die sich doch auf andere Weise so bewährt hatte — denken Sie an meinen Einfluß auf Schopenhauer! — weil diese Kraft nicht mächtig genug war, das werdende Leben zu schützen und zu veredeln.«

»Wenn ich überhaupt auf Ihre irrwitzigen Theorien eingehen wollte, Herr Rübach, dann müßte ich Ihnen entgegenhalten, daß dieses ›armselige Würmchen‹ ja kaum Gelegenheit gehabt hat, sich zu einem von Ihnen geprägten Edelmenschen zu entwickeln.«

»Weil es nicht ausreichend Lebenskraft hatte, sehr richtig. Und das ist es ja, was ich mir vorwerfen muß. Nicht einmal so weit, daß es leben durfte, hat meine Kraft gereicht. Es ist ein Jammer!« Er kämpfte wieder mit den Tränen. Dann kam er auf Albert zu, beugte sich zu ihm, flehte ihn an: »Herr Matureit, das Kind gibt es nicht mehr. Es ist keine Belastung mehr. Bekennen Sie sich zu Emma, heiraten Sie das Mädchen! Ich bin ein gebrochener Mann, ich mach's nicht mehr lange, ich habe das Tödlein gegriffen in der Silvesternacht! Heiraten Sie das arme Mädchen, Sie sollen es nicht bereuen. Ich verkaufe mein Gut. Die Summe, die es erbringen wird, soll Emmas Mitgift sein!«

Albert stand auf und ging zur Tür. Dort wandte er sich noch einmal um, sah Rübach an und schüttelte langsam den Kopf.

Es gab nun nicht mehr den geringsten Zweifel für ihn: der Alte war geisteskrank, und wenn Emma zu ihm zurückkehrte, war höchste Gefahr im Verzuge. Es täte mir schließlich doch leid, wenn Emma etwas zustieße, dachte Albert. Aber verhindern? Verhindern kann ich es nicht.

Er verließ das Zimmer und trat auf den Hof hinaus. Die Dunkelheit war hereingebrochen.

Der Alte war irre. Strahlkraft des Geistes! Wenn es das wirklich geben sollte (eine absolut unerlaubte Hypothese. Aberglaube! Hexenspuk!), dann hatte Rübach seine Tochter mit seinem zerrütteten Geist angesteckt, so daß sie sich dem ersten besten ergeben hatte. Er trat den Rückweg an, ohne sich noch einmal umzuwenden.

Plötzlich, irgendwo auf dem nachtdunklen Feld, blieb Albert stehen. Ein Gedanke hatte ihn angefallen — so beklemmend, daß er aufstöhnte, und dann wurde ihm

beinahe schlecht. Aber er stolperte weiter, über Furchen und Senken, bis er die Landstraße erreicht hatte. Er lehnte sich an einen Alleebaum und holte tief Luft.
»O Gott!« stöhnte er. »O Gott, was bin ich doch für ein armseliger Tropf, der naivste, der begriffsstutzigste aller Tröpfe! Aber — ist denn das denkbar? Gibt es das überhaupt? Bin ich jetzt selber von seinem Irrsinn angesteckt? Oder war, was der schreckliche Mensch gefaselt hat über Strahlkraft des Geistes und Beeinflussung der Erblichkeit nichts anderes als ein kaum mehr chiffriertes *Geständnis?* Wie widerlich! Wie unsagbar ekelhaft!«
Er setzte sich unter den Baum, saß wie erstarrt — und mußte sich doch der obszönen Bilder erwehren. Als es ihm endlich gelungen war, sie zu verdrängen, fand er sich abscheulich. Wie verderbt war seine Phantasie! So etwas gab es doch nicht, schon gar nicht in solchen Kreisen! Er hatte einmal von einem Strafprozeß gelesen, da hatte es der Vater mit der Tochter gehabt. Aber das war eine arme Köhlerfamilie, die in entlegener Mooreinsamkeit hauste, sieben Personen in einer winzigen Kammer, da war der Unsittlichkeit das Lager bereitet, und moralische Bedenken hatten solche Leute ohnedies nicht. Der Mann war zu fünf Jahren Zuchthaus verurteilt worden, auch die Tochter, da sie schon über 18 war, mußte für zwei Jahre hinter Gitter. Sodom und Gomorrha. Aber in einer Familie Rübach war das doch nicht denkbar! Ein Gutsbesitzer. Ein zumindest halbwegs — gebildeter Mann?
Als er aufblickte, sah er den Schein. Das Gelände stieg von der Straße her etwas an, und hinter der Bodenwelle, die den ferneren Horizont seinen Blicken entzog, flakkerte ein zartrötliches Licht.
Albert sprang auf und stapfte über das Feld, in der Richtung, aus der er gekommen war. Als er die Höhe erreicht hatte, sah er die brennende Scheune. Hatte Rübach den Hof angesteckt?
Soll ich zurück? Helfen? Retten? Sinnlos. Ich kann

nichts mehr retten. Will ich es überhaupt? Hier ist nichts mehr, was wert wäre, gerettet zu werden.
Er stand noch eine Weile, seltsam unberührt von dem flammenden Schauspiel. Er war schon zu weit entfernt, er konnte nicht sehen, ob jemand von den Instleuten zu Hilfe eilte, noch weniger, wo Rübach war: auf dem Hof, im Wohnhaus — oder gar in der Scheune? Er dachte an Emma, die, wenn sie aus dem Krankenhaus kam, den Vater vielleicht nicht mehr finden würde.
Zögernd, dann schneller und schneller, begann drüben in Göritten die Feuerglocke zu läuten. Bis die Wehrmänner versammelt und die Pferde angespannt wären, bis der Spritzenwagen über die Feldwege poltern würde, war die Scheune längst niedergebrannt.
Nein, er hatte hier nichts mehr zu bestellen. Er schlug den Weg nach Trakehnen ein; wenn er sich beeilte, konnte er den Spätzug nach Insterburg erreichen.

Am Bahnhof erfuhr er, daß der nächste Zug erst am folgenden Morgen um halb neun ging. So blieb ihm nichts übrig, als in der Bahnhofswirtschaft nach einem Quartier zu fragen, Geld hatte er ja. Er stärkte sich mit Bockwurst und Bier und war am anderen Morgen früh auf. In Insterburg ließ der Anschluß nach Tilsit nicht lange auf sich warten.
Der tiefe Schlaf, das kräftige Essen und das gute Wetter hatten ihm wohlgetan; trotzdem vibrierten seine Nerven, sowie er an den gestrigen Abend dachte. Er überlegte, wie weit sich der Brand noch ausgedehnt haben mochte, und ob Rübach womöglich in der Scheune den Tod gesucht hatte, getreu dem Orakel der Silvesternacht. Sein Gewissen meldete sich.
Bin ich am Ende nicht schuldlos an diesem Brand? Aber wenn er sich fragte, ob er auf Rübachs schamloses Geständnis anders hätte reagieren können, kam er doch immer nur zu einem schroffen Nein. Dieser Mann hatte

die heiligste Beziehung, die es zwischen zwei Menschen geben kann, seinen aberwitzigen Theorien, seinen irregeleiteten Trieben geopfert und sich nicht darum geschert, daß er mit seinem inzestuösen Verlangen die Unschuld seines Kindes zerstörte.

Albert hätte weiterdenken, hätte sich in Emmas Lage versetzen können, aber immer wenn ihn das Mitleid überkommen wollte, erinnerte er sich der Lügen, die sie ihm aufgetischt hatte, und das genügte, um jede weichere Regung zu unterdrücken. Was er aber, trotz seiner bitteren Enttäuschung, keineswegs glauben mochte, war, daß Emma ihn, wie Rübach in Königsberg angedeutet hatte, der Vaterschaft bezichtigt haben könnte. Eine solche Infamie lag jenseits seines Vorstellungsvermögens. Jetzt, da er wußte, wie sich alles verhielt, setzte ihm zu, daß er den Leutnant d'Heureuse zu Unrecht beschuldigt hatte. Nicht auszudenken, was passiert wäre, hätte es kein Manöver gegeben! Der Offizier wurde ihm, nachdem sich seine Unschuld herausgestellt hatte, zwar kaum sympathischer, aber ein ehrloser Wicht war er nun eben nicht — und wer weiß, ob der alte Rübach nicht auch ihn hatte erpressen wollen, ehe er das gleiche bei Albert versuchte.

Gegen elf Uhr fuhr der Zug im Tilsiter Bahnhof ein. Hoffentlich hatte Professor Kankelwitz, wie versprochen, dem Doktor Ungefug telegrafiert, und auch nicht vergessen, statt seiner den angeblich ebenso kompetenten Studiosus Albert Matureit anzukündigen. Und *so* sicher konnte Albert auch dann noch nicht sein, daß Kubillus ihn akzeptieren würde.

Gegen vier Uhr sollte das Dampfschiff in Ruß eintreffen. Bis zur Abfahrt schlenderte Albert durch die freundliche Stadt, die der 1807 geschlossene, für Preußen so nachteilige Friede von Tilsit berühmt gemacht hatte. Die Memel war hier schon längst ein mächtiger Strom; zahlreiche Kutter und die kurischen Keitelkähne mit bunten, aus Holz geschnitzten Wimpeln strebten dem Haff entgegen,

und auf dem jenseitigen Ufer wurde ein großes Lastschiff im Pferdezug stromaufwärts getreidelt. Der unangefochtene Beherrscher des Stromes war jedoch das Dampfschiff »Condor«, ein stattlicher Raddampfer, dessen hoher Schornstein dicke schwarze Qualmwolken ausstieß, während die Maschine den eisernen Rumpf erzittern ließ.
Es war nicht Alberts erste Dampferfahrt; er war einmal in Gesellschaft von Rhans mit der »Gazelle« auf dem Pregel nach Schloß Holstein gefahren. Aber alles, was nun vor ihm lag, war neu: die bewaldeten, teils moorig unzugänglichen Ufer, die oft nur mit niedrigem Weidengestrüpp bewachsenen Werder, die Dörfer mit ihren Windmühlen und spitzen Kirchtürmen und der im Sonnenglast blinkende, immer unbekümmerter das Land erobernde Strom, der nun, nachdem die Memel sich bald hinter Tilsit geteilt hatte, Ruß genannt wurde.
Als der »Condor« bei Uszpirden volle Fahrt gewonnen hatte, überholte er riesige, aus unzähligen Rundhölzern zusammengebundene Flöße, deren jedes weit länger und breiter war als der Dampfer: wahre Ungetüme, die von jeweils sechs Flößern, drei vorn, drei hinten, mit baumlangen Rudern gesteuert wurden.
»Bin gespannt, wieviel davon heil nach Memel kommen«, sagte der ältere Mann, der neben Albert an der Reling stand.
»Wieso? Gibt es Stromschnellen?« fragte Albert.
»Das nicht. Aber Stürme. Was meinen Sie, wieviel solcher Triften schon koppheister gegangen sind, spätestens an der Windenburger Ecke.«
Albert erfuhr, daß diese »Ecke«, eine spitz auslaufende Halbinsel, umschifft werden mußte, wenn die Flöße übers Haff nach Memel gebracht wurden. Sie war schon vielen hundert Holztransporten zum Verhängnis geworden. Vor einigen Jahren erst waren 24 Flöße an der Windenburger Ecke von Sturm und Brandung zertrümmert

worden, nach einer weiten Reise aus den großen russischen Forsten, wo man das Holz im Herbst und Winter eingeschlagen und im Frühjahr über viele kleinere Flüsse in die Ruß getrieben hatte.
»Sie haben ja jetzt mit dem Kanalbau angefangen«, sagte Alberts Nachbar, »zwischen Lankuppen und Drawöhnen ist er schon fertig. Wenn das einmal läuft, wird das ganze Haff umgangen, und dann ist es aus mit dem Gratisholz für die Windenburger. Was meinen Sie, was die in den letzten Jahren an Strandgut kassiert haben!«
Der gesprächige Mann ließ sich noch ausführlicher über die Flößerei aus, die hier, neben dem Fischfang, offenbar die Haupterwerbsquelle war. Seit die Schlimm'sche Dampfschneidemühle in Brionischken — kurz vor Ruß, am linken Ufer — in Betrieb sei, könne man *geschnittenes* Holz auf Kähne verladen, das sei weniger riskant als die Flößerei mit den unbearbeiteten Stämmen, aber wieviel Leute würden dadurch um Lohn und Brot gebracht! Die Flößer seien ja bescheiden, trotz ihrer schweren Arbeit. »Wenn die nur ihre tägliche Mehlsuppe aus Roggenschrot haben, mit Schmeer abgemacht, einen Kanten Brot dazu und ein reichliches Quantum Schnaps, sind sie schon zufrieden. Aber fragen Sie nicht, wieviel bei ihrer Arbeit koppheister« — er liebte das Wort anscheinend — »gegangen sind; die können doch alle nicht schwimmen!«
»Und das geht das ganze Jahr so mit der Flößerei?« wollte Albert wissen.
»Nur bis Mai. Dann ist das russische Holz abtransportiert. Dann ist Kubillus an der Reihe.«
»Kubillus?« Jetzt wurde es interessant. »Der das Fischrecht hat?«
»Derselbe. Der spannt im Mai seine riesigen Netze über den Strom, und wenn ein Dampfer kommt, macht er nur eine schmale Fahrrinne frei.«
»Und das darf er so ohne weiteres?«

»Wer wollte Kubillus schon was verbieten?«
»Und was bezweckt er mit den Netzen?«
»Ab Mai ziehen die Lachse den Strom hinauf, um in den Nebenflüssen der Memel zu laichen. Die sind schön sandig auf Dann ist Kubillus an der Reihe.«
dem Grund, da können die Lachse ihre Eier gut ablegen. Na ja, und das verwehrt ihnen der Kubillus mit seinen Netzen. Dann gehen ihm fast alle ins Garn.«
»Gesunde, kräftige Tiere«, behauptete Albert listig.
»Wenn Sie sich nur nicht irren«, sagte der Nachbar. Und noch einmal: »Wenn Sie sich nur nicht irren...« Anscheinend hatte er keine Lust mehr, sich zu unterhalten. Er stieg in die Kabine hinunter. Albert ließ sich durch den schneidenden Fahrtwind nicht stören.
Der Dampfer hatte in Kloken angelegt und steuerte nun abermals die linke Seite an, um bei Schakendorf festzumachen.
Unmittelbar am Ufer lag, weit vor dem landeinwärts gelegenen Dorf, eine Fabrik mit zwei hohen Schloten. Aus dem Werksgelände führte ein schmaler Kanal, der, dicht neben der Landungsbrücke, schmutzig grüne Abwässer in den Strom entlud. Hier stieg der Fahrtgenosse aus. Vielleicht war er, fragte sich Albert, ein Angestellter der Cellulosefabrik, die an dem ganzen Schlamassel schuld sein dürfte? Denn daß dies die berüchtigte Fabrik war, die zu einem guten Teil jenem sagenhaften Kubillus gehören sollte, war, wie Richard sagen würde, »nicht zu überriechen«: ein fataler Gestank nach fauligem Blumenkohl quoll aus den Schloten und würde auch weiter stromabwärts noch auszumachen sein.
Mühsam stampfend gewann der »Condor« wieder die Mitte des Stromes, und als auf dem rechten Ufer Tattamischken, der nächste Haltepunkt, in Sicht kam, gab es einen ohrenbetäubenden Knall, als sei im Maschinenraum eine große Stahlfeder zersprungen. Und in der Tat schien, zum Entsetzen einiger Passagiere, die aus der Kabine an

Deck stürmten, das Schiff steuerlos geworden; es verlor an Fahrt und begann, sich nach Laune der Wellen zu drehen, die es selber mit seinen Schaufelrädern verursacht hatte. Endlich sprang die Maschine wieder an, wenn auch mit einem unguten Klappern und Scheppern, und es gelang dem Kapitän, den man von der Brücke her fluchen hörte, den Dampfer auf Tattamischken zuzuhalten, wo er, zwar nicht am Landungssteg, sondern etwas abseits und in einiger Entfernung vom Ufer, Anker warf und riesige Schwärme von Wildgänsen aufschreckte. Jetzt erst erklärte der Kapitän den Passagieren, die sich an der Reling drängten, mit Hilfe seines Megaphons, daß es sich um einen Schaden handle, der vorerst nicht zu beheben sei. Sie könnten mit Booten, die sich bereits vom Ufer her der »Condor« näherten, ausgeschifft werden und, wenn ihr Ziel Ruß sei, versuchen, bei der Posthalterei einen Extra-Wagen zu mieten.

Während fast alle murrten und schimpften und schließlich, was blieb ihnen übrig, in die Kähne stiegen, deren Schiffer sich ein Fahrgeld erhoffen mochten, beobachtete Albert ein großes Floß, das von seinen Leuten mit bewundernswerter Geschicklichkeit dicht an den Schiffsrumpf herangeführt wurde, bis es, ohne zu dümpeln, langsseits lag. Die Flößer machten ein großes Hallo, riefen den »Schiffbrüchigen«, soweit sie noch an Bord waren, allerlei in einer Albert nicht verständlichen Sprache zu und winkten so lange mit Flaschen, Tüchern und einladenden Gebärden, daß jeder die Aufforderung verstand.

Einige entschlossen sich, ihr zu folgen, sogar zwei Frauen waren dabei, und auch Albert nahm die Chance wahr, auf diese Weise schneller nach Ruß zu kommen. Matrosen halfen beim Überspringen, und auf dem glitschigen Floß wurden alle von kräftigen Armen empfangen; sieben Leute waren es, die die windige Fahrt nicht scheuten.

Die Flößer stießen ab, vom Schiff und vom Ufer her

jubelte man den mutigen Passagieren zu, und nun begann eine abenteuerliche Reise: auf einem riesigen Baumteppich hockend, trieb man mit zunehmender Geschwindigkeit dem Kurischen Haff entgegen. Wenn sich die Fahrt nun so beschleunigt, daß sie in Ruß nicht mehr anlegen können, dachte Albert — was dann? Dann schwimmen wir bis zur Windenburger Ecke, und natürlich kommt rechtzeitig ein Sturm auf, mit Gewitter womöglich, und stud. phil. Albert Matureit, dem so viel mißglückt ist in seinem Königsberger Jahr, wird, was ihm bestimmt nicht an der Wiege gesungen wurde, einen anständigen Seemannstod sterben.

Dennoch war er nach einer knappen Stunde am Ziel der Reise.

Das Floß mit seinen fröstelnden Passagieren vermied den Landungssteg, den es trotz großer Behutsamkeit der Flößer leicht hätte beschädigen können. Knirschend, nur eben so weit, daß man trockenen Fußes an Land kommen konnte, schob es sich auf einen sanft auslaufenden Ufersaum. Der Floßführer kassierte von jedem ein bescheidenes Fahrgeld, dann rammten die kräftigen Burschen ihre »Putschienen«, die baumlangen Ruder, in die Erde und stießen das Floß wieder ab.

Die Passagiere machten sich auf den Weg zum Hafen, wo im Gasthaus Patzker Verwandte und Freunde auf sie warten mochten. Es roch nach Teer und frisch geschnittenem Holz.

Als sie am Anckerschen Lagerplatz vorbeikamen, wurde turmhoch gestapeltes Bauholz mit Kränen auf ein Lastschiff verladen. Albert kam mit einer Frau ins Gespräch, die in Tilsit eingekauft und nun allerlei Gepäck zu schleppen hatte. Da er selber nur einen kleinen Beutel trug, nahm er ihr gern einen Sack von der Schulter.

Am Hafen wunderte sich Albert, daß er kaum einen

Menschen sah, auch Doktor Ungefug ließ sich nicht blikken. Der Frau fiel ein, weshalb hier alles so verlassen aussah.

»Daß ich nicht gleich drauf gekommen bin! Heute wird doch der Herr Kubillus beigesetzt.«

»Der Herr Kubillus? Der den Fischgrund hat? Und an der Zellstoffabrik beteiligt ist?

»Das hat ihm auch nichts mehr geholfen. Magenkrebs hat er gehabt. Vorgestern ist er gestorben, bald nach seinem 60. Geburtstag.«

Albert setzte den Sack ab. Sein »Auftraggeber«... Der Mann, der ihn fürstlich entlohnen sollte... Tot. Die ganze Reise umsonst.

»Wir sind gleich da«, sagte die Frau. Sie meinte den Patzkerschen Gasthof.

Albert nahm den Sack wieder auf.

In der Wirtsstube saßen nur drei Holzarbeiter. Eine junge Frau im grün und rot gestreiften Litauerrock mit schwarzem Mieder und weißen, gestickten Hemdärmeln bediente. Alberts Begleiterin überließ ihr den Sack zur Aufbewahrung, um mit dem übrigen Gepäck ihre Wohnung aufzusuchen. Albert fragte die junge Wirtsfrau aus.

»Mit dem Herrn Kubillus ist es mit einem Mal ganz schnell gegangen«, sagte sie in fließendem Deutsch, wenngleich mit starkem Akzent. »Wir dachten alle, der macht es noch ein paar Jahre. Aber nicht einmal unser Doktor hat ihm mehr helfen können.«

»Wo wohnt der Doktor? Ungefug heißt er, nicht wahr?«

»Der ist jetzt auch beim Begräbnis. Alle sind dort. Ich wär' ja auch mit. Aber wir müssen noch backen, für den Zarem.«

Der Zarem, ließ Albert sich erklären, war der gewaltige Leichenschmaus, für den ein Litauer, je nach seinen Verhältnissen, schon frühzeitig eine beträchtliche Summe ansparte; keiner wollte sich im Tode lumpen lassen. 2000 Taler hatte Kubillus für seinen Zarem ausgesetzt, verriet

die Wirtsfrau, und um diesen Betrag »kleinzumachen«, sei ganz Ruß dazu eingeladen worden. Seit gestern werde in Ruß nur noch geschlachtet, allein bei Patzkers ein zweijähriges Rind und zwei große Mastschweine, von Hühnern, Gänsen und Puten gar nicht zu reden.
Ja, und zu trinken würde es geben, überreichlich: Grog und Wudki,— Porter und Rheinwein, und Liqueur für die Frauen und Bier für die ärmeren Leute ...
»Schon gut«, sagte Albert. »Wenn sie alle zur Beerdigung sind, gehe ich auch hin.«
Auf dem Friedhof, rings um die katholische Kirche, schienen alle Einwohner von Ruß, und vielleicht auch von Brionischken, Skirwieth und Pokallna versammelt zu sein. Die Totenmesse war vorbei, Albert drängte sich durch die Menschen, die sich auf den schmalen Pfaden zwischen den Grabhügeln mit den dunkelblau getönten, übermannshohen Holzkreuzen stauten, bis er einen Blick auf das frisch ausgehobene Grab werfen konnte. Vielleicht hat ihm ein von seiner Fabrik verseuchter Fisch den Rest gegeben, dachte er zynisch. Aber als er den Toten sah, schämte er sich.
Man hatte, wie es litauische Sitte gebot, am Grab den Deckel des hell gebeizten Eichensarges noch einmal geöffnet. Da lag nun, auf weißen Atlas gebettet, mit einem frackartigen Anzug bekleidet und unters Kinn das Gesangbuch geschoben, der großmächtige Herr Kubillus und stellte sich so leutselig, wie er im Leben wohl kaum gewesen war, ein letztes Mal zur Schau.
Von den Seinen küßten ihn einige auf die faltenschwere, gelblich-bleiche Stirn, und eine alte Frau küßte ihn sogar auf den Mund, soweit der weißliche, wuchernde Schnurrbart das zuließ. Ob ich diesen noch im Tode so selbstbewußt wirkenden Mann wohl hätte zufriedenstellen können, überlegte Albert.
Da tippte ihm jemand auf die Schulter. Er fuhr herum und erkannte den spitzbärtigen Doktor. In diesem

Augenblick begann der Priester mit der Aussegnung. Der Doktor ließ seine Hand auf Alberts Schulter, während die Menge zu singen anhub. Der Sargdeckel wurde geschlossen und verschraubt, und die Totengräber machten sich ans Werk.
»Kommen Sie«, sagte Doktor Ungefug. »Meine Frau erwartet Sie schon. Der Dampfer kam nicht pünktlich, und als Arzt des Verstorbenen durfte ich mich vor der Beisetzung nicht drücken.«
Während Albert erzählte, wie er hierher gekommen war, zwängten sie sich an den Trauergästen vorbei, die alle noch unbeweglich standen, und verließen den Friedhof durch das schmiedeeiserne Tor.
»Übrigens ist sie nicht meine Frau — um korrekt zu sein«, sagte Doktor Ungefug. »Aber wir haben uns ein wenig den hiesigen, etwas freieren Bräuchen angepaßt, was uns auch keiner übelnimmt. Ich hoffe, Sie denken liberal genug, um sich nicht daran zu stören.«
»Aber natürlich, natürlich!« beteuerte Albert. »Mir macht etwas ganz anderes Sorgen.«
Sie blieben ein Weilchen auf dem Kirchhügel stehen, um den Ausblick auf das gewaltige Strombett der Ruß zu genießen.
»Sehen Sie, da drüben«, sagte der Doktor und wies nach Osten.
In der Ferne flimmerte es silbrig, als erstrecke sich auch dort ein großes Gewässer. »Das ist die Atmath, der Hauptarm der Memel. Er fließt hier genau nach Norden, dann schwenkt er nach Westen ein und ergießt sich ins Haff. Die Ruß teilt sich hier in Atmath und Skirwieth. Wußten Sie überhaupt, daß es diese riesigen Ströme gibt? Haben Sie je ihre Namen gehört?«
»Ja. Von Ihnen«, sagte Albert. »Als Sie bei Rhans waren. Und später auf dem Stiftungsfest.«
»Zwei wichtige Begegnungen«, sagte der Doktor lächelnd. »Sie haben Sorgen, sagten Sie?«

»Ja. Mein Auftraggeber ist tot. Eigentlich könnte ich sofort wieder umkehren.«
»Wieso? Der Alte ist aus der Welt — aber doch nicht sein Problem«, sagte Ungefug. »Die Fische sterben auch ohne ihn. Sie werden im Frühjahr genauso krank sein, als wenn Kubillus noch lebte.«
»Ich glaube zu wissen, woran es liegt.«
»Jetzt schon? Donnerwetter, wie machen Sie das? ›Kam, sah, siegte‹?«
»Eine Vermutung. Noch unbewiesen. Ich denke an die Abwässer der Cellulosefabrik. Man müßte sie analysieren.«
Der Doktor schlug sich vor die Stirn. »Mein Gott — und sowas ist Mediziner! Darauf hätte ich ja nun wirklich selber kommen können!«
Sie hatten nur noch ein paar Schritte zum Doktorhaus, das, wie fast alle Häuser in Ruß, zum Schutz vor der jährlichen Überschwemmung, auf einer aufgeschütteten Warft stand.
»Nun Mut gefaßt und nicht erschrocken!« rief Ungefug mit forscher Stimme. »Sie werden sich sogleich wie zu Hause fühlen!« Er brauchte die Tür nicht zu öffnen, sie wurde aufgetan, und im Türrahmen stand Angelica.

Am späten Nachmittag war eine neue Trift gekommen, gerade noch zeitig zum Zarem. Mit würdigem Schritt betraten die jüdisch-russischen Flößer in ihren langen schwarzen Kaftanen das festlich in den litauischen Farben dekorierte Trauerhaus.
Ihr Führer, der Schaffer, wohnte mit seinen Gehilfen mitten auf dem Floß, in der Schafferne, einem niet- und nagelfest verzurrten Holzhäuschen. Wenn es Abend wurde, hockten sie alle davor und sangen zur Ziehharmonika ihre melancholischen Lieder. In Ruß legten sie gern eine Ruhepause ein, nachts konnten sie ohnehin nicht fahren, und am folgenden Tag mußten die Stämme

für die Fahrt übers Haff nach Memel fester verkoppelt werden. In Ruß trafen sie sich mit ihren Glaubensgenossen im Betsaal, und im Gasthaus Patzker mit den christlichen Händlern, den Spediteuren und den Memeler Kaufleuten, die sich so gern in Ruß vollaufen ließen. Mit Kaffee, vermischt mit Portwein, fing es an, und mit Rum und Wodka hörte es nicht auf. Da waren auch die Flößer nicht kleinlich, und anderntags holten sie sich ein Rezept bei Doktor Ungefug und gingen zum Apotheker, damit sie die Kopfschmerzen loskriegten, die verdammichten. Das nächste Mal luden sie den Doktor, den Apotheker und den Holzhändler Ancker auf ihre Schafferne ein, wo es »a Ent' mit Bulwis, Joich und Schwarzbier« gab, nämlich Entenbraten mit Kartoffeln, Tunke und englischem Porter. Man unterhielt sich auf jiddisch, das in Ruß fast jeder verstand.
Heute nun waren *sie* zu Gast. Um sechs Uhr begann unter dem Walmdach des Kubillus-Hauses mit den geschnitzten Pferdeköpfen der Leichenschmaus. Alle Litauer kamen, und das war fast das ganze Dorf, und die von Brionischken und Skirwieth und Pokallna kamen auch. Es kamen mit ihren Frauen und Kindern der Posthalter, der Holzhändler Ancker, der auch Abgeordneter der Deutschen Fortschrittspartei im Kreistag zu Memel war, der Apotheker, der Gastwirt Patzker, der Pfarrer und der Rabbiner, der Kreisrichter, der Oberförster und der Oberfischmeister Beerbohm. Auch die Hebamme Justine Füllhase kam und, natürlich, Doktor Ungefug mit seiner Frau, oder wie man sie nennen mochte. Sie war die Schönste im Lande, das sagte ein jeder, und das schaffte ihr nicht nur Freundinnen. Aber da sie dem Doktor half, als sei sie eine Krankenschwester, und auch beim Gebären zur Hand ging, wenn Justine nicht rechtzeitig zur Stelle war, sah man der Frau aus Königsberg einiges nach, und man war ja überhaupt nicht so, und der Doktor, der Wind und

Wetter nicht scheute, brauchte schließlich was Warmes im Bett.
Auch Albert, nachdem er sich gefaßt hatte, war geneigt, Angelica, »seine« Angelica, dem markigen Spitzbart zu gönnen. Man hatte ihn eingeweiht, er wußte nun, wie alles gekommen war: der Abend bei Rhans, wo der erste Funken übersprang, später das Stiftungsfest, wo man sich fürs Frühjahr verabredet hatte. Angelica war ein wenig voller geworden — »Ich muß hier so viel trinken; mach' ich nicht mit, gelt' ich als ›etepeteten‹« — ja, sie machte sich nützlich, hatte gelernt, Verbände anzulegen Klistiere zu geben, Rezepte auszufüllen, und wenn es sonst nichts zu tun gab, setzte sie sich an ein Krankenbett und erzählte, wie die Welt jenseits von Memel und Weichsel beschaffen war.
»Und wie lange wirst du es hier aushalten?« fragte Albert, als sie nebeneinander an der großen Tafel saßen.
»Du kennst mich doch«, sagte Angelica. »Darüber denke ich nicht nach. Weshalb auch? Solang ich ihn liebe?«
Das schien immer noch sehr einfach für sie zu sein, da wechselten allenfalls die Liebhaber — ihre Haltung änderte sich nicht. Sie erkundigte sich nach den Verwandten, besonders nach Luise und Schwager Grübner.
»Hast du ihnen nie geschrieben?«
Sie schüttelte den Kopf. »Ich komm' nächstens mal auf Besuch, dann hab' ich was zu erzählen. Du kannst ihnen natürlich auch sagen, wo ich bin. Ich bin sehr glücklich. Was ich hier tue, ist gescheiter als lange Reden über das Elend der Unterdrückten zu halten. Die Legitimation dafür gesteht mir gerade von denen, die es angeht, keiner zu. Aber wenn ich einem die Wunde verbinde oder mich in ein Typhushaus wage, hat sich noch keiner beschwert.«
Sie saßen in einem Raum, der Doktor in einem anderen, und noch in drei weiteren Zimmern und auf der Terrasse saßen sie zuhauf an den voll beladenen Tischen beim Vorgericht: roher, acht Stunden gesalzener Lachs, dazu

Genever und englisches Ale, anderen schmeckte Bressem, Neunauge, Hecht oder Zander, und nach jedem Teller ein Glas Rußer Wasserpunsch, das Teufelsgesöff, das Ruß erst so richtig berühmt gemacht hat: gekochter Kognak mit Portwein und Zucker. Oder die Variante aus Arrak und Rum, Zucker, Zitrone, Vanille und Milch: eisgekühlter Rußer Milchpunsch nach dem kernigen Spruch: »Rum muß, Zucker kann, Milch braucht nicht«.
Am Nebentisch tranken sie Tee mit Rum und Zucker, das Wasser kam aus dem Samowar, und plötzlich jaulte alles vor Vergnügen: da hatten sie, statt Wasser, reinen Arrak in die Teemaschine gefüllt.
Nun wurde das Schweinerne aufgetragen und Rinderlenden, Koteletts, Kartoffelsalat zu Gebirgen getürmt. Im Flur und vor dem Haus standen die Armen, die gab es auch in Ruß. Man zapfte ein Fäßchen Bier für sie an, teilte Kuchen und Schnäpse aus.
Nach dem Essen kam die Musik. Erst drehte sich die litauische Jugend im Volkstanz, dann drehten sich alle, auch Angelica mit Albert, bis der Doktor sie grinsend abklatschte und Albert sich mit Justine Füllhase, der strammen Hebamme, bescheiden mußte.
Bald wurde das alkoholdunstige, verräucherte Trauerhaus von einer unwiderstehlichen, rhythmisch stampfenden Fröhlichkeit erfaßt; es bebte und dröhnte, und immer lauter, immer ausgelassener spielte die grünweißrote Kapelle. Männer sprangen auf die Tische, sangen deutsche, russische, litauische, jüdische Lieder, und als der Krakowiak erklang, gingen die flottesten Burschen in die Knie, kreuzten die Arme vor der Brust und warfen die Schenkel.
»Komm, Angelica«, bat Albert, der schon allerlei durcheinander getrunken hatte. »Mir wird hier ganz schwindlig, und ich muß dir noch so viel erzählen.«
Sie nahm ihn beim Arm, sie gingen vors Haus und noch ein Stückchen weiter, bis zu den Birken an der Ufer-

straße, wo alles still war, so daß man das ruhige Fließen des Stromes hörte.
»Im Sommer soll man, obwohl es noch weit bis zum Ibbenhorster Forst ist, gelegentlich die Elchhirsche schreien hören«, sagte Angelica.
»Und was liegt da drüben? Eine Moorlandschaft?«
»Das ist der Plenterwald und das Bredczuller Hochmoor.« Sie zögerte einen Moment. »Das Moor«, wiederholte sie.
»Es ist ja kein Gewitter...«
»Hättest du's gern?«
Er starrte in die Dunkelheit, versuchte zu ergründen, welcher Art der Baumbestand am anderen Ufer war: Weiden, Weißerlen, krüppelige Kiefern...
»Angst hätte ich jedenfalls nicht mehr davor.«
Sie neigte sich zu ihm und küßte ihn auf die Lippen.
»Wenn du Zeit hättest – was meinst du, wie du da drüben botanisieren könntest! Ich käm' auch schon mal mit. Von uns aus kannst du bleiben, solang es dir Spaß macht.«
»Ich kann nicht, Angelica. Ich habe ja meinen Auftrag, und wenn ich den erfüllt habe, muß ich sofort zurück. Das Semester beginnt nach den Ferien, mein drittes. Und dann muß ich noch einiges erledigen. Privates.«
Und er erzählte von Emma. Er ließ nichts aus: nicht Rübachs Theorien, nicht die Silvesternacht, nicht Emmas Absagebrief und die vorgetäuschte Krankheit, nicht Rübachs Geständnis, nicht den Brand der Scheune.
Sie gingen auf und ab, vom Anckerschen Holzplatz zur Kirche und wieder zurück, und vom hell erleuchteten Kubillushaus schütterte und dröhnte es, und das Gegröle der Betrunkenen und die schrillen Schreie der Frauen, und dazwischen die traurigen Lieder und die stampfenden Rhythmen: der große alte Mann unter dem frischen Erdhügel mochte es hören und sich daran

erquicken: was für einen prachtvollen Zarem hatte er doch seinen Rußern spendiert!
Nach Alberts Bericht schwieg Angelica eine Weile. Dann sagte sie: »Vielleicht hast du sie nicht wirklich geliebt. Hast es dir nur eingeredet?«
»Wie kommst du darauf?«
»Ich schließe das aus deinem Verhalten.«
»Mein Verhalten?« fragte er unsicher. »Wie meinst du das?«
»Ich meine, daß du dich wie ein krasser Egoist benommen hast.«
»Sie hat mich belogen!« empörte er sich. »Sich so etwas auszudenken! Schwerkrank! Herzkrank!«
»Und? Ist sie etwa nicht krank? Hat sie's nicht am Herzen? In einem Punkt hat Rübach doch völlig recht: Sie hat dich geliebt, liebt dich immer noch. Aber wie sollte sie denn, als sie Gewißheit hatte, wie es um sie stand, dem Geliebten noch vor die Augen treten? Noch dazu einem wie dir! Dazu kannte sie deine moralischen Grundsätze viel zu gut. Du hast es nun mal mit der Tugend.«
»Wieso denn das?« Er war beleidigt.
Sie ging darüber hinweg: »Sicher hat der Vater alles versucht, hat auf Emma eingeredet, daß sie dir was vormachen soll. Ich meine nicht die Krankheit. Er wollte dich mit ihr verkuppeln, wollte dich schnell bei ihr im Bett haben, und sie sollte mitspielen. Er hat dich für so dumm gehalten, daß sie dir ein Siebenmonatskind — stimmt das? Ich kann so schnell nicht rechnen — also jedenfalls eine Frühgeburt unterschieben könnte. Und da hat sie eben nicht mitgemacht. Dazu warst du ihr zu gut.«
Er wurde nachdenklich. »So habe ich es noch nicht gesehen. Aber das war doch kein Grund, mir solch einen Abschiedsbrief zu schreiben!«
»Glaubst du, eine Achtzehnjährige hätte Kraft genug, mit ihrem Verlobten einen fröhlichen Briefwechsel zu führen,

während sie das Kind eines anderen — noch dazu dieses anderen! — unter dem Herzen trägt? Ich kann nur staunen, daß sie noch Kraft hatte, dir die Krankheit vorzutäuschen, die Beziehung abzubrechen und damit auf dich zu verzichten. Sie mußte doch Abschied nehmen von dir, je eher desto besser. In der Hoffnung, daß du dann nie erfahren würdest, wie es in Wahrheit um sie stand. Ja, wirklich, Albert, ich bin überzeugt, sie wollte dich schonen.«

»Das hätte sie nicht nötig gehabt. Schließlich bin ich ein Mann!« Und als müsse er dies ausdrücklich belegen: »Ich habe auch nicht gekniffen, als der Urbull mich forderte!« Und schon kam er sich unsäglich albern vor.

»Du bist ein lieber, aber noch sehr unsicherer Junge. Ein Mann — diese Einsicht kann ich dir nicht ersparen —, ein Mann benimmt sich nicht so zu einem Mädchen, das nach seiner Hilfe schreit.«

»Aber was hätte ich denn tun sollen?« rief er, halb wütend, halb verzweifelt. »Etwa auf Rübachs unverschämten Vorschlag eingehen?«

»Natürlich nicht. Der Mann hätte dir ganz gleichgültig sein sollen. Um Emma hättest du dich kümmern müssen!«

»Aber das habe ich doch getan!« Er fühlte sich verkannt.

»Du hast es vielleicht überhört: Ich bin doch, ehe ich zu euch kam, nach Pallweitschen gefahren. Ich wollte ja sehen, wie es Emma geht. Es ließ mir keine Ruhe.«

»Aber als Rübach dir sagte, daß sie im Krankenhaus ist, bist du nicht hingefahren, um sie in ihrem Elend zu trösten.«

»Ich mußte doch erst einmal zu euch — ich war doch angemeldet«, stotterte er. »Und dann kam dieser Brand... Ich weiß ja nicht einmal, ob Rübach noch lebt...« Er bückte sich und warf einen Stein ins Wasser. »Was hätte ich ihr auch Tröstliches sagen können?«

»Wahrscheinlich nicht viel. Du hättest nur bei ihr sein

sollen. An ihrem Bett hättest du sitzen müssen, ihre Hand halten.«

Und als er darauf nichts erwiderte: »Sei mir nicht böse, wenn ich zu streng sein sollte. Mich hat es eben auch mitgenommen, was du mir erzählt hast. Mir wär's bestimmt lieber gewesen, du hättest es mit dem Mädchen, das ich dir so sehr gewünscht habe, etwas leichter gehabt.«

»Ich hätte ihr vielleicht sogar diesen d'Heureuse nachgesehen. Aber der eigene — «

»Sie liebte ihren Vater, vergiß das nicht! Sie hat ihn bewundert, verehrt. Wie sollte sie da Widerstand leisten, wenn er sie beschenkte und verwöhnte und ihre kleine Eitelkeit hätschelte und sie eines Tages beschwipst machte — wer weiß, wie er das alles eingefädelt hat. Auf jeden Fall so, das kannst du mir glauben, daß sie nicht in der Lage war, zu widerstehen. Und wenn sie nur nachgegeben hätte, weil er ihr leid tat! Was meinst du, was sich auf manchem abgelegenen Gehöft so alles tut? In Moskau, in unserem Bekanntenkreis, in der besten Gesellschaft, wie man so sagt, hat sich eine Frau seit Jahren ihrem Mann verweigert, weil er's einmal mit einer Dienstmagd gehabt hat. Nun hat er's mit der Tochter.«

»Aber das ist doch ekelhaft!« rief Albert.

»Was wissen denn wir? Ich finde es auch nicht schön, was Rübach getan hat, ich finde es sträflich und hinterhältig. Aber ob es dann, als es zu der — Begegnung kam, wirklich so — wie sagtest du? — so ekelhaft war...? Ich kann mir vorstellen, daß sich in höchst legitimen Brautnächten manches abspielt, was für ein unerfahrenes Mädchen, das von einem ausgefuchsten Roué ohne einen Funken von Schonung und Zärtlichkeit überfallen wird, vielleicht noch viel ekelhafter ist. Mach dich von deinen lüsternen Phantasien frei und vergiß den Alten. Bring deinem Mädchen bei, daß Liebe auch ohne Angst und Ausweglosigkeit möglich ist.«

»Wer weiß, was sich inzwischen alles ereignet hat.« Er

schluckte. »Wenn Emma sich nun etwas antut?«

»Du meinst, weil ihr Vater – vielleicht – tot ist? Deshalb bringt sie sich nicht um. Sie wird eher Probleme haben, mit dem gewaltigen Gefühl von Freiheit fertigzuwerden, das sie dann zweifellos überkommt. Aber natürlich, du mußt nach Hause, so bald wie möglich, so gern ich dich noch eine Weile hierbehalten hätte. Es ist doch klar, daß du dich jetzt um sie kümmern mußt.«

Plötzlich platschte es im Wasser. Sie blieben stehen. Dann sahen sie, trotz der Dunkelheit, wie zwei, drei silberne Leiber aus dem Strom schnellten, sich überschlugen und wieder ins Wasser klatschten.

»Die Lachse kommen«, sagte Angelica. »Es ist ihre Zeit. – Und wir gehen nach Hause.« Sie hängte sich bei Albert ein. »Wir wollen unseren Doktor doch nicht eifersüchtig machen.«

Auf dem Rückweg sagte Albert:

»Jetzt habe ich ein ganzes Jahr auf der Uni gelernt – und was hat es mir genützt? Wenn ich doch so töricht geblieben bin wie ich war?«

»Verlange nicht zu viel von deiner Uni. Sie kann dir nicht beibringen, wie man sich in kritischen Lebensumständen verhält. Das mußt du schon selber schaffen.«

»Ich habe es aber nicht geschafft. Ich würde es auch jetzt nicht schaffen, wenn du mir nicht geholfen hättest.«

»Bleib stehen!« sagte Angelica. Er gehorchte. Sie umarmte und küßte ihn.

»Ich glaube, von dir komme ich nie los!« seufzte er.

»Warum auch?« sagt sie.

Nachwort

Gar so »golden« ist die Zeit wohl kaum gewesen, in der Albert Matureit studierte. Die Schilderung seiner Lebensumstände und des sozialen Umfelds ist nicht aus der Luft gegriffen. Die Anregung dazu verdanke ich dem 729 Seiten umfassenden Tagebuch meines Großvaters, des nachmaligen Professors der Botanik und Direktors des Botanischen Gartens in Göttingen, Geheimrat Albert Peter (1855-1937). Wie mein »Held« war er Sohn mittelloser Schmiedeleute aus Gumbinnen. Über seine Studentenzeit an der »Albertina« hat er sorgfältig Buch geführt und auch private Krisen und erste schüchterne Liebesbegegnungen nicht verschwiegen. Manches kulturgeschichtlich interessante Detail entnahm ich diesen Diarien — nicht jedoch die Handlung des Romans, die, ebenso wie seine Personen, frei erfunden ist. Wenn jedoch der Tagebuchautor Ereignisse von mehr als privater Bedeutung erwähnt oder sie gar, wie den folgenschweren Einsturz der Schloßteichbrücke im September 1869, ausführlich schildert, habe ich sie, wo immer es sich anbot, in die Handlung einbezogen.

Wer historische Romane schreibt, ist auf die Arbeit der Historiker und die Zeugnisse der Zeitgenossen angewiesen; auch ihnen gilt mein Dank. So gewann ich Informationen für das Kapitel »Der Zarem« aus einer kleinen Schrift von Dr. Arthur Kittel, »37 Jahre Landarzt in Preußisch-Litauen 1869 — 1906«. Dort fand ich auch den Bericht über das Fischesterben in der Memel, der, verwiese ich hier nicht auf meine Quelle, den Eindruck erwecken könnte, ich hätte meine Geschichte unerlaubt »aktualisiert«. Doch selbst die Schädigung der Wälder durch die Einwirkung schwefliger Industrie-Abgase ist, wie ich mich überzeugen konnte, schon damals festgestellt worden, ohne daß etwas dagegen unternommen wurde.

Um gerecht zu sein: Mindestens in einer Hinsicht waren jene Jahre für alle, die das Glück hatten, studieren zu dürfen, eben doch eine »gold'ne Zeit«: die geringe Zahl der Studenten (in der »Albertina« im Sommersemester 1870 in allen Fakultäten zusammen nur 497) gewährleistete nicht nur konzentrierte Arbeit in Hörsälen und Seminaren; sie erlaubte und förderte auch eine zuweilen fast freundschaftlich anmutende Beziehung des Professors zu seinen Schülern. W. L.